고독한 강

SOLITUDE CREEK
by Jeffery Deaver

Korean translation rights arranged with Gunner Publications, LLC care of ICM Partners in association
with Curtis Brown Group Limited through EYA co., Ltd.

고독한 강

SOLITUDE CREEK **제프리 디버** 장편소설

최필원 옮김

비채

세상의 모든 도서관과 사서들에게 바칩니다.

두려움은 정신을 죽인다.

－프랭크 허버트, 《듄》

인물 소개

CBI(캘리포니아 연방수사국)

↳ 캐트린 댄스
CBI 특별수사관. 동작학 전문가로, 상대의 행동을 보고 거짓말을 읽어낸다. FBI 요원이던 남편이 죽은 뒤 CBI 요원이 되었다. CBI의 스티브 포스터와 티제이 스캔런, 지미 고메즈, 살리나스 경찰국의 스티브 루, DEA의 캐럴 앨러턴과 함께 조직범죄 소탕을 위한 대책본부를 구성하고 이끌던 중 예상하지 못한 적수를 맞닥뜨린다.

↳ 찰스 오버비
캐트린 댄스의 상관. 언론의 스포트라이트를 즐기는 명예욕 강한 사람으로, 주로 행정 업무를 담당한다.

↳ 스티브 포스터
특수수사본부장. 새크라멘토(CBI 본부)에 기반을 둔 CBI의 실세이다.

↳ 티제이 스캔런
캐트린 댄스의 직속 부하. 성실하고 믿음직하다.

↳ 지미 고메즈
하급 요원. 캐트린 댄스의 친구이기도 하다.

↳ 앨버트 스템플
전투 전문 요원. 최고의 검거율을 자랑한다.

MCSO(몬터레이 카운티 보안관)

↳ 마이클 오닐
MCSO의 형사과장. 캐트린 댄스가 CBI에 들어왔을 때 멘토 역할을 했다. 압도적인 사건 해결률을 자랑한다.

↳ 가브리엘 리베라
마이클 오닐의 부보안관.

MCFD(몬터레이 카운티 소방국)

↳ 로버트 홀리
소방국장. 캐트린 댄스와 여러 차례 협업했으며, 영민하고 성실하다.

ㄴ 브래드 대넌
스타 소방관. 외모가 출중하며 모든 현장에 가장 먼저 출동한다.

DEA(마약 단속국)

ㄴ 캐럴 앨러턴
고위 요원. 오클랜드에서 활약하던 중 캐트린 댄스가 지휘하는 대책본부에 합류
했다. 거물급 범죄자를 다수 체포한 엘리트 요원이다.

살리나스 경찰국

ㄴ 스티브 루
형사과장. 대책본부의 스티브 포스터와 구분하기 위해 '스티브 투'라는 별명으로
불린다.

캐트린 댄스의 사람들

ㄴ 존 볼링
캐트린 댄스의 남자친구. 코딩 천재이자 디지털 포렌식 전문가이다.

ㄴ 웨스 스웬슨
캐트린 댄스의 아들. 중학생이다.

ㄴ 매기 스웬슨
캐트린 댄스의 딸. 초등학생이다.

ㄴ 스튜어트 댄스
캐트린 댄스의 아버지. 오랫동안 해양생물학자로 일하다 은퇴했다.

ㄴ 이디 댄스
캐트린 댄스의 어머니. 몬터레이베이 병원의 간호사.

ㄴ 마틴 크리스텐슨
캐트린 댄스의 친구. 댄스와 음악 활동을 함께하는 동료이기도 하다.

SOLITUDE CREEK

차례

광기
FRENZY

4월 4일, 화요일

1

클럽은 아늑하고 친근하며 저렴했다. 모든 면에서 합격이다.

거기다 안전하기까지 했다.

십 대 딸과 음악 들으러 클럽을 찾을 때는 그런 것들을 꼼꼼히 따져야 했다.

미셸 쿠퍼는 그런 사람이었다. 다른 건 몰라도 공연하는 밴드와 음악, 관객, 종업원들은 믿을 만해야 했다.

클럽 내부는 물론 주차장까지도 밝은 조명이 갖춰져 있었다. 방화문과 스프링클러는 말할 것도 없고.

미셸은 늘 그런 것들을 유심히 살폈다. 아무래도 십 대 딸이 있으니 어쩔 수가 없다.

클럽 솔리튜드크리크Solitude Creek는 항상 다양한 사람들로 북적거렸다. 젊은이와 늙은이, 남자와 여자, 백인과 라틴계와 아시아인, 그리고 몇몇의 흑인. 흡사 몬터레이베이 지역의 축소판 같았다. 7시 30분, 그녀는 주변을 다시 둘러보았다. 카운티 안팎에서 찾아온 수백 명의 관객은 조금씩 인지도를 높여가고 있는 밴드의 공연을 앞두고 잔뜩 들뜬 모습이었다. 각자 마음에 안고 있을 법한 고민들은 잠시 후 맥주와 온갖 요상한 칵테일, 닭날개 튀김, 그리고 음악에 깨끗이 씻겨나갈 것이다.

LA 출신의 밴드는 아마추어 시절을 거쳐 가수들의 백업 밴드로 활동하다가 마침내 클럽 메인 자리를 꿰찼다. 트위터와 유튜브, 비드스터 덕분이었다. 밴드가 살아남으려면 입소문과 재능 둘 다 필요한 세상이다. 리저드 애니Lizard Annie의 여섯 멤버는 무대 위에서나 무대 밖에서나 늘 최선을 다했다. 아직 O.A.R.이나 린킨 파크만큼 유명하지는 않지만 운만 조금 따라준다면 그들이라고 안 될 것도 없었다.

미셸과 트리시도 그 밴드에 푹 빠져 있었다. 오늘 밤 클럽의 분위기를 보니 귀여운 보이 밴드의 모녀 팬층이 얼마나 두터운지 새삼 실감할 수 있었다. 가사 내용도 부모와 자녀가 함께 부담 없이 즐길 수 있는 수준이었다. 공연장에 모인 관객의 연령대는 16세에서 40세 사이인 듯했다. 민망하게도 미셸은 사십 대 중반이었지만.

그녀가 손에 삼성 휴대폰을 쥔 딸을 돌아보았다. "문자는 나중에 보내. 지금 이러지 말고."

"엄마, 잠깐만요."

"누군데?"

"초."

트리시와 음악 수업을 함께 듣는 괜찮은 친구.

"딱 이 분만 해."

클럽은 관객들로 빠르게 채워졌다. 솔리튜드크리크는 지은 지 사십 년 된 단층 건물로, 작은 직사각형 댄스 플로어를 갖추고 있었다. 심하게 긁힌 오크나무 바닥은 높은 테이블과 의자로 에워싸였다. 클럽 안 북쪽 끝에는 90센티미터 높이의 무대가, 그 반대편에는 바가 자리하고 있었다. 동쪽에 마련된 주방에서는 나이 무관하게 모두의 입맛을 사로잡는 메뉴를 선보였고, 아이들은 쥬류를 제외한 음식이 서빙되는 자리에만 앉을 수 있었다. 서쪽 벽에는 비상구가 세 개 나 있었다.

짙은 색 나무로 된 벽마다 1967년 6월, 전설로 남은 '몬터레이 팝 페스티벌'에서 공연한 밴드들의 포스터와 공연 사진들이 빽빽이 붙어 있었다. 사인들 중에는 가짜도 몇몇 포함돼 있었다. 제퍼슨 에어플레인, 지미 헨드릭스, 재니스 조플린, 라비 샹카, 알 쿠퍼, 컨트리 조, 그리고 수십 명의 다른 음악가들. 지저분한 플렉시 유리 진열장 안에는 밴드 더 후의 기타리스트 피트 타운센드가 공연을 마치고 부숴버린 전기 기타 파편이 전시되어 있었다.

선착순으로 앉을 수 있는 솔리튜드크리크의 테이블은 이미 만석이었다. 공연 시작까지는 이십 분밖에 남지 않았다. 종업원들은 주문받은 음식을 나르느라 정신이 없었다. 그들의 안정감 있는 손에는 큼직한 햄버거와 닭날개 튀김과 음료가 담긴 쟁반이 하나씩 들려 있었다. 무대 뒤에서 기타 조율하는 소리와 색소폰의 아르페지오, 베이스 기타가 낮게 A 코드를 연주하는 소리가 들려왔다. 밴드를 기다리는 관객 모두 바짝 몸이 달았다. 공연 직전의 짜릿한 기분이 그들을 들썩이게 했다.

웅성거림은 커져갔고, 말소리는 점점 더 알아듣기 힘들어졌다. 테이블에 앉지 못한 관객들은 무대에 가까운 스탠딩 자리를 찾아 분주히 움직였다. 무대는 높지 않았고, 바닥은 평평했다. 그 때문에 무대가 잘 보이는 자리를 찾기란 쉬운 일이 아니었다. 자리 쟁탈전이 열기를 띠었지만 거친 말이 오가는 상황은 벌어지지 않았다.

솔리튜드크리크는 그런 클럽이었다. 적의가 없고 안전한 곳.

하지만 미셸 쿠퍼는 거슬리는 것이 한 가지 있었다. 폐소공포증. 클럽의 천장은 숨 막힐 듯이 낮았다. 공간은 어두운 데다 별로 넓지 않았고, 환기도 잘되지 않았다. 답답한 공간은 석쇠와 튀김 냄새보다도 지독한 사람들의 체취, 애프터셰이브 로션, 향수 냄새로 진동했다. 클럽에 한동안 갇혀 있다 보면 마치 통조림 속 생선이 된 기분이 들었다. 미셸 쿠퍼는 그것만큼은 너그러이 이해해줄 수 없었다.

미셸은 멍한 표정으로 젖빛 금발을 빗어 내렸다. 가까운 곳에 나 있는 비상구들을 바라보았다. 그제야 마음이 놓였다.

또다시 와인 한 모금.

그녀는 트리시가 가까운 테이블에 앉은 소년을 훑어보고 있음을 알아차렸다. 치렁한 머리, 갸름한 얼굴, 마른 몸. 넋이 나갈 정도로 준수한 용모였다. 그는 맥주를 마시고 있었다. 미셸은 어머니로서 신속하고 조용하게 트리시의 시선을 단속했다. 문제는 술이 아니라 나이였다. 술을 마신다는 건 그가 스물한 살이 넘었다는 뜻이다. 열일곱 살 트리시의 상대로는 적절하지 않다.

내 상대라면 또 모를까. 그녀는 쌉쓸하게 웃으며 생각했다.

다이아몬드 박힌 롤렉스를 들여다보았다. 오 분 남았다.

"'탈출Escape'이었던가? 그래미상 후보에 올랐던 곡 말야." 미셸이 물었다.

"네."

"엄마에게 집중해, 딸."

트리시가 얼굴을 찡그렸다. "엄마." 그제야 트리시의 시선이 맥주 소년으로부터 떨어졌다.

미셸은 오늘 밤 리저드 애니의 선곡 리스트에 '탈출'이 포함돼 있기를 바랐다. 그 곡은 따라 부르기 쉬울 뿐만 아니라 그녀의 좋은 추억을 되살려주기도 했다. 그녀는 얼마 전 살리나스 출신 변호사와 첫 데이트를 하고 난 직후부터 그 곡을 들어왔다. 미셸은 지저분했던 이혼의 기억을 과거에 묻고 좋은 상대를 찾아 여러 남자를 만났다. 숱한 이들과 저녁을 먹고 영화를 보았지만 로스만큼 그녀에게 깊은 인상을 심어준 사람은 없었다. 그들은 함께 많이 웃었고, 〈부통령이 필요해〉와 〈홈랜드〉 최고의 에피소드가 무엇인지를 놓고 열띤 논쟁을 벌이기도 했다. 첫 데이트였음에도 부담이 전혀 느껴지지 않았다.

모녀는 아티초크 딥으로 심심한 입을 달랬고, 미셸은 와인을 조금 더 마셨다. 운전을 해야 하기에 딱 두 잔만 마시기로 했다.

트리시는 분홍색 꽃무늬 헤드밴드를 살짝 매만지고 다이어트 콜라를 홀짝였다. 적당히 여유 있는 블랙 진(합격!)에 하얀 스웨터 차림이었다. 미셸은 딸의 것보다 타이트한 청바지(최근 운동을 하지 못해 타이트해진 것이다)에 빨간 실크 블라우스를 걸쳤다.

"엄마. 이번 주에 샌프란시스코에 가면 안 돼요? 제발요. 그 재킷을 꼭 사야 한다고요."

"카멜에 갈 거야." 미셸은 부동산 중개로 번 돈을 그림처럼 아름다운 카멜 마을의 명품 가게에서 쓰곤 했다.

"으악! 엄마, 전 삼십 대가 아니라고요." 트리시는 몬터레이 반도가 신혼부부와 죽음을 앞둔 노인들의 천국일 뿐, 십 대들이 쇼핑할 곳은 못 된다고 항변했다.

"알았어. 생각해볼게."

트리시가 미셸을 와락 끌어안자 미셸의 세상이 확 밝아졌다.

두 사람은 한때 힘든 시간을 보냈다. 외견상으로 멀쩡해 보이던 결혼 생활이 불륜으로 와르르 무너진 이후 모든 게 엉망진창이 되었다. 프레더릭은(절대 '프레드'라고 친근하게 불러서는 안 된다) 아이가 열한 살 때 집을 나갔다. 헤어지기에는 최악의 시기였다. 하지만 미셸은 딸만 바라보며 열심히 일했고, 마침내 배신과 부모의 이혼에 상처받은 아이를 남부럽지 않게 잘 키워낼 수 있었다.

다행히 트리시는 지금의 상태에 만족하는 듯했다. 미셸은 꿀이 뚝뚝 떨어지는 눈빛으로 딸을 바라보았다. 아이는 이내 엄마의 시선을 감지했다.

"엄마." 소녀가 한숨을 내쉬었다. "또 왜요?"

"아무것도 아니야."

드디어 조명이 꺼졌다.

스피커에서 휴대폰을 꺼달라는 당부가 흘러나왔다. 비상구 위치와 앞으로 펼쳐질 공연에 대한 안내가 그 뒤를 이었다. 걸걸한 목소리의 주인공은 다름 아닌 클럽 주인이었다. 덕망 있는 샘 코헨. 몬터레이베이 지역의 아이콘. 이곳에서 샘을 모르는 사람은 없었다.

코헨의 목소리가 이어졌다. "자, 신사 숙녀 여러분, 서부 해안 최고의 클럽! 솔리튜드크리크가 야심차게 준비했습니다."

박수가 쏟아졌다.

"천사의 도시ᴸᴬ에서 날아온…… 리저드 애니!"

관객들이 박수를 치며 환호했다.

밴드가 무대로 나왔다. 기타가 앰프에 연결되었고, 드러머와 키보드 연주자가 자기 자리로 들어갔다.

리드 보컬이 긴 머리를 한쪽으로 쓸어 넘기고 관객들 앞으로 양쪽 손바닥을 펴 보였다. 밴드의 트레이드마크 동작이었다.

"다들 준비됐습니까?"

함성.

"정말 준비됐어요?"

기타 리프가 시작되었다. 좋아! 미셸이 기대했던 '탈출'이었다. 그녀는 딸과 함께 작은 공연장을 가득 메운 사람들을 따라 손뼉을 쳤다. 후끈 달아오른 열기, 치솟는 습도, 사방에서 풍겨오는 체취. 당장이라도 폐소공포증이 찾아들 것 같은 조건이었지만 미셸은 애써 미소를 짓고 웃음을 터뜨렸다.

쿵쾅대는 비트는 계속 이어졌다. 베이스, 드럼, 그리고 손뼉.

미셸은 손뼉을 치다 말고 얼굴을 찌푸리며 주위를 둘러보았다. 그녀의 고개가 한쪽으로 기울어졌다. 방금 뭐였지? 캘리포니아의 여느 곳과 마찬가지로 클럽 역시 금연구역이었다. 하지만 누가 담배를 피우는지 연기 냄새가 확 풍겨오기 시작했다.

그녀는 유심히 주변을 살폈지만 입에 담배를 문 사람은 보이지 않았다.

"왜요?" 트리시가 엄마의 불안해하는 모습을 보며 큰 소리로 물었다.

"아무것도 아니야." 미셸은 대답했다. 그리고 다시 리듬에 맞춰 손뼉을 치기 시작했다.

2

두 번째 곡 가사의 세 번째 단어, '사랑'에 이르렀을 때 미셸 쿠퍼는 무언가가 잘못됐음을 깨달았다.

탄내가 점점 진해졌다. 담배 냄새는 아니었다. 어딘가에서 나무나 종이가 타고 있었다.

혼잡한 클럽의 오래되고 바싹 마른 벽 혹은 바닥재에 불이 붙었는지도 몰랐다.

"엄마?" 트리시도 얼굴을 찌푸리며 주위를 둘러보았다. 앙증맞은 코가 씰룩거렸다. "이거 혹시……."

"그래, 맞아." 미셸이 속삭였다. 연기는 보이지 않았지만 냄새는 확실했다. 그리고 그 냄새는 계속해서 진해져만 갔다. "여길 나가야겠어. 지금 당장!" 미셸이 자리에서 벌떡 일어났다.

"이봐요, 아가씨." 남자가 고꾸라지려는 의자를 황급히 붙잡아 세우고 그녀를 불렀다. "무슨 일이에요?" 그의 얼굴도 이내 일그러졌다. "맙소사. 이거 타는 냄새인가요?"

주변 관객들도 같은 냄새를 맡았는지 하나둘 주위를 둘러보기 시작했다.

하지만 백 명이 넘는 사람들 중 누구 하나 클럽을 떠나려 하지 않았다. 종업원도, 관객도, 밴드도. 미셸 쿠퍼는 다급하게 딸부터 챙겼다. 그녀는 트리시를 가장 가까운 비상구 쪽으로 이끌었다.

"가방." 트리시가 요란한 음악 너머로 말했다. 미셸이 선물로 준 브라이턴 가방은 테이블 밑에 교묘히 숨겨져 있었다. 트리시가 하트 무늬로 장식된 가방을 가져와야 한다며 멀어졌다.

"그냥 두고 와. 서둘러야 해!"

"잠깐이면……." 소녀가 가방을 집으려 몸을 숙였다.

"트리시! 안 돼! 그냥 놔둬."

미셸이 자리를 박차고 일어나 비상구를 향해 나아가는 걸 본 십수 명의 사람들이 밴드에서 시선을 거두고 우왕좌왕하며 주위를 둘러보기 시작했다. 자리에서 일어난 관객들의 얼굴에 호기심과 불안감이 교차했다. 그들의 미소는 점점 찌푸림으로 변해갔다. 가늘어진 눈들이 포악하고 음산한 빛을 띠었다.

관객 대여섯 명이 미셸과 트리시 사이로 비집고 들어왔다. 트리시는 아직도 가방에만 정신이 팔려 있었다. 미셸은 그쪽으로 성큼 다가가 딸의 어깨를 움켜잡았다. 그 바람에 스웨터가 늘어났다.

"엄마!" 트리시가 뒤로 물러났다.

바로 그때 눈부신 조명이 일제히 켜지며 비상구 쪽을 비추었다.

음악이 뚝 멎었다. 리드 보컬이 마이크에 대고 말했다. "거기, 음, 여러분, 저기…… 다들 진정하세요."

"맙소사, 대체 이게……." 미셸 옆에서 누군가가 소리쳤다.

여기저기서 비명이 터져 나왔다. 고막을 찢을 듯 요란한 소리가 공연장을 가득 채웠다.

미셸과 트리시 사이로 관객들이 우르르 밀려나왔다. 모녀는 각각 다른 쪽으로 떠밀려갔다.

스피커에서 안내방송이 흘러나왔다.

"여러분, 화재가 발생했습니다. 어서 대피하세요! 지금 당장 이곳을 빠져나가야 합니다! 주방이나 무대 출구는 이용하실 수 없습니다. 그쪽에 불이 났습니다! 비상구를 이용해주십시오."

어느새 비명은 울부짖음으로 바뀌어 있었다.

관객이 자리를 박차고 일어날 때마다 의자가 쓰러지고 유리잔이 산산조각 났다. 높은 테이블 두 개도 바닥에 넘어져 박살이 났다. 사람들이 비상구 쪽으로 우르르 몰려갔다. 문 위에 켜진 빨간불은 아직 잘 보였다. 자욱한 연기 속에서도 시야는 양호한 편이었다.

"트리시! 이쪽이야!" 미셸이 소리쳤다. 이제 그들 사이에는 스무 명 넘는 관객들이 빽빽이 들어차 있었다. 빌어먹을 가방 때문에 이게 무슨 일인가? "빨리 나가야 해!"

트리시는 인파를 비집고 필사적으로 나아가려 했다. 미셸의 몸이 비상구로 몰려가는 사람들에 떠밀려 잠시 붕 떠올랐다. 트리시도 이내 또 다른 인파에 휩싸여버렸다.

"트리시!"

"엄마!"

비상구 쪽으로 휩쓸려가던 미셸은 몸의 모든 근육을 이용해 딸이 있는 쪽으로 간신히 몸을 틀었다. 하지만 두 사람이 양쪽에서 짓이겨대는 통에 꼼짝도 할 수가 없었다. 한 명은 몸집이 육중한 남자였다. 그의 티셔츠는 갈가리 찢겼고, 벌게진 피부에는 손톱으로 할퀸 자국이 선명했다. 그 반대편의 여자는 실리콘을 잔뜩 넣은 가슴으로 미셸의 옆구리를 찔러대는 중이었다.

"트리시, 트리시, 트리시!"

미셸은 한순간 귀가 들리지 않는 것 같았다. 공포와 고통에 사로잡힌 관객들의 비명과 절규는 그녀의 모든 감각을 마비시켜놓았다. 시야에 들어오는 것이라고는 바로 앞 남자의 뒤통수와 비상구 표시뿐이었다. 미셸은 앞을 막은 사람들의 어깨와 팔과 목과 얼굴을 필사적으로 떠밀며 조금씩 나아갔다.

"딸을 데리러 가야 해요! 물러나요, 물러나요, 물러들 나라고요!"

하지만 비상구로 향하는 인파는 멈추지 않았다. 미셸 쿠퍼는 숨이 점점 가빠졌다. 가슴과 옆구리와 복부에서 강한 힘이 느껴졌다. 빌어먹을! 그녀의 두 팔은 누군가에게 단단히 붙들렸고, 두 발은 바닥에서 떨어진 지 오래였다.

그때 눈부신 객석 조명이 일제히 켜졌다. 사람들에게 떠밀린 미셸의 몸이 한쪽으로 살짝 돌아갔다. 주변 관객들 얼굴이 그녀의 눈에 속속 들어왔다. 패닉에 빠진 사람들의 눈은 동전만큼이나 커져 있었다. 입에서는 진홍색 피가 배어났다. 겁에 질려 혀라도 깨물었나? 아니면 부러진 늑골에 폐가 찔리기라도 했나? 사십 대로 보이는 한 남자는 의식을 잃은 상태였다. 피부는 잿빛으로 변해 있었다. 실신했나? 심장마비로 죽은 건가? 하지만 그의 몸은 밀려드는 인파 속에 낀 채 꼿꼿이 서 있었다.

탄내는 숨쉬기가 힘들 정도로 진해졌다. 불이 실내 공기를 고스란히 빨아들이는지도 몰랐다. 하지만 어디서도 불꽃은 보이지 않았다. 패닉에 빠진 관객들이 공기를 다 들이마셔버린 건가? 뒤엉킨 몸뚱이들이 그녀의 가슴을 짓이겨대고 있었다.

"트리시! 얘야!" 그녀가 불러보았다. 하지만 그것은 속삭임에 가까웠다. 들이쉴 공기도, 내쉴 공기도 없었다.

얘가 어디 갔지? 다른 사람 도움으로 빠져나갔나? 그럴 리가. 그녀 눈에 보이는 사람들은 모두 광분한 짐승처럼 자신의 안위를 지키는 데만 혈안이 돼 있었다. 오직 생존 본능만이 그들을 지배했다.

제발…….

그녀와 하나가 되어 움직이던 인파가 무언가에 발이 걸린 듯 휘청거렸다.

오, 안 돼…….

미셸의 시선이 바닥을 훑었다. 빨간색과 검은색 드레스를 입은 호리호리한 젊은 라틴계 여자가 쓰러져 모로 누워 있었다. 그 얼굴에서 극도의 공포와 고통이 교차했다. 오른팔은 부러졌는지 뒤로 부자연스럽게 꺾여 있었고, 왼손은 한 남자의 바지 주머니를 움켜쥐고 있었다.

그녀는 속수무책이었다. 혼자 힘으로 몸을 일으키는 건 불가능해 보였다. 도와달라고 절규하는 그녀를 사람들은 못 들은 척 밟아 뭉갰다.

카우보이 부츠가 여자의 목을 정통으로 내리찍는 순간 미셸은 그녀의 눈을 똑바로 바라보고 있었다. 한 남자가 주변 사람들에게 울부짖었다. "안 돼. 뒤로 가. 물러나라고!" 하지만 그 역시 자신이 나아가는 방향을 통제하지 못했다.

목을 밟힌 여자의 고개가 뒤로 꺾이더니 이내 몸이 격렬히 떨리기 시작했다. 미셸은 가까스로 자신을 에워싼 인파로부터 벗어나는 데 성공했다. 라틴계 여자의 눈은 멍해졌고, 혀는 선홍색 입술 사이로 길게 튀어나왔다.

미셸 쿠퍼는 누군가의 죽음을 목격한 것이다.

스피커에서는 계속해서 안내방송이 흘러나왔다. 하지만 미셸에게는 아무것도 들리지 않았다. 들어봤자 무의미한 내용일 터다. 무엇 하나 제대로 통제할 수 없는 상태였다.

트리시, 넘어져선 안 돼. 무슨 일이 있어도 넘어져선 안 돼. 제발……. 그녀는 속으로 빌었다.

미셸은 자신을 에워싼 인파가 오른편 비상구로 몰린 틈을 타 클럽 안을 잽싸게 둘러보았다.

저기! 저기 내 딸이 있어! 다행히 넘어지지 않고 서 있었지만 트리시 역시 발광하는 몸뚱이들 틈에 붙박여 옴짝달싹 못 하고 있었다. "트리시! 트리시!" 그녀가 큰 소리로 불렀다. 아니, 그러려고 애써보았다. 어쩌면 그녀는 목소리를 잃었는지도 몰랐다. 악쓰는 소리가 주변 소음에 완전히 파묻혀버렸거나.

엄마와 딸은 서로로부터 점점 멀어지고 있었다.

미셸은 눈물과 땀으로 젖은 눈을 깜빡였다. 그녀를 휩쓸고 나아가는 인파가 비상구에 거의 다다랐다. 이제 몇 초 후면 건물을 빠져나갈 수 있을 것이다. 트리시는 아직도 주방 쪽에 머물러 있었다. 그곳에서 불이 났다고 했는데.

"트리시! 이쪽이야!"

이번에도 소리 없는 외침이었다.

그때 트리시 곁에 있던 한 남자가 이성을 잃고 갑자기 옆 사람의 얼굴을 가격하기 시작했다. 그러더니 광기에 차서 인파를 밟고 올라가려 했다. 그렇게 하면 천장에 이를 수 있다고 믿는 걸까. 졸지에 남자의 발판이 돼버린 사람들 중에는 몸무게가 그의 절반밖에 안 될 트리시도 포함돼 있었다. 미셸은 입을 벌려 비명을 지르는 딸을 바라보았다. 육중한 남자 밑에 깔려버린 트리시는 이내 광기의 바다 속에서 자취를 감추어버렸다.

기준선

BASELINE

4월 5일, 수요일

3

긴 테이블에 앉은 두 사람은 호기심에 찬 눈으로 그녀를 쳐다보고 있었다.

또 뭐가 있을까? 그녀는 생각했다. 의심, 반감, 질투?

동작학 전문가인 캐트린 댄스는 상대를 '읽는' 일을 했다. 하지만 법집행관들의 행동을 분석하는 것은 쉽지 않았다. 바로 지금, 그녀 앞에 앉은 사람들의 생각이 잘 읽히지 않듯이.

방금 도착한 그녀의 보스 찰스 오버비는 테이블 앞에 앉는 대신 문간을 서성이며 휴대폰을 들여다보고 있었다.

네 사람은 공항에서 멀지 않은 몬터레이 68번 고속도로 인근의 캘리포니아 연방수사국CBI 서중앙지국 1층 취조 관찰실에 들어와 있었다. 어둡고 톡 쏘는 냄새가 풍기는 방에서는 매직미러를 통해 취조실을 들여다볼 수 있다. 순진하거나 마약에 취한 범인들은 거울의 용도를 모르고 그 앞에 서서 태연하게 넥타이를 고쳐 매거나 머리를 매만지기도 했다.

모인 사람들은 옷차림부터가 진지했다. 테이블 상석에 앉아 있는 검은 슈트와 하얀 셔츠 차림의 남자는 스티브 포스터였다. 그는 캘리포니아 연방수사국 형사부 특수수사본부장으로, 새크라멘토에 기반을 두고 있었다. 키 168센티미터에 몸무게 54킬로그램인 댄스로서는 어떻게 묘사해야 할지조차 알 수 없을 정도로 거대한 몸집을 자랑했다. 떡 벌어진 어깨와 길고 숱 많은 인상적인 은발, 자전거 핸들처럼 축 늘어진 콧수염. 꼭 옛 서부 보안관을 보는 듯했다.

포스터의 맞은편에는 회색 바지정장 차림의 캐럴 앨러턴이 앉아 있었다. 오클랜드에서 DEA* 고위 요원으로 활동 중인 캐럴은 검은색과 회색이 섞인 짧고 희끗희끗한 머리를 하고 있었다. 다부진 체구의 캐럴은 열 명 이상의 거물급 범죄자를 체포한 화려한 경력의 소유자였다. 전설까지는 아니어도 존경받아 마땅한 사람임에는 틀림없었다. 새크라멘토나 워싱턴으로 옮겨갈 수 있는 출세의 기회가 주어졌지만 그녀는 미련 없이 거절했다.

캐트린 댄스는 검은 스커트에 두꺼운 면으로 된 하얀 블라우스, 글록 권총을 교묘히 감춰주는 짙은 갈색 재킷을 걸쳤다. 그녀의 옷차림에서 유일하게 튀는 것은 땋아 내린 머리 끝에 묶인 파란색 머리끈뿐이었다. 오늘 아침, 그녀의 딸이 학교로 향하는 길에 묶어준 것이었다.

"다 됐어." 오십 줄에 들어선 찰스 오버비가 휴대폰에서 눈을 뗐다. 테니스 약속을 잡은 것인지 주지사의 이메일을 확인한 것인지 알 길은 없지만 오늘 미팅을 감안하면 둘 다일 가능성도 배제할 수 없었다. 배가 볼록 나왔지만 나이에 비해 운동신경이 좋은 남자였다. 그가 자리에 앉아 마닐라 폴더를 펼쳤다.

* 마약 단속국.

32

"좋아. 특별 대책본부 구성은 다 끝난 거지? 그럼 시작해볼까?"

달래는 듯한 오버비의 말에 수사관들은 대답 대신 단호한 눈빛을 번뜩였다. 방금 전 댄스가 유심히 관찰했던 바로 그 눈빛. 오버비의 주특기가 행정 업무라는 것은 이 바닥에서 이미 잘 알려진 사실이었다. 그리고 이곳에 모인 사람들은 전부 현장에서 잔뼈가 굵은 거친 수사관들이었다. 그처럼 특별 대책본부 운운하는 타입이 아니었다.

수사관들은 일제히 웅얼거리며 고개를 끄덕였다.

그가 '시작해보자'는 것은 캘리포니아 주 주요 갱단들의 최신 동향에 대한 작전을 의미했다. 캘리포니아의 어느 곳도 조직범죄로부터 자유로울 수 없었다. 하지만 최대 규모 갱단들의 주 무대는 두 곳으로 정리할 수 있었다. 북부와 남부. 북부 갱단의 본거지는 오클랜드였고, 남부는 LA였다. 양극의 두 갱단은 라이벌 관계를 청산하고 협력 관계로 돌아선 상태였다. 북부의 총기는 베이 지역으로, 남부의 마약은 LA로 각각 보내졌다. 지금 이 시간에도 5번, 101번, 그리고 정체가 심한 먼지투성이 99번 고속도로를 통해 엄청난 양의 불법 수송물이 운반되고 있었다.

그런 수송물을 추적하고 막는 것이 쉽지 않은 이유는 갱단 고위층이 기발한 아이디어를 떠올렸기 때문이다. 그들은 화물을 도착지별로 따로 구분하고, 중간 기착지를 이용하는 방법으로 단속을 피했다. 견인 트레일러에 싣고 온 화물은 중간 기착지에서 수십 대의 작은 트럭과 밴으로 옮겨졌다. 그들에게 오클랜드에서 남쪽으로 두 시간, LA에서 북쪽으로 다섯 시간 거리에 자리한 살리나스는 수백 채의 창고와 수천 대의 운송 차량을 갖춘 완벽한 허브였다. 게다가 그 지역은 갱단 활동이 왕성한 곳이기까지 했다. 경찰이 이렇다 할

범죄 근절책을 내놓지 못하는 가운데 범죄율은 무섭게 치솟았다. 총기와 마약 거래를 통한 수익이 올해 들어 벌써 5억 달러를 돌파했다는 통계도 있었다.

6개월 전, CBI, FBI, DEA, 그리고 지역 법집행 기관들이 뜻을 모아 '파이프라인 소탕 작전'을 결성했다. 이 작전의 목표는 놈들의 수송망을 무력화시키는 것이었지만 성과는 미미했다. 촘촘한 물류망을 구축한 범죄 조직들은 영리하고 대담했다. 그들은 늘 한 걸음 앞서나가며 법집행관들을 농락했고, 당국은 하급 딜러나 바짓가랑이에 소량의 물건을 숨긴 운반책 몇 명을 검거하는 데 그쳤다. 성과라고 부르기에도 부끄러운 수치였다. 설상가상으로 정체가 노출된 정보원들은 제대로 활약 한번 못 해보고 놈들에게 붙잡혀 고문당하고, 결국에는 죽임을 당했다.

캐트린 댄스는 파이프라인 소탕 작전 소속으로 구즈만 조직을 담당하고 있었다. 포스터, 앨러턴, 그리고 현재 현장에 나가 있는 두 수사관을 모아 대책본부를 만든 것도 그녀였다. 사이코로 알려진 구즈만은 실로 거물급 범죄자였다. 그가 살리나스와 그 주변 지역 전달 포인트들의 절반 이상을 알고 있다는 소문도 돌았다. 당국 입장에서는 놓칠 수 없는 먹잇감이었다.

예비 작업을 마친 댄스는 어젯밤 대책본부 팀원들에게 문자 메시지를 보내 구즈만과 관련된 결정적인 단서가 확보된 사실을 알리고 급하게 브리핑을 준비했다.

"자, 오늘 그 자식에 대해 들려주겠다고 했지? 우리에게 구즈만을 넘겨줄지 모른다는 친구? 이름이 뭐랬지? 세라노?" 스티브 포스터가 말했다.

댄스가 말했다. "네. 이름은 호아킨 세라노. 32세. 기록은 깨끗하더군요. 전과도 없습니다. 저희 정보원이 그에 대해서 알려줬는데……."

"정확히 누구 정보원이지?" 포스터가 퉁명스럽게 물었다. 그는 말을 끊는 데 남다른 소질이 있었다.

"저희 사무실의 정보원입니다."

다른 사무실 소속인 포스터가 앓는 소리를 냈다. 어쩌면 그는 자신의 팀이 먼저 세라노를 확보하지 못했다는 사실에 짜증이 나 있는지도 몰랐다. 진작 그 내용을 보고받지 못한 것이 못마땅한지도 모르고. 그가 계속하라는 듯 손가락을 소리 나게 튕겼다.

"세라노는 '새드 아이즈Sad Eyes'의 죽음에 구즈만이 엮여 있다고 확인해줄 수 있는 사람입니다."

축 늘어진 눈꺼풀 때문에 새드 아이즈란 별명으로 불리던 피해자의 본명은 헥터 멘도자였다. 그는 북부와 남부 갱단의 고위층과 두루두루 친분을 유지해왔다. 그가 살아 있었다면 그야말로 완벽한 증인이 되어주었을 것이다.

평소 냉소적이고 시큰둥한 포스터도 새드 아이즈의 죽음에 대해 구즈만의 책임을 물을 수 있다는 사실에 만족했다.

늘 뻔한 얘기를 늘어놓는 오버비가 입을 열었다. "구즈만이 무너지면 나머지 파이프라인 조직원도 도미노처럼 무너지겠군."

"그 증인 말이에요. 세라노라고 했나? 그에 대해 좀 더 자세히 알려줄 수 있어요?" 캐럴 앨러턴이 노란색 노트 패드를 만지작거리다가 자신의 무의식적 행동에 놀란 듯 노트를 반듯하게 맞춰놓고 손을 뗐다.

"조경사예요. 몬터레이의 대규모 조경업체에 소속돼 있죠. 확인해봤는데 믿을 만한 사람 같더군요."

"부디 그랬으면." 포스터가 말했다.

"그가 지금 여기 와 있다고요?" 앨러턴이 물었다.

"밖에 있어요." 오버비가 말했다.

포스터가 말했다. "왜 제 발로 우릴 찾아왔을까? 속셈이 뻔하지 않아? 밀고한 사실이 발각되면 구즈만이 어떻게 나올지 그가 모르겠어? 결국 구즈만의 사격 연습용 표적으로 전락해버릴 운명이라는 걸 알 텐데."

앨러턴이 말했다. "어쩌면 돈이 궁했는지도 모르죠. 조직 내에 우리의 도움을 필요로 하는 누군가가 있는지도 모르고요."

"어느 날 문득 옳은 일을 해야겠다는 생각이 들었는지도 모르죠." 댄스의 말에 포스터가 웃음을 터뜨렸다. 그녀의 얼굴에도 희미한 미소가 떠올랐다. "이따금 그럴 때가 있다고 들었어요."

"자발적으로 온 거죠?" 앨러턴이 물었다.

"네. 연락해서 나와달라고 요청했더니 기꺼이 그러겠다고 했어요."

"그러니까, 일단 한번 믿어보자 이건가?" 오버비가 말했다.

"네." 그때 벽에 붙은 전화기가 나지막이 울렸다. 댄스가 전화를 받았다.

"네?"

"대장, 저예요."

전화를 걸어온 사람은 티제이㎡ 스캔런이었다. 서른쯤 된 서중앙지국 소속 CBI 요원이자, 댄스의 직속 부하였다. 공식적인 직무 분석표에는 그런 언급이 없었지만. 믿음직하고 성실한 티제이 스캔런은 보수적인 CBI와는 어울리지 않는 요원이었다.

티제이가 말했다. "그가 도착했습니다. 시작하시죠."

"그래. 이쪽도 준비됐어." 댄스가 수화기를 내려놓고 방 안에 모인 사람들에게 말했다. "세라노가 도착했답니다."

그들은 거울 너머로 취조실 문이 열리는 걸 지켜보았다. 호리호리한 몸에 곱슬머리를 한 티제이가 걸어 들어왔다. 그는 격자무늬 스포츠 코트와 빨간 나팔바지 차림이었다. 티셔츠는 노란색과 주황색으로 홀치기 염색되었다.

CBI와는 어울리지 않아…….

키가 큰 라틴계 남자가 티제이를 따라 들어왔다. 짧게 깎은 머리. 이십 대 후반쯤 되어 보였다. 남자가 잠시 방 안을 둘러보았다. 새 것으로 보이는 달라붙는 남색 청바지를 입었고, 회색 후드티셔츠에는 UCSC* 로고가 찍혀 있었다.

"흠……." 포스터가 툴툴거렸다. "산타크루즈를 졸업했다고 광고하는 건가?"

댄스가 퉁명스럽게 말했다. "졸업한 게 아니에요. 그냥 강의 몇 개 들었을 뿐이죠."

"흠."

라틴계 남자의 오른손에 문신이 새겨져 있었다. 하지만 갱단의 상징은 아닌 듯했다. 왼쪽 손목, 트레이닝복 소매 근처에 또 다른 문신이 살짝 보였다. 얼굴은 평안해 보였다.

스피커에서 젊은 요원의 목소리가 흘러나왔다. "자, 여기 앉으세요. 물이라도 한 잔 줄까요?"

남자가 덤덤하게 말했다. "됐어요."

"곧 다른 요원이 들어올 겁니다."

남자가 고개를 끄덕였다. 그는 거울을 향해 놓인 의자에 앉았다.

---

* 캘리포니아 대학교 산타크루즈 캠퍼스.

거울을 한 번 슬쩍 쳐다본 후 휴대폰을 꺼내 화면을 보았다.

포스터가 앉은 채로 몸을 뒤척였다. 몸짓언어 분석 없이도 댄스는 그의 생각을 읽을 수 있었다. 그녀가 말했다. "저 사람은 그저 증인일 뿐이에요. 영장이 없으니 여길 뜨는 것도 막을 수 없고요. 죄 없는 사람이니 살살 다뤄야 합니다."

"죄가 없긴 왜 없어?" 포스터가 말했다. "아직 밝혀진 게 없을 뿐이지."

그녀가 살짝 눈을 흘겼다.

"척 보면 감이 온다고."

댄스가 자리에서 일어나 권총집에서 글록을 뽑았다. 그녀는 테이블에 총을 내려놓고 노란색 노트 패드와 펜을 들었다.

진실을 파헤칠 시간이었다.

4

"저 친구가 기적의 수사관이라고?" 포스터가 물었다. "동작학인지 뭔지 하는 걸로 말이지?"

"캐트린을 한번 믿어봐." 오버비는 새크라멘토에서 온 동료가 영 마음에 들지 않았다. 포스터야말로 발로 뛴 동료들의 공과 스포트라이트를 뻔뻔하게 가로채고도 남을 타입이었다. 하지만 노골적으로 반감을 드러낼 수는 없었다. 포스터는 오버비와 같은 급여 등급이지만 계급으로 따지면 확실히 위에 있었다. 새크라멘토에 기반을 두고 있다는 것은 그의 사무실이 CBI 국장으로부터 10미터도 채 떨어져 있지 않다는 뜻이다. 또한, 포스터는 입법부와도 친밀한 관계를 구축할 수 있는 위치에 있었다.

앨러턴이 앞에 놓인 노트 패드의 첫 장을 뜯어내고 새 종이에 '1'이라고 적어놓았다.

오버비가 계속 이어나갔다. "아주 재밌어. 저 친구 특기를 알고 나서 같이 점심이라도 먹게 되면 말이야, 매 순간 행동거지를 조심할 수밖에 없거든. 시선 처리도 신중하게 되고. 언제 저 친구 입에서 이런 얘기가 나올지 모르니까. '오늘 아침에 사모님과 한바탕 싸우셨군요. 그렇죠? 청구서 때문이었을 것 같은데.'"

"셜록 홈스 같네요." 앨러턴이 말했다. 그리고 이내 덧붙였다. "난 그 영국 배우가 좋더라고요. 베네딕트 컴버배치라니, 이름도 특이하고. 꼭 커머번드*처럼 들리잖아요."

오버비가 취조실 안을 응시하며 말했다. "동작학은 그런 게 아니에요."

"그래?" 포스터가 말했다.

오버비는 설명을 이어가지 않았다. 모두가 유리 너머를 지켜보고 있을 때 그는 구즈만 조직 대책본부의 두 팀원, 포스터와 앨러턴을 유심히 살펴보았다. 잠시 후, 댄스가 취조실로 들어갔다. 오버비의 시선도 그쪽을 향했다.

"세라노 선생님, 저는 댄스 요원입니다." 관찰실 천장에 붙은 스피커에서 잡음 섞인 그녀의 목소리가 흘러나왔다.

"선생님Mister이라." 포스터가 중얼거렸다.

라틴계 남자는 눈을 가늘게 뜨고 그녀를 유심히 쳐다보았다. "만나서 반가워요." 그의 표정이나 자세에서는 불안해하는 기미가 조금도 엿보이지 않았다.

그녀는 그의 맞은편에 앉았다.

"와줘서 고마워요."

그가 살짝 미소를 머금으며 고개를 끄덕였다.

"당신을 조사하려는 게 아니니까 걱정 말아요. 일단 그 부분을 분명히 해두고 싶어요. 우린 수십 명의 증인을 만나고 있어요. 어쩌

---

* cummerbund, 허리띠.

40

면 곧 수백 명이 될지도 몰라요. 이곳 반도에서 발생한 갱단 관련 범죄들을 살펴보는 중이죠. 선생님의 도움이 꼭 필요해요."

"그러니까 변호사는 필요 없다는 얘기죠?"

그녀가 미소를 지어 보였다. "전혀요. 언제든 원할 때 돌아가도 돼요. 질문에 답하지 않아도 되고요."

"그랬다간 내가 너무 수상해 보이지 않겠어요?"

"어젯밤 아내가 만들어준 요리가 어땠는지, 그런 걸 묻더라도 내키지 않는다면 답변하지 않아도 돼요."

앨러턴이 피식 웃었다. 포스터는 슬슬 조바심이 나는 모양이었다.

"어차피 그 질문엔 답할 수가 없어요."

"결혼 안 했어요?"

"아직요. 설령 아내가 있다 해도 요리는 내가 도맡아 했을 겁니다. 내가 그쪽으로 소질이 좀 있거든요." 그가 미간을 살짝 찡그렸다. "하지만 난 당신들을 돕고 싶어요. 놈들이 벌이고 다니는 짓들을 보면 피가 끓거든요. 정말 역겨워요." 그가 눈을 질끈 감았다.

"여기서 오래 살았어요?"

"십 년."

"미혼이라면 가족은요? 여기 살아요?"

"아뇨. 베이커스필드에 삽니다."

"저런 내용은 진작 알아봤어야 하지 않나?" 포스터가 말했다.

"오, 당연히 아는 내용이지. 캐트린은 저 친구에 대한 모든 걸 알고 있어. 이름을 알고 나서 여덟 시간 동안 꼼꼼히 조사했을 거야." 오버비가 대답했다.

댄스의 취조와 동작학 강의를 숱하게 지켜봐온 그의 입장에서 대책본부 팀원들에게 그녀의 특기에 대해 설명하는 것은 어려운 일이 아니었다.

"동작학에 있어 가장 중요한 건 스트레스 지표를 찾는 일이야. 거짓말을 할 때 사람은 예외 없이 스트레스를 느끼거든. 어떤 용의자들은 그걸 교묘히 감추기 때문에 속을 꿰뚫어 보는 게 쉽지 않아. 하지만 보통 사람들은 스트레스를 받고 있다는 걸 드러내고 말지. 지금 캐트린은 세라노로 하여금 경계를 늦추도록 유도하는 거야. 그래서 일부러 갱단이나 범죄에 대해선 언급하지 않는 거지. 대신 궁금하지도 않은 날씨나 성장 배경, 레스토랑, 반도 생활 따위에 대해 계속 묻고 있는 거야. 그의 몸짓언어의 기준선을 잡기 위해서."

"기준선이라."

"바로 그게 열쇠거든. 기준선을 잡아야 그가 진실을 얘기할 때 어떤지 알 수 있으니까. 아까 내가 동작학이 그런 게 아니라고 했었지? 즉, 아무 기반이 없는 상태에선 불가능하다는 뜻이었어. 방금 처음 만난 사람의 속내를 읽어내는 건 불가능에 가까운 일이야. 지금 캐트린이 하는 것처럼 기준선부터 잡아야 한다고. 그 작업이 끝나면 본격적으로 갱단과 구즈만에 대한 질문을 던질 거야."

"그러니까 그의 반응을 기준선과 비교해 그 답변이 진실인지 아닌지 분간할 수 있다는 얘기군요." 앨러턴이 말했다.

"바로 그거예요." 오버비가 말했다. "행동에 변화가 생겼다는 건 스트레스를 받고 있다는 뜻이거든요."

"그 스트레스는 거짓말에서 비롯된 것이고?" 포스터가 물었다.

"아무래도 그렇겠지. 방금 기관총으로 누군가를 쏴 죽였기 때문에 늘어놓는 거짓말이 있는가 하면, 기관총에 맞아 죽고 싶지 않아서 늘어놓는 거짓말도 있어. 어쩌면 저 친구도 어느 순간 마음을 바꿔 수사에 협조하지 않을 수도 있지 않겠나. 캐트린은 그런 불상사를 막기 위해 기초 작업을 해두고 있는 거야."

"협조." 포스터가 말했다. 냉소적인 입에서 흘러나온 그 단어는 몇 음절 더 늘어난 것처럼 들렸다.

오버비는 살짝 변색된 포스터의 검지와 중지를 보며 그가 현재 흡연자이거나 한때 그랬을 거라고 추측했다. 치아도 누렇게 물들어 있었다.

나도 셜록이 다 됐군.

그들 앞의 작고 살풍경한 방에서 캐트린 댄스는 질문과 대화와 관찰을 이어가고 있었다.

그렇게 십오 분이 흘렀다.

댄스가 물었다. "조경 일은 즐거운가요?"

"네. 조경은 뭐랄까, 난 손으로 하는 일을 좋아해요. 내게 재능이 있었다면 아마 예술가가 됐을 겁니다. 애석하게도 그렇지는 못해요. 하지만 정원 가꾸는 일은 얼마든지 할 수 있죠."

오버비의 시선이 그의 초승달 모양의 까만 손톱으로 돌아갔다.

"우리가 수사 중인 사건에 대해 말씀드릴게요. 얼마 전 헥터 멘도자라는 사람이 살해됐거든요. 총에 맞았죠. 그의 별명은 새드 아이즈였어요. 뉴몬터레이에 있는 한 레스토랑에서 나오다가 변을 당했죠. 라이트하우스 길에 자리한 식당 있잖아요."

"새드 아이즈. 네, 알아요. 뉴스에서 봤어요. 배스킨라빈스 근처 였죠?"

"맞아요."

"그게…… 기억은 잘 안 나는데, 차를 타고 가면서 총으로 쏜 거 아니었나요?"

"네, 그랬어요."

"애꿎은 사람들이 다치진 않았나요?" 그가 얼굴을 찡그렸다. "애들이나 행인들이 피해를 보는 건 정말 싫어요. 갱단 놈들, 그놈들은 자기들 때문에 누가 죽든 말든 눈도 깜짝 안 하잖아요."

댄스가 고개를 끄덕였다. 얼굴에 살짝 미소를 머금었다. "세라노 선생님, 수사를 하던 중에 선생님의 이름이 언급됐어요. 그래서 이런 질문을 드리는 겁니다."

"내 이름요?" 그는 호기심에 찬 표정을 지어 보일 뿐 충격은 받은 것 같지 않았다. 그의 가무잡잡한 얼굴에 잠시 깊은 골이 팼다.

"그 멘도자라는 사람이 살해된 날, 선생님은 로드리고 구즈만의 집에서 일했어요. 3월 21일이었죠. 혹시 그 집에서 검은색 대형 BMW를 보셨나요? 3월 21일 오후 3시경에요."

"차가 몇 대 있었어요. 검은 차도 본 것 같은데 BMW는 분명 아니었어요. 그건 확실해요." 그가 애석해하듯 말했다. "꼭 갖고 싶은 드림카예요. BMW가 눈에 들어왔으면 대번에 알아봤겠죠."

"거기 몇 시간이나 계셨죠?"

"아, 거의 하루 종일 있었어요. 내가 원래 일을 좀 일찍 시작하는 편이거든요. 물론 고객이 문제 삼지 않는다면. 구즈만 씨 댁은 면적이 엄청나서요, 늘 할 일이 널려 있죠. 그날 7시 30분에 일을 시작했어요. 점심은 11시 30분쯤에 먹었고요. 하지만 삼십 분 정도 쉬었을 뿐이에요. 그런데 정말 구즈만 씨가 갱단과 연루돼 있어요? 지금 그 얘길 하고 있는 거죠?" 그의 얼굴에 주름이 한층 더 깊어졌다. "정말 좋은 분이거든요. 그런 구즈만 씨가 저기…… 그 남자를 죽였단……."

"멘도자. 헥터 멘도자요."

"구즈만 씨는 그럴 사람이 아니에요. 그분이 누굴 해쳤을 리 없

44

어요."

"말씀드렸듯 우린 그저 진상을 조사하고 있을 뿐이에요."

"저런 반응은 무슨 뜻일까요?" 앨러턴이 말했다. "몸을 비비 꼬아대면서 시선을 멀리 돌렸다가 댄스를 쳐다보기를 반복하는데, 저게 다 뭘 의미하는지 모르겠어요."

"그건 **캐트린**이 할 일이에요." 오버비가 말했다.

"내 눈엔 수상해 보여." 포스터가 말했다. "몸짓언어랑 상관없이 말하는 게 **너무** 순진하잖아."

오버비가 말했다. "자기 회사 최고의 고객이 조직범죄자라는 사실이 못마땅한 거겠지. 나라도 저렇게 반응했을 거라고."

"자네가?" 포스터가 말했다.

오버비는 발끈했지만 내색하지 않으려 애썼다. 앨러턴이 포스터를 살짝 노려보았다. 그가 말했다. "저 친구를 덜컥 믿어선 안 된다는 얘기야."

댄스가 말했다. "다시 말씀드리지만, 우린 궁금한 게 많아요, 세라노 선생님. 멘도자 씨를 총으로 쏜 범인이 뉴몬터레이로 향하기 직전에 구즈만 씨를 만났다는 정보를 입수했어요. 우린 그게 사실인지 확인하는 중입니다."

"그렇군요."

"그러니까 그날 오전, 구즈만의 집에서 BMW를 못 봤다는 말씀이죠?"

"네, 댄서 요원님. 아니, 댄스인가요? 댄스 요원님. 내 기억엔 검은 차는 못 봤던 것 같습니다. 그날 주로 집 앞에서 일을 했거든요. 진입로 근처에서요. 그런 차가 세워져 있었으면 분명 기억에 남았을 겁니다. 그때 난 수국을 심고 있었어요. 구즈만 씨가 파란 수국

45

을 좋아하거든요."

"네, 알았습니다. 딱 한 가지만 더 확인할게요. 사진 몇 장을 보여드릴 테니 그중에 구즈만 씨의 집을 찾아온 사람이 있는지 알려주세요. 21일에 왔던 사람이라면 좋겠지만 다른 날도 상관없습니다."

"네."

댄스가 노트를 펼치고 사진 세 장을 꺼냈다.

"선명하지 않네요. 스파이 카메라로 찍은 겁니까?"

"맞아요. 감시 카메라로 촬영한 거예요."

세라노가 몸을 앞으로 기울여 사진들을 가까이 끌어갔다. 자신의 손톱이 지저분하다는 사실을 깨달았는지 얼굴을 살짝 붉혔다. 그는 사진들을 나란히 배열한 후 두 손을 무릎에 얹었다. 그러고는 한동안 빤히 응시했다.

"그래도 협조하려고 애를 쓰긴 하네요. 부디 용의자를 짚어내주길." 앨러턴이 말했다.

하지만 남자는 다시 뒤로 몸을 기댔다. "이 사람들을 본 기억이 없어요. 하지만……." 그가 셋 중 하나를 손끝으로 톡톡 두드렸다. "이 사람은 애슬레틱스에서 외야수로 뛰는 야구 선수 같은데요."

댄스가 미소 지었다.

"누구지?" 포스터가 물었다. "여기선 안 보이는데."

"콘티노인 것 같습니다." 앨러턴이 말했다.

"그 빌어먹을 놈 말이오?" 포스터가 웅얼거렸다.

오클랜드 조직의 암살자.

댄스는 사진들을 정리해 노트에 끼웠다. "이상입니다. 세라노 선생님."

그가 고개를 저었다. "도움이 못 된 것 같아 미안해지네요, 댄스 요원님. 난 당신들만큼이나 갱단 놈들을 혐오해요. 어쩌면 당신들보다 더할 수도 있어요." 그가 단호하게 말했다. "죄 없는 우리의 아이들이 죽어가고 있잖아요. 우리 동네에서."

댄스가 몸을 앞으로 기울이고 나지막이 말했다. "구즈만 씨 집에서 **뭔가를** 보게 되면 꼭 알려주세요. 선생님의 신변은 책임지고 보호해드리겠습니다. 선생님과 선생님의 가족까지 모두 말이에요."

젊은 남자의 시선이 다시 멀어졌다. 잠시 뜸을 들이던 그가 말했다. "그럴 일은 없을 것 같네요. 더 이상 그 집 일은 맡지 않을 거라서요. 사장님에게 다른 작업을 달라고 할 거예요. 보수는 적어도 상관없으니까."

앨러턴이 말했다. "우리 끄나풀 노릇을 할 배짱은 없나 보네요."

포스터가 투덜거렸다. "그에게 아무 제안도 안 했잖아요. 뭘 보고 협조를……."

"세라노 선생님, 범죄 소탕에 도움을 준 증인을 위해 특별히 책정된 예산이 있어요. 아무도 모르게 현금으로 지급되고요."

젊은 남자가 안쓰러운 미소를 지어 보이며 자리에서 일어났다. "당신이 방금 한 얘기엔 치명적인 허점이 하나 있어요. '소탕.' 당신들이 정말로 갱들을 확실히 소탕할 수 있다면 한번 생각해볼게요. 하지만 몇 놈 잡아서 감옥에 처넣는 걸 소탕이라고 부른다면 난 미련하게 나서지 않을 겁니다. 조직의 잔당이 언제 나랑 내 여자친구를 찾아올지 모르니까요."

그녀가 한 손을 내밀었다. "오늘 고마웠어요."

"손이 더러워서 미안하군요." 그가 손바닥을 펼쳐 보였다. 하지만 까만 손톱은 끝내 내보이지 않았다.

"괜찮아요."

그는 악수를 하고 취조실을 나갔다. 댄스는 전등을 끄고 그를 뒤
따랐다.

5

댄스는 관찰실로 들어와 문을 닫았다. 그녀는 테이블로 다가가 노트를 내려놓고 녹음기 버튼을 눌러 껐다. 그런 다음, 글록을 다시 권총집에 꽂아 넣었다.

"응?" 스티브 포스터가 물었다. "뭔가 놀라운 일이 벌어졌는데 내가 눈치채지 못한 건가?"

"얘길 나눠보니 어떻던가, 캐트린?" 오버비가 물었다.

"기준선에서 많이 벗어나지 않더군요. 진실을 얘기한 게 맞아요. 그는 정말 아무것도 몰라요." 그녀는 자신의 행동을 완벽히 통제하는 속임수의 달인들이 있다고 설명했다. 마음만 먹으면 심박동수를 늦출 수 있는 요가 고수들처럼. 하지만 세라노는 그 정도로 거짓말에 능한 사람 같지 않다고 했다.

"뭔가 구린 구석이 있는 것 같긴 하지만 정보원의 죽음이나 갱단이나 구즈만과 관련된 건 분명 아닐 거예요. 어릴 적 차를 훔치거나 마리화나를 몰래 피워본 적은 있겠죠. 반도 생활에 대해 얘기할 때 살짝 얼버무리는 걸 보면 시시한 일로 몇 번 곤욕을 치른 적은 있었던 것 같아요."

"그걸 다 읽어냈어요?" 앨러턴이 말했다.

"추론했어요. 하지만 제법 정확할 거예요. 쓸 만한 내용이 없다는 게 문제이지만."

"젠장." 오버비가 나지막이 말했다. "구즈만을 잡아넣을 유일한 기회였는데."

댄스가 바로잡았다. "기회는 또 올 겁니다. 이번엔 우리 뜻대로 되지 않았을 뿐이죠."

"과연 그럴까?" 포스터가 말했다.

캐럴 앨러턴이 말했다. "배달원을 잡았잖아요. 녀석이 뭔가 알고 있지 않을까요?"

"그 피자 배달부? 그 녀석은 아무것도 아니에요. 아무 도움도 안 되는, 죽은 단서라고요." 포스터가 경직된 표정으로 말을 이었다. "난 그 세라노라는 놈이 의심스러워. 어딘지 모르게 수상하다고. 너무 능청스러워 보인달까. 혹시 몸짓언어 가르쳐주는 학교에서 능청스러운 반응이 뭘 의미하는지 못 배웠나?"

댄스는 대답하지 않았다.

앨러턴이 말했다. "호기."

"네?" 오버비가 물었다.

"세라노는 호기로운 척을 한 거였어요. 그냥 내 생각엔 그래요."

포스터는 문자 메시지를 확인하고 회신했다.

잠시 골똘히 생각에 잠겨 있던 앨러턴이 다시 입을 열었다. "다시 한번 시도해보는 게 좋겠어요. 값을 더 쳐줘서라도 마음을 돌려야죠."

"가망 없어요." 댄스가 말했다. "세라노 건은 이걸로 끝입니다.

그보다는 감시팀을 보내 구즈만을 밀착 감시하게 하는 편이 효과적일 거예요."

"뭐라고, 캐트린? 24시간 감시팀을 거기 세워놓자고? 비용이 얼마나 들어가는지 몰라서 하는 말인가? 차라리 피자 배달부나 가정부들을 구워삶는 편이 나아. 그러다 보면 쓸 만한 단서가 나올지도 모른다고." 오버비가 손목시계를 들여다보았다. "아무튼 자네들끼리 잘들 의논해봐요."

오버비가 자리에서 일어나 문으로 향했다. 하마터면 그는 불쑥 뛰어든 티제이 스캔런과 충돌할 뻔했다. 관찰실 안을 둘러보던 그의 눈이 휘둥그레졌다.

"세라노는 어디 있습니까?"

"방금 떠났어." 댄스가 대답했다.

티제이의 미간에 깊은 주름이 생겼다. "젠장!"

"왜 그러나, 티제이?" 오버비가 날카롭게 물었다.

"떠났다고요?" 티제이가 빽 소리쳤다.

이번에는 포스터가 나섰다. "**대체 무슨 일인데 그래?**"

"방금 에이미 그레이브의 전화를 받았습니다." 에이미는 FBI 샌프란시스코 지국을 맡은 특별수사관이다. "세라노가 살리나스에서 불법 마약 소지 혐의로 체포된 적이 있답니다. 구즈만이 세라노를 넘겼고요."

"누가 누굴 넘겨?" 포스터가 신경질적으로 물었다.

티제이가 고개를 끄덕였다. "대장, 세라노는 구즈만 밑에 있는 사람입니다."

"**뭐라고?**" 댄스의 숨이 턱 막혔다.

"총잡이라고요. 바로 그가 새드 아이즈를 죽인 킬러입니다. 세라노는 그날 오후 구즈만의 집에서 BMW를 몰고 나와 새드 아이즈를 살해했어요. 그러고 나선 다시 돌아가 데이지인지 팬지인지를 마저 심었겠죠. 그는 지난 6개월간 구즈만 사건의 증인 네 명을 살해했습니다."

"빌어먹을." 포스터가 흥분하며 말했다. 그의 시선이 댄스를 향했다. "애슬레틱스 외야수라고?"

"그거 확실한 정보야?"

"그들이 세라노가 범행에 사용한 총을 찾았답니다. 탄도학 검사를 마쳤고요. 취업 허가증을 받으면서 당국의 지문 채취에 협조했는데요, 문제의 총에 세라노의 지문이 잔뜩 남아 있었답니다."

"맙소사." 댄스가 나지막이 말했다. 그러고는 벌컥 문을 열고 나가 복도를 내달리기 시작했다.

댄스가 CBI 건물 뒤편 주차장으로 들어서는 순간, 세라노가 그녀를 막아섰다. 그는 주차장 한쪽에서 담배에 불을 붙이던 중이었다. 문을 박차고 뛰쳐나온 댄스의 모습에 적잖이 놀란 모습이었다.

불시의 태클을 당한 댄스는 그대로 콘크리트 바닥에 널브러졌다. 그녀는 권총집에서 글록을 뽑아 들었지만, 세라노가 기습하는 뱀처럼 그녀의 손에서 권총을 낚아채 들었다. 그러나 그는 댄스에게 총을 쏘지 않았다. 그녀가 패닉에 빠져 땅바닥을 뒹구는 동안 세라노는 황급히 몸을 틀어 달아나기 시작했다.

"세라노!" 그녀가 큰 소리로 불렀다. "거기 서!"

그가 자신의 차를 흘끔 쳐다보았다. 차를 타고 도주하는 게 불가능하다고 판단한 듯했다. 황급히 주위를 살피던 그의 시선이 검은 바지정장 차림의 날씬한 빨간 머리 여자로 향했다. CBI 영업팀 직원이었다. 그녀는 두 대의 SUV 사이에 주차한 알티마에서 내리는 중이었다. 그가 그쪽으로 달려가 여자를 거칠게 내팽개쳤다. 그런 다음, 그녀의 손에서 열쇠를 낚아채 세단에 올라 차를 출발시켰다.

끽 소리를 내며 미끄러지는 타이어에서 연기가 일었다. 엔진에서 요란한 소음이 터져 나왔지만, 곧이어 차 밑에서 무언가가 짓이겨 지는 끔찍한 소리는 선명히 들렸다. 여자의 비명이 뚝 멎었다.

"안 돼!" 댄스가 중얼거렸다. "오, 안 돼." 그녀가 몸을 일으키고, 콘크리트 바닥에 내동댕이쳐질 때 다친 손목을 움켜잡았다.

대책본부 팀원들이 댄스에게 달려왔다.

"구급차와 MCSO*를 불렀어요." 티제이 스캔런이 말했다. 그는 주차장에 널브러진 빨간 머리 여자를 향해 달려갔다.

포스터가 글록을 뽑아 들고 멀어져가는 알티마를 겨누었다.

"안 돼요!" 댄스가 그의 팔뚝에 손을 얹으며 말렸다.

"왜 안 된다는 거지?"

오버비가 대신 대답했다. "고속도로에 대고 총을 쏘겠다고? 저쪽 으로? 저 나무들 너머엔 어린이집이 있어."

포스터가 마지못해 권총을 내렸다. 그는 자신의 사격 실력을 의 심하는 동료들이 못마땅한 모양이었다. 그가 글록을 권총집에 도 로 꽂았을 때, 도난당한 차는 이미 시야에서 사라져버린 후였다. 포 스터가 댄스를 쏘아보았다. 그의 입은 세라노가 결백하다고 주장 한 그녀를 비난하지 않았다. 그의 몸짓언어가 비난을 대신하고 있 었다.

* 몬터레이 카운티 보안관 사무실.

6

앞으로 몇 시간, 아니 며칠 동안은 꽤 시끄럽겠지?

캐트린 댄스는 찰스 오버비의 사무실에 홀로 앉아 있었다. 그녀의 시선은 가족과 함께 찍은 남자의 사진에 머물렀다. 그다음으로 하얀 테니스화에 이국적인 격자무늬 골프복 차림을 한 남자, 그리고 지역 관리와 기업체 간부의 사진들 쪽으로 천천히 돌아갔다. 항간에 들리는 바에 의하면 오버비는 정치에 눈독을 들이고 있다고 했다. 반도, 아니면 샌프란시스코에서. 새크라멘토는 절대 아닐 것이다. 그는 처음부터 무모한 도전을 감행할 타입이 아니었다. 게다가 그가 일 년 내내 테니스와 골프를 마음껏 즐길 수 있는 해안 도시를 포기할 리 없었다.

주차장 사건이 발생한 지 두 시간이 지났다.

그녀는 또 궁금해졌다. 앞으로 몇 시간 동안은 어떨까?

며칠 동안은? 몇 주 동안은?

문밖에서 소음이 들려왔다. CBI의 선임 요원들이었다. 찰스 오버비와 스티브 포스터. 그들은 대화를 이어가며 사무실로 들어왔다.

"프레즈노로 통하는 길을 계속 감시하고 있어. 혹시 모르니 101번과 5번 고속도로도 살펴보는 중이고. 99번은 CHP*에게 맡겨 놨어. 1번은 완전히 봉쇄된 상태고."

포스터가 말했다. "내가 그놈이라면 101번을 타고 살리나스로 가 겠어. 거기서 북쪽으로 쭉 올라갈 거라고. 상추 트럭에 몰래 올라타 면 새너제이까지 무사통과일걸. G-47을 타면 오클랜드로 들어갈 수 있잖아."

오버비는 잠시 생각에 잠겼다. "LA에 가서 숨으려 하지 않을까? 바리케이드 때문에 쉽진 않겠지. 그래, 자네 짐작이 더 그럴듯한 것 같아, 스티브. 앨러미다와 새너제이 지역에 얘기해놓을게. 오, 캐트 린. 자네가 있는 걸 못 봤구먼."

불과 십 분 전에 사무실로 오라고 요청, 아니 명령했으면서.

그녀는 두 상관을 올려다보며 고개를 살짝 끄덕였다. 하지만 자 리에서 일어나지는 않았다. 여성 법집행관으로서 그녀는 항상 상 관, 동료들과 티나지 않게 어색한 힘겨루기를 해야 했다. 지나치게 예의를 차리면 존중받을 수 없었다. 물론, 무례해도 안 되지만.

"찰스, 스티브."

포스터가 다가와 그녀 옆에 앉았다. 그의 체중에 눌린 의자가 삐 걱거렸다.

"무슨 소식 없나요?"

"희망적이진 않아."

오버비가 말했다. "지역 보안관이 카멜의 주택가에서 알티마를 찾아냈어. 반야드 근처에서."

* 캘리포니아 고속도로 순찰대.

55

반야드는 주차장을 여럿 갖춘 오래된 야외 쇼핑센터이다. 그곳 주차장에서는 차량 납치와 도난 사건이 빈번하게 발생했다.

"그가 또 다른 차를 구했는지는 알 수 없어. 접수된 도난 신고가 없었거든." 오버비가 말했다.

"또 다른 피해자가 살해돼 트렁크에 처박혔는지도 모르지." 포스터가 말했다. 이미 벌어졌을지 모르는 불상사에 대해서도 댄스가 책임져야 한다는 뉘앙스였다.

"모든 가능성을 열어놓고 추적해야지. 자네라면 북쪽으로 가겠나, 남쪽으로 가겠나, 캐트린?"

"아시는 바와 같이 그는 재신토 조직과 긴밀히 관련돼 있어요. 그들의 주 활동 무대는 남쪽이고요."

"내가 얘기했잖아." 포스터가 오버비에게 말했다. "남쪽으로 통하는 도로는 몇 개 없어. 적어도 480킬로미터 떨어진 지점까진 그렇지. 반면에 북쪽으로 통하는 도로는 너무 많아서 탈이잖아. 그 많은 길을 무슨 수로 다 살펴보겠어? 게다가 그는 두 시간 내에 오클랜드에 도착할 수도 있다고."

"스티브, 비행기가 있잖아요. LA의 사설 활주로를 통해 달아나면 눈 깜짝할 사이에 중남 아메리카로 빠져나갈 수 있어요." 댄스가 말했다.

"비행기? 그 자식은 아직 그만큼 거물이 아니라고, 캐트린." 포스터가 쏘아붙였다. "기껏해야 상추 트럭이나 훔쳐 타겠지."

오버비가 골똘한 표정을 지어 보였다. "현실적으로 모든 곳을 다 뒤져볼 순 없어. 내 생각엔 스티브가 상황을 좀 더, 음…… 논리적으로 보고 있는 것 같아."

"알았어요. 그럼 북쪽을 뒤져보죠. 에이미 그레이브에겐 제가 연락할게요. 그녀가 오클랜드로 들어오는 차량들을 살펴봐줄 거예요. 부두와 이스트 베이는 물론이고…….”

“워워, 캐트린.”오버비가 깜짝 놀라며 말했다. 마치 그녀가 산타 크루즈까지 헤엄쳐 가겠다고 선언하기라도 한 것처럼.

그녀가 미간을 찌푸리고 그를 쳐다보았다. 어딘지 모르게 생색을 내는 듯한 그의 목소리가 살짝 거슬렸다.

그녀의 시선이 포스터 쪽으로 돌아갔다. 그는 그녀에게서 신경을 끊고 오버비의 책상에 놓인 금색 골프공을 유심히 살펴보는 중이었다. 그녀가 난처해하는 모습을 지켜보며 고소해하는 티를 내고 싶지는 않았다. 이럴 때는 그냥 귀한 금속으로 가장한 싸구려 플라스틱만 빤히 보는 게 상책이었다.

“새크라멘토 쪽과 통화했어. 피터랑.”오버비가 말했다.

CBI 국장. 모든 보스들의 보스.

“그에게 설명을 했는데…….”

“요점만 말씀하세요.”

“난 최선을 다했어, 캐트린. 자네 편에 서서 최대한 설득을 해봤다고.”

“정직 처분인가요?”

“정직은 아니야. 그렇게까진 아니고.”그가 환하게 웃었다. 캐트린이 주립 축제에서 카리브해 크루즈 여행권을 따기라도 한 것처럼. “자넨 그놈에게 총을 빼앗겼어, 캐트린. 그건…… 무급 휴직 처분을 받아도 할 말이 없는 일이지. 하지만 다행히 거기까진 고려하지 않겠다더군. 대신 당분간 민사부에서 일하게 됐어.”

민사부는 시 경찰국 교통계와 다를 게 없는 부서였다. 그곳에 소속되면 총기도 쓸 수 없어 민간인이나 마찬가지였다. 연방수사국의 신입 요원들이 거치는 부서로, 시민과 기업의 비범죄적 위반 행위에 대한 정보를 수집하는 따위의 업무를 주로 처리했다. 예를 들면 건축이나 납세 규정 위반, 사업체의 불법 간판 사용, 그리고 빈병 보증금 송금 불이행 따위. 그곳 요원들은 매일 엄청난 양의 서류 작업과 살인적인 따분함에 시달려야 했다. 신속히 수사과로 탈출하지 못한 이들은 더 버티지 못하고 사직서를 던졌다.

"수사과에서 쫓겨났으니 정직당한 거나 다름없죠."

"미안해, 캐트린. 최대한 애써봤는데 역부족이었어. 정말 노력했다고."

자네 편에 서서…….

포스터는 무표정한 얼굴로 오버비를 보았다. 댄스는 그가 오버비의 물러터진 모습을 경멸하고 있음을 읽었다.

"몸짓언어는 정밀과학이 아니라고 설명했지. 자네는 세라노의 방어벽을 뚫으려고 최선을 다했어. 다들 똑똑히 지켜봤다고. 내 눈엔 그가 진실을 말하는 것 같았어. 자네에게도 그렇게 보였지, 스티브? 그걸 무슨 수로 알 수 있겠나?"

댄스는 포스터의 생각을 읽었다. '하지만 범인을 앉혀놓고 진실을 파헤치기 위해 그의 말과 자세와 행동을 분석하는 건 **우리** 전문이 아니잖아.'

오버비가 말을 이어나갔다. "하지만 다친 사람은 없었잖아. 총이 발사되지도 않았고."

나중에 알게 된 사실이지만 주차장의 빨간 머리는 차에 치인 게 아니었다. 그녀는 달려드는 알티마를 피해 바로 옆 SUV 밑으로 기어 들어갔다. 그녀의 델 컴퓨터와 도시락은 애석하게도 차에 깔려 엉망이 되고 말았지만. 현장에서 들려온 끔찍한 소리는 바로 그것들이 타이어 밑에서 짓이겨지는 소리였다.

"찰스, 세라노는 하이 마크High Mach였어요. 제가 그걸 짚어내지 못했어요. 제 실수예요. 백 건당 하나 나올까 말까 한 케이스라."

"방금 뭐라고 했지? 하이 뭐?" 포스터가 물었다.

"거짓말쟁이들 중 한 범주예요. 가장 무자비하고 교묘한 타입이죠." 그녀가 설명했다. "우린 그런 사람들을 '하이 마키아벨리언'이라고 불러요. 하이 마크들은 습관적으로 거짓말을 하죠. 아주 무모한 사람들이에요. 죄책감도 못 느끼고요. 그들은 거짓말을 스마트폰이나 검색 엔진처럼 사용해요. 원하는 걸 얻는 데 필요한 도구로만 여기죠. 연애를 할 때도, 사업을 할 때도, 정치를 할 때도, 그리고…… 범죄를 저지를 때도."

그녀는 다른 타입들에 대해서도 설명했다. 거짓말을 오락으로 여기는 사회적 거짓말쟁이들, 상대에게 긍정적인 인상을 심어주기 위해 거짓말을 하는 어댑터들. '배우' 또한 흔한 타입이었다. 상황 통제를 무엇보다 중요히 여기는 거짓말쟁이들.

"그들은 필요할 때만 거짓말을 하는 타입이에요. 하지만 세라노는 그 어떤 타입에도 해당되지 않는 모습을 보였어요. 하이 마크와도 거리가 멀어 보였고요. 회피성 거짓말을 얼버무리듯 늘어놓는 걸 보고 사회적 거짓말쟁이 정도로만 여겼죠."

"사회적 거짓말쟁이?"

"누구나 거짓말을 하잖아요."

모든 인간이 하루에 최소 한두 번은 거짓말을 한다는 통계가 있었다. 댄스가 포스터를 돌아보았다. "마지막으로 거짓말을 하신 게 언제죠?"

그가 눈알을 굴렸다. 그녀는 생각했다. 보나 마나 오늘 아침이었겠지. 날 보고 반갑다고 했을 때.

그녀가 말을 이었다. "저는 그를 조금씩 파헤치고 있었어요. 이곳에서 그와 시간을 보낸 사람은 제가 유일해요. 이제 그가 이 사건의 핵심인물이라는 게 확인됐잖아요. 제가 팀을 이끌지 않아도 괜찮아요. 다만 절 쫓아내지만 말아주세요."

오버비가 숱 없는 머리를 쓸어 넘겼다. "캐트린, 자네가 실수를 만회하고 싶어한다는 거 알아. 이해한다고. 당연히 그러고 싶겠지. 하지만 나로선 더 해줄 수 있는 게 없어. 이미 위에서 결정을 내렸어. 피터가 자네 발령 건에 대해 결재를 마쳤어."

"벌써요?"

이번에는 포스터가 말했다. "더 효과적으로 수사할 수 있게 된 거야. 잘 생각해보라고. 애초부터 여기엔 요원이 둘씩이나 필요하지 않았어. 지미 고메즈도 잘해주고 있고. 안 그런가, 캐트린?"

CBI 하급 요원 고메즈는 구즈만 조직 대책본부에 소속된 두 요원 중 하나였다. 그가 잘하고 있다는 건 사실이었다. 하지만 중요한 건 그게 아니었다. 그녀는 포스터의 말을 무시해버렸다. 그녀가 일어나 오버비에게 말했다.

"이제 전 뭘 해야 하죠?"

그가 한쪽 눈썹을 추켜세우고 그녀를 쳐다보았다.

조바심이 난 그녀의 어깨가 연신 들썩였다. "이제 민사부 소속이 됐잖아요. 지금부터 뭘 해야 하느냐고요."

그가 잠시 멍한 표정을 짓다가 책상을 뒤지기 시작했다. 그의 시선이 햇빛을 받아 눈에 확 띄는 노란 포스트잇 쪽으로 향했다. "여기 있었군. 아까 MCFD*로부터 연락을 받았어. 자네도 그 솔리튜드 크리크 사건에 대해 알고 있지?"

"클럽 화재 사건 말씀인가요?"

"그래. 카운티가 조사 중인데, 주 당국에서 클럽 납세 기록과 보험증서 내용에 문제가 없는지 조사할 사람을 보내달라고 하더군."

"납세? 보험?"

"고속도로 순찰대에서 건드리고 싶지 않은가 봐."

당연히 싫겠지. 댄스는 생각했다.

이상하게도 포스터는 고소해하는 표정이 아니었다.

"그 건을 좀 처리해줘야겠어. 여기선 내가 계속 힘써볼 테니까."

댄스에게 깨알같이 적힌 캘리포니아 보험약관을 떠맡긴 오버비는 말없이 그녀를 물렸다. 그리고 나서 호아킨 세라노 문제를 의논하기 위해 스티브 포스터 쪽으로 몸을 틀었다.

* 몬터레이 카운티 소방국.

7

"엄밀히 말해 화재는 없었습니다. 연구해볼 만한 사건입니다."

"불이 난 게 아니었다고요?" 댄스가 물었다. 그녀는 노란 경찰 테이프가 둘러진 솔리튜드크리크 클럽 앞에 서 있었다. 남자는 사십 대로, 다부진 체격의 소유자였다. 그의 얼굴에는 모반 비슷한 흉터가 남아 있었다. 오래전, 신참 소방관일 때 맹렬한 불길에 맞서 싸우다가 얻은 영광의 상처였다.

몬터레이 카운티 소방국장 로버트 홀리와는 몇 번 일해본 적이 있었다. 그는 소박하고 똑똑하며 합리적인 사람이다.

"불이 있긴 했습니다. 하지만 클럽 안이 아닌, 밖에서 났죠. 안에 있던 사람들은 위험하지 않았습니다. 저기, 저 드럼통 속 물건들이 좀 탔을 뿐."

댄스는 녹슨 200리터짜리 드럼통을 바라보았다. 주차장이나 일반 상점, 레스토랑에서 밖에 내놓고 쓰레기통으로 쓰는 아주 평범한 통이었다. 드럼통은 클럽의 에어컨 실외기 근처에 놓여 있었다.

"예비 조사에서 드럼통 안에 떨어져 있는 담배꽁초를 발견했습니다. 엔진 오일과 휘발유에 젖은 누더기 천도 발견됐고요. 그 정도면 답이 나왔다고 봐야겠죠."

"촉진제를 썼군요." 댄스가 말했다. "엔진 오일과 휘발유."

"그렇게 화재가 시작된 것 같지만, 의도적인 범행인지는 좀 더 조사해볼 필요가 있습니다."

"안에 있던 사람들은 불이 났다고 믿었겠군요. 탄내가 났을 테니까요."

"그래서 다들 비상구로 몰려들었던 것이죠. 하지만 당시 모든 비상구가 막혀 있었습니다."

"문들이 다 **잠겨 있었단** 말인가요?"

"아뇨, **막혀 있었어요.** 트럭으로요."

그가 클럽 서쪽 벽에 바짝 붙여 세워진 견인 트레일러를 가리켰다. 트럭에도 노란 테이프가 친친 감겨 있었다. "저기 보이는 회사소유 차량입니다. 헨더슨 도매 창고."

댄스는 넓게 펼쳐진 단층 건물을 바라보았다. 짐 싣는 곳과 그 주변에는 비슷한 트레일러 트럭 대여섯 대가 무질서하게 세워져 있었다. 남녀 직원 몇 명이 화물 적재 플랫폼과 사무실 앞에 서서 클럽 쪽을 바라보고 있었다. 작업복 차림의 직원들도 있고, 정장을 걸친 이들도 보였다. 마치 해변으로 쓸려온 고래를 구경하는 사람들같았다. 암울함 속에서도 무슨 일이 생겼는지 알고 싶어하는 표정.

"기사가 여기 세워놓은 건가요?"

"자기는 아니라고 하더군요. 뭐, 자기가 했어도 그랬다고 순순히 인정하겠습니까? 트럭이 클럽 주차장을 막은 경우는 간혹 있었습니다만 비상구를 막아버린 건 이번이 처음입니다."

"그 기사는 어디 있죠?"

"곧 도착할 겁니다. 집으로 연락을 했어요. 매우 당황한 모양입니다만 나와서 조사에 응하겠답니다."

"트럭을 왜 하필 여기 세워뒀을까요? 저기 큼지막하게 경고문이 붙어 있는데. '비상구 앞 주차 엄금!' 정확히 어떻게 된 일이죠?"

"일단 클럽 안으로 들어가시죠."

댄스는 건장한 소방관을 따라 클럽으로 들어갔다. 어수선한 실내를 보자 당시 상황이 눈앞에 펼쳐졌다. 사방에 널린 의자와 테이블들, 유리 파편, 술병과 갈가리 찢긴 천조각, 부러진 팔찌, 신발들로 뒤덮인 바닥. 무대에는 악기들이 나뒹굴었다. 어쿠스틱 기타는 산산조각 나버렸다. 2천 달러가 넘는 클래식 마틴 D-28 모델.

바닥에는 핏자국과 갈색 발자국이 어지럽게 널려 있었다.

댄스도 수십 차례 들락거린 클럽이었다. 반도 사람들 중 솔리튜드크리크를 모르는 이는 아무도 없었다. 클럽의 주인인 샘 코헨은 벗어진 머리에 귀걸이를 주렁주렁 단 레스토랑 경영자이자 헤이트-애시베리 출신 히피였다. 1967년 몬터레이 팝 페스티벌을 찾은 그는 음악에 빠져 사흘간 잠을 이루지 못했다고 했다. 그렇게 전설적인 쇼를 체험하고 난 후 아예 록 콘서트 프로모터로 나섰지만, 사업은 실패로 끝났다. 그는 곧바로 프레시디오 인근에 스테이크 하우스를 열었다. 그 레스토랑을 좋은 조건에 팔아치운 후에는 솔리튜드크리크라는 작은 지류에 자리한 해산물 요리 전문 식당을 사들였다.

솔리튜드크리크는 인근 살리나스 강으로 흘러 들어가는 회갈색 지류로, 흘수가 1미터 미만인 배들이 드나들었다. 대개 작은 보트들이 들락거렸고, 외부인들이 찾아올 이유는 많지 않았다. 클럽은 강과 화물 운송 회사 사이에 자리했고, 넓은 주차장을 갖추었다. 몬터레이 북부, 장엄한 빅서로 통하는 1번 고속도로에서 얼마 떨어지지 않은 지점이었다. 하지만 솔리튜드크리크의 분위기는 빅서와 크나큰 차이가 있었다.

"사망자는요?"

"세 명입니다. 여자 둘, 남자 하나. 그중 둘은 압착성 질식사였습니다. 사람들에게 깔려 죽었다는 뜻이죠. 다른 한 명은 목이 짓이겨져 죽었습니다. 중상을 입은 사람들은 수십 명에 달하고요. 골절은 물론이고, 부러진 늑골에 폐가 찢긴 피해자도 있습니다. 그 많은 사람들이 마치 거대한 바이스에 끼인 것처럼 말이죠."

댄스는 그들이 경험했을 극심한 고통과 혼란, 공포가 상상조차 되지 않았다.

"클럽은 만석이었지만 제한 인원을 초과하진 않았습니다. 우린 그것부터 체크해봤죠. 인원 제한은 이백 명인데, 대부분 클럽 주인들은 그걸 이백이십 명으로 해석하더군요. 하지만 샘은 다른 건 몰라도 인원 규정만큼은 칼같이 지켰습니다. 그 부분에 대해선 제법 고지식했죠. 건축물 안전과 관련된 서류를 다 살펴봤는데 문제가 될 만한 건 없더라고요. 사무실엔 세금과 보험 규정을 준수했다는 확인서가 다 보관돼 있고요. 기한이 만료된 것도 없었습니다. 그것들을 체크하러 온 거죠? 찰스에게 전해 들었습니다."

"맞아요. 서류 사본이 필요해요."

"얼마든지요." 홀리가 말을 이었다. "화재 조사관이 지난달에 점검했는데 아무 문제도 없었답니다. 샘의 보험회사도 며칠 전 클럽을 살펴보고 나서 A 플러스를 줬다고 하고요. 소화기, 스프링클러, 조명, 경보기, 그리고 비상구까지, 모든 게 완벽했습니다."

비상구가 막혀 있었던 것만 빼고.

"꽤 붐비는 상황이었지만 클럽은 모든 규정을 준수했다, 그 얘기군요."

"그렇습니다. 공연이 시작된 직후, 그러니까 8시가 조금 지났을 때 드럼통에 불이 붙었습니다. 연기가 환기 시스템을 통해 클럽 안으로 흘러 들어갔고요. 아주 자욱하진 않았지만 냄새는 분명히 맡을 수 있었을 겁니다. 나무와 기름이 타면서 생긴 연기가 특히 무섭죠. 사람들은 가까운 비상구로 달려갔습니다. 서쪽 벽에 난 문으로 가장 많이 몰렸다더군요. 문이 살짝 열려 있었으니 당연한 일이죠. 아까 보셨듯이 트럭은 벽에서 30센티미터쯤 떨어져 있었습니다. 성인이 비집고 나갈 만한 공간이 없었다는 뜻입니다. 몇 명이 문틈으로 빠져나가려고 손과 팔을 밖으로 내밀고 있을 때 뒤에서 인파가 무섭게 밀려들었습니다. 그 과정에서 팔과 어깨가 부러진 사람이 여럿 된다고 하더군요. 결국 팔을 절단한 부상자도 두 명 있었고 말입니다."

그의 목소리가 조금씩 아득해져갔다.

"열아홉 살쯤 된 젊은 여성은 한쪽 팔이 거의 몸에서 뜯겨져 나가다시피 했습니다." 그의 시선이 바닥으로 떨어졌다. "나중에 들었는데, 클래식 피아노 전공하는 학생이더군요. 꽤 실력파였답니다."

"문이 열리지 않는다는 걸 깨닫고 다들 어떻게 반응했답니까?"

"인파에 떠밀린 사람들은 문에 몸이 짓이겨졌겠죠. 그들이 물러나라고 고래고래 소리를 질러댔지만, 사람들은 계속 막무가내로 밀고 들어왔답니다. 듣고도 무시한 것이죠. 제대로 들었는지도 의문이지만. 패닉. 다들 패닉에 빠져 있었습니다. 앞쪽 문이나 무대 뒷문으로 이동했더라면 좋았을 텐데. 주방에도 양쪽으로 열리는 문이 있었고요. 하지만 어떤 이유에서인지 죄다 비상구로만 몰려갔습니

66

다. 그것도 트럭에 막혀 있는 문으로만요. 비상구 표시를 보고 본능적으로 반응했던 모양입니다."

"연기가 자욱하지는 않았다고 했죠? 그럼 시야가 어느 정도 확보되었겠군요."

"누가 관객석 조명을 켜놨답니다. 시야에는 지장 없었다고 해요."

그때 샘 코헨이 문간으로 들어왔다. 육십 대 후반의 그는 지저분한 청바지에 찢어진 파란색 셔츠 차림이었다. 몇 가닥 남지 않은 회색 곱슬머리는 산발이 되어 있었다. 잠을 설친 모양이라고 댄스는 생각했다. 그는 클럽 안을 찬찬히 돌며 바닥에 널린 물건들을 집어 너덜거리는 종이 상자에 담았다.

"코헨 씨."

솔리튜드크리크의 주인이 불안한 걸음걸이로 다가왔다. 벌겋게 충혈된 눈을 보니 펑펑 울다 온 게 분명했다. 그의 시선이 바닥에 남은 핏자국으로 떨어졌다. 잔인하게도 혈흔은 하트 모양을 띠고 있었다.

"저는 캐트린 댄스라고 합니다. 연방수사국에서 나왔습니다."

코헨이 멍한 눈으로 그녀의 신분증을 보았다. 그녀가 신분증을 집어넣자 그가 말했다. "병원에 또다시 전화를 걸어봤어요. 세 명이 퇴원했다더군요. 중환자 네 명의 상태는 여전히 심각하답니다. 그 중 한 명은 의식이 없고요. 의사들이 환자 상태를 알려주지 않아 답답합니다. 간호사들도 마찬가지고요. 왜들 그러는 거죠? 꼭 그래야 하는 규정이라도 있는 겁니까?"

"몇 가지 여쭤봐도 되겠습니까, 코헨 씨?"

"연방수사국에서 나왔다고 했죠? FBI인가요?"

"CBI."

"그렇군요. 그럼…… 여기가 범죄 현장이라는 겁니까?"

홀리가 말했다. "아직 예비 조사 단계예요, 샘."

댄스가 말했다. "저는 수사과가 아니라 민사부 소속입니다."

코헨이 심호흡을 하며 주위를 둘러보았다. 그의 어깨가 축 늘어졌다. "모든 게 다……." 그가 속삭였다.

댄스는 그가 무슨 말을 하려 했는지 짐작이 되지 않았다. 비탄에 잠긴 그의 얼굴을 바라보았다.

"어젯밤 사건에 대해 기억나시는 건 없나요?" 댄스가 습관적으로 묻다가 소방국장이 조사 책임자라는 사실을 떠올렸다. "내가 질문해도 되죠, 로버트?"

"우릴 도와주는 건데 내 입장에선 고맙죠, 캐트린."

그녀는 어째서 자신이 이런 걸 묻고 있는지 알 수 없었다. 이건 그녀가 할 일이 아니었다. 하지만 스스로 통제가 되지 않았다.

코헨은 답이 없었다.

"코헨 씨?"

그녀가 다시 물어보았다.

"미안해요. 난 정문에 있었어요. 영수증을 체크하던 중이었죠. 공연이 시작된 지 얼마 되지 않아서 탄내가 확 풍겨왔어요. 그 매캐한 냄새에 순간적으로 패닉에 빠졌습니다. 밴드가 노래를 멈췄을 때 전화가 걸려왔습니다. 주차장에 있던 사람이라면서 주방 쪽에 불이 났다고 알려주더군요. 무대 뒤편인지도 모른다고, 확실하진 않다고 하면서요. 연기를 보고 엄청난 화재 상황을 상상했던 모양입니다. 직접 확인하러 나가지는 않았어요. 그보다는 사람들을 대피시키는 게 우선이라고 생각했죠. 그래서 안내방송을 했습니다. 그 직후 곳곳에서 목소리들이 들려왔어요. 정말 끔찍한 소리였죠. 그 소리가 점점 커져가더니 결국 비명으로 바뀌더군요. 안 돼, 불이 나면 안 돼. 난 그 생각뿐이었습니다. 몇 년 전 로드 아일랜드의 스테이션 클럽에서 발생했던 화재 사건도 떠올랐고요. 실내에서 불법으로 폭죽을 터뜨리다가 단 육 분 만에 클럽 전체가 잿더미로 변해버린 사건이었죠. 사망자만 백 명이 넘었고요."

그가 목멘 소리를 내며 울먹였다.

"클럽으로 들어오니 믿을 수 없는 광경이 펼쳐지고 있더군요. 그들은 사람이 아니라 휘청대며 문 쪽으로 향하는 한 덩이의 괴물 같았습니다. 하지만 문은 열리지 않았죠. 어디서도 불길은 보이지 않았고요. 연기도 자욱한 편이 아니었습니다. 어릴 적 뉴욕에서 가을마다 낙엽을 모아놓고 태우곤 했는데, 딱 그 정도 느낌이었습니다."

댄스가 보안 카메라를 올려다보았다. "당시 상황이 촬영된 영상이 있나요?"

"밖엔 카메라가 없어요. 안에서 촬영된 건 있습니다."

"좀 봐도 될까요?"

수사관의 습관이 갑자기 튀어나와버렸다.

도무지 통제가 되질 않아…….

코헨이 다시 실내를 찬찬히 둘러보았다. 그런 다음, 생존자들의 물건이 담긴 상자를 끌어안고 로비로 들어갔다. 그는 입원 중인 물건 주인들을 생각하는 듯 상자를 조심스레 내려놓았다. 댄스는 상자에 담긴 지갑과 열쇠, 신발, 그리고 명함 따위를 내려다보았다.

댄스와 홀리는 코헨을 따라 그의 사무실로 들어갔다. 방 안은 무명 아티스트들의 포스터로 도배되어 있었다. 대부분 몬터레이 팝 페스티벌 홍보를 위해 제작된 것들이었다. 사방에는 온갖 것들이 어지럽게 널려있었다. 맥주 케이스, 수북이 쌓인 택배 송장 뭉치,

그리고 각종 기념품들(티셔츠, 카우보이 모자, 부츠, 방울뱀 인형, 라디오 방송국이 뿌린 머그잔 수십 개). 댄스는 바짝 긴장한 채로 그것들을 훑어보았다.

코헨이 컴퓨터 앞으로 다가가 앉았다. 그는 잠시 책상에 놓인 종이 한 장을 응시했다. 종이에 적힌 내용이 보이지 않았고, 댄스는 마음을 굳게 먹고 모니터 쪽으로 시선을 돌렸다. CBI 요원들은 주로 뒷방에 처박혀 수사를 했다. 사건 발생 직후 용의자들을 심문하는 것도 댄스의 임무 중 하나였다. 전술적인 부분에 거의 관여하지 않는 그녀가 현장에 투입되는 일은 매우 드물었다. 시체들의 자세를 분석하는 것도 논리적인 답을 얻기 위한 한 방법이지만, 그런 기회는 댄스에게 거의 주어지지 않았다. 그녀는 주로 산 자들을 상대로 자신의 특기를 발휘해왔다. 그렇기에 댄스는 문제의 영상을 보고 자신이 어떤 반응을 보일지 궁금했다.

영상의 화질은 좋지 않았다.

게다가 기둥이 화면의 일부를 가리고 있기까지 했다. 이미지는 그녀가 기억하는 카메라의 위치와 조금 차이가 있었다. 광각렌즈로 촬영된 테이블, 의자, 관객, 그리고 쟁반을 든 종업원들. 어둑한 조명 아래서도 실내 상황은 눈으로 확인이 가능할 정도였다.

소리는 들리지 않았다. 댄스는 그 사실에 감사했다.

타임 스탬프가 08:11:11에 다다랐을 때, 클럽 안이 술렁이기 시작했다. 사람들이 일제히 일어나 주위를 살피며 휴대폰을 꺼내 들었다. 관객 대부분이 걱정하는 기색이었지만, 그들의 표정과 몸짓 언어를 살펴보니 패닉에 빠진 것 같지는 않았다.

하지만 08:11:17에 이르러 모든 것이 바뀌었다. 불과 육 초 만에. 그들은 마치 프로그래밍된 것처럼 일제히 반응했다. 관객들은 문 쪽으로 이동했다. 화면에는 카메라 뒤편에 자리한 비상구가 보이지 않았다. 댄스는 서로에게 몸을 날리며 버둥대는 사람들을 지켜보았다. 산 채로 불에 타 죽을 수 있다는 막연한 두려움에서 비롯된 반응이었다.

서로에게 엉겨 붙은 채 비비 꼬여가는 인파는 마치 굼뜨게 움직이는 허리케인 같았다. 댄스는 눈앞에서 펼쳐지는 상황을 대충 알 것 같았다. 앞쪽 사람들은 뒤에서 무섭게 밀고 들어오는 이들을 피해 시계방향으로 이동하려 애쓰는 중이었다. 문제는 움직일 공간이 남아 있지 않다는 사실이었다.

"맙소사." 별의별 광경을 다 보아왔을 소방국장 로버트 홀리마저 경악을 금치 못했다.

놀랍게도 갑자기 광란이 뚝 멎었다. 마치 마법에서 풀리기라도 한 듯 인파가 흩어지기 시작했다. 관객들은 다른 비상구를 찾아 분주히 움직였다. 앞쪽 로비로, 무대 뒤편으로, 주방 안으로.

바닥에 쓰러진 관객 두 명이 그녀의 눈에 들어왔다. 사람들이 몰려가 그들의 상태를 살피기 시작했다. 하지만 늑골이 으스러지고 심장과 폐가 찢긴 상황에서 심폐소생술은 아무런 의미가 없었다.

댄스는 타임 스탬프를 확인했다.

08:18:29.

칠 분. 시작부터 끝까지. 삶에서부터 죽음까지.

그때 형체 하나가 다시 화면으로 돌아왔다.

"저 여자예요." 로버트 홀리가 속삭였다. "아까 얘기한 그 음대생."

금발을 한 젊고 예쁘장한 여자가 왼손으로 자신의 오른팔을 붙잡고 있었다. 팔꿈치 밑으로는 팔이 보이지 않았다. 그녀는 비틀거리며 살짝 열린 문 쪽으로 돌아갔다. 떨어져 나간 팔을 찾는 듯했다. 그녀는 몇 걸음 못 가 바닥에 주저앉았다. 관객 두 명이 그녀에게 달려왔다. 한 남자가 벨트를 풀어 임시변통으로 지혈대를 만들었다.

샘 코헨이 말없이 일어나 사무실 문간으로 향했다. 그리고 잔해로 뒤덮인 자신의 클럽을 멍하니 바라보았다. 문득 자신이 헬로 키티 휴대폰을 쥐고 있다는 사실을 깨달은 그가 그것을 주머니에 집어넣었다.

"다 끝났어요. 내 인생도 끝이에요. 모든 게…… 여기서 내가 무슨 수로 다시 일어날 수 있겠어요? 난 끝났어요."

8

클럽을 나온 댄스는 납세 기록과 보험증서 사본을 가방에 넣고 맡은 임무를 종료했다.

떠날 시간이었다. 사무실로 돌아가야 한다.

하지만 그러지 않기로 했다.

통제 불능⋯⋯.

캐트린 댄스는 솔리튜드크리크에 남아 좀 더 조사해보기로 했다.

그녀는 서른 명이 넘는 사람들을 차례로 만나 대화를 해보았다. 절반 정도는 그날 밤 현장에 있었던 목격자들이었다. 추모의 꽃다발과 편지를 놓아두려고 돌아온 사람들. 그들도 댄스만큼이나 사고의 원인을 찾고 싶어했다. 그녀가 던진 질문보다도 그들로부터 받은 질문이 압도적으로 많았다.

"어떻게 그런 일이 벌어질 수 있죠?"

"연기는 어디서 난 거예요?"

"테러리스트 소행인가요?"

"누가 거기에 트럭을 세워둔 거죠?"

"범인은 잡았나요?"

불안해하는 사람도 있고, 의심을 품은 사람도 있었다. 몇몇은 적대적인 태도를 보이기까지 했다.

언제나 그렇듯 댄스는 수사가 진행 중이라며 즉답을 피했다. 생존자들과 그들의 가족은 그 말에 불만을 터뜨리며 공격적인 모습을 보였다. 얼굴에 붕대를 감은 금발 여자는 약혼자가 중환자실에 있다며 분통을 터뜨렸다.

"그이가 어떻게 됐는지 알아요? 고환을 다쳤어요. 누가 뛰어넘다가 거길 밟아버렸다고요. 병원에선 우리가 영영 아이를 갖지 못할 수도 있대요!"

댄스는 진심으로 연민을 표한 후 몇 가지 질문을 던져보았다. 여자는 대답할 기분이 아닌 것 같았다.

그녀는 주변을 어슬렁거리는 슈트 차림의 두 남자를 유심히 지켜보았다. 한 명은 백인이고 다른 한 명은 라틴계였다. 그들은 각자의 언어권 사람들을 모아놓고 명함을 돌리고 있었다. 제지할 방법은 없었다. 변호사들의 호객 행위는 헌법 수정 조항 제1조가 보장하는 바이므로. 댄스가 칙칙한 슈트 차림의 뚱뚱한 백인 변호사를 노려보자, 남자는 그녀를 향해 교활한 미소를 흘렸다. 댄스에게 그 미소는 손가락 욕만큼이나 모욕적으로 느껴졌다.

현장으로 돌아온 사람들이 입을 모아 들려준 내용은 그녀가 홀리와 코헨으로부터 전해 들은 내용과 큰 차이가 없었다. 그저 관점의 차이만 있을 뿐 결국 같은 이야기였다. 여유롭던 관객들이 한순간에 패닉에 빠져 야수로 돌변해버렸다는 충격적인 이야기.

그녀는 발화지점이었던 드럼통을 살펴보았다. 클럽으로부터 6미터쯤 떨어진 에어컨 실외기 근처에 놓인 통 안에는 반쯤 타다 남은 쓰레기가 잿더미와 함께 남아 있었다.

댄스는 수사의 핵심이라 할 수 있는 트럭을 돌아보았다. 문을 막고 선 빨간색 피터빌트는 오래된 구식 트럭이었다. 낡은 차체는 하얀색과 노란색과 초록색 점들로 꾸며져 있었다. 트럭에 매달린 9미터 길이의 트레일러는 세 개의 비상구를 그야말로 효과적으로 봉쇄했다. 앞 범퍼 오른편은 솔리튜드크리크 클럽의 벽에 닿을락 말락 했고, 트레일러 뒤 범퍼 오른편은 비상구에서 25센티미터쯤 떨어져 있었다. 두 개의 비상구는 살짝 열려 있었지만 사람이 빠져나오기에는 그 틈이 너무 좁았다. 한 비상구 옆에는 피가 묻어 있었다. 예쁘장하게 생긴 음대생의 팔이 떨어져 나간 곳인지도 몰랐다.

그녀는 트럭이 이곳에 세워진 경위가 궁금했다. 클럽과 창고는 주차장을 공유했다. 어느 쪽이 솔리튜드크리크 손님들을 위한 곳이고, 또 어느 쪽이 헨더슨 도매 창고 트럭과 직원들을 위한 곳인지 알리는 표지판이 서 있었다. 한쪽에는 불법주차 시 차량 소유자 부담으로 견인될 수 있다는 빨간 경고문이 붙었지만 심하게 녹슬고 색 바랜 표지판은 그다지 위협적으로 보이지 않았다.

운전사가 트럭을 이곳에 세워둘 이유는 하나도 없었다. 트레일러들이 세워진 주차장은 절반 정도만 차 있었고, 문제의 대형 트럭을 세울 공간도 충분했다. 그런데 왜 하필 여기에 세웠을까?

어쩌면 트럭이 미끄러져 내려오다가 공교롭게도 이곳에서 멈춰 선 것인지도 몰랐다. 클럽 남쪽 언덕 위에 자리한 창고에서 이곳까지는 내리막길로 이어진다. 천천히 내려오던 트럭이 클럽의 측벽에 이르러서야 비로소 멈춰 선 것일까?

댄스는 30미터쯤 떨어진 창고 쪽으로 다가가보았다. 사무실 문에는 손으로 만든 표지판이 붙어 있었다. '영업 끝'. 방금까지만 해도 주변을 서성이던 사람들은 더 이상 보이지 않았다.

그녀가 손잡이를 돌려보았다. 문은 굳게 걸려 있었다. 댄스는 창문 블라인드 틈으로 불 켜진 사무실을 들여다보았다. 안에서 움직임이 포착됐다.

그녀가 유리창을 두드렸다.

"연방수사국에서 나왔습니다. 문 열어요."

무응답.

좀 더 세게 두드려보았다.

블라인드 한쪽이 들춰지고, 헝클어진 갈색 머리의 중년 남자가 안에서 그녀를 노려보았다. 잠시 그녀의 신분증을 응시하던 그가 마침내 문을 열었다.

로비 풍경은 고속도로 인근에 자리한 중소 운송회사다웠다. 낡았지만 실용적인 시어스*와 오피스 디포 가구. 죄다 검은색과 은색과 회색이었다. 벽에는 스케줄 보드와 정부 규정이 적힌 공지문이 붙어 있었다. 수북이 쌓인 서류들. 디젤 배기가스인지 윤활유인지 알 수 없는 역한 냄새.

댄스는 자신을 소개했다. 남자는 운송회사의 사장인 헨더슨이었다. 비서로 보이는 여자와 작업복 차림의 남자 직원 두 명이 불안한 표정으로 그녀를 쳐다보았다. 로버트 홀리는 문제의 트럭 운전사가 연락을 받고 오는 중이라고 했다. 그러면 이 두 사람 중 하나일까?

그녀가 묻자, 빌리가 아직 도착하지 않았다는 대답이 돌아왔다. 그녀는 사건 발생 당시 창고가 영업 중이었는지 물었다.

사장이 곧바로 대답했다. "회사 규정이 저기 붙어 있잖습니까."

---

* Sears. 세계적인 미국계 유통업체.

가까운 벽에 붙은 공지문은 기업문화를 상징하는 대문자들로 빽빽이 채워져 있었다.

국경을 넘을 때는 여권을 잊지 맙시다!

그가 언급한 규칙은 그 밑에 붙어 있었다.

브레이크와 기어 걸어놓는 것을 잊지 맙시다!

심문자는 묻지도 않은 질문에 답하는 상대를 유심히 관찰할 필요가 있다. 그들의 머릿속 상황을 적나라하게 보여주기 때문이다.

브레이크와 기어에 대해서는 차차 따져볼 참이었다.

"그렇군요. 하지만 영업시간은요?"

"우린 5시에 문을 닫습니다. 영업시간은 아침 7시부터 오후 5시까지고요."

"트럭들은 그 후에도 들어오잖아요. 안 그렇습니까?"

"저 트럭은 7시에 들어왔습니다." 그가 기록을 들여다보며 말했다. 보나 마나 사건이 일어난 후 해당 기록을 찾아 암기해두었을 것이다. "7시 10분. 프레즈노에서 짐을 내리고 온 겁니다."

"운전사는 평소 자리에 세워졌고요?"

"비어 있다면 어디든 세워놓을 수 있죠." 직원 하나가 끼어들었다. "언덕 위도 상관없고요."

그는 헨더슨과 묘하게 닮아 있었다. 댄스는 그가 조카나 아들이겠거니 짐작했다. 그들이 경사진 곳을 언급했다는 건 운전사를 희생양 삼기로 직원들끼리 이미 입을 맞춰두었다는 걸 의미했다. 그가 혼자 모든 걸 뒤집어쓰도록.

"운전사가 의도적으로 트럭을 클럽 옆에 바짝 붙여 세워뒀을 수도 있나요?" 댄스가 물었다.

뜻밖의 질문에 직원들이 움찔했다. "아뇨. 그건 말이 안 되지 않습니까." 머뭇거리는 걸 보니 그 시나리오까지는 미처 따져보지 못한 모양이었다. 그들은 브레이크를 제대로 걸어놓지 않았다며 운전사를 사지로 내몰려 하고 있다.

언덕 위도 상관없고요……

이번에는 건장하고 손이 더러운 세 번째 남자가 나섰다. "트럭이 워낙 무거워서 말이죠. 자칫하면 미끄러져 내려올 수 있죠."

댄스가 물었다. "클럽 옆에 멈춰 서기 전엔 어디 세워져 있었나요?"

"늘 세워두는 자리요." 젊은 헨더슨이 대답했다.

"거기가 정확히 어디죠?"

"변호사를 불러야 하는 상황인가요?" 사장이 물었다.

"그날 무슨 일이 있었는지 알고 싶을 뿐입니다. 이건 범죄 수사가 아닙니다." 그리고 덧붙였다. "현재로서는요."

"당신이 묻는 말에 꼭 대답해야 합니까?" 헨더슨이 더 이상 수사관이 아닌 캐트린에게 물었다.

그녀는 그를 위하는 척하며 차분하게 말했다. "협조해주시면 큰 도움이 될 겁니다."

헨더슨이 어깨를 으쓱인 후 그녀를 밖으로 이끌었다. 그리고 그녀의 예상대로 클럽 앞 오르막을 가리켰다. 트럭은 거의 직선으로 미끄러져 내려와 현재 위치에 멈춰 선 모양이었다. 댄스는 비스듬한 아스팔트 사면이 트럭의 방향을 왼쪽으로 살짝 틀어놓았을 거라 짐작했다.

헨더슨이 말했다. "이젠 어떻게 된 일인지 알겠습니까?"

한마디로, 운전사를 찾아 조지라는 뜻이다. 사규에 따르지 않은 그의 책임이니 더 이상 자기들을 괴롭히지 말라는 뜻이다.

댄스가 잠시 사무실 안을 둘러보았다.

"영업시간 후 도착하면 어떻게 되는 거죠? 운전사가 사무실에 트럭 열쇠를 놓아두나요, 아니면 자기가 보관하는 건가요?"

"여기 놓고 갑니다." 헨더슨이 보관 상자를 가리켰다.

그때 하얀 픽업트럭 한 대가 주차장으로 들어섰다. 차에서 내린 수척한 남자는 서른다섯 살쯤 되어 보였고, 먼지로 덮인 록밴드 AC/DC 검은 티셔츠에 청바지를 입었다. 몸무게가 60킬로그램도 채 되지 않을 것 같았다. 까칠한 수염으로 덮인 광대뼈는 뱃머리처럼 뾰족했다. 그가 가죽 재킷을 걸친 채 올백으로 넘긴 금발을 매만졌다. 입 양옆으로 팔자 주름이 깊이 패었고, 미간에도 깊은 주름이 있었다. 백인이었지만 피부는 무두질한 가죽 같았다.

"저기 왔군요." 헨더슨이 말했다. "저 친굽니다."

남자가 쭈뼛거리며 사장에게 다가왔다. "헨더슨 씨."

"빌리." 사장이 말했다. "이쪽은⋯⋯."

"캐트린 댄스예요. CBI 소속입니다." 그녀가 신분증을 꺼내 보였다.

"빌리 컬프입니다." 젊은 남자가 멍한 얼굴로 신분증을 들여다보며 말했다. 감방에서 썩게 될 운명을 감지했는지 그의 눈이 휘둥그레졌다.

그녀는 그를 한쪽으로 끌고 갔다. 사장이 한숨을 내쉬며 바지를 추켰다. 그리고 잠시 문간을 서성이다가 안으로 들어가버렸다. 그의 아들인지 조카인지도 사장을 따라 들어갔다.

"어젯밤 창고에 도착했을 때 상황을 설명해주세요."

젊은 남자의 시선이 클럽 쪽으로 돌아갔다. "도울 게 있을까 하고 아침에 돌아와봤어요. 하지만 제가 할 수 있는 게 아무것도 없더라고요." 그가 허탈한 미소를 지어 보였다. "정말 돕고 싶었는데."

"컬프 씨?"

"프레즈노에서 짐을 내리고 7시쯤 돌아왔어요. 트럭은 저기 세워놨고요. 10번 칸에요. 자리를 표시한 페인트가 지워져서 잘 보이지 않겠지만요. 아무튼 차를 세워놓고 일지에 주행거리와 연료량을 기록했습니다. 그걸 뜯어 문틈으로 밀어 넣었고요. 열쇠는 보관 상자에 넣어뒀습니다. 아, 그리고 그냥 '빌리'라고 불러주세요. '컬프 씨'라고 하면 제 아버지를 부르는 것 같아서 말이죠."

댄스가 미소 지었다. "저기 세워놓고 브레이크와 기어를 걸어두었나요?"

"당연하죠. 브레이크와 기어." 그가 마른침을 한번 삼켰다. "사실 너무 피곤했어요. 인정합니다. 죽을 만큼 피곤했어요. 베이커스필드, 프레즈노, 그리고 여기까지." 그의 목소리가 살짝 흔들렸다. 그는 진실을 털어놓아야 할지를 놓고 고민에 빠져 있었다. "늘 하던 대로 잘했을 거라 생각해요. 하지만 100퍼센트 확실한지 물으시면…… 사실 저도 잘 모르겠어요."

"솔직하게 말해줘서 고마워요, 빌리."

그의 입에서 한숨이 터져 나왔다. "어떤 결과가 나오든 전 여기서 해고될 거예요. 교도소로 가게 될까요?"

"그야 수사를 해봐야 알겠죠." 그녀의 시선이 그의 결혼반지로 쏠렸다. 나이를 대충 따져보니 아이도 있을 것 같았다. "기어와 브레이크 걸어두는 걸 깜빡한 적은 없었나요?"

"문 걸어두는 걸 깜빡한 적은 있었어요. CB*를 도난당했죠. 하지만 브레이크를 잊은 적은 없어요." 그가 고개를 저었다. "브레이크는 늘 확실하게 걸어뒀죠. 맥주를 한 모금이라도 입에 댄 날엔 핸들을 잡지 않았고요. 교차로에서 노란불을 무시한 적도 없었어요. 저는 똑똑하지도 않고 잘하는 것도 없어요. 하지만 운전만큼은 누구보다도 잘할 자신이 있어요. 지금껏 사고 한 번 낸 적이 없다고요." 그가 어깨를 으쓱였다. "하지만 어젯밤엔 너무 피곤했어요."

"맙소사, 조심해요!" 헨더슨이 사무실 창문 안에서 소리쳤다.

빌리와 댄스가 동시에 뒤를 돌아보았다. 무언가가 그들을 향해 날아오고 있었다. 큼직한 돌덩이 하나가 아스팔트 바닥에 맞고 튀어올라 주차된 트럭의 타이어를 때렸다.

"개자식!" 돌을 던진 남자가 소리쳤다.

클럽 쪽에서 열 명 남짓 되는 남자들이 경사로를 빠르게 걸어 올라오고 있었다. 잠시 후, 두 번째 돌덩이가 날아들었다. 댄스와 빌리는 잽싸게 몸을 움직여 피했다. 돌은 다행히 빗나갔지만 만약 정통으로 맞았다면 두개골이 산산조각 나버렸을 것이다. 남자들의 옷차림은 말쑥했다. 모두 중산층 같았다. 오토바이 갱이나 폭력배는 아니었다. 하지만 그들의 험악한 표정은 등골이 오싹할 만큼 살기등등했다.

"저 자식을 잡아!"

"개자식!"

"네가 저 트럭을 모는 놈이지?"

"저기 있어! 저놈이 운전사야!"

* 무선 통신 장치.

81

"경찰입니다." 댄스가 신분증을 높이 들어 보였다. 구체적인 직위는 밝히지 않았다.

"거기들 멈춰요."

아무도 그녀에게 시선을 주지 않았다. 그녀는 홀리와 소방대원들을 찾아 주위를 살폈다. 그들의 차는 여전히 클럽 밖에 세워져 있었지만 다들 안에 들어가 있는지 아무도 보이지 않았다.

"개자식! 이 살인자!"

"아니에요." 빌리가 목멘 소리로 말했다. "난 아무 짓도 안 했다고요."

클럽 근처에 임시로 만들어놓은 추모 공간에서 사람들이 몰려오고 있었다. 빌리를 가리키며 맹렬히 달려오는 이들도 보였다. 댄스는 황급히 휴대폰을 꺼내 911에 전화를 걸었다. 상황실 직통전화는 연결까지 적지 않은 시간이 소요된다는 걸 잘 알고 있었다.

상대가 응답했다. "경찰과 소방 상황실……."

바로 그 순간, 댄스의 얼굴을 향해 타이어 지렛대가 날아들었다.

9

빌리가 자신의 몸을 날려 댄스를 감쌌다. 금속 막대가 아슬아슬하게 빗나갔다.

두 사람은 서로에게 엉겨 붙은 채 바닥을 굴렀다. 그가 그녀를 부축해 일으킨 후 헨더슨 도매 창고 사무실 쪽으로 이끌었다. 그녀는 상황실 대원에게 연방수사국 요원이 위험에 처해 있으니 지원을 보내달라고 요청했다. 그러고는 몰려오는 사람들을 돌아보았다.

"경찰 수사 중입니다! 당장 멈추지 않으면 체포하겠어요!"

그 말이 끝나기가 무섭게 돌덩이가 또다시 날아들었다. 이번 것은 그녀의 왼쪽 아래팔을 살짝 스쳤다. 시계를 찬 곳에서 얼마 떨어지지 않은 곳이었다. 시계는 이미 CBI 주차장 바닥에 부딪쳐 깨져 있었다. 그녀의 입에서 외마디 비명이 터져 나왔다.

"저 사람이나 체포해요!" 건장해 보이는 금발 여자가 소리쳤다. 조금 전 댄스를 붙잡고 약혼자가 중상을 입었다며 하소연한 여자였다.

"체포는 무슨 체포? 잡아 족쳐야지!"

폭도로 변한 군중이 어느새 바짝 다가와 있었다. 남자 몇몇이 댄스를 한쪽으로 밀어내고 빌리에게 달려들었다. 손바닥들이 연신 그의 가슴을 때렸다.

"이건 범죄행위입니다! 경찰이 오고 있다고요." 하지만 누구도 댄스의 경고를 귀담아듣지 않았다.

짧은 머리에 짙은 청색 운동복 차림을 한 남자가 헐레벌떡 달려왔다. 격노한 그가 손가락으로 빌리의 가슴을 거칠게 찔러대기 시작했다. "트럭을 세워놓고 똥이라도 누러 갔던 거야? 어디 숨어서 마리화나라도 했나? 그리고 나 몰라라 달아나버렸어?" 댄스가 그를 잡아끌자 남자가 그녀를 돌아보았다. "지금 뭐 하는 겁니까? 왜 이 자식을 체포하지 않는 거냐고요!"

"아뇨, 아니에요. 난 아무 짓도 안 했다고요. 제발 이러지 말아요!" 빌리는 고개를 세차게 가로저었다. 그의 눈가에 눈물이 맺혔다. 그가 손가락에 찔린 가슴을 문질렀다.

성난 무리들이 계속해서 몰려들었다. 댄스가 또다시 배지를 들어 보이자 사람들이 순간적으로 움찔했다.

댄스가 빌리에게 속삭였다. "곧 폭발할 거예요. 서둘러 여길 빠져나가야 해요. 일단 사무실로 들어가요."

그들은 막아선 사람들을 밀쳐내고 사무실 문을 향해 걸어나갔다. 사람들은 으르렁대며 뒤따랐다. 그녀는 속으로 되뇌었다. 뛰면 안 돼. 그랬다가는 이들이 또다시 달려들 거야.

그녀는 차분한 모습으로 천천히 걸음을 옮겨나갔다.

그때 누군가가 말했다. "저 자식이랑 단둘이 얘기 좀 해야겠어요. 오 분만 주면 자백을 받아낼게요."

"그럴 게 아니라 잡아 족쳐야 한다니까!"

"네놈이 내 딸을 죽였어!"

사무실 문까지는 10미터도 남지 않았다. 성난 사람들이 점점 더 많이 모여들었고, 모두가 경쟁하듯 빌리에게 욕설을 퍼부었다. 그나마 다행스러운 건 돌덩이가 더 날아들지는 않는다는 사실이었다.

청바지와 체크무늬 셔츠 차림의 땅딸막한 남자가 바짝 다가와 주먹으로 빌리의 머리를 후려쳤다. 빌리가 비명을 질렀다.

댄스가 또다시 배지를 꺼내 보였다. "당신, 이름을 대요. 어서!"

그가 웃음을 터뜨리며 배지를 낚아챘다. 그리고 그것을 냅다 던져버렸다. "웃기고 있네."

무기를 꺼내 흔든다 해도 이들의 광기를 잠재울 수 없을 것 같았다. 그녀에게는 뽑아 들 글록도 없었지만.

"조져야 해! 저놈 붙잡아!"

"죽여도 돼."

"저년도!"

모두가 미쳐버린 것 같았다. 짐승, 아니 미친개들을 보는 듯했다.

"내 말 들어요." 댄스가 소리쳤다. "당신들은 지금 중죄를 저지르고 있습니다! 당장 멈추지 않으면 체포……."

사람들은 통제 불능 상태에 빠져 있었다. "저 자식을 잡아!"

몇몇은 돌을 집었고, 타이어 지렛대를 든 남자도 있었다.

맙소사.

커다란 돌덩이 하나가 몸을 웅크린 그녀의 귓전을 스치듯 지나갔다. 그것을 던진 사람은 보지 못했다. 댄스가 잠시 휘청이다가 무릎을 꿇었다. 사람들이 우르르 몰려들었다.

빌리가 그녀를 부축해 일으켰다. 두 사람은 맹렬히 휘둘러대는 손아귀들을 피해 사무실 문 쪽으로 내달렸다. 문은 닫혀 있었다. 헨더슨이 자물쇠를 걸어놓았다면 그들은 몇 분 안에 죽음을 면치 못할 것이다.

댄스는 사자의 발소리를 들은 영양처럼 극도의 공포에 빠졌다.

문…….

제발…….

그들이 문간에 도착했을 때 문이 벌컥 열렸다. 빌리가 몸을 트는 순간 무섭게 날아든 돌이 그의 턱에 적중했다. 날카로운 비명과 함께 피가 튀었다. 치아가 몇 개 날아가고 뼈도 으스러졌을 것이다.

그가 비틀대며 사무실로 들어갔다. 그리고 입을 감싸 쥔 채 바닥에 고꾸라졌다. 댄스도 황급히 들어갔다. 헨더슨이 문을 닫고 자물쇠를 걸었다.

"911에 신고했어요." 사무장이 말했다.

"나도요." 댄스가 속삭이듯 말하고 나서 빌리의 상처를 살펴보았다. "곧 도착할 거예요."

댄스가 창밖을 살폈다. 그녀의 두 손은 덜덜 떨리고, 가슴은 쿵쾅거렸다.

패닉…….

사람들은 문 밖에 진을 치고 있었다. 그들의 얼굴에는 마치 무언가에 홀린 듯한 표정이 떠올라 있었다. 그녀는 자신이 키우는 셰퍼드 딜런과 함께 산책을 하고 있을 때, 어디선가 나타난 목줄 풀린 도베르만이 맹렬히 달려들던 순간이 떠올랐다. 호신용 스프레이가 없었다면 큰 변을 당할 뻔했다.

이해도 되지 않고, 벗어날 수도 없는 상황.

헨더슨은 손에 리볼버를 쥐고 있었다. 38구경 스미스앤드웨슨. 총을 본 댄스가 얼굴을 찡그렸다.

"그거 치워요."

"하지만……."

"어서요." 그녀가 딱딱거리며 말했다.

그가 권총을 서랍에 집어넣었다.

돌멩이 하나가 날아와 사무실 외벽에 맞고 튀었다. 벽이 금속으로 된 탓에 요란한 소리가 났다. 콘크리트 덩어리들도 속속 날아들었다. 창문 두 개가 박살 났지만 안으로 기어 들어오려는 사람은 없었다. 밖에서는 연신 고함이 터져 나왔다.

댄스는 빌리를 돌아보았다. 통증이 심한지 눈조차 제대로 뜨지 못했다. 그는 얼음을 채운 수건을 퉁퉁 부은 얼굴에 대고 있었다. 헨더슨의 친척이 가져다준 것이었다.

댄스는 깨진 창문 밖을 살폈다. 순찰차의 파랗고 하얀 불빛이 보였다.

솔리튜드크리크의 보안 카메라 영상에서 본 것처럼 광란은 순식간에 식어버렸다. 당장이라도 빌리에게 린치를 가하고 댄스의 머리를 박살 내려 했던 사람들은 어느새 뿔뿔이 흩어져 멀어져갔다. 마치 아무 일도 없었다는 듯이.

눈 깜빡할 새 벌어진 일이었다. 후끈했던 열기는 확 끓어올랐을 때만큼이나 빠르게 식어버렸다. 광기는 감지되지 않았다. 몇 명의 손에서 돌멩이가 떨어졌다. 자신들이 무기를 쥐고 있었다는 사실을 그제야 깨달은 모양이었다.

지역 보안관이 급파한 순찰차들이 헨더슨 도매 창고 앞에 속속 도착했다. 보안관보 두 명이 차에서 내려 현장을 잠시 둘러보다가 안으로 들어왔다.

"캐트린." 키 크고 매력적인 라틴계 여성 보안관보가 말했다. 그녀의 땅딸막한 흑인 동료는 살짝 목례를 했다. 댄스는 그들을 잘 알고 있었다.

"킷, 존."

"대체 무슨 일이 있었던 거죠?" 킷이 물었다.

댄스는 조금 전의 소요 사태에 대해 이야기했다.

"공갈 폭행 혐의로 체포해야 할 사람이 몇 명 있어요." 그녀가 턱으로 빌리를 가리켰다. 그리고 돌에 맞아 멍든 자신의 팔뚝도 보여주었다. "당신이 처리해줘요. 난 이제 형사 사건을 맡지 않거든요."

킷 산체스가 한쪽 눈썹을 추켜올렸다.

"설명하자면 길어요. 필요하다면 내가 증언할게요."

그녀의 동료 존 래너스는 빌리의 망가진 얼굴을 살피며 가해자들을 고발할 것인지 물었다. 빌리가 혼잣말하듯 낮게 말했다. "누가 그랬는지 제대로 못 봤어요."

거짓말이었다. 물론 댄스는 그를 이해할 수 있었다. 그는 자신이 솔리튜드크리크 참사의 원인 제공자로 세상에 알려지기를 원치 않는 것이다. 자신의 아내와 아이들도 표적이 될 수 있기 때문에.

댄스가 고개를 저었다. "결정은 당신 몫이에요."

"이 사건은 누가 맡는 거죠? CBI? 아니면 우리가?" 래너스가 클럽을 가리키며 물었다.

산체스가 말했다. "우린 아무래도 상관없어요. 그저……."

"로버트 홀리가 와 있는 걸 보면 카운티 사건이 맞는 것 같아요." 댄스가 어깨를 으쓱하며 덧붙였다. "난 그저 허가증을 체크하러 왔을 뿐입니다. 그냥 돌아가기가 허전해서 잠시 조사하고 있었고요."

고도비만인 래너스가 땀을 닦고 빌리에게 말했다. "구급차를 부를게요."

빌리는 고통스러워하면서도 보안관보의 제안을 반기는 눈치가 아니었다. 그가 눈물을 훔쳤다.

래너스가 벨트에서 무전기를 뽑아 들고 구급차를 불렀다. 상황실 대원은 십 분 후 도착한다고 알려주었다. 댄스가 래너스에게 물었다. "병원까지 동행해줄 수 있어요?" 그녀가 나지막이 덧붙였다. "저 사람 목에 현상금이 걸린 거나 마찬가지라서요."

"그러죠. 저 친구 집에도 연락할게요." 보안관보도 빌리의 결혼반지를 본 모양이었다.

댄스가 팔뚝의 상처를 문질렀다.

킷이 물었다. "괜찮아요, 캐트린?"

"그냥 뭐……."

댄스의 시선이 보안관보의 등 뒤에 걸린 무언가에 꽂혔다. 그녀가 벽을 가리켰다. "저게 사실인가요?"

헨더슨이 눈을 가늘게 뜨고 그녀가 가리키는 곳을 돌아보았다. "저거 말입니까? 사실이에요. 덕분에 오랫동안 적지 않은 돈을 절약할 수 있었죠."

"모든 트럭에 해당되나요?"

"물론이죠."

캐트린 댄스의 얼굴에 미소가 떠올랐다.

　레이 헨더슨이 희생양으로 삼으려 했던, 그리고 불과 십 분 전까
지만 해도 집단 린치를 당할 뻔했던 남자는 결백했다.
　빌리 컬프가 솔리튜드크리크 화재 참사에 아무런 책임도 없다는
사실은 단 오 분 만에 밝혀졌다.
　댄스가 헨더슨 도매 창고 사무실 벽에서 발견한 경고문은 턱에
큰 부상을 입은 것으로도 모자라 마음까지 크게 다친 남자로부터
얼마 떨어지지 않은 곳에 붙어 있었다.

안전운행합시다.

GPS 기록 중!

제한속도를 준수합시다.

　헨더슨 도매 창고 소유의 모든 트럭에는 위성 내비게이션이 장
착돼 있었다. 운전사들에게는 길을 알려주었고, 사장에게는 그들이
어느 곳을 어떤 속도로 달리고 있는지 알려주었다(헨더슨은 차량 납

치나 도난 사건에 대비하기 위한 조치였다고 설명했다. 하지만 댄스는 속도위반 딱지와 낭비되는 경유가 그 원인일 거라 짐작했다).

댄스는 로버트 홀리와 카운티 보안관보들의 허락을 받아 빌리의 트럭에서 GPS 장치를 떼어냈다. 그녀는 GPS를 가지고 헨더슨의 사무실로 돌아갔고, 보안관보들은 그것을 USB에 연결해 데이터를 살피기 시작했다.

전날 밤 8시 10분. 빌리가 트럭을 주차하고 집으로 돌아간 지 한 시간가량 지났을 때 GPS가 다시 켜졌다. 누가 차에 시동을 건 것이다. 기록은 트럭이 북쪽으로 30미터쯤 이동한 사실을 알려주었다. 클럽 쪽이었다. 트럭이 문제의 지점에 멈춰 섰고, 시동은 다시 꺼졌다.

"그럼, 누가 트럭을 몰고 가 의도적으로 거기 세워뒀다는 뜻이겠군요." 킷 산체스가 말했다.

"맞아요." 댄스가 말했다. "누가 보관 상자에서 열쇠를 꺼내 트럭을 몰고 가 클럽 문을 막은 거예요. 시동을 끄고 나서는 열쇠를 제자리에 갖다 놓았고요."

"난 그때 집에 있었다고요! 8시경에 난 집에 있었어요. 증인도 있어요!"

헨더슨과 그의 조카로 보이는 직원은 댄스와 빌리 컬프의 시선을 애써 피하고 있었다. 자신들이 희생양으로 삼으려 했던 남자의 결백이 밝혀졌으니 당황할 만도 했다.

"보안 카메라는요?" 댄스가 물었다.

"창고 안에만 있어요. 밖엔 없고요."

빌어먹을.

"트럭 열쇠는요?" 그녀가 물었다.

"내가 가지고 있어요." 헨더슨이 서랍을 열었다.

"아뇨. 손대지 말아요." 댄스가 말했다.

지문. 캐트린 댄스는 과학수사에 큰 관심은 없었지만, 물적 증거는 최대한 조심히 다뤄야 했다.

"젠장. 이미 만졌는데요."

MCSO의 보안관보 존 래너스가 말했다. "다른 지문도 많이 묻어 있을 겁니다. 가져가서 살펴보면 답이 나올 거예요. 물론 당신 지문도 샘플로 채취할 거고요. 빌리나 다른 운전사들과 일치하지 않는 게 용의자의 지문이겠죠."

킷 산체스는 장갑 낀 손으로 문제의 트럭에서 전자 열쇠를 가져와 증거품 봉투에 담았다. 댄스는 현장에서 범인의 지문이 발견되지 않으리라는 걸 직감했다. 범인은 굉장히 신중하게 일을 벌였을 것이다.

아이러니하게도, 댄스가 수사과에서 민사부로 자리를 옮기니 납세 기록과 보험증서만 조사하면 그만인 행정 업무가 중대한 범죄 수사로 바뀌어버렸다. 흉악범죄. 살인. 어쩌면 테러일 수도.

댄스가 산체스와 래너스에게 말했다. "나 대신 살인 사건이라고 선언해주겠어요?" 그러고는 쓴웃음을 지어 보였다. "아까 얘기했잖아요. 설명하자면 길고. 일단 현장부터 보존하죠. 보관 상자, 트럭, 드럼통, 클럽. 주차장도 살펴봐야 할 거고요."

"알겠어요. 우선 현장 봉쇄부터 할게요." 래너스가 말했다.

거슬리는 사이렌 소리와 함께 카운티 구급차가 사무실 앞에 멈춰 섰다. 몸집이 큰 백인 구급대원 두 명이 들어와 고개를 살짝 숙여 인사했다. 그들은 빌리에게 다가가 그의 상태를 살폈다.

"턱이 부러진 건가요?" 빌리가 물었다.

한 대원이 피로 얼룩진 수건을 살짝 들어보았다. "정확한 건 엑스레이를 찍어봐야 알 수 있습니다. 하지만, 부러진 것 같군요. 완전히. 걸을 수 있겠어요?"

"네. 그들이 아직 밖에 있나요?"

"누구 말이죠?"

댄스가 창밖을 살폈다. "아무도 없어요."

그들은 밖으로 나와 깡마른 운전사를 구급차에 싣는 작업을 도왔다. 그가 댄스의 손을 덥석 잡았다. 그의 눈가가 촉촉히 젖어 있었다. 댄스는 그것이 통증 때문이 아니라는 걸 알 수 있었다.

"당신은 생명의 은인이에요, 댄스 요원님. 요원님이 아니었으면 정말 죽을 뻔했어요. 고마워요." 그의 미간이 찌푸려졌다. "요원님도 몸조심해요. 그 사람, 아니 짐승들에게 해코지를 당할 수도 있으니까요. 요원님은 아무 잘못도 없는데."

"빨리 회복하길 빌어요, 빌리."

댄스는 땅에 떨어진 배지를 집어 흙을 털어낸 후 주머니에 넣었다. 그녀는 로버트 홀리에게 자신이 알아낸 내용을 들려주기 위해 클럽으로 돌아갔다. 하지만 당분간 찰스 오버비에게는 비밀에 붙여두기로 했다.

나중에 후환이 없으려면 모든 부분을 빈틈없이 살펴봐야 했다.

클럽 밖에는 기자들과 구경꾼들이 몰려와 있었다. 그녀의 시선이 예쁘장한 TV 리포터 쪽으로 돌아갔다. 단정하게 차려입은 여자는 몬터레이 카운티 소속 소방대원을 인터뷰하는 중이었다. 햇볕에 심하게 탄 남자는 짧게 깎은 머리에 단단한 몸, 두꺼운 팔뚝을 자랑했다. 댄스는 그를 화재와 재난 현장에서 몇 번 본 기억이 있었다.

기자가 카메라에 대고 말했다. "몬터레이 카운티 소방대원 브래드 C. 대넌 씨를 모셨습니다. 대넌 씨, 어젯밤 솔리튜드크리크 화재 현장에 가장 먼저 도착하셨죠?"

"마침 신고가 들어왔을 때 이 근처에 있었습니다."

"모두가 패닉에 빠진 현장을 지켜보셨겠군요. 어떤 상황이었는지 설명 부탁드릴게요."

"말씀처럼 완전한 패닉 상태였습니다. 모두가 이성을 잃었죠. 어떻게든 빠져나오려고 짐승처럼 문을 향해 몸을 날려댔습니다. 오 년째 이 일을 하고 있지만 지금껏 그런 광경은 한 번도……."

11

"……본 적이 없습니다."

"오 년 동안 단 한 번도요? 제가 듣기로는 비상구들이 트럭에 막혀 있었다던데요. 저기 보이는 대형 트레일러에…….”

안티오크 마치는 얼굴에서 15센티미터 떨어진 매끄러운 면 베갯잇에서 눈을 떼고 TV 화면을 쳐다보았다. 그는 페블 비치의 호화로운 시더 힐스 인 호텔 방에 누워 있었다. 솔리튜드크리크 클럽을 벗어난 카메라 앵글이 헨더슨 도매 창고에 맞춰졌다. 사고 현장은 마치의 호텔 방에서 20킬로미터도 채 떨어지지 않은 곳이었다.

촉촉한 입술이 다가와 그의 귀에 속삭였다. "너무 좋아."

토피 사탕 색 머리를 한 리포터가 고화질 화면으로 돌아왔다.

"대넌 씨, 적지 않은 피해자와 그들의 가족이 이 참사의 원인이 트럭 운전사에게 있다고 주장합니다. 그가 무책임하게 트럭을 비상구 앞에 세워놓고 화장실에 갔거나 클럽에 몰래 들어가 공연을 보았다면서 말이죠. 정말 그랬을 가능성도 있을까요?"

"그런 추측을 하기엔 아직 이른 것 같습니다."

언제가 됐든 추측 같은 건 하면 **안 돼.** 지금이든 나중이든. 마치는 생각했다. 마치만 못한 근육을 뽐내는, 보디빌더 같은 소방대원은 자못 당당해 보였다. 연기로 가득 찬 건물 안에 갇혀 있어도 저런 놈을 믿고 **내 목숨**을 맡기진 않겠어.

생지옥으로 변한 클럽에서라면 더더욱 싫고. 소방대원은 어젯밤의 '호러'에 대해 상세히 들려주었다. 꽤 정확한 묘사였다. 마치는 소방대원의 설명을 뒤로한 채 하던 일로 되돌아갔다. 그가 다시 베개를 향해 고개를 기울이고 격렬히 몸을 움직이기 시작했다.

칼리스타가 날카롭고 완벽한 치아로 그의 귓불을 살짝 깨물었다. 앞니가 파고드는 동안 그녀의 코에 붙은 보석은 매끄러운 그의 볼을 간질였다. 그는 그녀 안으로 깊숙이 몸을 밀어 넣었다.

그녀의 입에서 리드미컬한 신음이 흘러나왔다. 어쩌면 그 역시 같은 소리를 내고 있는지도 몰랐다.

칼리스타가 속삭였다. "당신, 정말 끝내주게 잘생겼어……."

그는 그녀가 입을 닫아주기를 바랐다. 그 말에 어떻게 대꾸해야 할지 몰라 난감하기도 했다. 어쩌면 그녀는 이런 관계를 계속 이어가고 싶어하는지도 몰랐다. 사람들은 이런 순간에 별의별 이유를 들어 별의별 말을 쏟아내곤 했다. 그것을 잘 아는 마치는 그녀의 말에 큰 의미를 두지 않았다.

그저 그녀가 조용히 있어주기를 바랄 뿐. 그는 듣고 싶었다. 보고 싶었다. 상상하고 싶었다.

그녀의 발뒤꿈치가 그의 꼬리뼈를 때리고 동맥혈을 연상시키는 진홍색 손톱이 그의 등을 할퀴었다.

그는 남들이 이런 순간에 그러듯이 과거 속 인상적인 사건을 떠올려보았다. 솔리튜드크리크. 그리고 훨씬 전 과거도 더듬어보았다. 세레나. 그의 생각은 늘 세레나에서 멈추었다. 팽이가 언젠가는 회전을 멈추듯이.

세레나. 그녀 생각이 그의 몸에 기운을 불어넣었다.

제시카 역시 그의 머릿속을 맴돌고 있었다.

물론 터드도 빠뜨릴 수 없었다. 터드만 빼고 세레나와 제시카를 떠올리는 건 용납할 수 없었다.

그의 움직임은 점점 격렬해졌다.

그녀의 신음이 이어졌다.

그의 밑에 깔린 칼리스타의 두 손이 그의 척추를 타고 스르르 올라가 그의 어깨를 힘껏 움켜쥐었다. 붉게 칠한 손톱이 그의 피부를 파고들었다. 폐 속 깊은 곳에서 뿜어져 나온 축축한 신음은 통증 때문이기도 했다. 체지방이 거의 없는 90킬로그램의 근육질 몸에 깔려 있으니 그럴 만도 했다.

압착.

어젯밤 사람들처럼.

"아……." 그녀의 몸이 뻣뻣해졌다.

그녀의 반응에 그가 주춤 물러났다. 그의 쾌감과 그녀의 고통의 완벽한 조화. 쉽게 얻을 수 없는 밸런스였다. 굳이 그녀를 울릴 필요까진 없었다. 이 정도로 충분했다.

"다시 말씀드립니다만……."

"아, 좋아." 칼리스타가 속삭였다. 연기하는 게 아니었다. 그녀는 넋을 잃고 절정에 도달했다.

마치는 그녀의 앙상한 등에서 손을 떼고 딸기처럼 빨간 그녀의 머리채를 거칠게 뒤로 잡아당겼다. 매끄럽고 칼로 긋기 좋은 목이 드러났다. 비록 그의 계획에 없는 일이었지만 상상만으로도 짜릿했다.

마치는 리듬을 확인한 후 조금씩 속도를 냈다. 그녀가 숨을 한 번 깊게 들이쉰 후 진주 같은 치아를 그의 목에 갖다 댔다. 많은 여자들이 그렇듯 칼리스타 역시 뱀파이어에 집착했다. 그녀가 몸을 바르르 떨며 속삭였다. "너무 좋아……." 그것은 연기도, 그를 절정으로 이끄는 신호도 아니었다. 무의식적으로 튀어나온 진실된 반응. 그는 적당히 만족했다.

이제는 그의 차례였다. 그녀의 몸을 훑는 그의 손길이 한층 거칠어졌다. 불안정한 애무는 그녀의 가슴에서 양쪽 허벅지로 빠르게 이어졌다. 방은 후텁지근했고, 두 사람의 몸이 흥건히 땀에 젖었다.

"저는 지금 솔리튜드크리크 참사 현장에 가장 먼저 도착한 몬터레이 카운티 소방대원, 브래드 대넌 씨와 이야기를 나누고 있습니다. 어젯밤 현장에서 출혈이 심한 피해자 두 명을 구조하셨는데요, 오늘 그들을 만나보셨습니까?"

"네. 발견 당시 과다 출혈로 위험한 상태였습니다. 구급차가 도착할 때까지 최선을 다해 조치했죠. 하지만 진정한 영웅은 제가 아니라 구급대원입니다."

"겸손의 말씀이세요, 대넌 씨. 그럼 이제……."

딸깍.

어느새 그의 등에서 떨어진 그녀의 손이 리모컨을 찾아 TV를 끈 것이었다.

상관없었다. 뇌리를 살짝 스친 세레나의 아름다운 얼굴, 거기에 소방대원 브래드 대넌의 묘사까지. **과다 출혈.** 깔끔한 마무리였다.

그가 숨을 내쉬며 몸에서 힘을 빼 그녀에게 온전히 체중을 실었다. 그리고 생각했다. 좋아. 이 정도면 충분해.

한동안은 시끄러울 것이다.

그의 몸에 깔린 칼리스타가 꼼지락거렸다. 그녀는 가쁜 숨을 몰아쉬는 중이었다.

그는 생각했다. 압착성 질식사.

그는 꼼짝하지 않았다. 그렇게 십 초가 흘렀다.

이십 초. 그리고 삼십 초. 움직이지 않는 것만으로도 그녀를 죽일 수 있다.

"음." 그녀가 켁켁거렸다. "이제 좀……."

그의 밑에서 그녀의 가슴이 연신 들썩였다.

마치가 옆으로 몸을 굴려 그녀에게서 내려왔다. "미안해요. 당신이 내 진을 다 빼놨어요."

칼리스타는 숨을 할딱거렸다. 일어나 앉은 그녀가 시트를 끌어가 몸에 둘렀다. 왜 여자들은 섹스 후 내숭을 떠는 걸까? 그가 베갯잇을 벗겨내 몸을 닦았다. 그런 다음, 자신의 손톱을 유심히 살펴보았다. 피가 묻어 있지 않았다. 실망감이 밀려들었다.

그녀가 희미한 미소를 머금고 그를 돌아보았다. 그녀는 다시 베개를 베고 누웠다.

마치는 기지개를 켰다. 늘 그렇듯 일을 마친 후에는 입을 꼭 닫고 있었다. 그조차도 자신의 자제력을 믿지 못하기 때문이었다. 경험에서 배운 지혜였다.

하지만 그녀의 입은 자유로웠다. "앤디?"

그는 그 별명이 좋았다. '안티오크'라는 이름은 지나치게 튀었다. "네?"

"정말 끔찍해요. 저 사건 말이에요."

"무슨 사건?"

"많은 사람들이 압사했다잖아요. 방금 뉴스 못 봤어요?"

"딴 데 신경 쓰느라고."

날 시험하는 건가? 그는 궁금했다. 적절히 잘 둘러댄 것 같은데. 그녀가 한 손을 그의 팔뚝에 얹었다. 그는 TV를 켜둔 자신을 질책했다. 솔리튜드크리크에 지나치게 몰입하는 건 좋지 않다. 하지만 사십 분 전, 그녀가 도착했을 때 그가 가장 먼저 한 일은 그녀에게 화이트 와인을 따라주고 이야기를 나눈 것이었다. 그녀가 대화에 정신이 팔려 뉴스 끄는 것을 잊도록.

마치가 다시 기지개를 켰다. 호화로운 호텔의 매트리스는 조금도 들썩이지 않았다. 그는 쉴 새 없이 출렁이는 태평양을 떠올렸다. 보이지는 않았지만 살짝 열린 왼편 창틈으로 스며드는 바닷소리를 들을 수 있었다.

"운동을 좋아하나 봐요." 그녀가 말했다.

"맞아요." 직업상 그럴 수밖에 없었다. 엄밀히 말하면 부업 때문이었지만. 마치는 매일 한 시간씩 운동했다. 강인한 체력과 건장한 체격으로 무장한 스물아홉 살의 그에게 운동은 어렵지 않았다. 아니, 그는 운동을 즐겼다. 운동은 위안을 주었고, 머리도 식혀주었다.

베이지 않은 목과 압착되지 않은 폐를 계속 간직하게 된 칼리스타는 시트를 내리고 침대에서 일어났다. 카메라를 등진 채 몸을 일으키는 A급 배우처럼.

"보지 말아요."

그는 보지 않았다. 마치는 콘돔을 벗겨내 그녀 시선이 닿지 않는 침대 반대편 바닥에 떨어뜨렸다.

그는 잠시 리모컨을 바라보다가 TV를 다시 켜지 않기로 했다.

그는 칼리스타가 욕실로 직행할 거라 생각했지만 그녀는 갑자기 방향을 틀어 옷장으로 다가갔다. 그녀가 옷장 문을 활짝 열고 줄줄이 걸린 옷들을 살펴보았다. "가운 좀 빌려줄래요? 설마 날 보고 있는 건 아니겠죠?"

"안 보고 있어요. 욕실 문에 걸린 거 걸쳐요."

그녀는 가운을 걸치고 돌아왔다. 허리띠는 묶지 않았다.

"이거 괜찮은데요." 그녀가 고급 면을 어루만졌다.

시더 힐스 인은 몬터레이 반도의 고급 호텔들 중에서도 최고로 꼽히는 곳이었다. 숙박비 232달러를 지불한 투숙객들은 가운과 기념품을 가져갈 수 있다.

시더 힐스는 그런 곳이다. 터무니없지만 묘하게도 타당한 느낌을 주는 250달러도 아니고, 실제 소비자 가격일 것 같은 100달러도 아닌, 아무렇게나 책정한 듯한 232달러.

허세가 철철 넘치는 금액. 232달러.

인간 본성이란 알다가도 모르겠어. 그는 생각했다.

칼리스타 소머스는 가방을 뒤적여 무언가를 꺼내 들었다.

가까운 곳에 놓인 잔에서 와인 향기가 풍겨왔다. 그녀가 마시던 것이었다. 그는 파인애플 주스를 한 모금 마셨다. 각얼음이 녹아 모서리가 뭉툭해져 있었다.

그녀가 커튼을 살짝 걷었다. "전망 죽이네요."

그도 동의했다. 멀지 않은 곳에 페블 비치 골프장이 자리하고 있었고, 창밖으로는 곡예사를 연상시키는 소나무와 진홍색 극락조화, 관능적인 구름 떼가 펼쳐졌다. 한쪽에서는 씰룩이는 귀와 익살스러우면서도 우아한 다리를 가진 사슴 한 마리가 서성이고 있었다.

그녀는 머릿속이 산란해진 모양이었다. 어쩌면 업무 미팅을 떠올리고 있는 걸까. 아니면 병든 어머니 생각을 하고 있는지도. 회계

일을 하는 스물다섯 살의 칼리스타는 이곳 출신이 아니었다. 워싱턴 주 북부의 작은 마을에 사는 그녀는 2주 휴가를 받아 캘리포니아에 왔다. 노인성 치매에 걸려 요양 시설에 있는 어머니를 기후 좋은 곳에서 모시기 위해 사전 답사를 온 것이었다. 마린, 내퍼, 그리고 샌프란시스코를 차례로 둘러본 그녀는 몬터레이베이 지역을 살펴보던 중이었다. 이곳이 가장 마음에 들었다.

그녀가 욕실로 들어가 샤워를 시작했다. 마치는 침대에 드러누워 물소리에 귀를 기울였다. 그녀는 콧노래를 부르고 있었다.

또다시 리모컨을 집어 들고 싶은 충동이 일었다.

너무 집착하는 모습을 보여선 안 돼.

그는 눈을 감고 솔리튜드크리크에서 벌어진 일들을 머릿속에 그려보았다.

십 분 후, 그녀가 돌아와 장난스레 눈을 흘겼다.

"당신 나빠요! 손톱자국을 내놓다니."

그녀가 가운 자락을 들추자 할퀸 자국이 벌겋게 남은 매혹적인 엉덩이가 드러났다. 순간 그의 가슴속이 찌릿했다.

"미안해요."

《그레이의 50가지 그림자》 타입은 아닌가 보군. 그는 생각했다.

그녀의 태도가 금세 바뀌었다. "영화배우 닮았단 얘기 들은 적 없어요?"

채닝 테이텀. 지겹게 듣는 이름이었다. 마치는 그보다 조금 말랐지만 180센티미터가 넘는 키는 비슷했다.

"난 모르겠는데요."

큰 의미를 둘 필요가 없었다. 보나 마나 할퀸 자국에 대해 타박한 것이 미안해서 늘어놓은 얘기일 테니까.

사과는 받아주지.

그녀가 가방에서 브러시와 화장품을 꺼냈다. "저번에 직업을 물어봤을 때 제대로 말해주지 않았잖아요. 비영리재단에서 일한다고 했던가요? 웹사이트 운영? 좋은 일을 하는 것 같아 더 호감이 생겼어요."

"맞아요. 위기에 처한 사람들을 돕는 일을 하죠. 전쟁, 자연 재해, 기근, 뭐 그런 것들 말이에요. 의식도 높이고, 모금도 하고요."

"많이 바쁘겠어요. 세상이 끔찍한 일로 넘쳐나니까요."

"일주일에 엿새는 현장에서 보내죠."

"어떤 사이트죠?"

"핸드 투 하트."

그가 몸을 굴려 침대를 내려왔다. 부끄럽지는 않았지만 알몸으로 다니고 싶지는 않았다. 그가 청바지와 폴로 셔츠를 차례로 끌어와 걸쳤다. 그런 다음, 랩톱 컴퓨터를 열고 홈페이지에 접속했다.

손에서 마음으로 Hand to Heart

오늘도
세상의 모든 인도주의적 비극에 대한
의식을 고취시키기 위해 헌신합니다.

후원 방법…….

"우리가 직접 돈을 받진 않아요. 우린 그저 인도주의적 지원이 필요하다는 걸 세상에 알릴 뿐이죠. 사이트에 접속해서 관심 가는 항목을 골라 클릭하면 돼요. 일본의 쓰나미나 원폭 피해자, 아니면 시리아의 생화학 무기 피해자. 어디든 원하는 곳에 기부를 할 수 있어요. 세계 각지를 돌아다니며 도움을 필요로 하는 비영리 단체들로부터 보도자료와 재난 현장 사진 등을 제공받는 게 내가 하는 일이에요. 의심스러운 단체들을 조사하기도 하고요. 사기꾼들이 좀 있어서."

"세상에!"

"정말이에요."

"어디 세상에 할 짓이 없어서."

그녀가 랩톱을 닫았다.

"멋져요. 정말 좋은 일을 하는군요. 이런 곳에 묵는 걸 보니 꽤 잘나가는 모양이네요."

"가끔 이럴 때도 있어요."

사실 그는 '이런 곳'에 묵는 게 편치 않았다. 하얏트 정도면 적당했다. 그보다 못한 모텔들도 상관없었고. 하지만 그의 보스는 이곳을 선호했다. 크리스토퍼는 늘 마치를 위해 최고급 호텔을 예약해주었다. 방 안 곳곳에 흩뿌려진 옷과 액세서리들처럼. 까날리 슈트, 루이비통 구두, 코치 서류 가방, 티파니 커프스단추. 전부 그가 원했던 게 아니었다. 그의 보스는 세상에 돈이 아닌 다른 목적으로 이일을 하는 사람이 있다는 사실을 이해하지 못했다.

칼리스타는 욕실에 들어가 옷을 입고 나왔다. 그녀의 머리는 아직도 축축했다. 하지만 렌터카 업체에서 빌린 컨버터블을 몰고 요양원으로 향하다 보면 머리는 금세 마를 것이다. 마치의 숱 많고 단정한 갈색 머리는 가벼운 손질에만 십 분이 걸렸다.

칼리스타가 그에게 살짝 입을 맞추었다. 짧지만 너무 짧지는 않은 키스. 짧은 점심시간 데이트가 끝났다. 두 사람 모두 규칙을 잘 알고 있었다.

"여기서 며칠 더 묵을 건가요, 인도주의자 아저씨?"

"네."

"잘됐네요." 그녀의 목소리는 생기에 차 있었다. 그녀가 진짜 궁금하다는 듯 물었다. "이곳에서의 일은 잘돼가요?"

"무척 잘돼가요."

칼리스타는 기운찬 걸음으로 방을 나갔다.

문이 닫히자마자 마치는 손을 뻗어 리모컨을 집어 들었다. 그는 솔리튜드크리크 참사 관련 보도가 이어지고 있기를 기대하며 다시 TV를 켰다. 고위층 인사들은 이 비극적인 사건에 대해 어떤 입장을 취할까. 그는 궁금했다.

하지만 화면에 떠오른 것은 섬유 유연제 광고였다.

그는 운동복을 걸쳤다. 반바지와 민소매 티셔츠. 그는 바닥에 엎드려 팔굽혀펴기를 시작했다. 500회. 오늘의 두 번째 세트였다. 그리고 윗몸 일으키기와 스쿼트도 잊지 않았다. 나중에 밖에 나가 세븐틴 마일 드라이브를 따라 조깅을 할 계획이었다.

위장약과 보험 광고가 차례로 흘러갔다.

제발······.

"중부 캘리포니아의 솔리튜드크리크 참사 관련 속보를 전해드립니다. 지금 이 자리에는 재난 담당 기자, 제임스 하코트가 나와 있습니다."

정말? 저런 직함이 있단 말이야?

"큰 문제가 아니었음에도 모두가 패닉에 빠져버렸습니다."

그랬지. 마치는 회상에 잠겼다. 약간의 연기. 그리고 클럽 로비로 걸려온 전화. "주방에 불이 났어요! 무대 뒤도 마찬가지고요! 소방

105

서엔 내가 신고했으니까 일단 사람들을 빨리 대피시켜요. 서둘러야
해요."

그는 과연 그 정도로 압도적인 공포감을 불어넣을 수 있을지 궁
금했다. 괜한 걱정이었다. 그것으로 충분했다. 인류의 백만 년에 걸
친 진화를 단 몇 초 만에 지워버린 것이었다.

그는 화면에 가끔 나오는 클럽 내부 이미지를 감상하며 다시 운
동을 시작했다.

그렇게 삼십 분간 땀을 뺀 안티오크 마치는 몸을 일으켜 자물쇠
걸린 서류 가방을 열고 이 지역 지도를 꺼냈다. 재난 담당 기자가
한 말에 아이디어가 떠올랐기 때문이었다. 그는 곧장 인터넷에 접
속해 검색을 시작했다. 그렇게 찾아낸 정보는 꼼꼼하게 메모해두었
다. 됐어. 당신 덕분이야. 그가 화면 속 기자에게 말했다. 그의 귓전
에 칼리스타의 숨소리 섞인 목소리가 맴돌았다.

"이곳에서의 일은 잘돼가요?"

"무척 잘돼가요."

앞으로는 더 잘될 것이다.

12

정치꾼들이 하나둘씩 솔리튜드크리크에 도착했다.

이런 참사 소식을 모른 체할 사람들이 아니었다. 임기 중인 공직자는 물론 장차 그렇게 되고픈 사람들, 그리고 찰스 오버비처럼 단 몇 분 동안이라도 세상의 이목을 끌고 싶어하는 사람들. 그들은 언론의 인터뷰 요청에 적극적으로 응했고, 어떻게 하면 피해자 가족과 현장에 몰려든 구경꾼들에게 잘 보일지 고민했다.

결국엔 모두가 유권자들이 아닌가.

그들이 적극적으로 나서서 큰 도움을 주는 경우도 있기는 하다. 이따금, 아주 가끔. 아예 없는 일은 아니다(주정부 소속 공무원인 캐트린 댄스는 지금껏 냉소와 끊임없이 싸워왔다).

지금 이곳에는 주민보다 취재진이 훨씬 많았다. 메이저 네트워크들이 이번 참사를 스포츠 스타가 몬터레이베이에서 낚싯배를 타고 통통한 연어를 낚은 것만큼이나 엄청난 뉴스거리로 여기고 있다는 뜻이었다.

네트워크Networks. 그물Net. 물고기Fish. 댄스는 그 은유가 마음에 들었다.

솔리튜드크리크가 자리한 지역구 하원의원은 대니얼 나시마였다. 그는 3세대, 어쩌면 4세대 일본계 미국인이었다. 다선 의원이었고, 나이는 사십 대 중반이었다. 지금은 보좌관과 함께 움직이는 중이었다. 영화배우 조시 브롤린을 닮은 큰 키의 보좌관은 한순간도 경계를 늦추지 않았다. 시대에 뒤떨어진 쓰리피스 정장이 유독 튀어 보였다.

나시마는 가업을 관리하며 꽤 많은 재산을 모았다. 하지만 그의 옷차림은 늘 수수했다. 오늘도 마찬가지였다. 치노 바지에 소매를 말아 올린 파란색 와이셔츠. 봉사 단체의 팬케이크 행사 자리에나 어울릴 법한 옷차림이었다. 백인 어머니를 둔 나시마는 아시아인의 특징이 잘 조화된 잘생긴 외모를 자랑했다. 그는 경악하는 표정으로 솔리튜드크리크 클럽의 외부를 살폈다. 놀랍지는 않았다. 그는 자연재해에 늘 발 빠르게 대처하는 것으로 유명했으니. 얼마 전 산타 크루즈에 지진이 났을 때도 그랬다. 당시 그는 새벽 3시에 현장에 나와 잔해 속을 누비며 생존자를 찾아다녔다.

매혹적인 금발의 CNN 앵커가 잽싸게 니시마에게 달라붙었다. 샌프란시스코다운 풍경이었다.

"이 끔찍한 사건의 피해자분들께 심심한 조의를 표합니다."

나시마는 이번 참사의 근본적인 원인을 파악하기 위해 동료 의원들과 함께 전면 조사를 요구할 계획이라고 말했다. 만약 클럽 과실로 밝혀지면 형사 고발도 불사하겠다고 약속했다.

얼마 지나지 않아 몬터레이 시장이 도착했다. 리무진은 보이지 않았다. 레인지 로버에서 내린 키가 큰 라틴계 남자는 현장에 모인 피해자와 그들의 가족, 그리고 구경꾼들 쪽으로 열 걸음 정도 다가갔다. 기다렸다는 듯 지역 언론 기자 몇 명이 몰려가 그를 에워쌌다. 그는 니시마 쪽을 돌아보며 태연한 표정을 지어 보였다. 하원의원에게 스포트라이트를 빼앗겼다는 사실에 개의치 않는 듯 보이려 애썼다. 완벽하게 세팅한 머리의 여성 앵커와 애틀랜타에서 온 취재진은 둘 중 누구에게 먼저 붙어야 하는지 잘 알고 있었다.

캘리포니아 주 상원의원은 아직 라스베이거스에서 돌아오지 않았다. 댄스는 니시마가 내년 중 공석이 될 그 자리에 눈독 들이고 있다는 소문을 들었다. 상원의원은 오늘 큰 실수를 저지른 것이다.

니시마는 정중하고 단호한 모습으로 인터뷰를 마친 후 물러났다. 다른 매체들의 인터뷰 요청은 전부 거절했다. 그는 현장을 살피며 한쪽에 모여 있는 사람들 쪽으로 다가갔다. 꽃을 놓아두는 사람들도 있었고, 기도를 하거나 애절한 모습으로 서성이는 사람들도 보였다. 그는 고개를 숙인 채 그들과 일일이 포옹을 나누었다. 그가 볼을 타고 흘러내리는 눈물을 몇 번 훔쳐냈다. 카메라를 의식한 행동은 아니었다. 그는 여전히 기자들을 등진 채였다.

현장을 찾은 조문객과 주민들은 서른 명 남짓 되었다. 댄스는 로버트 홀리의 배려로 그들과 차례로 대화를 나눴다. 그녀는 범죄 수사를 벌일 때처럼 반짝거리는 배지를 들어 보이며 그들에게 트럭과 불붙은 드럼통에 대해, 그리고 어젯밤 수상한 사람이 클럽 밖을 서성이지는 않았는지 물어보았다.

모두가 그런 사람을 보지 못했다고 입을 모았다.

그녀는 바짝 긴장한 사람들을 유심히 지켜보았다. 아무리 봐도 그들 중에는 현장을 살피러 돌아온 범인은 없는 것 같았다.

그날 아침 몰려왔던 사람들이 있지는 않은지 살펴보았다. 전부 달아나버렸는지 눈에 띄는 얼굴은 없었지만, 어수선한 분위기 탓에 그녀는 자신의 관찰력과 기억력을 믿지 못했다.

그녀의 시선이 주차장으로 들어오는 차 쪽을 향했다. 차는 꽃과 인형이 수북이 쌓인 임시 추모 공간 근처의 경찰 저지선 앞에 멈춰 섰다. 매끈하게 빠진 검은색 렉서스 쿠페였다.

차에는 두 사람이 타고 있었다. 댄스가 서 있는 곳에서는 그들의 얼굴이 선명히 보이지 않았지만 심각한 대화가 오가는 듯했다. 두 사람의 윤곽 움직임만으로도 그 사실을 어렵지 않게 파악할 수 있었다. 사십 대로 보이는 운전석의 남자가 차에서 내려와 몸을 숙였다. 그는 열린 문 안으로 몇 마디를 던진 후 시트를 앞으로 당겨 뒷좌석에서 꽃다발을 꺼냈다. 그가 어깨를 으쓱였다. 조수석 승객이 부정적인 반응을 보인 모양이었다. 그는 개의치 않고 꽃다발을 들고 추모 공간으로 다가갔다.

댄스가 남자에게 다가가 신분증을 내밀었다. "CBI에서 나온 캐트린 댄스라고 합니다."

잘생긴 남자가 당황하며 고개를 끄덕였다.

"어젯밤 여기서 누군가를 잃으신 모양이군요."

"그래요. 우리가요."

"조의를 표합니다."

우리……

그가 턱으로 렉서스를 가리켰다. 조수석 승객이 그들을 노려보고 있었다. 짙게 착색된 유리 때문에 잘 보이지 않았다. 머리가 길었다. 여자. 남자의 아내인 듯했다. 하지만 그의 손가락에는 반지가 없었다. 어쩌면 그의 전처인지도 몰랐다. 순간 그녀에게 충격적인 깨달음이 찾아들었다. 맙소사. 아이를 잃었나 보군.

자신을 프레더릭 마틴이라고 소개한 남자는 전날 밤 자신의 전처인 미셸과 딸을 이곳으로 데려다주었다고 설명했다.

그녀의 짐작대로였다. 그들은 아이를 잃었다. 보나 마나 십 대였을 것이다.

댄스가 가장 두려워하는 일. 세상 모든 어머니들이 가장 두려워하는 일.

바로 그것이 방금 전 두 사람을 팽팽한 긴장 상태에 빠뜨렸을 것이다. 원치 않은 재회로 불편해진 이혼한 커플. 어쩌면 그들은 장례식장으로 향하던 길이었는지도 몰랐다. 댄스의 가슴이 아려왔다.

"저희가 사건을 수사하고 있습니다." 그녀가 말했다. 어느 정도는 진실이었다. "실례가 안 된다면 몇 가지 여쭤봐도 될까요?"

"난 아무것도 모릅니다. 여기 살지도 않고요." 마틴이 초조해하며 말했다. 서둘러 자리를 뜨고 싶은 모양이었다.

"부담 느끼실 필요 없어요. 그럼 전처분과 몇 마디 나눠볼 순 있을까요?"

"네?" 그가 인상을 찌푸리며 말했다.

그때 그들 뒤에서 소녀의 목소리가 들려왔다. 속삭임에 가까운 소리였다. "죽었어요."

댄스가 십 대 소녀를 돌아보았다. 얼마나 울었는지 예쁘장한 얼굴이 통통 부어 있었다. 아이의 머리는 빗지 않은 듯 심하게 헝클어져 있었다.

"엄마가 죽었어요."

아, 전처가 죽은 것이었군.

"트리시, 차로 돌아가 있어."

소녀가 클럽을 응시했다. "엄마는 저 안에 갇혀버렸어요. 문이 열리지 않았거든요. 난 엄마를 계속 지켜보고 있었어요. 그런데……

서로를 쳐다보던 중에 내가 넘어져버렸어요. 덩치 큰 남자가 어린 애처럼 울면서 달려들었고, 난 그에게 깔려버렸죠. 그땐 정말 죽는 줄 알았는데, 누가 날 일으켜줬어요. 내 주변에 있던 사람들은 비상구가 아닌 다른 문을 찾아 빠져나갔어요. 비상구가 아니라. 하지만 엄마 쪽 사람들은⋯⋯."

"트리시, 아빠가 뭐랬니? 이러면 더 힘들어질 거라고 했잖아. 어서 돌아가자. 공항에서 할머니와 할아버지를 마중해야지. 할 일이 산더미야."

마틴이 딸의 팔을 잡았다. 소녀는 아버지의 손을 뿌리쳤고, 그의 얼굴은 또다시 일그러졌다.

댄스가 소녀에게 말했다. "트리시, 난 캐트린 댄스라고 해. 캘리포니아 연방수사국에서 나왔어. 몇 가지 물어보고 싶은 게 있는데, 괜찮겠니?"

"안 됩니다." 마틴이 말했다. "안 된다고 했잖습니까."

소녀가 울먹이며 클럽을 바라보았다. "저 안은 완전 지옥 같았어요. 영화에서 지옥 얘길 많이 하잖아요? 하지만 다 틀렸어요. 지옥은 바로 **저 안에** 있었다고요."

"제 명함이에요." 댄스가 프레더릭 마틴에게 명함을 건넸다.

그는 고개를 저었다. "필요 없다니까요. 우리 애도 댁과 할 얘기가 없을 거고요. 제발 우릴 내버려둬요."

"다시 한번 조의를 표합니다."

그가 억센 손으로 바짝 긴장한 딸을 붙잡고 렉서스로 이끌었다. 차에 오른 그가 손을 뻗어 딸에게 안전벨트를 채워주었다. 그들은 댄스가 번호판을 확인할 틈도 없이 주차장을 빠르게 빠져나갔다.

하긴, 번호를 알아둔다고 달라질 게 뭐 있나? 그녀는 생각했다.

참사 당시 소녀와 그녀의 어머니가 패닉에 빠진 군중 틈바구니에 끼어 있었다면 댄스가 관심 있어할 것을 보지 못했을 것이다. 문제의 트럭을 비상구 앞에 세워놓고 불을 지른 범인.

한편으로는 과민한 반응을 보인 남자의 입장도 이해가 됐다. 그는 졸지에 아이의 양육이라는 힘들고 생경한 일을 떠안은 것이다. 댄스는 그의 전처가 주 양육자였으리라 짐작했다.

솔리튜드크리크 참사는 많은 이들의 삶을 다양한 방법으로 바꾸어놓았다.

갈매기 한 마리가 갑자기 날아들었다. 댄스는 본능적으로 한쪽 팔을 번쩍 들었다. 커다란 새는 어색한 동작으로 판지 조각 옆에 내려앉았다. 먹이로 착각한 모양이었다. 냄새만 나는 물체에 화가 났는지 새는 이내 땅을 박차고 튀어 올라 만 쪽으로 날아갔다.

댄스는 다시 클럽으로 돌아가 여전히 탈진 상태에 빠진 샘 코헨과 몇 마디 나누었다. 그런 다음, 다른 직원들도 차례로 만나보았다. 그들 모두 코헨에게 앙심을 품고 있을 만한 손님이나 전前 직원이 없다고 확인해주었다. 어떤 이유로든 코헨의 클럽을 폐업시키려 하거나 그에게 복수하려 했던 경쟁자도 없다고 했다.

다시 밖으로 나온 댄스는 존 볼링에게 전화를 걸었다. 그리고 그에게 학교에 가서 아이들을 데려와달라고 부탁했다.

"걱정 말아요." 존 볼링이 말했다. 그의 차분한 목소리가 그녀에게 위안을 주었다. "민사부 업무는 좀 어때요?"

그도 세라노 사건에 대해 알고 있었다.

"영 어색해요." 그녀가 대답했다. 그녀의 시선은 방금 그녀가 만난 사람들과 대화를 나누는 로버트 홀리에게 고정돼 있었다. "지금은 솔리튜드크리크에 와 있어요."

그가 잠시 뜸을 들였다.

"빈병 보증금 문제나 조사하면 되는 거 아니었어요?"

"원래는 그랬죠."

"뉴스에서 봤어요. 정말 끔찍하더군요. 트럭 운전사가 클럽 앞에 차를 세워놓고 마리화나를 피웠다죠? 불을 붙이다가 화재가 발생하자 트럭을 거기 세워둔 채 달아났다고 들었어요. 트럭 때문에 안에 갇힌 사람들이 빠져나오지 못했다고."

기자들이란…….

그녀는 아이폰 화면에 떠오른 시간을 확인했다. 손목시계는 고장이 나 무용지물이 되었다. 2시 30분. "앞으로 서너 시간 더 붙잡혀 있을 것 같아요. 오늘 밤에 부모님이 오시기로 했거든요. 마틴이랑 스티븐도 올 거고……."

"저녁은 애들과 내가 준비할게요."

"그래줄 수 있어요? 고마워요."

"그럼 이따 봐요."

그녀는 전화를 끊었다. 그녀는 클럽과 도매 창고와 주차장을 차례로 바라보았다.

그리고 주변 초목들도. 주차장 동쪽 끝에는 평평하게 짓이겨진 땅이 펼쳐져 있었고, 그 너머로는 스크럽 참나무, 오스트레일리아 버드나무, 소나무, 그리고 목련이 우거져 있었다. 그쪽으로 가보니 염생초, 사구초, 그리고 엉겅퀴 같은 다양한 사토 식물들에 에워싸인, 폭이 10미터쯤 되는 솔리튜드크리크 강이 나타났다.

그녀는 주차장을 등지고 좁은 길을 따라 계속 걸었다. 양옆으로는 머리 높이로 자란 덤불과 온갖 풀들이 얽혀 있었다. 우거진 초목과 높이 쌓인 모래 언덕 틈으로 옛 구조물의 흔적이 엿보였다. 콘크리트 토대, 녹슨 체인 링크 울타리와 기둥 몇 개. 최소 칠십오 년, 어쩌면 백 년은 족히 되어 보였다. 그 규모 또한 엄청난 듯했다. 한때 솔리튜드크리크는 지금보다 훨씬 깊었던 모양이었다. 그리고 캐너리 로에서 북쪽으로 25킬로미터쯤 떨어진 이곳은 해산물 처리 공장의 일부일 것이다. 당시 이쪽 해안에서는 어업이 주력 산업이었을 테니.

어쩌면 개발업자들이 이곳에 주택 단지를 짓기 시작했었는지도 몰랐다. 아파트나 호텔이나 레스토랑 따위. 다른 건 몰라도 모텔을 짓기엔 딱인 것 같았다. 인접한 바다, 완만하게 경사진 푸른 언덕, 거기에 잔잔히 흐르는 강까지. 물에 잿빛이 돌기는 했지만 낚시를 즐기는 데는 아무 문제가 없었다.

댄스는 폐허를 지나 계속 걸었다. 그녀는 범인이 이곳에 차를 세워놓고 그녀가 왔던 길로 이동했을 가능성을 떠올려보았다. 근처에는 주택들과 평면도로가 자리하고 있었다. 범인은 누구에게도 들키지 않고 주차장으로 향할 수 있었을 것이다. 일부러 먼 길을 돌아 도매 창고에 도착한 범인이 상자에서 열쇠를 꺼내 유유히 트럭에 오르지는 않았을까?

어느새 그녀는 단층집 다섯 채와 이동식 주택 한 채로 이루어진 작은 동네에 도착했다. 범인이 근처에 차를 세워두었다면 목격자가 있을 가능성이 높았다. 집 앞이 아니면 주차할 곳이 없었다. 범인이 바보가 아니고서는 이런 곳에 차를 세워두었을 리 없었다.

분명 범인은 다른 방법을 찾아 나섰을 것이다.

집 세 채는 불이 꺼진 상태였다. 댄스는 그 집들 문틈에 자신의 명함을 하나씩 꽂아놓았다.

나머지 두 채에는 사람이 있었다. 그녀를 맞은 두 사람 모두 백인 여성으로, 살이 쪘고 어린아이를 하나씩 안고 있었다. 그들 모두 수상한 사람을 보지 못했다고 입을 모았다. 그중 한 명은 누구라도 동네에 차를 세워두었다면 주민들 눈에 띄었을 것이고, 특히 밤에 그런 짓을 했다면 어니가 가만두지 않았을 거라고 힘주어 말했다.

댄스는 마지막 남은 이동식 주택으로 향했다. 솔리튜드크리크가 훤히 내려다보이는 위치였다.

여기서부터 보트를 몰고 클럽 도매 창고로 올라간 걸까?

그녀는 문틀을 두드려 노크했다. 유리창 뒤에서 커튼이 걷히자 댄스가 신분증을 내밀어 보였다. 세 개의 자물쇠가 차례로 풀렸다. 어쩌면 데드볼트*인지도 몰랐다. 여자 혼자 사는 모양이군. 가장이 낯선 방문객을 불편해하거나. 마약쟁이들이 대부분 그렇듯이.

댄스의 손이 평소 권총이 있던 곳으로 스르르 내려갔다. 그녀는 이내 얼굴을 찌푸리며 재킷을 여몄다.

문을 열고 나온 여자는 마흔다섯쯤 되어 보였고, 이웃 여자들보다 말랐다. 긴 갈색 머리는 조금씩 희끗희끗해지고 있었다. 어깨까지 내려오는 자주색으로 가늘게 땋아내린 머리 끝에는 깃털이 달려 있었다. 옷차림과 어수선한 실내 풍경으로 보아 마크라메 매듭 공예에 푹 빠진 것 같았다. 홀치기염색과 다양한 술 장식. 댄스의 머릿속에 1960년대에 살지 못한 것을 천추의 한으로 여기는 후배 요원, 티제이 스캔런이 떠올랐다.

"무슨 일이시죠?"

댄스는 자신을 소개한 후 다시 한번 신분증을 높이 들어 보였다. 아넷이라고 자신을 소개한 여자는 법집행관을 앞에 둔 상황을 개

---

* 스프링 없이 열쇠나 손잡이를 돌려야만 움직이는 자물쇠.

의치 않는 듯했다. 실내에서는 씁쓸하고 퀴퀴한 담배 냄새만이 풍겼다. 짐작과 달리 마약의 흔적은 보이지 않았다.

"솔르튜드크리크 클럽 소식은 들으셨겠죠?"

"끔찍한 일이에요. 그 문제로 오신 건가요?"

"그냥 몇 가지 확인할 게 있어서요."

"그러시군요. 들어오세요."

"고맙습니다." 댄스는 그녀를 따라 안으로 들어갔다. 선반에는 수천 장의 CD와 레코드가 빽빽이 채워져 있었다. 한물간 음악가이자 음악 웹사이트의 공동 창립자이기도 한 댄스는 흥미로운 시선으로 음반을 훑었다. "클럽에는 자주 가시나요?"

"가끔요. 자주 가기엔 주머니 사정이 넉넉하지 않아요. 샘 덕분에 이젠 이곳 명소가 됐더군요."

"그러니까 어젯밤엔 거기 안 가셨다는 말씀이죠?"

"네. 일 년에 한 번 갈까 말까 해요. 정말 좋아하는 밴드가 공연할 때만."

"아뇨, 혹시 보트를 타고 솔리튜드크리크에 갈 수도 있나요?"

"보트로요? 뭐 가능하긴 해요. 카약이나 카누를 타고 이동하는 사람도 봤고, 가끔 자그마한 모터보트가 지나가기도 하죠. 동쪽으로 갈수록 수심이 얕아져서요." 그녀는 불그레한 손가락으로 깃털 장식을 만지작거렸다.

"이 근처에 차를 세워놓고 카약을 타러 갈 만한 곳이 있나요?"

그녀가 턱으로 도로 쪽을 가리켰다. "아뇨. 그나마 저희 집 앞이 유일하게 차를 세울 만한 곳인데 누구라도 차를 세워놓았다간 어니가……."

"길 건너에 사는 이웃 말인가요?"

"네. 어니는 외부인들이 허락도 없이 동네에 차를 세워놓는 걸
못 견뎌해요."

"그 어니라는 사람, 덩치가 큰가요?"

"아뇨. 그냥 뭐, 보통이에요."

무슨 뜻인지 감이 왔다.

댄스는 로드킬당한 동물들처럼 아무렇게나 뜯겨진 공문서 봉투
들을 유심히 쳐다보았다. 복지 수당. 여자가 담배에 불을 붙이고 고
개를 돌려 연기를 뿜었다.

"어젯밤 보트를 타고 클럽이 있는 쪽으로 올라간 사람을 못 보셨
다는 말씀이죠?"

"그런 사람은 없었어요. 만약 있었다면 제가 봤겠죠. 창문을 보세
요. 물이 훤히 내려다보이죠? 저기, 저 창문 말이에요."

그녀 말대로였다. 하지만 담뱃진이 잔뜩 껴 있어 저녁에는 밖이
잘 보이지 않을 것 같았다.

댄스는 늘 지니고 다니는 작은 수첩을 꺼내 펼쳤다. "혹시 결혼
하셨나요? 같이 사는 분은 안 계세요?"

"네. 저 혼자 살아요. 미혼이죠. 고양이조차 없어요." 그녀가 씁쓸
하게 미소 지었다. "이거, 지금 제게 묻고 계신 것들 말이에요. 클럽
에서 뭔가 심상치 않은 일이 벌어진 것 같은데, 맞죠? 누가 클럽에
불을 지른 건가요?"

"늘 하는 통상적인 조사입니다."

"드라마 〈NCIS〉처럼 말이죠?"

그 말에 댄스가 미소 지었다. "네, 바로 그렇게요. 여기선 클럽이
보이지 않는군요. 혹시 어젯밤에 그쪽으로 산책을 다녀오거나 하시
진 않았나요?"

"아뇨. 밤엔 위험해서요. 퓨마가 나올 수도 있고요."

그녀 말이 맞았다. 얼마 전 샌프란시스코 은행 간부가 조깅하던 중 변을 당해 숨진 사건이 있었다.

"어젯밤엔 외출을 전혀 안 하셨다는 말씀이죠?"

"네. 집에 틀어박혀 있었어요."

"최근에 동네에서 낯선 사람을 보진 못하셨나요? 꼭 어젯밤이 아니라도 말이에요."

"아뇨. 못 봤어요. 봤으면 진작 말씀드렸겠죠."

댄스는 그 내용도 수첩에 기록해놓았다. 그러고는 분홍색 테 안경을 가방에 넣고 검은 금속 테 안경을 꺼내 걸쳤다.

공격이 시작된 것이다.

"아넷."

"네?"

"말해봐요. 왜 내게 거짓말을 하는 거죠?"

댄스는 그녀가 부인하거나 강하게 반발할 거라 예상했다. 당황하며 버럭 화를 낼 거라고.

하지만 아넷이 무릎에 얼굴을 묻고 흐느낄 줄은 몰랐다.

13

"캐트린, 그만둬. 멋대로 민사부와 수사과를 오가며 날뛰지 말란 말이야. 내가 숱하게 경고하지 않았나? 이건 올바른 방식이 아니라고."

찰스 오버비는 몹시 화가 나 있었다. 오후 5시가 다 된 시각, 댄스는 그의 사무실에 불려와 있었다. 그녀는 그가 아직 사무실에 있다는 사실에 살짝 놀랐다. 앞으로 한 시간은 더 테니스를 칠 수 있을 텐데.

오버비의 말이 옳다는 걸 알면서도 짜증이 밀려드는 건 어쩔 수 없었다. **이건 올바른 방식이 아니라고.**

"제가 아니면 맡을 사람이 없어요. 인력이 턱없이 부족하다는 거 아시잖아요."

CBI 역시 캘리포니아의 여느 기관과 마찬가지로 심각한 예산 삭감에 신음하고 있었다. 언제부터인가 공무원들은 캘리포니아를 두고 '헐벗은bare 주'라는 별명으로 부르기 시작했다. 주기州旗에 그려진 곰bear을 비꼰 표현이었다.

"티제이와 레이, 둘 중 하나가 맡게 될 거야."

두 사람 모두 유능한 요원이었지만 경험이 부족했다. 애석하게도 수사국에는 댄스만큼 심문에 능한 인물이 없다. 그리고 이번 사건은 취조실에서 풀어야 하는 특수한 사건이었다. 피해자만 백 명에 육박한다. 그들 중 결정적인 단서를 쥔 사람이 있을 것이다. 그들 중 하나가 범인일 수도 있고. 어쩌면 범인은 어젯밤 클럽 문 바로 옆에 자리를 잡고 있었는지도 몰랐다. 상황이 너무 위험해지면 신속하게 빠져나올 수 있도록. 도대체 누구에게 어떤 모욕을 당했기에 그런 끔찍한 복수극을 벌였는지는 모르겠지만.

어쩌면 그는 사람들이 죽어가는 광경을 지켜보는 취미가 있는지도 몰랐다.

"자넨 여기 있으면 안 돼. 집에 돌아가서 화초를 가꾸든지 빵을 굽든지 하라고. 고집 부리지 말고 내 말 들어."

댄스는 그 말에 발끈하지 않으려 애썼다.

"그럼 마이클 오닐은 어때요?"

MCSO의 형사과장.

"마이클은 왜?"

"그에게 한번 맡겨보세요."

"글쎄."

"찰스. 이건 소방서가 조사할 사건이 아니에요. 드럼통 속 불은 부차적인 문제라고요. 지역 보안관이 해결하는 게 옳아요."

그의 시선이 멀어졌다. "오닐에게 브리핑만 해. 딱 거기까지야."

"물론이죠. 옆에서 조언만 해줄 거예요."

조언은 브리핑과 전혀 다르다. 하지만 오버비는 집중해 듣지 않았는지 문제 삼지 않았다.

"달라진 건 없어, 캐트린. 자네는 민사부 소속이고 앞으로도 무기를 쓸 수 없다고."

"알아요." 캐트린 댄스가 환히 웃으며 말했다. 이 정도면 그녀의 완벽한 승리였다.

"그가 하겠다고 나서줄까?" 오버비가 말했다.

"글쎄요. 아마 기꺼이 맡을 거예요."

그녀는 이미 마이클에게 문자 메시지로 도움을 요청했고, 그는 하겠다는 답을 보내온 상태였다.

오버비는 여전히 불편해하고 있었다.

"만약 이 사건을 보안관이 맡게 되면……."

그는 그들이 자신의 공을 가로챌까 걱정하고 있었다. 사건 해결의 하이라이트라고 할 수 있는 기자회견은 말할 것도 없고.

"다시 얘기하지만 브리핑 이상은 안 돼."

조언.

"그래도 우리 노를 완전히 거둘 수는 없지.*"

슬쩍 들어본 표현임에도 그녀는 여전히 그 의미를 이해하지 못했다.

"그게 무슨 말씀이죠, 찰스?"

"이곳 CBI 요원들을 심어놓자는 얘기야. 대책본부의 지미 고메즈와 스티브 포스터."

"그건 안 돼요. 그 두 사람은 세라노와 구즈만을 쫓고 있잖아요. 계속 그 사건에 남겨둬야 해요."

"아니. 내가 하자는 대로 해. 서로 아이디어를 한번 나눠보라고."

---

* get oar in, 남의 일에 참견한다는 뜻.

"포스터랑요? 스티브 포스터랑 아이디어를 나누라고요? 그의 머리에서 쓸 만한 아이디어가 나올 거라 생각하세요?"

그녀의 눈빛이 부담스러운지 오버비는 또다시 시선을 돌렸다. "그들을 참여시키는 건 현명한 일이야. 모두에게 좋은 일이 될 거라고. 좀…… 넓게 볼 필요가 있어. 상황이 상황이니만큼."

"그건 안 돼요."

"일단 가서 얘길 나눠보자고. 포스터와 지미의 의견이 궁금하지 않아? 다들 우리 편인데."

그는 어떻게든 MCSO를 견제하고 싶어했다. 나중에 어떤 대가를 치르더라도.

그는 여전히 그녀의 시선을 피한 채 자리에서 일어나 얼룩 한 점 없는 하얀 셔츠 위에 재킷을 걸쳤다. 그리고 사무실을 나서며 말했다. "아주 기발한 생각인 것 같아. 같이 가보자고, 캐트린. 가서 친구들과 얘길 나눠봐야지."

14

구즈만 조직 대책본부 전원이 집결했다.

상황실로 쓰는 회의실에는 스티브 포스터와 캐럴 앨러턴 외에도 두 명의 요원이 더 참석해 있었다.

"캐트린, 찰스." 살리나스 경찰국 형사과장, 스티브 루였다. 스티브 포스터가 대책본부에 합류한 후에는 두 사람을 구분하기 위해 '스티브 투'라는 별명으로 불렸다. 빼빼 마른 루는 조직범죄 전문가였다. 그의 동생은 한때 갱단에 몸담은 적이 있었다. 가벼운 혐의로 몇 번 체포된 적 있는 그는 교도소를 거쳐 새 사람이 됐다. 루는 집요하고 지나칠 정도로 진지했다. 동생의 씻지 못할 과거를 알기에 더 일에 집착하는 경향이 있었다. 유머감각도 전혀 없었다. 그를 오래 겪어본 댄스는 누구보다도 그의 그런 면에 대해 잘 알고 있었다. 하지만 또 다른 스티브, 포스터처럼 짜증나는 스타일은 아니었다.

대책본부의 네 번째 팀원은 젊은 CBI 요원, 지미 고메즈였다. 짙은 피부색에 콧수염을 기른 그는 창백하고 오밀조밀한 얼굴을 가진 포스터와 극명한 대조를 이루었다. 일이 없을 때는 늘 운동장에서 축구를 하며 체력을 단련했다. 최근 대책본부에 합류한 그는 댄스와 같은 층에서 근무하는 동료이자 친구였다(2주 전, 댄스와 그녀의 아이들은 고메즈와 그의 아내, 그리고 그의 세 아이들과 델몬트 시네플렉스에서 함께 시간을 보냈다. 영화를 보고 나서는 디저트와 커피를 먹으며 픽사 애니메이션의 위대함과 각자 되고 싶은 캐릭터에 대해 수다를 떨었다. 댄스는 〈메리다와 마법의 숲〉 주인공을 골랐다. 단지 그녀의 머리가 마음에 든다는 이유였다).

두 스티브들은 한 테이블에 나란히 앉았고 , 지미 고메즈는 또 다른 테이블을 차지하고 있었다. 구석 자리에 앉은 캐럴 앨러턴은 방금 도착한 요원들을 향해 손을 흔들어 보이고 나서 다시 심각한 통화로 되돌아갔다.

오버비가 말했다. "도움이 좀 필요해. **부탁하네**s'il vous plaît."

댄스는 어금니를 악물었다. 노골적인 동작학적 반응이었다. 그녀는 자신의 불쾌감을 알아볼 사람이 과연 있을지 궁금했다.

"솔리튜드크리크라는 클럽에서 일어난 참사는 다들 알고 있겠지? 자네야 당연히 알 거고, 지미." 오버비가 지미를 보며 말했다.

"그 화재 사건 말인가?" 포스터가 말했다. 그는 언제나 그렇듯 무척 산만한 모습이었다.

"단순 화재가 아니야." 오버비가 댄스를 흘끔 돌아보았다.

그녀가 입을 열었다. "클럽 자체는 불에 타지 않았어요. 범인은 밖에 불을 질렀거든요. 환기 장치 근처에요. 거기서 발생한 냄새와 연기가 고스란히 클럽 안으로 스며들었어요. 그는 대형 트레일러 트럭으로 비상구를 막아놓고 달아났죠. 사망자는 총 세 명, 부상자는 수십 명에 달해요. 많은 사람이 일제히 한곳으로 몰리면서 일이 커졌어요. 아주 끔찍했죠."

"의도적인 범행이었을까요? 사람들을 그렇게 압사시키다니." 앨러턴이 속삭였다. "생각만 해도 소름 돋네요."

"맙소사." 스티브 루가 웅얼거렸다. "그럼 살인 사건이군."

자살부터 차량을 이용한 살인과 계획적인 살인까지, 수사 당국은 그것을 전부 살인 사건으로 취급한다. 그리고 솔리튜드크리크 사건은 마지막 범주에 포함될 가능성이 컸다.

포스터는 무덤덤하게 그 소식을 받아들였다. "보험사기는 아닐 거야. 만약 그랬다면 주인이 건물에 불을 확실하게 붙였을 테니까. 물론 사망자가 나오는 건 원치 않았을 거고. 혹시 앙심을 품은 직원이나 난동을 부리다 쫓겨난 손님의 소행은 아닐까?"

"관련자들을 만나 이야기해봤는데 수상한 사람은 없었어요." 댄스가 말했다. "하지만 혹시 모르니 계속 알아볼게요."

오버비가 말했다. "캐트린이 단서를 하나 찾아냈더라고."

"현장 주변을 좀 살펴봤어요. 클럽 주차장에서 180미터쯤 떨어진 곳에 사는 여자와 대화를 나눴는데 수상한 사람을 못 봤다더군요. 클럽 근처에도 가지 않았다고 했고요. 하지만 거짓말이었어요."

포스터는 계속해서 그녀를 응시했다. 무표정했지만, 의심 가득한 눈빛은 변함이 없었다. 실패로 돌아간 지난 취조 때문이었다.

"그걸 어떻게 알죠?" 스티브 루가 물었다.

"왠지 그녀가 클럽과 관련이 있다는 느낌이 들었어요. 복지 수당을 받을 만큼 형편이 좋지 않은데 음악 감상이라는 비싼 취미를 갖고 있더군요. 종종 가까운 클럽까지 걸어가 밖에서 공연 소리를 듣거나 할 것 같았어요. 어젯밤 그곳에 갔었는지 물었더니 자긴 가지 않았다고 대답했어요. 하지만 속이 빤히 보이는 거짓말이었죠."

포스터는 수첩에 적힌 내용을 훑었다.

댄스의 설명이 이어졌다. "기준선이 정해지지 않은 상태에서 상대의 거짓말을 짚어내는 건 쉽지 않아요."

"찰스도 그런 얘길 했었죠." 엘러턴이 말했다.

"하지만 거짓말의 증거로 볼 수 있는 것들이 몇 가지 있죠. 갑자기 말이 느려지는 것. 머릿속으로 둘러댈 거짓말을 만들어야 하니까요. 기존 주장과 일관되도록 말이죠. 목소리가 높아지는 것도 거짓말의 신호예요. 스트레스 때문에 성대가 조여들기 때문이죠. 그녀에게서는 그 두 가지가 모두 감지됐어요. 그래서 계속 몰아붙였더니 울음을 터뜨리며 자백하더군요. 저녁 7시 30분쯤부터 사건 발생 시각까지 클럽 밖에 있었다고 말이에요."

"거기서 뭘 봤대요?" 루가 물었다.

"백인 남성. 180센티미터가 넘는 키에 로고가 박힌 짙은 초록색 재킷 차림이었다네요. 공사장 같은 곳에서 일하는 사람 같았답니다. 검은 야구모자에 노란 에비에이터 선글라스를 꼈다고 하고요. 보통 체격에 갈색 머리. 나이는 마흔 미만. 헨더슨 도매 창고엔 인상착의가 일치하는 직원이 없어요. 아무튼 그는 트럭을 클럽 바로 옆에 세워놓고 드럼통에 불을 붙인 후 창고로 돌아갔어요. 열쇠를 제자리에 돌려놓으려고 말이죠. 그게 다였어요. 그녀는 참사가 벌어질 때까지 거기 머물렀다가 집으로 도망쳤고요."

"앞에 나서기가 두려웠던 모양이네요."

"네, 겁이 났다고 하더군요. 괜히 나섰다가 범인에게 보복당할 수도 있으니까요."

"당장 이리로 데려와야겠군. 호되게 몰아붙여봐야지." 포스터가 수첩에서 눈을 떼지 않은 채 말했다.

"이미 알고 있는 모든 걸 다 털어놨는데도요?"

포스터의 표정이 말했다. '정말?'

"겁에 질려 있다면 뭔가를 감추고 있다는 뜻이잖아."

"당분간 우리 안전가옥에서 지내라고 했더니 안심하더군요."

그 순간 오버비가 움찔했다. 그건 댄스에게 미리 보고받지 못한 내용이었다. 목격자의 목숨을 지키는 데는 적지 않은 비용이 들어간다.

예산 삭감……

포스터가 어깨를 으쓱했다. "용의자의 인상착의를 입수했으니 당장 수배령을 내리도록 해."

"이미 수배가 내려진 상탭니다." 댄스가 말했다. 반도와 인근 카운티들의 모든 경찰과 공무원 들은 목격자 아넷이 제공한 정보를 전달받은 상태였다. "어두워서 얼굴을 제대로 보지 못했답니다. 너무 멀리 떨어져 있기도 했고요."

"방송사에도 알려야지." 포스터가 말했다.

"안 됩니다." 댄스가 말했다.

그제야 그가 고개를 들고 그녀를 쳐다보았다.

캐럴 앨러턴이 반대하는 이유가 궁금하다는 듯 한쪽 눈썹을 올렸다. 댄스는 그녀에게 자신의 의견을 간략히 말했다.

포스터가 다시 말했다. "방송사에 알려. 이런 건 널리 퍼뜨릴수록 좋다고."

오버비가 말했다. "의논을 좀 해보지."

"의논하고 말고 할 게 뭐 있어?" 포스터가 말했다.

앨러턴이 말했다. "범인이 듣고 도주할 위험이 있어요."

고메즈도 입을 열었다. "나라도 그러겠어요. 멀리 도망쳐야죠. 머리를 염색하고, 옷도 갈아입고, 분홍색 레이밴 선글라스도 사고."

포스터가 댄스에게 말했다. "용의자가 그 목격자를 봤나?"

"아뇨. 그건 아닌 것 같아요."

"그렇다면 아직 이 지역에 남아 있겠군. 같은 옷을 입은 채로 말이야. 초록색 재킷이라고 했던가? 이미 수천 명의 시민이 그를 봤을 거야. 그가 묵고 있을지 모르는 호텔의 직원도 그렇고, 만약 그가 이곳 주민이라면 단골 세탁소 주인도 얼굴을 알 테고. 공개 수배야말로 당연한 수사 절차라고 나는 생각하네만."

오버비가 위태로운 줄타기에 들어갔다. "거기엔 득도 있고 실도 있어."

"난 반대예요." 고메즈가 말했다. 앨러턴도 고개를 끄덕여 동의했다.

댄스가 날카로운 눈빛으로 오버비를 쳐다보았다.

잠시 후, 그가 잘 닦인 리놀륨 바닥을 내려다보며 말했다. "당분간 언론에 디테일을 흘리지 말고 조용히 가보자고."

이렇게 한 점을 땄군. 댄스는 생각했다. 그녀는 의외의 결과에 놀랐지만, 드러내지 않으려 애썼다.

15

"엄마, 도니가, 저기, 여쭤볼 게 있대요."

댄스는 생각했다. **저기?** 하지만 남이 보는 앞에서 아이를 지적하고 싶지는 않았다. 나중에 조용히 바로잡을 기회가 있을 것이다. 그녀는 아들을 돌아보았다. 호리호리한 금발 소년의 키가 어느새 그녀만큼 자라 있었다.

"뭐가 궁금한데?"

도니 베르소는 웨스의 같은 반 친구로, 검은 머리를 가진 열세 살 소년이었다. 아이가 그녀의 눈을 빤히 쳐다보며 말했다. "저…… 뭐라고 불러야 할지 모르겠네요."

어느새 땅거미가 짙어졌다. 세 사람은 탁 트인 뒤뜰 포치에 앉아 있었다. 친구와 가족 들이 '덱'이라고 부르는 곳이었다. 그들 뒤에는 댄스 가족이 사는 암록색 빅토리아시대풍 집이 버티고 있다. 퍼시픽그로브 북서부에 자리한 이 집의 회색 난간에서는, 굴러 떨어질 것을 각오하고 올라선다면, 800미터쯤 떨어져 있는 바다도 볼수 있다. 집의 덧문과 장식들도 회색이었다.

웨스가 말했다. "엄마를 댄스 아줌마라고 불러야 할지 아니면 댄스 요원님으로 불러야 할지 모르겠대요."

"그런 걸 다 묻다니, 아주 예의가 바르구나, 도니. 하지만 넌 웨스의 친구잖니. 그냥 캐트린이라고 부르렴."

"그럼 안 돼요. 그래도 어른이시잖아요. 그러면 안 된다고 아빠에게 배웠어요."

"내가 아버지에게 말씀드려줄게."

"아니에요. 아빠는 무례하게 구는 걸 제일 싫어하시거든요."

"그럼 그냥 댄스 아줌마라고 불러."

"네." 소년의 얼굴이 확 밝아졌다. "댄스 아줌마."

곱슬머리에 천사 같은 얼굴을 가진 도니는 머지않아 여학생들 사이에서 최고의 인기를 누릴 것이다. 어쩌면 이미 그런지도 모르지. (그럼 웨스는? 잘생겼고…… 또 착하고. 위험한 조합이었다. 웨스는 진작부터 여자애들을 줄줄이 달고 다녔다. 그녀는 아이들의 성장 속도에 제동을 걸고 싶지만 그것은 스패니시베이 해변의 파도를 멎게 하는 것보다도 어려운 일이었다.) 도니는 자전거로 오갈 정도로 가까운 곳에 살았다. 싱글맘인 댄스 입장에서는 운전기사 노릇을 면할 수 있어 다행이었다. 그녀는 눈앞의 도니가 후드티셔츠에 헐렁한 청바지를 입지만 않아도 훨씬 멋졌으리라 생각했다. 하지만 중학교 졸업생 대표들은 물론이고 크리스천 팝 가수들마저도 갱스터처럼 입고 다니는 시대가 아닌가. 그녀가 아이들 패션에 이러쿵저러쿵할 수는 없었다.

댄스는 귀가할 때 현관문 대신 정원에 난 쪽문으로 들어왔다. 문이 제대로 잠겨 있는지 확인하기 위해서였다. 계단을 통해 덱에 올라온 탓에 개들과 인사를 나누지 못했다. 주인이 귀가했음을 알아챈 개들이 우르르 달려왔다. 머리를 쓰다듬고 간식거리를 내놓으라고. (애석하게도 오늘은 준비된 게 없다.) 셰퍼드의 이름은 딜런. 전설적인 싱어송라이터의 이름에서 따왔다. 플랫코티드리트리버의 이름은 팻지. 댄스가 가장 좋아하는 컨트리 가수 팻지 클라인의 이름에서 따온 것이다.

"도니랑 같이 저녁 먹어도 되죠?" 웨스가 물었다.

"괜찮으세요, 댄스 아줌마?"

"내가 도니 어머니께 여쭤볼게." 어디든 규칙이 있는 법이다.

"고맙습니다."

두 소년은 덱의 삼나무 바닥에 주저앉아 보드게임을 이어나갔다. 감자칩을 먹고 유기농 차를 마시면서. 댄스의 집에는 탄산음료가 없다.

댄스는 소년의 집 전화번호를 찾아 전화를 걸었다. 도니의 어머니는 남편과 잠시 상의하고 나서 9시까지 귀가하면 문제될 게 없다고 했다.

그녀는 전화를 끊고 거실로 돌아갔다. TV 앞에는 그녀의 아버지, 스튜어트와 열 살 된 매기가 나란히 앉아 있었다.

"엄마! 왜 뒷문으로 들어왔어요?"

그녀는 뒷문으로 들어온 게 아니라 집 주변을 살피기 위해 쪽문으로 들어왔다고 대답했다. 한창 수사 중인 두 사건의 용의자들이 언제 그녀에게 해코지를 하려 들지 모르기 때문이었다.

"어서 와서 엄마 좀 안아줘."

소녀가 쪼르르 달려와 댄스를 안았다.

"웨스와 도니가 날 안 끼워줘요."

"남자애들끼리 하는 게임이니까 그렇겠지."

소녀의 하트 모양 얼굴이 찌푸려졌다. "나빠요. 남자애들 게임,

여자애들 게임, 그렇게 나누는 게 어디 있어요?"

좋은 지적이었다. 매기는 나중에 엄마가 재혼하면 자신이 '베스트 우먼*'이 되겠다고 선언했다. 그때 자신이 몇 살이든 상관없이. 언젠가 사회 시간에 페미니즘에 대해 배우고 돌아와서는 자신이 '평등주의자'라고 강조한 적도 있었다.

"저 왔어요, 아빠." 댄스가 말했다.

스튜어트가 일어나 딸을 꼭 끌어안았다. 올해로 일흔인 그는 오랫동안 해양생물학자로 활동해온 탓에 피부가 거칠었지만, 나이에 비해 젊어 보였다. 키는 188센티미터에 어깨는 떡 벌어졌으며 머리카락은 헝클어지고 숱 많은 백발이었다. 얼굴에는 피부과 전문의의 시술을 받은 자국이 선명했다. 이제는 챙 넓은 모자 없이는 외출을 하지 않을 정도가 되었다. 그는 이미 은퇴했음에도 손주들을 돌보거나 카멜의 집에서 쉬지 않을 때는 유명한 몬터레이베이 아쿠아리움에 나가 일을 했다.

"엄마는요?"

댄스의 어머니, 성실한 이디 댄스는 몬터레이베이 병원의 심장병동 간호사였다.

"동료 부탁으로 야간근무 중이야. 오늘 밤엔 나만 왔어."

댄스는 침실로 들어가 간단히 씻은 후 검은 청바지와 실크 티셔츠, 진홍색 울 스웨터로 갈아입었다. 일몰 후의 중부 해안은 꽤 쌀쌀하다. 덱에 나가 저녁을 먹으려면 따뜻하게 입어야 했다.

그녀가 계단을 내려와 복도로 들어섰을 때 한 남자가 현관문을 열고 들어왔다. 존 볼링이었다. 그는 키가 별로 크지 않았다. 댄스

---

* 신랑 들러리는 best man, 신부 들러리는 bridesmaid라고 부른다.

보다 몇 센티미터 클 뿐이었다. 하지만 자전거와 웨이트트레이닝을 꾸준히 해온 덕분에 사십 대의 나이에도 늘씬한 체격을 유지하고 있었다. (그의 집에는 25파운드 덤벨이, 그녀의 집에는 12파운드 덤벨이 구비돼 있다.) 댄스보다 조금 짙은 그의 적갈색 직모 머리는 조금씩 가늘어졌지만 그녀와 달리 흰머리는 단 한 가닥도 찾아볼 수 없었다. (그의 흰머리는 그가 약국이나 마트에만 다녀오면 감쪽같이 사라지곤 했다.)

"오늘은 그리스 요리예요!" 그가 커다란 봉지 두 개를 번쩍 들어 보였다. 퍼시픽그로브의 지중해 레스토랑에서 사온 것이었다.

그들은 입을 맞추었고, 그는 그녀를 따라 주방으로 들어갔다.

볼링은 인근 대학에서 SF 문학과 컴퓨터 사회학을 가르치는 교수였다. 대학원에서도 과학 기술 과정을 맡아 지도하고 있었다.

"수학으로 볼 수도, 공학으로도 볼 수 있는 따분한 과정이죠."

실리콘 밸리 회사들을 상대로 컨설팅을 해주기도 했다. 볼링은 천성적으로 겸손한 사람이었다. 댄스는 언론을 통해 그가 컴퓨터 천재라는 사실을 알게 되었다. 미처 몰랐던 그의 코딩 실력에 웨스도 혀를 내둘렀다. 그는 리처드 윌버나 짐 틸리가 시를 쓰듯 스크립트를 썼다. 유려하고 기발하고 매혹적으로.

그는 그녀가 컴퓨터 관련 사건을 수사할 때 큰 도움을 주었고, 두 사람은 그 인연으로 진지하게 사귀게 되었다.

무사카*와 문어 요리와 타라마살라타**를 차례로 꺼내던 그가 그녀의 팔로 시선을 돌렸다. "무슨 일 있었어요?"

그녀가 얼굴을 찡그리며 자신의 팔을 내려다보았다. "아." 댄스는

* 얇게 썬 가지와 다진 고기를 켜켜이 놓고 맨 위에 치즈를 얹은 그리스 요리.
** 어란으로 만든 그리스식 요리.

그제야 조각난 크리스털 시계에 눈을 돌렸다. "세라노 때문에요."
댄스는 CBI에서 벌어진 일에 대해 들려주었다. 취조 직후 달아난
젊은 남자 용의자에 대해서.

"어디 다치지 않았어요?" 그의 부드러운 눈빛이 가늘어졌다.

"괜찮아요. 그냥 우아하게 넘어지지 못했을 뿐이에요."

박살 난 시계를 내려다보는 그녀의 얼굴이 살짝 일그러졌다. 시
계는 그녀의 뉴욕 친구들이 크리스마스 선물로 사준 것이었다. 유
명한 범죄학자 링컨 라임과 그의 파트너 아멜리아 색스. 몇 년 전,
댄스는 그들을 도와 '시계공'으로 불리는 만만찮은 범죄자를 검거
했다. 그녀가 암록색 가죽 밴드를 풀고 깨진 시계를 벽난로 선반에
놓아두었다. 나중에 짬이 나면 수리를 맡길 생각이었다.

"매기?"

볼링의 부름에, 댄스의 딸이 벌떡 일어나 문간으로 달려왔다. 아
이가 잠시 눈썹을 실룩이다가 큰 소리로 말했다. "야^{γειά}!"

볼링이 고개를 끄덕였다. "칼로스^{καλός}!"

댄스가 웃음을 터뜨렸다.

그가 말했다. "그리스 요리를 먹을 거니까 인사말 정도는 그리스
어로 해야지. 웨스는?"

"도니 오빠랑 밖에 있어요."

볼링은 아이들의 단골 베이비시터이기도 했다. 일단 수업이 많지
않았고, 컨설팅이라는 일이 장소를 가리지 않다 보니 가능한 일이
었다. 그는 댄스만큼이나 아이들 스케줄과 친구들에 대해 훤히 알
았다. "애가 괜찮던데요. 도니 말이에요. 웨스보다 한 살 많던가요?"

"네. 열세 살."

"언젠가 그 애 부모가 데리러 온 적 있었어요. 어머니가 아주 다

정다감하더군요. 아버지는 말이 별로 없었고요." 볼링이 미간을 찡그렸다. "그건 그렇고, 라시브는 어떻게 됐죠? 한때 웨스랑 엄청 친했잖아요. 똑똑한 녀석이었는데. 특히 수학에 천재적이었죠."

"모르겠어요. 친구가 자주 바뀌어서."

나이에 비해 조숙한 웨스는 언제부터인가 도니 같은 형들과 어울리기 시작했다. 라시브는 웨스보다 한 살 어렸다. 외톨이였던 매기도 이제 학교 친구 네 명과 늘 붙어 다녔다. (놀랍게도 그 애들 모두 학교에서 인기가 높았다. 그들 중 두 명은 미인 대회인 내셔널 아메리칸 미스에 나갔고, 한 명은 치어리더 지망생이었다.)

볼링이 와인 병을 열고 잔을 하나씩 나눠주었다.

초인종 소리.

"내가 나가볼게요!" 매기가 현관으로 달려갔다.

"기다려, 매기." 볼링이 잽싸게 달려가 밖을 살펴본 뒤에야 매기에게 직접 문을 열어주도록 했다. 댄스가 위험할 수 있는 사건에 뛰어든 걸 알기 때문이었다.

친구들이 도착했다. 볼링 또래인 스티븐 카힐은 판초 차림이었다. 희끗희끗한 포니테일에 기른 지 얼마 되지 않는 데이비드 크로스비 스타일의 콧수염. 그와 같이 온 여자는 마틴 크리스텐슨이었다. 이름과 달리 그녀에게는 스칸디나비아인의 피가 흐르지 않았다. 이 지역 원주민인 오론족 인디언 혈통인 그녀는 짙은 피부색에 육감적인 몸매의 소유자였다. 오론족은 오래전부터 빅서와 샌프란시스코베이 등지에서 사냥을 하며 살아온 부족이었다.

매기보다 한 살 어린 스티븐과 마틴의 쌍둥이 아들들이 부모를 따라 현관 앞 계단을 올라왔다. 한 명은 어머니의 기타 케이스를, 다른 한 명은 브라우니가 담긴 용기를 들고 있었다.

매기가 쌍둥이와 개 두 마리를 덱 뒤편의 뜰로 데려갔다. 오빠들이 하는 게임에 끼지 못해 서운했던 아이는 이제 천군만마를 얻은 듯 득의양양해 보였다. 웨스와 도니는 그들에게 눈길조차 주지 않았다.

세 아이와 개들은 즉석에서 만든 프리스비 풋볼이란 게임을 시작했다.

어른들은 덱에 마련된 넓은 피크닉 테이블에 둘러앉았다.

덱은 이 집의 거실과도 같은 공간이었다. 오직 댄스의 가족과 친구들만 누릴 수 있는 곳. 가로 6미터, 세로 9미터의 널찍한 공간은 주방에서 시작해 뒤뜰 한복판까지 이어졌다. 덱에는 짝이 맞지 않는 접이식 의자와 일광욕 의자, 그리고 테이블들이 무질서하게 널려 있었다. 크리스마스 장식 조명, 황색 글로브 랜턴, 업라이트 조명, 싱크대, 그리고 커다란 냉장고까지 갖춰져 있었다. 화분도 몇 개 있었지만 꽃들은 죄다 시들었다. 뒤뜰에서는 스크럽 참나무와 단풍나무, 잔디, 물꽈리아재비, 과꽃, 루핀, 감자 덩굴, 그리고 클로버 따위가 자라고 있었다. 달팽이들 등쌀에 채소를 가꾸는 건 꿈도 꿀 수 없었다.

덱에서는 지금껏 숱한 파티가 열렸다. 여럿이 모이는 파티부터 조촐한 가족 파티까지. 네 식구가 모여 코코아를 마시던 밤도 있었다. 이제는 그 수가 세 명으로 줄었다. 그녀의 남편은 바로 이곳에서 그녀에게 청혼했었다. 댄스가 그에 대한 추도사를 읊은 것도 바로 이곳이었고.

저녁 공기는 축축했다. 댄스는 가스 난로를 켜 공기를 데웠다. 어른들은 테이블에 둘러앉아 와인과 주스와 물을 홀짝이며 이야기 꽃을 피웠다. 덱은 모든 화제가 환영받는 공간이었다. 도시의, 주의,

나라의, 그리고 세상의 모든 문제가 해결되는 곳이기도 했고.

마틴이 목소리를 낮추고 물었다. "솔리튜드크리크 얘기 들었어?"

"지금 그 사건을 수사 중이야." 댄스가 말했다.

"정말?"

"케이티." 그녀의 아버지가 말했다. "부디 조심해라." 부모의 절절한 마음이 묻어나는 조언이었다.

스티븐이 말했다. "그 운전사? 트럭으로 비상구를 막아버린? 안 됐지만 인생 종쳤지. 교도소에서 평생 썩게 될 거라고. 그 운송 회사도 망할 거고."

"아직 수사 중인 사건이잖아. 함부로 말하면 안 돼."

댄스는 그가 끄덕이기를 기다리지 않았다. "범인은 트럭 운전사가 아니었어. 사고도 아니었고."

"그게 무슨 소리야?" 마틴이 물었다.

"우린 누가 트럭을 훔쳐 클럽 비상구 앞에 의도적으로 세워둔 것으로 보고 있어. 그런 다음 가까운 곳에 불을 질러 안에 갇힌 사람들을 패닉에 빠뜨렸고." 그녀의 시선이 아이들을 향했다. 그들이 들어서는 안 되는 내용이었다. "현장은 아비규환 그 자체였어. 압사당한 사람도 있고, 질식해 죽은 사람들도 있고. 사방이 핏자국으로 뒤덮여 있더라고."

"범행동기는요?" 볼링이 물었다.

"나도 그걸 모르겠어요. 범행동기를 알아야 본격적으로 용의자를 추적할 수 있을 텐데. 아직은 아무것도 밝혀진 게 없어요."

"복수하려 했던 건 아닐까?" 스티븐이 말했다.

"그랬을 가능성도 있지. 하지만 손님이나 직원이나 경쟁자들 중 특별히 수상한 인물은 없었어."

마틴이 말했다. "난 폐소공포증이 있어. 그 안에 갇혀 있는 게 어떤 기분일지 상상조차 하고 싶지 않아."

스튜어트 댄스가 산발이 된 머리를 손으로 쓸어 넘겼다. "네게 말한 적은 없었지만 말이다, 케이티, 언젠가 사람들이 짓밟혀 압사 당하는 광경을 본 적이 있어. 정말 끔찍했지."

"네?"

"들어본 적 있을지도 모르겠구나. 이십오 년 전, 잉글랜드 셰필드에 있는 힐즈버러에서 벌어진 일이야. 아직도 그때의 악몽을 꾸곤 한단다. 어떻게 된 일이었는지 들려줄까?"

댄스는 아이들이 대화가 들리지 않는 곳에 있는지 다시 한번 확인했다.

"네, 이야기해주세요, 아빠."

16

그는 그들이 죽을 거라고 확신했다.

적어도 몇몇은 그럴 거라고 생각했다.

안티오크 마치는 아실로마 컨퍼런스 센터에서 멀지 않은 퍼시픽 그로브의 요동치는 바닷가에 나와 있었다. 등 뒤로는 선셋 드라이브 해안도로가 이어졌다.

내일 있을 '이벤트'를 위한 정찰을 마치고 호텔로 돌아가던 마치의 눈에 그들이 띄었다.

괜찮은데…….

그는 차를 멈춰 세웠다.

들쭉날쭉한 바위들 쪽으로 서서히 다가갔다. 그곳에서는 곧 벌어질 비극을 훤히 지켜볼 수 있을 것 같았다.

그는 거센 파도가 물보라를 일으키는 광경을 바라보고 있었다. 태양은 낮게 걸려 있었다. 사진작가들이 '특별한 시간'이라고 부르는 시간대였다. 빛이 친구로 바뀌고 촬영에 방해가 되기보다는 도움이 되는 순간. 심오하고 지적인 주제에 관심이 많은 마치도 한때 사진을 공부했다. 핸드 투 하트 웹사이트에 직접 찍은 작품들이 걸려 있을 정도로 실력도 좋았다.

다들 죽을 거야. 그는 다시 생각했다.

그가 지켜보고 있는 가족은 아시아인이었다. 중국인 혹은 한국인일 것이다. 그는 그들의 얼굴 생김새가 어떻게 다른지 잘 알았다. 두 나라를 직접 다녀오기도 했고. (그의 일에는 한국에서의 시간이 훨씬 생산적이었다.) 하지만 현재 위치에서는 어느 쪽인지 구분하기가 쉽지 않았다. 물론 그걸 확인하기 위해 무모한 접근을 시도할 마음은 없었다.

아내와 남편, 사춘기 직전의 두 아이와 옷을 껴입은 시어머니. 전자동 카메라로 무장한 남편은 짙은 갈색과 빨간색과 회갈색 바위 위에 선 아이들에게 이런저런 포즈를 주문했다.

스패니시베이의 해변과 바위투성이 물가는 캘리포니아에서도 아름답기로 소문난 관광지였다. 1킬로미터가 넘는 모래밭, 얼음장처럼 차가운 물을 개의치 않는 서퍼들, 돌고래, 펠리컨, 모래 언덕, 사슴, 바다표범들로 뒤덮인 바위들, 그리고 사람들로 북적이는 조수 웅덩이들. 해달도 빼놓을 수 없었다. 솜털이 보송보송한 귀여운 녀석들은 요동치는 수면에 여유롭게 누워 조개를 까 먹곤 했다.

아주 목가적인 풍경이었다.

섬뜩한 곳이기도 했고.

몬터레이베이 지역을 조사하던 마치는 이 험준한 바위투성이 해안에서 태평양의 살인적인 파도에 관광객이 휩쓸리는 사고가 종종 발생한다는 사실을 알았다. 바위에 부딪쳐 머리가 박살 나거나 익사하지 않은 사람들은 해안경비대가 도착하기 전 저체온증으로 숨을 거두었다. 해초에 몸이 얽혀 죽음에 이르는 경우도 있었다. 가수

존 덴버의 비행기가 추락한 곳도 바로 이 근처였다.

아시아인 가족은 물 위로 둘러진 방파벽 끝을 향해 조금씩 나아갔다. 그들 바로 밑에서는 거친 파도가 넘실대고, 하늘에는 장밋빛 노을이 물들어 있었다.

아름다웠다.

마치는 주머니에서 갤럭시 휴대폰을 꺼내 주변 풍경을 촬영하기 시작했다. 환상적인 순간을 고화질 영상으로 포착하려는 평범한 관광객처럼 보이도록.

큰 파도가 바위에 부딪치면서 물보라가 일자 아이들이 까르르 웃었다. 아버지는 그들에게 방파벽 끝으로 조금 더 나가보라고 손짓했다. 그런 다음, 니콘 카메라를 들고 셔터를 눌렀다.

할머니는 그들과 멀리 떨어진 자리에 남아 있었고, 어머니는 남편과 아이들 뒤에 서 있었다. 그녀가 남편을 소리쳐 불렀지만 그 목소리는 거센 저녁 바람에 묻혀버렸다.

또다시 밀려든 큰 파도가 회색과 갈색을 띤 바위에 부딪쳐 부서졌다. 물보라에 가려 아이들이 잠시 보이지 않았다. 휴대폰 화면에는 비스듬하게 내리쬐는 햇살 밑에 무지개가 떠올라 있었다.

잠시 후, 다시 나타난 아이들은 아버지의 지시에 따라 방파벽 끝에 나란히 서서 물을 내려다보았다.

마치의 시선이 점점 기운을 더해가는 큰 파도 쪽을 향했다.

카메라 앱의 렌즈는 그들을 향했지만 정작 마치는 촬영 중인 영상에 집중하지 않았다. 그의 눈은 무섭게 밀려드는 파도에 고정되어 있었다.

50미터, 40미터.

지구상에서 움직이는 것 중 가장 거대한 몸집을 지닌 물이 엄청난 속도로 이동한다. 그는 눈으로 직접 그것을 확인하는 중이었다.

가까이, 좀 더, 어서…….

마치의 손바닥에 땀이 배어났다. 가슴이 쿵쾅거렸다. 부디 날 실망시키지 말아줘…….

30미터.

파도의 물마루가 점점 날카롭게 변해갔다. 가족을 호되게 내리쳐 죽이려는 신의 손바닥을 보는 듯했다.

25미터.

20미터…….

보다 못한 어머니가 그들을 향해 달려갔다. 미끄러운 바위 위에서 잠시 휘청거리던 그녀가 남편 앞을 막고 섰다. 그는 버럭 성을 내며 비키라고 손을 휘저었다.

그냥 무시해버려. 물러서지 말라고. 제발 부탁이야.

가공할 파도는 어느새 15미터 앞으로 다가와 있었다.

그의 호흡이 점점 빨라져갔다. 삼십 초만 더 버티면 돼. 이제 다 됐다고.

여자가 어두운 표정으로 아이들을 향해 성큼 걸어나갔다.

10미터…….

그녀가 당황한 아이들의 손을 움켜쥐고 힘껏 잡아끌기 시작했다. 남편이 멍한 얼굴로 그 뒤를 따랐다.

마침내 파도가 방금 전까지 아이들이 서 있던 자리를 무섭게 덮쳤다. 아버지와 아이들을 물속으로 밀어버리고도 남을 만큼 강한 파도였다. 각도로 미루어볼 때 그들은 마치의 바로 앞에 있는 바위에 부딪힌 뒤 휘도는 물속으로 빨려 들어갔을 터였다. 마치는 그걸 못 본 것이 무엇보다 아쉬웠다.

그가 휴대폰을 내렸다.

바위를 등진 부모와 아이들은 성난 바다가 극적으로 폭발하는 모습을 미처 보지 못했다. 오직 할머니만이 멀리서 지켜봤을 뿐이었다. 그녀는 힘겹게 몸을 움직여 식구들이 가는 쪽으로 걸어가기 시작했다.

마치의 입에서 한숨이 나왔다. 화가 났다. 어리석고 둔한 가족을 바라보며 그는 이를 악물었다.

공허감이 온몸으로 퍼져나갔다. 마치 물에 소금이 녹듯이.

불행이군…… 불행이야.

그는 차에 올라 시동을 걸었다. 호텔로 돌아가 몬터레이 지역에서 벌일 또 다른 일을 계획할 시간이었다. 솔리튜드크리크보다 훨씬 더 멋진 한 건을. 그리고 처리할 또 하나의 과제가 남아 있었다. 이 바닥에서는 지나치다 싶을 정도로 신중을 기해야 살아남을 수 있다. 누가 자신을 쫓고 있는지 파악하는 것이 무엇보다 중요했다.

그들의 수사망에 걸리지 않을 비책을 짜두는 것도 마찬가지였고.

물론 더 큰 위협으로 다가오기 전에 그들을 막을 수 있다면 더 좋겠지만. 무슨 수를 써서라도.

17

캐트린 댄스의 덱에 모인 이들 중 누구도 잉글랜드 셰필드에서 발생한 참사에 대해 알지 못했다.

스튜어트 댄스가 설명했다. "그때 난 런던에서 연구원으로 일했단다."

댄스가 말했다. "저도 기억해요. 일곱 살 때인가 여덟 살 때 아빠를 만나러 엄마랑 갔었잖아요."

"맞아. 하지만 이건 네가 오기 전에 벌어진 일이야. 내가 노팅엄에서 강의를 하고 있을 때였는데, 어느 날 동료 하나가 셰필드에 같이 가자고 하더구나. 힐즈버러 스타디움에서 축구 경기가 있다면서 말이야. 유럽 축구 팬들은 난폭하기로 유명하잖니? 그래서 중립적 장소에서 준결승전이 치러지게 된 거야. 패싸움이 벌어질지 모르니까. 아무튼 그날은 내 동료가 응원하는 노팅엄과 리버풀이 맞붙는 날이었어. 우리는 기차를 타고 그곳으로 향했지. 그 친구는 형편이 제법 넉넉했어. 아버지에게 무슨 작위가 있다던가. 덕분에 우린 아주 좋은 좌석을 차지할 수 있었지. 그날 벌어진 참사 현장에선 멀리 떨어져 있었지만 모든 걸 똑똑히 볼 수 있었어. 그 끔찍한 광경을 말이야."

그의 얼굴이 창백해졌다. 참혹한 당시 상황을 힘겹게 곱씹던 그가 멍한 눈으로 아이들 쪽을 보았다. 아이들이 들어서는 안 되는 내용인 듯했다.

"경기가 막 시작되려는 찰나, 흥분한 리버풀 팬들이 회전문으로 몰려들었어. 제때 입장하지 못할까 봐 걱정이 됐던 게지. 누가 출구를 열었고, 팬들이 그쪽으로 몰렸고, 그들이 스탠딩석으로 향하는 과정에서 사고가 터지고 말았지. 아흔다섯인가 아흔여섯 명이 그때 죽었을 거야."

"맙소사." 스티븐이 나지막이 말했다.

"영국 역사상 최악의 스포츠 참사로 기록됐어." 속삭임에 가까운 목소리였다. "끔찍했지. 팬들은 서로를 짓밟고 올라 벽을 넘으려 했어. 방금 전까지 멀쩡히 살아 있던 사람들이 죽어갔다고. 정확한 사인은 모르겠구나. 아마도 질식해서 죽지 않았을까?"

"압착성 질식사. 그게 정확한 명칭이에요." 댄스가 말했다.

스튜어트가 고개를 끄덕였다. "정말이지 순식간에 벌어진 일이었어. 킥오프는 3시였는데 경기는 정확히 3시 6분에 중단됐거든. 하지만 그땐 이미 수많은 팬이 숨진 후였어."

댄스는 솔리튜드크리크 참사 피해자들을 떠올렸다. 사망자 수는 적었지만 그 사건 역시 순식간에 벌어진 일이었다.

스튜어트가 덧붙였다. "그때 가장 섬뜩했던 게 뭐였는 줄 아니? 그 순간 모두가 인간이 아닌, 다른 무언가로 돌변해버렸다는 사실이야."

그들은 사람이 아니라 휘청대며 문 쪽으로 향하는 한 덩이의 괴물 같

았습니다. 하지만 문은 열리지 않았죠…….

스튜어트가 말을 이었다. "그 참혹한 현장을 지켜보노라니 오래 전에 봤던 어떤 광경이 떠오르더구나. 오스트레일리아에서 일할 때 였는데…….."

"배고파요!" 웨스가 도니와 함께 테이블을 향해 달려왔다. 끔찍한 이야기에 몰두해 있던 어른들이 화들짝 놀랐다.

"그럼 일단 먹을까요?" 댄스가 말했다. 그녀는 뜻밖의 화제전환이 내심 반가웠다. "동생이랑 쌍둥이를 데려오렴."

"매기!" 웨스가 큰 소리로 불렀다.

"웨스. 가서 **데려와야지.**"

"부르는 소릴 들었으니 올 거예요."

잠시 후, 꼬마들이 개들과 함께 달려왔다. 칠칠치 못한 사람들이 식사 중에 흘리는 음식을 받아먹을 기대로 개들은 한껏 들뜬 모습이었다.

매기와 볼링이 댄스를 도와 상을 차렸다. 그녀는 프레즈노에 사는 친구이자 컨트리 크로스오버 가수, 케일리 타운이 자신과 아이들을 위해 월요일에 있을 닐 하트먼 콘서트의 입장권을 보내왔다고 했다.

"정말?" 마틴이 장난스레 그녀의 팔뚝을 툭 쳤다. "제2의 밥 딜런 말이지? 이미 몇 달 전에 매진됐다고 하던데."

제2의 딜런까지는 아니지만 그는 뛰어난 싱어송라이터이자 끝내주는 뮤지션이었다. 그가 이끄는 백업 밴드 역시 재능이 넘쳤다. 이곳에서의 공연은 그가 그래미상 후보에 오르기 전부터 계획됐는데, 후보 발표 직후 자그마한 몬터레이 공연 티켓은 순식간에 매진돼 버렸다.

댄스와 마틴은 음악으로 끈끈히 맺어진 관계였다. 밥 딜런의 1965년 서해안 데뷔 무대로 유명해진 몬터레이 팝 페스티벌 콘서트에서 그들은 처음 만났다. 두 여자는 금세 친해졌고, 이내 재능 있는 지역 뮤지션들을 홍보하는 비영리 웹사이트까지 만들어 함께 운영하기 시작했다. 아마추어 민속학자이자 '송 캐처'인 댄스는 고급 휴대용 녹음기를 들고 주 안팎을 돌아다니며 모은 노래와 음악을 사이트에서 판매했다. 그렇게 벌어들인 수익 중 서버 유지비와 사이트 관리비를 지불하고 남은 돈은 전부 지역 음악가들에게 기부했다.

사이트 이름은 폴 사이먼의 1970년대 히트곡 제목을 따서 '아메리칸 튠스'라고 지었다.

볼링이 음식을 가져와 식탁을 차리고 와인을 땄다. 아이들은 어른들 테이블 바로 옆에 자신들만의 테이블을 차려놓았다. 다행히 식사하는 동안 TV를 보여달라고 조르는 아이는 없었다. 도니는 타고난 코미디언이었다. 그는 농담을 연달아 늘어놓으며 동생들을 즐겁게 해주었다.

대화는 저녁을 먹는 내내 쉼없이 이어졌다. 식사가 끝난 후 볼링은 커피와 디카페인 커피, 코코아를 대접했다. 마틴Martine이 아름다운 마틴Martin 00-18 기타를 꺼냈고, 댄스는 그녀의 반주에 맞춰 노래를 몇 곡 불렀다. 리처드 톰슨, 케일리 타운, 로잔 캐시, 피트 시거, 메리 채핀 카펜터, 그리고 밥 딜런.

마틴이 말했다. "매기, 너네 엄마가 그러는데 학교 장기 자랑 무대에서 '렛 잇 고let it go'를 부르기로 했다며?"

"네."

"〈겨울왕국〉 좋아하니?"

"네."

"우리 집 쌍둥이도 그런데. 사실 우리 가족 모두가 좋아해. 자, 같이 불러볼까? 아줌마가 연주할게."

"아, 아니에요. 괜찮아요."

"할아버지는 들어보고 싶은데." 스튜어트가 손녀에게 말했다.

마틴이 모두에게 말했다. "매기는 목소리가 정말 예뻐요."

"아직 가사를 다 못 외웠어요."

볼링이 말했다. "매기, 오늘 처음부터 끝까지 잘 불렀잖아. 그것도 열 번도 넘게. 아까 네 방에서 흘러나오는 노랫소리를 들었는걸. 거실에서 가사집을 가져올게."

망설임.

"아까는 DVD를 틀어놨던 거예요. 화면에 자막도 띄워놨었고요."

거짓말이다. 댄스는 두 아이의 동작학적 기준선을 손바닥 보듯 훤히 꿰고 있었다. 대체 왜 마다하는 거지? 댄스는 궁금했다. 이틀쯤 전부터 매기는 특히 더 수줍어하고 또 침울한 모습이었다. 그날 아침, 매기가 엄마 머리를 화려한 색상의 고무줄로 묶어놓는 동안 댄스는 이유를 넌지시 물어보았다. 지금은 많이 나아졌지만, 아빠가 죽었을 때 웨스는 큰 충격을 받았다. 어쩌면 매기는 이제야 그 충격을 느끼게 되었는지도 몰랐다. 하지만 아이는 분명 아무런 고민거리도 없다고 했었다.

"그래, 알았어." 마틴이 말했다. "다음에 하지 뭐." 그녀는 포크송을 몇 곡 더 부른 후 기타를 집어넣었다.

마틴과 스티븐은 볼링이 챙겨준 남은 음식을 받아 들었다. 모두가 문간에서 포옹과 키스를 나누며 작별 인사를 했다. 볼링과 댄스는 두 소년과 함께 덱에 남았다. 웨스와 도니는 복잡해 보이는 보드

게임 앞에 앉아 친구들에게 문자 메시지를 보내고 있었다. 그들의 시선이 게임판과 휴대폰 화면을 분주히 오갔다.

아, 저 애들의 열정이 부러워.

"덕분에 오늘 아주 잘 먹었어요." 댄스가 말했다.

"피곤해 보여요." 볼링이 말했다. 그는 댄스의 든든한 버팀목이었다. 하지만 그는 그녀와는 전혀 다른 세상에 살고 있었고, 그녀는 자신이 하는 일에 대해 속속들이 털어놓기를 꺼렸다. 그럼에도 그에게만큼은 늘 솔직하고 싶었다.

"맞아요. 피곤해요. 세라노 문제보다 솔리튜드크리크 참사가 더 골치 아파요. 누가 의도적으로 저지른 범죄라니, 생각할수록 끔찍해요. 도대체 왜 그랬을까. 지금껏 이런 사건은 처음이에요. 벌써부터 진이 빠지네요."

그녀는 헨더슨 도매 창고에서 성난 군중과 한바탕 전쟁을 벌인 일에 대해서는 언급하지 않았다. 앞으로도 하지 않을 것이다. 아직도 그때의 충격이 남아 있었다. 상처도 완전히 낫지 않았다. 당시의 악몽을 두 번 다시 떠올리고 싶지 않았다. 지금도 눈을 감으면 날아든 돌덩이가 빌리 컬프의 턱을 부숴놓는 소리가 들리는 듯했다. 광기 어린 눈빛도 아른거렸다.

저년도 죽여…….

그때 초인종이 울렸다.

볼링이 얼굴을 찌푸렸다.

댄스는 잠시 머뭇거렸다. "아, 마이클일 거예요. 같이 솔리튜드크리크 사건을 맡았거든요. 내가 올 거라고 얘기 안 했던가요?"

"못 들은 것 같은데요."

"하루 종일 정신이 없었어요. 미안해요."

"괜찮아요."

그녀가 현관문을 열자 마이클 오닐이 안으로 들어왔다.

"어서 와요, 마이클."

"존." 두 남자는 악수를 나누었다.

"그리스 요리가 많이 남았어요. 좀 들어요."

"괜찮아요."

"자, 그러지 말고." 볼링이 한 번 더 권했다. "캐트린은 앞으로 일주일 동안은 무사카를 거들떠보지도 않을 거예요."

그녀는 그가 굳이 '우리' 대신 '캐트린'이라고 말한 사실에 주목했다. 하지만 볼링은 남 앞에서 허세를 부리는 사람이 아니었다.

오닐이 말했다. "그럼 조금만 부탁할게요."

"와인?"

"맥주 있나요?"

"그럼요."

볼링이 음식을 접시에 덜고 코로나 맥주를 건넸다. 오닐은 고맙다는 말과 함께 맥주를 받아 들고 스포츠 재킷을 벗어 옷걸이에 걸어놓았다. 그가 제복 차림으로 다니는 경우는 거의 없었다. 오늘 밤은 카키색 바지에 옅은 회색 셔츠 차림이었다. 그는 글록을 한쪽으로 살짝 돌려놓고 주방 의자에 앉았다.

캐트린 댄스와 MCSO 형사과장 마이클 오닐은 오래전부터 많은 사건을 함께 해결한 사이였다. 법집행관으로서의 경험이 전무했던 댄스가 CBI에 처음 들어왔을 때 그는 기꺼이 멘토를 자처했다. 당시 그녀는 동작학 전문가로서, 변호사와 검사 들이 배심원을 선별할 때나 법정에서 전문가 증언을 필요로 할 때 도움을 주곤 했다. FBI 요원이었던 남편 빌 스웬슨이 죽었을 때 그녀는 법집행관의 길을 가기로 결심했다.

오닐은 MCSO에 오랫동안 몸담아왔다. 총명함과 완강한 투지로 무장한 그는 압도적인 사건 해결률을 앞세워 원하는 곳이라면 어디로든 갈 수 있었다. 하지만 굳이 이곳에 남았다. 그는 자신의 집이 있는 몬터레이 반도를 떠나려 하지 않았다. 가족과 만﹖이 그를 붙잡은 것이다. 그는 보트와 낚시를 무척이나 좋아했다. 어떤 면에서는 존 스타인벡 소설에 나오는 주인공이 연상되기도 했다. 조용한 성격, 탄탄한 체격, 억센 팔, 갈색 눈과 축 늘어진 눈꺼풀. 숱 많고 희끗거리는 갈색 머리는 짧게 깎여 있었다.

그가 웨스에게 손을 흔들어 보였다.

"안녕하세요, 마이클 아저씨!"

도니도 그를 돌아보았다. 아이가 흥미로운 눈빛으로 권총집이 붙은 경찰 벨트를 쳐다보았다. 그가 친구에게 뭐라고 속삭이자 웨스가 미소 지으며 고개를 끄덕였다. 두 소년의 관심은 이내 게임판으로 돌아갔다. 오닐은 매기를 찾아 두리번거렸지만 소녀는 이미 자신의 방으로 사라져버린 후였다.

오닐이 접시를 받아 들고 무사카 맛을 보았다. "고마워요. 아주 맛있네요."

그들은 잔을 들고 건배했다. 댄스는 배가 불렀지만 빵을 조금 떼어 먹었다.

그녀가 말했다. "오늘 못 만날 줄 알았어요. 애들도 있고."

오닐에게는 전처와의 사이에서 낳은 아이가 둘 있었다. 아홉 살 어맨다와 열 살 타일러. 두 아이는 댄스의 아이들과도 곧잘 어울렸다. 나이가 비슷한 매기와는 특히 더 친하게 지냈다.

"누가 봐주고 있어요." 그가 말했다.

"새로운 베이비시터라도 구했어요?"

"그런 셈이죠."

발소리가 다가왔다. 도니 베르소였다. 아이가 오닐에게 가볍게 목례한 후 댄스에게 말했다. "저, 이만 가볼게요. 시간이 이렇게 늦었는지 몰랐어요."

"아저씨가 태워다줄게." 볼링이 말했다.

"자전거가 있는데요."

"차 뒤에 실으면 돼."

"그럼 되겠네요!" 아이는 그제야 안도하는 듯했다. 몇 주 전 생일 선물로 받은 새 자전거라 더 끔찍이 챙기는 모양이었다. "고맙습니다, 볼링 아저씨. 안녕히 계세요, 댄스 아줌마."

"또 놀러오렴, 도니."

볼링이 재킷을 걸치고 댄스에게 입을 맞추었다. 그녀는 그를 위해 몸을 살짝 기울여주었다.

두 소년이 주먹을 부딪쳐 인사를 나누었다. "내일 봐." 웨스는 곧장 자기 방으로 들어가버렸다.

볼링이 오닐과 악수를 하며 인사했다. "또 봅시다."

"그래요."

문이 닫혔다. 댄스는 볼링과 도니가 차로 향하는 모습을 지켜보았다. 존 볼링이 그녀를 돌아보았다. 손을 흔들어주길 바라는 것 같았지만 댄스는 확신할 수 없었다.

18

댄스는 아이들이 잘 자는지 확인한 후 (양치질은 했는지, 몰래 친구와 문자 메시지로 수다를 떨고 있지는 않은지) 오닐이 기다리는 덱으로 나갔다. 접시를 깨끗이 비운 그가 댄스를 돌아보며 말했다. "자, 그럼 솔리튜드크리크 얘길 해볼까요? 정말 이런 방식으로 진행하는 게 좋겠어요?"

그녀는 그의 옆으로 다가가 앉았다. "그게 무슨 뜻이죠?"

"당신은 민사부잖아요."

"그게 왜요?"

"무기도 못 쓸 텐데."

"맞아요. 다시 신참 시절로 돌아가게 됐어요. 클럽 사건 관련해서 브리핑만 맡게 될 거예요. 외부에서 조언만 하는 역할이죠. 하지만 눈치껏 잘만 하면……."

"다시 주전으로 뛸 수 있을 거라고요?"

그의 말에 그녀 얼굴에서 미소가 가셨다. "물론 당신과 함께 말이에요."

"날 못 믿어요?" 오닐이 어깨를 으쓱였다.

"그게 아니라, 내가 직접 맡고 싶어서요."

오닐이 잠시 뜸을 들이다가 말했다. "그 범인, 아마 무장을 했을 거예요. 그렇겠죠?"

미확인범의 예비 프로파일링은 어렵지 않았다. 특히 무기를 앞세워 범행을 저지를지 모른다는 추측은 누구나 할 수 있었다.

"아마도요. 후폭풍이 거셀 텐데, 설마 빈손으로 나서진 않겠죠."

그가 또다시 어깨를 으쓱였다.

그녀가 말했다. "난 당신만 믿어요."

오닐이 얼굴을 찡그렸다. 그가 뭐라고 대꾸하려다 말았다. 댄스는 그가 베이비시터 노릇은 사양한다고 말하려던 거라 짐작했다.

그녀의 차분한 눈빛은 그에게 자신 또한 구경꾼 노릇은 하지 않겠다는 뜻을 분명히 전달했다. 그녀는 그와 공동으로 수사를 이끌 계획이었다. 그가 고개를 끄덕였다. "좋아요. 당신 뜻대로 하죠."

"요즘 어떤 사건 수사하고 있어요? 많이 바빠요?" 댄스가 물었다.

"두어 건 있어요. 오토 그랜트에 대해 들어봤죠?"

"귀에 익은 이름이네요."

"살리나스 밸리에 사는 예순 살 농부예요. 주정부가 토지 수용권을 행사해 그의 땅의 상당 부분을 취득했거든요. 게다가 그는 세금을 내기 위해 나머지 땅도 팔아야 했어요. 그 일로 분노하던 농부가 지금 실종된 상태예요."

"기억나요."

댄스는 시내에서 사람을 찾는다는 포스터를 본 적이 있었다. 포스터에는 두 가지 사진이 실려 있었다. 하나는 래브라도 리트리버 옆에 앉아 카메라를 향해 미소 짓는 남자의 사진이었고, 다른 하나는 험악한 표정을 짓고 머리를 산발한 남자의 사진이었다. 그의 인상은 〈네브래스카〉에 나오는 브루스 던을 연상시켰다.

"슬픈 일이네요." 그녀가 말했다.

"그렇죠? 그는 자기 블로그에 주정부를 비난하는 글을 줄줄이 올렸어요. 하지만 그것도 며칠 전 뚝 멎었고, 그는 어디론가 증발해버렸죠. 가족은 그가 자살했을 거라더군요. 나도 같은 생각이고요. 무일푼 거지가 된 사람을 누가 납치했겠어요? 아무튼 팀을 꾸려서 찾고 있는 중이에요. 살아 있든 죽었든."

오닐이 다시 얼굴을 찡그렸다. "혐오범죄 사건도 하나 있고요. 그 수사는 내가 지휘하고 있어요."

댄스는 그 사건에 대해 잘 알고 있었다. 이 지역 주민들 모두가 마찬가지였다. 지난 몇 주 동안 사회적 약자들의 집과 건물이 여럿 훼손되었다. 흑인 교회는 KKK* 낙서와 불타는 십자가 그림으로 뒤덮였고, 한 게이 커플의 집에는 에이즈에 걸려 죽으라는 내용의 낙서가 쓰였다. 라틴계 주민들도 범죄의 표적이 되었다.

"누구 소행일까요? 네오나치?"

몬터레이 지역에서 흔히 볼 수 없는 부류였지만 아예 없는 건 아니었다.

"오토바이 갱단 아니면 살리나스와 시사이드 지역의 백인우월주의자들이겠죠. 그들의 세계관과 딱 들어맞잖아요. 하지만 그들은 낙서 따윈 하지 않아요. 술집에서 난동을 부리면 부렸지. 그들 몇 명을 만나봤는데 자기들이 그런 의심을 받고 있다는 사실을 큰 모욕으로 여기더군요."

* 백인우월주의 단체.

"편견에도 급이 있는 모양이군요."

"에이미 그레이브가 팀을 내려 보낼 것 같아요. 하지만 아직까진 내 사건이에요."

FBI. 그가 언급한 사건은 인권침해에 속했고, 연방수사국이 개입하는 것도 당연했다.

그가 계속 이어나갔다. "하지만 물리적 폭력이 없었으니 급하게 달려들지 않아도 돼요. 솔리튜드크리크 참사를 수사하는 데 아무 문제 없어요."

"다행이네요." 댄스가 말했다. 오닐이 한숨을 내쉬며 기지개를 켰다. 애프터셰이브 로션인지 비누인지 알 수 없는 향기가 풍겼다. 기분 좋은, 왠지 복잡하게 느껴지는 상쾌한 향기가 그녀의 긴장을 풀어주었다.

그가 설명했다. "현장 감식반이 클럽과 도매 창고 주변을 꼼꼼히 살펴봤으니 내일쯤 보고서가 들어올 거예요."

그녀는 자신이 솔리튜드크리크에 도착한 이후 무슨 일이 있었는지 상세히 들려주었다. 그는 수첩을 꺼내 메모를 해나갔다. 그녀는 사람들과 대화한 내용을 정리한 서류를 건넸다. 그가 그것을 찬찬히 훑어보았다.

"집에 가서 꼼꼼히 읽어볼게요."

"내가 미처 못 보고 지나친 걸 당신이 짚어낼 수 있을지 몰라요. 하지만 우리가 찾는 범인은 전현직 직원이나 손님들 중엔 없는 것 같아요. 샘 코헨의 밥줄을 끊어놓으려는 경쟁자도 없고요."

"클럽에서 다른 남자랑 바람피우는 아내를 응징하려던 남편 소행은 아닐까요?"

"아니면 아내가 그랬을 수도 있고요." 댄스가 말했다. 실제로 여성이 바람피운 연인이 있는 아파트나 호텔 방에 불을 지르는 경우가 적지 않았다. 통계로 보면 보험사기 다음으로 흔한 방화 동기였다. "그 부분에 중점을 두고 질문을 던졌는데, 별 수확이 없었어요."

그가 서류를 몇 장 넘겨보았다. "그동안 많이 바빴겠군요."

"헛수고만 한 셈이죠." 그녀가 고개를 저었다.

오닐이 남은 맥주를 마저 들이켰다. 그는 또다시 사진들을 차례로 살펴보았다. "이해가 안 되는 게 한 가지 있어요."

"범인이 왜 클럽 전체를 태워버리지 않았는지?" 그녀는 그의 머릿속을 훤히 꿰뚫어 보고 있었다.

그가 씩 웃었다. "네."

"거기 모든 답이 숨어 있을 거예요."

오닐의 휴대폰이 윙윙거렸다. 그가 문자 메시지를 확인했다.

"이만 가봐야겠어요."

"그래요."

그들은 나란히 현관으로 나갔다.

"또 봐요."

그가 현관 앞 계단을 터덕터덕 내려갔다. 그의 체중에 계단이 삐걱거렸다. 그가 뒤를 흘끔 돌아보며 손을 흔들었다.

댄스는 늘 그랬듯 문단속을 철저히 했다. 수사관이라는 직업에는 적이 많은 법이다. 그리고 파이프라인 소탕 작전이 시작됐으니 오클랜드에서부터 LA까지, 표적이 된 모든 갱단이 언제 그녀에게 해코지를 하려 들지 몰랐다.

혼란을 무기로 끔찍한 살인을 저지른 솔리튜드크리크 킬러는 말할 것도 없고.

그녀는 화장실에 다녀온 후 잠옷으로 갈아입었다. 그리고 바닥에서 권총 케이스를 집어 침대 옆 탁자에 놓아두었다. 민사부 소속으로 권총을 지니고 다닐 수는 없지만, 집에서는 글록 26으로 불청객을 맞을 수 있다.

그녀는 불을 끄고 침대에 누웠다. 아무리 애를 써도 머릿속에 떠오르는 현장 이미지들을 막을 수 없었다. 하트 모양의 핏자국. 비상구 밖에 흥건히 고인 갈색 피. 음대생이 한쪽 팔을 잃은 곳.

꽤 실력파였답니다…….

끔찍한 이미지들이 계속해서 그녀의 뇌리를 점령했다. 그것도 고화질로. 댄스는 그것을 '기억 폭력'이라고 불렀다.

그녀는 바람에 실려 오는 바다의 속삭임에 귀를 기울였다.

댄스는 클럽 근처 강의 이름을 떠올렸다. 솔리튜드크리크. 왜 하필 그런 이름이 붙었을까. 카운티에서 가장 외진 곳, 잡초와 언덕 뒤편에 숨어 몰래 흐르기 때문이라는 뻔한 답 말고 또 다른 이유가 있을까.

고독Solitude…….

그 단어의 소리와 의미가 그녀에게 말을 걸어왔다. 하지만 '고독'은 그녀의 삶과 거리가 멀었다. 그녀에게는 아이들과 부모, 친구들, 덱이 있었다.

그리고 존 볼링.

고독이 스며들 틈이 없었다.

어쩌면, 그녀는 생각했다, 왜냐하면…….

왜냐하면…….

그녀가 속으로 외쳤다. 그만. 참혹한 현장을 떠올릴수록 기분만 나빠질 뿐이야. 그 정도 했으면 됐어. 이제 그만두라고.

고독, 고독…….

마침내 그녀는 막강한 의지로 그 단어를 멀리 던졌다. 아주 가끔,
카멀 밸리가 하얀 눈으로 덮일 때 아이들이 눈을 뭉쳐 던지듯이.

겟
THE GET

4월 6일, 목요일

19

안 돼. 제발, 안 돼…….

캐트린 댄스는 아이들을 학교에 내려주고 차에 올라 CBI로 향하는 길이었다. 커피를 홀짝이며 존 볼링과 기분 좋게 통화를 하려는데 라디오에서 충격적인 뉴스가 흘러나왔다.

"……새크라멘토 당국은 솔리튜드크리크 클럽에서 일어난 화재 참사가 의도적인 범행으로 보인다고 공식 발표했습니다. 현재 경찰은 40세 미만의 백인 남성으로 알려진 미확인범을 쫓고 있습니다. 머리는 갈색이고 보통 체격에 키는 180센티미터가 넘는 것으로 알려졌습니다. 마지막으로 목격된 당시 로고가 그려진 초록색 재킷을 입고 있었다고 합니다."

"하느님 맙소사." 그녀가 웅얼거렸다.

그녀는 아이폰을 황급히 집었다. 하지만 이런 상태로 팀을 소집하는 건 현명한 일이 아니라는 생각이 들었다. 홧김에 문자 메시지를 전송했다가는 그녀의 커리어는 물론 목숨까지 위험해질 수 있었다.

십 분 후, 그녀는 CBI 주차장에 도착했다. 급브레이크를 밟은 탓에 아스팔트 바닥에 약간이지만 타이어 자국이 남았다. 그녀는 심호흡을 하며 머릿속을 정리해보았다. 논리적 사고로 곳곳에 심어진 지뢰를 피해가야 한다. 하지만 주체할 수 없는 분노가 계속 고개를 들었다. 차에서 내려 건물 안으로 성큼 들어갔다.

그녀 자신의 사무실을 지나…….

"어서 와요, 캐트린. 무슨 일 있어요?" 댄스의 행정 비서, 메리엘렌 크레스바크가 인사했다. 키가 작고 늘 부산한 그녀는 세 아이의 어머니였다. 위태로워 보이는 하이힐을 신고 머리에는 인상적인 두건을 둘렀다. 스프레이로 고정시킨 갈색 곱슬머리는 조금의 흐트러짐도 없었다.

댄스가 애써 미소 지었다. 목전의 누구도 위험에 처해 있지 않다는 걸 알리기 위한 노력이었다. 그녀는 노크도 없이 오버비의 사무실로 걸어 들어갔다. 그는 누군가와 화상전화를 하고 있었다.

"찰스."

"아. 흠. 캐트린."

그녀는 한바탕 퍼부으려던 욕설을 간신히 삼키고 의자에 앉았다.

화면에는 거무스름하고 큼지막한 남자의 얼굴이 떠올라 있었다. 그는 검은 슈트에 하얀 셔츠, 빨간색과 파란색의 줄무늬 넥타이 차림이었다. 화면에 비친 자신의 모습을 보고 있는지 그의 시선이 웹캠을 살짝 벗어나 있었다.

오버비가 말했다. "캐트린. 라몬 산토스 국장을 알지? 멕시코 치와와 연방 경찰국."

"국장님."

"댄스 요원, 오랜만이에요." 남자는 여전히 무표정했다. 오버비도 바짝 긴장한 모습으로 앉아 있었다. 한창 심각한 대화가 오갔던 모양이다. 국장은 파이프라인 소탕 작전에 참여한 고위 간부 중 한 명이다. 멕시코의 모두가 이 작전에 호의적인 건 아니었다. 그곳 경찰에게 마약과 총은 가장 짭짤한 수입원이기 때문이다.

"찰스에게도 얘기하던 참인데, 이번에 큰일이 있었습니다. 엄청난 양의 무기가 넘어왔어요. M4 기관총 백 정, 18구경 헤클러운트 코흐 쉰 정, 그리고 탄약 이천 발."

오버비가 물었다. "그렇다면 허브는 분명……."

"맞아요, 살리나스 허브. 오클랜드 놈들입니다."

"우린 못 들었는데요." 오버비가 말했다.

"그럴 수밖에요. 우리도 이곳 정보원으로부터 전해 들었습니다. 직접 입수한 정보라 믿을 만해요." 산토스가 한숨을 내쉬었다. "트럭을 찾아냈습니다만 텅 비어 있더군요. 그 무기들이 이미 이곳 거리에서 온갖 범행에 쓰이고 있다는 얘기죠. 보통 문제가 아닙니다."

댄스는 국장이 미국으로 헤로인과 코카인을 운반하는 마약 조직을 막기 위해 필사적이라는 사실을 알고 있었다. 하지만 그를 더 큰 근심에 빠뜨리는 것은 멕시코로 쏟아져 들어오는 무기들이었다. 비록 세계에서 총기 사건이 가장 빈발하는 곳이 멕시코라지만 총기 소지는 엄연히 불법이었다.

그러니 사실상 모든 총기는 미국으로부터 밀반입된 것들이다.

"안타까운 일이군요." 오버비가 말했다.

"우리 노력이 부족한 것 같습니다."

그가 말한 '우리'는 미국 정부를 의미하는 듯했다. '당신들의 노력이 부족한 것 같습니다.'

"국장님, 다섯 개 기관에서 마흔 명의 요원들이 파이프라인 소탕 작전에 매달려 있습니다. 비록 더디기는 하지만 진전도 있고요."

"너무 더뎌서 문제죠." 국장이 말했다. 댄스의 시선은 컴퓨터 화면에 고정돼 있었다. 산토스 국장의 사무실은 오버비의 것과 크게 다르지 않았다. 차이가 있다면 골프와 테니스 트로피가 보이지 않는다는 것 정도였다. 한쪽 벽은 그가 멕시코 정치인, 연예인들과 함께 찍은 사진들로 도배되어 있었다. 그녀 상관의 사진들 속에서 흔히 볼 수 있는 포즈들.

국장이 물었다. "댄스 요원, 당신이 보기엔 어떤 것 같습니까?"

"저는……."

"댄스 요원은 일시적으로 다른 사건을 맡고 있어요."

"다른 사건? 그렇군요."

그는 세라노 사건에 대해 아직 모르는 듯했다.

"국장님." 댄스는 어떤 상황에서도 할 말은 하는 사람이었다. "지난달에만 네 건의 불법 수송을 막았습니다. 그리고……."

"열한 건의 밀반입이 있었죠. 적어도 우리 측 요원들이 파악한 바로는 그렇습니다. 그중엔 내가 방금 언급한 무기들도 포함돼 있었고요."

"네, 저도 나머지 수송 건에 대해 잘 압니다. 하지만 규모는 별로 크지 않았어요. 탄약도 많지 않았고요."

"하지만 댄스 요원, 밀반출 규모를 따지는 게 무슨 의미가 있습니까? 일가족을 몰살하는 데 기관총 한 정이면 충분합니다."

"물론이죠." 그녀가 말했다. 이견이 있을 수 없는 부분이었다.

"그래요, 잘 압니다." 오버비가 말했다. "연말에 통계를 따져보도록 하죠. 추세가 읽히지 않겠습니까."

국장은 한동안 웹캠을 뚫어져라 응시했다. 오버비의 말이 당최 이해되지 않는다는 듯. 그가 말했다. "전 회의가 있어서요. 이 건에 대해선 나중에 좀 더 살펴볼게요. 다음 달엔 차단 건수가 확실히 늘어나길 기대합니다. **그럼 이만**^{adiós}."

화면에서 산토스 국장이 사라졌다.

"짜증이 심하네요." 그녀가 말했다.

"누가 저 친구를 탓할 수 있겠나? 작년에만 저 주에서 천오백 명 이상이 죽어나갔는데."

잠시 잊었던 분노가 다시 엄습했다. "들으셨어요?"

"뭘?"

"라디오로 들었어요. 솔리튜드크리크 범인의 인상착의가 만천하에 공개됐어요! 범인은 우리가 쫓고 있다는 걸 알 거예요."

오버비가 컴퓨터 화면을 멍하니 응시했다.

"아, 그거. 나도 들었어. 이제 보니 그 얘길 하려고 온 거구먼."

"어떻게 된 거죠? 지국장님께서 지시한 일인가요?"

오버비는 언론에 정보 흘리는 걸 좋아했다. 하지만 그가 조만간 수사과로 복귀할 그녀와 한마디 상의도 없이 일을 벌였을 리 없었다. 게다가 만약 그의 결정이었다면 뉴스에 그 부분이 분명 언급되었을 것이다.

"내가? 당연히 아니지. 내 생각엔 스티브 포스터가 결정한 것 같아. 확실하진 않지만. 새크라멘토에서 지시가 내려왔거든. 거긴 그친구 홈그라운드잖아." 그도 언짢아하는 모습이 역력했다. 물론 그녀만큼은 아니었지만.

그녀는 그가 전혀 다른 이유로 이 상황을 불편해하고 있음을 이해할 수 있었다. 범인이 겁을 먹고 자취를 감춰버릴까 봐 걱정하는 댄스와는 달리 오버비는 순전히 정치적인 이유에 집중하고 있다. 애초에 그가 포스터를 끌어들인 건 민사부로 빠진 댄스 대신에

CBI를 조명받게 하기 위함이었다. 하지만 포스터는 CBI 서중앙지국 대신 새크라멘토 본부가 모든 공로를 인정받도록 교묘히 판을 깔았다.

놀라울 것도 없는 일이다.

"이게 누구 사건이죠?"

"엄밀히 따지면 말이야, 캐트린, 이건 우리 사건이 아니야."

"오, 말도 안 돼요. 포스터는 구즈만 조직 때문에 합류했을 뿐이잖아요. 이건 제 사건이라고요."

"오닐의 사건이야. MCSO의 일이라고. 난······."

"찰스! 아니에요. 내가 직접 얘기해볼게요."

"굳이 그래야겠어?"

하지만 그녀는 이미 복도로 나가버린 후였다. 댄스는 곧장 구즈만 조직 대책본부 회의실로 쳐들어갔다. 오버비가 그녀를 바짝 뒤쫓아 들어왔다.

"이봐." 지미 고메즈가 인사했다.

"스티브."

같은 이름을 가진 두 남자가 일제히 댄스를 돌아봤다. 하지만 그녀의 시선은 포스터에게 고정되었다.

"뭔가 오해가 있었던 것 같은데." 덩치 큰 남자가 다시 컴퓨터 화면으로 시선을 돌리며 말했다. 부인하려는 노력 따위는 없었다.

"인상착의를 공개하지 않기로 했잖아요. 살인 사건으로 보고 수사 중이라는 걸 밝히지 않기로 했잖아요."

그가 대수롭지 않다는 듯 말했다. "내가 새크라멘토에 좀 더 구체적으로 당부했어야 했는데. 언론에 아무것도 공개하지 말라고 말이야."

"누구였죠?" 댄스가 딱딱거리며 물었다.

"그야 알 수 없지. 어떻게 된 일인지 나도 모르겠어. 미안해."

하지만 그의 표정은 전혀 미안해하는 것 같지 않았다. 당혹스러워하는 기색도 없었다.

"대체 무슨 일인데 그래요?" DEA의 캐럴 앨러턴이 무심하게 물었다.

댄스는 용의자의 인상착의를 공개할지를 놓고 토론했던 일을 이야기했다. 설명이 이어지는 동안에도 그녀의 시선은 포스터에게서 떨어지지 않았다.

"그게 뉴스에 나왔다고요?" 캐럴 앨러턴이 물었다. "맙소사."

"그게 뉴스에 나왔어요." 오버비가 주름진 입으로 말했다.

댄스가 포스터에게 말했다. "왜 굳이 새크라멘토에 알리셨죠? 이건 서중앙지국 사건이잖아요. 우리 사건을 왜 본부와 상의하시는 거죠?"

그는 뜻밖의 반대심문이 당혹스러운 모양이었다.

"엄밀히 따지면 MCSO 사건이지."

"어쨌든 새크라멘토가 관여할 문제가 아니잖아요." 그녀의 입술이 긴장으로 팽팽해졌다.

"미안하게 됐어. 아는 사람에게 몇 마디 했을 뿐인데 그걸 고스란히 언론에 흘렸더라고. 이럴 줄 알았으면 절대 공개해선 안 된다고 못 박아둘걸 그랬어. 내 실수야. 그래도 꼭 부정적으로만 볼 필요는 없잖아? 어쩌면 지금쯤 누군가가 용의자를 찾아냈을지도 모른다고. 곧 신고가 들어올 거야. 해가 지기 전에 범인을 잡을 수도 있어, 캐트린."

"오늘 아침에 마이클과 제가 반도의 모든 대원에게 유사한 범행이 저질러질 만한 장소들을 샅샅이 뒤져보라고 지시했어요. 하루 종일 말이에요. 쇼핑몰, 교회, 영화관. 범인도 뉴스를 들었을 텐데 가만있겠어요? 이제 갈색 머리에 초록색 재킷을 걸친 남자를 찾아 헤매는 건 무의미해졌다고요."

포스터도 순순히 물러나지 않았다. "범인이 또다시 이런 짓을 벌일 거라고 했지? 그렇게 생각하는 근거가 있나?"

"저는 그럴 가능성이 매우 높다고 판단하고 있어요. 확실한 근거가 있는 건 아니지만." 그녀는 모든 걸 운에 맡긴 채 뒷전으로 물러나고 싶지 않았다.

포스터는 댄스의 판단력에 심각한 문제가 있음을 굳이 지적하지 않았다.

"난 그렇게 보지 않아. 놈은 이미 멀리 달아났을 거야."

20

안티오크 마치는 삼 년간 두 학교를 거치며 전공을 네 차례 바꾸었다.

집중력 부족과 따분함 때문이기도 했지만 무엇보다도 의미를 찾을 수 없기 때문이었다. 완벽에 가까운 성적을 거두었음에도 그는 결국 노스웨스턴과 시카고 대학을 자퇴하고야 말았다.

하지만 다양한 강의를 들어온 덕분에 충분한 통찰력을 갖출 수 있게 되었다. 그는 미시간 호 북쪽 기슭이 바라다보이는 신新고딕 양식의 강의실에서 심리학 수업을 들었던 기억을 더듬어보았다. 인간이 느끼는 기본적인 공포의 종류가 고작 다섯 가지라는 흥미로운 사실을 그 수업에서 배웠다.

예를 들면, 그가 특히 관심 있어하는 상어에 대한 공포. 그것은 신체 절단에 대한 공포의 하위 범주에 속했다. 광범위하게는 부상에 대한 공포에 들어간다.

나머지 네 개의 기본적인 공포. 육체의 죽음. 자아의 죽음(당황스러움과 수치스러움). 이별(엄마와의, 필사적으로 흡입해온 마약과의, 연인과의 이별), 자주성의 상실(부모나 배우자에게 학대받는 과정에서 갖게 된 폐소공포증).

마치는 추운 11월의 어느 날, 자신의 넋을 쏙 빼놓았던 강의 시간을 떠올렸다.

그리고 지금, 그는 그중 몇몇을 유용하게 활용하려 하고 있었다. 육체의 죽음에 대한 공포, 신체 절단에 대한 공포, 자주성 상실에 대한 공포를 한데 뒤섞어버릴 참이었다. 그의 다음 표적은 영화관이었다.

그는 마리나힐스 시네플렉스 극장에서 90미터쯤 떨어진 상점가에 차를 세워놓았다. 마리나 1번 고속도로 바로 옆이었다. 그는 영화관을 향해 걸어갔다.

사람들은 불 꺼진 뒤 영화관이 주는 위안을 사랑한다. 예고편이 끝나고 영화가 막 시작되려는 순간. 들뜨고, 즐거워하고, 흥분할 만반의 준비가 된 상황. 울고 웃을 일만 남은 상황. 영화관이 넷플릭스나 케이블 TV보다 나은 이유는 현실 세계와 단절되기 때문이다.

현실 세계가 불쑥 틈입하기 전까지는.

연기나 총성의 형태로.

그 순간, 위안은 속박감으로 바뀌게 된다.

육체의 죽음에 대한 공포, 신체 절단에 대한 공포, 그리고 가장 매혹적인 자주성의 상실에 대한 공포. 군중이 동요하는 순간 게임은 끝난다. 그때부터 개인은 생존이 유일한 목표인 생물의 무력한 세포에 지나지 않는다. 군중이라는 생물은 살아남기 위해 자신의 일부를 서슴지 않고 희생한다. 세포들은 짓밟히고, 질식하고, 척추가 부러지며, 부러진 늑골에 폐가 찔린다.

그는 극장을 찬찬히 살피기 시작했다. 주차장, 입구, 직원 전용 출입구. 1970년대에 지어진 마리나힐스는 이 지역에서 가장 오래된 멀티플렉스였다. 상영관은 고작 네 개뿐이고, 좌석도 삼백 석에서 육백 석 사이였다. 주로 개봉 영화를 상영했고, 가끔 예술 영화를 걸기도 했다. 라이벌 극장인 델몬트 센터와 경쟁하기 위해 할인 쿠폰을 남발하는 곳이었다. (쉰아홉 살도 경로우대 할인을 받을 수 있다. 끝내주지 않는가?) 그뿐 아니라 팝콘을 구매하면 치즈 가루를 무료로 뿌려주기도 했다. (팝콘 자체가 지나치게 비싸다는 게 문제지만.)

마치는 핸드 투 하트 웹사이트를 위해 인도네시아 쓰나미 구호 단체와 미팅한 후 바로 이곳에서 영화를 본 적이 있다. 〈그녀가 혼자일 때〉. 요즘 우후죽순처럼 쏟아지는 공포영화들과 마찬가지로 그럭저럭 볼만한 슬래셔 영화였다. 저렴한 기술의 시대에 그 정도 특수효과와 연기는 합격점을 받을 만했다. 기발한 아이디어도 좋았고. (예를 들면, 킬러가 스테인드글라스 조각을 범행 도구로 쓴 것 같은.)

그는 비상구도 유심히 살펴보았다. 각 상영관에는 비상구가 두 개씩 마련돼 있었다. 로비 옆 좁은 복도로 통하는 문, 그리고 뒤편의 비상구. 뒤쪽 비상구는 양쪽으로 열리는 문이었다. 비상시 패닉에 빠진 관객들을 대피시키기에 충분했다. 그들이 미처 날뛰지만 않는다면.

하지만 오늘 밤 뒷문은 열리지 않을 것이다.

육백 명의 관객은 로비로 통하는 작은 문으로만 몰릴 것이다.

완벽해.

예리한 눈빛으로 주차장을 바라보았다. 쓰레기통, 조명 기둥, 빈약한 조경. 위장을 위한 최적의 조건이었다.

좋아. 이제 작업을 시작해볼까?

그는 운동 가방을 어깨에 걸치고 영화관을 향해 걸음을 옮겼다.

이른 시간의 영화관은 조용했다. 직원들의 차 몇 대가 건물 뒤편 주차장에 세워져 있을 뿐이었다.

주차장으로 들어선 또 다른 차 한 대 역시 건물 뒤편으로 돌아갔다. 키가 크고 머리가 벗어진 남자가 주차를 마친 후 직원 전용 입구로 다가갔다. 그는 열쇠를 찾아 주머니를 뒤적였다. 마치를 흘끔 돌아본 그가 바짝 얼어붙었다.

남자의 시선이 초록색 재킷과 짙은 색 바지, 모자, 선글라스를 차례로 훑었다.

그 눈빛이 모든 것을 설명해주었다.

누군가가 솔리튜드크리크에서 마치를 목격했고, 인상착의가 대대적으로 보도된 것이다.

빌어먹을. 안티오크 마치는 화요일 밤, 누구의 눈에도 띄지 않았다고 확신했다. 주차장을 맴돌다가 트럭을 훔쳐 타고 비상구 앞에 세워놓았을 때, 클럽의 환기 시스템 근처에 불을 붙였을 때에도. 그는 범행 직후 신속히 옷을 갈아입었다. 하지만 작업복 차림으로 다닌 이십 분 사이 누군가의 눈에 띄었을 줄이야.

남자가 주머니에서 휴대폰을 꺼내 들었다.

도망쳐. 마치는 생각했다. 지금 당장.

그가 몸을 홱 틀었다. 순간 그의 눈이 번뜩였다. 그늘진 가까운 잔디 위에 경찰 표시가 없는 위장 순찰차 한 대가 영화관을 향해 서 있었다. 마치가 5미터만 더 나아갔다면 차 안의 경관에게 발각됐을 것이다. 영화관 직원이 마치를 알아보았다는 건 경찰 역시 그의 인상착의를 알고 있다는 뜻이었다.

천운이 그를 살렸다.

90미터쯤 떨어진 상점가를 향해 천천히 나아가던 그가 순찰차

쪽을 흘끔 돌아보았다. 차 안의 경관은 엉뚱한 쪽을 바라보고 있었다. 덕분에 용의자가 목격됐다는 정보는 조금 지체될 것이다. 소통의 오류가 발생할 수도 있고.

만약 직원이나 경관이 따라붙는다면 운동 가방 속 글록을 쓸 수밖에 없을 것이다. 마치는 한 블록 걸어나가 가방의 지퍼를 열었다. 그리고 권총을 뽑아 든 후 뒤를 돌아보았다.

다행히 아무도 따라오지 않았다.

마치는 초록색 재킷을 벗어 가방에 쑤셔 넣고 내달리기 시작했다. 회색 혼다 어코드에 잽싸게 오른 그는 문이 닫히기도 전에 시동을 걸었다. 작업에 필요한 도구가 가득 담긴 묵직한 운동 가방은 조수석에 놓아두었다. 조수석 안전벨트 미착용을 알리는 경고음이 울렸다. 그는 천천히 주차장을 빠져나오고 나서야 비로소 가방을 조심스레 바닥에 내려놓았다. 가방 안의 물건은 함부로 다루어서는 안 된다. 경고음이 멎었다.

그는 완벽한 두 번째 표적을 아무런 소득도 없이 떠나게 된 사실에 화가 났다. 영화관은 칼리스타와 섹스를 하고 나서 본 '재난 담당 기자'에게 영감받아 선택한 장소였다.

"그가 벌인 짓은 관객들로 가득 찬 영화관에서 '불이야!' 하고 외친 것과 다르지 않습니다."

부아가 치밀었다. 그는 애써 차분하게 차를 몰며 룸미러로 뒤를 살폈다. 무언가가 그의 눈에 들어왔다. 비록 야심찬 계획은 실패로 끝나버렸지만 긍정적인 측면이 아주 없었던 건 아니었다.

그는 왔던 길을 되돌아가 영화관 근처에 차를 세웠다. 지금 그에게 절실히 필요한 것을 구하기 위해서. 따끈하고 짭짤한 에그 맥머핀과 뜨거운 모닝커피.

21

캐트린 댄스가 '걸스 윙'으로 걸어 들어갔다.

화려한 경력을 자랑하는 코니 라미레즈, 사무처장 그레이스 위안, 메리엘렌 크레스바크, 캐트린 댄스까지 CBI 서중앙지국의 여성 요원 네 명이 한데 모여 일하는 공간이었다.

부속 건물wing의 별명은 여자친구에게 자신의 일터를 보여주던 한 남성 요원이 붙인 것이었다. 그가 CBI를 떠난 것은 여성 위생 용품으로 넘쳐나는 근무 환경 때문이 아니었지만, 댄스는 그 이유도 한몫했을 거라 짐작했다.

아이러니하게도 이곳 여자들은 만장일치로 그 별명을 버리지 않기로 결정했다. 자부심의 배지라 생각한 것이었다.

외부인들에 대한 경고이기도 했고.

그녀는 메리엘렌에게 커피를 받아 그녀가 직접 구웠다는 쿠키 하나를 들고 자신의 사무실로 향했다.

"구두가 멋진데요. 아주 마음에 들어요." 메리엘렌의 시선은 댄스의 갈색 스튜어트 와이츠먼 샌들에 고정되어 있었다. (댄스는 정가의 절반도 안 되는 값으로 이 구두를 손에 넣었다.) 구두는 그녀의 긴 커피색 리넨 스커트와도 어울렸다. 오늘 그녀는 황백색 스웨터에 검은 스포츠 코트를 입었다. 한 가닥으로 땋은 머리는 매기가 골라준 새빨간 고무줄로 묶여 있었다.

고맙게도 명품을 알아봐준 그녀의 비서 메리엘렌은 구두에 특히 일가견이 있었다.

사무실에 들어온 댄스가 책상 의자에 풀썩 주저앉았다. 언제나처럼 요란한 소리가 거슬렸다.

그녀는 솔리튜드크리크 사건의 범인이 목격됐다는 마리나힐스 극장에 다녀왔다. 매니저는 목격자가 묘사한 것과 유사한 체격에 똑같은 옷을 걸친 수상한 남자를 보았다고 했다. 용의자는 매니저가 자신을 알아본 것을 눈치채고 달아났다. 그가 진범이 맞다는 게 확인된 셈이다.

댄스와 동료 요원들은 현장 주변을 샅샅이 뒤져봤지만 또 다른 목격자는 찾지 못했다. 그의 차를 봤다는 사람도, 추가 인상착의를 제공해준 사람도 없었다. 영화관 앞에서는 언제 나타날지 모르는 용의자를 검거하기 위해 경관이 잠복하고 있었다. 댄스는 스티브 포스터가 '돌발적으로' 용의자 인상착의를 공개하지 않았다면 매니저가 그를 겁주어 쫓아버리는 불상사도 없었을 거라 확신했다.

가끔 내부의 실수와 부주의가 그들이 쫓는 범인보다 더 큰 적으로 느껴질 때가 있었다.

범인을 놓친 것만으로도 좌절이 큰데, 그가 영화관에서 벌이려 했던 테러를 떠올리니 그 실수가 더 뼈저리게 와닿았다. 군중을 혼란에 빠뜨려 참사를 유발시키기에 영화관만 한 곳이 없다. 스티브, 당신이 틀렸어요. 놈이 수천 킬로미터 밖으로 달아났을 거라더니,

잘못 짚어도 한참 잘못 짚었군요. 어쩌면 그는 오늘 일로 겁을 집어먹고 이 지역을 떠버렸는지도 몰랐다. 보나 마나 외모부터 바꿀 것이다. 최소한 옷차림이라도. 과연 그는 다음 테러에 대한 미련을 버리지 않았을까? 아마도 그럴 것이다. 그녀는 이미 지역 경찰을 통해 범인의 두 번째 표적이 될 만한 장소의 매니저들에게 경계 경보를 발령해놓은 상태였다.

그녀가 마이클 오닐에게 전화를 걸려고 손을 뻗었을 때 티제이 스캔런이 불쑥 들어왔다. 그는 벡Beck이라는 이름이 적힌 티셔츠에 (모두의 짐작과 달리 그레이트풀 데드와는 상관이 없었다) 청바지와 줄무늬 스포츠 코트를 걸치고 있었다. 1960년대 거리에 가득하던 히피를 연상시키는 옷차림이었다. 카멀 밸리에 있는 티제이의 집에는 그가 태어나기 훨씬 전에 끝나버린 그 시대의 반문화 공예품이 넘쳐났다.

티제이가 그녀 맞은편 의자에 앉았다.

"이런, 대장. 이런, 이런. 또 무슨 일이 생긴 거군요."

"못 들었어? 새크라멘토에서 용의자의 인상착의를 공개해버렸어."

"오, 맙소사. 포스터가요?"

"그래. 그걸 듣고 누가 범인을 알아봤지."

"그건 좋은 소식이잖아요. 그런데 왜 벌레 씹은 표정을 짓고 계시는 거죠?"

"놈이 그 사실을 알아차리고 달아나버렸거든."

"젠장. 그럼 이미 여길 떴겠군요."

"아니면 외모를 바꾸어버렸거나. 키높이 구두를 신고 머리를 염색하고 새 옷도 입겠지." 그녀가 어두운 표정으로 덧붙였다. "어쩌면 그는 또 다른 장소를 표적으로 일을 벌이려는지도 몰라. 지금 이 순간에. 우리가 전열을 가다듬기도 전에."

그녀는 영화관에 대해 이야기했다.

젊은 요원이 고개를 끄덕였다. "역시 예상대로네요. 붐비는 멀티플렉스."

댄스의 시선이 그가 손에 쥔 폴더로 돌아갔다.

티제이가 말했다. "이게 도움이 될지도 모르겠어요. 그 트리시라는 아이를 찾았습니다."

댄스는 그에게 솔리튜드크리크 사건 현장에서 만난 소녀를 조사해달라고 지시했었다.

"사망한 여성 관객 미셸 쿠퍼의 딸이 트리시 마틴입니다. 아버지 성을 쓰고 있더군요."

매기와 웨스가 스웬슨인 것처럼.

"나이는 열일곱. 휴대폰 번호는 모르지만 여기 어머니 집 번호가 있습니다. 집은 세븐틴 마일 드라이브에 있고요."

댄스의 머릿속에 시나리오가 펼쳐졌다. 아내 몰래 바람을 피운 남편. 그 사실을 알게 된 아내. 집 유지비로 엄청난 돈을 부담해온 남편. 모녀의 집은 부촌인 페블 비치에 있다.

"아버지의 주소와 연락처는? 트리시는 이제 아버지랑 같이 살고 있을 텐데."

"죄송합니다. 거기까지 알아보진 못했어요. 확인해볼까요?"

"일단 어머니 번호로 걸어보고."

물론 그녀와의 통화는 기대할 수 없겠지만.

"여보세요?" 남자의 퉁명스러운 목소리. 그녀는 상대가 누구인지 대번에 알아챘다.

"트리시 마틴 양과 통화할 수 있을까요?"

"누구시죠?"

이렇게 된 이상 솔직하게 말하는 수밖에. "캘리포니아 연방수사국의 캐트린 댄스 요원입니다. 혹시 마틴 씨 되십니까? 저는……."

"네, 기억납니다. 내가 이 번호 쓰는 걸 어떻게 알았죠?"

이상한 질문이었다.

"몰랐어요. 저는 따님 트리시 양에게 연락할 방도를 찾고 있었습니다. 꼭 나눌 얘기가 있어서요. 실례가 안 된다면……."

"왜죠?"

"그사이 수사에 진전이 좀 있었습니다. 범인은 솔리튜드크리크의 비상구들을 의도적으로 막아놓았어요. 선생님의 전처를 포함한 그곳 피해자들은 살해된 겁니다. 사고가 아니라요."

그가 잠시 뜸을 들였다. "나도 들었어요. 뉴스에 나오더군요. 경찰이 범인을 쫓고 있다고. 노동자로 보인다고 했던가요?"

"그렇습니다. 지금 목격자를 찾는 중이에요. 따님이 똑똑하고 관찰력이 남다른 것 같아서……."

"지금 상태가 아주 안 좋습니다."

"아무래도 그렇겠죠. 이해합니다. 온 가족이 큰 충격을 받으셨을 거예요. 하지만 범인을 잡으려면 그곳에서 정확히 무슨 일이 있었는지 알아야 합니다."

"미안하지만 우리 딸은 안 되겠습니다." 수화기에서 또 다른 목소리가 들렸다. 그가 수화기에서 입을 떼고 말했다. "아무도 아니야. 하던 일 계속하렴."

트리시인가? 이제 아버지랑 같이 살게 된 거겠지? 댄스는 생각했다. 짐을 꾸리는 중인가 보네.

"마틴 씨, 대화를 나누는 것이 제 특기입니다. 지금껏 십 대 청

소년 수백 명과 얘길 나눠봤어요. 대부분 트라우마에 시달리는 아이들이었고요. 트리시의 상태는 제가 잘 아니까 최대한 조심스럽게…….”

그가 으르렁거렸다. “또다시 전화를 하면 접근금지명령을 신청하겠습니다.”

댄스가 말했다. “흠, 마틴 씨, 법집행관으로부터 걸려오는 전화를 법적으로 막을 방법은 사실상 없어요. 자, 우리 이럴 게 아니라 한 발씩 물러나서…….”

그는 전화를 끊어버렸다.

댄스는 전처에게 가해온 그의 정신적 학대가 이혼 사유 중 하나가 아니었을지 궁금했다. 불륜과 더불어.

그녀는 수화기를 내려놓았다. 티제이가 그녀를 빤히 보고 있었다.

“그 앤 명단에서 지워버려.” 댄스는 그에게 트리시의 아버지에 대해 설명하며 어깨를 으쓱였다. “아쉽긴 하지만, 제대로 목격하지도 못했을 테니까…….”

“대장은 꺼림칙한 건 못 견디잖아요.”

그의 말이 맞았다.

“사람들은 좀 만나봤어?”

티제이는 용의자의 정체와 범행 동기를 밝혀내기 위해 클럽과 관련된 사람들을 차례로 면담했다. “불만을 품은 직원이나 손님은 없었습니다. 그래서 밴드 멤버에게 앙심을 품은 사람이 있는지 알아봤어요.”

“좋은 생각이야.” 그녀가 미처 생각하지 못했던 부분이었다.

“하지만 그건 아닌 것 같아요. 요즘 음악계가 좀 그렇습니다. 경쟁자를 앞지르기 위해 살인까지 불사할 정도로 아티스트들 간의 갈등이 크지 않아요. 그건 그렇고, 대장, 민사부 일은 할 만하세요?"

그녀가 서랍을 뒤적이다가 건전지로 가는 낡은 타이멕스 시계를 꺼내 들었다. 그녀는 시계를 손목에 두르고 시간을 확인했다. 그리고 나지막이 물었다. "세라노 건은 어떻게 됐지?"

그가 말했다. "한 시간 후에 시작될 겁니다. 준비는 다 끝났어요. 방금 앨버트 스템플과 통화했습니다."

거구의 스템플은 말수가 적고 섬뜩한 분위기를 풍기는 요원으로, CBI에서 가장 카우보이에 가까운 사람이었다. 외모는 존 웨인을 닮았고, 전술적 상황이 전문인 수사 요원이었다. 급변하는 세라노 사건을 다룰 적임자로 CBI가 특별히 투입한 요원이었다.

티제이가 일어나 사무실을 나간 후로도 파촐리 애프터셰이브 로션 향기가 가시지 않았다.

난해한 향기…….

몇 분 후, 댄스가 자신의 사무실 문간을 멍하니 바라보고 있을 때 마이클 오닐이 불쑥 나타났다. 그는 짙은 색 격자무늬 스포츠 코트에 감청색 셔츠, 청바지 차림이었다. 옷의 다림질 상태는 그가 가사에 무관심했던 전처 앤과 이혼한 후로 확실히 나아진 것 같았다. 그냥 그녀 눈에만 그렇게 보이는지도 몰랐다.

"티제이를 봤어요. 별 성과가 없었나 보죠?"

"네. 사건 당시 클럽에 있었던 사람들의 8분의 7 가량을 만나봤는데, 범인을 봤다는 사람이 없대요." 그녀는 티제이가 앙심 품은 뮤지션이 있는지 알아본 사실도 들려주었다.

"밴드를 표적으로 한 범행일 수도 있다는 거군요. 그럴듯한데요."

"하지만 그쪽으로도 성과는 없었어요. 영화관 쪽은 어때요?"

"그쪽도 마찬가집니다. 보안 카메라 영상까지 꼼꼼히 살펴봤는데 헛수고였어요. 놈이 타고 온 차도 못 찾았고요. 아무런 진전이 없었습니다. 참, 범인의 인상착의는 누가 공개한 겁니까? 오버비?"

그녀의 입에서 한숨이 새어나왔다. "스티브 포스터. 실수였대나. 남 탓을 하더군요. 자기 사무실의 '누군가'가 그랬다고 말이에요. 하지만 이건 포스터의 책임이에요. 보나 마나 주도권 싸움 때문일 거예요."

"맙소사."

"어차피 자기 사건도 아니잖아요. 죽이 되든 밥이 되든 상관없다 이거겠죠."

"범인이 달아났을까요?"

"나라면 그랬을 거예요. 하지만 내 입장이 사고를 내 세 사람을 죽인 사람과 같나요? 범인이 뭘 두려워하는지 모르겠어요. 어쩌면 지금쯤 미주리나 워싱턴주에 숨어 있는지도 모르죠. 다음 표적으로 수족관을 골랐을지도 모르고."

오닐이 고개를 끄덕이며 서류 가방에서 작은 금속이 붙은 얇은 마닐라 폴더를 꺼냈다. 그 안에서 열 장 남짓의 문서가 나왔다.

"현장 조사 기록이에요. 쉬지 않고 작업했지만 아무런 단서도 찾지 못했어요. 꽤 철저한 놈이더군요. 천 장갑을 끼고 있던 것 같습니다."

라텍스 장갑을 끼면 지문을 남기지 않고 행동할 수 있다. 하지만 장갑 안쪽에 지문이 남는 것까지는 막을 수 없다. 부주의한 범인들은 그 사실을 모르고 범행 후 라텍스 장갑을 아무 데나 던져버린다. 하지만 천 장갑을 끼면 안팎으로 지문이 남지 않는다.

그가 말을 이었다. "피터빌트 트럭 전자 열쇠에서 지문을 채취했는데 죄다 매니저와 운전사들 것들이었어요. 보관 상자도 마찬가지고요. 범인의 발자국도 찾지 못했어요. 드럼통은 불에 타버려서 지문 확인이 불가능했고요."

댄스가 말했다. "생각을 좀 해봤어요. 그 정도 크기의 대형 트럭을 모는 건 쉬운 일이 아닐 거예요. 최근에 트럭 운전을 배운 사람들을 살펴보는 건 어떨까요?"

"나도 같은 생각을 했어요. 인터넷을 살펴봤는데, 삼십 분만 배우면 누구나 그 정도 트럭은 몰 수 있다더군요. 무경험자도 마찬가지랍니다. 물론, 후진을 하거나 만재 상태로 모는 건 어렵겠지만, 언덕을 내려와 클럽 옆에 세워놓는 정도는 충분히 가능하다네요."

인터넷. 비료폭탄 제조법부터, 목표물을 화끈하게 날려버린 후 자축을 위한 체리파이를 굽는 법까지 알려주는 곳.

오닐이 파일을 잠시 훑었다. "주변에 감시카메라가 없어요. 솔리튜드크리크는 뱃놀이를 즐기기엔 수심이 얕거든요. 낚시꾼들도 살펴봤는데 수상한 점은 없었습니다. 도난당한 카약이나 카누도 없었고요." 그도 그녀와 같은 생각을 했던 모양이었다.

그녀의 휴대폰에서 딩동 소리가 났다. 티제이가 보낸 문자 메시지였다. 세라노 사건. 그녀가 신속히 답을 보냈다. **KK.** '이해했고, 동의한다'는 의미였다. K* 하나로는 부족했다. 아들 웨스가 가르쳐준 것이었다. 그녀가 그 사실을 알려주자 오닐이 고개를 끄덕였다. "우리 애들은 '아멘'을 많이 쓰더군요. 그거 못 느꼈어요?"

"난 '교회'라는 표현을 자주 들어요. '진짜'라는 의미로 쓴대요. '그런 거'라는 표현이랑."

"'그런 거'?"

---

* OK의 줄임말.

매기가 친구 베타니와 통화할 때 즐겨 쓰는 표현이었다. '그래. 엄마랑 존이 내가 보기엔 그런 거 같아' 같은 식으로. 하지만 그녀는 오닐에게 다른 버전의 대답을 들려주었다. "뭔가 대단한 걸 얘기할 때 쓰는 표현인 것 같더군요. 보기보다 특별한 것 말이죠. 중요하고."

당황해서 설명이 장황해졌다.

"'그런 거'라……. 그냥 '경이롭다'고 하는 것보다 훨씬 나은데요. 난 오히려 우리 애들이 그런 표현을 쏠까 봐 겁나요."

댄스가 웃음을 터뜨렸다. 마이클 오닐은 수다쟁이가 아니었다. 이 정도도 그에게는 장광설이나 다름없었다.

댄스가 현장 조사 파일을 흘끔 내려다보았다. 잠시 후, 그녀의 시선이 다시 그에게로 돌아갔다. "참, 낚시 약속 취소해서 미안해요."

오닐은 오직 보트를 위해 사는 사람이었다. 그는 매주 한 번씩 보트를 몰고 몬터레이베이로 나갔다. 가끔 자기 아이들과 댄스의 아이들을 데려가기도 했다. 그녀도 몇 번 동행했지만 뱃멀미가 심해 언젠가부터 기피하게 되었다. 멀미약과 패치가 없었다면 그녀는 보트 난간에 몸을 얹은 채 흉한 꼴을 보이고 말았을 것이다. 모두가 고대했던 여행도 도중에 포기해야 했을 것이고. 지난 주말, 그들은 당일치기 여행에 대해 의논했다. 하지만 약속을 잡기 전 그녀는 볼링과 함께 아이들을 샌프란시스코에 데려가기로 결정해버렸고 오닐에게 취소 이유를 설명하지 않았다. 굳이 말하지 않아도 충분히 짐작할 수 있을 테니까. 그 역시 끝내 묻지 않았다.

그들은 아이들에 대해, 봄방학 계획에 대해 몇 분간 대화를 이어갔다. 댄스는 매기가 곧 학교에서 장기 자랑을 할 거라고 말했다.

"바이올린을 연주할 건가요?"

아이의 주 종목이었다. 매기의 음악적 재능은 어머니를 훌쩍 뛰어넘었다. 댄스는 기타를 칠 줄은 알지만 운지법을 표시한 테이프를 떼는 순간 한없이 작아졌다.

"아뇨, 노래를 부를 거래요."

"하긴, 노래도 잘하잖아요. 내가 애들 데리고 〈레고 무비〉 보러 간 적 있었죠? 거기서 나왔던 노래 기억해요? '모든 게 끝내줘 Everything is Awesome'? 매기는 집에 가는 내내 차에서 그 노래를 불러댔어요. 덕분에 나도 그 노래를 줄줄 외우게 됐죠. 한번 들어볼래요?"

웃음.

"〈겨울왕국〉 주제가를 부를 거래요."

"'렛 잇 고'. 그 노래도 알아요."

싱글 대디로서의 삶이 주요 범죄를 수사하는 터프한 형사를 말랑말랑하게 만들어놓았다. 오닐이 잠시 그녀의 얼굴을 응시했다. "왜 그래요?"

댄스는 그제야 자신이 인상을 쓰고 있음을 깨달았다. "매기가 장기 자랑을 앞두고 불안해하고 있어요. 예전엔 누구보다도 무대 체질이었는데. 이번엔 좀 주저하는 모습이에요."

"사람들 앞에서 노래해본 적이 없나요?"

"여러 번 있었어요. 목소리도 더없이 훌륭한데. 레슨을 받겠다고 그렇게 조르더니 무슨 바람이 불었는지 갑자기 싫다고 하잖아요. 어느 장단에 춤을 춰야 할지 모르겠어요. 좋았다가 싫었다가. 한동안은 웨스가 감정 기복이 심했거든요. 매기는 마냥 들떠 있었고요. 그런데 어느 순간 두 아이가 바뀌어버렸어요."

그녀는 어쩌면 아버지의 죽음에 대한 트라우마일지도 모른다고 설명했다.

"빌이 이맘때 세상을 떠났죠?" 그가 부드러운 목소리로 말했다.

오닐과 빌 스웬슨은 가끔 함께 일하곤 했다.

"나도 그 생각 했어요. 하지만 이렇게 소통이 안 될 땐……."

매기 또래 아이들을 둔 오닐이 말했다. "그 기분 알아요. 그래도 절대 포기해선 안 돼요."

댄스가 고개를 끄덕였다. "공연은 일요일 7시예요. 애들이랑 올 수 있어요?"

"일단 스케줄을 살펴볼게요. 볼일이 있을지도 모르니까. 친구를 데려가도 되죠?"

요즘 만나는 사람이 있나? 그녀는 궁금했다. 그들이 마지막으로 서로의 사생활에 대해 진지하게 대화한 것은 실로 오래전 일이었다. 하긴, 만나는 사람이 없으면 그게 더 이상한 거겠지. 이혼한 지 꽤 됐으니. 게다가 그는 잘생긴 데다 몸도 좋고, 좋은 직장에 유머 감각도 있고, 친절하기까지……. 샌프란시스코의 전처가 남기고 간 귀여운 아이들은 덤이고.

댄스의 어머니는 그를 '캐치*'라고 불렀다. 그가 낚시광인 데다 탐나는 인물이기 때문이었다.

그녀는 가방을 열고 안을 살피다가 얼굴을 찌푸렸다. "차에 홍보 전단이 백 장도 넘게 있어요. 가방에도 하나 넣어둔 줄 알았는데."

"걱정 말아요. 기억해뒀으니까."

댄스가 손목시계를 흘끔 들여다보았다.

"현장에 나가봐야 해요."

* catch. 어획량, 탐나는 상대.

187

"우리 사건?"

"아뇨. 다른 사건이에요."

그가 한숨을 내쉬며 권총집이 빠진 그녀의 벨트를 보았다. "내가 같이 갈게요."

"오늘은 괜찮아요. 지원이 올 거예요. 이건 아주 까다로운 문제라 조심스럽게 다뤄야 하거든요." 그녀는 하마터면 매기처럼 '그런 거'라고 말할 뻔했다. 근심 어린 표정을 짓고 있는 오닐은 왠지 그런 경박함을 달가워하지 않을 것 같았다.

22

찰스 오버비가 벨트 위로 늘어진 불룩한 배를 톡톡 두드렸다. 다른 건 몰라도 19번 홀*에서의 간식은 줄일 필요가 있었다. 와인도 화이트보다는 칼로리가 적다는 레드로 바꾸고.

아니, 그보다는 스프릿츠**가 좋겠군. 물론 마티니를 한잔 걸친 후에. 악마 같은 아티초크 소스는 멀리해야겠어.

그의 책상에는 주문한 문서가 수북이 쌓여 있었다. 온전한 정신과 생산적인 몸을 가지고 있다는 증거였다. 그를 가장 거슬리게 하는 것은 '호아킨 세라노 사건 보고서'라고 적힌 파일이었다. 희끄무레한 상자 속 또 다른 보고서도 시선을 끌었다. '캐트린 댄스'라고 적힌 징계 권고 서류였다.

휴대폰에 문자 메시지가 도착했다. 내용을 확인한 그가 고개를 저으며 자리에서 일어났다. 재킷을 걸칠지 잠시 고민하다가 그냥 두기로 했다.

* 골프 시합 후에 쉬는 클럽 하우스.
** 화이트 와인에 탄산수를 혼합한 음료.

관리팀에서 최근에 바꾼 세제의 독특한 냄새가 복도에 진동했다. 그는 자신이 세제 냄새를 어떻게 알아차렸는지 궁금했다. 이번 사건 때문인가? 집중을 방해하는 사소한 것들이 그의 주의를 흐려놓았다.

세라노…….

구즈만 조직 대책본부 회의실에서는 캐럴 앨러턴이 홀로 앉아 캐모마일차 티백을 쥐어짜고 있었다. 그녀는 앞에 놓인 서류에 차가 튀지 않았는지 유심히 살폈다. 서류 정리에 대한 그녀의 집착은 유명했다.

"찰스."

"다들 어디 갔죠?"

"두 스티브는 살리나스에 갔어요. FBI가 오클랜드 대책본부에서 요원 하나를 그쪽으로 보냈답니다. 아마 지금쯤 최대한 많은 정보를 확보하기 위해 그를 들들 볶아대고 있을 거예요."

"미팅, 미팅, 미팅." 오버비가 따분하다는 듯 말했다. "지미는?"

앨러턴이 설명했다. "구즈만 대책본부에 들어오기 전에 맡았던 사건이 있는데 이번에 새로운 단서가 잡혔다네요."

"단서라면 세라노 사건에서도 확보한 게 있을 텐데요." 그가 휴대폰을 꺼내 방금 도착한 문자 메시지를 그녀에게 보여주었다. 그녀는 호기심에 찬 얼굴로 화면을 들여다보았다. "서둘러야 합니다."

"세라노의 행방을 찾았나요?"

"그렇게까지 운이 좋았던 건 아니지만, 티제이가 세라노를 잘 안다는 사람을 찾아냈어요."

"그게 누군데요?"

"거기까진 아직 모르겠지만, 최소한 허풍쟁이가 아니라는 건 알겠어요. 세라노인지 그의 형인지와 함께 일을 했다고 하니. 도장공 painter이라는데 세라노가 어디 숨어 있는지 알 것 같대요."

"정말이에요?" 앨러턴의 목소리는 허스키하면서도 감각적이었다. 한 여자와 오랫동안 함께 살아온 오버비는 객관적 견지에서 그녀의 목소리에 담긴 관능적인 면을 알아볼 수 있었다. "빨리 움직입시다. 새크라멘토에 연락해 세라노의 검거가 얼마 남지 않았다고 알려주고 싶군요."

결국에는 그를 놓친 CBI 서중앙지국이 책임져야 할 일이니까.

"그자는 지금 어디 있답니까?"

"시사이드. 티제이 말로는 거기서 야간 근무를 한다더군요. 토마스 아옌데라는 가명을 쓰면서."

"전통적인 멕시코 이름은 아니네요." 앨러턴이 딴 데 정신이 팔린 사람처럼 말했다.

"그럼 어느 쪽이죠?"

"네? 아, 남아메리카 쪽 아닐까."

"아무튼. 여기 주소가 있어요. 앨버트 스템플을 데리고 가요. 크게 위험하진 않을 겁니다. 그렇다고 긴장을 풀어서도 안 되고요. 그 친구에게는 내가 연락해놓을게요." 오버비가 휴대폰 버튼을 누르기 시작했다.

앨러턴이 자리에서 일어나 몸에 착 달라붙는 회색 스커트를 정돈했다. 그녀 역시 벨트에 탄력 없는 뱃살이 살짝 걸려 있었다. 다른 상황이었다면 오버비가 마지막 5킬로그램을 빼는 게 얼마나 힘든지 한참 주절거렸을 것이다. 그녀가 넓은 어깨에 재킷을 걸쳤다.

그의 휴대폰이 울렸다.

"앨버트, 나 찰스야. 앨러턴 요원과 같이 움직여줘야겠어. 세라노의 행방을 찾아냈거든……. 그래, 맞아……. 글쎄, 주차장은 어떻겠는가?"

그가 앨러턴을 돌아보며 한쪽 눈썹을 올렸다. 그녀가 고개를 끄덕였다.

"좋아. 지금 나와."

그가 전화를 끊었다.

"행운을 빌죠." 오버비가 말했다. 그리고 자신의 사무실로 돌아갔다.

23

앨버트 스템플은 무뚝뚝하기로 소문이 나 있었지만, 그 자신은 동의하지 않았다. 그는 말수가 적을 뿐이었다. 굳이 대꾸를 해야 할 때면 '아' 또는 '오'로 대신하곤 했다.

사람들은 그걸 툴툴거림으로 받아들이곤 했다. 무섭게 생긴 얼굴 때문에 받는 오해였다.

거구의 스템플은 머리카락 한 올 없는 계란 모양 머리를 지니고 있었다. 지금 그는 CBI 건물 뒷문 밖에서 팔짱을 낀 채 주차장을 찬찬히 훑는 중이었다. 만약 CBI에 특수기동대가 있었다면 바로 스템플 그 자체였을 것이다. 수사과에서 그보다 더 많은 총격전을 경험하고, 더 많은 범인을 검거한 요원은 없었다. 덕분에 암흑가에는 그에게 앙심을 품은 이가 적지 않았다.

그게 스템플이 습관적으로 주변을 살피는 이유였다.

CBI 건물 뒷문이 열리고 캐럴 앨러턴이 모습을 드러냈다. 그녀는 고개를 끄덕이며 스템플의 청바지와 티셔츠, 그리고 '남자의 총'이라 불리는 45구경 베레타를 차례로 훑어나갔다. 그의 시선도 볼록 튀어나온 그녀의 회색 재킷 허리춤에 머물렀다. 그는 자그마한 글록일 거라 짐작했다. 글록 26. 그에게는 장난감이나 다름없는 총이었다.

그녀가 그의 얼굴을 흘끔 쳐다보았다. 스템플은 그녀가 얼굴 흉터에 대해 궁금해한다는 걸 알고 있었다. '내가 이 정도인데 상대는 어떻게 됐겠어?'

그가 고개를 끄덕였다.

"안녕하세요." 앨러턴이 말했다.

"시사이드로 간다고요? 세라노 건으로?"

"네."

"흠." 그가 끙 앓는 소리를 냈다. "내가 운전할게요."

"잠깐만요." 뒤에서 여자 목소리가 그들을 불렀다.

캐트린 댄스가 그녀의 회색 패스파인더가 주차된 건물 측면 쪽에서 걸어오고 있었다. 차의 뒷유리는 그녀의 개들이 코로 찍어놓은 자국들로 뒤덮여 있었다. 스템플은 덱의 단골손님이었고, 댄스의 개들과 죽이 아주 잘 맞았다. 그는 오래전부터 댄스에게 플랫코티드리트리버를 빌려달라고 애원해왔다. 녀석을 데리고 사냥을 다녀오고 싶다나. 그렇게만 해준다면 직접 잡은 오리로 사례하겠다고 했다. 문제는 그가 댄스의 아이들 앞에서 그런 얘기를 늘어놓았다는 사실이었다. 댄스는 실망 섞인 눈빛으로 단호히 거부 의사를 밝혔다.

앨러턴이 빠르게 다가오는 댄스를 쳐다보았다. 댄스는 주위를 살피며 그들 앞으로 바짝 다가섰다. "앨버트."

앨버트가 고개를 끄덕였다.

"캐럴, 떠나기 전에 두 사람에게 할 얘기가 있어요."

"뭔데요, 캐트린?"

스템플이 큰 머리를 갸웃했다. 앓는 소리를 냈는지도 모른다.

"세라노의 행방을 찾으러 간다면서요?"

앨러턴이 망설였다.

댄스가 말했다. "티제이에게 다 들었어요. 내 정보원인 셈이죠. 그래서 제보자를 만나러 가는 거예요?"

앨러턴이 그녀와 눈을 맞추었다. "네."

댄스가 말했다. "내가 직접 대화해보고 싶어요."

"그건 좀……."

"난 그 바닥을 잘 알아요, 캐럴. 그에 대해선 잘 몰라도 그와 어울리는 사람들에 대해선 꽤 안다고요. 내가 같이 가면 큰 도움이 될 거예요."

"하지만 찰스가 당신을 수사과에서 제외시키지 않았었나요?"

스템플은 댄스의 입술이 작게 오므라지는 걸 지켜보았다.

"좋아요. 거기에 대해서도 할 말이 있어요." 그녀가 스템플을 흘끔 돌아보며 주저하던 마음을 다잡았다. "당신은 찰스를 잘 몰라요. 만약 내가 남자였다면 고작 세라노를 놓친 것 따위로 징계를 받지 않았을 거예요. 이런 얘기까진 하고 싶지 않지만……." 댄스가 고개를 저었다. "당신도 겪어봤잖아요, 캐럴. 날 이해할 수 있죠?"

캐럴 앨러턴의 표정이 대답했다. 네, 물론이죠.

법집행 기관에 속한 여성들.

댄스가 덧붙였다. "모든 공은 당신에게 돌아갈 거예요. 워싱턴에도 그렇게 보고될 거고요. 난 조용히 사라져줄게요."

"그럴 필요 없어요."

"아뇨, 꼭 이렇게 해야만 해요. 내가 동행했다는 걸 찰스가 알면 안 되거든요. 난 그저 내 손으로 세라노를 잡고 싶을 뿐이에요."

"알아요." 앨러턴이 고개를 끄덕이며 말했다. "알고말고요. 비밀리에 진행해요."

스템플은 근심 어린 모습으로 두 여자의 대화를 묵묵히 듣고 있었다.

댄스는 또다시 그를 흘낏 쳐다보았다.

"어쩌면 난 이미 곤경에 처해 있는지도 몰라요."

"설마 찰스가 당신을 희생양으로 삼겠어요?"

스템플은 앓는 소리를 더 참지 못하고 토해냈다.

"우리가 세라노를 잡기만 하면 새크라멘토도 더는 문제 삼지 않을 거예요. 내게는 놓칠 수 없는 기회예요."

앨러턴이 골똘한 생각에 잠긴 채 주차장을 찬찬히 둘러보았다. 스템플과 달리 표적을 찾으려는 눈빛은 아니었다. "솔직히 당신의 도움이 필요해요, 캐트린. 심문엔 영 소질이 없거든요."

"그럼 같이 가도 되는 거죠?"

"그래요."

댄스의 시선이 스템플을 향했다.

"나한테도 묻는 거예요? 난 그저 지원군일 뿐이라고요. 당신이 원하는 대로 해요."

그들은 차가 있는 쪽으로 갔다. 스템플은 알아서 운전석에 올랐다. 대형 닷지가 그의 체중에 눌려 심하게 흔들렸다. 두 여자도 차에 올랐다. 그는 시동을 걸기가 무섭게 맹렬히 차를 몰아 고속도로 쪽으로 달려나갔다.

삼십 분 후, 그들은 시사이드의 평면 가도로 들어섰다. 아스팔트 곳곳이 깨져 있었다. 잔디 덮인 도로 양옆으로는 먼지투성이 덤불과 녹슨 철조망이 길게 늘어서 있었다. 100미터쯤 더 들어가자 지은 지 오십 년은 족히 되어 보이는 작은 방갈로와 케이프 스타일의 집들로 이루어진 동네가 나타났다.

"저기예요." 앨러턴이 동네에서 가장 허름해 보이는 집을 가리켰다. 한쪽이 처진 단층집 곳곳에는 페인트가 흉측하게 벗겨져 있었다. 한때 하얬을 외벽은 이제 회색을 띠고 있었다. 앞뜰의 절반은 모래였고, 나머지 절반은 노랗게 변해가는 잔디였다. 목마른 곳이로군. 스템플은 생각했다. 모든 게 타들어가고 있어. 이 지긋지긋한 가뭄. 지금껏 겪어본 중 이번이 최악인 것 같아.

그가 차를 세우고 시동을 껐다. 세 사람은 일제히 차에서 내렸다.

스템플이 주변을 살피는 동안 두 요원은 현관으로 올라갔다. 앨러턴이 노크했다. 무응답. 댄스가 측면 테라스를 가리켰다. 그녀와 앨러턴은 그쪽으로 가보았다.

스템플은 천천히 걸음을 옮기며 주변 집들을 살폈다. 그는 창문에 커다란 데이지꽃 포스터를 붙여놓은 이유가 궁금했다. 햇빛 가림막인가? 그렇다면 데이지보다 해바라기가 더 적합할 텐데.

그는 어딘가에 위협이 도사리고 있지는 않은지 꼼꼼히 주변을 훑었다.

막다른 골목은 아니었지만 오가는 이들이 눈에 많이 띄는 곳도 아니었다. 지금껏 집 앞을 지나쳐 간 차는 총 녁 대로, 모두 학교나 직장으로 향하는 듯했다. 일가족이 탄 차도 있고, 달랑 운전자만 탄 차도 보였다. 하지만 그들 중 MAC-10, 우지 기관단총이나 M4 기관총으로 무장한 악당이 없으리란 보장은 없다. 이제 갱들은 '갱모빌'이라 불리는, 화려하게 치장한 뷰익을 몰고 다니지 않는다. 예의 차대를 낮추고 서스펜션을 한껏 높인 차들. 요즘 갱들은 주로 아큐

라나 닛산 따위를 몰고, 가끔 BMW나 카이엔을 모는 놈들도 눈에 띄었다. 차종은 마약과 불법 무기 거래 실적에 따라 결정되었다.

하지만 지나치는 운전자와 승객 들은 스템플에게 눈길조차 주지 않았다.

그가 금이 간 보도로 돌아가 선명한 자줏빛을 띤 꽃을 내려다보고 있을 때, 단층집 안에서 유리 깨지는 소리가 들려왔다. 무엇인지는 알 수 없지만 한두 개가 박살 난 게 아닌 듯했다.

곧이어 여자의 비명이 터져 나왔다.

24

한 시간 후, 앨버트 스템플은 CBI 본부의 구즈만 조직 대책본부 회의실 의자에 등을 붙인 채 앉아 있었다. 그의 체중에 눌린 의자가 삐걱거렸다.

나머지 요원들도 함께 자리하고 있었다. 두 스티브, 루와 포스터는 물론 지미 고메즈까지. 시사이드 임무를 마치고 돌아온 앨러턴도 참석해 있었다.

"어떻게 된 거예요?" 고메즈가 앨러턴에게 물었다. 그녀는 팔뚝에 붕대를 두르고 있었다.

"그 세라노 제보자 있죠? 집에 들어가보니 안쪽 침실에 덩치 큰 도베르만이 자고 있더라고요. 그놈이 갑자기 깨서는 우리에게 달려들었어요."

"개한테 물린 거예요?"

"피하다가 긁혔어요. 유리인지 자기인지 모를 허접한 테이블이 쓰러지면서 박살 나버렸거든요. 인과응보죠 뭐."

"앨버트, 설마 그 개를 쏘진 않았겠죠?" 고메즈가 겁에 질린 표정을 지어 보였다.

"말로 잘 타일렀어요."

포스터는 CHP 순찰대원과 통화 중이었다. "그건 그쪽 방식이지 우리 방식이 아니라고. 다 필요 없고, 우리가 시키는 대로만 해. 무슨 말인지 알아듣겠어? ······알았느냐고 묻잖아. ······알아들었어? ······좋아. 더 이상 짜증나게 하지 말라고."

그가 신경질적으로 전화를 끊었다.

인성이 왜 저 모양이지? 스템플은 생각했다. 그는 말로라도 그를 흠씬 두들겨 패고 싶었다. 하지만 그건 쉽지 않을 것이다. 한 성깔 하는 포스터와 붙었다가는 언쟁이 아니라 칼부림이 날지도 모른다.

포스터가 순찰대원와 격한 통화를 마치자 앨러턴이 입을 열었다. "제보를 받고 가봤지만 별 소득이 없었습니다. 세라노 시사이드 조직 말이에요."

고메즈가 물었다. "제보자가 누구였는데요?"

"페인터······. 그림 그리는 사람 말고 집에 페인트 칠해주는 도장공요. 이름은 토마스 아옌데. 한때 세라노랑 같이 일했던 적이 있답니다. 알아보니 사람들을 해골로 만드는 취미를 갖기 전까지 날품을 팔며 살았더군요."

포스터가 툴툴대며 말했다. "아무 소득이 없었다니, 그게 정확히 무슨 뜻입니까?"

"난 분명 **별** 소득이 없었다고 했는데요. 우리가 뭘 찾았는지 설명할게요."

우리.

아무도 눈치채지 못했다. 다들 그녀와 스템플일 거라 짐작하고 있었다.

하지만 진실을 알면 깜짝 놀랄걸.

다부진 체격의 앨러턴이 자리에서 일어나 문 앞으로 다가갔다. 그리고 밖을 흘끔 살핀 후 문을 닫았다.

고메즈가 인상을 찌푸렸다. 두 스티브는 말없이 그녀를 응시했다. "솔직히 말할게요. 나 혼자 다녀온 게 아니에요. 캐트린 댄스랑 같이 갔었어요."

"캐트린 댄스?" 고메즈가 물었다.

"어떻게 그럴 수 있었죠?" 포스터의 얼굴에 당혹스러움과 실망의 표정이 교차했다. 오묘한 조합이군. 스템플은 생각했다. "캐트린 댄스는 민사부잖아요. 내가 모르는 새 보직이 바뀐 겁니까?"

"바뀐 건 없어요." 앨러턴이 말했다.

"그럼 왜 따라간 거죠? 이번에도 일을 망쳐놓으면 어쩌려고요."

스템플이 두 다리를 쭉 뻗어 부츠 뒷굽을 리놀륨 바닥에 요란하게 떨어뜨렸다. 포스터는 그 소리를 듣지 못한 모양이었다. 듣고도 모른 척하고 있거나.

고메즈가 말했다. "스티브, 꼭 이럴 필요 없잖아요."

"꼭 이럴 필요가 없다고? 우리가 이 지경이 된 게 다 캐트린 때문이잖아."

앨러턴이 말했다. "같이 가고 싶다기에 내가 그러자고 했어요. 캐트린 댄스는 자신의 실수를 만회하고 싶어해요. 시사이드에서도 활약이 대단했고요. 스티브, 정말이에요. 직접 봤으면 그런 얘기 못할걸요."

"이미 봤어요. 세라노를 취조할 때. 아주 형편없던데요. 다들 같은 걸 보지 않았습니까?"

스템플이 허벅지의 흉터를 긁적거렸다. 새로 생긴 건 아니었다.

오래전 40구경 총알이 만들어놓은 흉터는 습도가 오르면 간지러워졌다.

"누구나 실수는 하기 마련입니다." 지미 고메즈가 말했다. 늘 상냥하던 그의 목소리에 짜증이 묻어났다.

잘했어, 지미. 스템플은 생각했다.

살리나스 경찰국 형사과장인 스티브 루가 말했다. "좋습니다. 캐트린 댄스가 다녀온 건 문제 삼고 싶지 않아요. 그 분야 전문가니까. 그래서 거기서 무슨 일이 있었던 겁니까?"

앨러턴이 설명을 이어갔다. "그 제보자, 한때 세라노와 함께 일한 적 있다는 도장공을 만났고, 그는 취조에 적극 협조했어요. 온갖 얘기를 늘어놓더라고요. 하지만 세라노와 연락이 끊어진 지 6개월이 넘었답니다. 난 그 말을 믿었어요. 모든 주장이 아주 그럴싸했거든요. 캐트린도 큰 도움이 됐다면서 고맙다고 했고요. 그러다가 갑자기 캐트린이 돌변했어요. 순식간에 말이에요. 그렇게 제보자의 거짓말을 속속 짚어냈고, 결국 그는 모든 걸 불었어요."

"쓸 만한 단서라도 건졌습니까?" 포스터가 툴툴대며 물었다.

"그는 세라노가 어디서 숨어 지내는지 모른다고 했어요. 뭐 그건 놀라운 일이 아니죠. 이미 지명수배가 된 상태니까. 하지만 그가 아직 이 지역에 머물러 있다는 소문을 들었답니다. 모두의 예상과 달리 다른 주로 튀지 않았대요." 앨러턴이 계속 이어나갔다. "그뿐 아니라 그는 또 다른 이름도 하나 던져줬어요."

"그게 누군데요?"

"티아 알론조. 얼마 전까지 세라노의 여자친구였다더군요. 수배가 되진 않았지만 조용히 숨어 지내고 있대요. 티제이 스캔런이 행방을 쫓고 있어요."

"피카소의 말이 사실일까요?"

"누구 말이죠?" 루가 물었다.

"그 페인터." 포스터가 한숨을 내쉬었다.

"캐트린은 그렇게 믿더군요. 나도 마찬가지고."

"그 알론조라는 아가씨는 언제쯤이면 찾을 수 있을까요?"

"티제이는 오래 걸리지 않을 거라고 했어요. 하루나 이틀이면 충분하다네요." 앨러턴이 대답했다.

"다행이군요."

"캐트린은 비공식적으로 함께 간 거였어요."

"그래서요?" 포스터가 말했다.

비밀리에…….

"오버비도 모르는 일이에요."

포스터가 말했다. "그러니까 캐트린 댄스가 비밀리에 시사이드의 제보자를 심문했다는 거죠?"

"네, 그렇게 됐어요."

"맙소사."

앨러턴이 말했다. "찰스의 입장은 이해하지만 우린 캐트린의 도움이 절실해요. 내가 원하는 건……."

포스터가 짜증을 내며 말을 끊었다. "그래서 오버비 몰래 이 팀에서 계속 활동하겠다? 비밀 요원으로?"

비밀리에…….

마침내 앨러턴이 폭발했다. "그래요, 스티브. 그게 바로 캐트린이 원하는 거예요. 난 그러라고 했고요. 그녀는 이 지역과 이곳 사람들을 누구보다도 잘 알아요. 그날 세라노에게 뒤통수 맞은 건 캐트린만이 아니었어요. 당신도 취조를 지켜봤으니 알잖아요. 다들 깜빡

속아 넘어갔던 거 잊었어요?"

그제야 포스터의 입이 다물어졌다.

"난 나쁘지 않다고 생각해요." 충직한 지미 고메즈가 짧게 깎은 머리를 끄덕이며 말했다.

"손해 볼 거 없지 않습니까." 루도 거들었다.

포스터가 스템플을 위아래로 훑어보았다. 스템플은 또다시 그를 박살 내고 싶은 충동을 느꼈다.

"자네는? 자네는 어떻게 생각하나?"

"저는 그냥 이 팀에서 힘만 쓰는 사람인데요. 제 의견이 중요한 건 아니지 않습니까."

포스터가 돌아서서 나머지 멤버들을 쳐다보았다. "다들 깊게 생각해본 거 맞습니까?"

"깊게?" 고메즈가 말했다.

"정말 진지하게 고민해봤어요? 네? 대안 A. 캐트린 댄스는 명령에 따라 이 팀에서 빠진다. 그리고 구즈만 조직과 세라노 사냥은 우리끼리 알아서 해결한다. 그녀가 물러나 있는 동안 세라노의 경거망동으로 곤란에 빠진다. 괜히 무고한 사람이 다치기까지 한다. 그런 상황이 와도 그녀는 끄떡없을 겁니다. 그냥 자기가 나서서 바로잡을 기회가 없었다고 하면 그만니까요. 아니면, 대안 B. 캐트린 댄스가 비공식적으로 팀에 복귀한다. 그리고 치명적인 실수를 저지른다. 그렇게 그녀의 커리어도 끝난다."

무슨 말이 하고 싶은 것인지 답이 나와버렸다.

침묵.

그가 또다시 물었지만 반응은 똑같았다.

"당신은요?" 앨러턴이 물었다.

포스터는 알아들을 수 없는 말을 웅얼거렸다.

고메즈가 말했다. "뭐라고요?"

"그래, 그래. 나도 합류했으니 이젠 일을 해야지." 그가 키보드 쪽으로 몸을 틀고 타자를 치기 시작했다.

25

세라노 추적 임무를 성공적으로 마친 후 캐트린 댄스는 솔리튜드크리크 사건으로 돌아갔다.

그녀는 국립범죄정보센터NCIC에 접속해 유사한 사건들을 찾아보았다. 범인이 과거에도 비슷한 범죄를 저질렀을지 모른다는 짐작 때문이었다.

NCIC는 6개월 전, 텍사스 주 포트워스에서도 솔리튜드크리크와 유사한 사건이 발생했음을 알려주었다. 어떤 남자가 소규모 컨트리 공연장인 프레리 밸리 클럽의 문들을 철사로 단단히 걸어 잠가놓고 뒷문 밖에 불을 지른 사건이었다. 그 참사로 두 명이 목숨을 잃고 수십 명이 크고 작은 부상을 입었다. 하지만 그녀의 사건과는 무관해 보였다. 그 사건의 범인은 망상적 조현병을 앓는 노숙자로, 범행 중 자신에게도 불이 옮겨붙는 바람에 목숨을 잃었다.

그녀는 일반 매체를 검색해 유사한 사건들을 찾아냈지만 최근 발생한 건 없었다. 그녀는 1980년대 뉴욕에서 일어난 해피랜드 사교 클럽 화재 사건에 대한 기사를 읽어보았다. 클럽에서 쫓겨난 남자가 휘발유를 가져와 불을 질렀을 때 불법 사교 클럽에는 수백 명의 사람들이 빽빽이 들어차 있었다. 그 사건으로 아흔 명에 가까운 피해자가 목숨을 잃었다. 압사한 사람은 의외로 적었다. 대부분 연기와 불길 속에서 정신을 잃고 쓰러졌기 때문이었다. 어찌나 순식간이었던지 손에 술잔을 쥐고 있거나 반듯한 자세로 의자에 앉은 채 발견된 시체들도 있었다.

압사 사건의 가장 전형적인 사례는 1913년, 미시건 주 캘루밋에서 발생한 이탈리안 홀 참사였다. 파업 중이던 광부 일흔여 명과 그들의 가족이 크리스마스 파티를 즐기던 중 압사했다. 누군가가 "불이야" 하고 외쳐댄 탓이었다. 화재 상황이 아니었음에도. 사람들은 채굴 회사 쪽에서 불을 질렀다고 믿었다.

돌발적인 압사 사고도 여러 건 찾을 수 있었다. 그중에서도 스포츠 경기장에서 일어나는 사고가 특히 위험했다. 그녀의 아버지가 직접 목격했다는 영국 셰필드의 힐스버러 참사처럼. 축구는 가장 위험한 스포츠였다. 칠레의 국립 경기장에서 성난 팬이 주심을 공격하는 사건이 발생했을 때는 신속히 출동한 경찰을 보고 흥분한 관중이 동요하면서 무려 삼백여 명이 목숨을 잃었다. 1985년 유러피언 컵 결승전이 열린 벨기에의 헤이젤 경기장에서는 라이벌인 유벤투스 응원석으로 몰려가던 리버풀 팬 마흔 명가량이 압사하기도 했다. 그 참사로 영국 축구팀들은 다년간 유럽 대항전에 참가할 수 없게 되었다.

하지만 그보다 더 치명적인 것은 종교 행사장에서의 압사 사고였다.

이슬람 성지 순례인 하지 기간 동안 서로 깔리고 밟혀 사망한 신자의 수가 무려 수천 명에 달했다. 악마에게 돌을 던지는 순서에서 특히 많은 사망자가 발생했고, 유사한 사고도 여러 건 검색되었다.

댄스는 책상에 수북이 쌓여가는 문서들을 빠르게 훑었다. 포스터의 경솔함이 불러온 보고들이었다. 수백 명에 달하는 키 큰 갈색머리 남자들이 수난을 당했다. 쏟아져 들어오는 제보들은 죄다 쓸모가 없었다. 화요일 밤 솔리튜드크리크 현장에 있었던 사람들도 그럴듯한 단서 하나 제공하지 못했다.

그날 저녁 6시, 그녀는 자신이 같은 보고서를 반복해서 훑고 있다는 사실을 깨달았다.

댄스는 가방을 들고 주차장으로 나갔다. 그리고 삼십 분 후 집에 도착했다. 존 볼링이 현관에 나와 그녀를 맞았다. 그는 그녀에게 키스하고 화이트 와인이 담긴 잔을 건넸다.

"이게 필요했죠?"

"역시 잘 아는군요."

댄스는 침실로 들어갔다. 오늘 밤에는 보관 상자에 넣어둘 총이 없다. 그녀는 샤워를 하고 옷부터 갈아입기로 했다. 사건 파일을 책상에 내려놓고 옷을 벗은 후 뜨거운 물줄기를 맞았다. 그날 그녀는 시네플렉스 외 다른 범죄 현장에 발을 들이지 않았다. 그리고 시네플렉스에는 실제 범죄도, 피해자의 시체도, 그 어떤 잔혹한 흔적도 없었다. 그럼에도 솔리튜드크리크 범인은 그녀에게 불결한 기분을 남겼다.

그녀는 수건으로 몸의 물기를 닦았다. 침대에 쓰러져 눈을 감고 있다가 삼 분 후 다시 벌떡 일어났다. 청바지와 검은 티셔츠, 진한 황록색 스웨터를 차례로 입었다. 신발은? 흠. 그녀는 장난기가 살짝 발동했다. 줄무늬가 들어간 알도 브랜드를 신어볼까. 유치하게. 좋았어.

그녀는 아래층으로 내려가 주방으로 들어갔다.

"안녕, 얘들아."

청바지와 '피니와 퍼브'가 그려진 티셔츠를 입은 매기가 고개를 끄덕했다. 아이는 또 어두운 얼굴을 하고 있었다.

"괜찮니?"

"네."

"오늘은 뭐 하고 놀았어?"

"뭐 이것저것 했어요."

아이는 서재로 쏙 들어가버렸다.

무슨 일이지? 정말 장기 자랑 때문에 저러는 건가? '렛 잇 고'는 쉬운 곡이 아니지만, 매기가 저토록 두려워할 정도는 분명 아니었다. 아이는 가사도 모른다고 잡아뗐지만 댄스는 딸이 연습을 충분히 했다는 사실을 알고 있다.

뭔가 다른 문제가 있는 건가? 이제 아이는 호르몬에 휘둘려 다양한 신체적 변화를 겪을 나이가 되었다. 어쩌면 변화는 이미 시작되었는지도 몰랐다.

벌써 사춘기에 접어들었나?

맙소사…….

그게 아니면 아빠의 죽음이 원인일지 모른다는 오닐의 짐작이 맞았던 걸까?

하지만 매기는 그 문제에 무심한 태도를 보여왔다. 아빠 이름이 언급될 때도 특별히 반응하거나 동작학적 메시지를 내보인 적이 없었다. 물론 동작학은 아직 불완전한 과학 분야다. 댄스는 증인과 용의자를 분석하는 데에는 탁월했지만 정작 가족과 친구들을 앞에 두고서는 그 능력을 제대로 발휘하지 못했다.

그녀는 서재로 따라 들어가 긴 소파에 앉았다.

"매기, 기분이 좀 어때?"

"괜찮아요." 매기가 수상쩍어하는 표정을 지어 보였다.

"요즘 들어 침울할 때가 많은 것 같아. 엄마에게 뭐 하고 싶은 얘기 없어?"

"침울한 게 아니에요." 아이가 《해리 포터》를 펼쳐 들었다.

"그럼 좀 생각이 많아진 건가?" 댄스가 살짝 미소를 지었다.

"아무 문제 없어요."

그녀는 마이클 오닐이 부르려 했던 영화 주제곡 '모든 게 끝내줘'를 떠올렸다. 그 영화 속 모든 건 전혀 끝내주지 않았다. 지금 매기의 기분처럼.

그녀는 어린 딸의 마음을 열어보려 한두 번 더 시도해보았지만 끝내 실패하고 말았다. 적절한 기회가 찾아올 때까지 기다리는 수밖에.

댄스는 틀에 박힌 당부를 늘어놓는 것으로 대화를 끝냈다. "엄마에게 하고 싶은 말이 있으면 언제든 와서 얘기해줘. 안 그러면 엄마가 괴물로 변해버릴지도 몰라. 너도 알지? 엄마 괴물이 얼마나 무시무시한지?"

댄스의 미소에도 아이는 무반응이었다.

댄스는 딸의 머리에 살짝 입을 맞추고 일어났다. 매기는 엄마의 키스를 거부하지 않았다. 댄스는 덱으로 나갔다. 볼링이 프로판 히터 아래 앉아 있었다.

그들은 그녀가 부담을 느끼지 않는 선에서 사건에 대해 의견을 나누었다. 그다음 그에게로 화제를 돌렸다. 그가 작업 중인 프로젝트, 그가 작성한 새 코드, 그리고 대학생들이 제때 과제를 제출하지 않는 이유에 대해.

"평계를 써내라고 해서 채점해보고 싶어요. 모르긴 해도 A 플러스가 수두룩하게 나올걸요."

댄스는 덱 가장자리에 앉아 게임을 하는 웨스와 그의 두 친구들을 바라보았다. 그녀는 도니를 알아봤지만 다른 한 소년의 이름이 생각나지 않았다.

그녀가 볼링에게 속삭였다. "저기, 저 애는……?"

"네이선."

"아."

네이선은 친구들보다 키가 크고 체격이 다부졌다. 처음 이곳을 찾았을 때는 머리에 스타킹 캡*을 쓰고 있었다. 댄스가 모자에 대해 말하려 했을 때 갑자기 도니가 눈을 휘둥그레 뜨고 나섰다. "야, 이러면 안 되지. 예의를 차리라고."

"아, 죄송합니다." 그렇게 사라진 모자는 두 번 다시 볼 수 없게 되었다.

소년들은 자기들이 직접 만든 게임에 푹 빠져 있었다. 기억이 틀리지 않았다면 게임의 이름은 '방어와 대응 원정 서비스Defend and Respond Expedition Service'였다. 보나 마나 총을 갈겨대는 게임일 테지만 그녀는 우려하지 않았다. 어차피 종이와 펜으로 즐기는 보드게임일 뿐이니까. 사내아이들이 전쟁놀이에 몰입하는 건 지극히 자연스러운 일이다. 댄스가 걱정하는 것은 아이들에게 해로운 비디오 게임과 영화였다. 그리고 TV 프로그램. 케이블은 특히 골칫거리였다. 언젠가 웨스와 도니가 〈브레이킹 배드〉를 봐도 되는지 물어

---

* 겨울 스포츠용으로 쓰는 술 달린 원뿔꼴 털실 모자.

211

본 적이 있었다. 댄스는 사전 검열을 핑계로 문제의 드라마를 찾아 시청했고, 그길로 팬이 되어버렸다. 하지만 산(酸)에 녹아버린 시체가 천장에서 떨어지는 장면을 보고서는 결심을 굳혔다. 안 돼. 앞으로 몇 년간은 절대 안 돼.

하지만 종이와 펜을 이용해 즐기는 게임이라면? 그게 해로워봤 자지 뭐.

"너희 여기서 저녁 같이 먹을래? 부모님께 여쭤봐줄까?"

도니가 말했다. "고맙지만 전 집에서 먹을게요, 댄스 아줌마."

"네, 저도요." 네이선이 말했다. 소년의 얼굴에는 난처함과 죄책 감의 표정이 교차했다. 사춘기 아이들의 전유물이 돼버린 표정.

"자, 그럼 다들 집에 돌아갈 준비해. 우린 곧 저녁을 먹을 거야."

"네." 도니가 말했다.

그녀가 아들을 돌아보았다. 친구들이 보는 앞에서 웨스를 '얘야' 라고 부를 수는 없었다. "웨스, 존과 대화하다가 라시브 얘기가 나 왔는데, 너 이젠 걔랑 안 노니?"

잠시 어색한 침묵이 흘렀다. "라시브?"

"괜찮은 애였는데. 오랫동안 안 보여서 말이야."

"저도 모르겠어요. 걘 좀…… 다른 애들이랑 어울려 다녀요."

댄스는 아쉬운 마음이 들었다. 존 볼링이 인도계 미국인인 것 같 다고 한 라시브는 똑똑하고 예의 바른 소년이었다. 좋은 영향을 주 는 친구가 될 수도 있었는데. 어느덧 웨스는 중학생이 되었고, 언제 든 탈선할 수 있는 나이가 돼버렸다.

"나중에 보게 되면 꼭 안부 전해줘."

"네."

웨스의 친구들이 떠난 후 댄스는 매기를 불러 함께 저녁을 준비했다. 메뉴는 홀푸드에서 사온 초밥, 닭고기 구이, 으깬 감자, 껍질 콩, 그리고 크랜베리와 정제불명의 씨앗에 치즈와 크루통*을 넉넉히 넣은 샐러드.

볼링은 식탁을 차렸다.

댄스는 볼링을 지켜보았다. 그녀의 머릿속은 그들 두 사람에 대한 생각으로 가득 찼다.

그와 함께하는 시간은 그녀와 아이들에게 적잖은 위안을 주었다. 모텔에서 두 사람만의 오붓한 시간을 보내는 것도 나쁘지 않았다. (그는 아이들이 있을 때는 절대 이곳에서 자고 가지 않았다.) 그에 대한 모든 게 만족스러웠다.

하지만 캐트린 댄스가 사별의 아픔을 겪은 건 오래전 일이 아니었다. 그녀는 늘 자신의 심장에 귀를 기울여왔다. 언제 잠재의식이 신호를 보내며 그들의 관계를 망칠지 모른다. 볼링은 빌이 떠난 후 캐트린이 처음으로 호감을 느낀 남자였다. 그녀는 마음의 평안을 위해, 무엇보다도 아이들을 위해 최대한 신중하고 싶었다. 아이들은 그녀와 볼링의 항해에 길잡이가 돼주는 북극성과 같은 존재였다. 댄스는 어떻게든 그들 사이에서 중심을 잘 잡아야 했다. 언제라도 스피드 브레이크**를 펼칠 준비가 되어 있어야 했다.

그녀는 통에서 떠낸 감자를 그릇에 담으려다 말고 골똘히 생각에 잠겼다. 내가 볼링과의 관계에 저속 기어를 건 또 다른 이유가 있는 건가?

그가 테이블에서 눈을 떼고 그녀를 쳐다보았다. 시선이 맞닿는 순간 그의 얼굴에 미소가 번졌다. 그녀도 그에게 미소를 보냈다.

* 수프나 샐러드에 넣는, 바삭하게 튀긴 작은 빵 조각.
** 비행 중이나 착륙 시 감속하기 위한 보조 날개.

"저녁 준비 끝!" 그녀가 큰 소리로 말했다.

웨스가 달려와 냉장고에서 주스를 꺼냈다.

"휴대폰 치워. 문자 보내는 것도 안 돼."

"엄마, 잠깐이면……."

"어서. 문자 보내면서 주스를 어떻게 따르려고?"

툴툴대던 웨스의 눈이 이내 휘둥그레졌다. 좋아하는 감자 요리를 발견한 것이다. "야호!"

모두 자리에 앉자 매기가 입을 열었다. "식전 기도 할까요?"

뜻밖이었다. 댄스 가족은 독실한 집안이 아니었다.

"원한다면 해도 돼. 특별히 감사할 게 있니?"

"감사요?"

"식전 기도는 신께 감사하다는 인사를 드리는 기도야."

"아." 아이가 말했다. "뭔가 바라는 게 있을 때 하는 기도인 줄 알았어요."

"식전 기도는 그런 게 아니야." 볼링이 설명했다. "바라는 건 따로 기도하면 되고, 식전 기도는 누군가에게 고마움을 표하기 위해 하는 거야."

"바라는 게 뭔데?" 댄스가 딸의 무표정한 얼굴을 보았다.

"아무것도 없어요. 그냥 궁금했던 거예요. 버터 좀 건네주세요."

26

안티오크 마치는 피셔맨스 워프Fisherman's Wharf에 자리한 레스토
랑으로 걸어 들어가 창가 테이블을 차지하고 앉았다.

여긴 존 스타인벡의 《통조림공장 골목*》 시절에는 정말 끝내줬
겠군.

그는 파인애플 주스를 주문하고 선불폰 화면을 또다시 들여다보
았다. 그가 기대하는 소식은 아직 없었다.

마치는 찐 채소를 곁들인 오징어 스테이크를 주문했다.

"죄송합니다만 튀김도 괜찮으세요? 아무래도 주방장이……."

"괜찮아요. 그렇게 줘요."

또다시 주스 한 모금. 그가 운동 가방을 열고 지도와 내일 계획을
정리한 노트들을 슥 훑어보았다. 영화관에는 들어가지 못했고, 아
까운 하루가 허비되고 말았다. 하지만 이번 계획도 흠잡을 데 없이
좋았다. 아니, 오히려 영화관 작전보다 훨씬 나았다.

---

* 미국의 대공황시대, 캘리포니아 몬터레이의 '통조림공장 골목'으로 알려진 캐너리 로 거리를 배경
으로 한 소설.

그는 레스토랑을 찬찬히 둘러보았다. 누가 알아볼 걱정은 하지 않았다. 그의 외모는 보도를 통해 소개된 용의자 인상착의와 완전 딴판이었다. 경찰이 그 내용을 비밀로 남겨두지 않고 대뜸 공개해버린 건 그에게 큰 행운이었다. 만약 영화관 직원이 다르게 대처했다면 지금쯤 그는 감옥에 갇혀 있었을 것이다.

죽었거나.

그는 가까이에 앉은 한 가족을 유심히 지켜보았다. 부모와 십 대 아이 둘. 모두 실망한 기색이 역력했다. 사실 부두는 보잘것없었다. 쇼핑을 제외하면 할 게 없었다. 아이들이 탈것이라고는 조가비 기념품 가게 밖의 우주선뿐이었다. 50센트를 넣으면 위아래로만 슬슬 움직이다 마는.

가족…….

안티오크 마치의 아버지는 세일즈맨이었다. 미국산 공업용 부품을 팔러 다니는 순회 외판원. (솔직히 중국에서 제조된 자그마한 부품들도 약간 섞여 있었지만, 정치적으로 보수적이었던 아버지는 그 사실을 굳이 밝히지 않았다.)

그는 주문한 음식이 나오자 게걸스럽게 먹기 시작했다. 그날 맥모닝으로 끼니를 때운 후 처음 접하는 음식이었다.

마치의 아버지는 집에 붙어 있는 법이 없었다. 그건 어머니도 마찬가지였다. 아버지처럼 전국을 순회했기 때문은 아니었다. 어머니는 일을 많이 했다. 어린 마치도 그 내막을 대충 짐작할 수 있었다. 퇴근 시간은 분명 5시였지만 어머니는 늘 7시 30분에서 8시 사이에 귀가했다. 오자마자 누군가의 애프터셰이브 로션 냄새를 지우기 위해 샤워부터 했고, 아래층에 내려와서는 아들에게 학교에서 별일 없었는지 물으며 저녁을 준비했다.

매일 그랬던 건 아니었다. 하지만 그럴 때가 매우 잦았다. 마치는 어머니가 어디서 무얼 하든 개의치 않았다. 그에게는 게임이 있었으니까.

"오징어 요리 괜찮으세요?" 젊은 웨이트리스가 다가와 진심으로 궁금하다는 듯 물었다.

"맛있어요."

그 말에 그녀의 얼굴에 미소가 떠올랐다.

마치는 그것이 자신으로 하여금 친구들보다 훨씬 더 게임에 집착하게 만들었다고 믿었다. 늘 밖으로만 도는 아버지. 나름의 방법으로 욕구를 해소하는 어머니. 덕분에 어릴 적 그에게는 자유 시간이 넘쳐났다. 그는 혼자 게임으로 무료함을 달랬다.

자, 세레나.

조금 더 가까이 와봐, 세레나.

내가 널 위해 뭘 준비했는지 보라고, 세레나⋯⋯.

저녁마다 잠옷 차림으로 누워 엄마나 아빠가 《반지의 제왕》을 읽어주는 어린 시절을 보냈다면 지금과는 다른 삶을 살았을까?

조금도 아쉽지 않았다. 물론 '마키아티카키스'가 '마치'로 줄어들긴 했지만 '안티오크'는 그대로이지 않은가.

앤디로 불리는 걸 선호하기는 했지만.

어쩌다 보니 그는 아버지의 길을 고스란히 따르게 되었다. 방랑자의 삶. 비즈니스맨의 삶. 어떤 면에서는 그 또한 세일즈맨이나 다름없다.

웹사이트에 고용된 직원.

사장을 섬기는 일꾼.

겟The Get.

그는 그 표현을 처음 만들었던 순간을 생생히 기억하고 있었다. 대학. 하이드파크, 시카고 대학교, 시험 기간. 그는 이미 몇몇 과목에서 좋은 성적을 거두었다. 나머지 과목도 자신 있었다. 준비는 완벽했다. 하지만 그는 끝내 침대에서 나오지 못했다. 그는 식은땀을 뻘뻘 흘리며 어금니로 볼 안쪽 살을 잘근잘근 씹어댔다. 마음을 진정시키기 위해 게임도 해보고 TV도 보았지만 아무 소용이 없었다. 마침내 그는 포기하고 교과서를 집어 들었다. 《심리적 원형의 토대로서의 고전 세계 속 신화들》. 그가 시험공부를 하며 몇 번에 걸쳐 완독한 책이었다. 하지만 그동안 한 번도 눈에 띄지 않던 무언가가 그의 시선을 끌었다. 오이디푸스 이야기에서 아들이 아버지를 죽이고 어머니와 동침하는 부분. 거기서도 오이디푸스를 '이오카스테 왕비와 라이오스 왕의 겟'이라고 표현한 곳.

겟…….

이게 무슨 뜻일까?

그는 사전을 펼쳐들었다. 사전적 의미는 '자식'이었다.

극도의 불안감에 시달리면서도 웃음을 참지 못했다. 그 표현은 그가 처한 상황과 완벽히 맞아떨어졌다. 그의 몸속에서 만들어진 무언가가, 그가 직접 빚어낸 무언가가 그에게 달려들고 있었다. 오이디푸스가 아버지와 어머니를 차례로 파괴한 것처럼.

흥미로운 말장난이기도 했다. 정체를 알 수 없는 그 느낌은 젊은 안티오크 마치에게 마음의 평안을 얻기get 위해서라면 무슨 일이든 가리지 말고 저지를 수 있어야 한다고 강조했다.

그날 그는 자신의 갈망, 결핍, 그리고 바짝 곤두선 신경에 이름을 붙여주었다.

겟The Get.

그는 일생 동안 꿈틀대는 그것을 느껴왔다. 평소에는 잠잠했지만 가끔씩 강렬히 솟구쳐 오를 때가 있었다. 영원히 그와 함께할 운명이었다. 그의 안에 잠든 겟은 언제든 깨어날 준비가 되어 있었다.

그가 아니라, '그것'이 원할 때. 그에게는 어떠한 권한도 없었다.

만약 겟을 만족시키지 못하면 반드시 그 대가를 치러야 했다.

행복하지 않았어…….

그는 정신과를 찾아 이 문제를 상의한 적이 있다. 의사들은 그의 상태를 제대로 파악했다. 비록 그것을 다른 이름으로 불렀지만. 그들은 상세한 설명을 듣고 싶어했다. 하지만 그러려면 세레나와 교차로와 터드에 대해서도 털어놓아야 한다. 추호도 그러고 싶지 않았다. 그들이 처방해준 약을 먹고 싶지도 않았다. (자칫 겟을 노하게 만들 수도 있었으니까. 상상조차 하고 싶지 않은 일이다.)

마치는 업무를 보는 동안만큼은 최대한 절제하려 애썼다. 하지만 겟은 안절부절못하고 제자리를 빙빙 맴돌았다. 아시아인 일가족의 죽음도, 영화관 참사도, 전부 그 자신이 원했던 게 아니었다.

젠장, 이젠 또 뭐지? 그가 쾌활한 웨이트리스를 손짓해 불렀다.

"조니 워커 블랙. 얼음 없이."

"네. 식사는 다 하셨어요?"

"네."

"상자 드릴까요?"

"네?"

"댁에 싸 가실 수 있게요."

"아뇨." 이따금 겟은 그로 하여금 무례하게 굴도록 만들었다. 그의 얼굴에 미소가 머금어졌다. "아주 맛있게 먹었어요. 고마워요."

주문한 술이 나왔다. 그는 위스키를 홀짝였다. 그의 시선이 주위를 찬찬히 훑었다. 직장인으로 보이는 여성이 그를 흘끔 돌아보았다. 아이패드를 벗 삼아 저녁을 먹는 그녀 앞에는 그레이프프루트색 와인 한 잔이 놓여 있었다. 서른다섯 살쯤 되어 보이는 그녀는 통통한 몸집에 얼굴이 예쁘장했다. 접시에 담긴 아티초크를 먹는 모습이 칼리스타만큼이나 관능적이었다. (음식과 섹스는 떼려야 뗄 수 없는 관계다.)

하지만 그의 시선은 이내 그녀의 눈길을 피해 다른 쪽을 향했다.

안 돼. 오늘 밤은 아니야.

과연 내게도 저 여자 같은 사람과 결혼해 가정을 꾸리는 날이 오기는 할까? 저 여자 이름은 뭘까? 산드라? 마시? 아니, 조앤일 거야. 그래, 조앤. 수많은 칼리스타와 티파니들에게 질려버리면 그때 조앤을 내 여자로 만들어야지.

마치는 조각 같은 얼굴을 무기 삼아 원한다면 얼마든지 볼에 버터를 살짝 묻힌 채 아티초크와 와인으로 저녁을 때우고 있는 조앤에게 접근할 수 있었다. 내일 저녁에는 첫 데이트, 한 달 후에는 주말여행, 일 년 후에는 결혼. 충분히 가능한 시나리오였다. 그러면 거뜬히 해낼 수 있었다.

하지만 문제가 있었다.

겟이 내켜하지 않는다는 것.

겟은 그의 사회생활과 연애생활, 가정생활을 허용하지 않았다.

그는 **솔리튜드크리크**에서의 범행을 떠올려보았다.

그게 징조는 아니었을까? 그러나 아이러니하게도 안티오크 마치는 징조 따위를 믿지 않았다.

고독Solitude......

가족은 떠날 준비를 하고 있었다. 그들은 휴대폰과 해달 초콜릿

220

봉지와 내일 아침 쓰레기통에 처박힐 남은 음식을 챙겼다. 아버지는 자동차 열쇠를 꺼내 들었다. 플라스틱 커버에 싸인 열쇠들은 짤랑거리지 않았다.

사색적인 분위기 속에서 그는 자신도 모르게 교차로를 떠올렸다.

세레나도 어느 정도는 그의 인생에 영향을 끼쳤지만 교차로만큼은 아니었다. 36번 고속도로와 모킹버드 가가 만나는, 악취 진동하는 중서부의 교차로. 그곳에서 벌어진 일은 그의 인생을 송두리째 바꾸어놓았다.

짐 삼촌의 장례식에서 돌아오던 길.

'내 주를 가까이 하려함은……'

'주 예수 안에 동서나……'

열정이 조금도 느껴지지 않는, 밋밋하고 특징 없는 개신교 찬송가들. 차라리 바흐나 모차르트를 듣는 편이 낫지. 마치는 어릴 적부터 그렇게 생각해왔다.

회사 차인 포드 안은 조용했다. 그의 아버지는 모처럼 집에 돌아와 있었다. 어머니는 모처럼 아내 역할을 충실히 수행 중이었고. 음울한 분위기가 감도는 11월의 고속도로. 구불구불한 도로 양옆으로 회색 안개로 뒤덮인 소나무 숲이 한없이 펼쳐져 있었다. 간간이 눈에 띄는 자작나무는 살을 갓 발라낸 뼈처럼 하얬다.

그리고 굽잇길이 나타났다.

어머니가 숨을 헐떡이며 새된 비명을 질렀다.

차가 미끄러지면서 그의 몸이 문에 부딪쳤다. 마침내 브레이크가 걸리고…….

"손님?"

마치가 눈을 깜빡였다.

"여기 있습니다, 손님." 웨이트리스가 계산서를 그의 앞에 내려놓았다. "맨 밑에 간단한 설문조사가 있어요. 추첨을 통해 가족 식사권을 드립니다. 꼭 응해주세요."

마치는 속으로 웃었다.

가족 식사권.

그는 돈을 꺼내 내밀었다. 오늘 이곳을 떠나면 두 번 다시 돌아오지 않을 거라는 말은 굳이 하지 않았다.

마치가 고개를 들었을 때 가족은 이미 레스토랑을 나가버린 후였다.

내일은 바쁜 하루가 될 것이다. 이제 모텔로 돌아갈 시간이다.

그의 휴대폰이 진동했다. 이메일이 도착했다는 신호였다.

드디어.

교통국 체크를 담당하는 상업 서비스 업체. 그가 기다렸던 답.

표적으로 삼았던 멀티플렉스 근처에 차를 세워놓고 에그 맥머핀과 커피로 허기를 달랬던 아침, 마치는 현장에 출동한 순찰차 여러 대와 회색 닛산 패스파인더를 보았다.

순찰차들에서 제복 경관과 스포츠 코트 차림 남자들이 우르르 내렸다. 하지만 그의 시선을 확 잡아끈 것은 다름 아닌 패스파인더 운전자였다. 번호판도 평범했고 공무용 차로 보이지도 않았다. 아이들을 자랑하는 범퍼 스티커도, 그 흔한 익투스*도 찾아볼 수 없었다. 자가용이라는 뜻이었다.

하지만 운전자는 공무를 보고 있는 게 분명했다. 경관들 앞으로 당당히 걸어나가는 그녀의 태도만 봐도 알 수 있었다. 그녀의 질문

---

* 기독교의 상징. 두 개의 곡선을 겹쳐 만든 물고기 모양이다.

을 받은 그들이 바짝 긴장하는 모습만 봐도. 그녀의 눈빛이 부담스러운지 그들은 가끔 시선을 멀리 돌렸다. 마치는 멀리 떨어져서도 그녀의 강렬한 눈빛을 똑똑히 확인할 수 있었다.

그녀의 반듯한 자세. 마치는 본능적으로 그녀가 자신을 쫓고 있는 수사관이라는 걸 깨달았다.

그는 조사 끝에 패스파인더의 주인이 캐트린 댄스라는 사실을 알게 되었다.

멋진 이름인데. 아주 흥미로워.

그는 또다시 그녀를 머릿속에 그려보았다. 그의 복부에서 야릇한 기분이 느껴졌다. 겟이 꿈틀대고 있다. 그것 역시 댄스라는 여자에 대해 무척 궁금해하고 있다. 그들 모두 그녀에 대해 더 깊이 알고 싶었다. 아니, 그녀의 **모든 걸** 알고 싶었다.

예방책
PRECAUTIONS

4월 7일, 금요일

27

"왔다 하면 쏟아지네요.*" 마이클 오닐이 댄스의 사무실로 들어서며 말했다.

그녀 책상 맞은편에 앉아 있는 티제이 스캔런이 건장한 형사를 올려다보았다. "난 그런 표현을 이해 못 하겠어요. 뭐 이런 뜻인가요? '여긴 사막이다. 그래서 비가 내리지 않는다. 하지만 아주 가끔 폭우가 쏟아질 때가 있다. 그럴 땐 홍수가 난다. 왜냐하면 땅에 식물이 없으니까.'"

"글쎄요. 난 그냥 일이 쏟아진다는 의미로 한 말이었어요."

"비 때문에요?" 티제이가 물었다.

"살인 사건 때문에."

"오, 그렇군요." 티제이는 가끔 유쾌함과 건방짐 사이에서 줄타기를 할 때가 있다.

"실종된 농부 말인가요? 오토 그랜트?" 댄스는 주정부가 토지 수

---

* When it rains, it pours. 안 좋은 일은 겹쳐서 일어난다는 속담.

227

용권을 행사한 후 정신이 나가버린 그가 자살을 했을 가능성이 높다고 생각했다. 오랫동안 가족의 소유였던 농장을 잃었으니 마음고생이 얼마나 심했을까. 얼마 전, 그녀와 아이들은 슈퍼마켓에서 그랜트의 사진이 붙은, 눈에 확 띄는 노란 포스터를 보았다.

실종자를 찾습니다.

오닐이 고개를 저었다. "아뇨, 그게 아니라 또 다른 사건이에요." 그가 댄스에게 현장 사진 대여섯 장을 건넸다. "제인 도*. 오늘 아침 카브릴로 비치 여관에서 발견됐어요."

몬터레이 북부의 싸구려 모텔, 댄스도 아는 곳이었다.

"지문 조회는 허탕이었어요."

납빛으로 변한 여자의 피부를 보니 숨진 지 일고여덟 시간 만에 발견되었음을 짐작할 수 있었다. 얼굴은 예쁘장했다. 아니, 예쁘장했던 것 같았다.

"사인은?"

"질식사였어요. 비닐봉지와 고무줄을 사용했더군요."

"강간?"

"아뇨. 어쩌면 성도착 행위를 하다가 변을 당했는지도 몰라요."

댄스는 고개를 저었다. 정말? 죽음까지 불사하면서? 대체 그렇게 얻은 오르가슴이 어떤 기분이기에.

"우리 내부 통신망에도 올려놓을게요." 티제이가 말했다. CBI 내 모든 사무실에 사진이 전송되면 안면 인식 시스템을 통해 데이터베이스를 조회할 것이다.

"고마워요."

---

* 신원미상의 여성에 붙이는 이름.

티제이가 사진을 스캔하러 나갔다.

오닐의 설명이 이어졌다. "남자친구가 유부남일 겁니다. 패닉에 빠져 그녀의 가방을 챙겨 달아났겠죠. 인근에 설치된 카메라를 살펴보는 중입니다. 운이 좋으면 차 종류와 번호판을 확인할 수 있을 거예요."

"왜 침대에 누워 있지 않았을까요? 아무리 변태들이라도 지저분한 모텔 방바닥에서 섹스를 하진 않았을 텐데요."

오닐이 말했다. "그래서 아까 성도착 행위를 언급했을 때 '어쩌면'이라고 덧붙였던 거예요. 손목에 남은 자국을 보니 위에서 눌린 것 같아요. 그녀가 죽어가고 있을 때 말이죠. 어쩌면 그것도 그들 게임의 일부였는지도 모르고요. 일단은 모든 가능성을 고려해보려 합니다."

"그럼, 솔리튜드크리크 사건은요?" 그녀가 조심스레 물었다. 새로운 사건이 그에게 영향을 미칠까 걱정이 됐다. 그것이 사고였든 의도적인 범행이었든.

"걱정 말아요. 갑자기 일이 늘어나서 푸념을 했을 뿐이에요."

"아직도 혐오범죄를 맡고 있어요?"

"네." 그가 얼굴을 찡그렸다. "또 다른 사건이 있었어요."

"또? 이번엔 누가 당했나요?"

"또 다른 게이 커플이에요. 퍼시픽그로브 출신의 두 남자가 당했어요. 당신 집에서 얼마 떨어지지 않은 곳이더군요. 라이트하우스 가에 있는 집에 누군가가 창문에 돌을 던지고 달아났어요."

"용의자는요?"

"없어요." 그가 어깨를 으쓱였다. "하지만 걱정 말아요. 아무리 바빠도 솔리튜드크리크 사건에서 빠지지 않을 테니까."

그의 시선이 댄스의 의자에 놓인 신문으로 돌아갔다. 1면에는 브래드 대넌의 사진이 큼지막하게 실려 있었다. 사진 속 소방관은 양복 차림이고, 옷깃에는 미국 국기를 달았다. 그는 아시아계 미국인 기자와 함께 소파에 앉아 있었다.

영웅 소방관, 참혹했던 솔리튜드크리크의 악몽을 말하다.

"이 친구 면담해봤어요?" 오닐이 물었다.

그녀가 고개를 끄덕이고는 씁쓸한 미소를 지어 보였다. "네. 이 친구의 자아와도 얘길 나눠봤고요."

"적어도 둘 중 하나는 협조적이었겠죠?"

"부상자들을 돕느라 정신이 없었어요. 그땐 거기가 범죄 현장이라는 것도 몰랐고요."

"세라노를 찾으러 시사이드에도 다녀왔죠?"

"네."

"그 일은 어떻게 됐나요?" 그가 조심스레 물었다.

"진전이 조금 있었어요." 그녀는 서둘러 화제를 돌리고 싶었다.

그때 그녀에게 전화가 걸려왔다. "캐트린 댄스입니다."

"저…… 댄스 요원님. 저 트리시 마틴이에요."

솔리튜드크리크에서 숨진 미셸 쿠퍼의 딸.

"그래, 트리시. 안녕?" 그녀가 오닐을 흘끔 돌아보았다. "어떻게 지냈니?"

"잘 지내진 못했어요. 아시잖아요."

"많이 힘들지?"

그녀는 빌이 세상을 떠났을 때를 떠올렸다. 그 직후 얼마나 힘들었는지.

당연히 힘들겠지. 어떻게 아무렇지 않을 수 있겠어?

"저도 뉴스에서 봤어요. 범인이 다른 데서 또 같은 일을 벌이려고 했다면서요?"

"아마 그랬던 모양이야."

잠시 무거운 침묵이 흘렀다.

"제게 물어볼 게 있으신가요?"

"그날 밤 네가 뭘 봤는지 궁금해."

"알았어요. 저도 돕고 싶어요. 그 개자식을 잡는 데 도움이 돼드리고 싶다고요."

"고마워."

"하지만 지금은 곤란해요. 아빠가 곧 돌아오시거든요. 여긴 엄마 집이에요. 아빠가 돌아오시면 누구와도 통화할 수 없을 거예요."

"지금 페블 비치에 있지?"

"네."

"운전할 줄 아니?"

"그럼요."

"포레스트 가에 있는 베이글 베이커리에서 만날까? 거기 어딘지 알아?"

"네. 이만 끊을게요. 아빠가 돌아왔어요. 안녕히 계세요." 그녀가 다급하게 말했다.

딸깍.

28

트리시는 울고 있던 모양이었다.

댄스는 그 사실을 숨기려 하지 않는 소녀가 기특했다. 화장기 없는 얼굴, 먼 곳을 보는 눈동자. 볼에는 눈물 자국이 선명히 남아 있었다.

트리시 마틴은 베이글 베이커리의 안쪽 구석 자리에 앉아 있었다. 벽에는 원시적인 느낌의 아크릴화가 걸려 있었다. 거북을 유심히 쳐다보는 개. 미대생의 작품이라는 설명이 붙어 있었다. 벽에 걸린 열 점 남짓한 작품 중 하나였다. 댄스와 아이들은 이곳을 자주 찾았고, 이따금 마음에 드는 그림을 구매하곤 했다. 그녀는 지금 개와 거북 그림에 단단히 꽂혀 있었다.

"안녕."

"안녕하세요." 트리시가 말했다.

"좀 어떠니?"

"괜찮아요."

"뭘로 먹을래? 내가 사줄게."

댄스는 코코아를 권하려다가 멈칫했다. 트리시는 어린애가 아니다. 그녀는 이내 타협에 들어갔다. "난 카푸치노 마실 거야."

"저도요."

"시나몬?"

"좋아요."

"빵은?"

"괜찮아요. 배 안 고파요." 마치 영원히 그럴 거라는 듯이.

댄스는 주문을 하고 자리로 돌아왔다. 자리에 앉고 나서는 언제나처럼 글록이 꽂힌 플라스틱 권총집으로 손을 내렸다. 옆구리를 찌르지 않도록 옆으로 살짝 돌려놓을 참이었다. 하지만 이내 자신이 무장하지 않았다는 사실을 깨달았다.

그녀는 트리시에게 집중하기로 했다. 트리시는 청바지에 긁힌 자국이 뚜렷한 고급 갈색 부츠 차림이었다. 구두 마니아인 댄스는 그것이 이탈리아제라는 걸 대번에 짐작할 수 있었다. 목이 둥글게 파인 검은색 스웨터. 머리에는 베이지색 스타킹 캡을 썼다. 스웨터 소매는 손가락 마디까지 내려와 있었다.

"먼저 전화 줘서 고마워. 연락받고 너무 반가웠어. 마음고생이 심할 텐데."

"네, 너무 힘들었어요." 그녀의 열망하는 듯한 눈빛이 댄스에게 꽂혔다. "범인이 누군지 밝혀졌나요? 누가 저희 엄마와 그곳에 갇힌 사람들을 죽였는지 아세요?"

너도 하마터면 당할 뻔했지. 댄스는 생각했다.

"아직. 지금껏 이런 사건은 처음이야."

"누군진 몰라도 단단히 미친 사디스트일 거예요."

아니, 그렇지 않을 거야. 하지만 댄스는 굳이 반박하지 않았다.

댄스가 작은 수첩을 꺼내 펼쳤다.

"네가 여기 온 걸 아버지는 모르시지?"

"원래 나쁜 분은 아니세요. 이번 일로 저만큼이나 큰 충격을 받으셨어요. 저를 보호하려고 그러시는 것뿐이에요."

"이해해."

"시간이 별로 없어요. 아빠가 집에서 짐을 꾸리고 계시거든요. 곧 엄마 집으로 오실 거예요."

"그럼 우리도 서둘러야겠다."

주문한 커피가 나왔다. 두 사람은 종이컵을 하나씩 들고 맛을 보았다.

"뭐가 기억나는지 들려주겠니?"

"밴드 공연이 시작된 지 얼마 되지 않았을 때였어요. 두 번째인가 세 번째 곡에 접어들었을 때……." 트리시는 심호흡을 한 번 한 후 다른 목격자들과 크게 다르지 않은 이야기를 풀어놓았다. 연기 냄새를 맡았고, 불이 난 곳은 보이지 않았다고 했다. 그러던 중 갑자기 누군가가 스위치를 올리기라도 한 듯 모든 관객이 일제히 요동쳤고, 그 바람에 테이블이 쓰러졌으며, 술이 사방에 뿌려졌다고 했다. 사람들은 출구를 향해 미친 듯이 돌진했고.

트리시의 얼굴에는 얼떨떨한 표정이 떠올라 있었다. 그녀가 다시 말했다. "불도 나지 않았는데 모두가 미쳐 날뛴 거였어요. 첫 사람이 반응을 보인 지 오 초, 십 초도 채 지나지 않아서 말이죠." 그녀의 입에서 한숨이 터져 나왔다. "그 첫 사람이 바로 저희 엄마였어요. 패닉에 빠져 계셨죠. 이내 눈부신 조명이 켜지면서 비상구들이 눈에 들어오기 시작했어요. 그걸 본 사람들은 더 흥분했고요. 정말 강렬한 불빛이었어요."

그녀가 커피를 홀짝였다. 잠시 우유 거품을 응시하다가 다시 입을 열었다. "저는 사람들에게 완전히 에워싸여 있었어요. 엄마도 그쪽 사람들에게 파묻혀 옴짝달싹 못 하셨고요. 엄마는 큰 소리로 저를 부르셨고, 저도 비명을 빽빽 질러댔어요. 하지만 그럴수록 엄마와 저는 서로에게서 점점 더 멀어져갔죠. 무섭게 밀려드는 인파를 도저히 막을 방법이 없었어요." 그녀가 나지막이 말했다. "태어나서 그런 광경은 처음 봤어요. 그때 저는 완전히…… 뭐랄까, 넋이 빠져나갔던 것 같아요. 그 대혼란의 일부가 돼버린 듯한 기분이었죠. 모두가 귀를 닫은 채 필사적으로 움직였어요. 완전한 통제 불능 상황."

"네 어머니는?"

"엄마는 비상구 쪽으로 휩쓸려 갔어요. 저는 정반대 쪽으로 이동했고요. 주방 쪽으로. 유도등은 없었지만 누군가가 주방에 문이 있다고 했어요."

"그래서 넌 그쪽으로 빠져나온 거니?"

"결국엔 그렇게 됐어요. 하지만 처음엔 아니었죠. 그래서 끔찍했다고 말씀드린 거예요." 그녀가 손으로 촉촉해진 눈가를 훔쳐냈다.

"무슨 일이 있었는데, 트리시?"

"스피커에서 누군가의 목소리가 흘러나왔어요. '주방에 불이 났습니다', 뭐 그런 내용이었어요."

댄스는 코헨이 장내 방송을 했다는 사실을 기억해냈다.

"하지만 가까이 있는 사람들이 주방은 멀쩡하다고 했어요. 자기가 봤다나요. 그래서 절 둘러싼 인파는 그쪽으로 계속 움직였어요. 엉뚱한 쪽으로 몰려가는 사람들에게 그 사실을 알려줬는데 끝내 우리 목소리를 못 듣더라고요."

댄스는 소녀가 들려주는 내용을 꼼꼼히 받아 적었다.

"범인에 대해 깊이 파헤쳐볼 필요가 있어. 지금껏 밝혀진 인상착의만으로는 부족해. 그날 그는 클럽 밖에 있었어. 어머니랑 몇 시쯤 거기 도착했지?"

"잘 모르겠어요. 7시 15분쯤이었던 것 같아요."

"자, 기억을 더듬어봐. 그 남자가……."

"범인."

댄스가 활짝 웃었다. "우린 '언서브unsub'라고 불러. 미확인범죄자 unknown subject."

"저는 개자식이라고 불러요."

"그 개자식은 8시경에 도매 창고에서 훔친 트럭을 몰고 클럽으로 향했어. 사전 답사를 끝내놓은 상태였을 거야. 혹시 창고 주변을 서성이며 클럽을 바라보는 수상한 사람을 못 봤니? 그가 불을 붙인 드럼통 근처에선?"

트리시는 검게 칠한 깨진 손톱으로 컵을 톡톡 두드렸다. 그냥 컵을 쥐고 있는 것만으로 위로가 되는 모양이었다.

트리시가 한숨을 내쉬었다. "아뇨. 그런 사람을 본 기억이 없어요. 고대했던 공연을 보러 간 거였거든요. 오로지 공연이 어떨지, 저녁으로 뭘 먹을지만 생각했어요. 그 외 다른 것들은 눈에 들어오지 않았어요."

미확인범들의 속임수를 간파하는 것뿐 아니라 목격자들의 기억을 환기하는 것 또한 캐트린 댄스가 해야 할 일이었다.

십 대 아이들은 특히 기억에서 중요한 디테일을 제대로 짚어내지 못하는 경향이 있다. 다른 연령대보다 집중력이 부족하고 분위기에 쉽게 휩쓸리기 때문에, 자신들의 관심사가 아닌 것들에 대해서는 제대로 관찰하고 기억하려 하지 않았다. 하지만 한번 각인된 이미지들은 고스란히 머릿속에 남기 마련이었다. 심문을 진행하는 사람은 목격자들로 하여금 용의자를 잡는 데 필수적인 정보를 내놓을 수 있도록 그들의 기억을 환기해야 한다. 그녀는 소녀가 가방 옆에 놓아둔 자동차 스마트키를 흘끔 내려다보았다.

지역의 토요타 영업소 로고.

"프리우스?" 댄스가 물었다.

그녀가 고개를 끄덕였다. "엄마가 사주셨어요. 어떻게 아셨죠?"

"추측한 거야."

비싸지만 실용적인 차. 댄스는 소녀의 아버지가 최근에 새로 뽑은 렉서스를 몰고 나타났던 사실을 떠올렸다.

"운전 좋아해?"

"그럼요. 기분이 다운되면 빅서까지 드라이브를 가곤 해요."

"트리시, 그날 밤 주차장이 어땠는지 기억을 더듬어봐."

"특별히 수상해 보이는 사람은 없었어요."

"그래. 하지만 난 차에 초점을 맞추고 싶어. 범인은 아주 똑똑한 놈이야. 공범이 없었다면 그가 직접 솔리튜드크리크까지 차를 몰고 왔겠지. 하지만 클럽 근처에 차를 세워두진 않았을 거야. 보안 카메라가 두려웠을 테니까. 트럭을 거기 세워놓고 나서 자기 차로 옮겨 타는 걸 들키고 싶지도 않았을 거고."

트리시가 미간을 찡그렸다. "은색 혼다."

"뭐?"

"아니면 비슷한 옅은 색이었을 거예요. 우리가 1번 고속도로를 빠져나와 클럽으로 통하는 길로 접어들었을 때 엄마가 말씀하셨어요. '저러다 도난이라도 당하면 어쩌려고.' 은색 혼다가 클럽 주차장을 에워싼 나무들 너머에 덩그러니 세워져 있었어요."

댄스는 주차장과 1번 고속도로 사이의 잡초로 덮인 모래언덕들을 떠올렸다.

"얼마 전에 이곳 조직범죄에 대한 뉴스를 봤거든요. 플랫베드*를 몰고 다니면서 외진 곳에 세워진 차들을 훔쳐 간다더군요. 엄마는 그 말씀을 하셨던 거예요."

"모델은 기억해?"

"아뇨. 모르겠어요. 스타일만 어렴풋이 기억나요. 어코드나 시빅이었던 것 같은데. 저희 학교 애들도 많이 몰고 다니는 차예요. 엄마와 저는 경찰에 신고해야 하는지를 놓고 잠시 고민에 빠졌었죠. 그냥 놔두면 왠지 도난당할 것 같아서요. 하지만 결국 그러지 못했어요. 만약 그때 신고했더라면……." 소녀가 말끝을 흐리고 나지막이 흐느꼈다. 댄스는 손을 뻗어 소녀의 팔뚝을 살며시 잡았다. 트리시는 어떠한 반응도 보이지 않았다. 잠시 후, 마음을 가라앉힌 트리시가 커피를 한 모금 넘겼다.

"그게 범인 차였을까요?"

"그럴지도 모르지. 사람들 눈에 쉽게 띄지 않는 장소니까. 혹시 어느 주 번호판이었는지 못 봤니? 번호도 모르고?"

"네, 그냥 은색이라는 것만 기억나요. 아니면 다른 옅은 색. 회색일 수도 있고요."

"그 근처에서 사람을 보진 못했고?"

"네. 죄송해요."

"큰 도움이 됐어, 트리시."

---

* 평상형 트럭.

댄스는 부디 그러기를 바랐다.

그녀는 티제이에게 문자를 보내 지역의 옅은 색 혼다를 살펴보라고 지시했다. 큰 기대는 걸지 않았다. 시빅과 어코드는 미국에 넘쳐나는 모델이라 추적이 쉽지 않다. 그녀는 범인도 바로 그 점을 노려 그 차를 구입하거나 훔쳤을지 모른다고 생각했다.

댄스는 티제이에게 솔리튜드크리크 목격자 명단을 다시 한번 살펴봐줄 것도 요청했다. 그들 중 문제의 차를 본 사람이 있었는지. 새로운 정보는 신속히 모든 법집행기관들로 전달될 것이다.

잠시 후 티제이에게서 답장이 왔다.

지금 살펴보고 있어요, 대장.

트리시가 자신의 아이폰을 들여다보았다. "너무 늦었어요. 이만 가볼게요."

언제부터인가 시계를 차고 다니는 십 대 아이들을 보기가 힘들어졌다.

"아버지가 곧 짐을 챙겨 오실 거예요. 그 전에 돌아가야 해요." 그녀가 남은 커피를 단숨에 비우고 나서 컵을 쓰레기통에 던져버렸다.

은밀한 미팅의 증거를 없애려는 듯이.

"고마워요." 트리시가 깊은 숨을 한번 들이쉬고는 목멘 소리로 말했다. "괜찮지 않아요."

댄스가 한쪽 눈썹을 올렸다.

"아까 좀 어떠냐고 물으셨잖아요. 저는 괜찮다고 대답했고요. 사실은 괜찮지 않아요." 그녀가 몸을 바르르 떨더니 이내 울음을 터

239

뜨렸다. 댄스가 냅킨을 몇 장 뽑아 소녀에게 건넸다.

"전혀 괜찮지 않다고요. 엄마는…… 이 세상 최고의 어머니는 아니었지만, 제게는 친구 같았어요. 가끔 그게 짜증나긴 했지만요. 엄마는 늘 제 언니 같은 존재가 되고 싶어하셨거든요. 하지만 지금은 그랬던 엄마가 너무 보고 싶어요."

"코." 댄스가 말했다. 소녀가 콧물을 훔쳤다.

"아버지는 너무나 다른 분이고요."

"부모님이 공동 양육권을 갖고 계셨니?"

"주로 엄마랑 같이 지냈어요. 아빠는 그걸 문제 삼지 않았어요. 오히려 우리 모녀로부터 벗어나고 싶어했어요."

직장 동료나 웨이트리스나 비서가 그를 기다리고 있었을 테니. 댄스는 그들 부부의 이혼에 대해 짐작했던 바를 떠올렸다.

"아버지랑 다시 같이 살게 되다니 이상해요. 부모님은 육 년 전에 이혼하셨어요. 모두가 입을 모아 얘기했죠. 결국엔 이 상처도 아물 거라고. 시간이 약이니 차분히 기다려보라고."

"다들 몰라서 하는 얘기야."

"네?"

"나도 몇 년 전 남편을 잃었거든."

"유감이에요."

댄스가 고개를 끄덕였다. "이런 상처는 결코 아물지 않아. 영원히. 아물어서도 안 되고. 늘 그리워하고, 또 보고 싶어해야 하는 게 당연해. 하지만 시간이 흐르면서 마음속에 섬이 하나둘씩 생기게 된단다."

"섬?"

"난 좋았던 시절을 섬이라 여기고 있어. 상실을 잊기 위한 나만의 방법이랄까. 지금은 마치 온 세상이 물속에 잠겨 있는 기분일 거야. 하지만 물이 빠지면서 섬이 하나둘씩 드러나게 되지. 물은 항상 그렇게 고여 있겠지만 네가 하기에 따라서 육지도 얼마든지 발견할 수 있어. 난 그렇게 극복했단다. 나도 친구에게 들은 얘기야."

마틴 크리스텐슨.

"이만 가볼게요. 아빠가 곧 도착하실 거예요."

트리시가 일어나 돌아섰다. 댄스도 따라 일어났다. 바로 그때 트리시가 몸을 홱 틀고는 댄스의 품에 와락 안겼다. 소녀가 또다시 펑펑 울기 시작했다.

"섬." 그녀가 속삭였다. "고마워요…… 섬."

29

"실례합니다."

아서 K. 메들이 베이 뷰 센터에 의자를 내놓다 말고 문앞의 남자를 돌아보았다.

"무슨 일이시죠? 잠시만요." 그가 돌아서서 소리쳤다. "찰리, 한 줄 더 만들어놔. 어서. 사백 개. 사백 명이 앉아야 한다고. 죄송합니다. 무슨 일로 오셨습니까?"

남자가 안으로 들어왔다. 따분해하는 표정이었다. "몬터레이 카운티 화재 조사관입니다."

메들이 그가 내민 신분증을 흘끔 들여다보았다. "던 씨. 아니, 던 조사관님이라고 불러야 하나요?"

"그냥 편하게 부르십시오."

"그러죠. 여긴 무슨 일로 오셨습니까?"

"이곳 매니저이신가요?"

"그렇습니다만."

말쑥하게 차려입은 남자가 미간을 찌푸린 채 실내를 찬찬히 둘러보았다. 그의 시선은 이내 메들에게 돌아왔다. "솔리튜드크리크 사건에 대해 알고 계시겠죠? 클럽 화재 말입니다."

"오, 그럼요. 아주 끔찍한 사건이었죠."

"저희는 범인이 의도적으로 벌인 범행으로 보고 있습니다."

"뉴스로 들었습니다." 메들은 모르는 남자에게 자신의 의문을 굳이 제기하지 않았다. 도대체 어떤 미친놈이 그런 짓을 벌였을까?

"카운티 감리 위원회와 보안관 사무실과 연방수사국은 범인이 또 다른 범행을 계획 중이라고 보고 있습니다."

"맙소사! 그놈, 정말 테러리스트인가요? 폭스 뉴스 진행자가 그렇게 주장하던데요. 오라일리였나요? 누구였는지 기억이 잘 나질 않네요."

"그건 저도 모르겠습니다. 테러였다면 누군가가 나서서 자신들 소행임을 주장했겠죠. 대개들 그러지 않습니까."

"하긴."

"아무튼 카운티 감리 위원회에서 사람이 백 명 이상 몰리는 모든 행사장을 꼼꼼히 조사하라는 지시가 내려왔습니다. 특별 검사를 실시해서 통과하지 못하면 행사를 연기시키라더군요."

"연기요?"

"검사를 통과하지 못했을 때 말입니다. 두 번 다시 솔리튜드크리크 사건 같은 일이 일어나선 안 되지 않겠습니까. 조만간 범인이 잡히기를 바라야죠."

"오늘 밤 행사는 절대 취소할 수 없습니다. 7천 달러짜리 행사인걸요. 저자 사인회입니다. 출판사가 비용을 지불했고요. 요즘 지역 경기가 어떤지 아시잖습니까. 행사장 문을 닫는 건 절대 안 됩니다."

"검사를 통과하든지 행사를 연기하든지, 선택하십시오."

"그 특별 검사라는 게 대체 뭡니까? 건물 시설 증명서가 있는데 그럼 된 거 아닌가요?"

"아뇨, 이 검사는 전혀 다른 겁니다. 방화문이 막히는 것을 사전에 방지하는 데 그 목적이 있죠. 비상구의 자물쇠와 걸쇠를 뜯어내야 합니다. 문밖에 체인을 쳐서 충분한 공간을 확보해야 하고요. 누구도 밖에서 문을 걸어 잠글 수 없게 말입니다."

"그놈이 클럽에서 트럭으로 그랬던 것처럼 말이죠?"

"네. 바로 그겁니다. 오늘 밤 이곳 행사에선 그런 불상사가 없어야죠. 모두가 신속히, 그리고 무사히 빠져나올 수 있어야 합니다."

"그러니까 비상구 밖에 체인을 쳐두라는 말씀이죠?"

"최소한 3미터의 여유 공간이 확보돼야 합니다. 그래야 놈이 문을 막지 못할 테니까요. 저라면 귀찮아서라도 오늘 행사를 취소시켜버리겠습니다."

"그냥 취소하는 게 나을까요?"

"그건 매니저님께서 판단하실 문제죠."

"하지만 조사관님은 그래주길 바라고 계시잖습니까."

"그 방법이 모두에게 덜 골치 아플 테니까요."

"저희 입장에선 안 그렇습니다."

7천 달러…….

"저는 그저 어떤 선택지가 있는지 알려드리는 것뿐입니다. 체인을 쳐서 비상구 주변에 공간을 확보해두고, 자물쇠와 걸쇠를 뜯어놓아야 비상시에 참사가 발생하지 않겠죠. 그게 귀찮으시면 행사를 취소하시면 되고요."

젠장. 그것 말고도 골치 아픈 일이 한두 가지가 아닌데. "아뇨. 취소는 절대 못 합니다. 하지만 빗장 풀린 문으로 사람들이 몰래 들어

오면 그땐 조사관님이 책임지셔야 합니다."

"사인회라고 하셨죠? 저자 사인회에 무단 입장하는 사람이 많습니까?"

메들이 순간 머뭇거렸다. "아무래도 롤링 스톤스 콘서트 같지는 않죠."

"그럴 줄 알았습니다. 이곳 화재 경보기는 어떻습니까? 최근에 검사를 받았나요?"

"열흘쯤 전에요."

"다행이군요. 그래도 혹시 모르니 제가 다시 살펴보겠습니다."

메들이 딘에게 물었다. "비상구 밖에 쳐놓으라고 하신 체인 말입니다. 특정 브랜드 제품을 써야 합니까? 그냥 아무거나 쓰면 안 되고요?"

"기왕이면 좋은 걸로 쓰시는 게 좋겠죠. 트럭도 끊을 수 없도록 말입니다."

한마디로 비싼 게 낫다는 뜻이었다. 메들이 말했다. "당장 철물점에 다녀와야겠습니다."

"감사합니다, 매니저님. 별일 없을 테니 너무 걱정 마시고요. 그런 그렇고, 오늘 사인회…… 대체 어떤 책입니까?"

"요즘 아주 잘나가는 자기계발서입니다. 밝은 내일을 만들어가는 노하우를 소개한 책이죠. 저도 호기심에 읽어봤습니다. 저자는 사람들이 너무 현재에 발목 잡혀 살아가는 게 문제라고 하더군요. 이제는 미래를 살아야 할 때랍니다."

"미래요? 시간 여행이라도 하자는 건가요?" 조사관이 어리벙벙한 표정으로 말했다.

"아뇨, 그런 게 아니라, 그냥 앞날을 미리 그려보고, 계획하고, 또 생각해보자는 것이죠. 그래야 목표에 도달할 수 있다나요. 제목은 '내일은 새로운 오늘'입니다."

던이 얼굴을 찌푸린 채 고개를 끄덕였다. "저는 가서 화재경보기를 살펴보겠습니다. 매니저님은 체인 길이가 얼마나 돼야 하는지 재보시죠."

30

흠, 흥미롭군.

댄스는 CBI 본부 주차장으로 통하는 진입로에 SUV를 멈춰 세웠다. 제멋대로 가지를 뻗은 화양목들과 신생 컴퓨터 회사가 입주한 건물 사이였다.

CBI 본부 정문 옆에서는 마이클 오닐이 그의 전처 앤과 대화하고 있었다. 그들의 두 아이, 아홉 살 어맨다와 열 살 타일러는 앤의 진주색 렉서스 뒷좌석에 앉아 있었다.

앤의 옷차림은 마이클과 반도에 살았을 때와 완전 딴판이었다. 적어도 댄스가 기억하기에는 그랬다. 당시 그녀는 고운 실크로 된, 몸에 딱 맞는 집시 스타일 옷을 즐겨 입었다. 레이스와 튤*, 뉴에이지 장신구와 굽이 높은 부츠. 하지만 오늘 그녀는 운동화, 청바지, 회색의 헐렁한 모직 재킷 차림을 하고 있었다. 거기다 야구 모자까지. 이국적 스타일이 귀엽고 생기 넘치는 스타일로 바뀐 것이다.

---

* 실크나 나일론 등으로 망사처럼 짠 천.

아무도 예상하지 못한 변화였다.

결혼 생활에 마침표를 찍고 샌프란시스코로 떠나겠다는 결정은 그녀가 내린 것이었다. 그곳에 그녀의 애인이 살고 있다는 소문도 들렸다. 재능 있는 사진작가인 앤의 입장에서는 샌프란시스코가 훨씬 매력적으로 여겨졌는지도 몰랐다. 어머니로서 할 일은 했지만 열정은 느껴지지 않았다. 아내로서도 냉담하기만 했다. 그들의 이혼 소식은 조금도 놀랍지 않았다. 그저 타이밍이 좋지 않았을 뿐이다. 댄스와 오닐은 직업적으로 궁합이 잘 맞았지만 서로에 대해 사적인 관심을 품은 적은 없었다. 그는 유부남이었고, 그녀는 빌이 세상을 떠난 후 남자에 대한 관심을 완전히 꺼버렸다. 하지만 어느 순간, 자신과 아이들을 위해 마음의 문을 열기로 결심했고, 기다렸다는 듯 존 볼링이 그녀 앞에 나타났다.

오닐은 이혼 소식을 알려온 지 얼마 되지 않아 댄스에게 데이트를 신청했다. 하지만 이미 볼링과 사귀고 있던 그녀는 정중히 거절했다.

이 무슨 '어릿광대를 보내주오' 같은 상황인가. 타이밍이 어긋나 이루어질 수 없었던 불운한 커플에 대한 스티븐 손드하임의 곡 말이다.

오닐은 신사답게 현실을 묵묵히 받아들였다. 그리고 그들은 '낯선 시간, 낯선 곳' 모드로 접어들게 되었다. 볼링은 댄스와 오닐의 관계에 대해 아무 말도 하지 않았다. 하지만 그녀는 그의 몸짓언어를 통해 볼링이 두 사람의 역학 관계를 분명히 감지하고 있음을 확인했다. 그녀는 그를 안심시키려 무던히 애를 썼다. 물론 너무 많은 정보를 내놓는 실수는 범하지 않았다. (진실이 많이 반박당할수록 그에 정비례해서 더욱 거세게 부인하게 된다는 걸 그녀는 잘 알았다.)

그녀는 계속 상황을 관찰했다. 두 팔을 자연스레 늘어뜨린 오닐은 무척 편안해 보였다. 팔짱을 끼거나 손을 주머니에 넣는 것은 방어적인 제스처로, 바로 이런 메시지였다. 당신과 얘기하고 싶지 않아, 앤. 그의 시선도 무심결에 좌우로 흔들리지 않았다. 긴장도, 불편함도, 스트레스를 유발하는 사람으로부터 벗어나고 싶은 잠재의식적 욕구도 없다는 의미였다.

두 사람은 오히려 미소 짓고 있었다. 그녀가 뭐라고 이야기하자 그가 웃음을 터뜨렸다.

잠시 후, 앤이 뒤로 물러나 가방에서 열쇠를 꺼냈다. 오닐이 바짝 다가가 그녀를 끌어안았다. 입을 맞추거나 그녀의 머리를 쓸어내리지는 않았다. 그저 평범한 포옹일 뿐이었다. 골을 넣은 축구선수들이 서로를 얼싸안듯이.

그는 아이들에게 손을 흔들어 보인 후 사무실로 돌아갔다. 앤은 차를 몰고 출구로 향했다.

순간 무언가가 댄스의 뇌리를 스쳤다. 얼마 전 그녀가 오닐에게 새 베이비시터에 대해 물어봤을 때 그의 몸짓언어가 바뀌었다.

"새로운 베이비시터라도 구했어요?"

"그런 셈이죠."

그녀를 얘기한 거였군. 매기의 연주회에 초대했을 때 그가 언급한 '친구'도 앤일까? 아마도 그렇겠지.

댄스는 주차장을 빠져나가는 렉서스를 바라보았다.

그때 패스파인더 뒤에서 짧은 경적이 들려왔다. 그 소리에 화들짝 놀란 댄스가 백미러로 뒤를 살폈다. 그리고 뒤차 운전자에게 손짓하며 그가 들을 수 없는 자그마한 목소리로 미안하다고 속삭였다. 그녀는 CBI 주차장에 차를 세우고 밖으로 나왔다.

그녀의 시선이 방금 전 앤의 렉서스가 빠져나간 쪽으로 돌아갔다. 그녀의 귓전에는 매기가 장기 자랑을 앞두고 연습하는 노랫소리가 맴돌고 있었다.

지나간 일이야^(let it go)……

오닐과 티제이는 그녀의 사무실에서 교통국에서 받은 자료를 유심히 살피고 있었다.

"세 개 카운티에 등록된, 회색이나 흰색이나 베이지색 같은 옅은 색 혼다 세단은 오천 대쯤 됩니다."

"오천 대나?" 빌어먹을. 그녀는 오닐 옆으로 다가가 앉았다. 그에게서는 어제와는 또 다른 애프터셰이브 로션 냄새가 풍겼다.

향수도 뿌린 것 같고.

오닐이 덧붙였다. "접수된 도난 신고는 없어요."

티제이가 말했다. "당시 클럽에 있던 사람들, 적어도 제가 만나본 사람들은 그런 차를 본 기억이 없답니다. 휠베이스와 트랙만으로도 모델을 알아낼 수 있을 텐데. 시빅과 어코드는 완전히 다르거든요. 그게 도움이 될 겁니다."

그 수를 절반으로 줄인다고 뭐가 달라지겠어? 그녀는 쓸쓸하게 생각했다. 그게 범인의 차라는 증거도 없다.

"현장을 살펴볼까요?" 오닐이 물었다. "그 차가 세워져 있던 곳 말입니다."

댄스는 시간을 확인했다. 3시 20분. "애들은 엄마 아빠가 봐주고 계세요."

"우리 애들도 괜찮아요."

나도 알아요.

그녀가 말했다. "그럼 한번 가보죠 뭐."

"세라노 사건도 아닌데 총을 소지해도 되는 거 아닙니까?"

규정을 아는 사람이 왜 그걸 묻는 것일까?

"난 아직 민사부 소속인걸요."

그가 고개를 끄덕였다.

댄스는 티제이에게 옅은 색 혼다의 주인들을 차례로 조사하라고 지시했다.

삼십 분 후, 댄스와 오닐은 클럽에 도착했다. 클럽은 여전히 봉쇄된 상태였고, 운송회사 건물 역시 불이 꺼져 있었다. 한 커플이 클럽 정문 앞에 꽃다발을 내려놓고 있었다. 댄스와 오닐은 그들에게 다가가 혹시 그날 밤 클럽에 있었느냐고 물었다. 그들은 남편의 사촌이 그날 참사로 죽었고, 그를 추모하기 위해 왔을 뿐이라고 대답했다.

클럽에서 60미터쯤 떨어진 곳에서는 일꾼 몇 명이 서성이고 있었다. 그녀가 심문한 증인의 집이 자리한 쪽이었다. 측량사로 보이는 그들은 삼각대에 장비를 얹는 중이었다. 모두가 경도와 위도를 측정하는 모호한 작업에 열중하고 있었다.

"저 사람들은 봤으려나요?" 오닐이 낙관적인 목소리로 물었다.

"가서 물어보죠."

그들은 측량사에게 다가가 신원을 밝혔다.

장발에 모자를 눌러쓴 호리호리한 남자가 고개를 끄덕였다. "이곳 사건, 정말 끔찍했더라고요."

댄스가 물었다. "사건 당일 이곳에서 일하셨습니까?"

"아뇨. 그날은 다른 데서 일을 했습니다."

"그전에는요?" 오닐이 말했다.

"여기서 일하는 건 이번이 처음입니다."

"어느 회사 소속이시죠?" 댄스가 물었다.

"앤더슨 건설."

몬터레이에 기반을 둔 대형 상업 부동산 회사.

"여기 뭘 지으려는지 아세요?"

"아뇨."

그들은 측량사에게 고맙다고 인사한 후 다시 진입로 쪽으로 돌아갔다.

"회사랑 얘길 해보는 게 좋겠어요. 화요일에 다른 일꾼들을 보내진 않았는지 확인해야죠. 만약 그랬다면 혼다를 본 목격자가 있었을 거예요. 트럭이나 클럽을 살펴보는 수상한 사람을 봤을 수도 있고요." 댄스는 티제이 스캔런에게 전화를 걸어 누가 앤더슨을 고용했는지, 개발업자나 건설회사가 사고 당일이나 그전에 이곳으로 일꾼을 파견한 적이 있었는지 알아볼 것을 지시했다.

"알았습니다, 대장."

그녀는 휴대폰을 집어 넣었다.

오닐이 고개를 끄덕였다. 그들은 클럽을 지나 미셸과 트리시가 혼다를 보았다는 들판 쪽으로 이동했다.

사실 댄스는 트리시에게 연락해 정확히 어느 지점에서 혼다를 보았는지 물어볼까 생각했다. 하지만 그럴 필요가 없어졌다. 짓이겨진 잔디가 차의 위치를 알려주었기 때문이었다. 진입로를 빠져나온 범인은 짧은 잔디와 꽃으로 덮인 들판을 가로질러 나무가 무리지어 서 있는 쪽으로 이동하려 했던 모양이었다. 주변 지역은 오랜 가뭄에 신음하고 있었지만 이곳 땅은 강이 가까운 덕택에 질척거렸다. 모래 진흙에는 혼다의 타이어 자국이 선명히 남아 있었다. 범인이 후진을 시도했을 때 타이어가 헛돈 흔적이었다.

그들은 걸음을 멈추고 발밑의 땅과 주변을 유심히 살펴보기 시작했다. 댄스는 가방에서 머리 묶는 고무줄을 네 개 꺼냈다. 그녀와 오닐은 각자의 신발에 고무줄을 두 개씩 둘러놓았다. 댄스가 뉴욕 친구들, 링컨 라임과 아멜리아 색스에게 배운 트릭이었다. 과학수 사대가 현장을 살펴볼 때 용의자의 신발 자국과 구별할 수 있도록.

"저기 봐요." 오닐이 나무들 쪽을 가리키며 말했다. "차를 두고 걸어서 이동한 흔적이에요. 왔다 갔다 하면서 운송회사를 둘러본 모양이에요."

바로 옆 고속도로에서 차 몇 대가 지나쳐 달려갔다. 그중 하나는 다음 진입로로 빠져나갔다. 정신이 산란해진 오닐은 불빛이 사라질 때까지 그 차를 바라보았다.

"왜 그래요?"

"혹시 몰라서요."

파수꾼 역할을 하는 거였다. 댄스에게 무기가 없다는 걸 알기에. 비록 범인이 총을 갈겨대며 숲에서 튀어나올 가능성은 희박했지만.

오닐은 다시 현장 쪽으로 돌아섰다. 그들은 앞으로 몇 걸음 더 다가가보았다. 댄스는 차가 세워져 있던 지점을 유심히 살펴보았다. 증거가 훼손되지 않도록 각별히 신경 쓰면서.

"마이클, 이거 봐요. 혼자가 아니었어요."

오닐이 탄탄한 몸을 웅크리고 앉았다. 그리고 손전등으로 그녀가 가리키는 쪽을 비추었다. 땅에는 두 개의 완전히 다른 발자국이 남아 있었다. 하나는 밑창 패턴이 복잡한 운동화나 부츠가 남긴 것이었고, 그것보다 긴 나머지 발자국은 매끄러운 밑창이 만들어놓은 것이었다.

다시 일어난 오닐이 조심스레 걸어 범인의 차가 세워졌던 위치의 반대편으로 이동했다. 그는 잠시 그 주변을 살펴보았다.

"아뇨. 한 명이에요. 조수석에서는 아무도 안 내렸어요."

"아, 그렇군요! 신발을 바꿔 신은 거예요. 아마 옷도 갈아입었을 거예요."

"아무래도 그랬겠죠? 목격자가 생길까 봐 우려했을 테니까."

"당장 CSU* 팀을 불러야겠어요. 발자국을 분석해 놈의 행방도 쫓아야죠."

MCSO와 FBI는 다양한 종류의 타이어와 발자국 데이터베이스를 보유하고 있다. 운이 좋으면 신발과 타이어의 브랜드를 알아낼지도 몰랐다.

솔리튜드크리크 사건을 운으로 해결할 가능성은 현실적으로 제로에 가까웠지만.

---

* 현장 감식반.

31

"내일은 새로운 오늘입니다. 현재를 고민할 게 아니라 미래를 내다봐야 합니다. 눈을 한 번 깜빡이면 방금 전까지 미래였던 순간이 현재가 되어 있지 않습니까. 느낌이 어떻습니까?"

그는 작가다운 외모를 하고 있었다. 팔꿈치에 천을 덧댄 트위드 재킷, 파이프 담배, 구겨진 바지. 그런 전형적인 과거 작가들의 모습을 말하는 게 아니다. 적어도 아르델은 그렇게 생각했다. 검은 셔츠에 검은 바지 차림이었고, 스타일리시한 안경을 걸치고 있었다. 거기에 부츠까지.

"순간에 집착하면 인생에서 가장 중요한 부분을 놓칠 수 있다는 얘깁니다. 그 순간을 제외한 모든 걸 말이죠." 그가 달콤한 눈빛으로 딱딱한 접의자에 줄지어 앉아 있는 참석자들을 훑어보았다.

쉰아홉 살의 아르델 홉킨스와 그녀의 친구 샐리 겔버트, 그들이 해안에 자리한 캐너리 로의 베이 뷰 센터에 오게 된 것은 다이어트 중이기 때문이었다.

멕시칸 레스토랑에서 시간을 보내는 것도 생각해보았다. 하지만

600칼로리 마르가리타*와 나초칩과 엔칠라다**가 앞에 놓일 것이다. 안 돼, 안 되고말고! 마침 샐리는 베이 뷰에서 유명한 저자의 사인회가 열린다는 소식을 접했고, 그들은 그 완벽한 기회를 그냥 흘려버릴 수 없었다. 약간의 술과 칩, 살사, 그리고 문화.

집으로 돌아가는 길에 아이스크림의 유혹에 시달리지 않아도 될테고.

막상 와보니 마음이 놓였다. 솔리튜드크리크 참사 이후로 모두가 그렇듯 아르델 역시 사람들이 붐비는 장소를 경계해왔다. 하지만 그녀와 샐리는 베이 뷰 홀의 모든 비상구 걸쇠가 뜯겨진 것을 눈으로 확인한 후 비로소 안도할 수 있었다. 문밖에는 굵은 체인이 둘러져 누구도 차를 세워놓을 수 없었다. 샘 코헨의 클럽에서와 같은 참사는 절대 벌어질 수 없는 상황이었다.

모든 게 만족스러웠다. 딱 하나만 빼고. 리처드 스탠턴 켈러. 자기계발의 신이라 불리는 작가의 연설은 별로 흥미롭지 않았다.

아르델이 속삭였다. "이름이 세 개잖아. 진작 눈치챘어야 했는데. 이름도 길고, 책도 길고."

그의 입에서 쉴 새 없이 단어가 쏟아져 나왔다.

샐리가 고개를 끄덕였다.

사백여 명의 팬들이 지켜보는 가운데 켈러는 마이크 쪽으로 몸을 기울였다. 그리고 자신의 베스트셀러를 펼쳐 든 채 읽고, 읽고, 또 읽어 내려갔다.

내일은 새로운 오늘.

확실히 시선을 끄는 제목이었다. 하지만 말이 되지 않았다. 내일

---

* 과일 주스와 테킬라를 섞은 칵테일.

** 토르티야 사이에 고기, 해산물, 치즈 등을 넣어서 구운 멕시코 요리.

이 오면 그날은 오늘이 되고, 금세 지나간 오늘이 돼버리며, 우리는 또다시 내일을 기다리게 된다. 그것은 엄밀히 따지면 새로운 오늘인 셈이고.

그녀가 별로 좋아하지 않는 시간 여행 영화들처럼.

그녀는 책도 재밌게 쓰고 말도 재밌게 하는 작가들이 좋았다. 자넷 에바노비치나 존 길스트랩처럼. 하지만 칩 몇 조각을 안주 삼아 마르가리타 한 잔을 비울 수 있었으니 염치없이 툴툴댈 수는 없었다. 솔직히 사인회치고는 나쁘지 않았다. 기둥들이 떠받치고 있는 건물에서는 10여 미터 아래의 험준한 바위들이 내려다보였다. 박력 있게 밀려온 파도가 바위에 부딪혀 격정적인 자살을 반복했다.

그녀는 그 광경에 집중하려 애쓰는 중이었다.

"재밌는 얘기 하나 들려드릴게요. 멀리 있는 대학에 진학한 제 맏아들에 관한 얘깁니다."

거짓말이야. 믿지 마. 아르델은 생각했다.

"실제 있었던 일입니다. 정말이에요."

거짓말.

그는 내일이 아닌, 오늘만을 위해 사는 아들 이야기를 늘어놓고 있었다. 내일은 결국 새로운 오늘이라면서. 흠. 그렇다면⋯⋯.

바로 그때 밖에서 굉음이 들려왔다. 유리창이 진동할 정도로 요란한 소리였다.

사람들은 숨이 턱 막힌 듯했다. 그들의 시선이 일제히 로비 쪽으로 돌아갔다. 작가는 입을 닫고 근심 어린 표정을 지었다.

잠시 후, 밖에서 비명이 들려왔다. 그리고 두 번째 굉음이 뒤따랐다. 이번에는 더 크고 가까이 들렸다.

자동차 폭발은 아니었다. 요즘 차들은 어떤 경우에도 폭발음을 내지 않는다. 아르델은 그것이 총성이었음을 알고 있었다. 남편이 살아 있을 때, 그와 함께 사격장에 몇 번 다녀온 적이 있었다. 총을 만지고 싶지 않았던 그녀는 멀리 물러서서 흥분한 사람들이 총을 쏘고 업무 이야기를 나누는 모습을 지켜보기만 했다.

또다시 총성. 방금 전 소리보다 훨씬 가깝게 들렸다.

사방에서 걱정스러운 목소리가 들렸다. "맙소사, 무슨 일이지? 분명히 들었지? 어디서 난 소리일까? 설마 총성은 아니겠지? 그걸 말이라고 해? 당연히 총성이지!"

배가 불룩 나온 파란 셔츠 차림의 매니저가 부리나케 달려와 비상구를 열었다. 잠시 밖을 살피던 그가 휘둥그레진 눈으로 뒷걸음질 쳤다.

"다들 잘 들으세요! 밖에 총을 든 사람이 있어요. 이쪽으로 오는 중이에요!" 그가 황급히 문을 닫으려고 했지만 걸쇠가 뜯긴 문을 잠글 방법은 없었다.

우르르 일어난 사람들이 사인을 받으려고 구매한 책들이며 가방을 황급히 챙겨들었다. 소지품을 팽개치고 입구로 달려가는 이들도 보였다. 접는 의자들이 떠밀렸고, 그중 몇몇은 뒤로 넘어졌다.

또다시 총성. 이번에는 두 방이었다. 밖에서는 비명이 계속 이어졌다.

"하느님 맙소사." 아르델이 속삭였다. 두 여자는 홀 중앙에 멀뚱하게 서 있었다.

"아르델, 이게 어떻게 된 일이지?"

짧게 깎은 회색 머리의 육중한 남자가 창문 앞으로 성큼 다가갔다. 전직 군인인 듯했다. 그도 밖을 내다보았다. "저기 있어요! 이쪽으로 오고 있습니다. 자동소총을 들고 있어요!"

여기저기서 비명이 터져 나왔다. "안 돼." "맙소사." "911에 신고 해요!"

눈이 휘둥그레진 수십 명의 사람들이 일제히 비상구 쪽으로 몰려갔다. "아니에요. 그쪽이 아니라고요!" 누군가가 소리쳤다. "그가 밖에 있어요. 나오는 사람들에게 총을 쏘고 있는 것 같아요."

"돌아와요!"

눈부신 보안등이 켜졌다. 안 돼! 이러면 그의 눈에 더 잘 띄게 되 잖아. 아르델은 생각했다.

실내 어딘가에서 요란한 굉음이 들려오자 사람들은 또 비명을 질러댔다. 하지만 그것은 총성이 아니었다. 작가가 참석자들을 거 칠게 떠밀며 로비로 내달리는 과정에서 마이크를 떨어뜨린 것이었 다. 열 명 남짓의 사람들이 그를 뒤따랐다. 문은 몰려드는 사람들로 순식간에 막혀버렸다. 한 여자가 비명을 지르며 뒤로 고꾸라졌다. 그녀의 한쪽 팔이 흉측하게 꺾였다.

로비 쪽에서 다시 총성이 울렸다. 그쪽으로 달아났던 사람들이 기겁을 하며 메인 홀로 돌아왔다.

아르델은 흐느끼며 샐리의 손을 움켜잡았다. 두 사람은 비상구에 서 최대한 떨어지려 애쓰는 중이었다. 하지만 쉬운 일이 아니었다. 그들은 땀에 범벅된 사람들 틈에 끼어 옴짝달싹 못 했다.

"침착들 해요! 뒤로 좀 물러나요!" 아르델이 목멘 소리로 외쳤다. 샐리도 주변 인파와 마찬가지로 흐느껴 울었다.

"경찰은 왜 안 오죠?"

"뒤로 물러나요. 나한테서 떨어지라고요!"

"도와줘요. 내 팔…… 팔에 감각이 없어요!"

고막을 찢을 듯한 비명이 연신 터졌다. 비상구로부터 떨어져 나온 인파에 치인 사람들이 속속 넘어졌다. 바닥에 쓰러진 한 노인은 참석자들의 발에 무참히 짓이겨지고 있었다. 그가 새된 소리로 비명을 질러댔다. 다리가 부러진 게 틀림없었다. 그의 손자로 보이는 두 청년이 초인적인 힘을 발휘해 인파를 뚫고 들어갔다. 그들이 부축해 일으킨 노인은 사색이 돼 있었고, 오래가지 않아 의식을 잃고 말았다.

비상구 근처에서 총성이 두 번 더 들려왔다.

사람들은 창가 쪽으로 우르르 몰려갔다. 분노와 혼란에 사로잡힌 사람들 모두가 정신이 나간 듯했다. 그들은 서로를 거칠게 밀쳐대며 안쪽으로 이동했다. 맨 앞줄 사람들을 총알받이로 쓰기 위해서였다. 킬러의 탄약이 바닥날 때까지. 경찰이 나타나 그를 제압할 때까지.

사람들은 유일한 탈출구인 창문 쪽으로 몰려들었다.

아르델의 어깨에서 부러지는 소리가 났다. 순간 그녀의 시야가 노란 빛으로 물들었고, 턱에서부터 척추 끝까지 극심한 통증이 느껴졌다. 그녀의 비명은 다른 비명들 속에 파묻혀버렸다. 한 남자의 어깨와 또 다른 남자의 가슴 사이에 머리가 끼이는 바람에 부상 부위를 살피는 것조차 쉽지 않았다.

"아르델!" 샐리가 큰 소리로 불러보았다.

하지만 아르델은 친구의 위치를 알지 못했다.

스피커에서 누군가의 울먹이는 목소리가 흘러나오기 시작했다. 어딘가로 달아나버린 작가는 아니었다. "문에서 최대한 멀어지세요. 거의 문앞까지 왔어요!"

그녀 뒤에서 무언가가 부서지고 깨지는 소리가 들려왔다. 아르델은 인파에 휩쓸려 그쪽으로 이동 중이었다. 그녀에게는 선택의 여지가 없었다. 그녀의 발은 이미 바닥에서 떨어진 지 오래였다. 그녀가 간신히 창가 쪽으로 고개를 돌렸다. 참석자들이 의자를 던져 창문을 부수려 하고 있었다. 혼돈에 빠진 사람들은 앞다투어 창틀로 올라갔다. 몇몇은 날카로운 유리 조각에 손과 팔뚝을 베이기도 했다. 창틀에 올라선 사람들이 잠시 망설이다가 하나둘씩 밖으로 뛰어내리기 시작했다.

그녀는 창밖을 내다본 기억을 떠올렸다. 그들이 있는 곳은 3층이었다. 운 좋게 물 위로 떨어진다 해도 수면 아래로 바위와 콘크리트 교대가 많아 위험했다. 게다가 옛 부두의 토대 위로는 철골까지 빳빳이 튀어나와 있었다.

사람들이 밑을 내려다보며 비명을 질렀다. 친구와 가족이 바위에 떨어진 모양이었다.

"싫어. 난 뛰어내리지 않을 거야!" 창가로 휩쓸려 가던 아르델이 빽 소리쳤다. 그녀는 멀쩡한 한쪽 팔을 휘저어대며 반대쪽으로 이동했다. 킬러와 맞닥뜨린다 해도 어쩔 수 없었다.

선택의 여지가 없었다. 인파는 계속 창가로 몰려들었다. 창문에 매달려 망설이는 사람들도 있고, 그런 이들을 창밖으로 매몰차게 떠밀고 바위투성이 물가로 뛰어내리기 위해 창틀로 기어 오르는 사람들도 보였다.

"안 돼, 안 돼, 안 돼!" 아르델은 쓰러진 참석자들을 밟고 올라선 인파 속에서 울부짖었다. 이미 창틀에 올라선 그녀는 밖을 내려다보고 싶지 않았다. 쿵쾅대는 가슴은 좀처럼 진정될 줄 몰랐다. 과연 안전하게 착지할 공간이 있기나 한지 의문이었다.

"다들 멈춰요!" 그녀가 빽 소리쳤다.

하지만 그녀는 이미 허공을 허우적대고 있었다. 두려움과 함께 감사한 마음이 찾아들었다. 자유낙하 중에도 그녀는 무섭게 밀려드는 인파로부터 해방됐다는 사실에 안도했다.

잠시 후, 엄청난 충격에 그녀의 숨이 턱 막혀버렸다.

다행히 그녀는 큰 부상을 면할 수 있었다. 바로 전에 뛰어내린 남자 위로 떨어진 덕분이었다. 바위의 튀어나온 부분에 엎어진 남자는 의식을 잃은 상태였다. 그의 얼굴 오른편은 터져 있었고, 턱과 볼과 팔뚝은 갈가리 찢겼다. 두 발이 먼저 땅에 닿은 그녀는 엉덩방아를 찧고 미끄러져 내려갔다. 하마터면 부서진 어깨와 바위가 정면충돌하는, 상상조차 하고 싶지 않은 참사가 벌어질 뻔했다.

거센 파도가 밀려와 아르델과 그녀 주변 사람들에게 바닷물을 끼얹었다. 뛰어내린 사람들은 대자로 뻗어 있거나 웅크려 앉아 있거나 얼음장처럼 차가운 바위를 필사적으로 기어 오르고 있었다.

부상자들의 비명과 요란한 파도 소리가 한데 뒤섞여 들려왔다. 그녀는 가까운 곳에 떨어진 참석자 두 명을 바라보았다. 그중 한 명은 중년 남자로, 목과 어깨를 크게 다친 것 같았다. 그녀는 방금 전 들었던 부러지는 소리를 떠올렸다.

힘겹게 몸을 일으킨 아르델은 주위를 둘러보았다. 그녀는 한 손으로 다친 어깨를 감싸 쥐었다. 더 이상 통증은 느껴지지 않았다. 좋은 건가, 나쁜 건가?

바닷물이 튄 그녀의 눈이 따끔거려왔다. 아르델은 다급하게 친구를 찾아보았다. "샐리!" 10미터쯤 떨어진 곳에 그녀가 있는 것 같았다. 하지만 먼저 앞에 널브러진 사람들부터 피해야⋯⋯.

"아!" 아르델의 입에서 비명이 터져 나왔다. 자신 뒤로 떨어진 다른 사람에게 떠밀린 그녀는 잠시 휘청거리다가 바위에서 미끄러져 거센 파도 속으로 추락했다.

그녀는 바다로 돌아가는 저류에 휩쓸려 해안에서 빠르게 멀어져 갔다.

통증을 느끼며 숨을 들이쉬자 코와 입으로 물이 들어찼다. 그녀는 헛구역질을 하며 연신 기침을 해댔다. 그녀는 고개를 돌려 자신이 해안으로부터 얼마나 멀리 떨어졌는지 확인했다. 5미터, 그리고 6미터. 냉기가 그녀의 호흡을 앗아가버렸다. 몸이 더 이상 말을 듣지 않았다.

축 늘어진 그녀의 오른팔이 물에 둥둥 떠 있었다.

팔이 제대로 움직인다 해도 달라질 건 없었다. 아르델 홉킨스는 수영을 할 줄 몰랐으니까.

32

베이 뷰 센터에서 돌아온 안티오크 마치는 그곳에서 다섯 블록 쯤 떨어진 곳에 세워둔 혼다에 타고 있었다. 근처에는 클린트 이스 트우드의 섬뜩한 영화 〈어둠 속에 벨이 울릴 때〉에 등장했던 레스 토랑, 사딘 팩토리Sardine Factory가 자리하고 있었다. 마치는 아름다 운 사이코 여인이 라디오 디제이를 스토킹한다는 내용의 그 영화 를 무척 좋아했다.

결국 그것도 겟에 대한 영화였다.

원하는 것을 소유하기 위해 수단과 방법을 가리지 않는 여자가 등장하니까.

그는 기지개를 켜며 방금 실행에 옮긴 계획을 차분히 복기했다. 결과는 대성공이었다.

사십 분 전, 그는 몬터레이베이 아쿠아리움 쇼핑백을 들고 캐너 리 로 거리를 따라 이곳에 왔다. 그는 베이 뷰 센터 근처 레스토랑 뒤편에서 '오늘의 유니폼'인 군복으로 갈아입었다. 위장 무늬 옷과 반다나, 장갑, 마스크, 부츠. 그런 다음, 자기계발서 저자가 낭독을 시작한 지 십 분이 지났을 때 본격적으로 광란의 작업을 벌였다.

은신처에서 슬그머니 빠져나온 그는 글록을 쏘아대며 베이 뷰 센터 쪽으로 다가갔다. 몰린 인파 쪽으로 총구를 돌렸을 뿐 사람들을 직접 겨누고 쏘지는 않았다. 그를 본 모두가 혼돈에 빠져 비명을 지르며 달아났다.

그는 연신 방아쇠를 당겨대며 비상구를 향해 나아갔다. 경찰이 나타나기까지 사 분 정도 여유가 있었다.

사람들이 하나둘씩 창밖으로 뛰어내리기 시작했다. 그들은 바위 위로, 그리고 만의 차가운 물속으로 속속 떨어졌다. 그제야 그는 몸을 돌려 미리 봐둔 장소로 황급히 돌아갔다. 군복을 벗어젖히고 티셔츠와 스포츠 재킷, 반바지와 플립플롭 샌들로 차례로 갈아입은 후 권총을 허리춤에 꽂아 넣었다. 벗은 옷은 묵직한 돌들과 함께 망사로 된 다이빙 가방에 담아 해초가 무성한 수심 10미터 물속으로 떨어뜨렸다.

마치는 관광객 행세를 하며 해안을 따라 혼다가 주차된 곳으로 향했다. 차에 도착해서는 선불폰으로 911에 전화를 걸어 무장한 범인이 피셔맨스 워프 쪽으로 달아났다고 신고했다. 자신의 위치와 정반대 쪽으로. 그런 다음, 지역 방송국에도 같은 내용을 제보했다. 그는 피셔맨스 워프에 자리한 레스토랑에도 전화를 걸었다. 그가 전날 밤 찾았던 식당과는 다른 곳이었다. 직원이 응답하자 그는 미치광이 총잡이가 그쪽으로 향하고 있다고 알렸다. "달아나요, 어서요. 빨리 거기서 빠져나와요!"

작은 마을임에도 적잖은 수의 경찰이 출동했다. 하지만 그들 중 누구도 그에게 눈길 한번 주지 않았다. 오로지 현장 상황에 집중할 뿐이었다. 그는 자신이 화재 조사관 행세를 하며 비상구를 활짝 열어놓게 했다는 사실을 경찰이 밝혀낼 수 있을지 궁금해졌다. 아마 못 할걸. 그의 작전은 행사장의 철저한 예방조치 덕분에 성공을 거둘 수 있었다.

그는 잠시 기다렸다가 범죄 현장으로 향했다.

거리는 몰려든 사람들로 북적이고 있었다. 그는 비극이 아직 끝나지 않은 행사장 쪽으로 묵묵히 걸어갔다. 열 척이 넘는 경찰과 연안 경비대 소속 보트들이 파란 경광등과 탐조등을 밝힌 채 몰려가고 있었다. 잠수부로 보이는 사람들이 수면을 들락거렸다. 박살 난 행사장 창문 아래 바위에는 뛰어내린 참석자들이 널브러져 있었다. 넋 나간 얼굴로 앉아 있는 사람들도 있었고, 반듯이 눕거나 옆으로 돌아누운 사람들도 보였다. 구조대원들은 조심스레 바위로 내려갔다. 바위 표면은 초록색 머리털 같은 해초와 바닷물로 미끄러웠다. 그들 중 몇몇은 발 디딜 곳을 찾지 못하고 물에 빠져버렸다. 바다에 떨어진 소방대원 하나는 미친 듯이 두 팔을 휘저어대고 있었다. 그는 거센 파도에 휩쓸려 수면 위로 올라왔다가 이내 내려앉기를 반복했다. 그의 동료 두 명이 부리나케 달려와 그를 뭍으로 끌어냈다.

그는 기다렸던 영웅 소방관이 아니었다. 하지만 마치는 브래드 대넌이 이미 이곳 어딘가에 도착해 있을 거라 짐작했다.

골목을 통해 캐너리 로 쪽으로 빠져나온 피해자들과 그 가족들은 주변 거리와 베이 뷰 센터가 내려다보이는 언덕을 멍한 얼굴로 서성거렸다. 연석에 모여 앉은 사람들도 있었고, 담요를 몸에 두른 채 구급차에 오른 사람들도 보였다.

끝내주는 대혼돈의 현장……

마치는 현장으로 천천히 다가가보았다. 시신을 담는 보디백 세 개가 베이 뷰 센터 측면 진입로에 나란히 놓여 있었다. 비상구들은 전부 활짝 열려 있었다. 그럴듯한 계획이었어. 자기계발서 독자들로 하여금 험준한 바위와 차가운 바닷물로 뛰어내리게 만든 것.

마치는 경적을 울리며 베이 뷰 센터로 달려오는 또 다른 차 한 대를 지켜보았다.

아, 저건 또 뭐지?

내 친구…….

회색 닛산 패스파인더의 계기판에 파란 점멸등이 붙어 있었다. 인파와 비상 차량들로 꽉 막힌 길에서 세울 곳을 찾던 차는 결국 그에게서 멀지 않은 곳에 멈춰 섰다.

차에서 내린 캐트린 댄스가 인상을 찌푸린 채 주변을 살폈다.

물론 마치는 그녀의 집에 다녀온 적이 있다. 하지만 수확은 별로 없었다. 개들이 있었고, 사람들이 자주 들락거리는 곳이었다. 그녀의 일상과 가족, 친구들에 대한 몇몇 정보를 알게 됐을 뿐 정작 그녀를 제대로 살펴볼 기회는 주어지지 않았다. 하지만 지금은 가까이서 유심히 살필 수 있었다. 꽤 매력적이야. 배우 케이트 블란쳇을 닮은 것 같기도 하고. 그녀는 짙은 색 재킷에 종아리까지 오는 스커트 차림이었다. 그리고 스타일리시한 부츠. 차에서 내릴 때 살짝 드러났던 검은 스타킹도 가슴을 두근거리게 했다. 그녀는 선홍색 머리끈으로 묶은 포니테일을 뒤로 늘어뜨렸다.

흥미롭군. 저런 머리 스타일에 저런 옷차림을 하고 있으니 제시카 분위기도 나는데. 세레나, 그리고 터드와 더불어 안티오크 마치의 삼위일체를 이루는 여인.

그녀는 빠른 걸음으로 계단을 올라 제복 경관들에게 배지를 내보였다. 경관들 모두 그녀를 알아보는 듯했다. 또 다른 경관들이 나타나 그녀에게 상황을 보고했다. 마치 여왕을 대하는 듯한 모습이었다. 극장에서의 짐작이 옳았다. 그녀는 분명 그를 쫓고 있었다. 형사반장인가? 날카롭고 신중한 눈빛, 억세 보이는 턱. 그녀는 끈질기고 똑똑해 보였다.

도착한 지 오 분 만에 상황 파악을 마친 그녀가 경관들에게 여러 가지 지시를 내렸다. 그녀는 어두운 표정으로 잠시 시체들을 내려다본 후 강연장으로 들어갔다.

그녀가 시야에서 사라지자 안티오크 마치가 발길을 돌렸다. 댄스의 차는 경찰 저지선 밖 그늘에 있었다. 누구도 그녀의 차로 향하는 그를 제지하지 않았다.

베이 뷰 센터 참사에 정신이 팔렸는지 그녀는 SUV의 문을 제대로 잠가놓지도 않았다.

그는 주위를 살피다가 지켜보는 이가 없다는 걸 확인한 후 잽싸게 운전석 문을 열고 차에 올랐다.

33

"쉰 명 정도가 뛰어내렸어요. 그들 중 대부분이 바위에 떨어졌고요." 댄스가 찰스 오버비에게 설명했다. 그녀의 사무실에는 오닐과 티제이도 함께 있었다. "절반은 물에 빠졌습니다. 당시 수온이 7도쯤 됐다고 하더군요. 치명적인 조건은 아니지만 수영을 할 줄 모른다면 사정이 다르죠. 추락하면서 패닉에 빠지거나 부상을 입은 피해자도 적지 않았을 거고요. 파도에 휩쓸려 바위에 내동댕이쳐진 사람들도 있었을 겁니다. 충격에 의식을 잃고 익사했겠죠. 해초에 몸이 엉겨 죽은 사람도 두 명이나 됩니다."

"총 사상자 수는?"

오닐이 대답했다. "사망자 네 명, 부상자 서른두 명. 그중 열두 명은 중태입니다. 추락과 저체온증으로 혼수상태에 빠진 사람이 두 명, 바위에 떨어져 팔다리를 크게 다친 사람은 세 명입니다. 실종자는 없고요."

"보안요원은?"

"없었습니다." 댄스가 말했다. "매니저는 맨 앞에서 우왕좌왕했고요, 저자는 화장실에 숨어 있었습니다. 그것도 여자 화장실에. 범인은 경찰이 도착하기 삼 분쯤 전에 달아났습니다. 아무 흔적도 남기지 않고 사라졌어요."

"어떻게 그럴 수 있지?"

"범행 직후 옷부터 갈아입었을 겁니다." 오닐이 말했다.

"군복을?"

댄스가 상관에게 말했다. "해안에는 그가 사람들의 눈을 피해 옷을 갈아입을 만한 곳이 많습니다. 범행 당시 입었던 군복은 쇼핑백에 담아 어딘가에 버렸겠죠. 그런 다음엔 유유히 인파 속으로 사라졌을 겁니다."

"그가 피셔맨스 워프 쪽으로 갔다는 제보가 들어왔어."

"보나 마나 그가 제보자였을 겁니다. 경찰, 지역 방송국, 레스토랑에 차례로 전화를 걸어 같은 내용을 제보했겠죠. 선불폰은 한 달쯤 전에 시카고에서 현금을 주고 구매한 겁니다. 혹시나 해서 솔리튜드크리크 사건 발생 직후 통화 기록을 살펴봤는데요, 주차장에서 누군가가 샘 코헨에게 전화를 걸어와 클럽 주방과 무대 뒤편에서 불길이 번지고 있다고 제보했다더군요. 그래서 그 같은 참사가 벌어진 거고요."

"이번에도 같은 번호인가?"

"아뇨. 하지만 그 선불폰도 시카고에서 구매한 걸로 확인됐습니다. 그것도 같은 날에요. 일단 시카고 경찰국에 수사 협조를 요청해 놓았습니다. 물론 큰 기대는 없지만요. 그건 그렇고, 베이 뷰 센터 매니저는 보안용 카메라가 없다고 했어요. 홀 안팎에 카메라가 몇 대 있긴 한데 전원에 연결되어 있지 않더라고요."

"그러니까 범인은……" 오버비가 천천히 말했다. "안에 발을 들이지 않았다는 얘기지? 총으로 누굴 쏜 것도 아니고. 대체 왜 그랬을까?"

"그게 마이클과 제가 솔리튜드크리크에 대해 처음 가졌던 의문이에요. 왜 클럽에 불을 붙이지 않았을까? 왜 총으로 피해자들을 쏘지 않았을까? 그는 관객들이 알아서 죽어주기를 바랐던 거예요. 사람의 지각과 느낌과 혼돈을 가지고 논 것이죠. 사람들이 뭘 봤는지는 중요하지 않아요. 뭘 믿는지가 중요하죠. 바로 그게 그의 무기예요. 공포. 모든 게 그가 짠 계획대로 이루어졌어요. 제가 아르델 홉킨스라는 생존자를 만나봤습니다. 인파에 깔려 어깨가 부서지는 부상을 입었는데, 익사 직전 기적적으로 연안 경비대에 구조됐어요. 그녀 얘길 들어보니 솔리튜드크리크 케이스랑 거의 모든 게 일치하더군요. 혼돈에 빠진 사람들. 이성을 잃고 발광하는 사람들. 눈부신 보안등. 그 조명 때문에 사람들이 더 다급했던 것 같아요. 그 와중에 누군가가 창문을 깨고 밖으로 뛰어내리니 지켜보던 사람들도 뭔가에 홀린 것처럼 속속 그를 따라 뛰어내린 거죠. 쥐 떼처럼 말이에요. 범인이 행사장으로 들어왔는지 확인한 사람은 아무도 없었어요. 누군가가 먼저 '뛰어!' 하고 외쳤고, 사람들은 그걸 듣고 시키는 대로 했죠. 매니저가 그러는데 얼마 전 소방서에서 시설 점검을 하러 나왔었답니다. 협조하지 않으면 행사를 취소시키겠다고 으름장을 놓았다나요. 비상구 걸쇠는 죄다 풀어놓으라고 했고, 문밖에는 누구도 차를 세워놓을 수 없도록 조치시켰답니다."

"그나마 소방국에서 미리 조치를 취했기에 망정이지. 그런데 좀 아이러니하지 않아? 매니저가 적절한 예방책을 완벽히 취해놨지만 오히려 그게 독이 돼버렸으니 말이야."

오닐이 말했다. "과학수사대가 현장을 살피고 있습니다. 참, 그리고 신발 자국 분석 결과가 나왔습니다. 캐트린과 제가 솔리튜드에서 발견한 것 말입니다. 범인의 신발은 흔한 게 아니더군요."

"흔한 게 아니라뇨?" 오버비가 물었다.

"한 켤레에 5천 달러가 넘는 신발이랍니다."

"뭐라고요?"

"90퍼센트 이상 확실하답니다. 루이비통. 사람을 보내 판매 기록을 살펴보라고 했어요. 흔한 모델은 아니지만 일 년에 사백 켤레 정도 팔린다더군요. 범인은 분명 현금으로 그걸 구입했을 겁니다. 그리고 혼다의 타이어 자국 있죠? 휠베이스와 타이어를 분석한 결과 사 년 정도 된 어코드로 확인됐답니다."

"5천 달러짜리 구두를 신는 사람이 혼다를 몬다?" 오버비가 중얼거렸다. 이내 그에게 명백한 답이 찾아왔다. 그는 피식 웃음을 터뜨렸다. "왜냐하면 그게 지구상에서 가장 흔한 모델이니까. 맙소사. 구두 한 켤레가 5천 달러나 한다고? 대체 어떤 놈인지 궁금하군." 그가 무언가 말을 하려다 컴퓨터 화면으로 시선을 가져갔다. "빌어먹을."

"뭡니까, 찰스?"

그가 잠시 메시지 내용을 훑었다. "오클랜드 대책본부예요. G-에이트-투스G-Eight-twos 창고 중 하나가 불에 타버렸답니다. 에벌리 가에 있는 창고."

"불에 타버렸다고요?" 댄스가 얼굴을 찡그렸다. 그리고 곧바로 오닐에게 설명해주었다. "우린 한 달쯤 전에 그 창고가 갱단 것이라는 사실을 확인했어요. 그때 덮칠 수도 있었지만 남쪽으로 향하는 트럭들과 창고를 들락거리는 사람들의 신원을 확인할 때까지 좀더 두고 보기로 했죠." 그녀의 입에서 한숨이 나왔다. "이렇게 된 이상 G-에이트-투스는 아지트를 다른 데로 옮기려 할 거예요. 거긴 또 어떻게 찾아내야 할지. 타격이 이만저만이 아니네요."

오버비가 계속해서 읽어 내려갔다. "화재 발생 당시 만 발이 넘는 탄약이 창고에 보관돼 있었다더군. 덕분에 엄청난 불꽃놀이가 펼쳐졌을 거야."

댄스가 말했다. "이해가 안 가네요. 창고는 중립 지대에 있었잖아요. 그건 모든 조직원이 다 아는 사실인데, 대체 누가 왜 거기 불을 질렀을까요?"

"그곳을 중립으로 인정하지 않는 놈인가 보죠." 오닐이 말했다. "어쩌면 남쪽에서 온 변절자들인지도 모르고요. 아니면 이곳 출신이든지."

오버비는 메시지를 마저 읽고 나서 고개를 들었다. "좀 이상한데. 창고에 불을 지른 놈들은 죄다 백인이었어. 적어도 카메라에 찍힌 영상을 보면 그래. 하지만 파이프라인에 엮인 놈들은 흑인이거나 라틴계잖아. 영역 다툼이라도 벌인 걸까?"

"그곳 주인이 보험금을 노리고 불을 질렀을 리도 없잖아요. 그 많은 탄약을 보관해두고서." 댄스가 말했다. "창고가 비어 있었다면 몰라도."

오버비가 덧붙였다. "오클랜드 경찰국과 DEA가 방화범의 차량 번호판을 체크하고 있대. 주변의 보안 카메라와 목격자들도 살펴보는 중이라고 하고." 그가 고개를 저으며 화면에서 눈을 뗐다.

그때 티제이가 사무실로 불쑥 들어왔다. 그가 고개를 끄덕여 상관들에게 차례로 인사했다.

"보고드릴 게 있습니다. 앤더슨 건설 관련 정보입니다."

티제이의 보고를 듣기 전에 댄스는 오버비에게 클럽 근처에서 맞닥뜨린 측량사들에 대해 설명했다. 그녀는 앤더슨 건설회사 직원 중 솔리튜드크리크 근처에서 범인을 목격한 이가 있기를 간절히 바랐다.

"앤더슨에 일을 맡긴 발주처는 네바다 주에 있는 회사라고 합니다. 앤더슨 직원들은 지난 2주간 솔리튜드크리크 근처에서 작업하지 않았다고 하고요. 하지만 네바다에서 직접 직원들을 파견한 것 같답니다. 확인을 위해 메시지를 남겨뒀습니다."

"고마워, 티제이. 이만 퇴근하도록 해."

"내일 아침에 뵙겠습니다. 쉬십시오."

오버비와 마이클 오닐도 차례로 사무실을 나섰다.

댄스는 시간을 확인했다. 어느덧 밤 11시가 다 돼 있었다. 그녀는 책상에 파일을 늘어놓고 컴퓨터 모니터를 흘끔 쳐다보았다. 소리를 줄여놓은 화면에서는 지역 방송국이 취재한 베이 뷰 사건이 보도되고 있었다. 역시 이번에도 영웅 소방관 브래드 대넌이 스포트라이트를 독차지하고 있었다. 그는 두 번째인가 세 번째로 현장에 도착한 인물이었다. 그녀는 소름 끼치는 이미지들을 빤히 응시했다. 문간에 뿌려진 피와 부서진 창문에서 쏟아져 내린 유리 조각들과 흉측한 바위들. 물에서 구조된 생존자들은 얇은 담요를 몸에 두른 채 몸을 옹송그리며 모여 있었다. 구경꾼들로 북적이는 주차장에서는 실종된 친척이나 친구들을 찾기 위해 몰려든 사람들의 절규가 끊이지 않았다.

새로운 관련 뉴스가 화면에 떠올랐다. 댄스는 황급히 볼륨을 높였다. 피해자 열여덟 명이 자사 차량과 열쇠를 제대로 관리하지 못한 헨더슨 도매 창고를 상대로 소송을 제기했다는 소식이었다. 뉴스 진행자들은 헨더슨 측이 파산을 신청할 것으로 보고 있었다. 법적 책임이 있기 때문이 아니라, 재판에 임하는 과정에서 극심한 재정적 부담을 떠안아야 하기 때문이라는 것이 그들의 해석이었다.

"회사는 오랫동안 몬터레이에서 창고 서비스를 제공해왔으며 주 전역을 무대로 트럭 수송 사업도 해왔는데요……. 국제 운송도 포함돼 있다고 합니다. 이들의 성공담이 주목받기도 했지만 이제는 영영 문을 닫게 됐습니다."

댄스는 화면에서 눈을 뗐다. 그리고 딱한 처지의 샘 코헨을 떠올렸다. 클럽 역시 같은 운명일 게 뻔했다.

이런 상처는 결코 아물지 않아. 영원히.

그녀가 휴대폰을 꺼내 전화를 걸었다.

"캐트린." 남자의 목소리가 응답했다.

"아직도 거기 있어, 레이?"

"그럼요."

레이 카레네오는 CBI 요원으로, 나이에 비해 성숙한 부하였다. 그는 네바다 주 리노에서 순찰 경관으로 근무하며 치안 유지에 대한 모든 것을 배웠다고 했다. 그는 매우 화려한 과거를 지니고 있었다. 좋은 일도 많았지만 어둠 속을 방황했던 시절도 있었다. 그의 엄지와 검지 사이에는 자그마한 흉터가 남아 있었다. 몇 년 전까지만 해도 갱단 문신이 새겨져 있던 부위였다. 스스로 지워버리기 전까지.

"도움이 좀 필요해."

"뭐든 말씀하세요. 세라노 사건 때문인가요?"

"아니. 솔리튜드크리크 사건 때문이야. 날 위해 몇 가지 살펴봐줘야겠어. 오 분쯤 후에 사무실로 갈게."

"기다리고 있겠습니다."

34

안티오크 마치는 차에 탄 채로 15미터쯤 떨어진 집을 유심히 지켜보는 중이었다. 그는 캐트린 댄스의 삶을 영원히 바꿔놓을 완벽한 타이밍을 기다리고 있었다. 그가 몸을 뒤척여 자세를 바꾸었다. 덩치가 산만 한 마치는 혼다 어코드를 좋아하지 않았다. 평소 그는 500마력을 자랑하는 메르세데스 AMG를 주로 몰았다. 그의 보스가 선물한 것이었다. 하지만 지금 같은 상황에서 시선을 끌 만한 차는 좋지 않다.

그는 눈을 가늘게 뜨고 집 쪽을 바라보았다.

이곳을 찾은 이유는 얼마 전 댄스의 패스파인더에서 유용한 정보를 발견했기 때문이었다. 혼다의 조수석에는 스키 마스크와 면장갑, 쇠지렛대가 가지런히 놓여 있었다. 마치는 그녀가 이곳의 유혈 낭자한 비극을 접하고 어떤 반응을 보일지 궁금했다.

그의 겟 역시 호기심에 잔뜩 부풀어 있었다.

키스 홉킨스의 《죽음과 부활Death and Renewal》을 오디오북으로 듣는 사이사이 그는 간간이 베이 뷰 참사 관련 보도에도 귀를 기울였다. 마치는 충분한 지성을 갖추었음에도 겟 때문에 학자로서의 삶을 포기해야만 했다. 하지만 독서량은 조금도 줄지 않았다. 그는 논픽션을 선호했다. 그중에서도 전기와 역사책을 즐겨 읽었다. 《죽음과 부활》은 고대 로마의 죽음과 사회 구조에 대한 학술서였다. 그는 그 시대 이야기에 큰 관심이 있었다. 전쟁, 제국의 확장, 그리고 문화. 책은 마치가 흥미를 가진 검투사 관련 내용도 다루었다. 그는 관련된 책을 모조리 찾아 읽었다. 문제는 검투사와 그들 세상에 대한 문헌이 많지 않다는 사실이었다. 검투사가 가장 많이 등장하는 책은 흥미롭게도 로맨스 소설이었다. 그리고 그런 책의 표지에는 예외 없이 끈 달린 가죽 옷차림의 근육질 남자들이 땀을 쏟아내고 있었다.

로맨스 소설이라니!

맙소사.

그는 오디오북을 끄고 창밖의 집을 바라보았다. 얼마나 더 기다려야 하나?

마치는 긴장을 풀고 몸을 기댔다.

그가 검투사들을 좋아하는 건 할리우드와 로맨스 소설 출판사들이 연출해낸 에로틱한 분위기 때문은 아니었다. 이성애든 동성애든 검투사의 사랑은 마치의 관심 밖이었다. 그를 매료시킨 건 바로 죽음의 제도화였다.

역사는 가르쳐주었다. 그리고 설명해주었다. 인간은 단 하루만 보고 평가할 수 없다. 추세를 보고 정체를 파악하려면 그의 일생을 유심히 살펴야 한다. 시간의 대평등화.

인류는 전반적으로 다 똑같다.

검투사의 세계는 안티오크 마치의 존재에 적잖은 영향을 미쳤다.

싸움 자체는 흥미롭고 복잡했다. 무누스munus라 부르는 그것은 원래 사망한 친척에게 겸허히 경의를 표하는 방법이었다. 전사 두어 명이 사력을 다해 싸우는 것. 가끔 패자가 죽음에 이를 때도 있었다. 로마 제국 고관들은 시민들을 위해 무네라munera를 비전투적 오락거리와 결합시켜 일종의 검투 쇼로 발전시켰다.

마치는 요즘도 종종 게임을 즐겼다. 그는 자신만의 게임을 만들기로 했다. 물론 그것은 1인칭 검투사 게임이 될 것이다. 플레이어로 하여금 검투사가 되어 직접 혈투에 임할 수 있도록. 상대가 달려들면 생존을 위해 죽기 살기로 싸워야 하는 게임. (뒤에서 몰래 접근해 적의 목을 딸 수도 있다.) 그는 책을 읽고 조사를 하며 검투사에 대한 정보를 모조리 학습했다. 다음 단계는 게임 제작법을 익히는 것이었다. 지난 이십여 년간 게임에 미쳐 살아온 그는 게임의 메커니즘을 잘 알고 있었다. 하지만 기계적인 부분에 있어서는 전문가의 도움이 절실했다.

그는 몇 시간에 걸쳐 게임에 대해 생각했다. 직접 만든 게임을 플레이하는 기분이 어떨까.

그는 이미 게임의 이름까지 지어놓았다. **모두의 피**The Blood of All. 고대 로마의 시인 카툴루스의 시에서 따온 것이었다. 1세기 로마의 베루스라는 검투사에게 바치는 찬가. 그는 마지막 연을 외우고 있었다.

오, 베루스, 그대는 마흔 번이나 싸웠고
자유를 상징하는 나무 루디스*를

* 검투사의 훈련용 목검.

세 번이나 받았지만

은퇴할 기회를 번번이 거절했소.

머지않아 우리는 또다시 모여 그대 손에 쥐인 검이

적들의 심장을 꿰뚫는 광경을 볼 것이오.

그대에게 찬사를 보내오.

생명의 문을 통과할 기회를 포기하고 우리에게 안겨준

우리가 갈망하는, 우리를 살게 하는

모두의 피.

그는 지난 몇 년간 짬짬이 게임 개발에 매달려왔다. 만약 게임이 성공하더라도 그는 익명으로 남을 생각이었다. 게임 개발자는 자연스레 언론의 관심을 받게 돼 있다. 하지만 세간의 이목을 끌게 되면 그는 더 이상 마음 놓고 일을 벌일 수 없게 될 것이다. 그나마 다행인 것은 그의 프로젝트가 스포트라이트로부터 비교적 자유롭다는 사실이었다. 오늘 밤 겁쟁이 베스트셀러 리처드 스탠턴 켈러가 그랬듯 수백 명의 팬을 몰고 다니는 일은 결코 없을 것이다.

내일은 새로운 오늘. 그는 웃으며 생각했다. 오늘 베이 뷰를 찾은 사람들은 전혀 공감하지 못할 거야.

그의 시선이 집 쪽으로 돌아갔다. 불이 켜져 있었다. 하지만……

그때 휴대폰이 진동하며 문자 메시지가 도착했음을 알렸다.

눈을 가늘게 뜨고 휴대폰을 집어 들었다.

이게 뭐지? 안 돼. 안 돼……

공들여 짠 그의 저녁 계획은 수정이 불가피해졌다.

35

"오늘 힘들었어요?" 존 볼링이 물었다.

"내 얘기 말고, 당신 하루 이야기를 듣고 싶어요."

볼링이 미소 지었다. "정말로 불 방식* 검색 로직에서 발견된 결함에 대해 듣고 싶어요? 이러지 말고 나가서 로스트 비프 샌드위치나 먹죠."

그녀도 미소를 지으며 그에게 입을 맞추었다. "그렇지 않아도 출출했는데, 고마워요."

그는 음식을 챙겨 덱으로 나갔다. 댄스는 그가 켜놓은 촛불을 바라보았다. 베이 뷰 센터 참사 사망자들을 추모하는 듯했다.

그가 잭 런던 카베르네 와인을 땄다. 맛도 좋았지만 그녀는 라벨에 그려진 늑대가 더 마음에 들었다.

"꼬맹이들은 오늘 어땠어요?" 그녀가 와인을 곁들여 샌드위치와 감자 샐러드를 먹으며 물었다.

---

* 컴퓨터와 전자공학에서 참과 거짓을 나타내는 숫자 1과 0만을 이용하는 방식.

"매기는 여전히 침울해하고 있어요."

댄스는 고개를 저었다. "또 얘길 나눠봐야겠어요. 이번엔 입을 열지도 몰라요."

"그래도 자기 클럽이랑은 얘기가 잘 통하나 봐요. 애들이랑 화상전화로 한 시간 정도 수다를 떨었거든요."

"오, 그게 무슨 클럽이었죠? 비밀 클럽?"

"바로 그거예요. 베타니와 카라. 리도 있는 것 같았고요. 아무나 들어오지 못하는 모임인 것 같던데요?"

"계속 지켜봐줬죠?"

"네."

댄스의 아이들은 어른이 가까이에 없을 때는 화상전화와 온라인 접속을 할 수 없다.

"공식적인 모임이에요?" 댄스가 물었다.

"설마 퍼시픽하이츠 초등학교가 이런저런 조건을 깐깐하게 따져 공식적인 클럽으로 인가해주진 않겠죠."

"하긴…… 비밀 클럽이라." 그녀는 잠시 골똘히 생각에 잠겼다. "정확히 뭘 하는 모임이죠? 아메리칸 걸 인형들에 대해 이야기라도 하는 건가."

"물어보니까 비밀이라던데요."

두 사람이 웃음을 터뜨렸다.

댄스가 와인을 한 잔 더 권하자 볼링이 손을 저었다. 아이들이 집에 있으니 취침 시간을 넘겨 머물 수 없었다. 게다가 그는 곧 차를 몰고 돌아가야 했다. 아이들의 운전기사 노릇을 할 때 그는 술을 한 방울도 입에 대지 않았다.

"웨스는요?"

"도니가 놀러왔었어요. 볼수록 괜찮은 아이더군요. 아주 똑똑하고요. 녀석들에게 프로그램을 코드화하는 걸 좀 가르쳐줬어요. 도니는 금세 알아듣던데요."

"걔들이 하는 게임은 어떤 것 같아요? 방어와 대응 원정……? 정확히 뭐였죠?"

"방어와 대응 원정 서비스."

"맞아요. 그거."

"솔직히 나도 잘 몰라요. 하지만 걔들이 컴퓨터 모델을 거부하고 있다는 사실이 흥미롭더군요. 전투 계획을 풋볼 플레이처럼 손으로 쓰는 것 같았어요. 우리가 어렸을 때 했던 전함 게임처럼요. 기억해요?"

"그럼요."

"전통적인 방식의 게임을 즐기는 모양이에요. 보물찾기 같은 것도 하나 보던데요. 공원이나 해변에 나가서 단서를 찾는 것 말이에요. 집에 틀어박혀 있는 것보다 밖에 나가서 자전거라도 타는 게 운동도 되고 좋잖아요."

"나도 어릴 때 그러고 놀았는데."

"난 애들 나이 때도 박스만 끼고 살았어요."

박스. 컴퓨터.

그녀가 말했다. "전자책 세상이 됐는데도 종이책으로 돌아가는 사람들이 적지 않다고 들었어요."

"하긴." 그가 말했다. "나도 아직까진 종이책이 더 좋아요. 게다가 내가 주로 읽는 책들은 킨들로 나올 만한 것들이 아니에요. 《검색 엔진 알고리즘에 적용한 벡터 모델링과 코사인 유사도》, 뭐 이런 책들."

댄스가 고개를 끄덕였다. "어디서 영화로 만든다고 했죠?"

"픽사."

팻지와 딜런이 어슬렁거리며 덱으로 나왔다. 이런 밤에는 로스트 비프 냄새의 분자들이 멀리까지 퍼져나갔다. 그들이 풀썩 주저앉자 볼링이 몰래 부스러기를 뿌려주었다. 그가 댄스에게 물었다. "이제 말해줘요. 많이 힘들었어요?"

그녀는 고개를 깊이 숙이고 다시 와인을 한 모금 넘겼다.

그가 말했다. "아까는 얘기하고 싶지 않았을지 모르지만 왠지 지금은 마음이 변했을 것 같아서요."

"상황이 좋지 않아요, 존. 아직까지 쓸 만한 단서 하나 찾지 못하고 있어요. 오늘 밤…… 소식 들었어요?"

"놈이 사람을 쏘지는 않았다면서요? 그냥 혼란에 빠뜨렸을 뿐. 많은 사람이 바다로 뛰어내렸다고 들었어요. 네댓 명이 죽었다고 했고요."

댄스는 입을 꾹 닫고 뒤뜰의 자그마한 호박색 램프를 바라보았다. 그녀가 등받이에 몸을 기대자 어깨에서 우두둑 소리가 났다. 이런 적은 처음이었다. 그녀는 소나무들 사이로 별이 쏟아지는 밤하늘을 올려다보았다. 늘 안개가 끼는 반도였지만 가끔 이렇게 적당한 기온과 습도가 조화를 이루어 공기를 유리처럼 만들어놓을 때가 있다. 나무들 틈에서 은은하게 빛을 발하는 유리 같은 공기를 통해 우주가 시작되는 곳까지도 보이는 것 같았다.

"여기 있어Stay." 그녀가 말했다.

볼링이 개들을 내려다보았다. 개들은 어느새 잠들어 있었다.

그의 시선이 다시 그녀에게로 돌아왔다.

미소. "당신 말이에요. 개들 말고."

"자고 가란 말인가요?"

"네."

그는 굳이 아이들을 언급하지 않았다. 캐트린 댄스는 당연한 것에 대해 상기시킬 필요가 없는 사람이었다.

그 역시 주저할 필요가 없었다. 그가 몸을 기울여 그녀에게 강렬한 키스를 퍼부었다. 그녀는 한 손으로 그의 목을 잡고 자신 쪽으로 살며시 끌어왔다.

그들은 서로에게 식사가 끝났는지 묻지 않았다. 두 사람은 반쯤 먹다 만 접시를 들고 안으로 들어갔다. 댄스는 개들을 안으로 불러들인 후 문을 걸어 잠갔다.

볼링은 그녀의 손을 잡고 위층으로 이끌었다.

플래시몹
FLASH MOB

4월 8일, 토요일

36

알람은 7시 30분에 울렸다.

클래식 음악. 음악가이기도 한 댄스는 불협화음을 견디지 못했다. 흘러나오는 것은 '토카타와 푸가'였다. 〈오페라의 유령〉 말고, 바흐의 것으로.

그녀는 눈을 뜨고 간신히 정지 버튼을 찾아 눌렀다.

토요일이었다. 하지만 범인은 여전히 세상을 활보하고 있다. 힘들지만 일어나야 한다.

존 볼링이 가늘어지는 머리를 빗고 있었다. 그는 남의 시선을 의식하는 타입이 아니어서 양옆으로 삐져나온 몇 가닥만 정리하고 끝이었다. 그는 회색 티셔츠만 걸친 상태였다. 그녀는 자정쯤 그가 슬그머니 티셔츠를 걸치는 모습을 보았다. 그녀는 모처럼 꺼내 입은 빅토리아 시크릿 속옷 차림이었다. 실크에 분홍색이기까지 해 살짝 부담스러웠다.

그가 그녀의 이마에 입을 맞추었다.

그녀는 그의 입에 키스했다.

그와 집에서 밤을 보낸 것은 후회되지 않았다. 조금도.

아침에 눈을 뜨면 어떤 기분일지 궁금했었다. 아래층에서 아이들 소리가 들려왔다. 문이 삐걱대는 소리, 걸쇠가 풀리는 소리, 속닥거리는 목소리, 시리얼 그릇들이 달가닥거리는 소리. 그녀는 자신이 옳은 결정을 내렸다고 확신했다. 그들은 일 년이 조금 넘게 사귀었고 이제는 한발 나아가야 할 때였다. 그녀는 위층에서 남자가 내려왔을 때 아이들이 어떻게 생각하고 말하고 또 반응할지 생각해보았다. 혹시 있을지 모르는 반발에도 대비했다. 아이들은 두 사람의 관계를 짐작하고 있었다. 댄스는 몇 년 전, 아이들을 앉혀놓고 이 문제에 대해 진지하게 설명한 적이 있다. (그때 매기는 덤덤하게 고개를 끄덕였다. 마치 오래전부터 짐작해왔다는 듯이. 웨스는 시뻘게진 얼굴로 어쩔 줄 몰라 하다가 아무거나 편히 물어보라는 어머니의 말에 대뜸 이렇게 말했다. "저기, 다른 방법은 없나요?" 댄스는 웃음을 간신히 참았다.)

아이들은 어머니가 자기들 몰래 남자친구를 집에서 재웠다는 사실을 곱게 보지 않을 것이다. 설령 그 상대가 자신들이 잘 알고 좋아하는 남자라 해도. 산타바버라에 사는, 덜렁거리고 귀엽지만 가끔은 짜증 나는 뉴에이지 벳지 이모보다 더 친척처럼 느껴진다 해도.

앞으로 삼십 분 동안은 바짝 긴장해야겠는데.

댄스는 대충 가운을 걸치고 내려갈까 하다가 화장실로 향했다. 잠시 후, 샤워를 마치고 나온 그녀는 청바지와 분홍색 워크 셔츠를 걸쳤다. 이를 닦는 볼링은 어딘지 모르게 불안해하는 것 같았다. 그도 주섬주섬 옷을 입었다.

"준비됐어요." 그가 천천히 말했다.

"안 돼요."

"네?"

"아까 창문을 보고 있었죠? 뛰어내릴 생각 말아요. 우린 같이 내려가서 내가 아주 특별한 날에만 만드는 프렌치 토스트를 먹을 거예요."

"오늘이 특별한 날이에요?"

그녀는 대답 대신 그에게 살짝 입을 맞추었다.

그가 말했다. "알았어요. 내려가서 애들을 만나봅시다."

아래층에서 댄스와 볼링을 맞아준 건 아이들만이 아니었다.

그들이 계단을 내려와 주방으로 들어서려는 찰나 마이클 오닐이 불쑥 나타났다. 그는 오렌지 주스가 담긴 유리잔을 쥔 채 테이블로 향하는 중이었다.

"오." 그녀가 속삭였다.

"좋은 아침이에요. 안녕하세요, 존."

"마이클."

오닐의 표정에는 아무런 변화가 없었다. "웨스가 문을 열어줬어요. 오기 전에 연락했는데 전화가 꺼져 있더군요."

그녀는 전날 밤 잠자리에 들기 전 휴대폰을 꺼놓았다. 아이들의 성화에 못 이겨 아일랜드 발라드로 바꿔놓은 벨소리가 분위기를 깨버릴까 걱정이 됐기 때문이었다. 그녀는 휴대폰을 다시 켜는 걸 깜빡한 채 잠이 들어버렸다. 프로답지 않은 실수였다.

"난……." 그녀는 다급히 입을 열었지만 마땅한 핑계가 떠오르지 않았다.

댄스는 식사에 열중하는 아이들을 돌아보았다. "안녕, 엄마!" 매기가 말했다. "TV에서 오소리가 나오는 프로를 봤어요. 벌꿀오소리라는 게 있는데요, 꿀잡이새가 걔들을 벌집이 있는 곳으로 안내해 준대요. 오소리는 그걸 우악스럽게 뜯어서 꿀을 먹는데 털이 워낙 두꺼워서 벌떼에 쏘여도 끄떡없대요. 안녕, 존 아저씨."

마치 그와 오랫동안 같이 살아온 것 같았다.

휴대폰에 정신이 팔렸던 웨스도 어머니와 남자친구를 올려다보며 미소 지었다.

댄스와 매기는 프렌치 토스트에 발라 먹을 꿀을 챙겨왔다. 댄스가 웨스를 돌아보았다. "누구?" 그녀가 턱으로 휴대폰을 가리키며 속삭였다.

"도니예요."

"엄마 안부 전해주렴. 그리고 일단 끊어."

웨스는 잠시 통화를 이어가다가 엄마의 매서운 눈빛을 확인하고 나서 전화를 끊었다.

전처와 밤을 함께 보냈는지도 모르는 오닐은 주스를 보고 있었다. 그의 탄탄한 골격에서는 여러 동작학적 메시지가 스포츠카 엔진처럼 쉴 새 없이 발화되고 있었다. 아니면 도요타의 렉서스 브랜드가 만든 하얀 SUV 엔진처럼.

이제 그만. 그녀는 스스로에게 말했다.

지나간 일이야^{let it go}……

볼링이 커피를 만들었다. "마이클, 한잔할래요?" 그가 컵을 번쩍 들어 보였다.

"좋죠." 오닐이 댄스를 돌아보았다. "새로운 단서가 나왔어요. 그래서 연락했던 거예요."

"솔리튜드크리크?"

"네."

댄스는 아이들 반응을 살피지는 않았다. 아이들은 댄스의 일에 대해서는 자세히 알지 못한다. 오닐이 턱으로 현관 쪽을 가리켰다. 그녀는 매기에게 상을 마저 차려달라고 부탁했다. 볼링은 토스트와 베이컨을 구웠다. 웨스가 다시 휴대폰을 집었지만 댄스는 모른 척 했다.

오닐을 따라 나가던 그녀는 셔츠의 맨 위 단추가 풀려 있음을 깨달았다. 너무 정신이 없었다. 그녀는 최대한 자연스러운 동작으로 단추를 채웠다. 하지만 그의 시선이 V자로 열린 셔츠 안에 희미하게 뿌려진 주근깨로 돌아오는 것까지는 막지 못했다. 그녀는 내려오기 전 목욕 가운과 빅토리아 시크릿 레이스 속옷을 선택하지 않아 다행이라고 생각했다.

"같이 다녀왔으면 하는 곳이 있어요. 좀 먼 데예요."

"범인의 혼다를 찾았나요?"

"그건 아니지만, 주목할 만한 온라인 활동이 포착됐어요."

그녀와 오닐은 샌프란시스코의 에이미 그레이브에게 FBI의 온라인 모니터링 시스템으로 두 사건 관련 게시물들을 살펴봐줄 것을 요청한 바 있었다. 목격자들이 무심코 수사에 도움이 되는 정보를 올리는 경우가 종종 있기 때문이었다. 심지어는 범인이 자신의 영리함을 자랑스레 떠벌리는 경우도 있다. 소셜 미디어는 어느새 중요한 법집행 도구로 자리 잡았다. "어젯밤, 누군가가 비드스터에 영상을 하나 올렸어요."

댄스도 비드스터는 알았다. 유튜브의 경쟁 사이트.

"어떤 영상인데요?"

"클럽 참사 관련 뉴스 영상이에요. TV 화면을 촬영해 올렸더군요. 그리고 다른 사건들의 사진도."

"다른 사건들?"

"이 사건과 관련된 사건은 아니에요. 그냥 '아메드'라는 아이디를 가진 사람이 주절거리는 영상입니다. 이슬람이 서방세계에 그런 식으로 테러를 가할 거라나요. 자기가 벌인 짓이라고 주장하진 않았지만 그래도 혹시 모르니 우리가 살펴보는 게 좋겠어요."

"또 다른 사건들은요?"

"해외에서 벌어진 사건들이에요. 기독교인들이 이라크에서 참수당한 사건, 파리 외곽에서 발생한 차량 폭탄 테러 사건, 뉴욕의 기차 탈선 사고. 그리고 몇 년 전, 포트 워스의 클럽에서 벌어진 압사사건."

"나도 기사로 봤어요. 하지만 범인은 현장에서 죽었잖아요. 그 노숙자 말이에요."

"아메드는 그가 지하디스트라고 주장했어요."

오닐이 휴대폰 화면을 스크롤해 압사당한 시체들이 널브러진 참혹한 현장 사진을 찾아냈다.

"이게 테러 조직의 소행이라고요?"

"그 친구 주장에 의하면 그렇습니다."

"그의 주소는 알아냈나요?"

"아직요. 하지만 오래 걸리진 않을 거랍니다."

"엄마!" 매기가 불렀다.

"갈게."

그는 휴대폰을 집어넣었고, 두 사람은 주방으로 돌아갔다. 오닐이 말했다. "이만 가볼게요."

"아, 좀 더 계시면 안 돼요?" 웨스가 말했다.

댄스는 아무 말도 하지 않았다.

"그래요. 마이클 아저씨. 좀 더 있다 가세요." 매기는 어느새 그를 설득하고 있었다.

이번에는 볼링이 말했다. "캐트린의 비밀 레시피로 만든 거예요. 좀 먹어봐요."

그녀가 말했다. "계란이랑 우유. 비밀이니까 어디 가서 발설해선 안 돼요."

"그럼 좀 더 있다 갈게요."

그들은 테이블에 둘러앉았고, 댄스는 토스트를 가져왔다.

웨스가 말했다. "뉴스에서 봤는데, 또 범죄가 일어났다면서요?"

댄스가 대답했다. "그런 것 같아."

"이번에는 무슨 일이었어요?" 매기가 물었다.

"베이 뷰 센터에서 사람을 많이 다치게 했어."

그녀의 딸이 나지막이 물었다. "죽은 사람도 있어요?"

댄스는 아이들에게 필요 이상으로 설명하는 법이 없었다. 하지만 그들의 질문에는 늘 솔직하게 대답해주었다. "응."

"아."

그들은 무거운 침묵 속에서 식사를 했다. 댄스는 이미 입맛을 잃은 상태였다. 볼링과 오닐, 웨스도 마찬가지였다.

그녀가 커피를 홀짝이며 매기의 반응을 살폈다. 어린 딸은 불안한 얼굴로 프렌치 토스트를 쿡쿡 찔러대고 있었다.

"매기?" 그녀가 딸 쪽으로 몸을 기울이며 속삭였다. "왜 그래?"

"아무것도 아니에요. 갑자기 먹기 싫어졌어요."

"그럼 주스라도 마시렴."

아이가 살짝 마시는 시늉을 했다. 매기의 얼굴에 멍한 표정이 떠올라 있었다. 잠시 후 아이가 다시 입을 열었다. "엄마? 생각을 좀 해봤어요.”

“무슨 생각?”

“아무것도 아니에요.”

댄스가 둘러앉은 사람들을 차례로 쳐다보다가 다시 딸에게 말했다. “잠깐 엄마랑 덱에 나가볼까?”

아이가 자리에서 일어나 볼링과 오닐을 흘깃했다. 댄스는 매기를 데리고 밖으로 나갔다. 얼마 전 뒤로 미뤄두었던 진지한 대화를 이제야 나누게 된 것이다.

“매기, 무슨 고민이 있는지 얘기해봐. 며칠째 기분이 좋지 않다는 거 알아.”

아이의 시선이 모이통 주변을 맴도는 벌새 쪽으로 돌아갔다.

“내일 무대에서 노래하고 싶지 않아요.”

“왜?”

“모르겠어요. 정말 모르겠어요. 메건도 안 할 거래요.”

“메건은 맹장 수술을 받아서 그런 거잖아. 나머지 애들은 뭐라도 하나씩 할 텐데.”

공연의 이름은 ‘벤딕스 선생님의 6학년 장기 자랑’이었다. 늘 그렇듯 아이들은 연극과 춤, 피아노 연주, 바이올린 독주 등을 뽐낼 것이다. 담임 선생님은 조례 때 국가를 혼자서 완벽하게 불러낸 매기에게 기왕이면 독창을 해보는 게 어떻겠느냐고 제안했었다.

“자꾸 가사를 까먹어요.”

“정말?” 댄스는 그게 거짓말이라는 것을 알았다.

“가끔 가사가 생각나지 않을 때가 있어요.”

“그럼 엄마랑 같이 연습해볼까? 마틴 아줌마도 불러올게. 어때? 재밌을 것 같지 않아?”

아이는 당황한 기색이 역력했다. 그런 딸의 반응에 댄스는 덜컥 겁이 났다. 대체 뭐가 문제인 거지?

"매기?"

아이의 얼굴이 금세 어두워졌다.

"독창이 싫으면 안 해도 돼."

"정말요?" 그제야 아이가 환히 웃었다.

"그럼. 엄마가 벤딕스 선생님에게 잘 말씀드릴게."

"인후염에 걸렸다고 하세요."

"매기, 거짓말은 안 돼."

"정말로 가끔 목이 아플 때가 있다고요."

"네가 독창에 부담을 느낀다고 할게. 대신 바이올린으로 바흐의 인벤션을 연주해보는 건 어때? 멋진 곡이잖아."

"정말요? 그래도 돼요?"

"당연하지."

"하지만……." 아이의 시선이 다시 가느다란 목에 띠가 둘러진 벌새를 향했다. 새는 설탕물을 홀짝이고 있었다.

"하지만?"

"아무것도 아니에요." 매기가 씩 웃어 보였다. "고마워요, 엄마! 사랑해요, 사랑해요!" 아이는 집으로 쏙 들어가버렸다. 댄스가 딸의 웃는 모습을 본 건 몇 주 만의 일이었다.

댄스는 무엇이 아이로 하여금 독창을 포기하게 만들었을지 궁금했다. 하지만 매기가 옳은 결정을 내렸다는 생각에는 변함이 없었다. 우선순위를 제대로 매기고 처리하는 건 어머니로서 당연히 해야 할 일이다. 싫다는 딸을 억지로 장기 자랑 무대에 세우는 건 조금도 중요한 문제가 아니었다. 그녀는 딸의 담임에게 전화를 걸어

음성 메시지를 남겨놓았다. 만약 벤딕스 선생에게 연락이 없다면 그들은 내일 바이올린을 들고 6시 30분까지 학교로 가면 될 것이다.

주방으로 돌아온 댄스가 토스트를 한 입 베어 무는 순간 오닐의 휴대폰이 울렸다. 그가 화면에 뜬 내용을 확인했다. "왔어요."

"그걸 포스트한 사람의 주소인가요?"

"그의 서비스 지역이에요." 그가 다시 자리로 돌아왔다. "이름과 주소는 계속 알아보는 중입니다."

"존." 댄스가 말했다.

"애들 수업에는 내가 데려갈게요." 그가 미소를 지으며 말했다. "걱정 말아요."

웨스는 테니스, 매기는 체조. 원래 관심이 없었던 매기는 치어리더인 친구 베타니의 권유로 체조를 시작하게 되었다.

"수업 끝나고 퀴즈노스에 들렀다 오자." 볼링이 아이들에게 말했다. "엄마한텐 비밀이야. 알았지? 이런, 들켰네!"

매기가 웃음을 터뜨렸다. 웨스는 엄지손가락을 번쩍 들었다.

"고마워요." 댄스가 그에게 입을 맞추었다.

오닐은 누군가와 통화 중이었다. "정말입니까? 알았어요. 잘됐네요. 주정부에서 비행기 지원이 될까요?"

비행기?

그가 전화를 끊었다. "됐어요."

"어디로 가는데요?" 댄스가 손가락에 묻은 꿀을 닦으며 물었다.

"LA. 그보다 좀 더 밑으로요. 오렌지 카운티."

"올라가서 가방을 가져올게요."

37

안티오크 마치는 눈을 뜨고 자신이 지금 어디 와 있는지 기억을 더듬었다.

그래, 맞아.

101번 고속도로 근처 모텔.

전날 밤, 그는 휴대폰으로 구글 알림을 확인한 후 최대한 신속히 목적지에 도착할 수 있도록 애를 썼다. 하지만 뜻밖의 문제들이 그의 발목을 잡았고, 결국 그는 몬터레이 공항 장기 주차장에서 낡은 검은색 쉐보레를 훔쳐 타기에 이르렀다. 목적지에 도착해 차를 버려야 할지도 모른다. 아직 혼다를 버릴 마음의 준비는 되어 있지 않았다.

추적 불가능한 차량을 구하기 위해 굳이 남의 차를 훔칠 필요는 없다. 하지만 상황이 상황인지라 어쩔 수 없었다. 열쇠 없이 시동 걸기는 생각보다 간단했다. 우선 점화선 꾸러미를 뽑아 파란 선을 제외한 전선의 피복을 벗기고 연결시킨다. 그다음, 토글 스위치를 올리고 파란 선을 하나로 연결된 전선들에 살짝 가져다 댄다. (빨리

297

떼지 않으면 시동 장치가 고장나버릴 수도 있다.) 마지막으로 핸들 잠금 장치를 열고 핸들 핀을 해제하면 끝난다.

그는 새벽 2시가 되어서야 비로소 길을 나설 수 있었다.

몇 시간 후, 이곳 옥스나드에 도착한 그는 갑자기 밀려든 피로를 견디지 못하고 차를 세웠다. 꾸벅꾸벅 졸며 운전을 강행했다면 음주운전을 의심한 고속도로 순찰대가 차 안에서 9밀리미터 글록과 남의 이름이 적힌 차량 등록증을 발견했을 것이다. 그의 저녁은 지옥으로 변해버렸을 것이고.

그래서 그는 트럭 운전사들과 디즈니랜드로 향하는 관광객들, 시끌벅적한 피 끓는 대학생들로 북적거리는 이 모텔에서 하룻밤 쉬기로 했다.

오전 8시가 다 돼서야 눈을 뜬 마치는 방금 전까지 꾸던 꿈을 떠올려보았다.

주인공은 주로 세레나였지만 가끔 제시카가 등장할 때도 있었다.

오늘 꿈에서는 터드가 나왔다.

뉴욕 주 북부, 허드슨 강으로 이어지는 번잡한 해리슨 고지에 있는 터드.

맨해튼에서 네 시간 거리에 자리한 그곳 공원과 인근 마을은 식민지 시대 풍경을 고스란히 간직한 로맨틱한 휴가지로 각광받고 있었다. 그는 그날을 곱씹어보았다. 터드의 날. 단풍철이 절정에 이르렀을 때. 당시 학교를 갓 졸업한 그는 뉴욕 이타카에서 영업 일을 하고 있었다. 시청각 장비를 만들어 대학교에 파는, 그의 전공과 어느 정도 관련이 있는 회사였다. 코넬 대학교에서 무기력한 영업 미팅을 마치고 나왔을 때 증상이 시작되었다. 불안함, 우울함. 겟이 그를 충동질하고 있었다. 그는 다음 미팅을 취소하고 모텔로 돌아갔다.

돌아오는 길에 공원을 발견한 그는 충동적으로 그곳을 둘러보았다. 마치는 한 시간 정도 산책로를 따라 걸었다. 흐린 하늘 아래 펼쳐진 단풍은 숨이 멎을 만큼 아름다웠다. 마치는 카메라를 꺼내 틈틈이 셔터를 눌렀다. 오래된 뼈를 연상시키는 갈색과 회색 바위들, 색채를 잃어 삭막해 보이는 나무들의 몸통.

찰칵, 찰칵, 찰칵…….

표지판 하나가 마치의 눈에 들어왔다. '해리슨 고지 협곡'. 그는 화살표를 따라 계속 걸어갔다.

날씨 탓에 방문객은 별로 없었지만 가끔 다부져 보이는 청년 무리가 지나가곤 했다. 헬멧과 낡은 배낭으로 무장한 등산객과 암벽 등반가들. 일행으로부터 떨어져 나온 한 청년이 강을 내려다보았다. 멀리서 누군가가 그의 이름을 불렀다.

터드…….

근육질 몸의 금발 청년은 마치 또래로 보였다. 갸름하고 잘생긴 얼굴. 언제나 자신감에 가득 차 있을 것 같은 눈. 하지만 오늘은 아니었다. 일행이 점점 멀어졌지만 터드는 꿈쩍도 하지 않았다.

마치는 그에게 다가갔다.

내 말 잘 들어, 터드. 여기서 보니 까마득하지? 두려운 거 알아. 하지만 너무 걱정 마. 잘해낼 수 있을 테니까. 직접 해보지 않으면 영영 알 수 없겠지? 안 그래?

너도 겟이 근질거려 미칠 것 같지?

자…… 조금만 더 나가봐. 조금만 더.

멋지게 해보라고, 터드. 망설이지 말고.

그래, 그래, 그래…….

안티오크 마치는 옛 기억을 떠올리며 미소 지었다. 아득히 먼 과거 같기도 했고, 어제 일처럼 생생하기도 했다.

그는 기지개를 켰다. 좋아. 이제 다시 움직여야지. 마치는 샤워를 하고 옷을 입었다. 그는 거울을 들여다보며 조소를 흘렸다. 금발은 영 어울리지 않았다.

그는 커피를 끓이고 분말 크림을 조금 탔다. 방값에 조식이 포함돼 있지만 북적이는 식당을 이용하고 싶지 않았다. 누가 그를 알아볼지 모르니까. 솔리튜드크리크 참사 용의자 인상착의에는 얼굴이 포함돼 있지 않았지만, 경계를 늦추고 싶지 않았다. 그는 맛이 이상한 커피를 홀짝이며 TV를 켰다.

마치는 짐을 꾸려놓고 커피를 따라 버렸다. 그런 다음, 살균 물티슈로 자신이 만진 모든 곳을 박박 문질러 닦았다. (지문은 일반 천으로는 닦이지 않는다.) 그는 맑고 상쾌한 공기가 기다리는 밖으로 나갔다. 그의 시선이 오크나무와 덤불, 갈색 언덕들, 주차장과 고속도로를 차례로 훑어나갔다. 지켜보는 이가 있는지, 위협이 될 만한 것은 없는지.

다행히 없었다.

그는 뒤편에 세워둔 차에 올랐다. 그리고 파란 전선을 나머지 전선 묶음에 가져다 댔다.

시동이 걸렸다.

그는 담배 냄새가 진하게 밴 쉐보레 말리부를 몰고 남쪽으로 달렸다.

두 시간 후, 그는 오렌지 카운티에 도착했다. 비드스터에 기이한 내용의 영상을 업로드한, 아메드라는 아이디를 가진 남자의 아파트까지 얼마 남지 않았다. 아메드는 솔리튜드크리크 참사를 비롯한 여러 사건이 근본주의 무슬림 테러리스트의 소행이라 주장하며 화제를 모았다.

안티오크 마치를 지금과 같은 곤경에 빠뜨린 장본인도 바로 그였다.

38

전날 밤, 검색엔진이 추천해준 동영상을 본 마치는 영상을 포스팅한 남자의 주소를 급하게 수소문해 알아냈다. 오렌지 카운티 한복판에 자리한 터스틴의 별 특징 없는 교외 동네였다. 수많은 상점과 레스토랑, 상점가, 수수한 집들이 창밖으로 스쳐 지나갔다.

마치는 조용한 주택가에서 아메드의 아파트를 찾아냈다. 그는 그곳에서 네 블록 떨어진 텅 빈 가게 앞 주차장에 차를 세웠다. 차 번호판을 찍을지 모르는 보안 카메라는 보이지 않았다. 그는 누구도 알아볼 수 없을 만큼 변장한 상태였다. 남부 캘리포니아의 무더운 날씨 속에서 그는 두꺼운 베이지색 작업복 재킷과 야구 모자로 무장한 채 땀을 비 오듯 쏟았다. 그냥 견디는 수밖에. 그는 육체적 불편함에 익숙했다. 순전히 겟 덕분이었다.

지금 그를 가장 짜증나게 하는 건 피부색 면장갑이었다.

애초에 이곳까지 오게 된 상황이 영 못마땅했다. 서둘러 볼일을 마치고 몬터레이로 돌아가고 싶은 마음뿐이었다. 캐트린 댄스에게 이토록 시간을 내주는 건 위험했다.

하지만 죽음을 업으로 하는 사람은 모든 수단을 총동원해 스스로를 보호해야 한다. 너무 조급하게 굴지 마. 그가 겟에게 말했다. 금세 캐트린에게 돌아가게 될 테니까.

시동을 끄고 차에서 내린 마치는 도수 없는 렌즈를 끼운 검은 테 안경을 꺼내 썼다. 그리고 차창에 비친 자신의 얼굴을 빤히 들여다보았다.

포르노 스타가 〈매드 맨〉 드라마에 출연하면 딱 이런 모습일 거야.

그는 뒷좌석에서 운동 가방을 집어 들었다. 어차피 열쇠도 없으니 차문을 걸어둘 필요가 없었다. 차량 절도가 빈번히 발생하는 곳 같지도 않았고, 선택의 여지가 있는 것도 아니었다.

그는 고개를 푹 숙인 채 최대한 멀리 돌아 단층짜리 아파트 단지로 향했다.

그는 안뜰에서 걸음을 멈추었다. 또다시 주위를 살폈다. 여전히 보안 카메라는 보이지 않았다. 주민들도 마찬가지였다. 그는 1층 아파트 236호 앞으로 다가가 귀를 쫑긋 세웠다. 안에서 팝 음악이 희미하게 흘러나오고 있었다.

오른손을 주머니에 찔러 넣어 권총을 쥔 채, 왼손으로 문에 노크했다. "실례합니다."

음악 소리가 살짝 작아졌다. "누구시죠?"

"옆집에서 왔어요." 그는 자신이 백인이라는 걸 보여주고자 외시경에서 멀리 떨어졌다. 위협이 아니라는 걸 확인시켜주기 위해. 왠지 그래야 하는 동네인 것 같았다.

안전고리와 자물쇠가 차례로 풀렸다.

어쩌면 집주인은 거구이거나 위험한 인물인지도 몰랐다. 무장을 했을 수도 있고.

마침내 문이 열렸다. 예상대로 아메드는 덩치가 컸다. 상체보다 허리와 엉덩이가 더 큰 비만 체형이었고, 아메드라는 이름에 어울리지 않는 백인이었다. 사십 대로 보이는 그는 곱슬머리를 하고 있었고, 얼굴에는 염소수염을 길렀다. 열 개 남짓의 문신이 보였다. 그중 가장 큰 문신은 미국 국기와 독수리*였다.

총은 없었다. 벨트에 꽂혀 있어도 꽤 자연스러워 보였겠지만.

"몇 호에서 오셨습니까?" 그가 물었다.

마치는 글록으로 남자의 육중한 가슴을 힘껏 떠밀어 안으로 들어가게 했다.

"씨발. 지금 뭐 하는 거야?"

"쉿." 마치는 그의 몸을 수색한 후 운동 가방을 끌어왔다. 그리고 현관문을 단단히 걸어 잠갔다.

오 분 후, 덩치 큰 남자는 바닥에 누워 흐느끼고 있었다. 그의 손과 발은 강력 접착테이프로 꽁꽁 묶였다.

"제발, 해치지 말아요. 난……. 대체 원하는 게 뭡니까? 제발, 이러지 말아요!"

마치는 본격적으로 작업에 들어갔다. 그리고 금세 원하는 답을 얻었다. 그의 이름은 스탠 프레스콧, 예상대로 테러리스트는 아니었다. 기독교도였다. 낡은 안락의자 옆에는 손때 묻은 성경이 놓여 있었다. 직업은 바텐더였고, 스스로를 애국자로 여기는 듯했다.

마치의 글록이 몸에 닿자 그는 자신이 문제의 사진들을 포스팅했다고 실토했다. 또한 반이슬람 감정을 부추기기 위해 알라의 이름을 들먹인 사실도 인정했다. 이 자식, 제정신인가? 마치는 생각했

---

* 독수리는 미국의 국조(國鳥)이다.

다. 그 정도 속임수로는 어린애도 홀릴 수 없을 텐데. 그럼 속아 넘어간 얼간이들은? 그들은 말 그대로 구제불능이고.

어리석은 놈. 내가 누구인 줄 알고 감히.

물론 프레스콧에게도 자신만의 겟이 있었다. 적들로부터 이 자유의 땅을, 선한 백인 기독교인들을 안전하게 지켜야 할 필요. 하지만 그는 겟을 덜 길들여진 짐승처럼 다뤄야 한다는 걸 모르고 있었다. 겟이 언제든 어리석은 주인에게 달려들 수 있다는 사실도.

"비밀번호가 뭐지? 컴퓨터 말야."

남자는 냉큼 비밀번호를 알려주었다.

마치는 프레스콧의 파일들을 살펴보았다. 파일마다 그가 익명으로 미국을 신랄하게 비판한 내용이 가득 담겨 있었다. 참수 장면을 포착한 끔찍한 사진도 수십 장 발견됐고, 자존심 있는 지하디스트라면 절대 벌이지 않았을 폭탄 테러 현장 사진도 여럿 보였다. 섬뜩한 사진을 수집하는 취미가 있는 모양이었다.

그는 프레스콧의 비드스터와 블로그에 올려진 모든 포스트를 삭제했다.

"지금 뭐 하는 겁니까? 이게 무슨 짓이에요? 당신, 그들과 한 패인가요? 당연히 우리 편인 줄 알았는데!"

그들…….

순간 마치의 뇌리를 스치는 생각이 있었다. 만약 당국이 문제의 포스트를 보았다면 지난 두 참사를 단순 테러 행위로 단정 지을 것이다. 그가 몬터레이에서 그런 일을 벌인 진짜 이유는 끝까지 미스터리로 남게 될 것이고.

"미안해요. 원하는 대로 다 해줄게요. 제발 이러지 말아요. 우린…… 같은 편이잖아요."

백인.

마치는 랩톱 컴퓨터를 닫았다. 잠시 방 안을 찬찬히 둘러보다가 장스탠드를 끌어와 땀으로 범벅이 된 남자의 얼굴을 비추었다.

"뭘 하려는 거죠?"

마치가 현관에 두었던 운동 가방을 가져왔다.

"대체 뭘 하려고요?" 패닉에 빠진 프레스콧이 물었다.

마치는 웅크려 앉아 남자의 얼굴을 유심히 바라보았다. 그가 프레스콧의 어깨를 톡톡 두드리며 말했다. "아무 걱정 마."

그리고 운동 가방의 지퍼를 열었다.

39

"여기예요." 마이클 오닐이 렌터카를 주차시킨 후 말했다. 그들은 캘리포니아 터스틴에 자리한, 스탠 프레스콧이 사는 아파트 단지에 도착해 있었다.

두 사람은 오렌지 카운티의 보안관보가 도착할 때까지 프레스콧의 집으로부터 몇 채 떨어진 곳에서 기다리기로 했다.

두 사람이 주정부가 제공한 비행기를 타고 몬터레이 공항을 출발해 오렌지 카운티의 존 웨인 공항까지 오는 동안, 오닐의 컴퓨터 전문가들은 솔리튜드크리크 참사 영상을 포스팅한 남자의 신원을 밝혀냈다.

아메드라는 아이디를 쓰는 스탠리 프레스콧. 마흔한 살에 싱글이었고, 직업은 바텐더였다. 신속히 수집된 정보를 통해 그가 솔리튜드크리크와 베이 뷰 참사가 발생했을 당시 롱 비치의 클럽에서 일하고 있었다는 사실을 확인할 수 있었다. 그는 범인이 아니다.

그가 극단적인 편견이 있다는 사실은 그의 페이스북과 블로그 프로필을 통해 쉽게 파악할 수 있었다. 반이슬람 정서를 선동하기 위해 솔리튜드크리크 참사와 다른 유사한 사건들을 무슬림의 소행이라고 주장한 것이었다.

어쩌면 그토록 어리석을 수 있는지.

수사팀은 의욕이 한풀 꺾였다. 그는 인터넷에서 무작위로 찾은 자극적인 이미지와 영상들을 포스팅했을 뿐, 두 사건과는 무관했다. 하지만 기왕 이곳까지 왔으니 그를 만나보기로 했다. 어쩌면 범인이 그에게 이메일을 보냈거나 그의 블로그에 의견을 남겼을지도 모른다.

오렌지 카운티 보안관보는 여전히 나타나지 않았다. 오닐이 누군가와 통화를 시작했다. 잠시 고개를 끄덕이던 그가 한쪽 눈썹을 올렸다. 짧은 통화를 마친 그가 전화를 끊었다.

"오토 그랜트, 기억해요?"

물론 댄스는 기억하고 있었다. 주정부가 토지 수용권을 행사한 후 실종된 농부. 자살이 의심되는 사건이었다.

"산타크루즈 경찰이 부두 근처에서 시신을 발견했답니다. 남성이고요, 그랜트와 연령대와 체격이 일치한다는군요. 현장에서 더 살펴보고 연락 주겠다고 했어요."

결국 그렇게 됐군. 그녀는 생각했다. "유족은?"

"홀아비였어요. 장성한 아이들이 있고요. 일생을 농사만 지으며 살아왔을 텐데."

"정말 안타깝게 됐네요. 익사한 게 맞다면."

"글쎄요." 오닐이 말했다. "그 정도 수온이라면 삼사 분 만에 온몸이 마비됐을 겁니다. 아마…… 아무 느낌도 없었을 거예요. 세상엔 그보다 더 끔찍하게 죽는 경우도 많습니다."

댄스와 오닐이 그렇게 대화를 나누고 있을 때 오렌지 카운티 보안관보가 도착했다. 그들은 손짓해 그를 불렀다. 다부진 체격의 제복 차림 남자는 자신을 릭 마르티네즈라고 소개했다.

"그쪽 사건에 대해선 잘 알고 있습니다. 솔리튜드크리크와 사인회 참사. 어젯밤…… 정말 참혹하더군요. 지금껏 이런 케이스는 처음입니다. 테러 사건이죠?" 그가 턱으로 아파트를 가리켰다. "프레스콧이 범인입니까?"

댄스가 대답했다. "범인은 아니에요. 우린 그와 범인 사이에 어떤 연결고리가 있는지 알아보러 왔을 뿐입니다."

"그렇군요. 자, 그럼 이제 어떻게 할까요?" 그가 오닐을 돌아보며 물었다.

"댄스 요원은 여기서 기다릴 거예요. 나는 현관으로 접근할 테니 당신은 뒤편으로 가봐요. 특별한 문제가 없으면 댄스 요원의 심문이 시작될 겁니다."

여기서 기다리라고? 그녀의 입이 딱 다물어졌다.

"영장은 없습니다. 몇 년 전 음주 난동과 폭행 혐의로 체포된 적이 있었다는데요, 총기도 소유하고 있다니 조심합시다."

"그러겠습니다."

두 남자는 보도를 따라 걸어가기 시작했다. 죽어가는 덤불과 싱싱해 보이는 선인장들이 물 부족 문제로 신음하는 캘리포니아의 상황을 대변해주고 있었다.

오닐은 프레스콧의 현관 근처에서 기다렸다. 그가 문에 난 작은 구멍이나 커튼 쳐진 측창을 통해 자신을 보지 못하도록. 커다란 덩치가 인상적인 마르티네즈는 단지를 멀리 돌아 뒤편으로 향했다.

오닐은 몇 분 기다렸다가 현관문에 노크했다. "스탠리 프레스콧? 오렌지 카운티 보안관보입니다. 문 열어요."

그리고 또 한 번.

그는 문의 손잡이를 돌려보았다. 문은 걸려 있지 않았다. 그가 댄스를 흘끔 돌아보았다. 두 사람은 잠시 서로를 응시했다. 마침내 그가 문을 조심스레 밀고 안으로 들어갔다.

그로부터 일 분도 채 지나지 않았을 때 안에서 두 발의 요란한 총성이 터져 나왔다. 그리고 이내 또 한 발이 그 뒤를 이었다.

40

안티오크 마치는 뛰고 있었다.

전력질주. 그는 여전히 손에 글록을 쥐고 있음을 깨닫고 황급히 주머니에 쑤셔 넣었다. 운동 가방을 어깨에 둘러멘 채 계속해서 내달렸다.

스키 마스크를 쓸까? 안 돼. 그러면 더 의심받을 거야. 잽싸게 뒤를 살폈다. 추격자는 보이지 않았다. 하지만 이런 상태는 오래가지 않을 것이다. 이제 곧 동네 사람들이 경찰에 신고할 테니. 터스틴은 갑자기 터져 나온 총성을 무시할 도시가 아니었다.

그는 지금 이 순간 누가 지원을 요청하고 있을지 알고 있었다. 아파트 밖에서 본 여자. 캐트린 댄스. 그녀가 이곳에 와 있다니! 한 손에 휴대폰을 쥔 그녀는 프레스콧의 아파트에서 불쑥 튀어나온 그를 미처 보지 못했다. 소리 없이 접근해 총을 쏠 수도 있었지만 그는 마음을 접었다. 보나 마나 그녀는 무장한 상태일 것이고, 총을 능숙하게 다룰 테니까.

사냥꾼……

어쩌면 아파트 근처에 함께 온 수사관 수십 명이 진을 치고 있는지도 몰랐다. 게다가 그녀가 요청한 지원도 몰려오는 중일 것이다.

그는 숨을 헐떡이며 더 필사적으로 달렸다.

저들이 어떻게 한심한 스탠리 프레스콧에 대해 알아냈지? 그는 어리둥절했다. 하지만 이내 깨달음이 찾아들었다. 그들도 검색엔진을 이용해 인터넷을 샅샅이 뒤졌을 것이다. 솔리튜드크리크나 베이뷰 사건과 관련된 블로그 포스트, 유튜브나 비드스터에 업로드된 동영상을 찾아서. 바로 그가 그랬던 것처럼. 그는 그녀가 몬터레이에서부터 직접 차를 몰아 이곳까지 온 것인지 궁금했다.

마치는 숨을 깊게 들이쉬었다. 그는 체력이 좋은 편이었지만 지금껏 이토록 기를 쓰고 달려본 적은 없었다.

쉐보레는 한 블록 떨어진 곳에 세워져 있었다.

뛰어, 어서! 멈추지 말고!

프레스콧의 컴퓨터를 챙겨 나오지 못한 것이 못내 아쉬웠다. 하지만 그때는 대혼란에 빠진 아파트를 무사히 빠져나올 궁리를 하느라 정신이 없었다.

그는 추격을 막기 위해 방아쇠를 두 번 당겼고, 육중한 남자는 총상 입은 부위를 움켜잡고 쓰러졌다. 마치는 그 틈을 타 전력으로 내달리기 시작했다.

마침내 그 차가 눈에 들어왔다. 쉐보레.

또다시 뒤를 살폈다. 여전히 추격자는 보이지 않았다.

그의 발은 연신 땅을 때려댔고, 묵직한 운동 가방은 등 뒤에서 요동쳤다. 내일쯤이면 등이 시퍼렇게 변해 있을 것이다.

내일까지 살아남을 수 있다면 말이지만.

심장이 터질 것만 같았다. 가슴과 턱에서 통증이 느껴졌다. 심장

마비가 오기에는 아직 너무 젊잖아. 그는 생각했다. 입 안 가득 고인 침을 탁 뱉었다.

마침내 속도를 줄이고 최대한 자연스레 걸어 훔친 차로 다가갔다. 가슴이 연신 들썩거렸다. 손잡이를 잡고 문을 열었다. 그의 시선이 또다시 주위를 훑었다. 운전석에 올라 좌석 머리받이에 뒤통수를 붙이고 가쁜 숨을 몰아쉬었다. 행인이 몇 명 보였지만 다행히 그가 달리는 걸 목격한 이는 없는 듯했다. 아무도 그에게 눈길을 주지 않았다. 개를 끌고 나온 산책자들도, 조깅하는 사람들도.

그는 전선을 맞대어 차에 시동을 걸었다. 되살아난 엔진이 칙칙거렸다.

마치는 신호를 넣고 어깨 너머를 살펴보았다. 천천히 차를 몰아 서쪽으로 나아가다가 평면 가로를 따라 남쪽으로 방향을 틀었다.

이제 다섯 시간만 가면 몬터레이에 도착할 수 있다.

바로 그때 뒤에서 섬광이 번뜩였고, 그는 화들짝 놀라며 백미러를 들여다보았다. 순찰차 두 대가 파란 경광등을 켜고 빠르게 달려오는 중이었다.

나를 쫓는 게 아닐지도 몰라.

아니…… 나를 쫓는 게 맞아. 빌어먹을 산책자들 중 누군가가 경찰에 신고한 모양이었다.

마치는 잽싸게 핸들을 꺾었다. 그런 다음, 액셀러레이터를 있는 힘껏 밟고 재킷 주머니에서 글록을 뽑아 들었다.

41

댄스는 스탠 프레스콧의 아파트 뒤편 그늘진 곳으로 달려 들어
갔다. 그리고 두 남자 옆에 무릎을 꿇고 앉았다.

마이클 오닐이 웅크려 앉아 마르티네즈 보안관보의 상태를 살피
고 있었다. 그는 의식이 있었지만 겁에 질리고 혼란스러운 모습이
었다.

마르티네즈가 헐떡거리며 말했다. "놈을 미처 못 봤어요. 대체 어
디서 튀어나온 거죠?"

오닐이 말했다. "화장실 창문으로 빠져나왔습니다."

"아프지가 않아요. 왜 통증이 없는 거죠? 이렇게 죽는 건가요?
이런 얘기가 있잖아요. 아프지 않으면 죽어가는 거라고. 내가 지금
죽어가는 중인가요?"

"괜찮을 겁니다." 오닐이 말했다. 하지만 그도 장담할 수 없었다.

첫 번째 총알은 다행히 마르티네즈의 방탄조끼에 박혔다. 하지만
두 번째 총알은 그의 위팔을 관통했다. 상완동맥이 끊어졌는지 출
혈이 멎지 않았다. 오닐은 즉시 직접 압박에 들어갔다. 댄스는 오닐

의 벨트에서 잭나이프를 뽑아 들고 마르티네즈의 소매를 잘라냈다. 그녀는 천으로 된 고리를 그의 어깨에 두르고 작은 나뭇가지를 꽂아 빙빙 감았다. 잠시 후, 출혈이 조금씩 잦아들었다.

보안관보가 속삭였다. "나도 한 발 쏘긴 했어요. 그런데 그게 빗나갔습니다. 빌어먹을."

"사무실엔 내가 연락했어요." 오닐이 턱으로 마르티네즈의 모토로라 무전기를 가리켰다.

머지않아 지원이 도착할 것이다. 댄스는 총성을 들은 동네의 모든 주민이 일제히 911에 신고했을 거라 짐작했다. 잠시 후, 사방에서 사이렌이 희미하게 들려왔다.

"놈은 어디로 갔죠?" 오닐이 물었다.

"못 봤어요." 댄스가 대답했다. "프레스콧은요?"

"죽었어요. 조금만 참아요, 마르티네즈. 아주 잘하고 있어요. 혹시 왼손잡이인가요?"

"아뇨."

"다행이네요. 몇 주 후면 아이들에게 소프트볼을 던져줄 수 있을 겁니다."

"팔은 잃어도 상관없습니다."

보안관보의 대꾸에 댄스가 어리둥절한 표정으로 눈을 깜빡였다.

"우린 축구만 하거든요." 그가 미소를 지어 보였다.

어느새 아파트 단지 전체에 요란한 사이렌이 쩌렁쩌렁 울렸다. 오닐이 지혈대를 붙잡고 있는 동안 댄스가 몸을 일으켜 막 도착한 구급차 쪽으로 달려갔다. 잠시 후, 그녀는 두 명의 보안관보와 들것으로 무장한 두 명의 구급대원을 이끌고 돌아왔다.

댄스와 오닐이 옆으로 물러나자 구급대원들이 응급처치에 들어갔다. 그들은 오렌지 카운티 보안관보들에게 이곳에서 있었던 일을 상세히 설명했다.

그들 중 하나가 무전기로 누군가와 몇 마디 나누고 끊었다. "목격자 제보입니다. 여기서 세 블록쯤 떨어진 곳에 사는 주민인데요, 키가 큰 금발의 백인 남성을 봤답니다. 부리나케 달려와 차에 오르는 모습이 수상해 보였다더군요. 번호판도 봐뒀답니다. 검은색 쉐보레. 몬터레이 차량인데요, 차주 아내는 이틀 전 남편이 출장을 떠났고, 차를 몬터레이 공항에 세워뒀다고 했습니다."

"그자가 범인이에요."

"현재 해당 차량을 쫓고 있습니다. 컴벌랜드를 따라 북쪽으로 향하는 중이라고 하네요."

"우리도 끼고 싶은데요." 댄스가 오닐을 흘끔 돌아보며 말했다. 그는 이미 휴대폰으로 지도를 살피는 중이었다.

보안관보는 관할권 어쩌고 하며 그들을 막아서지 않았다. "마르티네즈의 순찰차를 타고 가시죠. 사이렌과 경광등이 필요하실 테니까요."

42

안티오크 마치는 고속도로에서 경찰을 따돌릴 방법이 없다는 걸 알았다.

어떤 연구 결과를 보고 알게 된 사실은 아니었다. LA 지역 고속도로 추격전을 소재로 한 〈캅스〉 같은 드라마를 즐겨 보며 자연스레 습득한 지식이었다. 도로에 설치해 주행을 막는 날카로운 장애물과 PIT 매뉴버*, 호출을 받고 몰려온 수많은 지역 경찰들. 그걸다 헤치고 탈출하는 것은 형편없는 B급 영화나 억지스러운 스릴러 소설 속에서나 볼 법한 판타지였다.

쉐보레는 제법 빨랐다. 서스펜션도 나쁘지 않았다. 게다가 아침 나절의 도로는 한산한 편이었다. 하지만 얼마나 더 버틸 수 있을지, 그는 불안하기만 했다. 차를 버리고 달아나는 것 역시 무모하기는 마찬가지였다.

침착해. 차분히 머리를 굴려보라고.

---

* Pursuit Intervention Technique maeuver, 경찰이 차량검문에 불응하고 도주하는 용의자 차량을 추적하여 정지시키는 기술.

다른 옵션은 없을까?

어느새 그는 오렌지 카운티 교외의 주택지에 들어서 있었다. 다른 차를 훔쳐볼까? 그런다고 결과는 달라지지 않겠지.

그에게 필요한 것은 사람들이었다. 그것도 아주 많은 사람들.

마침 먼발치로 인파가 보였다.

2킬로미터도 채 떨어지지 않았어. 마치는 생각했다. 완벽해!

그의 시선이 룸미러로 돌아갔다. 경광등을 켠 순찰차들이 사이렌을 울리며 따라오는 중이었다. 하지만 그들은 그에게 바짝 접근하지 않았다. 그가 시야에 들어와 있는 동안은 무고한 시민들을 위험에 빠뜨릴 수 있는 극적인 조치는 없을 것이다.

마치는 속도를 높였고, 일 분도 채 지나지 않아 그곳에 도착했다. 그는 오른쪽으로 방향을 틀고 나무로 된 문을 지나 인파를 헤치고 나아갔다.

기가 막힌 타이밍이야. 이 바글거리는 사람들 좀 보라고.

그는 경적을 울리며 헤드라이트를 깜빡였다. 사람들은 인상을 찌푸리며 그에게 길을 내주었다. 응급 환자 후송 차량이라 짐작하는 사람들도 있을 것이다. 이토록 맹렬히 달려가는 타당한 이유가 있을 거라고.

앞이 탁 트이자 그는 180센티미터 높이의 금속 울타리에 나 있는 문 쪽으로 차를 돌렸다. 그리고 있는 힘껏 액셀러레이터를 밟았다.

타이어에서 연기가 피어올랐다. 쉐보레는 무섭게 달려나가 철망을 파고들었다. 터져 나온 에어백이 순식간에 쪼그라들었다. 충격에 울타리 문이 활짝 열렸다. 보도에는 겁에 질린 행인 두 명이 나뒹굴고 있었다. 죽마를 타다 떨어진 듯한 한 명은 카우보이 복장이었고, 성별을 쉽게 가늠할 수 없는 나머지 한 명은 자주색 고양이 의상 차림에 '손님 여러분, 환영합니다!'라고 적힌 같은 색 파라솔 을 손에 쥐고 있었다.

43

몇 년 전, 댄스는 아이들을 데리고 이곳을 찾은 적이 있었다.

글로벌 어드벤처 월드는 오렌지 카운티에 자리한 놀이공원으로, 인근의 유니버설 스튜디오나 디즈니랜드를 축소해놓은 것 같았다. 이곳 역시 일반적인 놀이기구와 원격조종으로 움직이는 인형, 홀로그램 볼거리, 라이브 공연과 영화를 즐길 수 있는 극장, 모기업의 영화와 TV 프로그램 캐릭터들로 넘쳐났다. 휴가 전 간신히 뺀 살을 하루 만에 다시 찌우게 하는 매점들도 있었다.

정문 앞에는 열 대도 넘는 순찰차가 서 있었다. 댄스가 말했다. "왜 하필 이런 곳으로 달아났을까요? 이상하지 않아요?"

오닐이 고개를 끄덕였다. 이런 놀이공원의 보안 수준은 최고였다. 높은 울타리. 바위나 나뭇가지로 위장했거나 가로등이나 놀이기구에 교묘히 감춰진 고성능 CCTV 카메라들. 비록 비무장 상태였지만 최첨단 통신 장비를 갖춘 경비들도 관광객인 척하며 순찰을 돌았다. 놀랍게도 범인은 조용히 잠입해 인파에 파묻히지 않았다. 오히려 최대한 요란하게 입장하는 방법을 택했다. 정문으로 돌진해온 차에 캐릭터 의상 차림의 직원 두 명이 치어 크게 다쳤고, 범인은 그 틈을 타 공원 안으로 잽싸게 뛰어 들어갔다.

희미하게 연기를 토해내는 범인의 차 주변은 우르르 몰려든 입장객들로 북적거렸다. 그들 중 절반 정도는 현장을 카메라에 담느라 정신이 없었다.

댄스와 오닐은 오렌지 카운티 보안관 사무실이 파견한 현장 감독관, 조지 랠스턴 경사를 만나보았다. 그는 큰 키에 둥근 얼굴을 한 흑인이었다.

오닐이 물었다. "목격자는 없습니까?"

랠스턴이 대답했다. "없습니다. 이봐요, 허버트. 뭐 알아낸 거 있어요?"

또 다른 남자가 다가왔다. 그 역시 키가 크고 몸이 다부졌다. 분명 전직 경찰일 거라고 댄스는 생각했다. 허버트 서던은 공원 보안 책임자였다.

"아직 없어요."

댄스가 물었다. "보안 카메라로 그를 추적해보셨나요?"

"네. 위치를 확인하고 직원들을 보냈는데 끝내 놓치고 말았습니다. 길게 선 줄 틈으로 사라져버렸다더군요. 토네이도 앨리라는 롤러코스터입니다. 그 유명한 만화 아시죠? 이곳에서 가장 인기 있는 놀이기구입니다. 당시 백 명도 넘는 입장객이 줄을 서 있었는데요, 경비실 직원들이 샅샅이 뒤져봤지만 그를 찾는 데 실패했습니다."

댄스는 그들이 적극적으로 나서지 않았을 거라 짐작했다. 입장객들을 혼란에 빠뜨리고 싶지 않았을 테니까. 고객들이 동요하지 않도록 최대한 소리 없이 움직였을 것이다.

"인상착의는요?" 댄스가 물었다.

랠스턴이 대답했다. "백인 남성, 신장은 180센티미터 이상. 긴 금발에 초록색 야구모자를 썼습니다. 모자 로고는 알 수 없고요. 선글라스, 짙은 색 바지, 옅은 색 셔츠, 베이지색 재킷. 하얀 운동 가방을 메고 있었습니다."

금발. 범인은 포스터가 언론에 용의자 인상착의를 흘린 후 급히 염색부터 했을 것이다.

"놈의 얼굴을 제대로 봤습니까?" 오닐이 물었다.

"아뇨. 계속 고개를 푹 숙이고 있는 통에 못 봤습니다."

댄스가 말했다. "지금쯤 옷을 갈아입었을 거예요. 그 가방에 갈아입을 옷을 넣고 다녔겠죠. 그러지 않았다면 기념품 가게에서 재킷과 반바지와 운동화를 사서 걸쳤을 겁니다. 그리고 운동 가방은 글로벌 쇼핑백에 쑤셔 넣었을 거고요. 이 와중에 머리색을 바꿀 시간은 없을 겁니다. 모자를 바꿔 썼을 가능성이 커요. 카우보이모자 같은 걸로 말이죠."

지난해 스튜디오의 가장 큰 히트작이 바로 거친 서부를 배경으로 한 애니메이션 영화였다. 오스카상도 몇 개 받았다고 했다.

"목격자 말로는 그가 장갑을 끼고 있었다고 합니다. 옅은 색 장갑이었다더군요."

"그랬을 겁니다." 오닐이 말했다. "지문을 남기지 않도록요."

"대체 뭐 하는 놈입니까?" 서던이 물었다.

"몬터레이에서 발생한 살인 사건의 용의자입니다." 댄스가 설명했다.

"그 클럽 참사 말이죠?" 랠스턴이 되물었다. "그리고 이번에 터진 그 사건, 맞죠? 어젯밤에 소식 들었습니다."

"그렇습니다." 오닐이 말했다.

댄스가 덧붙였다. "우린 목격자를 찾으러 이곳에 왔어요. 하지만 범인이 한발 빨랐더군요. 우리가 도착하기 전, 터스틴의 아파트에서 목격자를 살해하고 달아났습니다."

오닐의 얼굴은 딱딱하게 굳어져 있었다. "당신네 보안관보도 중상을 입었습니다. 마르티네즈. 다행히 목숨은 건졌다고 하더군요. 한쪽 팔에 총을 맞았습니다."

"리키." 랠스턴이 고개를 끄덕였다. "네, 아는 친구입니다."

보안 책임자가 걸려온 무전에 귀를 기울였다. "고마워." 그가 교신을 끊고 나서 말했다. "아직 못 찾았다네요. 일단 급한 대로 모든 출구를 봉쇄해뒀습니다. 이제 이곳과 직원 전용 출입구를 빼면 공원을 빠져나갈 방법이 없어요."

"그쪽으론 이미 사람을 보냈습니다. 그는 무장했어요. 보안 직원들이 접근하는 건 위험해요." 랠스턴이 보안 책임자에게 말했다.

"괜찮습니다. 이럴 때일수록 더 서로 도와야죠." 서던이 랠스턴을 바라보며 말했다. "범인이 포착되면 보고하라고 지시했습니다."

랠스턴이 댄스와 오닐에게 덧붙였다. "공원 밖에도 우리 팀이 지키고 있습니다. 그가 들키지 않고 여길 빠져나갈 가능성은 없어요."

서던은 점점 늘어가는 인파를 바라보며 고개를 저었다. 그가 안전을 책임져야 하는 사람들이었다. 서던이 불안한 표정으로 말했다. "인질극을 벌이면 어쩌죠?"

그럴 가능성은 희박했다. 협상은 인질범을 설득하거나 스나이퍼가 저격 위치로 이동하는 데 필요한 시간을 벌기 위해 쓰는 수단이다. 범인에게 유리한 전략이 결코 아니다. 그들이 쫓고 있는 범인은 영리했다. 아니, 천재였다. 그는 분명 인질을 잡는 것이 얼마나 부질없는 짓인지 알고 있을 것이다.

그녀는 그 부분을 서던에게 설명하며 오닐을 흘끔 쳐다보았다. 그도 동의하는 눈치였다.

그녀가 말했다. "그는 우리가 자신의 인상착의를 확인하지 못했다는 사실을 모르고 있을 겁니다. 그래서 말인데요……." 잠시 주위를 둘러보던 댄스의 눈에 가까이 자리한 사무소가 들어왔다. "인쇄물을 백 장 정도 만들어보는 건 어떨까요?"

"인쇄물이라뇨?"

오닐이 고개를 끄덕였다. 그녀의 생각을 읽은 것이었다. "그냥 아무 남자의 얼굴이나 싣는 겁니다. 그걸 경찰과 보안 인력에게 나눠줘야죠. 수색을 하면서 틈틈이 들여다보라고 말입니다."

"금발에 키가 큰 남자들을 유심히 살피는 겁니다. 그들이 어떤 옷차림을 하고 있는지는 중요하지 않아요. 그들 중 시선을 피하려는 사람이 있다면 그가 바로 우리가 찾는 범인일 겁니다."

서던은 곧장 사무소로 돌아갔다. 그리고 몇 분 후, 인쇄물을 한 아름 안고 돌아왔다. 그가 그중 한 장을 내밀어 보였다.

"새 매니저가 전 직원에게 전하는 메시지입니다. 그냥 형식적인 인사말이죠. 함께 일하게 돼서 기쁘다, 뭐 그런 얘기입니다."

"이거면 됐어요." 댄스가 말했다. 인쇄물에는 매니저의 인물 사진이 실려 있었다. 몇 걸음 떨어져서 보면 누구라도 범인의 CCTV 캡처 이미지로 착각할 만했다.

서던과 랠스턴이 경관들과 보안 인력에게 나누어줄 인쇄물을 반씩 들었다.

댄스는 그중 한 장을 챙기고 오닐에게도 하나 건넸다.

"무전기 필요해요?" 랠스턴이 말했다.

"휴대폰이면 돼요." 댄스가 말했다.

오닐이 고개를 끄덕이자 랠스턴이 자신의 번호를 불러주었다.

"댄스 요원에게 무기가 필요합니다."

"네?" 그녀가 말했다. "아니에요."

"캐트린." 오닐이 단호한 어조로 말했다.

오렌지 카운티 경사가 호기심에 찬 눈으로 그녀를 쳐다보았다.

"난 CBI 민사부 소속이에요. 그래서 무기를 지닐 수 없어요." 그녀가 설명했다.

"아." 랠스턴이 말했다. 더 이상 고민할 것 없었다. 그녀에게 무기를 건네는 것은 명백한 위법이었다.

오닐이 한숨을 내쉬며 말했다. "그럼 정문 근처에 남아서……."

여기서 기다리라고?

하지만 댄스는 이미 회전문을 향해 빠르게 나아가는 중이었다. 그 위에서는 바이킹 투구를 쓴, 불안할 만큼 크고 사실적인 회색곰이 성난 표정으로 그들을 노려보고 있었다.

44

안티오크 마치는 놀이공원 중심부에 다다랐다. 근처에서 유아용 놀이기구가 빙빙 돌아가고 있었다. 유리섬유로 된 잎사귀 모양 기구에 한 명씩 들어가 앉은 아이들의 모습이 중국 식당에서나 볼 법한 상추쌈을 연상시켰다. 비위가 약한 그는 절대 누릴 수 없는 즐거움이었다.

한쪽에는 정글 투어가 마련되어 있었다. 크고 무시무시한 육식동물들이 입장객들을 놀래는 곳이었다. 크게 히트한 블록버스터 영화에 등장하는 캐릭터들이었다. 마치도 본 영화였다. 잔혹하고 단순했던 영화. 하지만 꽤 효과적으로 관객들을 놀래주었다. 잔혹하고 단순한 영화들이 대개 그렇듯이.

마치는 놀라울 정도로 해리슨 고지와 쏙 닮은 모조 협곡을 따라 걸어갔다. 그는 젖은 바위와 나뭇잎, 양토, 흙, 물의 냄새를 맡았다. 터드의 모습도 생생히 보였다. 강렬한 빛깔의 단풍보다도 훨씬 생생하게.

정신 차려. 그는 스스로를 질책했다. 어서 여길 빠져나갈 궁리를 해야지. 이제 곧 경관들이 우르르 몰려와 이곳의 모든 합성수지 공룡들과 노래하는 덤불 밑을 샅샅이 뒤져댈 거라고.

바로 그때, 기다렸다는 듯 그들이 나타났다.

관광객처럼 차려입은 두 젊은 남자. 하지만 보안 요원이 분명했다. 그들이 인쇄물을 흘끔 들여다본 후 인파를 유심히 살폈다.

빌어먹을. 정문으로 뛰어 들어왔을 때 카메라에 찍힌 건가? 그는 나무와 모조 바위들 틈에 교묘히 숨겨진 보안용 카메라를 여러 대 발견했었다.

마치는 그때와 전혀 다른 옷차림을 하고 있었다. 그는 문 앞에 카메라가 설치돼 있을 게 분명한 화장실 대신 '토네이도 앨리'라는 무시무시한 롤러코스터를 타려고 기다리는 인파 속에서 슬그머니 옷을 갈아입었다. 설마 갈아입은 후의 사진을 확보한 건 아니겠지?

나가야 해. 당장 여길 빠져나가야 해.

그는 황급히 몸을 틀었다. 또 다른 경관이 그를 향해 걸어오고 있었다. 그도 손에 쥔 인쇄물을 연신 들여다보며 주변을 유심히 살피는 중이었다. 그의 시선은 특히 키 큰 남자들에게 오래 머물렀다. 경관은 마치와 10미터 정도 떨어져 있었다.

이곳의 길은 넓지 않았다. 그의 유일한 선택지는 인파 속에서 태연한 척하며 계속 걸어다니는 것뿐이었다. 이 상황에서 몸을 돌렸다가는 의심을 살 것이 뻔했다. 쇼핑백 안에는 그가 운동 가방에서 꺼낸 권총이 담겨 있었다. 총을 쏘고 싶지는 않았지만 불가피한 상황이 닥치면 어쩔 수 없다. 그는 놀이공원 지도를 훑는 척하며 계속 걸음을 옮겼다. 한 커플에게 다가가 길을 묻기도 했다. 남자가 지도를 흘끔 들여다보고 나서 근처 샛길을 가리켰다.

경관은 여전히 주변을 살피며 그들 쪽으로 다가오고 있었다.

마치는 계속 커플과 대화했다. 남부 말투를 쓰는 그들은 꽤 다정다감했다. 경관의 시선이 잠시 그들을 훑다가 다른 곳으로 돌아가 버렸다. 마치는 어깨 너머로 멀어져가는 경관의 뒷모습을 확인했다. 다행히 그는 무전기나 휴대폰을 뽑아 들지 않았다. 마치는 그가 쥔 인쇄물을 한동안 바라보았다.

아, 역시. 나를 잡기 위한 속임수였어. 인쇄물은 안내문 같아 보였다. 아니면 인터넷에서 다운로드한 것이든지. 사진 속 얼굴은 제대로 보이지 않았지만 보안 카메라 영상을 캡처한 것은 분명 아니었다. 보도자료용 사진이었다. 그들은 그가 지레 겁을 먹고 수상한 낌새를 보이기를 바라고 있을 것이다.

영리한데.

그는 이것이 캐트린 댄스의 머리에서 나온 계책일지 궁금했다. 당연하지. 그가 곗에게 말했다.

마치는 친절하게 길을 가르쳐준 남자를 돌아보았다. "이상하네요."

"뭐가요?"

"저기 말입니다. 제복 경관이 공원에 들어와 있잖아요. 저기, 인쇄물을 든 경관 보이시죠?"

커플이 눈을 가늘게 뜨고 그쪽을 바라보았다. 남자가 말했다. "오, 그렇군요. 저쪽에도 전단을 쥔 사람들이 보이네요. 저 사람들 보이죠?"

"위장한 보안 요원들입니다." 마치가 말했다.

"대체 무슨 일일까요?" 여자가 물었다.

"아무 일도 아닐 겁니다. 다만…… 테러리스트만 아니었으면 좋겠네요."

"테러리스트?" 아내가 속삭였다.

"네, 폭스 뉴스 못 보셨습니까? CNN도 보도했던데, LA가 테러 공격의 표적이 됐다고요."

"정말요?"

"그냥 소문일 겁니다. 경찰이 호들갑 떨어대고 나서 아무 일도 없었던 적이 많았잖아요. 늘 그런 식이죠." 마치가 어깨를 으쓱였다. "뭐 아무튼, 즐거운 시간 보내십시오."

구불구불한 길을 따라 400미터쯤 나아갔을 때 안티오크 마치는 엄폐물로 이용하기 좋아 보이는 또 다른 커플을 발견했다. 그가 그들에게 다가가 지도를 내밀며 고개를 끄덕였다.

"안녕하세요. 잠시 말씀 좀 묻겠습니다."

"네." 남편이 말했다. 그와 그의 아내는 세 아이와 함께였다. 아이들은 여덟 살에서 열두 살 사이로 보였다.

마치는 이 부부에게도 길을 물었다. 특정 레스토랑이 어디 있는지 물으며 그곳에서 가족을 만나기로 했다고 둘러댔다. 부부는 잠시 지도를 훑었다.

남편이 말했다. "여기가 현재 위치입니다. 좀 멀긴 하지만 제대로 가고 계시는 겁니다."

마치는 레스토랑 위치를 알고 있었다. 단지 커플과 함께 이동하기 위해 일부러 그쪽으로 향하는 척했을 뿐.

"감사합니다." 그는 그들 가족과 함께 걸어갔다.

"저흰 매년 이곳을 찾습니다." 마치와 나란히 걸어가며 남편이 말했다. "선생님은요?"

"저는 이번이 처음입니다. 우리 애 조시가 너무 어려서요. 이제 겨우 다섯 살 됐습니다." 그들은 인쇄물을 쥔 경관 두 명을 스쳐 지나갔다. 경관들은 그에게 눈길조차 주지 않았다.

"그러시군요. 베스, 리처드예요." 아내가 턱으로 자신의 아이들을 가리키며 말했다. "쟤들이 서너 살 때 디즈니랜드에 데려간 적이 있었어요. 구피가 무섭다고 어찌나 난리를 치던지……. 팅커벨도 마찬가지였고요."

마치가 웃음을 터뜨렸다.

남편이 말했다. "그래도 지금이 좋을 때입니다. 애들 입장권 가격도 무시 못 하거든요. 이런 데 한 번 다녀오시면 파산 절차를 밟으셔야 할지도 모릅니다."

마치는 온갖 놀이기구들에 대해 그들과 이야기를 나누었다. 그러면서도 틈틈이 주위를 살피는 것을 잊지 않았다. 나무와 모조 바위들, 그리고 가로등. 그러면서 놀이공원에 대해 조금씩 알게 되었다. 그는 어릴 적 놀이공원에 가본 기억이 없다. 그의 부모는 이런 곳을 좋아하지 않았다. 그냥 내려가서 게임이나 해, 앤디. 어서!

생전 처음 경험하는 놀이공원은 꽤 흥미로운 공간이었다.

마치가 커플에게 말했다. "저기 또 한 명 보이네요." 그가 얼굴을 찌푸렸다.

"누가요?"

"경찰 같은데, 계속 전단을 들여다보고 있잖아요. 벌써 열 명도 넘게 본 것 같아요."

아내가 말했다. "맞아요. 나도 몇 명 봤어요. 대체 무슨 일일까요?"

"누군가가 입장권 없이 무단 침입한 걸까요?"

"그건 아닐 겁니다." 마치가 천천히 말했다. "고작 그런 일로 저렇게 법석을 떨진 않죠."

"하긴." 아내가 말했다. "흠. 저기 봐요. 두 명 더 있어요."

330

"이상한데." 남편이 말했다.

"심각한 일이 아니면 좋겠네요. 어쩌면…… 실례합니다…… 문자가 와서요." 그가 인상을 쓰며 자신의 휴대폰을 들여다보았다. 그들이 화면을 엿보지 못하도록 조심하면서 메시지를 확인하는 척했다. "세상에!"

하마터면 그는 "하느님!" 하고 외칠 뻔했다. 하지만 아내의 목에 걸린 십자가 목걸이를 보고 꾹 참았다. 지금 그에게는 그들의 협조가 절실했다.

"무슨 일인데요?"

"아내가 보내온 메시지예요. 지금 레스토랑에 있는데 방금 장모님으로부터 메시지를 받았다네요. 뉴스에 떴답니다. 테러리스트 어쩌고 하면서 시끌시끌하대요."

"테러리스트?" 아내가 말했다. "지금 여기에요?"

그 말에 주위의 예닐곱 사람이 일제히 그들을 돌아보았다.

마치는 대답하지 않았다. 그는 미간을 찌푸린 채 잠시 주위를 둘러보다가 문자 메시지를 작성하기 시작했다. 하지만 그것은 가상의 아내에게 띄우는 답장이 아니었다. 여러 블로그 사이트와 언론사들, 그리고 트위터에 올릴 메시지였다.

테러리스트가 오렌지 카운티 글로벌 어드벤처 정문을 차로 들이받았음. 현재 자살 폭탄 테러리스트가 공원 안을 활보 중.

마치가 고개를 들었다. "빨리 아내와 아들에게 가봐야겠어요." 그가 다시 휴대폰을 들여다보았다. "오, 안 돼!"

"이번엔 또 무슨 일이죠?"

"시애틀에 사는 형이에요. 지금 CNN을 보고 있는데, 누가 놀이 공원 정문을 차로 들이받았다네요. 수상한 배낭을 멘 남자가 지금 공원 안에 있답니다!"

"오, 빌. 얘들아! 어서 이리들 와! 얘들아, 당장 멈추고 빨리 오라 니까!"

"샌디와 드와이트는 뭘 타러 갔지?" 남편이 다급하게 물었다.

"나도 어떤 건지 몰라. 빨리 전화해서 알려줘야지."

그의 뒤에서 누군가의 목소리가 들려왔다. 또 다른 가족의 남편 이 물었다. "방금 테러리스트라고 하셨습니까? 그렇지 않아도 사방 에 경찰에 깔려 있기에 이상하다 생각했는데. 손에 전단을 하나씩 들고서 말이죠."

마치가 말했다. "폭탄과 기관총을 무장한 남자가 차로 정문을 들 이받았답니다. 지금 공원 어딘가에 있고요."

"무장했다고요?" 첫 번째 커플의 남편이 물었다.

마치는 답답하다는 듯 휴대폰을 흔들어 보였다. "형이 지금 뉴스 를 보고 있대요. 무장한 자살 폭탄 테러리스트. 어쩌면 공범이 있을 지도 모른다나요."

"개자식들."

독실한 신자로 보이는 아내는 무의식적으로 욕을 한 남편을 나 무라지 않았다.

"CNN과 폭스 뉴스가 지금 그렇게 보도하고 있답니다."

마치의 말이 끝나기가 무섭게 주위에 몰려든 사람들이 일제히 휴대폰을 꺼내 전화를 걸거나 문자 메시지를 띄웠다. 그게 사실인 지 확인하려는 사람들도 있고, 가족이나 친구들에게 다급히 소식을 전하는 이들도 있었다. 어쨌든 모두가 가짜 뉴스를 신나게 퍼 나르느라 여념이 없었다.

한 여자는 자신의 아이폰에 대고 쉰 목소리로 고함을 질러댔다. "여보, 지금 어디 있어? 애들은? 빨리 밖으로 나가. 지금 당장. 공원에 테러리스트들이 들어와 있대! ……알아. 우리도 봤어! 뭔가 심상치 않은 일이 있으니까 경찰이 사방에 깔렸겠지. 그러니까 어서 밖으로 나가! ……나도 지금 나갈 거야. 최대한 빨리 갈게."

마치는 돌아섰다.

아, 환상적이야! 그의 옆을 지나던 중년의 군살 없는 남자가 접은 우산을 번쩍 들자 예순 명 남짓의 아이들이 그의 뒤를 줄줄이 뒤따랐다. 학생들은 오하이오 주의 사립 고등학교 로고가 찍힌 티셔츠 차림이었다.

마치는 공포를 키우기 위해 우산 든 남자에게 다가갔다. 보나 마나 인솔 교사이거나 학부모일 것이다. 그가 입을 열려는 찰나 첫 번째 커플의 아내가 선수를 쳤다. "공원에 들어온 테러리스트들에 대해 들으신 거 없어요? 어디로 가야 안전한 거죠?"

남자가 눈을 깜빡이며 우산을 내렸다. "그게 무슨 말씀이시죠?"

소문은 바짝 마른 캘리포니아 들판에 번지는 불길처럼 빠르게 퍼져나갔다. "테러리스트래!" 여학생 몇몇이 울음을 터뜨렸다. 훌쩍거리는 남학생도 두어 명 보였다. 그제야 일제히 휴대폰을 꺼낸 아이들이 문자와 음성 메시지를 확인하기 시작했다.

마치가 흥분하며 덧붙였다. "공원 안에 들어와 있대요. 차로 정문을 들이받았답니다. 자살 폭탄 테러리스트. 총으로 무장했고, 단독으로 벌인 일도 아니라더군요." 그가 증명이라도 하듯 자신의 휴대폰을 번쩍 들어 보였다.

아이들 몇 명이 무릎을 꿇고 앉아 기도하기 시작했다. 출구를 향해 달리던 한 무리의 사람들은 하마터면 아이들에게 발이 걸려 넘어질 뻔했다. 학부모가 소리쳤다. "애들아, 정신 차려! 일어나, 어서 일어나라고!"

또 다른 여성 학부모가 달려왔다. "들었어요? 공원에 테러리스트들이 들어왔대요!" 그녀가 겁에 질려 갈라진 목소리로 말했다.

학생들이 더 크게 동요했다.

아이들의 울음과 비명 소리가 안티오크 마치에게 묘한 위안을 주었다.

겟이 씩 웃었다.

주변 입장객들이 술렁거렸다. 그들은 불안한 얼굴로 갈팡질팡하고 있었다. 모두가 다급하게 휴대폰을 꺼내 전화를 걸거나 문자 메시지를 보냈다. 사방으로 뿔뿔이 흩어진 아이들을 불러 모으는 부모들도 보였다.

사람들은 자살 폭탄 조끼 차림에 배낭을 둘러멘 수상한 사람들을 찾아 주위를 살피기 시작했다. 기관총과 대전차로켓으로 무장한 테러리스트들.

한 남자가 전단을 손에 쥔 보안관보 앞으로 성큼 다가갔다. 그를 따라 몇 명이 우르르 몰려갔다.

"그래서 지금 뭘 하고 있습니까?"

"왜 안내방송이 나오지 않는 거죠?"

"어떻게 된 일인지 알기는 합니까?"

경관은 크게 당황한 모습이었다. 또 다른 입장객, 그리고 두 명이 더 달려와 어째서 사람들을 대피시키지 않고 상황을 은폐하려 하느냐며 성을 냈다. 한 남자는 놀이공원 이미지 때문인지 아니면 카운티의 돈줄이 끊어질까 두려워 그러는 것인지, 어느 쪽이냐고 따져 물었다. 경관은 테러가 아니라고 주장했지만 아무도 그의 말을 곧이듣지 않았다.

마치는 멀찍이 물러나 동요하는 군중을 지켜보았다. 이백 명이 넘는 사람들이 매점 직원과 공원 관리인, 캐릭터 의상을 입은 연기자들에게 고함을 치고 있었다.

일을 좀 더 키워야겠군. 마치는 생각했다. 휴대폰으로 911에 전화를 걸었다.

"무슨 일이십니까?"

"글로벌 어드벤처에 가족과 함께 있습니다. 누군가가 차로 정문을 들이받고 들어왔어요. 지금 테러리스트가 공원에 들어와 있다고요. 그가 폭탄을 몸에 두른 걸 본 사람도 있어요!"

상황실 대원이 말했다. "정문 사고에 대해서는 저희도 신고를 접수했습니다. 하지만 테러 얘긴 아직⋯⋯."

"맙소사, 저기 그가 있어요! 몸에 폭탄을 두르고 있어요! 총도 보이고요."

"선생님, 성함과 현재 위치를 알려주십시오. 침착하시고⋯⋯."

그는 전화를 끊고 성난 군중으로부터 멀리 떨어져 나왔다. 그런 다음, 정문 쪽으로 걸음을 옮기며 나무들 틈과 건물들 뒤를 유심히 살폈다.

이번에는 지역 방송국에 전화를 걸었다.

"도와주세요! 우린 글로벌 어드벤처에 갇혀 있어요. 오렌지 카운티에 있는 놀이공원요. 지금 숨어 있어요. 우리 가족이 숨어 있는 곳에서도 그가 보여요. 테러리스트. 기관총을 들고 있어요. 그리고 또 다른 테러리스트는 몸에 폭탄을 두르고 있어요! 제발⋯⋯ 테러 공격이라고요! 정문을 들이받고 공원으로 들어온 자살 폭탄 테러리스트들이에요. 그들의 모습이 보여요."

"선생님, 실례지만 성함이 어떻게 되십니까?"

"맙소사, 그가 이쪽으로 오고 있어요!"

그는 전화를 끊고 계속 걸었다. 주변의 거의 모두가 휴대폰으로 뉴스 속보를 확인하고 있다. 절박한 심정으로 상황이 종료되었다는 희소식을 바라고 있을 것이다. 하지만 뉴스가 그런 보도를 내보낼 리 없었다. 허리케인에 휩쓸린 나뭇잎들처럼 섬뜩한 소문이 사방으로 퍼져가는 중이었다. 입장객들은 영양 떼처럼 무리지어 서 있었다. 보도를 벗어난 몇몇은 덤불 속으로 들어가 밖의 상황을 살폈다. 꼭 놀이공원의 모기업이 제작한 영화 속 한 장면을 보는 듯했다. 외계인들에게 잡아먹히기 직전인 유약한 인간들의 모습.

마치는 보도를 따라 이동하며 같은 시나리오를 머릿속에 다시 그려보았다. 또 다른 가족에게 접근해 공포를 심는 것. 하지만 그 가족이 먼저 마치를 붙잡았다.

"이봐요!"

남자가 휘둥그레진 눈으로 물었다. "여기 가족이 있습니까?"

"네, 토네이도 앨리 쪽에 있어요. 그런데 왜 그러시죠?"

"그쪽에 테러리스트들이 있대요. 그 수가 대여섯 명이랍니다. 거기 있는 놀이기구 몇 개를 폭파시켜버릴 거라네요."

아내는 격하게 흐느끼고 있었다.

"맙소사!" 마치가 휴대폰을 들여다보았다. "정말 말씀대로네요. 아내가 문자를 보내왔어요. CNN이 자살 폭탄 테러리스트가 공원에 들어와 있다고 보도했답니다. 테러 경보가 발령됐대요."

"그래서 사방에 경찰이 쫙 깔린 거였군요."

"그런데도 사실대로 알려주지 않다니!" 마치가 울분을 토했다.

그는 대여섯 번 더 소문을 퍼뜨릴 생각이었다. 하지만 지금 보니 그럴 필요가 없을 것 같았다. 가짜 뉴스는 이미 메뚜기 떼처럼 널리 퍼진 상태였다. 폭파범. 기관총. 알카에다. ISIS. 파키스탄. 시리아.

"이젠 어쩌죠? 어떻게 빠져나가죠?"

마치가 큰 소리로 말했다. "제가 아는 길은 하나뿐입니다. 정문. 다른 비상구는 없다고 들었어요."

"비상구가 없어요? 지을 때 이런 일이 벌어질 줄 몰랐답니까?"

"이러다가 공원 안에 갇혀버리겠어요!"

마치가 한쪽 팔을 미친 듯이 휘둘렀다. "그러기 전에 빨리 나가야죠!"

사람들이 공원 정문 쪽으로 우르르 몰려가기 시작했다. 백 명 남짓 되던 군중은 어느새 세 배, 네 배, 다섯 배까지 늘어나 있었다. 마치는 다급하게 안전지대를 찾아 나선 군중 틈에 섞여 잠시 이동하다가 슬그머니 빠져나와 덤불 속에 몸을 숨겼다.

45

어떻게 된 거지?

댄스와 오닐은 글로벌 어드벤처 정문으로 되돌아왔다. 그들은 어떤 이유에서인지 수천 명에 달하는 입장객들이 이쪽으로 몰려오고 있다는 소식을 전해 들었다. 두 사람은 회전문과 울타리 밖에 서 있었다.

마침내 한 무리의 사람들이 모습을 드러냈다. 그들은 조바심을 내며 퇴장 순서를 기다렸고, 그 틈에서 몇몇이 격한 언쟁을 벌이기도 했다. 새치기가 몸싸움으로 번진 곳도 있었다. 넓은 정문이 제대로 기능했다면 신속한 퇴장이 가능했겠지만 범인의 쉐보레가 정문을 가로막고 있었다.

댄스는 아버지가 들려준, 힐즈버러 스타디움에서 참사를 맞은 리버풀 팬들을 떠올렸다.

이십오 년 전. 아직도 그때의 악몽을 꾸곤 한단다…….

오닐과 댄스는 공원 보안 책임자와 랠스턴 경사에게 다가갔다.

댄스가 물었다. "이게 어떻게 된 일이죠?"

허버트 서던과 랠스턴 모두 누군가와 심각한 통화를 하고 있었다. 랠스턴이 말했다. "맙소사." 심상찮은 일이 터진 것이 분명했다.

서던이 전화를 끊었다.

"모두가 패닉에 빠져 있습니다. 입장객 두어 명이 우리 보안팀 직원을 폭행했다네요. 이유는 모르겠습니다."

랠스턴도 통화를 마쳤다. "사방에서 신고가 들어오고 있어요. 보안관 사무실, 언론사, FBI, 국토 안보국. 공원에 테러리스트들이 들어와 있답니다. 기관총으로 무장했고요, 자살용 폭탄 조끼를 입었다고 합니다. 온갖 소문과 제보가 한꺼번에 쏟아져 들어오는 바람에 911 상황실이 마비돼버렸다더군요."

댄스가 나지막이 말했다. "그가 꾸민 짓이에요."

"범인요?"

그녀가 고개를 끄덕였다.

"지나가는 사람 몇 명 붙잡고 황당한 소문을 퍼뜨리면 게임 끝이죠. 그게 뉴스를 타고 블로그에 실리면서 산불처럼 순식간에 번진 겁니다." 오닐이 말했다.

"이게 그의 장기예요. 공포를 만들고 퍼뜨리는 것. 그 분야에 있어선 단연 최고라 할 수 있어요."

오닐이 말했다. "분명 이쪽으로 빠져나오려 할 겁니다. 우리가 입장객을 일일이 체크할 수 없다는 걸 알 테니까요."

"하긴, 그건 사실이죠." 랠스턴 경사가 웅얼거렸다.

허버트 서던이 회전문 쪽으로 다가갔다. 그 반대편에서는 입장객 삼사십 명이 서로를 거칠게 떠밀며 아우성치고 있었다. "비상 상황이 아닙니다! 공원은 안전합니다. 계속 안에 계셔도 됩니다. 밀지 마세요. 밀지 마시라니까요!"

하지만 성난 군중의 고함 속에서 그 말은 제대로 전달되지 못했다.

댄스가 물었다. "대피 절차가 어떻게 되나요? 만약 이게 진짜 테러 상황이라면."

"록다운. 놀이기구 운행을 중지하고 입장객들을 지정된 장소로 대피시켜야 합니다. 무장한 테러리스트나 악천후나 화재로부터 몸을 피할 수 있는 여러 공간이 마련돼 있습니다."

"공원 밖으로 대피시키는 건요?"

"집단 대피는 위험합니다." 서던이 밖으로 나가려고 아우성인 군중을 돌아보았다. "오늘은 그나마 한산한 날에 속하는데요, 그럼에도 현재 저 안에 갇힌 입장객은 무려 만삼천 명에 달합니다. 만약 저들이 동시에 쏟아져 나온다면……. 그땐 무슨 일이 벌어질지 상상이 되시죠?"

뒤늦게 움직인 입장객들이 군중 뒤로 꾸역구역 몰려들었다. 정문 통로 양옆에 하나씩 자리한 선물 가게들 사이로는 차가 밀리듯 인파의 병목현상이 일어났다. 모두의 얼굴에 공포에 질린 표정이 떠올라 있었다.

댄스와 오닐이 달려가 그들이 회전문을 넘어올 수 있도록 도와주었다. 부모들이 문을 기어오를 때는 어린 자녀들을 안전하게 돌봐주기도 했다. 테러 상황이 아니라고 연신 설명했지만 누구도 두 사람의 말에 귀 기울여주지 않았다.

회전문 주변에서 거친 몸싸움이 벌어지기 시작했다. 먼저 회전문을 뛰어넘기 위해 서로를 난폭하게 떠밀어댈수록 사람들은 점점 더 혼란에 빠져들었다. 어느새 문 뒤로 보이는 군중의 수는 예순 명 정도로 늘어나 있었다. 울타리에 몸이 낀 한 여자가 비명을 질렀다.

손목이 부러졌을 거야. 댄스는 짐작했다. 보안요원 두 명이 달려가 여자를 돕고 흥분한 입장객들을 진정시키려 애썼다. 또 다른 곳에서 몸싸움이 벌어졌고, 사람들은 계속 몸부림치며 비명을 질러댔다. 댄스는 입장객 두 명이 추락하는 걸 지켜보았다. 보안요원들이 달려가 무참히 짓밟히는 그들을 부축해 일으켰다. 공원 직원들의 표정은 불안에 떠는 입장객들의 표정과 크게 다르지 않았다.

댄스가 말했다. "간신히 감당할 순 있을 것 같네요. 저들이 더 이상 흥분하지만 않는다면⋯⋯."

그때 어딘가에서 아득한 총성이 대여섯 번 들려왔다.

"젠장." 그녀가 웅얼거렸다.

스피커에서 안내방송이 흘러나오기 시작했다.

"긴급 상황입니다. 모두 신속히 대피해주시기 바랍니다. 공원에 테러리스트들이 진입해 있습니다. 자살 폭탄 테러리스트들입니다. 이건 실제 상황입니다. 모두들 신속히 대피해주십시오!"

"저건 정식 절차가 아닙니다!" 서딘이 충격에 빠진 표정으로 말했다.

"긴급 상황입니다. 신속히 대피해주십시오. 공원에 자살 폭탄 테러리스트들이 진입해 있습니다."

댄스의 얼굴이 일그러졌다. "그의 짓이에요. 그가 보안실에 들어가 있어요."

오닐이 소리쳤다. "어서 그쪽으로 팀을 보내요!"

랠스턴이 무전기를 뽑아들고 그 내용을 전달했다.

보안 책임자도 누군가와 통화 중이었다. "데릭, 이게 어떻게 된 일이야? ⋯⋯그놈이 보안실에 들어가 있는 거야? ⋯⋯알았어. 빨리 가서 알아봐. 방송 시스템도 끄고."

"대피하십시오! 지금 당장 대피하십시오. 총이 발사됐습니다. 부상자는 안전한 곳으로 들어가 몸을 숨기시기 바랍니다. 구급대원들이 오고 있습니다!"

서던이 댄스와 오닐에게 설명했다. "지하 터널에 보안실이 마련돼 있습니다. 의료시설이 갖춰진 곳이죠. 소매치기나 술에 취해 난동을 부리는 사람들을 데려가는 곳이기도 하고요. 그는 그곳 상황실에 들어가 있을 거예요. 터널을 통해 빠져나갈 궁리를 하고 있을 겁니다. 그곳 출구는 공원 서쪽의 주차장으로 통하고요⋯⋯. 아, 맙소사⋯⋯. 저기 좀 봐요!"

수천 명의 인파가 일제히 출구를 향해 달려들고 있었다.

"물러나요. 여긴 안전합니다!" 보안 책임자가 그들에게 소리쳤다. 무의미한 시도였다.

모두가 필사적으로 탈출을 시도하고 있었다. 사방에서 비명이 터졌다. 사람들은 어떻게든 회전문을 빠져 나오려 애쓰는 중이었다. 부서진 정문으로 뛰쳐나온 몇몇이 범인의 쉐보레를 기어올랐다. 미끄러져 추락한 한 남자는 땅에 쓰러져 미동도 하지 않았다.

댄스와 오닐, 그리고 서던이 두 손을 번쩍 든 채 그쪽으로 달려갔다. 그들은 큰 소리로 안내방송 내용이 거짓이라고 알려주었다.

하지만 이성을 잃은 군중의 귀에 그 소리가 들릴 리 없었다. 안전, 탈출. 그들에게는 오로지 그 두 가지만이 중요할 뿐이었다.

짐승이 돼버렸어⋯⋯. 지금 저들은 인간이 아니야⋯⋯.

"이러다 다들 압사하겠어요." 댄스가 말했다.

오닐이 소리쳤다. "정문. 어떻게든 문을 열어야 합니다. 지금 당장요!"

그와 랠스턴과 공원 직원 대여섯 명이 달려가 범인의 차를 있는 힘껏 잡아끌었다. 1미터, 3미터, 5미터. 충분한 틈이 생기자 그들은 문을 붙잡고 필사적으로 밀었다. 문의 밑 부분이 콘크리트 바닥에 긁히면서 거슬리는 소리를 냈다.

넓은 문간으로 사람들이 몰려오자 오닐이 황급히 옆으로 물러섰다. 회전문에는 여전히 많은 사람들이 달라붙어 있었다.

네 살쯤 돼 보이는 아이를 품에 안은 여자가 비틀거리며 정문을 빠져나왔다. 그녀는 텅 빈 주차장 쪽으로 방향을 틀고 그쪽으로 달려가기 시작했다. 댄스는 그녀의 팔이 부러졌음을 대번에 알았다. 벤치를 향해 열 걸음쯤 달려나간 그녀가 통증을 이기지 못하고 멈춰 섰다. 그녀는 어린 딸을 아스팔트 바닥에 살며시 내려놓았다. 댄스는 그들에게로 달려갔다.

그녀가 모녀에게 도착했을 때 뒤에서 유리 깨지는 소리가 들려왔다. 박살 난 선물 가게 창문으로 입장객 수십 명이 쏟아져 나오는 중이었다. 그곳을 탈출구로 선택한 이들의 수는 금세 수백 명으로 불어났다.

그들은 댄스와 모녀가 있는 쪽으로 무섭게 달려왔다. 공원을 무사히 빠져나왔음에도 사람들은 여전히 패닉에 빠져 있는 듯 사력을 다해 내달렸다.

"일어나요!" 댄스가 아이를 낚아채 들고는 축 늘어진 여자에게 소리쳤다. 군중은 빠르게 다가오고 있었다.

여자가 갑자기 손을 뻗어 댄스의 옷깃을 움켜잡았다. 어정쩡하게 웅크려 있던 댄스가 아이를 품에 안은 채 뒤로 넘어졌다. 깜짝 놀란 그녀가 고개를 돌려 몰려오는 사람들을 바라보았다. 흉포한 눈빛의 군중은 앞에 세 사람이 깔려 있음을 전혀 인지하지 못한 듯했다. 설령 알고 있다 해도 옆으로 비켜줄 마음은 조금도 없어 보였다.

46

안티오크 마치는 놀이공원을 공황상태에 빠뜨리기 위해 자존심을 버리고 총을 썼다. 그러지 않았다면 더 좋았겠지만.

상상만으로도 짜릿했다. 말 몇 마디로 무시무시한 파괴와 대혼란을 일으키는 것. 사실 그는 가짜 아내가 보내온 문자 메시지 대신 순진한 질문 몇 개로 공포를 심고 싶었다. "저 경비들이 누굴 찾고 있는 걸까요?" "테러 협박이 있었다는데 뉴스에서 못 보셨어요?"

미묘하게, 교묘하게. 피해자들의 상상력을 자극하는 방법.

절대 벗어날 수 없고, 결국 공포에 굴복하게 되리라는, 나방의 날갯짓처럼 가벼운 암시로도 충분히 세상을 어지럽힐 수 있다. 욕구와 공포를 자극하는 것이 성공적인 영업의 비밀이라는 것, 마치가 아버지에게서 배운 가르침이었다.

마치는 닛산 세단의 트렁크 안에 숨어 있었다. 차는 여전히 글로벌 어드벤처 주차장에 세워져 있다. 스키 마스크에 장갑까지 착용한 그는 흡사 찜통에 있는 듯했다.

공원을 빠져나오는 건 별로 어렵지 않았다. 테러리스트라는 맹수에게 겁을 먹고 미친 듯이 날뛴 짐승들 덕분이었다. 그는 휘둥그레진 눈으로 무섭게 밀려드는 군중을 바라보던 캐트린 댄스의 모습을 먼발치서 보았다. 그녀의 시선은 단 한 번도 그에게로 향하지 않았다. 하지만 공원을 빠져나온 후가 문제다. 인파 속에 파묻혀 정문을 빠져나온 마치는 주차장으로 들어가 특정 타입의 차를 찾기 시작했다. 그리고 마침내 큰 트렁크가 갖춰진 렌터카를 발견했다. 계기판 위에 놓인 호텔 발레파킹 티켓은 앞으로 사흘 동안 유효한 것이었다. 가족이 이미 체크인을 했고 한동안 오렌지 카운티를 뜨지 않을 거라는 뜻이다. 트렁크에 짐이 실려 있을 가능성도 낮았다. 빌리나 수지가 공원에서 기념품을 샀을지 모르지만 설령 그랬다 하더라도 보나 마나 아수라장 속에서 잃어버렸을 것이다.

그는 쇠지렛대로 문을 따고 들어가 트렁크를 열었다. 예상대로 짐은 없었다. 그는 여행 가방과 총이 담긴 쇼핑백을 챙겨 들고 트렁크 안으로 들어갔다. 만약 운전자와 가족이 트렁크를 열면 총으로 위협해 탈출할 생각이었다. 안타깝게도 그에게 주어진 선택지는 많지 않았다.

도로가 봉쇄됐을까? 검문소에서 트렁크를 열어보진 않을까?

하지만 일단 부딪쳐보는 수밖에 없다.

그는 클렌저와 휘발유 냄새가 진동하는 트렁크 안에 누워 상황을 따져보았다. 현금을 주고 산 선불폰 하나는 터스틴에서 쉐보레를 향해 전력 질주하던 중에 잃어버리고 말았다. 그 휴대폰에는 민감한 정보가 저장돼 있지만 그를 위태롭게 만들 정도는 아니었다. 사용할 때마다 장갑을 꼈기에 지문도 남아 있지 않았다. 프레스콧의 컴퓨터를 챙겨 나오지 못한 것이 못내 아쉬웠다. 하지만 대충 훑어본 결과 랩톱 컴퓨터에는 그와 연결될 만한 게 없었다. 제아무리

345

명석한 캐트린 댄스라도 그와 프레스콧을 엮지는 못할 것이다.

혼돈이 시작된 지 한 시간쯤 됐을 때 발소리가 다가왔다. 그리고 잠시 후, 자동차 자물쇠 풀리는 소리가 들려왔다. 그는 권총을 쥐고 기다렸지만 트렁크는 열리지 않았다. 차문이 열렸다가 닫혔다. 엄숙함이 묻어나는 성인들 목소리. 세 번째 문도 닫혔다. 아이 목소리를 들어보니 십 대 소년인 듯했다.

마침내 시동이 걸리고 차가 움직이기 시작했다. 가다 서다를 반복하는 걸 보니 출구 앞으로 긴 행렬이 만들어진 모양이었다. 라디오 소리가 희미하게 들려왔다. 이러다가 쪄 죽겠군. 그는 차가 목적지에 닿기도 전에 트렁크에서 실신해버리지 않기를 바랐다.

가족의 대화는 계속 이어졌다. 여자 목소리가 그의 귀에 닿았다. 아니, 고음의 남자 목소리인가?

"저쪽에도 경찰이 있네. 바리케이드까지 쳤어."

남자가 으르렁거렸다. 꽉 막힌 도로에 짜증이 난 모양이었다.

마치는 눈으로 스며드는 땀을 훔쳐내고 권총을 움켜쥐었다.

차는 또다시 끽 소리를 내며 멈춰 섰다.

밖에서 누군가의 목소리가 어렴풋하게 들려왔다. 질문을 던지는 여성의 목소리. 캐트린 댄스인가?

아니, 경관들이었다. 그와 겟을 잡기 위해 발 벗고 나선 위대한 여성 전략가가 아니라.

그는 또다시 땀을 훔쳐냈다.

정적.

트렁크 안을 살펴보겠다는 건가? 그럼 경관을 쏘고 나서 차를 빼앗아 달아나야겠군.

다른 선택지가 없으니까.

346

발소리.

차가 또다시 움직이기 시작했다. 라디오 소리가 한층 더 커졌다. 소년은 배가 고프다며 우는소리를 했다. 아버지는 알아들을 수 없는 말을 웅얼거렸다. 엄마가 말했다. "호텔로 돌아가서 먹자."

사십 분에 걸쳐 구불구불한 고속도로를 달려온 가족은 마침내 목적지에 도착했다. 라디오가 꺼졌고, 차는 멈춰 섰다. 차문들이 일제히 열렸다가 닫혔다.

차는 주차장 직원에게 넘겨졌다. 그는 경사로를 몇 번 올라 주차장으로 들어갔다. 오 분 만에 주차를 마친 그는 차문을 잠그고 왔던 길을 되돌아갔다.

마치는 밖이 잠잠해질 때까지 몇 분 기다렸다가 비상 탈출 버튼을 눌러 트렁크를 빠져나왔다. 그는 살며시 트렁크를 닫고 나서 주위를 살펴보았다.

아무도 보이지 않았다. CCTV 카메라도 없었다.

그는 다리 혈액순환이 정상으로 돌아올 때까지 술에 취한 사람처럼 비틀거리며 제자리를 맴돌았다. 다리가 심하게 후들거려서 주저앉아 머리를 무릎에 얹어놓았다.

잠시 후, 그는 다시 일어나 하얏트 호텔로 들어갔다. 그리고 로비 화장실로 들어가 거울을 들여다보았다. 다행히 상태는 나빠 보이지 않았다. 며칠 전, 라디오를 통해 자신의 인상착의를 듣자마자 싹 밀어버린 머리통이 땀에 번들거렸다. 군데군데 까칠하게 자란 머리털이 보였다. 꼭 〈브레이킹 배드〉의 월터 화이트를 보는 듯했다. 그는 글로벌 어드벤처 쇼핑백을 열고 운동 가방을 꺼냈다. 그 안에는 머리를 박박 민 후로 줄곧 쓰고 다닌 금발 가발이 들어 있었다. 외출할 때 반드시 쓰는 것이었다.

포르노 스타와 〈매드맨〉의 만남이군…….

마치는 스탠 프레스콧의 아파트와 놀이공원에서 썼던 가발과 야구모자와 작업복 재킷을 쓰레기통에 던져넣었다. (그는 토네이도 앨리 롤러코스터 앞에 줄을 서서 기다리는 동안 그것들을 벗고 기념품 가게에서 산 재킷으로 갈아입었다. 곁에 서 있던 사람들은 머리 위로 빠르게 지나가는 화려한 놀이기구를 구경하느라 그에게 눈길조차 주지 않았다.)

그는 글로벌 재킷과 쇼핑백도 쓰레기통에 버렸다.

로비로 나가 바에 설치된 TV를 올려다보았다. 놀이공원 사건 보도가 흘러나오고 있었다. 그의 사진이나 경찰이 그린 몽타주는 보이지 않았다. 솔리튜드크리크에 대한 언급도 없었다.

그는 선물 가게에서 바람막이 재킷과 선글라스, 그리고 토트백을 샀다. 운동 가방은 토트백에 집어넣었다.

택시를 타고 다운타운에 자리한 허츠 렌터카 사무실로 향했다. 그곳에 도착해서는 직원에게 사흘 후 차를 샌디에이고 지점에 반납하겠다고 말했다. 경찰이 몬터레이 지역의 모든 렌터카를 일일이 체크할지도 모른다. 그는 나중에 전화로 대여 기간을 연장할 계획이었다. 차는 중부 캘리포니아 지점에 반납할 것이고. 비행기로 이동하는 편이 안전하겠지만 분신과도 같은 총을 두고 갈 수는 없었다. 캘리포니아에서 총을 새로 구입할 방법이 마땅치 않기도 했다.

이번 주 안에 총을 쓸 일이 있다.

마치는 아름답고 영리한 캐트린 댄스의 모습을 떠올리며 차를 몰아 미로 같은 도로와 골목들을 빠져나왔다. 그렇게 북쪽으로 몇 킬로미터 나아가자 벤투라 프리웨이라 불리는 101번 고속도로가 나타났다. 다행히 경찰은 보이지 않았다.

북쪽으로 다섯 시간 달리면 반도에 도착할 수 있다.

47

단순했다.

하지만 효과적이었다.

캐트린 댄스와 마이클 오닐은 글로벌 어드벤처의 박살 난 정문 앞에 서 있었다. 범인이 훔친 쉐보레는 가까운 곳에 세워져 있고, 그 밑으로는 엔진오일과 냉각수가 뚝뚝 떨어지고 있었다. 수천 명의 입장객은 넋 나간 모습으로 혼돈이 사라진 공원 앞을 서성였다.

서른 명 정도가 부상을 입었지만 다행히 크게 다친 사람은 없었다. 정문과 막혔던 출입구들이 제때 열리지 않았다면 끔찍한 참사가 벌어졌을 것이다.

댄스도 하마터면 선물 가게 창문을 부수고 나온 인파에 깔려 봉변을 당할 뻔했다. 하지만 보안 책임자인 허버트 서던이 달려와 위험에 빠진 그녀와 모녀를 구해준 덕분에 간신히 화를 면할 수 있었다. 허버트는 골프 카트를 몰고 와 일종의 차단막처럼 그들과 인파 사이에 세웠다.

"계속 말씀해보세요." 댄스가 서던과 랠스턴 경사에게 말했다.

그들은 몬터레이 법집행관들에게 정확히 어떻게 된 일인지 설명하는 중이었다.

단순지만 효과적인 방법.

범인은 보안 터널을 통해 놀이공원을 빠져나가지 않았다. 테러리스트가 나타났다는 안내방송도 그가 내보낸 것이 아니다. 터널의 출입구와 거대한 장내 방송 설비, 그리고 나무들 틈에 숨겨진 스피커를 발견한 그는 스키 마스크를 쓰고 보안 요원 하나를 불러 세웠다. 보안 요원을 알아보는 건 어렵지 않았다. 그의 손에 들린 가짜 전단 덕분이었다.

보안 요원의 이름은 밥이었다. 밥이 설명을 이어나갔다. "그런 다음에 제게 터널에 대해 묻더군요. 입을 열고 싶진 않았지만 바로 옆에서 총으로 위협하는 바람에 어쩔 수 없었습니다. 그땐 정말⋯⋯ 끔찍했어요."

댄스가 말했다. "당연히 그랬겠죠. 이해합니다."

가엾은 밥이 체념한 듯 말을 이었다. "그가 제 지갑을 빼앗고 어디론가 전화를 걸어 제 주소를 알려줬습니다. 친구가 가서 제 가족을 감시할 거라고 했어요. 저로서는 그가 시키는 대로 할 수밖에 없었습니다." 그는 기회가 있었을 때 범인을 제압하지 못한 것을 후회하는 듯했다.

랠스턴이 댄스와 오닐에게 덧붙였다. "이미 집으로 사람을 보내 놓았습니다."

오닐이 말했다. "공범이 있다는 건 확인된 바 없습니다. 거짓말이었을 겁니다."

"정말로 협조하고 싶지 않았어요." 밥이 몸을 떨며 말했다. "너무 순식간에 벌어진 일이라서요. 한순간에 홀연히 나타났습니다."

"괜찮아, 밥." 서던이 말했다. "혼란 속에서 몇몇이 부상을 입었지만 크게 다친 사람은 없었어. 자넨 그저 그 상황에서 해야 할 일을 했을 뿐이라고. 나였어도 그랬을걸."

"절더러 터널로 들어가 기다리라고 하더군요. 오 분 후에 자기가 총을 쏠 거라면서 말이죠. 하지만 사람들을 향해 쏘진 않겠다고 약속했습니다. 그냥 탈출을 위해 그러려는 것뿐이라나요. 만약 그가 정말로 입장객을 쏘려 했다면 저도 그러지 않았을 겁니다. 저는……."

"괜찮다니까, 밥."

밥이 마른침을 꿀꺽 삼켰다. "그래서 저는 시키는 대로 했습니다. 마이크를 잡고 그가 알려준 내용으로 안내방송을 했죠."

댄스는 고개를 저었다. 그녀의 시선이 삼천 명 남짓 되는 군중 쪽으로 돌아갔다. 솔리튜드크리크 때와 마찬가지로 군중은 언제 그랬냐는 듯 이성을 되찾았다. 경관들이 확성기를 들고 테러 사건이 아니라고 반복해서 설명한 덕분이었다.

범인은 앞다투어 탈출하는 입장객들 틈에 끼어 유유히 공원을 빠져나갔다. 변장도 하지 않은 채로. 그가 검은색 후드티 차림에 기관총을 들고 있었다 해도 알아보는 사람은 없었을 것이다.

오닐이 걸려온 전화를 받았다. "그래요……. 네……. 다 준비됐습니까?" 그는 발신자에게 고맙다고 인사한 후 전화를 끊었다. 그러고는 돌아서서 상황을 설명했다. "고속도로 순찰대가 도로 봉쇄를 마쳤답니다. 정말 빨리들 움직였죠? 모든 출구를 다 막진 못했지만 주요도로들은 봉쇄된 모양입니다. 지금 공원 쪽에서 나온 차들을 불심검문하고 있고요."

경관들은 버스와 택시들도 꼼꼼히 조사하고 있었다.

하지만 어디에서도 180센티미터가 넘는 키에 튼튼한 골격과 금발에 하얀 운동 가방을(또는 그 운동 가방이 담긴 글로벌 어드벤처 쇼핑백을) 손에 든 남자는 보이지 않았다.

오랫동안 보안 카메라 영상을 살펴본 직원은 아무런 소득이 없었음을 알려왔다. 영상 속 인파의 규모가 엄청나 일일이 체크할 수 없다는 설명이었다.

댄스는 여전히 북적대는 군중을 바라보았다. 꼼꼼한 조사는 엄두도 낼 수 없는 상황이었다.

오닐이 말했다. "프레스콧에게로 돌아가볼까요?"

"그러죠."

삼십 분 후, 그들은 그의 아파트에 도착했다. 예상대로 도로는 꽉 막혀 있었다. 마르티네즈의 순찰차 경광등과 사이렌도 길을 여는데 별 도움이 되지 못했다. 그들이 도착했을 때 현장 감식반은 작업을 거의 마무리한 상태였다.

한 대원이 말했다. "꼼꼼한 놈입니다. 장갑을 벗지 않았어요."

"압니다."

"별거 없던데요."

그녀는 바닥에 쓰러져 있는 프레스콧의 시체를 내려다보았다. 질식사한 그의 얼굴에 강력 접착테이프가 친친 감겨 있었다. 눈부신 전기 스탠드 불빛 아래서 참혹한 몰골이 뚜렷이 드러났다.

오닐이 물었다. "이 친구를 왜 죽였을까요?"

댄스는 그 답을 짐작해보았다. "그가 포스팅한 솔리튜드크리크 사진 속에 뭔가가 담겨 있지 않았을까요? 범인의 정체를 드러내는 단서라든지. 그래서 프레스콧을 죽이고 문제의 사이트를 다운시키려 했던 것 같아요."

해당 포스트는 삭제된 상태였지만 오닐이 미리 페이지를 출력해 두었다. 두 사람은 출력물을 유심히 훑었다. 비드스터 게시물은 영상이었지만 캡처된 이미지는 스틸 사진이었다. 솔리튜드크리크 참사 후 현장을 촬영한 최근 사진. 시체들이 치워진 바닥은 쓰레기와 지갑, 옷 쪼가리, 엎어진 가구들로 덮여 있었다.

단서는 보이지 않았다.

오닐이 말했다. "어쩌면 놈은 그 사건이 테러와 상관이 없음을 증명하고 싶었는지도 몰라요. FBI의 수사 개입을 피하려고 말이죠."

그의 짐작대로였다. 프레스콧 살인 사건이 발생한 후 CBI와 MCSO는 국토 안보국으로부터 연락을 받았다. 사건이 테러 단체의 소행일 가능성 때문이었다. 하지만 요원들은 면밀히 살펴본 후 테러와 무관하다며 연방 범죄가 아니라고 보고했다.

"그랬을 수도 있겠죠." 그녀는 또다시 시신을 보았다. 공포에 질린 표정, 휘둥그레진 눈. 숨이 완전히 끊어질 때까지 몇 분 걸린 모양이었다.

소리 없이 죽이려고 이런 방법을 썼군.

그때 경관 하나가 문간에 나타났다. 그가 턱으로 집 안을 가리키며 말했다. "오닐 형사님?"

"네?"

"범인의 도주 루트를 따라 주변을 살펴봤습니다. 그리고 이걸 발견했어요." 그가 증거 채취용 비닐백을 들어 보였다. 그 안에는 노키아 휴대폰이 담겨 있었다. "개를 산책시키던 이웃 남자가 도주 차량인 쉐보레를 향해 달려가는 범인의 주머니에서 이게 툭 떨어지는 걸 봤답니다."

댄스와 오닐이 서로의 얼굴을 보았다. 그들의 얼굴에 조심스럽게 낙관하는 표정이 떠올랐다. 범인의 휴대폰은 짐작대로 싸구려 선불폰이었다. 아쉽게도 추적은 불가능했지만 운이 좋으면 결정적인 정보를 찾게 될지도 몰랐다.

"이걸 발견한 사람의 지문은 따로 채취했나요?"

제복 경관이 미소를 지었다. "그의 지문은 묻지 않았습니다. 비닐봉지를 썼더라고요. 좋아하는 범죄 드라마에서 본 대로 했답니다."

댄스가 비닐백에 담긴 휴대폰을 받아 들고 버튼을 눌러보았다. "비밀번호가 걸려 있어요. 기술자에게 가져가면 풀 수 있겠죠." 그녀가 오렌지 카운티 형사에게 말했다. "그의 컴퓨터와 휴대폰을 챙겨 가야겠어요. 괜찮겠죠?"

"물론입니다."

이곳에서 발생한 사건이니 몬터레이 소속인 오닐이 오렌지 카운티 측의 승낙 없이 할 수 있는 일은 아무것도 없었다. 하지만 CBI는 카운티 공안부의 상급 기관이었다. 덕분에 댄스는 얼마든지 증거물을 확보할 수 있었다. 그녀는 피해자의 컴퓨터와 범인의 휴대폰을 CBI의 자그마한 과학수사대로 가져가는 대신 다른 물적 증거와 마찬가지로 몬터레이 경찰국에 맡기기로 했다. 그리고 존 볼링에게 분석 작업을 부탁할 계획이었다. 한때 실리콘 밸리의 총아였던 그는 가끔 CBI와 FBI를 비롯한 여러 법집행 기관의 요청을 받아 IT 관련 업무를 돕곤 했다. 디지털 포렌식은 그의 전문 분야였다.

현장 감식반 소속 여성 대원이 그녀에게 컴퓨터를 넘겼다. 댄스는 그것과 휴대폰에 대한 증거물 관리 대장에 서명했다. 밖으로 나온 그녀가 비닐백에 담긴 증거들을 여행 가방에 집어넣었다.

댄스와 오닐은 담당 형사에게 이곳과 놀이공원 사건에 대한 보고서를 몬터레이로 보내달라고 요청해놓았다. 두 사람은 렌터카를 타고 말없이 공항으로 향했다. 이렇게 진이 빠진 날 민간 항공기를 타야 했다면 두 배로 힘들었을 것이다. 댄스는 주정부로 하여금 전용기를 제공토록 힘써준 찰스 오버비에게 감사를 표하기로 마음먹었다.

필요하다면 케이크라도 굽겠다고.

48

오렌지 카운티의 존 웨인 공항을 출발한 댄스와 오닐은 6시가 다 돼서야 몬터레이에 도착했다. 몬터레이 카운티 보안관 소속인 젊은 제복 경관이 그들을 맞았다.

댄스는 그를 잘 알고 있었다. 가브리엘 리베라는 오닐과 자주 호흡을 맞춰온 보안관보였다. 몸이 다부지고 성격은 쾌활하며 스티브 포스터에게 필적할 만한 콧수염을 지녔다. 남달리 성실한 그는 자신의 멘토처럼 형사가 되고 싶어했다.

"형사님, 댄스 요원님."

그녀는 그와 악수를 나누었다.

"산타크루즈 현장에서 예비 보고서가 들어왔습니다. 오토 그랜트 사건입니다."

댄스는 오닐이 만에서 발견된 시체에 대해 누군가와 통화했던 사실을 떠올렸다.

만에 들어가 잠드는 것보다 더 끔찍하게 죽는 방법이 또 있을까……

그가 오닐에게 마닐라 봉투를 건넸다. 형사는 내용물을 꺼내 확인했다. 육필로 된 메모 사본과 사진 몇 장.

댄스는 범행 현장 사진부터 살펴보았다. 사진만으로는 신원 확인이 불가능했다. 온갖 생물이 득실거리는 물속에 너무 오래 잠겨 있던 탓에 남은 것이라고는 뼈뿐이었다.

"아직 유족에게는 연락하지 않았습니다. 그들로부터 DNA 샘플을 제공받았고요, 지금 한창 분석 중입니다. 24시간 안에는 답이 나올 것 같습니다." 리베라가 턱으로 시체의 손을 근접 촬영한 사진을 가리켰다. "예상대로 지문은 다 사라져버렸고요."

오닐이 눈을 가늘게 뜨고 한 이미지를 유심히 들여다보았다.

"그랜트가 아니야."

"하지만……."

"그가 아니라니까. 그랜트는 무릎에 인공 관절 수술을 받은 적이 있어. 그것도 양쪽 다. 이 사람은 무릎이 멀쩡하잖아. 노숙자일 거야. 떠돌이거나. 해변에서 깜빡 잠들었다가 파도에 휩쓸린 게 분명해. 아무튼 그랜트는 아니야."

"알겠습니다, 형사님. 그렇게 전하겠습니다."

"가브리엘?"

"네?"

"다음부턴 찾는 사람에 대해 좀 더 조사해보도록 해."

"명심하겠습니다." 리베라가 봉투를 들고 순찰차로 돌아갔다.

댄스와 오닐은 그의 차가 세워진 단기 주차장으로 향했다. 다시 돌아온 안개가 서늘한 저녁을 예고했다.

"솔리튜드크리크…… 베이 뷰…… 대체 무슨 꿍꿍이일까요?" 댄스가 물었다.

오닐은 말이 없었다. 그는 여전히 침울해 보였다. 물론 댄스는 그의 심정을 이해할 수 있었다. 보안관보가 총에 맞고, 목격자가 살해되고, 용의자가 탈출했으니. 하지만 그녀는 또 다른 무언가가 오닐의 정신을 산란하게 하고 있음을 눈치 챘다.

활짝 열린 운전석 창문으로 찬 공기가 스며들었다. 그녀는 창문을 올려달라고 하려다 말고 히터 온도를 조금 더 높였다.

억지로 그의 입을 열고 싶지 않았다. 어린 딸에게 하듯 몰아붙일 수는 없는 일이었다. 그녀는 볼링에게 연락하려고 휴대폰을 꺼냈지만, 왠지 그와 즐겁게 통화할 분위기는 아닌 것 같았다. 그래서 볼링에게 곧 집에 도착한다고 문자 메시지만 보냈다.

메시지가 전송되기가 무섭게 답이 도착했다.

보고 싶었어요. 저녁은 어떻게?

그녀는 남은 음식으로 대충 때우면 된다고 답한 후 아이들에 대해 물었다.

그는 매기가 베타니, 카라와 화상전화를 하고 있다고 알려주었다(비밀 클럽 모임). 웨스는 도니와 자전거를 타고 나갔다고 했다(7까지 돌아오겠다고 약속).

그녀는 곧바로 답장을 보냈다.

좀 있다가 만나요. XO.

댄스는 찰스 오버비에게 전화를 걸었다. "스피커폰이에요. 지금 마이클과 함께 있어요."

그녀의 보스가 큰 소리로 말했다. "마이클."

"찰스."

그녀는 오렌지 카운티에서 틈틈이 수사 진행 상황을 보고했다.

"프레스콧은 반이슬람 감정을 부추겨온 괴짜 촌사람에 불과했어요. 오렌지 카운티를 촌이라고 불러도 될지는 모르겠지만요. 아무튼 거기서 우리 지국 사람들이 그의 친구와 이웃과 직장 동료들을 꼼꼼히 살펴볼 거예요. 하지만 이미 알려진 프로필 이상의 정보를 뽑아내지는 못할 겁니다. 그것보다 그의 컴퓨터와 범인의 휴대폰을 확보했으니 기대를 걸어봐야죠. 비밀번호는 존 볼링이 풀 수 있을 거예요."

"좋아. 그렇게 진행해. 덕분에 돈도 아끼고 좋지."

댄스는 굳이 받아치지 않았다.

오버비가 덧붙였다. "범인은 왜 거기까지 가서 그를 죽였을까?"

오닐은 그가 '테러리스트'라는 표현을 써 FBI의 괜한 관심을 끌어온 프레스콧에게 앙심을 품었을 거라는 가설을 들려주었다. "그거 말고는 설명할 길이 없어요."

그들은 다음 날 아침, 오버비의 사무실에서 만나 오렌지 카운티 보안관 사무실이 보내온 현장 보고서를 함께 살펴보기로 했다.

댄스는 버튼을 눌러 통화를 종료했다. 그리고 이내 또 다른 곳으로 전화를 걸었다.

"여보세요? 대장, 벌써 라라랜드에서 돌아오신 거예요?"

"방금 도착했어." 그녀가 티제이 스캔런에게 말했다. "내일 오전 11시까지 오버비의 사무실로 와. 솔리튜드크리크와 베이 뷰 사건에 대해 의논하기로 했으니까."

"기꺼이 참석하겠습니다."

"세라노는 어떻게 됐지? 두 번째 제보자의 이름이 뭐랬더라?"

"아, 세뇨리타 알론조. 세라노의 전 애인 역을 맡아 오스카상을 받았죠. 내일 9시, 모스 랜딩으로 출동합니다. 괜찮으시겠어요?"

"물론. 앨버트랑 같이 움직일 거야."

"포스터는 빠질 겁니다. 스티브 투와 지미는 동행할 거고요."

"고마워. 내일 봐."

그들은 통화를 종료했다.

한동안 침묵이 이어졌다.

"조심해요!" 그녀가 갑자기 앞을 가리키며 소리쳤다.

노란색의 무언가가 번뜩였다. 좁은 간격의 눈.

"피하려고 했어요." 오닐이 브레이크를 밟으며 말했다.

그들은 충돌 직전까지도 꿈쩍하지 않는 사슴을 멀리 돌아 달려 갔다.

댄스는 오닐이 사실 사슴을 제때 보지 못했다는 걸 알았다. 그의 정신이 딴 데 팔려 있었다. 다른 사람은 몰라도 댄스를 속일 수는 없다.

또다시 침묵. 그의 몸은 바짝 경직된 상태였다.

그렇게 오 분이 흘러갔다. 그녀는 더 참을 수가 없었다. 억지로라도 그의 입을 열어야 했다. 하지만 그녀가 말을 걸려는 순간 그의 휴대폰이 울렸다. 그가 벨트에서 휴대폰을 뽑아 들고 응답했다. 상대의 말을 묵묵히 듣던 그의 표정이 점점 어두워졌다. "어디?"

그녀의 가슴이 철렁 내려앉았다. 범인이 그새 또 다른 곳에서 일을 벌인 건가?

"마침 그쪽으로 향하는 중이야. 십오 분이면 도착할 거야."

그가 전화를 끊었다.

"또 그놈인가요?"

"아뇨. 또 다른 혐오범죄가 발생했답니다." 그가 한숨을 내쉬며 고개를 저었다.

"범인은 체포됐고요?"

"아직요. 주민이 집 외벽에 낙서가 돼 있는 걸 발견했다는군요.

아무래도 가서 살펴봐야 할 것 같습니다. 당신 집에서 가까운 퍼시픽그로브예요. 일단 당신부터 내려줄게요."

"아뇨. 나도 같이 갈래요."

"정말요?"

"네."

그가 경광등을 켜고 속도를 높였다. 도로가 미끄러워 긴장을 풀수는 없었다.

그녀가 물었다. "오늘은 범인을 잡을 수 있을까요?"

"멀리 도망치진 못했을 겁니다. 페인트가 아직 마르지 않았대요."

49

"보십시오. 여기가 무슨 1938년 베를린도 아니고."

댄스와 오닐은 중심가에서 고급 가구점을 운영하는 데이비드 골드슈미트와 나란히 서 있었다. 호리호리한 몸에 머리가 벗어진 그는 감청색 워치 코트와 청바지를 입고 맨발에 로퍼를 신었다. 그들은 그의 집 옆뜰에 서 있었다.

골드슈미트는 이 지역에서 나름대로 유명 인사였다. 지난주, 〈몬터레이헤럴드〉는 그에 관한 기사를 내보냈다. 얼마 전, 하마스*가 가자에서 이스라엘로 미사일을 발사했을 때 그는 주저 없이 자원봉사를 떠났지만, 이스라엘 군대는 마흔 살의 그를 병사로 받아주지 않았다. 23세 이상은 입대할 수 없다는 연령 제한 때문이었다. 결국 그는 몇 달간 그곳에 머물며 의료와 식량 지원을 돕는 것으로 만족했다. 당시 기사에 따르면, 골드슈미트는 오래전 텔아비브 외곽 키부츠** 소속으로 교전에 임한 적이 있었다.

* 이슬람교 원리주의를 신봉하는 팔레스타인의 반이스라엘 과격 단체.
** 이스라엘의 생활 공동체.

어쩌면 언론의 주목을 받은 탓에 표적이 되었는지도 몰랐다.

누가 봐도 잔인한 공격이었다.

범인은 멋들어진 빅토리아 시대풍 저택의 한쪽 외벽에 시뻘건 색으로 하켄크로이츠*를 그려놓았고, 그 밑에는 '유대인 죽어라!'라고 쓰여 있었다.

꺾인 십자가에서 페인트가 주르르 흘러내리고 있었다. 깊은 상처에서 배어나는 피를 보는 듯했다.

땅거미가 내려앉았지만 자욱한 안개는 걷힐 줄 몰랐다. 잘 가꿔진 골드슈미트의 정원에서는 뿌리 덮개 냄새가 은은하게 풍겨왔다.

"태어나서 이런 일은 처음 당해봅니다."

"수상한 사람은 못 보셨고요?"

"네. 누가 길 건너에서 고함을 칠 때까진 몰랐거든요……. 아, 이쪽이에요."

오십 대 중반쯤 돼 보이는 여자가 다가왔다. 그녀는 청바지에 가죽 재킷을 입고 있었다. "데이브, 정말 안타까운 일이에요." 그리고 댄스와 오닐을 돌아보았다. "안녕하세요."

오닐과 댄스는 차례로 자신들을 소개했다.

"난 사라 피바디라고 해요. 내가 놈들을 봤어요. 경찰에 신고한 것도 나였고요. 빽 소리를 질러 쫓아버렸죠. 하지만 그러지 말걸 그랬어요. 그냥 당신들에게 먼저 연락했다면 지금쯤 놈들은 감옥에 가 있을 텐데. 순간적으로 이성을 잃었던 것 같아요."

"그들요?" 오닐이 물었다.

"네. 두 명이었어요. 저기 저 나무 사이로 지켜봤거든요. 하지만

* 독일 나치당의 상징인 꺾인 십자가.

363

제대로 보진 못했어요. 젊은 애들인지 나이 든 사람들인지, 남자인지 여자인지, 확실하지 않아요. 하지만 남자일 가능성이 높지 않겠어요?"

오닐이 말했다. "혐오범죄는 대개 그렇죠. 늘 그런 건 아닙니다만."

"한 명은 망을 보고 있었어요. 나머지 하나는 울타리를 넘어가서 페인트로 낙서를 했고요. 나중에 망을 보던 남자가 카메라로 공범을 찍더군요. 사진인지 동영상인진 모르겠지만. 아무튼 기념으로 남기려는 것 같았어요. 정말 역겨운 놈들이에요."

골드슈미트가 한숨을 내쉬었다.

댄스가 물었다. "최근 누군가에게 협박을 받으신 적 있습니까?"

"아뇨, 없습니다. 개인적인 원한은 아닐 겁니다. 최근에 이런 일이 빈번하게 있지 않았습니까. 흑인 교회며 커뮤니티 사건이며."

오닐이 말했다. "저도 같은 생각입니다. 필적을 보니 다른 사건들과 비슷해 보여요. 빨간색 스프레이 페인트를 쓴 것도 그렇고요. 제가 보기엔 같은 색인 것 같습니다."

"빨리 지워버리고 싶어요. 사진도 찍고 페인트 샘플도 채취해야 하지 않나요? 난 오늘 밤에 덧칠을 할 생각입니다. 아내가 내일 아침 시애틀에서 돌아오거든요. 그 사람이 이 낙서를 보면 충격받을 거예요."

"알겠습니다. 한 시간 내로 현장 감식반이 도착할 겁니다. 신속한 작업을 당부해두겠습니다." 오닐이 주위를 슥 둘러보았다. "동네 이웃들도 만나봐야 할 것 같네요."

"젠장. 지금 시대가 어느 땐데." 골드슈미트가 씩씩거리며 중얼거렸다. "변한 게 아무것도 없는 것 같네요."

댄스는 그의 몸짓언어를 읽었다. 반항과 투지. 흔들림 없는 그의 눈은 꺾인 십자가와 충격적인 낙서에서 떨어지지 않았다.

오닐이 댄스에게 골드슈미트와 이웃들의 진술을 받아달라고 부탁했다.

"알았어요."

그는 범행 장면을 목격했을지 모르는 다른 이웃들을 찾아 골목을 걸었다.

댄스는 뜰을 찬찬히 살펴보았다. 예상대로 잔디에는 발자국이 남아 있지 않았다. 그녀는 현장 감식반이 범인이 뛰어넘었다는 울타리에서 무엇이라도 찾아내주기를 바랐다. 그럴 가능성은 높지 않았지만.

아, 그래도 희망은 있네. 처마 밑에 설치된 보안 카메라.

하지만 골드슈미트는 고개를 저었다. "켜져 있긴 하지만 녹화가 안 됩니다. 모니터는 침실에 있어요. 그들이 왔을 때 난 서재에 있었고요. 우린 잠자리에 들었을 때만 저걸 켜둡니다. 밖에서 소란이 날 경우에 대비해서요."

댄스는 볼링에게 귀가가 늦어질 것 같다는 문자 메시지를 띄웠다. 그는 매기가 여전히 화상전화에 매달려 있으며 웨스는 아직 들어오지 않았지만 약속된 귀가 시간까지는 아직 십 분이 남아 있다고 알렸다. 그리고 남은 음식을 데우는 중이라고 덧붙였다.

마이클 오닐은 골목을 따라 계속 이동 중이었다. 멍하니 서 있던 댄스는 그 반대쪽으로 걸음을 옮겨나갔다. 그쪽에서는 골드슈미트의 집이 보이지 않았지만 범인들이 그곳 어딘가에 차를 세워두었을지도 모른다. 그녀의 짐작대로 주민들은 아무것도 보지 못했다고 했고, 댄스는 그들의 진술을 의심하지 않았다. 기물 파손 행위는 분명 끔찍한 범죄다. 하지만 살인, 강간, 폭행과 같은 강력 사건이 아니기에 목격자들은 큰 부담을 느끼지 않았다.

마지막 두 집은 사람이 없는지 불이 꺼져 있었다.

그녀가 사건 현장으로 돌아가려는 순간, 모나크 나비의 이주 코스로 유명한 시립 공원 너머로 또 다른 집 한 채가 보였다. 나무가 우거진 공원의 규모는 8천 제곱미터 정도였다.

집은 컨퍼런스 센터가 있는 아실로마에 접해 있었다. 그 너머 스페니시 베이에는 해양 공원이 자리하고 있었다. 그곳에서 내려다보이는 모래 덮인 갓길은 범인들이 차를 세워놓기에 완벽한 공간이다. 어쩌면 그들은 그곳에 차를 세워놓고 공원을 가로질러 골드슈미트의 집으로 향했는지도 몰랐다. 만약 그랬다면 동네 주민들의 눈에 띄었을 것이다.

그녀는 조심스레 공원으로 들어섰다. 예산 부족 때문인지 공원의 관리 상태는 형편없었다. 사방이 덤불로 덮여 있어 헤치고 나아가기가 쉽지 않았다.

위험하진 않을까? 그녀가 멈칫했다. 아니야. 범인들은 범행을 마치기가 무섭게 달아났을 거야. 그러지 않았다면 오닐의 차의 파란 경광등을 보고 허겁지겁 도망쳤을 거고.

그녀는 다시 어둠에 묻힌 공원을 가로지르기 시작했다.

50

"이봐, 누군가가 오고 있어. 정말이야."

울버린이 말했다.

"쉿!" 다스베이더가 손짓해 그의 입을 다물게 했다.

"이제 그만 돌아가자."

다스베이더는 못 들은 척하며 땅거미가 내려앉은 공원을 찬찬히 둘러보았다. 두 소년은 집주인이 '주니페로 장원'이라는 요상한 이름을 붙인 저택의 넓은 뒤뜰에서 저격수 게임을 하던 중이었다. 이끼로 덮인, 구부정하고 옹이진 나무들에 에워싸인 집은 꼭 《호빗》에서 나올 법한 모습이었다. 집에 이름을 붙이다니. 요상하게.

다스베이더는 얼마 떨어지지 않은 바다의 소리를 들었다. 파도가 바위에 부딪쳐 부서지는 소리, 바다표범과 갈매기 소리. 다행이었다. 그들이 바스락대는 소리가 묻힐 테니까.

"이만 돌아가자니까." 울버린이 말했다. 소년은 감청색 재킷 차림이었고, 검은색 야구모자를 뒤집어 썼다. 다스베이더는 청바지와 검은색 셔츠, 그리고 후드티셔츠를 입었다. 다스베이더와 그의 친구는 누군가의 집이나 교회를 망쳐놓을 때마다 암호명을 사용했다. 중요한 임무를 수행하는 군인이나 슈퍼히어로가 된 기분이 들어서였다.

두 사람 모두 어렸고, 몸이 호리호리했다. 그들은 같은 학년이었지만 키는 한 살 많은 다스베이더가 조금 더 컸다. 두 소년은 오줌 냄새가 풍기는 덤불 뒤에 몸을 숨겼다. 안개에 젖은 모래의 습기가 두 소년의 꿇린 무릎으로 파고들었다.

"뭐 해?" 울버린이 다급하게 속삭였다. "어서! 빨리 가자니까. 당장 여길 떠야 한다고."

다스베이더가 몸을 들썩일 때마다 소리가 났다. **짤랑, 짤랑.**

"빌어먹을, 조용히 해!"

다스베이더가 배낭을 조심스레 내려놓고 빨간색 스프레이 페인트 캔들 사이에 티셔츠를 한 장씩 끼워 넣었다. 그런 다음, 캔버스 가방을 번쩍 들어올렸다.

"내 말 들어." 울버린은 별명에 어울리지 않게 소심했다. 하지만 다스베이더는 툭하면 겁을 먹는 친구의 조바심에도 흔들림이 없었다. 물론 어떤 놈이 슬그머니 접근해오고 있는 이 상황이 살짝 신경 쓰이기는 했다.

그가 리더답게 말했다. "침착해."

울버린이 고개를 끄덕였다.

비록 겁쟁이였지만 누군가가 공원으로 들어서는 걸 제때 발견한 공은 인정해야만 했다.

그의 말대로 당장 도망쳐야 하는 상황이었고, 다스베이더도 알고 있었다. 하지만 그럴 수 없었다. 빌어먹을 유대인 놈이 그들의 자전거를 발견하고 자신의 차고에 처박아놓았기 때문이었다. 작업을 마친 그들이 울타리를 넘어 뜰을 벗어났을 때 길 건너에서 어떤 년이 달려와 고래고래 소리를 질러댔다. 거기 서! 지금 뭘들 하는 거야? 왜 그런 몹쓸 낙서를 하는 거야? 대체 당신들 누구야?

어쩌고저쩌고…….

하는 수 없이 그들은 이쪽으로 도망쳐와 덤불 속에 몸을 숨겨야만 했다. 두 소년은 골드슈미트, 그 개자식이 자전거를 발견하고 차고로 끌고 가는 모습을 숨죽여 지켜보았다.

예고 없이 나타난 번쩍거리는 불빛.

그리고 이제는 발소리까지.

누구지? 골드슈미트일까? 아니면 우리를 발견한 그 여자?

하지만 그들이 여기까지 우리를 쫓아올 이유가 없잖아. 아니야. 경찰일 거야. 경찰이라면 테이저 총과 글록, 머리를 박살 낼 수 있는 커다란 손전등으로 무장했을 거고. 소년원 시절 다스베이더는 경찰 손전등에 맞아 머리가 함몰된 아이와 같은 방을 썼다.

농구장 절반 거리쯤 되는 곳에서 발소리가 점점 가까워져왔다.

"왜 기다리는 거야?"

자전거를 잃어버렸다는 걸 아버지가 알게 되면 죽도록 얻어맞을 테니까. 다스베이더에게는 그것을 설명할 시간도, 이유도 없었다.

발소리가 더욱 가까워졌다. 접근 속도는 빠르지 않았지만 방향은 제대로 잡은 듯했다.

다스베이더가 턱으로 주니페로 장원 뒤편에 자리한 오두막을 가리켰다.

그들은 한쪽이 기울어진 구조물과 뒤얽힌 덤불 사이로 들어가 몸을 숨겼다. 경찰은 여전히 손전등을 꺼내들지 않았다. 천천히 다가오던 경찰이 잠시 멈춰 서서 주변 소음에 귀를 기울였다. 마치 위험천만한 범죄자를 추적하는 듯이. 하긴, 몰래 접근해 큼지막한 하 켄크로이츠를 그려놓고, 그것으로도 모자라 '유대인 죽어라!'라는 낙서까지 한 범인을 가볍게 여길 수는 없었을 것이다.

그래, 맞아. 다스베이더는 생각했다. 우린 위험한 놈들이야.

무시무시한 냉혈한들…….

다스베이더가 속삭였다. "좋은 생각이 떠올랐어. 내가 저들을 유 인할게."

"하지만 그랬다간……. 대체 어쩌려고 그래?"

"난 저쪽으로 갈 거야. 공원 깊숙이로. 소리를 내서 저들을 유인 할 테니까 넌 그 틈에 달아나면 돼."

"정말? 그럼 넌?"

"누구도 날 잡을 수 없어." 다스베이더가 친구의 귀에 대고 속삭 였다. "내가 육상부라는 거 잊었어? 내 걱정은 마."

다스베이더의 아버지는 아들이 경기에서 메달을 따지 못하면 예 외 없이 손찌검을 해댔다.

"할 수 있겠지?"

"그래." 친구의 초록색 눈이 불안하게 흔들렸다.

"좋아. 일단 여기서 기다려. 그리고…… 60까지 센 후에 아실로마 쪽으로 달아나. 멈추지 말고 계속 달려. 처음엔 그들이 널 쫓겠지만 내가 크게 소리를 내서 반대쪽으로 유인할 테니 걱정 마."

"알았어. 60."

다스베이더가 씩 웃었다. "오늘 아주 끝내줬어."

울버린이 고개를 끄덕이며 친구와 주먹을 맞부딪쳤다.

"지금부터 세." 다스베이더는 최대한 소리 없이 움직여 숲으로 들 어갔다. 그의 시선이 주위를 꼼꼼히 훑었다. 아, 저기, 아주 좋아. 그는 완벽한 무기를 발견했다. 한쪽 끝이 날카로운 25센티미터 길이의 돌. 그가 묵직한 돌을 집어 들었다. 좋아. 완벽해.

다스베이더는 도망칠 마음이 없었다. 그는 자신들이 궁지에 몰리게 된 이 상황이 영 못마땅했다. 유대인 놈이 자전거를 가져간 것은 말할 것도 없고. 그는 울버린이 달아나기가 무섭게 친구의 발소리에 놀란 경찰 뒤로 슬그머니 다가갈 생각이었다.

그런 다음, 손에 쥔 돌로 경찰의 뒤통수를 내리쳐 기절하게 만들 것이다.

총을 빼앗는 것도 잊지 않을 것이다. 경찰이 쓰는 매끈한 총. 글록일 수도 있고 베레타일 수도 있다.

짜릿한 상상에 소년의 온몸이 오싹해졌다. 그는 방으로 들이닥친 아버지가 자신을 침대에 엎어놓고 매질하려는 순간을 떠올렸다. 발버둥 쳐 빠져나오는 다스베이더. 베개 밑에서 불쑥 튀어나온 자동권총. 겁에 질린 얼굴로 9밀리미터 권총의 총구를 응시하는 아버지.

그 순간이 오면 방아쇠를 당겨야 하나?

아니. 물론. 어쩌면.

그는 발소리를 죽이고 경찰에게 슬그머니 접근했다.

좋아, 울버린. 이제 모든 건 네게 달렸어.

작전 개시까지 십오 초. 그는 돌을 꼭 움켜쥔 채 그에게 바짝 다가갔다.

잠깐. 뭔가 이상한데. 남자가 아니었다. 여자였다. 골드슈미트의 집 건너편에 사는 그년인가? 아니, 그건 말이 안 되잖아. 분명 경찰이야. 여자 형사.

상대가 여자인데 꼭 이래야 하나?

소년은 이내 마음을 굳혔다. 여자라서 어쩌라고? 다를 게 뭐가 있어?

순간 이상한 생각이 그의 뇌리를 스쳤다. 울버린. 그의 본명은 웨스였다. 웨스의 어머니인 댄스는 CBI 요원이다. 만약 저 사람이 댄스 아줌마라면? 날이 어두워 긴 머리 외에는 제대로 보이지 않았다. 순간 다스베이더, 아니, 도니 베르소는 어머니가 볼일이 있어 다른 도시로 떠났다는 웨스의 말을 떠올렸다. 수사 중인 큰 사건이 있다고 했던가?

그렇다면 눈앞의 경찰은 댄스 아줌마가 아니라는 뜻이다.

좋아.

그는 돌을 만지작거리며 몇 걸음 더 나아갔다. 그리고 몸을 웅크리며 언제라도 튀어나갈 준비를 했다. 이제 곧 도니 베르소는 그토록 꿈에 그리던 총을 손에 넣게 될 것이다.

51

캐트린 댄스는 공원 끝에 자리한 커다란 빅토리아 시대풍 저택을 향해 걸어갔다.

안타깝게도 현관 램프만 켜져 있을 뿐, 집은 어둠에 묻혀 있었다. 빌어먹을. 오늘은 아닐 거라고 했지만 그녀는 여전히 범인이 폭주족일 거라고 생각했다. 어쩌면 이 집 식구들은 요란한 오토바이 엔진 소리에 놀라 창밖을 내다보았는지도 몰랐다. 운이 좋으면 오토바이가 어느 회사의 어떤 모델인지, 범인들의 인상착의는 어땠는지 듣게 될 수도 있을 것이다.

혹시 모르니 한번 살펴볼 필요가 있다. 가능성이 낮다는 이유만으로 단서를 무시해버릴 수는 없는 일이다.

운이 좋으면……

넓고 소박한 뜰에 에워싸인 집을 향해 다가가던 그녀가 또다시 걸음을 멈추었다. 두 사람의 발소리. 한 명은 그녀 앞 어딘가에 있고, 또 다른 한 명은 그녀 오른편 가까운 곳에 있었다. 그녀는 눈을 가늘게 뜨고 어둠 속을 살폈지만 아무것도 보이지 않았다. 사슴일지도 모른다. 이곳 퍼시픽그로브에는 엄청나게 많은 사슴이 서식하고 있다.

그녀는 범인들이 아직 현장 주변에 머물러 있을 가능성을 너무 쉽게 일축해버린 건 아닐까 생각했다. 보통 범인이라면 진작 달아나버렸을 것이다. 이봐, 빨리 여길 떠야겠어. 우리 할 일은 다 끝났잖아. 어서 가자고. 하지만 이건 평범한 절도나 강도 사건이 아니다. 장난삼아 이동식 화장실에 불을 붙이는 기물 파손 사건과도 차원이 달랐다. 범인들이 현장 주변에 남아 피해자들의 반응을 확인할 가능성이 충분했다.

멀지 않은 곳에서 나뭇가지 부러지는 소리가 들렸지만 정확한 위치는 파악되지 않았다.

사슴인가? 그럴 수도 있고, 아닐 수도 있고. 만약 아니라면 결과는 좋지 않을 것이다.

좋아. 이만 돌아가는 게 좋겠어. 당장.

이번에는 덤불 쪽에서 탁탁 소리가 들려왔다. 가까운 곳이었다.

그리고 바로 그때,

10미터쯤 앞에서 휴대폰이 울리기 시작했다.

"젠장!" 그녀 뒤에서 누군가가 소리쳤다.

누가 그녀 옆에서 바스락거렸다. 범인들 중 하나일 것이다. 그녀는 본능적으로 몸을 웅크렸다. 표적이 되었다면 그 크기를 최대한 줄여 상대를 곤란하게 만들어야 했다.

"도망쳐, 도망쳐!" 벨소리가 들려온 쪽에서 남자의 목소리가 소리쳤다.

그리고 두 사람이 일제히 달아나는 소리가 들려왔다. 그녀의 시야는 여전히 어둡기만 했다. 그녀는 그들에게 멈추라고 명령하고 싶었다. 하지만 비무장 상태로 위치를 노출시키는 건 어리석은 일이었다.

댄스가 휴대폰을 꺼내 단축 다이얼을 눌렀다.

"캐트린."

"마이클. 그들이 여기 있어요. 도로 끝 동쪽. 주니페로 드라이브예요."

"그놈들 말입니까? 골드슈미트 사건 범인들?"

"네. 그들이에요."

"거기서 뭘 하고 있었죠?"

지금 그런 걸 왜 묻는 거지? 그녀가 딱딱거리며 대답했다. "어서 이 내용을 전달해요. 갈라져 도주했어요. 한 명은 시내 쪽으로, 다른 한 명은 아실로마 쪽으로."

"당신 위치는요?"

왜 그걸 묻지? "방금 얘기했잖아요. 도로 끝에서 동쪽. 3층짜리 빅토리아 시대풍 저택이 보이는 곳이에요."

"지금 전하죠." 그가 투덜거리듯 말했다. "당장 돌아와요."

삼십 분 후, 댄스와 오닐은 현장 감식반과 함께 골드슈미트의 집을 살펴보았다.

퍼시픽그로브 경찰국 순찰차도 금세 도착했다. 차에서는 경관 두 명이 내렸다.

오닐이 그들을 보고 고개를 끄덕였다. "찾았어?"

"아뇨. 선셋, 아실로마, 오션 뷰, 그리고 라이트하우스를 봉쇄해뒀습니다. 바리케이드를 쳐두기 전에 이미 빠져나갔는지도 모르지만요."

"발자국은?"

한 경관이 쓴웃음을 지었다. 그들이 짐작한 대로였다. 이곳 땅은 대부분 모래였다. 최첨단 장비로도 발자국을 쉽게 찾아낼 수 없는 곳이었다.

데이비드 골드슈미트가 다가왔다. 그의 손에는 롤러와 페인트 캔 하나가 들려 있었다. 그가 그것들을 땅에 내려놓았다. 댄스가 주니 페로 장원 근처에서 범인들과 맞닥뜨렸다고 알려주자 그는 무척 흥미로워했다.

"놈들을 가까이서 본 겁니까?"

"그런 셈이죠. 그들은 갈라져서 접근해왔어요. 한 명은 5미터쯤 떨어져 있었고, 다른 한 명은 15미터도 넘게 떨어져 있었어요."

"어떻게 생겼습니까?" 그의 회색 눈이 가늘어졌다. 그는 자신의 집을 망쳐놓은 범인들에 대해 모든 걸 알고 싶어하는 눈치였다.

"너무 어두워서 보이지 않았어요." 퍼시픽그로브는 가로등을 찾아보기 힘든 곳이다.

"고작 5미터 떨어져 있었다면서요? 그런데 아무것도 못 봤어요?"

그녀가 턱으로 공원 쪽을 가리켰다. "어두웠다고 얘기했잖아요."

"아." 그의 시선이 다시 못된 낙서로 뒤덮인 자신의 집 외벽 쪽으로 돌아갔다.

"죄송합니다, 골드슈미트 씨."

"신속히 와줘서 고마워요." 그의 정신은 딴 데 팔려 있었다.

댄스는 고개를 끄덕이며 그에게 명함을 건넸다. "나중에 뭔가 떠오르면 연락주세요."

"오, 물론이죠." 그는 날카로운 눈빛으로 거리를 돌아보았다.

그녀는 그가 명함을 뒷주머니에 넣는 걸 지켜보다가 오늘의 차

376

로 향했다. 오닐이 차에 시동을 걸었다.

댄스는 차에 오르려다 말고 말했다. "잠시 기다려줘요." 그녀는 다시 집으로 돌아갔다. 데이비드 골드슈미트는 낙서로 뒤덮인 외벽에 덧칠할 준비를 하고 있었다.

"골드슈미트 씨?"

"댄스 요원님. 왜 그러십니까?"

"잠시 저랑 얘기 좀 하실까요?"

"그러죠."

"캘리포니아의 정당방위법은 아주 명확합니다."

"그런가요?"

"네. 살인이 정당화되는 경우는 극히 드뭅니다."

"저도 압니다. 낸시 그레이스가 진행하는 법률 토크쇼를 즐겨 보니까요. 그런데 그게 어쨌다는 겁니까?"

"선생님께서 범인들의 인상착의에 관심이 크신 것 같아서요. 솔직히 보안 카메라를 통해 확인한 수준으로는 만족 못 하시죠?" 그녀가 그의 집 처마 밑에 설치된 카메라를 흘끔 올려다보았다.

"아까 얘기했잖아요. 모니터를 못 봤다고. 난 그저 그놈들이 어떻게 생겼는지 알아두고 싶을 뿐입니다. 그래야 나중에 시내나 동네에서 보게 되면 경찰에 신고할 게 아닙니까."

"본인이나 다른 이의 신상에 심각한 위협이 되지 않는 상황에서 누군가를 해치려 드는 건 명백한 범죄입니다. 그들이 선생님 댁에 낙서를 했다고 폭력으로 보복하는 건 결코 정당화되지 않습니다."

"이보다 더한 짓도 얼마든지 저지를 놈들입니다. 그건 그렇고, 왜 우리가 지금 이런 얘길 나눠야 하는 거죠? 이미 일을 벌이고 달아났는데, 설마 놈들이 또 나타나겠습니까?"

"혹시 총을 소유하고 계시나요?"

"네. 등록되어 있는지도 궁금하겠죠? 캘리포니아에선 1월 1일 이후에 등록해도 됩니다. 몸에 지니려면 휴대 면허를 받아야 하는데 그건 아직 신청하지 않았어요. 하지만 산탄총은 등록 의무가 없습니다."

"정당방위는 대부분 사람들이 생각하는 것보다 훨씬 제한적으로 인정됩니다. 그 말씀을 드리고 싶었습니다."

"대부분 사람들이야 그렇겠죠. 하지만 난 법을 제법 압니다. 낸시 그레이스의 쇼를 챙겨 본다고 하지 않았습니까." 그가 밝은 색 눈을 가늘게 뜨고 여유롭게 미소를 흘렸다. "그럼 조심해서 가십시오, 댄스 요원님. 신경 써주셔서 감사합니다."

52

마이클 오닐이 댄스의 집 앞에 차를 세웠다.

그녀는 문자 메시지를 확인했다. "LA 사무실에서 보내온 거예요. 오렌지 카운티에서 내일 아침 일찍 현장과 탐문 보고서를 업로드 해주겠다네요."

그가 끙 앓는 소리를 냈다. "잘됐군요."

댄스가 차 문을 열었다. 그녀가 내리자 오닐이 트렁크를 열어주었다. 그는 따라 내리지 않았다. 댄스는 뒤로 돌아가 여행 가방과 랩톱 가방을 꺼냈다.

앞뜰에 불빛이 번지면서 존 볼링이 걸어 나왔다.

오닐은 자신의 행동이 무례하고 사려 깊지 못했다는 걸 깨달았는지 볼링과 댄스를 번갈아 쳐다보다가 차에서 내렸다.

오닐이 볼링에게 말했다. "존. 미안해요. 너무 늦었죠? 오는 길에 갑자기 일이 터져서 어쩔 수 없었어요."

"심각한 사건인가요?"

"혐오범죄입니다. 여기서 얼마 떨어지지 않은 곳이죠."

"아, 이런. 사상자는요?"

"없습니다. 범인들은 달아났고요."

"저런."

댄스는 바퀴 달린 여행 가방을 끌고 현관으로 올라갔다. 볼링이 가방을 받아주었다.

"웨스가 사십 분이나 늦게 들어왔어요." 그가 말했다.

그녀의 입에서 한숨이 터졌다. "내일 잔소리 좀 해야겠어요."

"어떤 여학생에게 졸업 댄스파티에 같이 가자고 제안했다가 거절당한 모양이에요. 많이 언짢아하더군요. 기분 전환 겸 같이 코드나 해킹해보자고 했는데 생각이 없답니다. 누가 봐도 상사병이죠."

"수사와 관련해서 당신에게 부탁할 게 있어요." 그녀가 말했다.

"뭐든 얘기해요."

그녀는 전날 밤 포스팅된 솔리튜드크리크 참사 관련 영상에 대해 이야기했다.

"아." 그가 마이클에게 말했다. "아까 아침 먹으면서 당신이 들려준 그 얘기 말이군요."

오닐이 고개를 끄덕였다. 댄스는 스탠 프레스콧이 무엇을 했는지 설명한 후 그가 오렌지 카운티에서 솔리튜드크리크 사건 범인에게 살해됐다고 알려주었다. 하지만 그녀와 오닐이 사선을 들락거린 사실은 말하지 않았다.

"살해됐다고요? 왜죠?"

"아직은 몰라요. 가능성은 희박하지만 범인과 프레스콧 사이에 연결고리가 있었을지도 모르고요. 그의 컴퓨터와 범인의 휴대폰을 가져왔어요. 비밀번호를 풀고 포렌식 분석을 해줄 수 있어요?"

"컴퓨터가 기종이?"

"ASUS 노트북이에요. 아주 좋은 건 아니고요. 윈도우 패스워드가 걸려 있어요. 휴대폰은 노키아 제품이고요."

"기꺼이 해드려야죠. 난 당신 조수 노릇 좋아하니까요. 나중에 배지나 챙겨줘요. 아니면, 〈캐슬〉에 나오는 것처럼 유니폼 잠바라도. 내 잠바에는 'GEEK'이라고 새겨주면 고맙겠어요.*"

오닐이 웃음을 터뜨렸다.

그녀는 확보한 증거물을 넘겼다. 볼링은 주저 없이 증거물 관리 대장에 서명했다.

"지문 채취는 끝났지만……."

"고무장갑을 끼고 할 테니 걱정 말아요. 당장 살펴볼게요. 장비가 필요할지도 모르겠지만. 내일 일어나자마자 시작할게요."

"고마워요." 그녀가 말했다.

오닐이 덧붙였다. "참, 폭발물 검사도 끝났습니다."

"그럼 더 좋죠."

"고마워요, 존."

"애들은 저녁 먹여 재웠어요. 음식이 많이 남았는데 괜찮으면 먹고 가요."

"아뇨. 괜찮습니다. 집에 빨리 가봐야 해요."

"알았어요."

볼링이 다정하게 고개를 끄덕였다. "나중에 봐요, 마이클."

"좋은 밤 보내요."

오닐이 댄스에게 말했다. "11시에 오버비의 사무실 맞죠? 내일

---

* geek의 원래 뜻은 괴짜이지만, IT 지식이 해박한 사람을 이르기도 한다. 드라마 〈캐슬〉에서 뉴욕 시 경찰을 돕는 스릴러 작가 리처드 캐슬은 '작가'라고 쓰인 유니폼 잠바를 입고 사건 현장에 나선다. 리처드 캐슬의 캐릭터는 상당 부분 제프리 디버와 닮아 있는 것으로 알려졌다.

봐요." 그는 차로 돌아갔다.

댄스는 현관문을 열려다 말고 몸을 돌려 차에 오르려는 오닐에게 달려갔다. 그녀의 시선이 그의 검은 눈으로 올라갔다. 댄스도 작은 편은 아니었지만 오닐은 그녀보다 15센티미터나 컸다.

"더 할 얘기 있어요?" 오닐이 물었다.

상황에 맞지 않는 어색한 반응이었다.

"네, 있어요, 마이클."

그들은 주로 이름 대신 성으로 서로를 불렀다. 오닐은 심상치 않은 분위기를 감지한 듯했다.

"대체 무슨 생각인 건지 궁금해요. 아무것도 아니라고 건성으로 대답하면 소리를 지를지도 몰라요."

"오늘 좀 힘들었어요."

"그건 남자들이 아무것도 아니라며 무마할 때 하는 말이잖아요."

"남자들만 그런가요?"

"당신이 생각해도 너무 티나는 것 같지 않아요?"

"티?"

"네."

"일이 생각처럼 풀리지 않아서 화가 좀 났어요. 범인을 놓친 것으로 모자라 경관까지 중상을 입었잖아요."

"나도 안타깝게 생각해요. 하지만 그가 총에 맞은 건 우리 때문이 아니잖아요. 그가 부주의해서 당한 일이라고요. 경관이 아닌 나도 그 정도 기본 수칙은 알고 있는데. 하지만 그것 말고도 거슬리는 게 또 있죠? 숨기지 말고 털어놔봐요."

그의 턱과 혀가 콧소리에 가까운 폐쇄음을 만들어냈다. 자음 'n'으로 시작하는 단어가 나오려는 모양이었다. 오닐의 표정도 그녀의 짐작에 무게를 실어주었다. "아무것도 아니에요nothing"라는 대꾸를 위한 준비. 하지만 정작 그의 입에서 튀어나온 말은 "당신은 실수하고 있어요"였다.

"실수?"

"좋아요. 까놓고 얘기하죠."

대체 무슨 얘기이기에? 그녀는 한쪽 눈썹을 올리며 생각했다.

"구즈만 조직. 세라노."

그 말에 댄스가 흠칫 놀랐다. 그녀는 자신이 존 볼링과 함께 밤을 보낸 것 때문일 거라 확신했었다.

"그게 무슨 뜻이죠? 세라노가 어쨌다고요?"

"당신이 개입하는 게 싫어요. 그런 식의 일처리는 더 싫고요."

뜻밖이었다. 오닐은 파이프라인 소탕 작전과 그 부분 집합에 포함된 구즈만 조직 그리고 세라노 사건에 관여하고 있지 않았다.

"왜죠?"

"그냥 싫어요."

답답해진 그녀가 한숨을 내쉬었다.

"다른 사람에게 넘겨요."

"누구에게 말이죠? 나밖에 없잖아요."

물론 그것은 사실이 아니었다. 그의 침묵에 그녀의 가슴이 뜨끔했다. 그녀는 자신의 방어적인 태도에 화가 났다. "내가 마무리하고 싶어요."

"당신이 티제이와 얘기하는 걸 들었어요. 내일 세라노 문제로 만날 거죠? 대책본부에서 누군가가 같이 갈 텐데, 그게 누구죠?"

"앨버트 스템플." 그녀의 해결사.

"왜 팀 전체를 끌고 가지 않는 거죠?"

"그랬다간 그가 눈치챌 테니까요."

"어떤 놈이 파이프라인 소탕 작전의 주요 인물이 모텔 식스에 자기 조직원과 함께 있다는 사실을 알면 총잡이들을 보내 없애려 하지 않겠어요?"

"나도 그럴 가능성을 따져봤어요. 하지만 그 정도 위험은 감수해야죠."

"그걸 말이라고 해요?"

"마이클."

"무기를 가져가요. 내가 바라는 건 그뿐이에요."

오, 결국 이 얘기가 하고 싶었던 거군.

"난 민사부 소속이에요. 그리고……."

"아뇨. 당신은 수사과 요원이에요. 적어도 당신은 그렇게 행동하고 있어요."

"난 총을 지니고 다닐 수 없어요. 그게 방침이니까요. 달리 방법도 없고."

"그래도 가져가요. 보디가드나 나노*라도요. 내 것을 빌려줄게요."

"그건 규정 위반……."

"안 걸리면 되죠."

"걸리면 난 끝장이라고요."

"좋아요. 세라노를 최우선에 두겠다 이거죠? 정 그러겠다면 좋을 대로 해요."

마지못해 허락한다는 듯 오닐이 말했다.

"그럼 솔리튜드크리크를 포기해요. 그건 우리 팀이 맡을 테니까."

---

* 둘 다 크기를 줄여 휴대성을 높인 권총이다.

티제이랑 레이와 공조할게요. 코니 라미레즈도 불러들이고요." 그의 목소리는 몰려오는 먹구름처럼 거칠었다. 그가 덧붙였다. "물론 모든 공은 CBI에게 돌릴 겁니다."

그녀가 코웃음을 쳤다. "내가 고작 그런 데 집착할 것 같아요?"

먼 곳을 향한 그의 시선이 대답을 대신했다. 아뇨. 당연히 아니죠. 그의 말은 반사적으로 날린 잽에 불과했다.

"마이클, 난 그 사건을 포기할 수 없어요. 미안해요."

"왜 못 한다는 거죠?"

포기하면 안 되니까.

그는 집요했다. "오늘 밤 골드슈미트의 집에서 당신은 허락도 없이 탐문 조사에 나섰어요. 현장에 잠자코 남아 있어야 했는데."

"**잠자코**라고요?" 그녀가 씩씩거렸다.

"당신은 주니페로 장원 근처에서 범인들과 맞닥뜨렸으면서도 나를 부르지 않았어요. 그들이 해코지라도 했으면 어쩔 뻔했어요? 네오나치 놈들에게 글록 하나 없겠어요?"

오닐이 말을 이었다. "아까 터스틴에서는 또 어땠고요? 만약 범인이 프레스콧의 아파트에서 보안관보를 쏜 후 왼쪽이 아니라 오른쪽으로 달아났더라면 당신과 맞닥뜨렸을 겁니다."

"우린 그가 안에 있는지 몰랐잖아요. 그냥 목격자를 만나러 갔던 거 아닌가요?"

"늘 모든 가능성을 염두에 둬야 하잖아요."

"그냥 방에 처박혀 화상전화로 용의자 심문이나 하라고요? 그런 식으론 안 된다는 거 알잖아요, 마이클."

"아이들을 생각해요."

"이 일에 우리 아이들을 끌어들이지 말아요." 그녀가 버럭 화를 냈다.

"누군가는 해야 하는 얘기예요." 그가 화를 삭이며 차분하게 말했다. 하지만 그의 목소리에서는 여전히 불길함이 묻어나왔다. "솔리튜드크리크 범인을 기어이 잡고 말겠다고요, 캐트린? 좋아요. 하지만 그게 꼭 당신이어야 할 이유는 없잖아요." 그가 차에 올라 시동을 걸었다.

오닐은 홧김에 가속 페달을 세게 밟지는 않았다. 그는 그런 사람이 아니었다. 그렇다고 되돌아와 사과를 하지도 않았다.

그녀는 차의 미등이 안개 속으로 사라질 때까지 지켜보았다.

그게 꼭 당신이어야 할 이유는 없잖아요…….

미안하지만, 마이클, 꼭 나여야만 해요.

53

그녀가 아들 방으로 들어섰을 때 웨스는 침대에 누워 문자 메시지를 보내고 있었다.

"안녕."

"엄마."

"오늘 늦게 들어왔다며?"

"네. 자전거 바퀴에 펑크가 났어요. 자전거는 도니네 두고 왔고요."

"존에게 왜 연락 안 했어? 아저씨가 데리러 갔을 텐데."

"캐런 때문에 좀 심란했어요. 졸업 댄스파티에 같이 가려고 했는데, 걘 랜디랑 갈 거래요."

정말일까, 아닐까? 분명 의심스러운 부분이 있었다. 하지만 최악의 하루를 보낸 탓인지 그녀의 동작학 기술은 제대로 능력 발휘를 하지 못했다. 게다가 아이들이 늘어놓는 모든 얘기를 일일이 분석하는 건 무척 피곤한 일이었다.

그녀는 더 몰아붙이지 않았다. "십오 분 안에 도착한다고 약속했으면 무슨 일이 있어도 십오 분 안에 도착해야 돼. 또다시 이런 일이 있으면 그땐 엄마도 그냥 두고 보지 않을 거야."

"네, 알았어요."

"헬멧은 썼고?"

"네, 엄마. 헬멧 썼어요."

"잘 자." 그녀가 아들에게 입을 맞추었다.

그리고 다음 방으로 건너갔다.

"매기?"

매기는 잠들어 있었다. 댄스는 딸에게 담요를 잘 덮어주고 창문을 잠갔다. 그런 다음, 딸의 머리에 살며시 입을 맞추었다.

그녀와 볼링은 자정이 다 돼서야 위층 침실로 올라갔다. 그의 운동 가방에 여벌 옷이 담겨 있었다. 그간 그들 관계가 발전했음을 보여주는 증거였다. 그녀도 기꺼이 받아들였다. 옷장 전체를 옮겨온 것도 아니었으니.

서두를 거 없어…….

그녀는 샤워를 하고 잠옷으로 갈아입은 후 침대에 누운 그의 옆구리에 파고들었다. 그들은 허벅지를 맞붙인 채 나란히 누웠다. 그는 그녀의 하루에 대해 듣고 싶어하는 눈치였지만 끝내 입을 열지 않았다. 고마워요. 그녀가 속으로 말했다. 그리고 보답으로 그의 손을 꼭 쥐었다. 그녀는 그가 이 제스처의 의미를 이해할 거라 믿었다. 한편으로 그가 자신과 오닐 사이의 언쟁을 들었을지 궁금했다.

그녀가 물었다. "매기는 어땠어요?"

"비밀 클럽 친구들과 화상전화하는 걸 지켜봤어요. 베타니라는 아이는 꽤 당돌하더군요. 몇 년 후엔 국무부 장관이 돼 있을 것 같아요. 백악관에 입성한다 해도 놀랍지 않을 것 같고요. 애들이 암호를 쓰는데 아직 해독하지 못했어요. 자기들끼리만 쓰는 언어를 만든 모양이에요."

댄스가 웃음을 터뜨렸다. "공부나 좀 그렇게 하지."

"어릴 적 샤워를 해야 할 때면 욕조에 물을 틀어놓고 수건을 적셔 흙 묻은 바닥을 닦는 데 더 공을 들였어요. 그냥 그렇게 샤워를 한 척하고 나와버렸죠."

"그 방법이 먹히던가요?"

"아뇨. 단 한 번도 먹히지 않았어요. 그래도 난 포기하지 않았죠. 걱정 말아요. 이젠 안 그러니까."

그녀는 다시 오닐과의 언쟁을 떠올려보았다. 그녀 안에서 분노가 꿈틀거렸다. 그녀는 볼링이 무슨 얘기를 하고 있다는 사실을 뒤늦게 깨달았다.

"네?"

"잘 자라는 얘기였어요." 그가 그녀의 볼에 입을 맞추었다.

"잘 자요."

부럽게도 볼링은 돌아누운 지 몇 분 만에 잠에 빠져들었다.

댄스는 자신이 천장을 뚫어져라 응시하고 있음을 깨닫고 몸에 긴장을 풀었다. 하지만 아무리 생각해도 그의 당부는 황당했다.

그녀는 계속해서 오닐이 보인 태도를 곱씹어보았다. 대체 무슨 말이 하고 싶었던 걸까? 그녀가 총을 지니고 있었다면 오늘 솔리튜드 킬러를 막을 수 있었을지도 몰랐다. 정문에 더 바짝 붙어 탈출을 시도하는 그를 손쉽게 찾아낼 수도 있었을 것이다.

그리고 만약 또 다른 참사로 인해 누군가가 목숨을 잃게 된다면 그 부담은 고스란히 그녀가 떠안게 될 것이었다.

그렇다고 오늘 그녀가 총을 소지한 채 갔다면 그 소식은 즉각 CBI 본부로 전달돼 그 사건에서 손을 떼야 하는 상황에 이르렀을 것이다. 몰래 관여해온 세라노 사건은 말할 것도 없고. 그녀가 원치 않는 결과였다. 마이클도 그걸 모를 리 없다.

하지만 그는 정말로 모르는 듯했다.

그녀도 볼링을 등지고 누워 잠을 청해보았다.

댄스는 새벽이 다 돼서야 비로소 터무니없는 생각을 머릿속에서 몰아내고 깊은 잠에 빠져들 수 있었다.

비밀 클럽
THE SECRETS CLUB

4월 9일, 일요일

54

"티제이에게 들었어요? 놈의 행방을 알아냈대요. 빨리 서둘러야
해요."

앨버트 스템플이 숨넘어가는 소리로 말했다. 평소처럼 앓는 소리
를 내지도 않았다. 어떤 상황에서도 절대 서두르지 않는 그가 구즈
만 조직 사건에 이토록 의욕을 보이는 모습은 대책본부의 모두에
게 신선한 충격이었다.

캐럴 앨러턴, 지미 고메즈, 그리고 스티븐 루는 상황실에 있었다.
루가 물었다. "행방을요?"

스템플이 손목시계를 들여다보며 툴툴거렸다. "네, 네. 티아 알론
조, 세라노와 붙어먹는 여자 말입니다."

앨러턴이 노려보았다.

천박하기는…….

루가 물었다. "어딘데요?"

스템플은 갑자기 루가 어디서 옷을 사는지 궁금해졌다. 목둘레가
13사이즈밖에 되지 않는 그는 그야말로 자그마했다. 하얀 셔츠와

검은 바지가 심하게 헐렁거릴 정도였다.

"모스 랜딩 근처 하우스보트*."

"하우스보트라고요?"

그렇다고 했잖아. 스템플은 속으로 쏘아붙였다.

"누구랑 같이 있답니까?" 고메즈가 물었다.

"아뇨. 여자 혼자 있다더군요. 티제이가 그러는데 같이 있던 남자가 돌아갔답니다." 그가 목소리를 살짝 낮추었다. "캐트린이 밖에 있어요. 우리랑 같이 갈 겁니다. 자, 누가 합류하겠습니까? 지미?"

"좋아요. 같이 가죠."

루가 말했다. "다 같이 가면 안 되나요?"

"누군가는 여기 남아야 해요. 오클랜드에서 들어온 보고서를 마저 정리해야죠. 담당 검사가 두 시간 내로 보내달라고 했어요. 나혼자선 어림도 없다고요." 앨러턴이 말했다.

"알았어요. 내가 도와줄게요. 쓸모가 생겼다니 기쁘군요."

스티브 투는 이런 사람이었다. 남들이라면 이렇게 말했을 것이다. "오, 난 서류 작업을 세상에서 가장 좋아해요. 없어서 못 한다니까요." 하지만 이 갈대 같은 남자는 마음에도 없는 말을 늘어놓는 타입이 아니었다. 그가 책상에 수북이 쌓인 서류로 돌아갔다.

고메즈는 황갈색 재킷을 걸치고 무기를 체크했다. 그사이 총에서 탄약이 빠져버렸기라도 한 것처럼. "앞장서요, 앨버트."

잠시 후, 그들은 주차장으로 빠져나왔다.

캐트린 댄스가 그들을 기다리고 있었다.

"안녕." 고메즈가 말했다.

---

* 주거용 보트.

"지미." 그녀가 고개를 까딱였다. 그들은 함께 스템플의 순찰차로 향했다.

댄스가 주위를 살피며 물었다. "찰스는 내가 온 거 모르죠? 확실하죠?"

"우린 얘기 안 했어요. 우리 4인방은 침묵의 서약을 했어요. 스티브 포스터도 동조했고요. 그가 어떤 사람인지는 당신이 더 잘 알죠?" 고메즈가 말했다.

"물론이죠."

속이 빤히 들여다보이는 사람. 그게 스티브 포스터를 설명하는 한마디라고 스템플은 생각했다.

그들은 차례로 차에 올랐다. 스템플은 시동을 걸고 68번 도로를 따라 서쪽으로 달려나가기 시작했다. 1번 고속도로에 들어서서 이십 분쯤 달리면 모스 랜딩에 도착할 수 있다.

"그 티아라는 여자는 정체가 뭡니까?" 고메즈가 물었다. 그리고 이내 탄성을 내질렀다. "워워."

스템플은 제한속도를 신경 쓰지 않는 타입이었다.

댄스가 말했다. "티아 알론조. 과거 스트립 댄서였다는군요."

"멋진데요. 스트립 댄서였다니."

"그리고 모델. 물론 지망생이었지만. 두 사람은 파티에서 처음 만났고, 그 후로 한두 달 동안 거의 매일 붙어 다녔답니다. 헤어진 후로도 이따금 만나온 모양이에요. 티제이는 티아가 얼마 전 세라노로부터 문자 메시지를 몇 개 받은 사실을 알아냈습니다. 지금 그녀의 전과 기록을 살펴보고 있어요. 운이 좋으면 압박할 만한 게 나올지도 몰라요. 어쩌면 그런 거 없이도 순순히 협조해줄지도 모르고요. 선량한 사람이라면."

395

꿈도 크군. 그제야 스템플의 입에서 앓는 소리가 흘러나왔다.

진짜 하우스보트였다.

비록 허름했지만 앨버트 스템플은 그 보트가 마음에 들었다.

길이 12미터, 폭 4미터 남짓 되는 평저선에 대충 백색 도료를 바른, 땅딸막한 구조물을 얹은 모양새를 눈감아준다면 봐줄 만한 보트였다.

1번 고속도로와 평행한 모래 덮인 모스 랜딩의 도로 양옆으로는 정박지와 상점, 레스토랑들이 줄지어 있었다. 하우스보트는 부두에서 가장 으슥한 곳에 닻을 내리고 계류 중이었다. 고기로 넘쳐나던 존 스타인벡의 시절에는 길이 15미터, 20미터짜리 낚싯배 수백 척이 연신 들락거렸던 곳이다. 하지만 이제 그런 풍경은 찾아볼 수 없었다. 지금은 유람선과 해산물 업체들의 소형 어선, 파티 보트, 각종 상업용 보트, 하우스보트 몇 척이 간간이 눈에 띌 뿐이었다.

스템플은 하우스보트에서 30미터쯤 떨어진 지점에 차를 세웠다. CBI 요원 세 명은 차에서 내려 보트를 향해 천천히 걸어갔다. 잡초 무성한 보트, 아니, 집 앞 주차 공간에는 낡아빠진 도요타 한 대가 세워져 있었다.

"차가 한 대만 보이네요. 하지만 그렇다고 여자 혼자 있을 거라 단정 지을 순 없겠죠." 스템플이 잽싸게 주위를 둘러본 후 돌아왔다. "수상한 놈은 보이지 않습니다."

댄스는 휴대폰 메시지를 확인했다. 그녀가 고메즈에게 말했다. "티제이예요. 티아 알론조는 음란행위, 매춘, 공공장소 취행 따위로 체포된 적이 있었대요. 오래전에요. 하지만 그 후로는 손 씻고 착하게 살아왔답니다."

"요주의 인물은 아닌가 보군요."

"그러게요. 하지만 무장했을지도 모르니 조심해야겠죠."

고메즈가 물었다. "당신은 무기가 없죠?"

"네, 없어요. 그러니까 내게 바짝 붙어서 움직여요."

"그러죠."

"그리고 앨버트, 당신은 계속 주변을 살펴봐줘요."

"네."

그들은 '레이지 메리Lazy Mary'라고 적힌 보트로 점점 다가갔다. 스템플은 그 이름이 마음에 들지 않았다. 우아한 맛이 없기 때문이었다. 내게 보트가 있다면 '다이아몬드 스터드Diamond Stud' 같은 이름을 붙여줬을 텐데. 아니, 너무 촌스럽나? 그럼 '전사의 집Home of the Brave'은 어떨까. 이건 마음에 드네.

해변 근처 방파제 덕분에 보트는 가끔씩 사나워지는 몬터레이베이의 물결에 휩쓸리지 않았다. 지금 '레이지 메리'는 이름처럼 여유롭게 흔들리고 있었다.

고메즈가 댄스를 쳐다보고 고개를 끄덕이며 말했다. "들어가봅시다."

그들은 짧은 건널 판자를 넘어 회색으로 칠해진 갑판으로 올라갔다. 고메즈가 문에 노크했다.

문이 열리자 그들은 안으로 들어갔다.

스템플은 팔짱을 낀 채 정박지 쪽을 바라본 다음 허리에 찬 베레타의 위치를 조절했다.

55

 십오 분 후, 고메즈와 스템플, 댄스는 본부로 향하는 차에 타고 있었다.

 그녀는 대책본부의 캐럴 앨러턴에게 전화를 걸었다.

 "캐트린이에요. 지미랑 앨도 함께 있어요. 지금부터 스피커폰으로 할게요."

 "이쪽도 스피커폰이에요. 스티브 포스터가 돌아왔어요. 스티브 투도 왔고요Steve Two too." 늘 침울한 DEA 요원답지 않은 말장난이었다.

 "스티브와 스티브라." 댄스가 말했다.

 "안녕, 캐트린." 다정한 인사. 역시 스티브 루다웠다.

 "보고해." 무뚝뚝한 목소리. 스티브 포스터는 다정함과는 담을 쌓은 사람이었다.

 "모스 랜딩에서 돌아가는 길이에요."

 "어떻게 됐지?" 포스터가 툴툴거렸다.

 "티아 알론조는 한 달도 넘게 세라노를 보지 못했답니다. 거짓말을 하는 것 같지는 않아요."

포스터는 한동안 말이 없었다. 하고 싶은 말을 애써 참는 듯했다. 거짓말을 짚어내는 댄스의 능력에 대해서.

댄스는 계속 이어나갔다. "하지만 그녀가 또 다른 이름을 내놓았습니다. 페드로 에스칼란자. 피트라고도 불립니다. 티제이가 살펴볼 거예요. 세라노의 행방을 알 가능성이 90퍼센트 이상입니다."

"단서를 따라가니 또 다른 단서가 나오고, 그 단서를 따라가니 또 다른 단서가 나오고." 포스터가 비꼬듯 말했다.

앨러턴이 물었다. "하우스보트를 찾아간 건 성과가 있었군요."

"맞아요."

"별일 없었죠? 지미도 괜찮고?"

"아무 문제 없어요." 고메즈가 말했다.

"티아가 그러는데, 에스칼란자라는 자가 세라노의 계좌 몇 개를 관리하고 있다더군요. 잘하면 그의 신용카드 사용 내역을 살펴볼 수도 있을 거예요. 그렇다면 실시간 추적이 가능해지겠죠."

"아니면 또 다른 단서를 찾게 될지도 모르고." 포스터가 불쑥 끼어들었다. "좀 더 현실적으로 생각하자고. 난 아직도 안심이 안 돼."

스템플이 헛기침을 했다.

댄스가 말했다. "우린 최선을 다하고 있어요, 스티브."

앨러턴이 말했다. "찰스에겐 내가 보고할게요."

"고마워요."

"지금 돌아가는 중입니다."

댄스는 전화를 끊었다.

스템플이 말했다. "인생은 빌어먹을 체커 게임이에요. 아니, 체스죠. 체스 둘 줄 알아요, 지미?"

"아뇨. 당신은요?"

"당연히 둘 줄 알죠."

"정말요?"고메즈가 물었다.

"왜 놀라죠? 내가 140킬로그램 역기로 벤치 프레스를 하고, 롱 배럴 산탄총으로 15미터 떨어진 표적을 명중시킬 줄 알아서요?"

"글쎄요. 왠지 체스랑은 거리가 있어 보여서요."

"사람들은 내 취미가 탭댄스인 줄 알던데요."

그로부터 삼십 분이 지난 오전 11시, CBI 본부로 돌아온 댄스는 티제이 스캔런과 함께 오버비의 사무실로 향하고 있었다.

걸어가는 동안 휴대폰을 체크했다. 어느새 그녀의 보호자가 돼버린 볼링의 문자 메시지가 도착해 있었다. 장기 자랑에서 노래를 불러야 하는 가혹하고도 요상한 벌을 면하게 된 매기가 무척 행복해한다는 내용이었다.

오닐은 여전히 연락이 없었다.

사과라도 기다리는 걸까? 그의 성난 말투는 그녀에 대한 걱정에서 비롯된 것이었다. 그럼에도 그녀의 언짢은 마음은 풀리지 않았다. 이번 건은 그냥 넘어갈 문제가 아니었다.

그녀는 오닐과의 갈등이 꺼진 불에서 피어오른 연기처럼 금세 사그라질 거라 생각했다. 이 정도 의견 충돌이 한두 번이었던가. 하지만 그들의 관계가 공적으로, 사적으로 복잡하게 얽혀 있다는 게 마음에 걸렸다. 그녀는 이 작은 불꽃이 거센 바람을 타고 대형 산불로 번져버릴까 두려웠다. 건조한 캘리포니아에서 흔히 그러듯이. 마이클 오닐과의 관계가 좋지 않게 끝나리라는 상상은 단 한 번도 해본 적이 없었다.

그녀는 또다시 휴대폰을 들여다보았다. 여전히 무소식이었다.

지나간 일이야^{let it go}…….

그들은 지국장 사무실에 도착했다. 오버비가 들어오라고 손짓했다. "오클랜드 경찰국에서 흥미로운 소식이 들어왔어. 방화라지?"

댄스가 고개를 끄덕였다. 그리고 티제이에게 파이프라인 창고의 화재에 대해 설명해주었다.

"하지만…… 그건 갱단의 소행이 아니었어."

댄스가 고개를 갸웃했다.

그녀의 보스가 계속 이어나갔다. "사람을 쓴 거였다고."

티제이가 말했다. "자기들 손을 더럽히지 않으려고 조직원을 불러들인 모양이군요."

"아니. 조직원이 아니야. 그들은 카운티를 떠나기 전에 흔적을 남겼어. 놈들 근거지가 어디인 줄 알아? 바하야. 바하칼리포니아.*"

"그런데도 멕시코 조직원이 아니라고요?"

"아니야. 다른 데 속해 있어."

순간 댄스에게 깨달음이 찾아들었다. "맙소사. 산토스가 고용한 거였군요. 그가 배후에 있었던 거예요!"

"빙고." 오버비가 말했다.

치와와 주의 연방 경찰국장 라몬 산토스. 며칠 전, 불법 무기 유입을 막지 못한 미국 쪽 파이프라인 대책본부를 맹비난했던 사람.

"그래서 직접 나선 거군요."

"DEA 오클랜드 지국이 멕시코 끄나풀들을 통해 확인했대."

---

* 멕시코 북서쪽에 있는 반도로, '하(下) 캘리포니아'라는 뜻. 미국 캘리포니아 주에 면해 있다. 미국-멕시코 전쟁에서 미국이 승리하면서 미국이 상(上) 캘리포니아를 할양받았고 지금의 캘리포니아 주가 되었다. 마약 조직범죄가 빈번히 일어나는 곳이기도 하다.

댄스가 얼굴을 찌푸렸다. "뿌리를 뽑으려다가 제 발등만 찍었네요. 그 창고 덕분에 결정적인 정보를 많이 얻을 수 있었는데. 자기가 경거망동해서 작전이 한 달 이상 뒤처지게 됐다는 걸 알까요?"

"알게 될 거야." 오버비가 말했다. "오후에 내가 알려줄 거거든."

오버비는 보기와 달리 정의와 분노를 능숙하게 결합시킬 줄 알았다.

"이제 보니 산토스는 아주 흥미로운 방법으로 법을 집행하는군요. 법을 아예 어겨버리잖아요." 티제이가 말했다.

그때 뒤에서 바스락거리는 소리와 발소리가 들려왔다. 마이클 오닐이 사무실로 들어서고 있었다.

"아, 마이클."

"찰스."

그녀의 시선이 그에게로 돌아갔다. 그가 고개를 끄덕여 모두에게 인사했다. "좋은 아침입니다."

오버비가 말했다. "자, 시작해볼까? 솔리튜드크리크 사건 수사가 어디까지 진행됐지?"

오닐이 댄스를 흘끔 쳐다보았다. 그녀가 말했다. "범인의 혼다를 계속 추적했는데 별 진전이 없었습니다. 하지만 존 볼링이 범인의 휴대폰을 분석하고 있어요. 어쩌면 범인은 그걸로 샘 코헨에게 전화를 걸었는지도 몰라요. 베이 뷰 센터에서 일을 벌이고 나서 경찰과 방송사와 피셔맨스 워프의 레스토랑에 전화를 걸 때 사용했을 수도 있고요. 존은 스탠 프레스콧의 컴퓨터도 분석 중이에요. 오렌지 카운티에서 살해된 남자 기억하시죠? 범인이 왜 굳이 거기까지 가서 그를 죽일 수밖에 없었는지, 그 답을 얻게 될 거예요. 참, 티제이, 앤더슨 건설 문제는 어떻게 됐지?"

티제이는 앤더슨을 고용해 솔리튜드크리크 작업에 투입한 네바다 업체의 임원들을 추적 중이라고 오버비에게 보고했다. 운이 좋으면 결정적인 목격자를 찾게 될지도 모른다고.

"연락을 달라고 했는데 늑장을 부리네요. 주말이 껴서 그런 걸까요? 내일 좀 더 강하게 몰아붙일 생각입니다. 그날 클럽에 있었던 사람들을 계속 살펴보고 있습니다만 별 소득은 없어요. 쓸 만한 단서가 나오지 않고 있습니다."

오버비가 고개를 끄덕이며 오닐을 돌아보았다. 그가 서류 가방을 열고 파일 폴더 하나를 꺼냈다.

"오렌지 카운티에서 현장 보고서가 도착했습니까?" 오버비가 물었다.

"네. 하지만 훑어보니 별거 없더군요. 발자국은 루이비통 구두일 가능성이 높답니다. 글로벌 어드벤처의 보안 카메라 영상에는 범인이 정문을 들이받은 후 차를 넘어 공원 안으로 뛰어 들어가는 모습이 담겨 있습니다. 그곳 팀들이 수백 명을 탐문해봤지만 범인을 제대로 본 사람은 없었다더군요."

그리고 그가 덧붙였다. "오렌지 카운티 형사 몇몇이 프레스콧의 주변을 꼼꼼히 조사해봤답니다. 그의 친구와 직장 상사, 동료들도 만나봤는데 죄다 레드넥*들이었다더군요. 범인과 아무런 상관도 없는 사람들이었답니다. 그는 그저 인터넷에서 찾은 솔리튜드크리크 사진을 걸어놓고 별 뜻 없이 끄적거렸을 뿐이었어요."

댄스가 말했다. "그러니까 재수 없게 범인과 관련된 내용을 포스팅했을 뿐이라는 거죠?"

* 미국 남부의 가난한 백인 노동자.

오닐이 계속 이어갔다. "그렇게 보는 게 맞을 겁니다. 당시 공원 밖으로 전송된 문자와 음성 메시지가 4천여 통쯤 됩니다. 황당한 소문이 퍼진 직후에 말이죠. 그중 몇 통은 범인이 선불폰 한두 개로 전송한 것들일 테고요. 하지만 오렌지 카운티에선 그 모든 걸 일일이 살펴볼 인력이 없다더군요."

오버비가 말했다. "고작 전화 몇 통으로 그 엄청난 대혼란을 야기했다는 겁니까?"

"그렇습니다. 아주 똑똑한 놈인 것 같습니다. 공원 안에서 주변 사람들을 붙잡고 소문을 퍼뜨린 모양이에요. 입장객들은 그가 무사히 빠져나올 수 있도록 도와줬고요. 미친 듯이 문자를 보내고 트위터에 글을 올리면서 말입니다. 온라인 미디어와 TV는 금세 그 소식을 내보냈습니다. 공원에 갇힌 입장객들의 가족과 친구들은 다급하게 연락을 취했고요."

오버비가 고개를 끄덕였다. "그렇게 연쇄반응이 일어난 거군요."

"최악의 플래시몹이 돼버린 것이죠." 댄스가 말했다.

"프레스콧의 아파트와 놀이공원. 그 어디에도 지문이 남아 있지 않았습니다. 탄피에도 지문이 없었고요. 그리고 그가 이곳 공항에서 훔친 차량이 있지 않습니까?"

오닐은 범인이 엉성한 실력으로 차를 훔쳤다면서 그가 그 부분에 있어서만큼은 아마추어였다고 설명했다.

그래도 성공했잖아요. 댄스가 속으로 대꾸했다.

오버비의 볼이 실룩거렸다. "그러니까 수사에 아무런 진전도 없었다는 얘기죠?"

오닐이 말했다. "오렌지 카운티에선 그런 것 같습니다. 그의 휴대폰을 손에 넣은 것 빼고는요. 그건 그렇고, 나도 찾아낸 게 있습니

404

다. 단서로 보기엔 무리가 있지만요. 그래도 범인에 대한 새로운 정보예요."

"그게 뭔데요?" 티제이가 물었다.

"제인 도, 기억해요?" 그가 사진 몇 장을 테이블에 펼쳐놓았다. 댄스가 이미 본 사진이었다. "모텔에서 질식사당한 여성 말입니다."

오닐은 지저분한 모텔 방에서 비닐봉지를 머리에 쓰고 숨진 채 발견된 미모의 젊은 여성에 대해 설명했다.

왔다 하면 쏟아지네…….

"합의된 성관계 중 우발적으로 벌어진 일일 수도 있고, 의도적인 살인일 수도 있겠죠. 아직 확실히 알 순 없지만 이걸 찾았으니 곧 미스터리가 풀리지 않을까요?"

그가 폴더를 열고 사진을 한 장 꺼냈다. 보안 카메라 영상을 캡처한 것이었다. 흑백 사진에는 옅은 색 혼다 어코드가 찍혀 있었다.

"번호판이 보이진 않네요." 댄스가 고개를 저으며 말했다.

가끔 그렇게 일이 쉽게 풀릴 때가 있었다. 자주는 아니었지만. 지금과 다르게.

"여기가 어디죠?"

"제인 도가 숨진 모텔에서 한 블록 떨어진 곳입니다. 주변 상점들을 탐문했던 지역 보안관 하나가 이걸 가져왔더군요." 그가 손가락으로 사진을 톡톡 두드렸다.

"이게 그거랑 어떻게 연결됐단 말이죠?" 오버비가 물었다.

오닐이 파일 폴더 뒤편에서 꺼낸 또 다른 현장 사진을 제인 도의 사진 옆에 내려놓았다. 스탠 프레스콧의 시체.

두 사진을 번갈아 들여다보던 댄스가 말했다. "프레스콧과 같은 자세네요. 사인도 같고요. 질식사. 둘 다 바닥에 누워 있잖아요." 두

405

사진의 피해자들은 하나같이 램프 불빛 아래 널브러져 있었다.

"왜 이 여자를 죽였을까요?" 오버비가 말했다.

이번에는 댄스가 나섰다. "제인 도의 사망 추정 시간은 포스터가 범인의 인상착의를 흘린 직후였어요. 어쩌면 그녀가 범인의 옷을 알아봤는지도 모르죠. 솔리튜드크리크에서 입었던, 로고가 붙은 작업복 재킷. 그녀가 자기를 알아볼까 봐 겁이 났던 게 아닐까요?"

오닐이 말했다. "그녀에게서 휴대폰이나 컴퓨터나 노트북이 발견되지 않은 이유였을 겁니다. 그런 것들이 그를 추적하는 데 결정적인 단서가 될 수도 있었을 테니까요. 이런 시나리오를 써볼 수 있겠습니다. 여자는 이곳 출신이 아닙니다. 그들은 술집에서 만났고요, 하루 이틀을 함께 보냈습니다. 각자의 길을 가기로 했지만 결국 그는 여자를 살해하고 말았습니다."

댄스가 물었다. "그런데 왜 같은 수법으로 범행을 저질렀을까요?"

"사디즘." 오버비가 말했다.

그의 말이 맞는지도 몰랐다. 하지만 지금은 그것보다 중요한 문제가 있다. 댄스의 머릿속에서는 오직 한 가지 생각이 맴돌고 있었다. 범인이 이곳으로 돌아오진 않았을까? 또 다른 범행 장소를 이미 물색해놓진 않았을까?

56

안티오크 마치는 칼리스타 소머스를 생각하고 있었다.

경찰은 아직 그녀의 이름을 밝혀내지 못했다. 언론은 그녀를 '제인 도'라고 불렀다. 그들은 피해자의 사진을 공개하며 그녀가 살해되었거나 가학적 성행위 중 사고를 당했을 거라고 추정했다.

이번 주 초, 그는 우연히 찾은 술집에서 그녀를 발견했다.

그녀는 마티니를, 그는 파인애플 주스를 주문했다.

목욕 가운을 찾겠다며 그의 옷장을 열지만 않았어도 그녀는 죽지 않았을 것이다. 품위를 지키려다 죽은 셈이다. 그녀는 분명 옷장 안에 걸어둔 문제의 옷을 보았을 것이다. 그가 트럭을 끌고 가 솔리튜드크리크의 비상구를 막아놓았을 때 입었던 옷. 당시 언론은 목격자가 그를 본 사실을 보도하지 않았다. 그래서 그는 그 부분을 크게 신경 쓰지 않았지만, 그로부터 얼마 지나지 않아 영화관에서 자신의 인상착의가 공개 수배된 사실을 알게 되었다. (그들이 왜 공개하기로 결정했는지 그는 아직도 이해가 되지 않았다.)

덕분에 그는 영화관에서 무사히 빠져나왔다. 경찰의 어리석은 결정은 칼리스타의 목숨을 끊는 데에도 일조했다. 댄스 요원에 대해 알게 된 그는 영화관 근처 맥도널드를 나와 곧장 카멜에 자리한 칼리스타의 모텔로 향했다. 부디 칼리스타가 방송을 보지 못했기를 바라면서. 다행히 그녀는 아무것도 모르는 듯했다. 예고도 없이 찾아온 그를 보고 그녀는 깜짝 놀라면서도 은근히 반기는 분위기였다. 그는 대뜸 드라이브를 제안했다. 그녀가 차에 오르자 그는 외진 러브호텔에 가서 둘만의 '모험'을 즐겨보자고 했다.

"엉큼하기는……."

오늘은 더 잘생겨 보이네요…….

그리고…….

미안, 칼리스타.

"안 돼, 안 돼……."

그는 싸구려 모텔 방 바닥에 널브러져 몸을 바르르 떨며 죽어가는 그녀의 모습을 떠올렸다. 머리에 비닐봉지를 뒤집어 쓴 채로. 숨이 완전히 멎을 때까지 오륙 분밖에 걸리지 않았다.

그는 당시 기억을 뒤로하고 며칠 전 발견한 곳으로 향했다. 다음 범행을 위한 완벽한 장소, 교회.

종교 행사에서 압사당한 사람에 대한 통계는 그를 놀라게 했다.

메카. 성지순례에서 일어날 수 있는, 말 그대로 최악의 사건.

독실한 신자 수천 명의 개죽음에 대해 전해 듣고도 믿음의 끈을 놓지 못하는 사람들이 적지 않다는 사실이 그는 놀라웠다.

인도 역시 심각하기는 마찬가지였다. 수십만 명의 군중. 오, 가서 한탕 크게 벌여보고 싶어.

마침내 그가 봐둔 장소가 시야에 들어왔다. 오늘 밤 그곳에서는 교회 행사가 예정돼 있었다. 일을 벌이기에는 더할 나위 없이 적합한 곳이다. 두 개의 비상구는 꽃꽂이용 철사로 손쉽게 막혀버릴 것이다. 완벽해.

게다가 그곳은 흑인 교회이기까지 했다. 마침 그 동네에서는 공동체 시설들을 표적으로 온갖 악행을 저지르는 범죄자가 있었다. 주민들은 분명 신경쇠약 직전일 것이다. 약간의 위협만 느껴도 다들 앞다투어 탈출하려 법석을 떨 것이다.

자기가 살기 위해서는 신앙으로 맺어진 형제자매들을 무참히 짓밟고도 남을 사람들.

그는 밖에서 작게 불을 피울 것이다. 솔리튜드크리크에서 했던 것처럼. 그것으로 충분하다. 연기가 안으로 스며들면 신도들은 낙서에 흥미를 잃은 네오나치 놈들이 더 흉악한 짓을 벌이러 돌아왔다고 생각할 것이다. 교회를 잿더미로 만들어버리기 위해서.

상상만으로도……

잠깐. 이게 어떻게 된 거지?

교회 앞 게시판에 붙은 공지가 그의 눈에 확 들어왔다.

'예수와의 식사' 만찬 행사는 연기되었습니다. 다음 주 예배에 꼭 참석하셔서 솔리튜드크리크와 베이 뷰 센터 참사 피해자들을 위해 기도해주세요.

마치의 입에서 한숨이 터졌다. 충분히 예상 가능한 일이었는데. 대형 극장들도 예약 관객들에게 공연이 취소된 사실을 알리고 있겠지.

그는 이것이 캐트린 댄스가 취한 조치인지 궁금했다.

직접 지휘하진 않았을 거야. 하지만 어떻게든 관여는 했겠지.

아직은 이 지역을 떠날 수 없다. 그럼 이제 어쩐다? 그들보다 한발 앞서가야 해. 머리로 캐트린을 넘어서야 해. 이제 대형 공연장들은 물 건너갔어. 교회도 마찬가지고. 마침 날씨도 좋아졌으니 결혼식도 점점 야외에서 치르려고들 하겠지.

문을 닫지 않을 곳이 있을까?

영화관. 하지만 더 이상은 불가능했다. 저번에 그가 일을 그르친 후 대규모 시네플렉스들은 경찰과 경비를 배치해두었을 터였다.

그렇다면 어디로 가야 하지?

아, 잠깐. 좋은 생각이 있어. 호텔 경영진은 어떤 경우에도 문을 닫고 싶어하지 않을 거야. 특히 모두가 브런치나 이른 저녁을 즐기는 화창한 일요일 오후에는 더.

호텔이나 모텔……. 그래.

몇몇 구체적인 아이디어가 속속 떠오르기 시작했다.

됐어. 이 정도면 완벽해.

하지만 그에게는 먼저 처리할 일이 있었다. 베이 뷰 참사 직후 부득이하게 오렌지 카운티에 다녀오느라 미처 마무리 짓지 못한 일.

추적자들을 막는 것.

엄밀히 따지면 단 한 명singular의 추적자였다.

그는 얼굴에 미소를 머금었다. 그래, 진정으로 뛰어난singular 여자.

간밤에 황홀한 꿈에서 보았던 캐트린 댄스를 묘사하는 데 그보다 더 적절한 단어가 또 있을까?

57

캐트린 댄스 상황.

어쩌다 보니 존 볼링은 그렇게 부르게 되었다. 부정적으로 들리기는 하지만 의도한 바는 아니었다. 학계의 산물이자 컴퓨터가 밥벌이인 볼링은 지나치다 싶을 만큼 분석적인 사람이었다.

칙칙한 잿빛 일요일, 그는 자전거를 타고 쇼핑의 메카인 카멀의 오션 가를 달리고 있었다. 학교 동료인 릴리는 사망한 스탠리 프레스콧과 킬러의 비밀번호를 깨기 위해 진땀을 빼고 있었다. 그녀의 작업이 끝날 때까지 그가 할 일은 없다. 그래서 그는 바람을 쐬러 나온 것이었다. 마침 밖에서 볼일도 있었고.

아름다운 동네 풍경은 그의 눈에 들어오지 않았다. 그는 캐트린 댄스 상황의 본질을 꼼꼼히 살피는 데만 집중했다.

그는 그녀를 사랑했다. 그것에는 의심의 여지가 없었다. 그녀를 볼 때마다 그는 두근거림을 느꼈다. 나란히 누웠을 때 그녀 머리에서 풍기는 향기가 좋았다. 그녀의 반짝이는 초록 눈과 쾌활한 웃음소리도. 그들은 모든 것을 공유했다. 부족한 부분도 주저 없이 솔직하게 털어놓았다. 그녀가 암담한 상황 속에서 힘겨워할 때 그는 그 고통을 함께 나누려 애썼다. 그녀가 쫓던 범인을 놓쳐 의기소침해 있으면 그는 그녀를 끌어안고 위로해주었다. 그녀는 어느 정도 위안을 얻는 듯했다. 사랑의 힘이었다.

그는 계속해서 내리막을 달려갔다. 여기서 고장 나면 안 돼. 그는 브레이크에게 당부했다. 위험천만한 바위들과 해변 앞 차량들까지 이어지는 길고 가파른 비탈이었다. 그는 교차로에 잠깐 멈춰 섰다가 다시 출발했다.

그리고 아이들. 그는 아이들 또한 사랑했다. 웨스와 매기⋯⋯. 그는 늘 아버지가 되고 싶었다. 하지만 그 꿈은 쉽게 이루어지지 않았다. 그 문제로 시달리진 않았지만, 어떻게든 빨리 소원을 이루고 싶었다. 볼링은 그 아이들의 친부가 아니지만, 그는 그들의 아버지 역할을 충실히 해왔다. 다행히 그런 그의 노력은 만족스러운 결과를 안겨주었다. 그가 캐트린을 처음 만났을 때 아이들은 이따금 침울하고 우울한 모습을 보이곤 했다. 웨스가 좀 더 심했지만 매기도 크게 다르지 않았다. 아버지를 잃은 지 얼마 되지 않았으니 그럴 만도 했다. 물론 요즘도 가끔 뚱하거나 반항적인 모습을 보일 때가 있었지만.

하지만 인생이 원래 그런 거 아닌가?

캐트린과는 열정적인 사랑을, 아이들과는 화목한 관계를⋯⋯. 만만찮은 이디 댄스마저도 그에게 호감을 보여주었다. 물론 스튜어트와는 금세 돈독한 관계로 발전했고.

하지만 거슬리는 게 딱 하나 있었다. 바로 캐트린 댄스 상황.

진지하게 생각해볼 때가 되었다고 그는 생각했다. 수식을 세우고, 수정하고, 해법을 찾자고.

존 볼링은 동작학에 대해 아는 게 거의 없었다. 하지만 긴장 상태를 꿰뚫어 보는 방법은 캐트린에게 확실히 배워두었다. 그게 가장 뚜렷할 때가 언제였더라? 그녀가 사건에 빠져 있을 때는 아니었다. 아이들이 아플 때도 아니었고. 정답은 그녀가 볼링, 그리고 마이클 오닐과 함께 있을 때였다.

존 볼링이 가장 유창하게 구사하는 언어, 컴퓨터 코드는 논리의 법칙에 따라 쓰인다. 매개 변수는 명확하며, 부적절한 글자는 단 하나도 허용되지 않는다. 그는 캐트린 댄스 상황도 프로그램으로 짜 보고 싶었다. 그것을 컴파일해보면 그가 찾던 답이 모니터에 떠오를 것이다.

⟨! DOCTYPE html⟩

⟨html⟩

⟨body⟩

⟨h1⟩The Kathryn Dance Situation⟨/h1⟩ 캐트린 댄스 상황

⟨p⟩Love her.⟨/p⟩ 그녀를 사랑함

⟨p⟩Love the children.⟨/p⟩ 아이들을 사랑함

⟨p⟩It works, many, many ways.⟨/p⟩ 이 같은 애정이 대부분 통함

존 볼링은 마이클 오닐이 꽤 마음에 들었다. 그는 속이 꽉 찬 좋은 사람이다. 신의 없는 아내와의 이혼 과정에서도 그는 아버지로서의 본분에 충실했다. 또한 캐트린으로부터 오닐이 얼마나 유능한 법집행관인지 귀가 따갑게 들어왔다. 하지만 볼링이 작성 중인 코드에는 또 다른 인자가 있었다.

\<p\>Michael O'Neil loves Kathryn.\</p\>
마이클 오닐이 캐트린을 사랑함

평평한 도로를 달려나가던 볼링이 멈춰 섰다. 그는 릴리가 컴퓨터와 휴대폰의 암호를 깨기 위해 애쓰고 있는 학교의 컴퓨터 공학부에 문자 메시지를 보냈다.

릴리는 탁월한 미모와 명석한 두뇌로 인기가 높았다.

아직 이렇다 할 성과가 없다는 답이 도착했지만 볼링은 그녀가 기어이 암호를 박살 내버릴 거라 믿었다. 그것이 키우는 고양이의 이름 더하기 무작위로 고른 숫자 다섯 개 더하기 여자친구의 브래지어 사이즈이든,《두 도시 이야기》의 첫 문장이든.

다시 캐트린 댄스 '상황'으로 돌아가자. 문제: 과연 캐트린도 마이클을 좋아하고 있을까?

그는 그녀의 말과 표정과 제스처를 분석하느라 많은 밤을 뒤척였다. 그 이면에 감춰진 의미를 파헤쳐보기 위해……. 그리고 거슬리는 특정 이미지와 표현들을 반복해서 곱씹어보기 위해. 반짝이는 그녀의 눈빛, 미소를 지을 때 살짝 올라가는 그녀의 입꼬리, 그리고 옅지만 매력적인 주름들.

\<p\>What are Kathryn's true feelings?\</p\>
캐트린 댄스의 진심은 무엇인가?

볼링은 전날 밤, 그녀와 오닐의 언쟁을 엿들었다. 격렬히 오고 간 노골적이고 낯선 말들. 집으로 들어온 그녀는 금세 긴장을 풀고 여유로워진 모습을 보였다. 볼링과 댄스는 함께 웃었고, 획기적인 메뉴로 재탄생한 칠면조 요리와 샐러드와 와인으로 허기를 달랬다. 오렌지 카운티에서 보낸 고된 하루와 마이클 오닐의 성난 말투는 그렇게 그녀의 기억에서 멀어져갔다.

⟨p⟩Do Kathryn and Jon have a future?⟨/p⟩
캐트린과 존이 함께하는 미래가 있을까?

그는 15킬로미터를 달려 도착한 가게 앞에 멈춰 섰다. 카멀의 대부분 상점과 집 들처럼 그곳 역시 예스러움과 고상함의 경계에 서 있었다. 바이에른 스타일의 스키 리조트를 연상시키는 외관. 이 지역에서는 흔히 볼 수 있는 풍경이었다. 문제는 다운타운에서 눈 구경을 하기가 하늘의 별 따기만큼이나 쉽지 않다는 사실이었다.

그는 아몬드 모양 헬멧을 벗어 핸들에 걸쳐놓고, 울타리에 자전거를 기대놓았다. 자물쇠는 굳이 채우지 않았다. 카멀 다운타운에서, 그것도 백주대낮에 자전거를 훔쳐갈 간 큰 도둑은 세상에 없다. 그것은 버클리에서 총기를 자랑하는 것이나 마찬가지였다.

존 볼링은 '바이 더 시By the Sea' 보석 가게에 대해 꼼꼼하게 조사했다. 그는 원하는 진열창을 향해 천천히 나아갔다. 쇼윈도 안의 아름다운 골동품 약혼반지와 결혼반지 들이 그의 시선을 끌었다. 볼링은 문을 열고 안으로 들어갔다. 문에 달린 작은 벨이 딸랑거렸다. 보석 가게와 전혀 어울리지 않는 소리였지만 한편으로는 완벽하게 어울리는 것 같았다.

오 분 후, 그는 가게를 나왔다.

⟨p⟩Do Kathryn and Jon have a future?⟨/p⟩

볼링은 '바이 더 시' 쇼핑백을 열고 안에 담긴 상자를 들여다보았다. 됐어. 그는 그것을 꺼내 재킷 주머니에 집어넣었다. 그의 얼굴에 환한 미소가 번졌다.

그는 헬멧을 썼다. 그녀의 집으로 돌아갈 시간이다.

경로는 여럿 있었다. 거리로 따지면 오션 가를 통하는 것이 가장 빠를 것이다. 하지만 가파른 오르막길은 강철 같은 허벅지로 무장한 스무 살 청년이 아니고는 쉽게 도전할 수 없는 코스였다. 다른 길은 해변으로 내려가서 세븐틴 마일 드라이브를 따라 퍼시픽그로브로 돌아가는 긴 경로였다.

경치도 좋고 힘도 덜 들고.

손목시계를 들여다보았다. 이 길로 가면 삼십 분 정도 걸릴 것이다. 그는 자전거를 돌려 가파른 비탈을 내려가기 시작했다. 엷은 안개에 덮인 바다와 해변과 바위들이 눈앞에 펼쳐졌다.

경치가 기가 막힌데.

그는 뒤 브레이크를 조금씩 잡아가며 계속 페달을 밟았다. 가파른 내리막이라 앞 브레이크를 급하게 잡았다가는 고꾸라질 수도 있다. 문제는 뒤 브레이크의 반응 속도가 느려졌다는 사실이다. 잡을 때마다 자전거가 덜덜 떨리기까지 했다. 불과 몇 분 전까지만 해도 없던 현상이다. 그는 생각했다. 아스팔트가 고르지 않아서일 거야. 아니면 그렇게 상상하고 있든지. 확 트인 구간에 접어든 그는 잡고 있던 브레이크를 살며시 풀었다. 속도가 점점 빨라졌다. 바람은 그의 얼굴을 기분 좋게 간질이고, 헬멧을 스치며 듣기 좋은 윙윙 소리를 냈다. 그는 주머니 속 작은 상자를 떠올렸다.

〈p〉The Kathryn Dance Situation has been resolved.〈/p〉

캐트린 댄스 상황 해결

〈/body〉

〈/html〉

58

온화한 일요일 오후, 댄스와 그녀의 아버지는 덱에 나와 있었다. 하늘은 모처럼 잿빛을 띠었지만 안개는 없었다. 토박이들은 그 차이를 알았다. 반도의 하늘은 당장이라도 비를 뿌릴 듯 흐렸다가도 언제 그랬냐는 듯 개기 일쑤였다. 그 때문에 해가 갈수록 가뭄은 점점 더 심해져갔다. 솔리튜드크리크 강도 한때는 수심이 3미터에 육박했다. 하지만 지금은 그것의 4분의 1에도 미치지 못했다. 어떤 구간은 그보다도 얕았다.

그녀는 개울 기슭 주차장 뒤편의 쓰러져가는 건물들과 갈대와 높이 자란 풀들을 떠올렸다.

아넷. 흐느껴 울던 목격자.

트리시. 어머니를 잃은 아이.

클럽의 시체들, 흥건한 피, 하트 모양의 혈흔.

꽤 실력파였답니다…….

솔리튜드크리크. 광활하게 펼쳐진 회색 물. 그리고 그것에 접해 있는 갈대와 풀.

순간 그녀의 뇌리를 스치는 생각이 있었다. "잠깐만요." 그녀가 스튜어트에게 말했다.

"그래."

그녀는 휴대폰을 꺼내 레이 카레네오에게 문자 메시지로 새로운 과제를 내려주었다.

그는 풀 먹여 다린 자신의 셔츠만큼 건조한 답신을 보내왔다.

네, 캐트린. 지금 시작할게요.

그녀는 휴대폰을 집어넣었다.

"브런치는 언제 먹을 거예요?" 매기가 문밖으로 고개를 불쑥 내밀고 물었다.

"존이 곧 도착할 거야." 그녀는 타이멕스 손목시계를 들여다보았다. 십 분이나 늦고도 연락이 없다니, 그답지 않았다.

"알았어요." 아이가 문 뒤로 사라졌다.

그녀의 휴대폰이 나지막이 울렸다.

존인가? 하지만 아니었다.

"티제이."

그와 MCSO 보안관보 몇 명은 공연이나 대규모 행사가 예정된 장소에 일일이 연락해 행사를 취소하라고 요청하고 있었다.

"큰 곳들은 다 챙겼습니다. 콘서트, 교회 행사, 연극, 스포츠 경기…… 3월의 광란*이었다면 아마 폭동이 났을 겁니다. 아무튼 줄지에 저는 반도에서 가장 나쁜 사람이 돼버렸습니다. 상공회의소와

---

* 전미 대학 경기 협회의 농구 경기가 열리는 시기.

결혼식 피로연장 관계자들이 이를 갈고 있어요. 로버트슨 가족*도 앞으론 절 초대하지 않을 것 같아요."

댄스는 고맙다고 말하고 전화를 끊었다.

스튜어트가 물었다. "별일 없는 거지?"

그녀가 어깨를 으쓱였다. "사람들의 일요일을 망쳐놓고 있는 중이죠."

"그래서 매기가 오늘 밤 노래를 부르지 않을 거라고?"

"네. 하기 싫대요. 계속 설득해보려고 했는데……." 그녀는 또다시 어깨를 으쓱였다.

스튜어트가 미소를 지었다. "가끔은 그렇게 놓아줘야let it go 할 때가 있단다." 그가 손녀가 부르기로 했던 노래 제목을 이용해 재치있게 말했다. 댄스는 웃음을 터뜨리며 그 구절이 지난 며칠간 자신의 테마였음을 되새겼다.

"브런치는 언제 먹어요?" 이번에는 웨스가 문간에 나와 물었다.

댄스의 시선이 휴대폰으로 떨어졌다. 볼링에게서는 아직도 연락이 없었다. "천천히 준비를 시작해야겠어요."

댄스와 스튜어트는 주방으로 들어갔다. 그녀는 커피머신을 작동하고 냉장고 안을 뒤졌다.

그녀가 아들을 돌아보았다.

"식탁에서 문자 보내는 건 안 돼."

"아직 음식도 없잖아요."

댄스가 웨스를 노려보았다. 아이는 그제야 휴대폰을 뒷주머니에 쑤셔 넣었다.

* 리얼리티 시트콤 〈덕 다이너스티〉에 등장하는 가족.

"브런치로 뭘 먹을래?"

매기가 대답했다. "와프……."

"……케이크." 웨스가 불쑥 끼어들었다.

"와프케이크."

매기가 오렌지 주스를 홀짝이다가 대뜸 "결혼은 언제 할 거예요?" 하고 물었다. 임신한 딸에게 아버지가 묻듯이.

스튜어트가 피식 웃었다.

댄스는 동작을 멈췄다. "결혼 생각을 하기엔 엄마가 요즘 너무 바빠."

"핑계, 핑계, 핑계…… 존 아저씨랑 결혼할 거예요, 아니면 마이클 아저씨랑 할 거예요?"

"뭐라고? 매기!"

그때 전화벨이 울렸다. 가장 가까이에 앉은 웨스가 달려가 받았다. "여보세요?"

자기 이름을 대거나 "댄스의 집입니다"라고 응답하는 건 위험했다. 법집행관들은 어린아이들에게까지 보안 교육을 철저히 시켰다.

"그래." 웨스가 동생을 돌아보았다. "네 전화야. 베타니."

전화기를 건네받은 매기가 잠시 머뭇거리다가 구석으로 이동했다. 댄스는 다시 휴대폰을 들여다보았다. 존은 아직도 무소식이었다. 그녀가 전화를 걸자 곧장 음성 사서함으로 연결되었다.

"나예요. 지금 오는 중이에요? 그냥 확인차 걸어봤어요."

댄스는 전화를 끊고 통화 중인 딸을 바라보았다. 베타니 마이어, 미래의 국무부 장관. 조숙하고 예의 바른 열한 살 소녀는 또래들과 확실히 다른 구석이 있었다. 그 나이 소녀라면 주로 청바지나 반바지에 티셔츠를 입는 게 정상 아닌가? 하지만 베타니는 마치 영화

오디션을 보러 가는 사람처럼 늘 말쑥하게 차려입고 다녔다. 아무리 부유하다 해도 어린아이에게 그토록 돈을 쏟아붓는 건 좋아 보이지 않았다. 나이에 걸맞지 않는 화장은 또 어떻고? 댄스는 도무지 이해가 되지 않았다.

그녀는 매기의 몸짓언어가 갑자기 바뀐 사실에 주목했다. 아이는 어깨를 들썩이고 고개를 푹 숙였다. 한쪽 무릎을 살짝 내밀었다. 투쟁 혹은 도피*를 선택해야 하는 상황에 놓였다는 잠재의식적, 그리고 육체적 신호였다. 아이는 무언가 나쁜 소식을 전해 들은 것이 분명했다. 매기는 친구와 몇 마디 더 나눈 후 전화를 끊었다. 마침내 아이가 식탁으로 돌아왔다.

"매기, 무슨 문제라도 생겼니?"

"아무것도 아니에요." 예민한 태도.

댄스가 날카로운 눈빛으로 딸을 보았다.

"정말 아무 일도 없다니까요."

"베타니가 뭐라고 했지?"

"아무 말도 안 했어요. 그냥 뭐 이런저런 얘기였어요."

"정말?"

"네."

댄스가 다시 엄한 표정을 지어 보였지만 매기는 못 본 척 무시해 버렸다. 결국 그녀는 요리에 필요한 재료들을 챙기기 시작했다.

"블루베리?"

매기는 대답이 없었고, 댄스는 다시 물어보았다.

* 투쟁-도피 반응. 긴장되는 상황이 발생했을 때 우리의 뇌는 맞서 싸울 것인지 도망갈 것인지 선택하는데, 그 과정에서 자율신경계를 구성하는 교감신경과 부교감신경이 영향받아 나타내는 일종의 스트레스 반응.

"네, 좋아요."

댄스는 우회 전략을 써보기로 했다. "콘서트 기대되지 않니? 닐 하트먼?"

제2의 밥 딜런…….

가수 겸 작곡가인 케일리 타운이 댄스와 아이들을 위해 보내온 티켓들.

"기대돼요." 매기가 무성의하게 대답했다.

댄스의 시선이 웨스 쪽을 향했다. 아이는 몰래 꺼낸 휴대폰을 들여다보고 있었다. 웨스는 잽싸게 다시 휴대폰을 집어넣었다. "네, 네…… 저도 빨리 보고 싶어요." 동생보다는 의욕적이었지만 표정은 더 산란해 보였다.

댄스는 공연을 앞두고 무척 들뜬 상태였다. 그녀는 패스파인더의 글러브 박스 안에 잘 모셔둔 티켓을 꺼내 좌석을 확인해보자고 마음먹었다.

오 초 후, 그녀의 아들이 말했다. "엄마?"

"응. 얘기해."

아이가 장난스레 얼굴을 찌푸렸다. "도니에게 가봐도 돼요?"

"브런치는 어쩌고?"

"스타벅스에서 사 먹으면 돼요. 제발, 제발?" 아이가 애써 발랄하게 말했다. 잠시 고민하던 그녀가 지갑에서 10달러를 꺼내 아들에게 건넸다.

"고맙습니다."

"저도 가면 안 돼요?" 매기가 물었다.

"안 돼." 웨스가 말했다.

"엄마!"

"매기, 할아버지는 너랑 같이 브런치 먹고 싶은데."

매기가 못마땅한 표정으로 오빠를 노려보았다. "알았어요, 할아버지."

"다녀올게요, 엄마." 웨스가 말했다.

"잠깐!"

멈춰 선 아이가 불안한 얼굴로 어머니를 돌아보았다.

"헬멧 쓰는 거 잊지 마." 그녀가 말했다.

"오." 아이가 헬멧을 응시했다. "그냥 걸어서 갈 거예요. 펑크 난 바퀴가 아직 그대로거든요."

"다운타운까지 걸어가겠다고?"

"네."

"좋아."

"다녀올게요, 할아버지."

스튜어트가 말했다. "에스프레소 더블 샷은 절대 시키지 마라. 저번에 그거 마시고 어떻게 됐는지 기억하지?"

댄스는 그 일에 대해 아직 듣지 못했다. 솔직히 어떤 일이 있었는지 알고 싶지도 않았다.

현관문이 닫혔다. 댄스는 볼링에게 전화를 걸려다 말고 매기의 침울한 얼굴을 보았다.

"오빠들이랑 놀면 재미없잖아."

"알아요."

댄스가 딸에게 농담을 던지려 할 때 그녀의 휴대폰이 다시 울렸다. 그녀는 곧바로 전화를 받았다. "마이클."

"잘 들어요. 솔리튜드크리크 범인을 찾은 것 같아요. 퍼시픽그로브의 순찰 경관이 델몬트뷰 호텔에서 은색 혼다 어코드를 발견했답니다."

댄스도 아는 곳이었다. 그녀의 집에서 얼마 떨어지지 않은 크고 호화로운 호텔이었다.

"차는 건물 뒤편에 세워져 있습니다. 운전자는 키가 크고 선글라스를 꼈답니다. 모자도 썼는데 머리는 삭발한 것 같다더군요. 작업복 재킷을 걸쳤고요. 지금 호텔 안에 있답니다."

"차 번호판은요?"

"델라웨어. 번호를 조회해보니 유령회사 몇 곳에 등록되어 있다고 나오더군요. 그중엔 외국 회사도 하나 있었습니다."

"정말요? 이상한데요."

"팀을 호텔로 보냈습니다. 은밀히 접근하라고 당부해뒀어요."

"그 호텔에 가봤어요? 거기엔 주차장이 두 곳 있어요. 그들에게 아래쪽 주차장에서 기다리라고 해요. 호텔에서 잘 안 보이는 곳이거든요."

"이미 그렇게 지시했습니다."

"십 분 안에 갈게요, 마이클. 지금 출발할게요."

그녀가 아버지와 딸을 돌아보았다. 스튜어트는 어느새 자리에서 일어나 베이킹 믹스 상자 뒷면에 소개된 조리법을 읽고 있었다.

댄스는 웃음을 터뜨렸다. 그는 원자로에 전원을 넣으려 준비하는 엔지니어 만큼이나 진지한 모습이었다. "고마워요, 아빠. 사랑해요. 매기, 너도."

59

도니는 웨스를 만나러 스타벅스로 향하는 동안 그들의 우정에 대해 생각했다.

웨스는 네이선이나 랜이나 빈스나 피터와는 확실히 달랐다. 그는 그렇게 튀는 타입이 아니었다. 사고방식도 '방어와 대응 원정 서비스' 친구들과 함께하기에는 무리가 있었다. 그날 웨스는 휴대폰 볼륨도 꺼놓지 않았을뿐더러 도니가 경찰의 머리를 박살 내고 총을 빼앗으려 했을 때 그녀에게 위험을 알리기까지 했다. 네 휴대폰이었어? 미친 거 아니야? (물론 나중에는 오히려 잘된 일이 돼버렸지만.)

솔직히 백업 요원으로는 나쁘지 않았다. 망도 잘 봐주었고. 그 덕분에 도니가 큰 화를 면한 적이 몇 번 있었다. 교회에 낙서를 하거나 드럭스토어에서 시계를 훔칠 때 목격자가 생기지 않도록 관리하는 것은 그의 임무였다.

하지만 도니는 웨스가 한 단계 더 성장하도록 만드는 데는 실패했다.

도니는 진심으로 그러고 싶었다. 왜냐하면 웨스는 명백히 분노하고 방황하고 있었으니까. 웨스는 아버지가 죽었다는 사실에 분개했다. 도니가 자신의 아버지가 아직 살아 있다는 사실에 분개하듯이. 그런 분노는 사람을 쉽게 변화시킨다. 하지만 어떤 이유에서인지 웨스는 그 검은 기운에 휘둘리지 않았다.

비록 알고 지낸 지 한 달밖에 되지 않았지만 도니는 그가 마음만 먹는다면 얼마든지 변할 수 있다는 걸 알고 있었다. 도니는 이따금 학교 주변에서 눈에 띄던 열두 살 소년에게 별 관심을 보이지 않았다. 교회에 빠져 사는 놈인가? 아마도. 방과 후 과학교실에 다니나? 아마도. 다른 때였다면 도니는 웨스를 흠씬 두들겨 패주었을 것이다. (어쩌면 도니와 네이선이 함께 달려들어야 했을 수도 있다. 웨스의 작지 않은 체구 때문에.) 학교에는 그보다 쉬운 표적이 많았다.

도니는 처음으로 웨스와 대화했을 때를 떠올렸다. 언젠가 도니와 네이선은 아실로마 근처에서 초등학생 하나를 붙잡고 겁을 준 적이 있었다. 도니가 한창 재미를 보고 있을 때 어디선가 웨스가 나타났다. 그는 호기심에 찬 눈빛으로 도니를 내려다보았다.

웨스는 잠시 지켜보다가 자전거를 몰고 사라졌다. 겁에 질려 도망친 것이 아니라 대수롭지 않다는 듯 유유히 물러갔다.

다음 날, 도니는 웨스를 으슥한 구석으로 끌고 갔다.

"어제 뭘 봤지?"

"뭐 특별한 구경거리는 아니던데."

"헛소리하지 마."

다른 말은 생각나지 않았다.

"만약 어제 본 걸 여기저기 떠벌렸다가는 내 손에 죽을 줄 알아."

"떠벌릴 기회는 얼마든지 있었어. 하지만 난 아무 말도 안 했어. 그러니까 네가 경찰서에 안 가고 여기 있는 거지."

"닥쳐."

웨스는 천천히 돌아섰다. 전날에 자전거를 타고 유유히 사라졌던 것처럼.

너무나도 태연하게…….

그리고 이틀 후, 웨스는 복도에서 도니를 발견하고 달려와 〈히트맨〉이라는 게임을 선물했다. 사방을 누비고 다니며 닥치는 대로 사람들을 죽이는 게임이었다. 살인 명령이 떨어지면 어린 소녀라도 예외 없이 죽여야 한다.

"엄마가 집에서 못 하게 하셔. 재밌는 게임인데. 이거 가질래?"

그리고 일주일 후, 도니는 밖에 홀로 앉아 있는 웨스에게 다가가 말했다. "게임은 못 해봤어. 집에 엑스박스가 없거든. 하지만 〈콜 오브 듀티〉는 있어. 게임 가게에서 트레이드해온 거야. 빌려줄까?"

"엄마가 그런 게임 절대 못 하게 하셔. 너희 집에서 하면 모를까."

두 소년은 보름에 걸쳐 게임과 피자를 나누며 함께 놀았다. 어느 날, 웨스가 대뜸 말했다. "우리 아빠는 돌아가셨어."

이미 그 사실을 알고 있던 도니가 대꾸했다. "그래, 들었어. 거지 같은 일이야."

그렇게 또 일주일이 흘러갔다. 어느 날, 그들은 점심시간에 나란히 앉아 잡담을 나누었다. 도니가 불쑥 물었다. "너희 아빠 말이야, FBI셨다며? 살해당하신 거야?"

"사고였어."

"교통사고?"

"트럭."

웨스의 목소리는 작고 하얀 알약을 먹고 난 도니의 어머니만큼이나 차분했다.

"그 운전사를 잡아 족치고 싶지 않아?"

"당연하지. 하지만 무슨 수로 찾아? 여기 사는 사람도 아닌데."

"나는 누구라도 좋으니 제발 우리 아빠 좀 차로 들이받아줬으면 좋겠어. 너는 가끔 욱해서 깽판을 치고 싶을 때가 없어?"

"폭발할 때가 있지. 우리 엄마는 요즘 어떤 남자랑 사귀고 있어. 컴퓨터 전문가인데, 뭐 나쁜 사람 같진 않아. 해킹도 엄청 잘하고. 하지만 그건 아빠를 배신하는 거잖아. 그런데도 난 아무 말도 할 수 없어."

"그랬다간 엄청 두들겨 맞으니까?"

"폭발해버릴까 봐."

그들은 한동안 그렇게 붙어다녔다. 그리고 도니는 고민 끝에 웨스를 '방어와 대응 원정 서비스' 게임의 정식 멤버로 받아들이기로 결정했다. 그에게는 파트너가 필요했다. 빌어먹을 랜이 이사를 가버렸기 때문이었다.

하루 종일 게임만 붙잡고 살던 도니는 직접 게임을 하나 만들었다. 방어와 대응 원정 서비스. 하지만 그들은 그걸 줄여 DARES라고 불렀다. 무모한 용기dares.

도니와 웨스가 한 팀, 빈센트와 네이선이 또 다른 한 팀을 이루었다. 한 팀이 먼저 상대팀에게 무모한 도전을 제안한다. 무언가를 훔치라든지, 여학생 치마 속을 촬영하라든지, 선생님의 학습 계획안에 오줌을 갈기라든지. 도전에 성공하면 한 점을 얻는데 반드시 그 증거를 내놓아야 한다. 한 달 후 누적 점수가 높은 팀이 최종 승리를 거머쥔다. 그들은 그 내용을 보드게임처럼 기록했다. 그리고 외부인이 알아채지 못하도록 암호와 가명을 만들어 사용했다. 다스베이더와 울버린. 마치 《반지의 제왕》이나 《해리 포터》처럼.

웨스는 팀에 들어가기 전 잠시 갈등했다. 도니의 무리는 웨스와 잘 어울리지 않았다. 하지만 도니는 그가 자신들의 게임에 관심 있어한다는 걸 알고 있었다. 도전에 몇 번 뛰어들어 도니의 뒤를 지켜준 웨스는 실제로 게임에 조금씩 중독되었다. 아실로마에서 도니와 네이선이 찌질한 라틴계 아이를 두들겨 팼을 때도 그는 웃으며 지켜보았다.

하지만 완전히 우리 편이 될 수 있을까? 도니 베르소는 다시 궁금해졌다. 시간이 알려주겠지. 엄마가 늘 얘기하듯이.

도니는 스타벅스로 들어가 커피를 주문한 후 누군가와 문자 메시지를 나누고 있는 웨스의 옆자리에 앉았다. 웨스는 고개를 끄덕이며 휴대폰을 집어넣었다.

"왔냐?"

두 소년은 주먹을 부딪쳐 인사를 나누었다.

그들은 십 분에 걸쳐 나지막이 의견을 교환했다. 어떻게 골드 어쩌고 하는 놈의 차고에 잠입해 자전거를 되찾을지. 웨스는 아무래도 네이선과 빈센트에게 도움을 요청하는 편이 낫겠다고 말했다.

도니도 같은 생각이었다.

몇 분 후, 웨스가 말했다. "케리와 게일이 포스터스에 올 거라던데, 우리도 가볼까?"

"티프도 걔들이랑 같이 있대?"

"몰라. 케리와 게일 얘기만 들었어."

"좋아. 가보자."

밖으로 나온 그들은 북쪽으로 걷기 시작했다. 포스터스는 오래된 백화점의 1층을 개조해 만든 레스토랑이었다.

한 블록쯤 지났을 때 도니가 갑자기 웃음을 터뜨리며 웨스의 팔을 쳤다. "저기 좀 봐."

얼간이 라시브였다. 얼마 전 댄스 아줌마가 언급했던 바로 그 아이. 6주 전, 도니와 그의 DARES 친구들은 라시브를 흠씬 두들겨 패주었었다. 도니조차도 자신이 왜 그랬는지 몰랐다. 라시브가 미국 시민이 아니어서? 시리아인지 인도인지 모를 그의 고향으로 돌려보내기 위해서? 아무튼 그들은 그를 신나게 두들겨주었다. 바지를 벗기고, 그의 책가방도 러버스 포인트 공원의 바닷물에 냅다 던져버렸다. 단지 심심하다는 이유로.

바로 그 라시브가 그들 앞에 나타난 것이었다.

라시브는 겁에 질린 눈으로 눈앞에 다가온 도니와 웨스를 쳐다보았다. 그들은 퍼시픽그로브에서 가장 붐비는 상가인 라이트하우스에 들어서 있었다. 지나는 사람이 많아 조금도 겁낼 필요가 없었지만 라시브는 마음이 놓이지 않는 모양이었다.

"이봐, 찌질이." 도니가 말했다.

키 작고 빼빼 마른 라시브가 고개를 끄덕였다.

"잘 지냈어, 찌질이?"

그가 어깨를 으쓱였다. "그냥 뭐." 그의 시선이 도망칠 구멍을 찾아 분주히 움직였다. 마치 도니가 붐비는 거리 한복판에서 자신에게 달려들 거라 믿듯이.

웨스는 멍한 표정으로 그를 쳐다볼 뿐이었다.

"안녕, 웨스."

울버린은 아무 반응도 보이지 않았다.

라시브가 말했다. "오랜만이네. 전화를 몇 번 걸었었는데."

"바빴어."

도니가 말했다. "너도 바빴어, 라시브?" 다정하게 들리면서도 또

한편으로는 섬뜩하게 들리는 질문이었다.

"뭐 그냥. 학교 때문에."

"그거 뭐야?" 웨스가 눈을 가늘게 뜨고 친구의 손에 쥐어진 책을 내려다보았다.

"만화책이야."

"이리 줘봐."

"내가 지금……."

웨스는 그의 손에서 책을 낚아채 들었다.

"제발 이러지 마!"

깜짝 놀란 웨스가 눈을 깜빡였다. 그가 말했다. "일본판《데스 노트》잖아. 오바 쓰구미의 사인도 있고."

정말? 도니는 생각했다. 맙소사. 세계 최고의 만화책에 작가 사인까지 돼 있다고?

도니가 말했다. "난 네가《세일러 문》을 보면서 딸딸이나 칠 줄 알았는데."

《데스 노트》는 이름과 얼굴만 알면 누구든 죽일 수 있는 노트와 그것의 주인인 고등학생의 이야기였다. 세상 그 어떤 만화와 애니메이션보다도 재밌고 화끈한 작품.

웨스는 만화책을 몇 장 넘겨보았다. "이것 좀 빌릴게."

"잠깐!" 라시브가 휘둥그레진 눈으로 말했다.

"읽기만 하고 돌려준다니까."

"안 돼. 그냥 가질 거잖아. 다 읽고도 안 돌려줄 거잖아. 부모님이 일본에서 사오신 거란 말이야!" 라시브가 손을 뻗어 웨스의 팔뚝을 움켜잡았다. "안 돼! 돌려줘!"

웨스가 홱 돌아서서 그를 노려보았다. 도니의 등골이 오싹할 만

432

큼 섬뜩한 눈빛이었다. "이 손 치워. 안 그랬다간," 그가 턱으로 도니를 가리켰다. "우리가 씨발 피곤죽을 만들어줄 테니까."

라시브가 뻗은 손을 거둬들였다. 그리고 커피를 홀짝이며 멀어지는 도니와 웨스를 비탄에 젖은 눈으로 무기력하게 바라보았다.

우리가 씨발 피곤죽을 만들어줄 테니까. 도니는 그 말을 듣는 순간 깨달았다. 웨스가 자신들과 같은 부류라는 것을.

60

캐트린 댄스의 패스파인더는 언덕 많은 68번 고속도로를 달렸다.

패스파인더는 이런 도로에 적합한 차가 아니었다. 댄스의 운전 실력도 노련한 편은 못 되었고. 캐트린 댄스에게는 남다른 재능이 많았지만 운전만큼은 예외였다.

"지금 어디예요, 마이클?"

"이십 분 남았어요. 거기 순찰차가 도착해 있을 거예요. 마침 고속도로 순찰대가 근처에 있었나 봐요."

"난 삼 분 후에 도착해요."

요란하게 경적을 울리며 미끄러지는 차들. 대형 닛산 SUV가 중앙선을 조금 벗어났다고 난리를 쳤다. 계기판에 붙은 파란 경광등이 안 보이나?

그녀는 휴대폰을 조수석에 휙 던져놓았다. 이러다 큰일 나겠어.

몇 분 후, 패스파인더는 호텔의 지하 주차장으로 들어섰다. 한쪽에는 샤프한 제복 차림의 고속도로 순찰대원과 그녀가 잘 아는 퍼시픽그로브 경관이 나란히 서 있었다.

434

"찰리."

"캐트린."

"댄스 요원님." 순찰 대원이 말했다. "연락을 받고 왔습니다. 놈이 솔리튜드크리크 사건 용의자라고요?"

"그런 것 같아요. 지금 어디 있죠?"

찰리가 말했다. "차를 세워두고 안으로 들어갔습니다. 경찰이 지켜보고 있다는 걸 모르는 듯하더군요."

"차는 어디 있고요?"

"따라오시죠."

그들은 소나무와 선인장으로 꾸며진 정원을 가로질러나갔다. 잠시 후, 그들은 커다란 덤불 뒤에 멈춰 섰다.

큰 호텔의 하역장 근처에 은색 혼다 한 대가 세워져 있었다. 돌과 유리로 된 건물은 이백여 개의 방으로 이루어져 있었다. 안쪽에 있는 고급 레스토랑은 일요일마다 브런치 손님들로 넘쳐났다. 댄스와 세상을 떠난 그녀의 남편, 빌은 몇 번 이곳에서 로맨틱한 버스먼스 홀리데이*를 보냈다. 아이들은 부모님이 맡아 봐주었고.

순찰차 두 대가 더 도착했다. 안에서 MCSO 보안관보 세 명이 조용히 내렸다. 댄스는 손짓해 그들을 불렀다. 이내 또 다른 차 한 대가 나타났다. 오닐이었다. 차에서 내린 그가 좁은 길을 따라서 달려왔다.

"저기 차가 있어요." 댄스가 손으로 가리켰다.

오닐이 그녀를 흘끔 보다가 남자들에게 말했다. "아마 치명적인 무기는 없을 겁니다. 기껏해야 소이탄이나 섬광탄 정도일 거예요.

* busman's holiday, 일을 하면서 보내는 휴일.

435

그는 직접 손에 피를 묻히지 않습니다. 혼란을 일으켜 사람들이 서로 죽이고 죽어가게 만들죠. 하지만 명심해요. 베이 뷰에서는 무장한 채 나타났습니다. 9밀리미터 구경. 탄약도 많았고요."

경관들이 일제히 고개를 끄덕였다. 한 명은 방탄조끼를 확인했고, 또 한 명은 무의식적으로 허리에 찬 글록을 만지작거렸다.

그들은 덤불을 돌아 나와 호텔로 향했다.

바로 그때 나지막한 소음과 함께 혼다에서 불꽃이 튀었다. 차는 불과 몇 초 만에 화염에 휩싸였다. 범인이 트렁크 안에 폭발물을 설치해둔 것이다. 연료 탱크 바로 위에. 댄스는 범인이 불을 키우기 위해 탱크에 드릴로 구멍을 뚫어놓았을 거라 짐작했다.

댄스는 연기가 환기 장치로 빨려 들어가고 있다는 사실을 깨달았다. 솔리튜드크리크 참사 때처럼.

"호텔 비상구를 열어요! 놈이 비상구를 막았을 거예요! 당장 가서 열어놔요! 전부 다!"

61

늘 이런 식이지. 잡역부는 생각했다.

평소 몬터레이베이 병원의 엘리베이터 두 대는 좀처럼 고장 나는 법이 없었다. 하지만 어찌 된 일인지 진통을 시작한 임신부가 다가온 순간 1번 엘리베이터는 기다렸다는 듯 운행을 멈춰버렸다.

"너무 걱정 말아요." 올해 서른다섯 살이 된 의사가 말했다. 그가 곱실거리는 앞머리에 가려진 다정다감한 얼굴로 임신부를 바라보았다.

"아, 아……. 고마워요. 지금 남편이 오고 있는 중이에요." 헉. "이런, 맙소사."

오전 5시에 근무를 시작한 잡역부는 이미 녹초가 돼 있었다. 일요일은 모두에게 휴일이었지만 병원 직원들은 사정이 달랐다. 그는 휠체어를 문 앞으로 조금 더 밀었다. 엘리베이터 앞에는 여덟아홉 명의 방문객과 의사가 문이 열리기를 기다리고 있었다. 그는 정원 초과로 엘리베이터에 오르지 못하는 불상사는 없을 거라 확신했다. 출산이 임박한 건 저 사람들이 아니니까.

이십 대 후반으로 보이는 금발 여자는 땀을 비 오듯 쏟고 있었다. 잡역부는 그녀 손가락에 끼워진 결혼반지를 흐뭇하게 내려다보았다. 그는 꽤 보수적인 사람이었다.

그녀가 통증에 얼굴을 찌푸렸다.

빨리 내려와. 그가 엘리베이터에 대고 속으로 외쳤다. 시선이 층을 표시하는 숫자에서 떨어지지 않았다. 2층.

빨리 오라고.

"지금 어디 계시죠? 남편분 말이에요." 그녀의 정신을 딴 데로 돌리기 위해 그가 말을 걸었다.

"낚시요."

"무슨 고기 잡으려요?"

"아, 아, 아…… 연어."

그럼 낚싯배에 발이 묶여 있겠군. 최소한 네 시간은 걸릴 텐데. 대체 정신이 있는 사람인가? 부인은 당장이라도 아이를 낳을 것 같은데.

그녀가 고개를 들었다. "2주나 빨리 신호가 왔어요."

그렇다면 남편 탓을 할 수 없겠군. 잡역부가 미소를 되찾았다. "내 아들은 예정일보다 2주 늦게 나왔어요. 남자애들은 제때 나오는 법이 없더라고요."

"딸이에요." 그녀가 턱으로 불룩 튀어나온 배를 가리켰다. 그녀의 숨이 또다시 턱 막혔다.

그때 엘리베이터 문이 열리고 사람들이 우르르 쏟아져 나왔다.

"서커스에 나오는 차 같네요. 광대들이 모는 우스꽝스러운 차."

진통 중인 여자는 웃지 않았다. 그래도 상관없었다. 간호사와 노부부에게 웃음을 선사했으니까. 노부부의 손에는 '아들이다!!!'라고 쓰인 풍선이 들려 있었다.

엘리베이터가 텅 비자 예상대로 의사가 가장 먼저 들어갔다. 잡역부는 엄밀히 따지면 두 사람이 앉아 있는 휠체어를 밀고 들어가 문 쪽으로 돌아섰다. 나머지 승객들도 속속 자리를 잡았다. 모든 병원이 그렇듯 이곳 엘리베이터들도 꽤 널찍했다. 바퀴 달린 병상을 위아래로 실어 나르려면 그럴 수밖에 없었다. 엘리베이터는 금세 승객들로 꽉 차버렸다. 순서를 양보하는 사람도 몇몇 있었다. 결국 열네 명이 최종적으로 엘리베이터에 올랐다. 잡역부는 한계 중량을 확인했다. 저런 게 무슨 소용 있나? 어차피 중량이 초과되면 경고음이 울릴 텐데. 당연히 그런 안전장치가 돼 있겠지.

부디 그러기를 바랐다.

승객들로 꽉 찬 엘리베이터 안은 숨 막힐 듯 답답했다. 후텁지근하기도 했고.

"아, 아, 으악……."

"조금만 더 참아요. 삼 분 후면 도착해요. 의료진이 위에서 대기 중이에요."

"고마워…… 으악!"

마침내 문이 닫혔다. 그녀는 오른쪽 끝에 앉아 있었고, 벽을 등진 잡역부는 그 뒤에 서 있었다. 그에게는 폐소공포증이 있었다. 하지만 등 뒤에 아무도 없다는 사실이 조금이나마 위안을 주었다.

회사원으로 보이는 남자가 주위를 둘러보며 인상을 찌푸렸다. "젠장, 너무 후텁지근한데요. 아, 미안해요."

임신부를 향한 사과인 듯했다. 태아가 듣고 충격을 받았을까 봐. 하지만 잡역부도 그 남자와 같은 생각을 하고 있었다. 간신히 잠재운 폐소공포증이 후끈한 열기 때문에 다시 깨어나고 있었다.

439

노부부는 손녀가 지은 갓 태어난 아이 이름을 두고 의견을 나누었다. 휴대폰 버튼 누르는 소리가 들렸다. 의사가 휴대폰을 다시 꺼내 들고 전화를 걸고 있었다.

"예약 확인 좀 하려고요."

어쩌고저쩌고.

레스토랑에 요청한 테이블이 남아 있지 않은지 의사는 씩씩대며 언짢아했다. 잡역부는 한숨을 쉬었다. 그의 휴대폰은 엘리베이터에서 절대 터지지 않았다. 의사들이 쓰는 건 무슨 슈퍼폰이라도 되는 모양이지?

엘리베이터가 2층에 멈춰 섰다.

세 명의 승객이 내리고 다섯 명이 탔다. 한 명은 할리 데이비드슨을 타는 바이커였다. 가죽 재킷, 부츠, 스타킹 캡. 그리고 체인들. 도대체 체인은 왜 저리 주렁주렁 걸고 다니는 거야? 두어 명이 그를 쏘아보며 한숨을 쉬었다. 마침내 문이 닫히고 엘리베이터가 다시 천천히 움직이기 시작했다. 승객들은 바이커의 우락부락한 외모보다도 그 산만 한 덩치가 더 거슬렸다. 움직일 공간은 남아 있지 않았다. 다음 것을 두고 굳이 이걸 탔어야 했나?

지옥이 따로 없었다.

젠장.

"아, 아, 으악……." 임신부가 신음했다.

"거의 다 왔어요." 잡역부가 말했다. 임신부만큼이나 스스로 위로가 필요했기 때문이었다.

하지만 별 효과는 없었다.

엘리베이터가 3층으로 오르는 동안 대화는 조금씩 잦아들었다. 의사는 계속해서 지배인을 바꿔달라며 짜증을 내고 있었다. "나야 모르죠. 그건 지배인이 알고 있지 않겠습니까? 그걸 확인하는 게 그렇게 힘듭니까?"

거의 다 왔어……

일 초가 한 시간처럼 느껴졌다.

하느님 맙소사. 왜 이리 더디게 움직이는 거지? 빨리 올라가서 문을 열어달라고!

하지만 문은 열리지 않았다. 아니, 엘리베이터는 3층에 도착하지도 못했다. 그냥 2층과 3층 사이 어딘가에 멈춰 있을 뿐이었다.

안 돼. 안 된다고. 제발. 그는 속으로 외쳤다. 하지만 자신도 모르는 새 기도나 애원이 불쑥 튀어나온 모양이었다. 몇몇 승객이 그를 돌아보았다. 어쩌면 땀으로 범벅된 그의 얼굴에 떠오른 표정 때문인지도 몰랐다.

"걱정 말아요. 곧 다시 움직일 겁니다." 의사가 휴대폰을 넣으며 잡역부에게 말했다.

휠체어에 앉은 임신부는 이마에 흥건한 땀을 훔쳐내고 젖은 머리를 귀 뒤로 넘긴 후 심호흡을 시작했다.

"아, 지금 나올 것 같아요. 아이가 나올 것 같다고요……"

62

수술복과 모자에 덧신까지 신은 안티오크 마치는 몬터레이베이 병원 꼭대기층 기계실을 나섰다. 그는 방금 전 전력을 끊어 동쪽 건물에서 운행 중이던 2번 엘리베이터를 세웠다. 이십 분 전, 그는 텅 빈 1번 엘리베이터에 같은 장난을 쳤다. 하염없이 기다리던 사람들은 결국 옆 엘리베이터로 몰렸고, 2번 엘리베이터는 금세 승객들로 가득 찼다. 끔찍한 운명이 기다리는 줄도 모르고.

모든 게 그의 예상대로 맞아떨어졌다. 그는 엘리베이터에 설치된 카메라를 통해 상황을 살피고 있었다. 그의 관심은 특히 임신부에게 집중되었다. 그녀는 고개를 젖힌 채 숨을 할딱거리고 있었다. 극심한 통증에 얼굴은 일그러져 있었다. 그녀를 돌보는 잡역부의 표정은 더욱 볼 만했다. 서서히 커져가는 패닉. 완벽했다.

마치는 그 안에 갇힌 기분이 어떨지 상상해보았다. 서로 다닥다닥 붙어 선 열 명 남짓의 승객들. 엘리베이터 안에서 빠르게 치솟는 공기 밀도와 열기. 전력 공급이 끊겨 에어컨도 작동하지 않았다.

그는 랩톱 컴퓨터를 닫고 사용한 도구들을 가방에 넣었다. 꼭대기층을 벗어난 그는 5층을 지나 지하로 내려갔다. 주어진 시간은 많지 않았다. 이제 곧 멈춰 선 엘리베이터를 수리하기 위해 기술자들이 나타날 것이다. 그들이 있는 살리나스에서 이곳까지는 이십 분 거리였다. 그들이 먼저 손봐야 할 것은 승객들로 가득 찬 2번 엘리베이터였다. 병원 관리팀도 꼭대기층 시스템 통제실로 올라가 무엇이 문제인지 살펴볼 것이다. 들어서자마자 파손된 1톤짜리 대형 기계가 보이겠지만, 그들은 섣불리 건드리지 않고 전문가들을 기다릴 것이다.

시간이 촉박했지만 준비를 철저히 해둔 그는 크게 걱정하지 않았다. 교회 프로젝트를 포기한 그에게 호텔은 매력적인 표적이었다. 제아무리 똑똑한 캐트린 댄스라 해도 그것까지는 예상하지 못할 거라 확신했다.

그래서 병원에 이웃한 호텔에서 일을 벌였다. 어차피 버려야 했던 혼다에 불을 지른 것이다. 경찰은 호텔을 표적으로 짐작하고 그곳에 수사력을 집중할 것이다. 그러는 동안 그는 호텔에서 4백 미터 떨어진 병원으로 유유히 이동했다.

당국은 병원이 테러의 표적이 될 거라고는 상상도 못 했을 것이다. 보안 요원을 추가로 배치할 생각은 말할 것도 없고. 환자와 방문객과 의사들은 늘 대형 건물 몇 채에 흩어져 있고 건물마다 비상구도 넉넉했다.

멋지고 매력적인 캐트린 댄스 요원은 누구보다 영리했다. 하지만 그녀도 병원 엘리베이터가 패닉 게임을 위한 완벽한 공간이 될 수 있음을 간과했을 것이다.

한 번에 두 계단씩 디뎌 지하층으로 내려온 그는 밖을 살펴보았다. 수술복 차림이었지만 가슴에 신분증을 달고 있지는 않았기에 긴장을 늦추지 않았다. 복도는 텅 빈 상태였다. 창고로 들어가 낮에 답사차 왔을 때 찾아둔 4리터들이 용기를 들었다.

디에틸 에테르.

에테르는 투명한 액체였다. 요즘은 용제와 세제로 쓰이지만 한때 는 마취제로 각광받던 물질이다. 세계 최초로 에테르를 마취제로 쓴 인물은 보스턴의 치과의사 윌리엄 T. G. 모튼이었다. 에테르는 권장 투여량과 치사량의 차이가 크지 않은 클로로포름에 비해 훨 씬 안전했다.

하지만 가끔 마취된 환자의 몸에 불이 붙는 단점도 있었다. 심할 때는 환자의 몸이 폭발하는 경우도 있었다. (그는 그 끔찍한 상황을 사 진으로 확인했다.) 에테르와 산소가 만나도 위험하지만 '웃음 가스' 로 잘 알려진 아산화질소와 결합하면 다이너마이트만큼이나 치명 적이었다.

그런 이유로 에테르는 마취제 대신 용제 등 다른 용도로 점점 많 이 쓰이게 됐다. 하지만 마치는 정찰 중 에테르를 발견하고 내심 쾌 재를 불렀다.

마치는 엘리베이터 기계실 문 앞으로 다가갔다. 문을 열고 승강 기 통로 바닥에 에테르를 조금 뿌렸다. 물론 숨을 참았다. (에테르는 매우 효율적인 마취제이기도 하다.)

그가 그 위로 성냥을 떨어뜨리자 폭발하듯 불이 붙었다. 에테르 가 좋은 또 다른 이유는 연기가 나지 않는다는 사실이었다. 연기가 없으니 자동 경보 장치가 작동할 염려가 없고, 그 덕분에 소방대원 들의 출동 시간을 지연시킬 수 있었다. 그러는 동안 승객들은 발밑 에서 올라오는 뜨거운 열기와 호텔 주차장에서 혼다가 뿜어내는 탄내를 통해 병원에 불이 났다고 믿을 것이다. 자기들은 산 채로 통

구이가 돼버릴 운명이라고 믿을 것이다.

의사로 변장한 마치는 고개를 살짝 숙인 채 자연스럽게 복도를 걸었다. 그리고 주차장으로 통하는 출구로 유유히 빠져나갔다.

그는 엘리베이터에 갇혀 있을 사람들을 상상해보았다. 그들은 어떠한 물리적 위험에도 처해 있지 않았다. 연기는 거의 나지 않았고, 차에 붙은 불은 십 분쯤 후에 저절로 꺼질 것이다. 비상 브레이크가 작동되지 않아 엘리베이터가 추락하는 일도 없을 것이다.

그들은 아무 걱정할 게 없었다.

패닉에 빠지지만 않는다면.

63

나가야 해. 어서 여길 빠져나가야 해.

제발, 제발, 제발, 제발, 제발.

공포에 사로잡힌 잡역부는 마비가 된 듯 몸을 움직일 수 없었다. 비상등이 켜진 덕분에 엘리베이터 안은 환했다. 다행히 엘리베이터가 추락하지는 않을 것 같았다. 하지만 승객들로 꽉 찬 좁은 공간에 갇혀 꼼짝도 할 수 없다는 사실이 마치 스멀거리는 촉수처럼 그의 목을 죄었다.

"도와주세요!" 나이 든 여자가 울부짖었다.

서너 명은 문을 세차게 두들기고 있었다. 그 소리는 제물을 바치는 의식에서 들을 법한 북소리를 연상시켰다.

"이 냄새 뭐죠?" 누군가가 소리쳤다. "연기 아닌가요?"

"맙소사. 불이 난 모양이에요."

순간 잡역부의 숨이 턱 막혔다. 여기 갇혀서 산 채로 타 죽을 거야. 그는 이 가능성을 객관적으로 따져보려 애썼다. 혹독한 열기 속에서 고통스럽게 죽는 것만으로도 끔찍한데 이토록 비좁은 공간에 갇혀 있다니.

그의 눈가가 촉촉해졌다. 그는 공포가 사람을 울게 만들 수 있다는 사실을 처음 알게 되었다.

"거기 누구 없어요?" 초록색 수술복 차림의 여성 간호사가 인터폰에 대고 소리쳤다. 스피커에서는 어떠한 안내방송도 흘러나오지 않았다.

"뜨거워요, 너무 뜨겁다고요!" 여자가 절규했다. "바로 밑에서 불길이 치솟고 있어요. 도와주세요!"

"숨을 못 쉬겠어요."

"빨리 여길 나가야 해요!"

임신부는 울고 있었다. "우리 아기, 우리 아기."

잡역부가 셔츠 단추를 거칠게 풀고 고개를 쳐들었다. 하지만 여전히 역하고 축축한 입김만이 폐로 스며들 뿐이었다.

구석에서는 한 여자가 속을 게워내는 중이었다.

"오, 빌어먹을. 내 옷에 토하면 어떡해요?" 사십 대로 보이는 남자가 빽 소리쳤다. 반바지와 티셔츠 차림의 그는 토사물로부터 벗어나려 뒷걸음질 쳐보았지만 이내 뒤에 버티고 선 남자에게 떠밀리고 말았다.

"이봐요, 지금 뭐 하는 겁니까?"

역한 토사물 냄새에 짜증이 난 잡역부가 소리쳤다.

바로 옆의 여자도 상태가 심각해 보였다. 당장이라도 속을 게워낼 태세였다.

승객들이 일제히 휴대폰을 꺼내 들었다.

"네, 911이죠? 엘리베이터에 갇혀 있는데 구조대가 안 와요."

"몬터레이 병원 엘리베이터 안에 갇혀 있다니까요. 건물 동쪽이에요. 숨을 쉴 수가 없어요."

누군가가 소리쳤다. "동시에 걸면 어떡해요? 다들 미쳤어요? 혼선이 되면 어쩌려고 그래요?"

"언제적 얘기예요? 고작 이 정도 갖고 혼선이……."

그때 엘리베이터 안에서 딴 세상 소리 같은 비명이 터져 나왔다. 바이커가 이성을 잃은 것이었다. 그는 바로 앞 노파의 어깨를 우악스럽게 움켜쥐고 괴성을 질러댔다.

잡역부는 나이 든 여자의 쇄골이 부러지는 소리를 똑똑히 들었다. 노파는 비명을 지르며 실신해버렸다. 바이커는 방금 자신의 눈앞에서 무슨 일이 벌어졌는지 모르는 듯했다. 그가 사람들의 어깨와 목과 머리를 헤집고 나아가 엘리베이터 문에 몸을 부딪기 시작했다. 금속판을 억지로 열려던 그는 손톱이 부러지자 외마디 비명을 지르며 훌쩍였다. 그의 얼굴에서 눈물과 땀이 부서진 파이프에서 새는 물처럼 쏟아졌다.

호리호리한 흑인 여성이 앞으로 성큼 걸어나가 그의 가죽 재킷을 움켜잡았다. 화려한 제복을 보니 자원봉사 중인 간호조무사인 듯했다. "아무 일 없을 거예요. 흥분하지 말아요."

육중한 남자의 입에서 또다시 비명이 터졌다.

그녀는 조금도 동요하지 않았다. "내 말 듣고 있어요? 아무 일 없을 거라고요. 천천히 심호흡을 해봐요."

수염으로 뒤덮인 바이커가 벌건 얼굴을 들이밀었다. 그의 두 손이 그녀의 목을 감싸 쥐었다. 당장이라도 목을 부러뜨릴 것처럼 험상궂은 표정으로 그녀를 노려보았다.

"심호흡해요." 그녀가 말했다.

그는 그녀가 시키는 대로 했다.

"괜찮아요. 모두 무사히 빠져나갈 수 있어요. 아직 아무 일도 없잖아요. 봐요. 다들 멀쩡하다고요. 스프링클러가 작동했을 거고, 소방대원들도 출동했을 거예요."

그녀의 말에 서너 명의 승객이 흥분을 가라앉혔다. 하지만 나머지 승객들의 패닉은 점점 더 커져갔다.

"대체 어디들 있는 거죠?"

"맙소사, 맙소사! 이러다 여기서 죽겠어요!"

"안 돼, 안 돼, 안 돼!"

"열기가 느껴져요. 뜨겁지 않아요?"

"바로 우리 발밑이에요. 점점 더 뜨거워지고 있어요!"

"안 돼, 제발! 누구라도 좀 도와줘요."

"그만들 해요!" 간호조무사가 차분하게 말했다. "다들 흥분을 가라앉혀요!"

몇몇 승객은 그녀의 주문에 따랐다. 하지만 나머지는 여전히 패닉에 빠져 허우적대고 있었다. 그들은 벽을 두드리며 괴성을 질러댔다. 문으로 접근하기 위해 다른 승객들의 머리와 옷을 인정사정없이 잡아 뜯었다. 사십 대로 보이는 한 여자가 바이커를 옆으로 밀쳐내고 문 사이에 손톱을 박아 넣었다. 그런 다음, 방금 남자가 그랬듯 문을 있는 힘껏 양옆으로 벌려보았다. "그러지 말라니까요." 간호조무사가 그녀를 문에서 떼어냈다.

한 남자가 인터폰에 대고 소리쳤다. "왜 응답이 없는 겁니까? 왜 응답하지 않는 거죠? 아무도 없는 거 아니에요?"

흐느낌, 절규.

급기야 누군가가 대변을 지렸다.

잡역부는 자신이 혀를 깨물고 있다는 사실을 깨달았다. 그의 입

안에서 피 맛이 감돌았다.

"벽 좀 만져봐요. 엄청 뜨거워요. 연기 냄새도 나요."

"이러다가 산 채로 타 죽겠어요!"

잡역부가 의사를 쳐다보았다. 그는 의식을 잃은 상태였다. 심장 마비인가? 그냥 실신한 건가?

"우리 말 들려요? 엘리베이터에 갇혀 있다고요." 인터폰은 여전히 무응답이었다.

"안 돼, 안 돼!"

다시 여기저기서 비명이 터져 나왔다.

"별로 뜨겁지 않아요!" 흥분을 가라앉힌 바이커가 소리쳤다. "가까운 데 불이 난 것 같진 않아요. 너무 걱정하지 말아요."

간호사가 말했다. "맞아요. 별일 없을 거예요."

그제야 패닉에 빠져 있던 승객들이 하나둘씩 이성을 되찾았다.

하지만 잡역부의 상태에는 변화가 없었다. 전혀 다른 차원의 패닉에 사로잡힌 그는 더 이상 살인적인 갑갑함을 견딜 수가 없었다. 그가 승객들을 등지고 서서 작게 속삭였다. "미안해." 아내와 아들에게 하는 말이었다.

어느새 패닉은 또 다른 무언가로 바뀌어 있었다. 입으로 파고든 뱀이 뱃속으로 스멀스멀 내려가는 기분이었다.

광란······.

그는 눈물을 흘리며 유니폼 주머니를 뜯어냈다. 그리고 그것을 작게 뭉쳐 입 안으로 쑤셔 넣었다. 천 뭉치는 이내 그의 기관을 막아버렸다.

죽여줘. 제발 날 죽여줘······. 빨리 이 공포로부터 벗어나고 싶단 말이야.

질식해 죽는 것도 끔찍했지만 폐소공포증에 비하면 아무것도 아니었다.

제발 날…… 날…….

그의 눈앞이 캄캄해졌다.

64

"내 말 들어요!" 캐트린 댄스가 소리쳤다. "좀 들으라고요!"

"지시받은 내용이 있어서요."

그녀는 병원의 동쪽 건물 3층에서 관리실 직원과 실랑이를 벌이고 있었다.

"당장 저 문을 열어야 해요."

"수사관님, 미안하지만 그럴 수 없어요. 엘리베이터 수리 기사를 기다려야 한다고요. 이건 보통 위험한 작업이 아닙니다. 하지만 추락할 염려는 없으니 걱정 말아요. 화재가 난 것도 아니고요. 불이 살짝 붙긴 했었는데 이미 꺼졌어요. 그리고……."

"이게 얼마나 심각한 상황인지 모르는 것 같군요. 안에 갇힌 사람들이 위험에 처해 있단 말입니다. 그들은 큰 화재가 났다고 믿고 있을 거예요."

그녀는 2번 엘리베이터 문 앞에 서 있었다. 안에서는 비명과 쿵쿵대는 소리가 희미하게 새어 나왔다.

"내겐 그럴 권한이 없습니다."

"빌어먹을!" 댄스가 그를 밀치고 들어가 공구 상자에서 긴 드라이버를 뽑아 들었다.

"이봐요, 그러면……."

"그냥 놔둬, 해리." 또 다른 직원이 말했다. "저 소리 안 들려?"

비명은 점점 커져만 갔다.

"젠장." 해리가 웅얼거렸다. "내가 해볼게요."

그가 드라이버를 제자리에 돌려놓은 다음, 가방에서 엘리베이터 열쇠를 꺼내 구멍에 꽂아 넣고 문을 양옆으로 힘껏 밀어냈다.

댄스는 바닥에 납작 엎드렸다. 역한 악취가 풍겼다. 토사물, 땀, 대변, 소변. 그녀의 눈이 가늘어졌다. 엘리베이터 CCTV 카메라에 붙은 보안등이 그녀의 얼굴을 환히 비추었다. 엘리베이터의 천장은 리놀륨 깔린 병원 바닥으로부터 45센티미터쯤 올라와 있었다. 놀랍게도 승객들은 차분해 보였다. 그들의 관심은 패닉에 빠진 임신부와 실신한 병원 유니폼 차림의 남자에게 집중돼 있었다. 누울 공간이 없어 꼿꼿이 서 있는 남자의 얼굴은 시퍼렇게 질려 있었다.

"불은 꺼졌어요! 안전하니까 염려 말아요!"

그들을 진정시키려면 어쩔 수 없다고 그녀는 생각했다. 누군가의 장난이었다고, 의도된 테러였다고 설명하는 건 어리석은 짓이야.

"죽어가고 있어요!" 누가 잡역부로 보이는 남자를 가리키며 소리쳤다. 참다 못한 한 남자가 갑자기 동료 승객을 밟고 위로 올라섰다. 불쑥 튀어 오른 그가 댄스의 옷깃을 움켜잡았다. 댄스의 머리가 엘리베이터의 금속 프레임에 끼이고 말았다. 그녀의 입에서 외마디 비명이 터졌다.

"이러면 안 돼요. 내 말 들어요!" 댄스가 소리쳤다.

하지만 그는 말을 들으려 하지 않았다.

"그만둬요!"

이제는 그녀까지 패닉에 빠지고 말았다. 그녀는 남자의 손을 세차게 내리쳤다. 하지만 소용이 없었다. 옆으로 돌아간 그녀의 머리가 안으로 들이밀어졌다. 역한 냄새에 정신이 아찔했다. 머리가 단단히 끼어버린 그녀는 미동도 할 수 없었다. 찢어진 입 안에서 피가 배어나고 있었다.

맙소사…….

방법은 이것뿐이야.

미안해요.

댄스가 고개를 뒤로 젖혀 남자의 엄지손가락을 힘껏 깨물었다. 피와 담배 맛이 입 안에 퍼졌다.

그의 비명은 임신부의 통곡 소리에 묻혀버렸다. 마침내 그가 그녀에게서 떨어졌다.

"전 의사입니다." 안색이 창백한 중년의 승객이 기운 빠진 목소리로 말했다. "당장 기관 절개술을 써야 이 사람을 살릴 수 있어요."

"저 사람!" 그녀가 잡역부를 가리키며 소리쳤다. "이쪽으로 올려줘요."

승객 몇 명이 남자의 옷깃과 허리를 움켜쥐고 위로 올려주었다. 마치 광란의 콘서트장을 보는 듯했다. 댄스는 응급실에서 달려온 두 의사에게 도와달라고 손짓했다. 그리고 그들과 함께 남자를 밖으로 끌어냈다.

"우리가 아래층으로 데려갈게요." 그들이 남자를 들것에 싣고 내달리기 시작했다.

잠시 후, 마이클 오닐이 헐레벌떡 달려왔다. "지하에 난 불은 완전히 꺼졌어요. 당신은 어때요?" 그녀의 얼굴을 쳐다보는 오닐의 미간이 찌푸려졌다.

"괜찮아요."

댄스는 다시 엘리베이터 안을 들여다보았다. 맙소사. 그녀가 어깨 너머로 소리쳤다. "언제쯤 엘리베이터를 끌어 올릴 수 있죠?"

"십오 분에서 이십 분 정도 걸릴 것 같습니다." 관리실 직원이 대답했다.

"좋아요. 그럼 가서 산부인과 의사를 불러줘요. 어서요!"

"내가 다녀올게요." 그녀 뒤에서 남자 간호사가 말했다.

댄스가 덧붙였다. "기왕이면 제일 마른 사람으로 데려와줘요."

65

"내가 그를 과소평가했어요. 빌어먹을…… 이렇게나 똑똑한 놈이었는데."

댄스의 입에서 평소 쓰지 않는 거친 표현이 불쑥 튀어나왔다.

그들은 병원 로비에서 엘리베이터 모터실과 지하의 승강기 통로 바닥을 살펴보고 있는 몬터레이 카운티 현장 감식반 대원들을 기다렸다.

혼다에 불이 붙은 후 그들은 호텔로 뛰어 들어갔었다. 댄스는 비상구 두 곳을 확인했다. 예상과 달리 문들은 막혀 있지 않았다. 순간 멈칫한 그녀는 뒤로 물러나 호텔 건물을 올려다보았다.

"아니야." 그녀는 중얼거렸다. 호텔은 단층 건물이었다. 언덕 위에 지어졌지만 경사는 가파르지 않았다. 탈출하려면 의자를 던져 창문을 부수면 그만이다. 유리 파편만 조심하면 문제 될 게 없었다.

숲으로 스며드는 연기를 지켜보던 그녀의 눈에 병원이 들어왔다.

그녀가 오닐에게 말했다. "호텔이 타깃이 아닌 것 같아요."

"그럼 어디?"

"병원."

그는 잠시 머리를 굴렸다. "아무래도 출구가 많으니까."

그녀는 그가 폐쇄된 실내 공간을 노릴 거라 생각했다. "수술 병동?"

"아수라장이 될 만큼 사람이 많지 않을 텐데요. 보안도 철통 같고……."

"구내 식당? 대기실? ……엘리베이터!"

오닐이 말했다. "맞아요."

그들은 좁은 길을 따라 400미터 떨어진 병원으로 달려갔다.

그리고 지금, 엘리베이터 옆 3층 로비에 간호사 한 명이 나타났다. "댄스 요원님이신가요?"

"그런데요."

"아까 궁금하다고 하셨죠? 산모의 상태 말이에요. 아기는 무사해요. 딸이에요. 산모는 팔이 부러졌어요. 누군가에게 밟힌 모양이에요. 하지만 생명엔 지장이 없으니 걱정 마세요. 산모가 요원님 성함을 묻더군요. 고맙다는 인사를 하려나 봐요. 가르쳐줘도 될까요?"

댄스가 명함을 꺼내 간호사에게 건넸다. 그녀는 아기에게 엄마아빠가 미리 지어놓은 것과 다른 이름이 붙을지도 모른다고 생각했다.

"그리고 잡역부는요?"

"하임리히 씨의 자살 기도는 실패로 돌아갔어요. 천 덩어리로 기관을 막는다고 되는 게 아니죠. 아무튼 기관 절개술을 받고 회복 중이에요. 목숨은 건졌지만 여전히 쇼크 상태예요. 원래 폐소공포증이 심했다고 하더군요."

키가 큰 흑인 의사가 다가와 댄스의 볼을 살펴보았다. "괜찮아보입니다." 그가 일회용 소독 솜을 건넸다. 그녀는 고맙다고 인사한 후 포장을 뜯고 상처 난 볼에 댔다. 상처가 따끔거리자 그녀가 몸을 움찔했다. "반창고를 붙여드릴까요?"

"필요하면 이따 응급실로 갈게요. 고마워요."

오닐의 휴대폰이 울렸다. 짧은 통화를 마치고 나서 그가 말했다. "아래층이에요. 현장 감식반이 지하층을 다시 열어줬답니다. 별게 없었다지만 혹시 모르니 내려가서 직접 살펴볼까 합니다. 같이 갈래요?"

그때 그녀의 휴대폰이 진동했다. 그녀는 발신자를 확인했다. "먼저 가요. 곧 따라 내려갈게요." 그러고는 전화를 받았다. "매기."

"엄마."

"무슨 문제라도 있니?"

"아뇨, 아무 문제 없어요. 방금 독후감을 다 썼어요. 다섯 장이나 돼요."

"잘했어. 이따 가서 엄마가 봐줄게."

"엄마."

당연히 전화한 용건은 따로 있을 것이다. 독후감 때문에 전화를 걸었다는 건 말이 되지 않았다. 급하게 몰아가지 마. 시간을 충분히 줘야 한다고.

"무슨 일인데?"

"엄마, 제가 생각을 좀 해봤거든요."

"그래, 무슨 생각을 해봤는데?"

"학교 장기 자랑 때 노래를 불러볼까 해요. 갑자기 그러고 싶어졌어요."

댄스는 잠시 뜸을 들였다. "정말 그러고 싶어?"

"네."

"왜 갑자기 마음을 바꾸었지?"

"모르겠어요. 어쩌다 보니 이렇게 돼버렸어요."

"정말로 그러고 싶다 이거지?"

"맹세코 그렇다니까요."

'맹세'는 무언가를 숨기려 할 때 쓰는 단어였다. 하지만 기어이 노래를 부르기로 했다는 소식은 반가웠다. 싫은 것을 참고 견디는 것은 조금씩 어른이 되어간다는 의미의 긍정적인 한 걸음이었다.

"잘 생각했어. 모두가 네 노래를 듣고 좋아할 거야. 정말 잘됐다. 엄마는 네가 자랑스러워."

"가서 연습을 하려고요."

"목이 상하면 안 되니까 너무 오래 하지는 말고. 가사는 이미 술술 외우고 있잖니. 참, 거기 존 아저씨 계시니?"

"아뇨. 전 할아버지랑 같이 있어요."

"알았어. 그럼 이따 보자."

"네."

"사랑해."

볼링은 어디 있지? 슈퍼컴퓨터 속에서 길을 잃었나? 어쩌면 스탠 프레스콧의 컴퓨터와 범인이 오렌지 카운티에서 떨어뜨린 휴대폰의 암호를 풀기 위해 진을 빼고 있는지도 몰랐다. 하지만 여태껏 연락이 없는 것은 좀 이상했다.

댄스는 몸을 돌려 빠르게 다가오는 자신의 어머니를 보았다.

"케이티! 많이 다쳤니?" 그녀가 큰 소리로 물었다. 그 소리에 놀란 사람들이 일제히 그들을 쳐다보았다.

"아뇨. 괜찮아요." 모녀가 서로를 부둥켜안았다.

이디 댄스는 심장 병동 간호사였다. 그녀의 시선이 엘리베이터

쪽으로 돌아갔다. 피, 토사물, 그리고 패닉에 빠진 사람들이 주먹으로 금속을 두들긴 흔적. 다부진 몸에 짙은 색의 짧은 머리를 한 그녀가 고개를 저었다. 딸을 끌어안으며 속삭였다. "정말 끔찍한 일이야. 누가 의도적으로 벌인 일이니?"

"네."

"얼굴이 상했구나."

"아무것도 아니에요. 엘리베이터에 오르다가 살짝 긁혔을 뿐인걸요."

"저 안에 갇혀서 얼마나 무서웠을지 상상이 안 되는구나. 몇 명이나 갇혀 있었지?"

"열다섯 명쯤 돼요. 그중엔 출산을 앞둔 임신부도 있었고요. 다행히 무사하다네요. 아기도 마찬가지고요. 하지만 병원 잡역부가 중상을 입었대요."

"맙소사! 그게 누군데?"

"모르겠어요. 패닉에 빠져 자살을 기도했다는데 다행히 그분도 목숨은 건졌어요."

이디 댄스가 주위를 슥 둘러보았다. "마이클도 함께 있니?"

"현장 감식반 대원들을 만나러 내려갔어요. 이곳 지하층이랑 옆호텔을 조사하는 모양이에요."

"아." 이디의 시선은 여전히 복도 쪽에 고정돼 있었다. "마이클은 요즘 좀 어떠니? 한동안 못 봤는데."

"마이클 말씀이세요? 잘 있어요."

몸짓언어를 읽는 능력은 축복이면서 동시에…… 저주였다. 그녀의 어머니는 무언가 할 말이 있는 듯했다. 댄스는 평소처럼 그것을 집요하게 파헤치는 것이 과연 옳은 일일지 궁금했다.

다행히 그녀는 그럴 필요가 없었다.

그녀의 어머니가 말했다. "얼마 전 앤 오닐을 봤어."

"그래요?"

"아이들과 함께 있더구나. 홀푸드 마트에. 결혼 전 성^姓으로 돌아 갔으려나?"

댄스는 욱신거리는 얼굴을 만졌다. 통증이 점점 심해지고 있었 다. "아뇨. 계속 '오닐'을 쓰고 있어요."

"샌프란시스코에 사는 줄 알았는데."

"저도 그렇게 들었어요."

"마이클이 아무 얘기 안 했어?"

"네. 사적인 얘길 나눌 기회가 없었어요." 그녀가 턱으로 엘리베 이터를 가리켰다. "워낙 큰 사건이 터져서요."

"하긴."

댄스는 가끔 어머니의 마음이 어느 쪽으로 기울어 있는지 궁금 할 때가 있었다. 얼마 전, 이디는 존 볼링이 댄스에게 아무런 언급 도 없이 어딘가로 떠날 채비를 하고 있다며 호들갑을 떨었다. 알고 보니 그는 출장을 준비하고 있었다. 게다가 그는 댄스와 아이들을 데려갈 계획까지 세워놓은 상태였다. 남부 캘리포니아에서의 짧은 휴가. 이디는 딸과 손주들에 대해서만큼은 누구보다 극성이었다. 그렇다 보니 확인도 되지 않은 소문을 쉽게 믿어버리는 일이 종종 있었다.

그리고 지금, 그녀는 댄스에게 한때 그녀와 사귈 수도 있었던 남 자가 전처를 깨끗이 정리하지 못한 것 같다고 말하고 있다. 사실 이 디는 남 얘기 하는 것을 별로 좋아하지 않는다. 그녀의 어머니는 딸 을 보호하려는 것뿐이었다. 좋은 부모답게. 하지만 이번에는 이디가 잘못 짚었다. 댄스는 이미 존 볼링과 진지하게 사귀고 있었으니.

이디는 딸의 설명을 기다리는 듯했지만 댄스는 화제를 돌려버렸다. "참, 매기가 학교 장기 자랑에서 노래를 부르기로 했대요."

"정말? 잘됐구나. 왜 갑자기 생각을 바꾼 거지?"

"모르겠어요."

아이들은 미스터리 그 자체였다. 섣불리 패턴을 읽으려 해서는 안 된다.

"네 아버지랑 같이 보러 갈 거야. 몇 시에 시작한다고 했지?"

"7시."

"보고 와서 저녁을 먹으면 되겠지?"

"그게 좋겠어요."

이디가 걱정스러운 눈빛으로 그녀를 쳐다보았다. "케이티, 그 얼굴, 그냥 두면 안 될 것 같은데."

"주름 제거라도 받아야 하나?"

모녀가 동시에 미소 지었다.

그때 그녀의 휴대폰이 울렸다. 아, 드디어.

"존, 대체 어디 있었던 거예요? 우리가……."

"캐트린?" 남자 목소리. 볼링이 아니다.

그녀의 가슴이 철렁 내려앉았다. "그런데요. 누구시죠?"

"카멜 경찰국의 테일러 경관입니다. 볼링 씨의 단축 다이얼 목록에서 이 번호를 찾았습니다. 볼링 씨의 친구분 되시나요? 아니면 동료?"

"네, 친구예요. 캐트린 댄스. CBI 특별수사관이에요."

그 말에 그가 멈칫했다. "오, 댄스 요원님."

"무슨 일이죠?" 댄스가 속삭였다. 그녀는 주경찰관이 전화를 걸어와 남편의 사망소식을 알려주었던 끔찍한 순간을 떠올렸다.

"유감입니다만, 볼링 씨가 사고를 당했습니다."

66

안티오크 마치는 시더 힐스 인 호텔에 돌아와 있었다.

호텔 헬스클럽에서 운동을 마치고 온 그는 파인애플 주스를 마시며 병원 사건 관련 뉴스 보도를 지켜보았다.

단 한 명의 사망자도 나오지 않았다.

안티오크 마치는 조금 실망했지만 겟은 적당히 만족하는 분위기였다. 당분간. 늘 그렇듯 당분간은 그럴 것이다.

행복하지 않았어……

그의 휴대폰이 울렸다. 발신자와 착신자 모두 새로 장만한 선불폰을 쓰고 있었다. 그는 발신자가 누구인지 알고 있었다. 크리스토퍼 젠킨스. 그의 보스이자 핸드 투 하트 운영자였다. 그는 마치에게 비영리 단체들을 만나 사이트에 가입하도록 설득하는 업무를 맡겼다. 젠킨스는 회사의 진정한 돈벌이 수단인 마치의 또 다른 업무도 직접 지시했다.

"네." 그가 전화를 받았다.

물론 이름을 입에 담아서는 안 된다.

"고객께서 대단히 만족하셨어."

"다행이네요." 달리 무슨 말을 하겠는가. 몬터레이 지역에 온 마치는 주어진 업무를 착실히 수행했다. 또한 그는 사건과 고객의 연결고리가 될 수 있는 모든 증거와 목격자들을 완벽하게 제거했다. 마치의 깔끔한 일처리 덕분에 젠킨스는 고객으로부터 거액의 수수료를 받을 수 있었다. 고객은 별로 좋은 사람이 아니었다. 사실 비호감 그 자체였다. 하지만 그는 거액을, 제때 지불했다.

"그가 80퍼센트를 입금했어. 적절한 채널을 통해 처리될 거야."

비트코인을 비롯한 신종 지불 방식은 이론상으로는 완벽했다. 특히 마치가 익명으로 보수를 받기에 좋았다. 하지만 거래에 대한 감시가 삼엄해지면서 젠킨스는 다시 현금에 의존하게 되었다. 그가 언급한 '채널'은 택배로 보낸 '문서 상자'를 의미했다. 안에 담긴 문서에는 벤저민 프랭클린의 얼굴이 찍혀 있으리라.*

안티오크 마치는 총 여덟 개의 안전 금고를 보유하고 있었다. 각 금고에는 백만 달러 정도의 현금이 보관돼 있다.

젠킨스가 말을 이었다. "괜찮은 레스토랑을 발견했거든. 푸아그라가 끝내줘. 정말 최고라니까. 게다가 샤토 디켐**은 크리스탈 잔에 담겨 나오기까지 해. 레드 와인은 또 어떻고? 페트뤼스***지!" 그가 킥킥 웃었다. "거기서 두 병이나 비웠어."

와인에 대해 아는 게 없는 마치조차도 그것들이 값비싼 최고급 와인임을 짐작할 수 있었다. 어쩌면 과거에 젠킨스가 몇 잔 권한 일이 있었는지도 모른다. 함께 일하기 시작한 삼 년 전부터 젠킨스는

---

* 100달러 화폐에는 벤저민 프랭클린의 얼굴이 인쇄되어 있다.

** 프랑스산 화이트 와인으로, '스위트 와인의 왕'이라 불린다.

*** 프랑스 보르도의 레드 와인. '전설의 와인'으로 불린다.

곧잘 마치에게 방금 언급한 곳 같은 고급 레스토랑에서 비싼 저녁을 대접했다. 음식은 나쁘지 않았다. 하지만 마치는 비싼 음식에 감동하는 사람이 아니었다. 루이비통과 코치와 이탈리아 슈트도 마찬가지였다. 그는 선물들을 기꺼이 받으면서도 그런 것들에 대한 자신의 무관심을 젠킨스가 아직도 눈치채지 못하고 있음에 놀라워했다. 어쩌면 알면서 일부러 그러는 것인지도 몰랐다. 어쨌든 마치 역시 젠킨스의 사생활에 아무런 관심이 없었으니까.

젠킨스가 덧붙였다. "제안이 하나 들어왔어. 나중에 얘기해줄게."

그들은 전화상으로는 늘 모호한 단어만 썼다. 선불폰이라고 해서 도청과 추적이 불가능한 건 아니다.

특히 캐트린 댄스 같은 사람들을 얕봐서는 안 된다.

"내일 밤에 합류할 거야." 젠킨스가 말했다.

"알았어요." 마치는 최대한 의욕적인 말투로 말했다. 물론 젠킨스가 굳이 호텔로 오겠다는 이유는 따로 있었다. 마치에게 주어진 업무는 젠킨스 없이도 처리할 수 있는 것이다. 하지만 그는 개의치 않았다. 겟을 위해서라면 아무래도 상관없었다.

"아무튼 수고 많았어. 이번 건도 중요하니까 잘해보자고. 잘만 처리하면 앞으로 탄탄대로를 걷게 될 거야. 통화가 너무 길어졌군. 좋은 밤 보내."

그들은 전화를 끊었다.

마치는 뉴스를 확인했다. 자전거 사고로 사망한 존 볼링 관련 보도는 나오지 않았다. 양쪽 브레이크가 모두 끊긴 자전거는 시속 80킬로미터가 넘는 속도로 내려가 도로를 지나는 자동차 혹은 카멀 비치의 바위와 충돌했을 것이다. 마치는 댄스와 볼링의 관계를 자세히 알지는 못했다. 하지만 그들이 가볍게 사귀는 사이가 아니라는 사실만은 분명했다. 그는 베이 뷰 센터에 세워진 그녀의 패스파인더 안에서 볼링이 보낸 카드를 봤다. 간지러운 말들 아래에 이렇게 서명되어 있었다. **사랑하는, J.** 마치는 보낸이 주소를 확인하고 곧바로 참사 현장을 빠져나왔다.

그는 사냥꾼의 주의를 딴 데로 돌리기 위해, 그리고 약간의 질투의 사로잡혀 (그는 칼리스타보다 캐트린에게 더 큰 매력을 느끼고 있었다) 볼링의 집으로 향했다. 밖에서 기다리며 그를 때려죽인 후 강도의 소행으로 꾸며놓을 계획이었다. 적어도 혼수상태로 만들고 싶었다. 하지만 오렌지 카운티의 얼간이, 스탠 프레스콧에 대한 문자 메시지가 도착했을 때까지도 볼링은 귀가하지 않았고, 결국 그는 아쉬움을 뒤로 한 채 그곳을 떠났다.

나중에 그는 볼링을 미행하면서 자전거 사고로 위장하는 기발한 방법을 떠올리게 되었다.

마치는 깨끗하게 민 자신의 머리를 거울에 비추었다. 마음에 들지는 않았다. 보면 볼수록 크리스토퍼 젠킨스가 연상됐다. 전직 군인이면서 사격의 명수인 젠킨스는 거의 모든 무기를 능숙하게 다룰 줄 알며, 보안업계 사람들과 용병들을 친구로 두고 있었다. 하지만 이제 그는 사업가가 되었고, 현장에 나오는 일도 거의 없었다.

반면 학자로서의 삶을 포기한 안티오크 마치는 어울리지 않게도 현장을 누비며 살육을 일삼고 있다.

결국 두 사람 모두에게 좋은 결말인 셈이다. 젠킨스는 마치만큼 능숙하게 죽음을 설계하지도, 경찰과 목격자들의 반응을 예측하지도 못한다. 반면 마치는 고객을 관리하는 능력이 부족했다. 고객과 협상하고, 그들이 경찰이 아님을 확인하고, 지불 조건을 정하고, 핸드 투 하트를 운영하는 일은 그에게 벅찬 일이었다.

마치는 남은 주스를 마저 들이켰다.

고객께서 대단히 만족하셨어…….

그건 세일즈맨이었던 아버지의 궁극적인 목표이기도 했다.

마치는 호화로운 침대에 드러누웠다. 준비할 일이 한두 가지가 아니었다. 하지만 그의 머릿속은 온통 매혹적인 캐트린 생각뿐이었다.

67

CBI.

댄스는 얼굴에 난 상처를 살피려고 화장실로 들어갔다. 멍이 남을 것 같았다. 흉터? 그럴지도.

그녀는 모퉁이를 돌아 '걸스 윙'으로 들어섰다. 주말이어서인지 보조 인력은 보이지 않았다. 그녀는 메리엘렌 크레스바크의 자리를 지나 자신의 사무실로 들어갔다.

"어서 와요." 책상 앞에 앉은 존 볼링이 미소 지으며 말했다.

"존!" 그녀가 달려가 그의 품에 안겼다. 그가 움찔하자 그녀가 뒤로 물러났다.

"좀 어때요?"

"괜찮아요. 이 정도로 끝난 게 천만다행이죠. 하지만 좀 아프네요. 사실 많이 아파요." 그의 얼굴에는 멍이 들었고, 볼과 목에는 붕대가 둘러져 있었다. 손목에는 베이지색 고무 밴드가 친친 감겼다.

"어떻게 된 거죠?"

"오션 가에서 브레이크가 고장 났어요."

카멀 비치로 통하는 중심가. 위험천만한 비탈길.

"맙소사!"

"출발할 때부터 이상하다 싶었어요. 그래서 가게에서 반 블록쯤 벗어났을 때 도로변으로 빠지려 했죠. 바로 그 순간 브레이크가 풀렸어요. 그것도 양쪽 제동자가 동시에!"

"존!"

"황급히 덤불 쪽으로 방향을 틀었고, 큰 화를 면할 수 있었어요. 덤불을 뚫고 나가니 정지 신호 앞에 멈춰 선 차가 하나 있더군요. 결국 그 차랑 충돌하고 연석 위로 쓰러졌죠."

"브레이크가 고장 났다고요? 누가 손을 댄 게 아닐까요?"

"대체 누가……. 혹시 당신이 쫓는 그 범인이?"

"놈의 소행인지도 몰라요. 내 수사를 방해하려고, 내 주의를 딴 데로 돌려놓으려고."

"그가 어떻게 우리 관계를 알까요?"

"이제는 그가 뭘 하든 놀라지 않을 것 같아요. 그건 그렇고, 자전거 근처를 얼씬거리는 수상한 사람 못 봤어요?"

"아뇨. 볼일을 보느라 자전거를 밖에 세워뒀었거든요. 딱 오 분 자리를 비웠을 뿐이에요. 얼씬대는 사람이 있는지 주의 깊게 보지 못했어요." 볼링의 시선이 그녀를 잠시 훑었다. "나보다도…… 당신은 어떻게 된 거죠?"

"별거 아니에요. 엘리베이터에 오르다가 좀 부딪쳤어요."

"대체 어떻게 올라탔길래 그렇게 됐죠?"

그녀는 엘리베이터 사건에 대해 이야기했다.

"다행히 크게 다친 사람은 없었어요."

그녀의 시선이 자신의 책상을 향했다. 그의 앞에는 스탠 프레스콧의 ASUS 랩톱 컴퓨터가 놓여 있었다. 그 옆에 놓인 외장 하드 드라이브가 보였다. "코드를 풀었나요?"

"내 파트너가 해냈죠."

"파트너?"

"릴리."

댄스는 장난기 어린 표정으로 미간을 찌푸렸다. "릴리⋯⋯. 슬슬 질투가 나려고 하는데요."

"아, 릴리는⋯⋯ 내가 많이 믿고 의지하는 동료예요. 인접 노드 간 논리적 소통이 가능한 2세대 블루 진/P 네 방향 대칭적 다중 프로세서 슈퍼컴퓨터죠. 하지만 걱정 말아요. 몸매는 당신이 훨씬 좋으니까."

그때 오닐이 문을 열고 들어왔다. 그가 눈을 몇 번 깜빡였다.

그것은 볼링의 설명에 대한 반응이 아니었다. 오닐은 붕대와 멍자국으로 뒤덮인 볼링을 빤히 보고 있었다. "존, 맙소사. 대체 어떻게 된 겁니까?"

"친환경적으로 살려다 보니 이런 일도 겪게 되네요. 자전거 사고를 당했어요. 좀 다쳤습니다. 운이 좋았죠."

댄스가 말했다. "놈의 소행인지도 몰라요."

"자기를 추적하는 자가 누구인지 알아차렸나 보군요." 오닐이 댄스에게 말했다. "당장 집 주변에 감시 인력을 배치해야겠어요."

좋은 생각이었다. 그녀는 아이들이 혼자 다니지 않도록 각별히 돌봐야겠다고 다짐했다. 웨스가 도니와 자전거를 타고 쏘다니는 것도 당분간 금지할 생각이었다. 적어도 범인이 잡힐 때까지는.

오닐이 휴대폰을 꺼냈다. 그가 볼링에게 물었다. "원한다면 그쪽 집 앞에도 인력을 배치시켜둘게요."

잠시 어색한 침묵이 흘렀다. 댄스가 먼저 입을 열었다. "그냥 내 집에만 세워두면 될 거예요."

"그러죠."

오닐은 전화로 담당자에게 지시를 내렸다. 짧은 통화를 마치고 나서 그가 말했다. "매일 밤 사복 경관이 주변에 잠복해 감시할 겁니다. 낮에는 순찰차가 틈틈이 동네를 살필 거고요." 그는 그녀의 부모 집에도 인력을 배치해두었다고 알려주었다.

그녀는 오닐에게 감사를 표하고 볼링을 흘끔 돌아보았다. "존이 스탠 프레스콧의 컴퓨터 코드를 풀었어요. 그리고 휴대폰도."

"잘됐네요."

볼링이 작은 USB 드라이브를 건넸다. 컴퓨터 포렌식 프로토콜은 용의자의 드라이브를 반드시 외장형 장치에 백업해놓도록 돼 있었다. 컴퓨터에 소프트웨어 부비트랩을 설치해놓는 경우가 적지 않았기 때문이었다.

그녀는 USB 드라이브를 꽂고 턱으로 자신의 키보드를 가리켰다. 볼링이 나설 차례였다.

"프레스콧의 이메일과 그가 접속한 웹사이트들을 살펴볼 수 있어요. 솔리튜드크리크나 베이 뷰 참사와 관련된 내용은 보이지 않더군요. 적어도 개인적인 연결고리는 없어요. 사건 관련으로 누구와 소통한 흔적도 없고요. 자기가 올린 글들을 삭제하지도 않았어요. 삭제된 파일들을 전부 복원해봤는데요, 솔리튜드크리크 사진들은 유료 사이트에서 다운로드한 것들이었습니다."

"유료 사이트요? 정말요? 난 TV 뉴스에서 캡처한 줄 알았는데."

"원래 TV 뉴스에 올라왔던 이미지들이에요. 하지만 누군가가 그것들을 상업 사이트에 업로드한 모양입니다. 회원들에게 끔찍한 이미지와 영상들을 제공하는 사이트들, 본 적 없어요?"

댄스와 오닐이 일제히 고개를 저었다.

"그래요? 자, 여길 보세요." 그가 잠시 멈칫했다. "마음 단단히 먹어요."

"네?"

그가 키보드를 두드리자 문제의 사이트가 떠올랐다.

댄스의 눈이 휘둥그레졌다. "세상에, 이게 대체 뭐죠?"

오닐이 책상을 돌아와 댄스의 옆에 자리를 잡았다. 세 사람의 시선이 모니터에 고정되었다. Cyber-Necro.com*이라는 사이트였다. 오프닝 그래픽은 남자가 중세시대 형틀에 묶인 가슴 풍만한 여자의 복부를 칼로 찌르는 애니메이션이었다.

볼링이 말했다. "살인 사건과 강간 사건 피해자들의 끔찍한 이미지와 영상을 전문으로 취급하는 유료 사이트예요. 재난, 범죄, 사고 현장은 물론 의료 시술 영상들도 있더군요. 솔리튜드크리크 사진들은 '극장 및 스포츠 행사 사망자들' 섹션에 있어요."

"카테고리 이름이 정말 그거예요?"

"네. 그런 이미지와 영상을 보기 위해 많은 이들이 적잖은 회비를 내고 가입했더군요. 나도 그 이유를 모르겠어요. 정신과 의사들은 알지 않을까요? 관음증, 성적이고 가학적인 콘텐츠. 그 속을 누가 알겠습니까? 지난 몇 시간 동안 많은 걸 배웠어요. 세상엔 이런 사이트가 수백 개 있습니다. 나중에 관련해서 논문을 써볼까 해요. 유사한 사이트도 적지 않습니다." 그가 턱으로 화면을 가리켰다. "실제 죽음과 부상의 순간들. 살펴보니 주문 제작된 영상도 있더군

---

* 'necro'는 죽음을 뜻하는 접두사이다.

요. 여자 배우들이 총에 맞거나 칼에 찔리거나 화살에 맞는 장면들. 교살과 질식도 인기가 높고요. 강간. 당연히 하드코어도 있습니다. 온갖 무기가 다 등장하죠. 특수효과가 꽤 그럴듯해요. 소름 돋을 만큼 사실적입니다. 영상을 보고 있노라면 여자들이 실제로 살해됐다고 믿게 돼요. 하지만 사실은 그럴듯한 연기일 뿐입니다. 다른 영상에도 같은 얼굴이 재차 등장하거든요. 좋아하는 특정 여배우가 살해되는 영상을 특별 주문하는 남자 고객들도 있더라고요."

오닐이 속삭였다. "이런 건 처음 봅니다."

"주로 음지에서 판을 치니까요." 볼링이 다시 키보드를 두드렸다. "여기 솔리튜드크리크 사진들이 올라와 있습니다."

그가 열어놓은 Cyber-Necro.com의 페이지에는 열다섯 장 정도의 현장 사진이 떠올라 있었다. 대부분 언론에 공개된 참혹한 사진들이었다. 압사가 벌어지는 동안 실내에서 휴대폰으로 촬영한 해상도 낮은 이미지들도 보였다.

댄스와 오닐은 서로를 보았다. 두 사람은 같은 생각을 하고 있었다. 업로드된 영상이나 이미지 속 어딘가에 결정적인 단서가 될 만한 게 담겨 있을 가능성.

"여기 올라온 영상들은 어떻게 볼 수 있죠?" 댄스가 물었다.

"가입을 해야죠. 100달러를 내면 한 달 동안 사이트에 업로드된 모든 영상을 마음껏 볼 수 있어요."

댄스는 곧장 홈페이지로 돌아가 회원가입을 했다.

볼링이 덧붙였다. "Cyber-Necro의 자매 사이트에도 가입하면 할인이 된대요."

"그건 어떤 사이트인데요?" 그녀가 물었다.

볼링이 미소를 지어 보였다. "Sluts-On-Demand.*"

댄스가 말했다. "그냥 이것만 할래요. 찰스가 수사에 쓰는 돈을 두고 얼마나 난리인 줄 알아요?"

그들은 삼십 분에 걸쳐 모든 솔리튜드크리크 참사 영상과 이미지를 다운로드했다. 그녀는 누가 그것들을 촬영했을지 궁금했다. 그녀가 현장에서 조사했을 때는 누구도 촬영 사실을 털어놓지 않았다. 피도 눈물도 없는 사람으로 비칠까 봐 두려웠던 걸까?

애석하게도 수사에 도움이 될 단서는 발견되지 않았다. 이미지 대부분은 조명 없는 공간에서 촬영된 해상도 낮은 사진이었다.

댄스는 그중 하나를 유심히 들여다보았다. 프레스콧이 비드스터에 가짜 뉴스를 올렸을 때 사용한 것과 흡사한 이미지였다. 타임 스탬프를 보니 참사 발생 며칠 후 클럽 안에서 촬영된 것이었다.

"왜 그래요?" 오닐이 그녀의 표정을 살피며 물었다.

"저 얼굴, 기억이 날 것도 같은데." 그녀가 손으로 화면을 가리켰다. 사진의 초점은 핏자국에 맞춰져 있었지만 그들의 시선은 카운터 뒤 거울에 비친 몇몇 얼굴들에 고정됐다. 전부 흐릿했지만 그녀가 가리키는 얼굴만큼은 신원 확인이 가능할 정도로 뚜렷했다.

"하원의원이에요."

"하원의원?"

"나시마. 대니얼 나시마. 경찰의 현장 조사가 끝난 후에 클럽을 살펴보러 들어갔던 모양이에요."

볼링이 말했다. "선거가 있는 해라면 분명 소방 법규를 개선해야 한다면서 법석을 떨 겁니다. 냉소적으로 하는 얘기는 아니에요."

---

* 맞춤형 창녀들.

댄스가 말했다. "정말 고마워요. 도움이 많이 됐어요, 존."

"더 도움이 못 돼서 오히려 미안해요."

"경찰 일이 이래서 고달픈 겁니다." 오닐이 말했다. "원하는 결과가 나오지 않아도 수사를 중단할 수가 없어요."

안타깝게도 프레스콧의 컴퓨터 수색은 허사로 끝났다. 댄스가 물었다. "그럼 범인의 휴대폰은요?"

범인이 오렌지 카운티에서 쫓길 때 떨어뜨린 선불폰.

"시카고 전화국에서 판매한 거예요." 그가 번호가 적힌 인쇄물을 그녀에게 건넸다.

"베이 뷰 센터 참사 때도 그랬었죠. 경찰로 하여금 킬러가 피셔맨스 워프 쪽으로 향하고 있다고 믿게끔요."

볼링이 덧붙였다. "며칠에 한 번씩 새 선불폰을 구입해 쓰고 있을 겁니다. 수신된 메시지가 몇 건 없어요. 전부 캘리포니아 전화국에서 판매한 선불폰에서 전송한 겁니다." 그가 노트를 잠시 훑었다. "수신된 메시지. '아주 만족해. 두 번째 납입금이 곧 입금될 거야.' 송신된 메시지. '알았습니다. 감사합니다.' 수신된 메시지. '이젠 뭐가 남았지?' 송신된 메시지. '뒤처리해야죠. 깔끔하게 정리될 겁니다. 또 연락하죠.'"

"흠." 댄스가 나지막이 말했다.

오닐이 고개를 끄덕였다. "우리가 찾던 답이 여기 있었네요."

그녀가 말했다. "그러게요."

볼링이 말했다. "네? 그게 무슨 뜻이죠?"

그녀가 설명했다. "범인은 프로예요. 고용된 거라고요."

댄스는 티제이 스캔런에게 전화를 걸어 캘리포니아 선불폰 번호를 알려주며 서비스 제공 업체를 통해 문제의 휴대폰이 아직도 사용 중인지 알아봐달라고 했다.

"알았습니다, 대장."

그때 그녀의 뇌리를 스치는 생각이 있었다. 흥미로운 아이디어였다. 그녀가 오닐에게 말했다. "혹시 제인 도의 사진 갖고 있어요? 우리가 범인에게 살해된 것으로 보고 있는 여자 말이에요."

"있죠."

그가 MCSO 서버에 접속해 피해자 사진을 찾아냈다.

그녀는 자신의 컴퓨터로 스탠 프레스콧의 이미지들을 살폈다.

오닐이 말했다. "예전에도 얘기했지만 두 사건의 범행 수법이 같았습니다. 교살 또는 질식에 의한 가사假死. 두 명 다 바닥에 누운 채로 발견됐고요."

"그리고, 봐요. 둘 다 조명 아래 쓰러져 있잖아요."

"어쩌다 보니 그렇게 된 게 아닐까요?"

"아뇨. 그런 게 아닐 겁니다. 일부러 램프를 옮겨놓은 거예요. 휴대폰으로 '인증샷'을 찍으려고 말이죠. 그 사이트에 업로드 된 현장 사진들을 훑어보다가 문득 깨달았어요. 시체들은 전부 환하게 조명을 받고 있었어요."

오닐이 그제야 이해가 된다는 듯 고개를 끄덕였다. "사망 증명."

"바로 그거예요."

"그게 무슨 뜻이죠?" 볼링이 물었다.

"그에게는 목격자들이 제거됐음을 증명하는 사진이 필요했던 거예요. 문자 메시지에 '뒤처리'로 표현된 그 작업 말이죠. 그는 이 작업으로 큰돈을 벌고 있어요. 주어진 과제를 완벽히 처리했음을 고객에게 증명해 보이는 것 또한 작업의 중요한 일부이겠죠."

5천 달러짜리 구두……

오닐이 말했다. "영리한데요. 의뢰인이 지정한 장소를 표적으로 테러를 벌인 후 그걸 사이코의 소행으로 꾸며놓다니."

"장소가 아니라 특정 인물인지도 몰라요." 잠시 머리를 굴리던 댄스가 말했다. "특정 장소에 테러를 가하라는 주문이었을 수도 있고, 그곳에 있는 누군가를 제거하라는 주문이었는지도 몰라요."

오닐이 고개를 끄덕였다. "하긴. 그것도 말이 되네요. 하지만 이게 특정인을 상대로 한 테러라면 대체 누가 표적이었을까요?"

댄스가 말했다. "병원 엘리베이터에 갇혀 있던 피해자들 중엔 표적이 없었을 거예요."

"딱 그 시간에 엘리베이터에 탑승할 사람을 예측하는 건 불가능할 테니까요. 그럼 베이 뷰 센터…… 그곳도 마찬가지 아닌가요?"

"맞아요." 오닐이 말했다. "사망자들은 모두 익사했습니다. 그가 무슨 수로 자신의 표적이 물속으로 뛰어들 거라 확신할 수 있었겠습니까. 하지만 솔리튜드크리크는 달랐습니다. 그의 표적이 관객으로 그 자리에 있었으니까요."

오닐이 계속 이어나갔다. "적당히 패닉에 잠식되자 범인은 작업복을 벗고 관객인 척하며 클럽으로 들어갔습니다. 그리고 표적에게 접근해 그, 또는 그녀를 살해한 것이죠. 발을 걸어 넘어뜨렸거나 구둣발로 목을 짓이겼거나 늑골을 부러뜨려 폐를 손상시켰거나."

"그가 그 위험한 현장에 있었다는 얘긴가요? 하지만……."

"그랬던 것 같습니다." 오닐이 말했다. "그는 덩치가 제법 커요. 그 정도는 거뜬히 버텨낼 수 있는 사람입니다."

"하긴, 실제로 화재가 발생했던 것도 아니었잖아요. 불에 타 죽을 염려가 전혀 없었던 거예요. 그는 안에 갇힌 사람들 대부분이 무사히 빠져나갈 거라는 걸 알고 있었어요."

오닐이 휴대폰으로 무언가를 검색하기 시작했다. "솔리튜드크리크 참사 사망자는 세 명이었습니다. 아무래도 피해자들을 조사해볼 필요가 있겠어요."

순간 댄스의 뇌리를 스치는 생각이 있었다.

꼬리에 꼬리를 물던 생각이 하나의 결론에 도달한 순간.

"나와요. 같이 갈 데가 있어요." 캐트린 댄스가 말했다.

"나 말이에요?" 볼링이 물었다.

그녀가 미소를 지었다.

"아뇨. 이번엔 마이클이랑 같이 가는 게 나을 것 같아요."

68

"어서 오세요, 댄스 아줌마. 아니, 댄스 요원님."

"안녕, 트리시. 이쪽은 몬터레이 카운티의 오닐 형사님이셔."

긴장한 모습. 물론 그럴 것이다.

"안녕하세요."

형사가 트리시를 쳐다보며 고개를 끄덕였다. "안녕, 트리시. 어머니 일로 상심이 크지?"

"네, 많이 힘드네요. 걱정해주셔서 고맙습니다."

"그럴 거야."

세 사람은 호화로운 저택의 현관 앞에 어색하게 서 있었다. 댄스는 집의 면적이 못해도 650제곱미터는 족히 될 거라 짐작했다. 돌과 유리와 금속으로 지어진, 비벌리 힐스나 말리부 같은 고급 주택가에서나 볼 법한 집이었다. 잘나가는 프로듀서나 인기 영화배우가 소유할 법한 집.

댄스가 물었다. "아버지는?"

"공항에 가셨어요. 고모와 고모부를 배웅하러요. 곧 돌아오실 거예요."

댄스는 의미심장하게 미소 지었다. "잠깐이면 돼. 네 아버지가 날 좋아하지 않는다는 거 알거든. 몇 가지만 질문할게."

"들어오세요."

"고마워."

그들은 댄스의 집 거실과 주방을 합한 것보다도 넓은 현관 복도로 들어섰다. 트리시는 두 사람을 서재로 안내했다. 가죽과 금속으로 된 값비싼 가구들. 그들은 최신형 자동차와 맞먹을 것 같은 긴 소파에 나란히 앉았다.

"저, 그날 요원님과 만나 얘기했던 거, 아빠에게 말씀드리지 않았어요."

"안 그런 척하면 되지 뭐." 댄스가 씩 웃어 보였다. "이따 아버지가 돌아오시면 말야."

그제야 트리시가 안도의 표정을 지었다. "고마워요. 정말로요."

"그래."

"범인이 베이 뷰 센터에서도 같은 일을 벌였다면서요?"

오닐이 대답했다. "그리고 병원에서도. 엘리베이터 화재 사건."

"대체 왜 그러는 걸까요?"

범행 동기에 대해서는 아직도 의견이 분분했다.

"그건 아직 모르겠어. 명백한 이유가 보이지 않아. 트리시, 미안하지만 어머니의 죽음에 대해 물어볼 게 있어. 몇 가지 사실만 확인하면 돼. 괜찮겠니?"

미동도 없이 앉아 있던 트리시가 심호흡을 했다. 그리고 고개를 끄덕였다. "그 자식을 잡는 데 도움이 된다면야 기꺼이 대답해야죠."

"부디 그랬으면 좋겠구나."

"좋아요. 질문하세요."

"그날 밤 기억을 더듬어봐. 솔리튜드크리크 클럽에서 어머니와 멀어진 그 순간."

소녀가 고개를 끄덕였다.

수사 보고서를 읽은 오닐이 말했다. "넌 주방 쪽으로 휩쓸려갔지? 어머니는 비상구 쪽으로 이동하는 사람들 틈에 끼어 계셨고?"

"네."

댄스가 물었다. "주방 안으로 떠밀려 들어가기 전까진 어머니를 볼 수 있었지?"

그녀가 멍한 눈으로 고개를 끄덕였다. "비상등이 켜져 있어서 똑똑히 볼 수 있었어요."

"트리시, 대답하기 어려운 질문을 하나 할게. 누군가가 어머니를 의도적으로 해치려 했던 것 같지는 않았니? 누군가가 일부러 어머니를 거칠게 떠민다든지, 바닥에 내동댕이친다든지. 자기들이 살기 위해서 말이야." 그녀는 차마 소녀의 아버지가 사람을 고용해 전처인 미셸 쿠퍼를 살해하려 했을 가능성을 언급할 수 없었다.

소녀가 말했다. "군중 속에 범인이 있었다고 생각하세요?"

"누군가가 죽었을 땐 모든 디테일을 꼼꼼하게 살펴봐야 해."

"수사 보고서에 올라갈 내용이니까." 오닐이 덧붙였다.

트리시는 고개를 저었다.

"모르겠어요. 마지막으로 엄마를 봤을 때." 트리시는 잠시 말을 잇지 못했다. "마지막으로 엄마를 봤을 때 엄마는 제게 손을 흔들어 보였어요. 그리고 마지막 비상구 근처 기둥 뒤로 사라졌죠."

"누군가가 어머니를 붙잡거나 미는 건 못 봤고?"

"아뇨. 그냥 많은 사람들이 얽히고설켜 있었어요. 특별히 수상한 사람을 본 기억은 없어요. 저는 순식간에 주방으로 휩쓸려 들어갔고, 그곳 문을 통해 밖으로 빠져나왔어요. 모두가 울고 비명을 지르는 통에 정신이 하나도 없었죠."

소녀의 볼을 타고 눈물이 흘러내렸다. 댄스는 가방을 뒤져 티슈를 꺼냈다. "자."

트리시가 티슈를 몇 장 뽑아 코를 풀었다.

소녀에게 큰 기대를 걸고 있었던 댄스는 실망했다. 하지만 댄스와 오닐에게는 확인할 것들이 남아 있었다. 약간의 시간과 수완이 필요하겠지만.

"고마워, 트리시. 도움이 많이 됐어."

"네." 소녀가 코를 훌쩍였다.

오닐은 대본에 적혀 있는 대사를 읊듯 말했다. "이 정도면 다 된 것 같군요."

댄스가 거실 안을 둘러보았다. "저번에 함께 커피 마셨을 때 아버지가 이 집으로 돌아오실 거라고 했지?"

"네. 지금은 카멀 밸리에 살거든요."

"카멀 밸리라면 분명 멋진 곳이겠구나."

"그렇지 않아요. 아버지 소유도 아닌 데다 좋은 집도 아니에요. 제가 다니는 카멀 고등학교에서 가깝긴 하지만, 그럼에도 아버지가 돌아오실 수밖에 없는 상황이에요. 집도 이 정도면……." 소녀가 실내를 둘러보았다. "나쁘지 않잖아요."

오닐이 물었다. "부모님이 이혼하시기 전에도 이 집에서 살았니?"

수완…….

"네."

댄스가 다시 오닐을 흘끔 돌아보았다. 바람피운 남편이 재산권

소송에서 패해 잃은 집. 하지만 이번 참사로 자연스레 집으로 돌아오는 남편. 소유권까지 되찾지는 못할 것이다. 이미 트리시에게 유증되었을 테니까. 하지만 그녀가 성년이 되면 마틴은 딸을 설득해 명의를 되찾으려 할 게 분명했다. 이것이 프레더릭 마틴이 살인을 원한 동기일까. 그녀는 그게 다가 아닐 거라 짐작했다.

"부모님의 이혼 과정이 순탄치 않았었니?" 오닐이 물었다. 자연스럽다고 댄스는 감탄했다. 두 사람은 차를 타고 오는 동안 이 대사를 연습했다.

"아주 지저분했죠. 끔찍했어요. 서로에게 할 말 못 할 말 가리지 않고 퍼부어댔고요."

"저런." 댄스가 말했다.

"그 사이에서 너무 괴로웠어요."

그녀가 넌지시 덧붙였다. "재산을 놓고도 치열히 싸우셨을 텐데. 위자료 문제 말이야."

"물론이죠. 위자료라고 부르지는 않았지만요."

"생활유지비." 오닐이 말했다. 그 부분만큼은 파경을 맞아본 그가 댄스보다 훨씬 해박했다.

"네, 맞아요. 그거예요. 부모님은 제가 모를 거라 생각했겠지만 저도 귀는 있어요. 큰돈이 걸린 문제였어요. 매달 1만 5천 달러를 꼬박꼬박 지급하는 조건."

양육비는 자녀가 18세가 될 때까지 무조건 지급돼야 하지만 생활유지비는 전 배우자가 사망하거나 재혼하면 지급 의무가 사라진다. 결국 마틴은 매년 약 20만 달러를 절약하게 된 셈이다. 작은 집에서 한정된 수입으로 사는 남자에게는 뜻밖의 횡재나 다름없다.

두 번째 범행 동기.

그날 밤 미셸이 클럽에 있을 거라는 계획을 마틴이 미리 알았다면? 그가 킬러에게 딸이 현장을 무사히 빠져나올 수 있게 신경 써달라고 특별히 주문해놓았다면?

설마.

순간 댄스의 속이 울렁거렸다. 만약 소녀가 그곳에서 어머니와 함께 죽었다면 그녀의 아버지가 상속인이 되어 집과 모든 재산을 고스란히 차지했을 것이다.

트리시가 말했다. "아버지에겐 큰 타격일 거예요. 그 돈을 다 잃게 되셨으니."

"큰 타격…… 뭐라고?" 댄스가 물었다.

"당장 생계 걱정은 없겠지만 학교로 돌아가려면 돈이 좀 필요하실 텐데."

잠시 침묵이 흘렀다. 소녀의 말이 댄스의 머릿속에서 팽이처럼 핑핑 돌고 있었다.

"어머니가 아버지에게 생활유지비를 지급해오신 거야?"

"네."

오닐이 물었다. "부모님이 왜 이혼하신 거지?"

트리시가 바닥을 내려다보았다. "엄마가 바람을 피우셨어요. 아빠도 정말 좋은 분인데 말이죠. 멋지고. 하지만 엄마는…… 밖으로만 돌았어요. 그것도 여러 남자랑요. 아빠는 절 키우고, 엄마 학비를 대려고 아르바이트까지 했어요. 그래서 정작 본인은 졸업도 못 했죠. 엄마가 바람을 피운다는 걸 알고는 곧바로 이혼 소송을 제기했고, 법원은 엄마에게 생활유지비 지급 명령을 내렸어요. 이번 일로 아빠가 경제적으로 많이 곤란해지셨죠."

댄스는 티제이에게 이 부분에 대해 살펴봐달라고 요청할 참이었다. 하지만 프레더릭 마틴이 돈 때문에 아내를 죽였을 가능성은 없어 보였다. 이제 모든 유산은 소녀가 성인이 될 때까지 신탁 관리될 것이다. "수사에 협조해줘서 고마워, 트리시. 새로운 소식이 들어오면 알려줄게."

"누군가가 의도적으로 엄마를 해친 걸까요? 클럽에서 빠져나오려고?"

"지금까지 알아본 바에 의하면, 그랬던 것 같진 않아." 오닐이 말했다.

"만약 그게 사실이라 해도 그들을 탓할 순 없어요. 그날 밤, 모두가 패닉에 빠져 있었거든요. 그날 밤 그들은 인간이 아니었어요. 재난이 일어났을 때 토네이도나 지진을 탓할 수 없겠죠. 그 상황에선 누구도 나쁜 마음을 먹을 겨를이 없었을 거예요. 그냥 불가항력이었을 뿐이죠."

69

댄스와 오닐은 그녀의 사무실에 돌아와 있었다. 댄스가 전화를 받았다. "여보세요?"

"대장."

"티제이. 마이클과 스피커폰으로 듣고 있어." 댄스가 말했다.

"안녕하세요, 마이클. 난 스피커폰으로 통화할 때가 좋아요. 하고 싶은 말이 많아도 다 늘어놓을 수가 없잖아요."

"티제이?" 댄스가 헛기침을 한번 했다.

"연줄을 써서 법원에 들어가봤습니다. 네, 일요일에요! 조사해보니 트리시 말이 모두 사실이었어요. 이혼합의서와 법원 문서를 살펴봤고 변호사들과도 통화했습니다. 전처가 죽어서 프레더릭 마틴이 이득을 본 건 하나도 없어요. 오히려 손해만 봤죠. 아주 곤란해졌습니다. 미셸이 딸에게 유산을 많이 남긴 것도 아니에요. 신탁에 맡겨진 집이 있지만 저당이 잡혀 있고, 트리시에겐 정기적으로 소액의 생활비가 지급될 뿐입니다. 후안이라는 사람이 나머지를 차지하게 됐는데 그 액수도 5만 달러에 불과해요. 네, 맞아요. 후안은 그

집 수영장을 관리해온 섹시한 청년일 겁니다."

댄스의 입에서 한숨이 나왔다.

"괜찮은 가설이었어요, 대장. 솔리튜드크리크 사건에 사망자가 두 명 더 있지 않습니까. 그들 중 의도된 피해자가 있을지 몰라요."

오닐이 말했다. "우리도 그 가능성을 검토했어요, 티제이. 한 명은 대학생이고, 또 한 명은 처녀 파티에 초대받은 이십 대 여성이었죠. 이렇다 할 동기는 찾을 수 없었어요."

"그럼 다시 원점으로 돌아가죠 뭐. 저도 사무실로 들어갈까요?"

"아니. 그 네바다 회사에 대해 계속 알아봐줘. 솔리튜드크리크에 측량 작업을 의뢰한 업체 말이야. 아침에 보고해줘."

"알았습니다, 대장." 그가 전화를 끊었다.

오닐은 골똘히 생각에 잠겨 있었다.

댄스는 시간을 확인했다. 그녀가 말했다. "오, 깜빡할 뻔했네요. 매기네 학교 장기 자랑이 있어요. 참석할 수 있어요? 오늘 밤 7시."

일단 스케줄을 살펴볼게요. 볼일이 있을지도 모르니까. 친구를 데려가도 되죠?

"진작 답을 줬어야 하는데. 아무래도 힘들겠어요. 매기에게 미안하다고 전해줘요."

"괜찮아요. 부담 갖지 말아요."

그들은 함께 사무실을 나섰다. 구즈만 조직 대책본부 회의실에는 불이 꺼져 있었다. 포스터와 스티브 투, 앨러턴, 고메즈는 이미 퇴근한 모양이었다.

주차장에 들어선 오닐과 댄스는 나란히 세워진 자신들의 차로 다가갔다.

"쉽지 않은 사건이죠?"

"맞아요." 그가 대답했다. 그들 사이에 잠시 어색한 침묵이 흘렀다. 그가 다시 입을 열었다. "조심해서 들어가요."

딱 그 말뿐이었다. 그녀는 고개를 끄덕였다. 그들은 순찰차와 패스파인더에 각각 올랐다. 그리고 고속도로로 접어든 후 각자의 방향으로 갈라졌다.

삼십 분 후, 그녀는 집에 도착했다.

"엄마!" 매기가 현관 앞 포치에서 기다리고 있었다.

댄스는 딸에게 곧 도착한다고 전화로 알려놓았다. 하지만 매기는 불만 가득한 표정을 짓고 있었다. 내가 늦을까 봐 걱정했나? 아니면, 내가 제때 도착하는 바람에 꼼짝없이 장기 자랑에 나가게 됐다고 화가 난 걸까? 비록 마음을 바꾸어 참가를 결심했지만 댄스는 매기가 여전히 내켜하지 않는다는 걸 알고 있었다.

"엄마에게 준비할 시간을 좀 줘. 너도 옷 갈아입고."

매기의 장기 자랑 무대를 위한 특별한 의상이 준비돼 있었다.

그들은 나란히 집으로 들어갔다. 소녀는 자신의 방으로 들어갔고, 댄스는 맞으러 나온 볼링에게 키스했다.

"좀 어때요?" 그가 그녀의 얼굴을 어루만지며 속삭였다.

"괜찮아요. 당신은요?"

"내 반창고가 당신 반창고보다 커요."

그녀는 웃음을 터뜨리며 그에게 한 번 더 입을 맞추었다. "나중에 누구 멍자국이 더 큰지 재보자고요." 그녀는 웨스와 도니가 앉아 있는 뒤편 포치 쪽을 돌아보았다. 그들은 평소처럼 게임을 하는 대신 일본 만화책을 보고 있었다. "얘들아, 안녕!"

"안녕하세요, 댄스 아줌마."

"안녕, 엄마."

"십오 분 후에 출발할 거야. 도니, 너도 매기의 장기 자랑을 보러 갈래? 7시에 시작하거든. 끝나면 9시쯤 될 거야."

"아뇨, 저는 괜찮아요. 집에 가봐야 하거든요."

웨스가 만화책을 책가방에 집어넣었다.

댄스는 볼링이 건넨 와인을 홀짝이며 샤워를 하러 위층으로 올라갔다.

그녀가 벗어놓은 옷에서 시큼한 연기 냄새가 풍겼다. 기름과 고무가 탄 냄새였다. 아깝지만 버려야 할 것 같았다. 그녀는 샤워 부스에 들어가 뜨거운 물을 틀었다. 상체 우반신이 욱신거리고 볼에 난 상처도 쓰라렸다. 그녀는 오 분간 쏟아지는 물에 몸을 맡기고, 부스를 나와 수건으로 물기를 닦아냈다.

그녀는 잠시 얼굴의 상처를 살폈다. 흉터를 면할 길은 없을 것 같았다. 얼굴이 점점 멍으로 뒤덮이고 있었다. 응급실에 들렀다 올걸 그랬나 싶었다.

그녀는 묘하게 역동적인 자신의 인생을 되짚어보았다. 떼로 몰려든 놀이공원 입장객들에게 밟혀 죽을 뻔하고, 임신부와 질식사 직전의 남자를 구하기 위해 위태롭게 걸쳐진 엘리베이터로 비집고 들어가고…… 이제는 열 살배기들 장기 자랑을 보러 갈 차례였다.

그녀는 옷을 주섬주섬 챙겨 입었다. 검은 블라우스, 고급 청바지, 감청색 재킷. 이국적인 굽이 멋진 금색 알도 구두. 그리고 거울을 들여다보며 머리를 늘어뜨려 다친 턱과 볼을 가렸다.

아래층으로 내려온 그녀가 큰 소리로 물었다. "도니, 자전거 타고 왔니? 오늘은 안 보이네."

소년이 잠시 빤히 그녀를 응시했다.

웨스가 말했다. "자전거는 얘네 집에 두고 왔어요. 아직 수리가 덜 돼서요."

목소리가 수상한데. 도난이라도 당했나? 그래서 얼버무리는 건가? 그녀는 나중에 다시 물어보기로 했다.

"집에까지 태워다줄까? 어차피 매기네 학교 가는 길이니까."

도니가 웨스의 얼굴을 흘끔 쳐다보았다. "저는 괜찮아요, 댄스 아줌마. 그냥 걸어갈게요. 오늘은 그러고 싶어요."

"그래, 알았다. 자, 웨스, 우리도 출발해야지."

그는 도니와 주먹을 부딪쳐 인사하고 나서 어머니를 따라 현관으로 나갔다.

"매기!" 댄스가 딸을 불렀다.

잠시 후, 소녀가 나타났다.

볼링이 말했다. "와, 예쁜데."

소녀가 수줍게 미소를 지었다.

댄스가 말했다. "너무 예뻐, 매기."

"고마워요." 아이가 어색하게 말했다. 격식을 차리는 건 방어의 한 형태였다.

"정말이야."

사실이었다. 소녀는 댄스가 메이시스 백화점에서 찾아낸 반짝이 장식이 붙은 하얀 드레스를 입었다. 얼음 나라의 여왕, 아니 공주였나? 아무튼 엘사의 노래를 부르기에 완벽한 드레스였다. 하늘색 레깅스와 하얀 구두는 말할 것도 없고.

그들은 차를 타러 나갔다. 볼링은 댄스보다 조금 더 절뚝거렸다. 모두가 차에 올라 안전벨트를 매자 댄스가 경적을 짧게 울렸다. 도니 베르소가 돌아보며 손을 흔들었다. CD 플레이어에서는 중독성 강한 퍼렐 윌리엄스의 '해피'가 흘러나오고 있었다. 볼링은 몇 번 따라 부르다가 결국 포기했다.

"난 구제불능인 것 같아요." 그가 말했다.

반박할 수 없는 사실이었다.

"계속 노력해볼게요."

"그렇게 걱정할 필요는 없을 것 같지만요." 웨스가 말했다. 그 말에 모두가 웃음을 터뜨렸다. 댄스는 브로큰 벨스 CD로 바꾸어 틀었다.

십 분 후, 그들은 매기가 다니는 초등학교에 도착했다. 주차장은 꽉 찬 상태였다. 댄스는 체육관 근처에 차를 세워놓고 문을 걸었다. "그린 룸으로 가자."

"거긴 뭐 하는 데예요?" 매기가 물었다.

"무대 뒤 대기실이야. 간식도 준비돼 있을걸."

"빨리 들어가요!" 웨스가 말했다.

댄스는 매기의 어깨에 손을 얹었다. "자, 엘사. 들어가서 사람들을 열광시킬 시간이야."

소녀는 아무 대꾸가 없었다.

70

"아직 안 들어가셨습니까, 보안관님? 심지어 오늘은 일요일이지 않습니까."

오닐이 가브리엘 리베라를 올려다보았다. 여느 때처럼 제복을 차려입은 보안관보는 살리나스 보안관 사무실의 자그마한 오닐의 사무실 문간에 서 있었다. 오닐은 평소 '보안관님'이라는 칭호를 붙이지 말라고 했지만 젊은 부관은 끝까지 그의 말을 듣지 않았다. "그건 자네도 마찬가지인 것 같은데."

"임금이 세 배니까요."

오닐이 미소를 지었다. "무슨 일인가?"

"산타크루즈 시체의 신원이 확인됐답니다. 보안관님이 짐작하신 대로였어요. 쉼터를 들락거리던 노숙자였습니다. 혈액 검사 결과 사망할 당시 만취 상태였다더군요." 거구의 남자가 고개를 저었다. "그랜트 사건은 여전히 아무런 진전이 없습니다. 오리무중이에요. 혹시 다른 아이디어는 없으십니까? 답답해 미칠 지경입니다."

오닐은 솔리튜드크리크 사건에 집중하느라 오토 그랜트 실종 사건을 부관에게 맡겼다. 땅을 빼앗긴 농부를 목격했다는 제보는 아직 한 건도 접수되지 않았다.

"주변 카운티들도 살펴보고 있나?"

"센트럴 밸리까지 추적했는데 아무 성과가 없었어요."

"그의 블로그에도 아무 활동이 없고?"

"닷새째 조용합니다."

농부는 닷새 전 주정부를 비난하는 블로그 글을 게시했다.

당신들은 수용권이라는 졸렬한 수법으로 내 땅을 훔쳐갔어!

"셰퍼드 박사에게 그의 블로그 글을 보여줬나?"

"네." 리베라가 말했다. "셰퍼드 박사는 오토 그랜트가 남긴 글에 자살을 암시하는 대목이 있다는 데 동의했습니다. 하지만 그 글을 제외하고는 어떠한 조짐도 보이지 않았습니다. 신변 정리의 흔적도 없고, 생명보험에 들지도 않았고요. 이웃들이나 군대 친구들, 친척들에게 전화로 작별인사를 남기지도 않았답니다."

"은신해 있을 만한 곳은?"

"그가 낚시를 즐겨온 호수들과 그가 빌려 썼던 오두막들을 살펴봤습니다. 가끔 찾았다는 네바다의 카지노도 체크했고요. 아무것도 없었습니다."

오닐은 신용카드 사용 내역이나 휴대폰 추적 결과는 묻지 않았다. 그런 것들은 리베라가 가장 먼저 들여다보았을 테니.

"야영객이나 낚시꾼들이 시체를 발견할 때까진 특별히 할 게 없습니다."

만에 들어가 잠드는 것보다 더 끔찍하게 죽는 방법이 또 있을까⋯⋯.

"우리 제인 도는?"

오닐이 솔리튜드크리크 범인의 피해자일 가능성이 높은 여자의 사진을 들여다보았다. 사진 속 여자는 싸구려 모텔 방의 램프 불빛 아래 쓰러져 있었다.

"네바다, 오리건, 애리조나, 콜로라도에서 연락이 왔는데요, 데이터베이스의 운전면허증 사진과 매치되는 게 없었답니다. 하지만 안면 인식 장비는……." 그가 어깨를 으쓱였다. "보안관님도 아시지 않습니까. 복불복에 가깝다는 거. 주나 연방 정부 실종자 데이터베이스에서 일치하는 결과가 나올 수도 있으니 기다려보죠. 피해자 가족이 경찰이나 병원들에 연락해봤을 수도 있고요."

"우리가 할 수 있는 게 없군."

"여기 더 계실 겁니까?" 게이브가 물었다.

"조금만 더 있다 갈 거야."

"저 먼저 들어가보겠습니다."

"내일 보자고, 게이브."

오닐은 기지개를 켰다. 그의 시선이 분홍색 메모지를 향했다. 낮에 그가 답신했던 전화 내용이었다.

앤이 연락 요청.

그는 전처와 곧 시작될 매기의 장기 자랑을 차례로 떠올렸다. 끝내 참석하지 않기로 한 마음이 무거웠다. 그리고 아이가 자신 때문에 실망하지 않기를 바랐다.

존이 올 거예요…….

됐어. 지나간 일이야Let it go.

일이나 하자고.

마이클 오닐은 병원에서 보내온 현장 보고서를 펼치고 꼼꼼히 훑어나가기 시작했다. 치안 업무의 80퍼센트는 종이나 모니터와 씨름하는 것이다.

그는 예전 보고서들을 꺼내 새 보고서와 비교해보았다. 솔리튜드 크리크, 베이 뷰 센터, 그리고 오렌지 카운티.

······용의자의 차량 운전석 문에서 43센티미터 떨어진 지점의 발자국과 일부만 남은 앞 타이어 자국으로는 인식이 불가능함······

읽고, 읽고, 또 읽고.

그리고 다시 찾아든 잡념. 캐트린과 잘될 수도 있었는데. 하지만 이제 다 끝난 일이야. 상황이 달라졌잖아.

잠깐. 아니지. 그게 아니라고.

잘될 뻔했던 거야. 잘될 수도 있던 게 아니라.

하지만 상황이 달라졌다는 건 부인할 수 없었다. 이제 두 사람의 관계는 과거 좋았던 때로 영영 회귀할 수 없게 됐다.

상황이 달라졌으니.

인생은 그런 것이다. 그의 전처, 앤도 그랬다. 그녀마저도 달라졌다. 지난주에 그녀의 전화를 받고 그는 깜짝 놀랐다. 거의 충격을 받았다. 그녀의 목소리는 오래전 그들이 처음 만났을 때로 돌아가 있었다. 그녀는 합리적이고, 익살맞았으며, 너그럽기까지 했다.

그는 자꾸 캐트린 댄스를 떠올리는 자신이 못마땅했다.

하던. 일이나. 계속. 해.

······촉진제는 디에틸 에테르로, 약 600ml가 쓰였음. 현장에서 범행에 쓰인 것으로 짐작되는 다이아몬드사의 '스트라이크 애니웨어' 성냥이 발견됐음. 추적 불가능. 어디서나 구할 수 있는······.

캐트린은 이제 존 볼링의 여자다.

오늘은 미련을 버리기로 했다.

모두를 위해서. 그의 아이들을 위해, 댄스를 위해, 볼링을 위해. 그는 그것이 바람직한 결정이라고 믿었다.

……베이 뷰 센터 사건 현장의 43번 목격자, 제임스 켈로그의 진술. "난 캐너리 로 근처 거리에 서 있었어요. 이곳 출신이 아니라서 거리 이름은 모르겠습니다. 그 일이 일어났을 때 크게 당황했어요. 이게 다 뭐지? 경찰이 떼로 몰려오고? 테러인가? 일이 터지기 오 분 전쯤 총성 같기도 하고 폭죽 같기도 한 소리가 들렸거든요. 하지만 아무것도 보지 못했어요. 주위를 둘러보긴 했는데 특별히 이상해 보이는 건 없었죠. 아니, 보긴 했죠. 하지만 이번 일이 지난번 클럽 사건과 연관이 있을 거라곤 생각지도 못했어요.

아무튼, 그 수상한 남자는 키가 컸어요. 적어도 180센티미터는 넘어 보였어요. 반바지를 입고 선글라스와 모자를 썼고요. 언뜻 보니 금발이었던 것 같은데. 그는 주위를 살피다가 어떤 차로 다가갔어요. SUV였는데, 그 안을 잠시 들여다보다가 문을 열더라고요. 그는 차 안에 놓인 핸드백을 열어봤어요. 뭔가를 훔치려는 것 같았죠. 하지만 가방을 그대로 둔 채차에서 내렸어요. 도둑은 아니었나 봐요."

"어떤 SUV였습니까?"

"닛산 패스파인더였어요. 회색. 그가 가방을 훔치지 않은 이유를 알 것 같아요. 그게 경찰의 차였거든요. 계기판 위에 파란 경광등이 붙어 있었어요."

순간 오닐이 움찔했다. 그는 앉은 채로 몸을 들썩였다. 안 돼! 젠장, 범인이 댄스의 차를 뒤졌던 거야. 그렇게 그녀의 주소를 알아냈겠지. 보나 마나 그녀를 미행했을 것이고, 존 볼링과의 관계도 어렵지 않게 파악했을 거야. 그는 볼링을 표적으로 삼고 그의 자전거에 손을 댔어. 그리고…….

순간 또 다른 생각 하나가 그의 뇌리를 스쳤다. 그가 매기의 학교 행사 전단도 봤을까? 차에 전단 백 장이 보관돼 있다고 댄스가 말한 적이 있다.

학교 강당. 놈이 일을 벌이기에 딱 좋은 곳.

그는 황급히 중앙 상황실로 연락했다.

"여보세요?"

"샤론. 마이클 오닐이야. 퍼시픽하이츠 초등학교에 2-4-5 가능성이 있어. 퍼시픽그로브 지역. 최대한 조용히 인력을 보내도록 해. 새로운 정보가 들어오는 대로 전달할게."

"알았습니다. 그렇게 하겠습니다."

그들은 전화를 끊었다.

이제 어떡하지? 이미 범인이 모든 문을 봉쇄해놓았다면 대피 명령이 내려지는 순간 오닐이 우려하는 참사가 발생할 게 뻔했다.

너무 늦어버린 건 아닐까?

그는 서둘러 댄스에게 연락해보기로 했다. 그녀가 범인이 일을 벌이기 전에 학부모들과 아이들을 안전히 대피시킬 방법을 찾아볼 수 있도록.

오닐은 휴대폰을 들고 단축 다이얼 1번을 눌렀다.

71

웨스와 존 볼링은 대기실에 마련된 간식을 집어먹고 있었다.

매디슨 스퀘어 가든이나 MGM 그랜드 무대 뒤에는 돔 페리뇽 샴페인과 캐비어가 즐비할 텐데. 댄스는 생각했다. 학교에 준비된 건 리츠 크래커와 도리토스 칩, 종이팩 주스, 우유뿐이었다. (댄스의 집과 마찬가지로 학교 역시 탄산음료를 엄격하게 금했다.)

청중의 수는 조용히 늘어났다. 공연이 시작되기 직전이었다. 볼링은 자리를 맡으러 가보겠다고 속삭인 후 웨스를 데리고 나갔다.

댄스는 대기실에 남아 무대로 통하는 입구 근처에 서 있는 딸을 지켜보았다. 아이는 이백 명 가까이 되는 청중을 내다보고 있었다.

얼굴이 딱딱하게 굳은 모습이 행복하지 않아 보였다.

소리를 꺼놓은 댄스의 휴대폰이 계속 진동했다. 그녀는 딸이 무대에 오르는 걸 본 후에 응답하기로 했다.

"매기?"

아이가 울먹이는 표정으로 어머니를 돌아보았다.

대체 무슨 일이지? 그깟 장기 자랑이 뭐 대수라고. 몇 주간의 고뇌며 널뛰는 감정의 기복을 겪어야 하는 거지?

순간 댄스는 수사관의 두뇌로 생각했다. 딸의 고민을 단지 사춘기를 앞둬 예민해진 신경 탓으로만 돌려온 것은 그녀의 실수였다.

진작 모든 걸 범죄로 보고 조치를 취해야 했는데. 음모와 동기, 범죄 양상까지 면밀히 확인했어야…….

꼬리에 꼬리를 물던 생각이 하나의 결론에 도달한 순간.

그녀는 갑자기 깨달았다. 모든 조각들이 너무나도 손쉽게 맞춰졌다. 왜 지금껏 그 생각을 못 했지? 그녀가 파악한 진실. 그녀의 딸은 괴롭힘을 당하고 있다.

베타니와 비밀 클럽…….

겉으로는 한없이 얌전해 보이던 소녀가 비밀을 무기로 교묘히 매기를 괴롭혀온 것이다. 클럽에 가입하려면 비밀을 털어놓아야만 한다. 그것도 아주 수치스러운 비밀을. 이불에 지도를 그린 것, 돈을 훔친 것, 꽃병을 깨뜨린 것, 부모님이나 선생님에게 거짓말을 한 것, 혹은 은밀한 성적 비밀. 그로써 베타니와 아이들은 신참을 좌지우지할 수 있는 힘을 갖게 되는 것이다.

그게 매기가 장기 자랑 무대에 서는 것을 두려워하는 이유였다. 아이는 예정대로 '렛 잇 고'를 부르려는 게 아니다. 클럽 멤버들은 매기에게 엉뚱한 노래를 가르쳐주었을 것이다. 음탕하고 민망한 노래를. 아마도 그들의 담임, 벤딕스 선생을 조롱하는 노래를. 사람 좋기로 소문이 자자한 그녀는 덩치가 크고 옷도 잘 입지 못해 짓궂은 아이들의 표적이 되곤 했다.

댄스는 원치 않으면 굳이 무대에 오를 필요가 없다고 했을 때 안도하던 매기의 반응을 떠올렸다. 든든한 지원군을 얻었으니 그럴 만도 했다. 하지만 마음의 평화는 오래가지 않았다. 얼마 전 베타니에게 전화가 걸려왔다. 어머니의 동의를 얻었음에도 매기는 끝내 무대에 설 수밖에 없게 되었다.

그러지 않았다가는 자신의 수치스러운 비밀이 만천하에 공개될 테니까.

그녀는 화가 치밀었다. 어느새 손바닥이 땀으로 흥건해졌다. 못된 것들 같으니라고…….

휴대폰이 또 진동했다. 이번에도 외면했다.

그녀는 매기에게 다가가 아이의 어깨를 살며시 감쌌다. "엄마랑 잠깐 얘기 좀 할까?"

"엄마…….

"잠깐이면 돼." 그녀는 미소를 지어 보였다.

그들은 대기실 뒤편으로 이동했다. 무대에 오른 매기의 같은 반 친구, 에이미 그랜덤이 《호두까기 인형》에 나오는 춤을 추는 게 보였다. 춤 실력을 보니 연습을 꽤 많이 한 듯했다. 댄스는 청중을 흘끔 살펴보았다. 그녀의 부모는 관람석 중앙에 앉아 있었고, 그 근처에 자리를 잡은 웨스와 볼링의 모습도 보였다. 그들은 빈 의자에 재킷을 걸쳐서 그녀의 자리를 맡아두었다.

그녀는 딸을 온화하게 바라보았다.

댄스는 마음을 굳혔다. 그녀는 매기를 무대에 세우지 않을 것이다. 그리고 어떻게든 딸의 입을 통해 그 '비밀'이 무엇인지 듣고야 말 것이다. 클럽 멤버들이 더는 매기를 쥐고 흔들지 못하도록.

열 살배기의 은밀한 비밀이라는 게 뭐 얼마나 대단하겠어?

그녀의 휴대폰이 다시 진동했다.

세 번째 연락. 더는 모른 척할 수 없었다. 그녀가 휴대폰을 뽑아 들었다. 전화가 아니라 문자 메시지였다. 마이클 오닐이 보내온.

그녀는 대문자로 외치듯 적힌 메시지를 읽었다.

흠. 뭐지?

"왜 그래요, 엄마?"

"잠깐만."

그녀가 단축 다이얼 1번을 눌렀다.

딸깍.

"캐트린! 내 문자 받았어요?"

"난 지금……."

"범인이 당신의 패스파인더를 뒤졌어요. 베이 뷰 센터에서요. 놈은 분명 매기의 공연에 대해서도 알고 있을 거예요. 당신이 얘기했던 그 전단들, 기억하죠? 내가 팀을 보냈고 곧 도착할 거예요. 그가 무슨 짓을 꾸미고 있는지 모르지만 아무튼 당장 사람들을 대피시켜야 해요. 최대한 조용하게요. 우선 비상구부터 체크해봐요. 철사로 묶여 있는지도 모르잖아요." 마이클 오닐이 이토록 흥분한 모습은 처음이다. "관리실에 철사 절단기가 있는지 살펴봐요. 하지만 너무 티 나게 움직이면 안 돼요. 사람들이 대피하기 시작하면……."

"마이클."

"7시 20분이니까 놈은 곧 행동에 나설 겁니다. 아마 공연이 시작되기를 기다리고 있을 거예요."

"야외 공연인데요."

"저…… 네?"

"공연 말이에요. 매기네 학교 뒤편 축구장에 무대가 마련됐어요. 체육관이나 강당에서 하는 게 아니에요."

"오, 야외 공연이었군요."

"사람들이 일제히 한 곳으로 몰려가 사고가 날 위험은 없어요."

"그렇겠네요."

"대기실도 밖에 커튼을 쳐서 마련한 공간이고요."

"그러니까 지금 실외에 있다는 얘기죠?"

"네. 걱정해줘서 고마워요."

"흠…… 다행이네요." 그가 잠시 뜸을 들였다. "매기에게 마음으로 응원하겠다고 전해줘요. 나도 참석하고 싶었는데."

"고마워요, 마이클."

그들은 통화를 종료했다.

야외 공연…….

그의 목소리에서는 과하다 싶을 만큼의 안도감이 묻어나왔다. 우스울 정도로.

그녀는 다시 딸을 돌아보았다.

"매기…… 엄마한테 할 말 없니? 무슨 얘기든 상관없어."

"네?"

"큰 고민거리가 있는 거 알아."

"고민거리 없는데요." 매기가 자신의 빳빳하고 번들거리는 드레스를 만지작거렸다. 무언의 메시지였다.

"오늘 공연 때문에 마음이 불편한 거지? 웅?"

"아니에요."

"마음 놓고 말해보라니까."

"말하고 싶지 않아요."

"엄마 말 들어봐. 우린 서로 사랑하잖니. 사랑하는 사람들끼리는 그런 말을 쉽게 해선 안 돼. 대화를 두려워하면 안 된다고. 사실대로 말해봐. 왜 무대에 오르고 싶지 않은 거지?"

어쩌면 비밀 클럽과 못된 베타니는 담임에게 파이나 물 풍선을 던지라고 시켰는지도 몰랐다. 그보다 더한 짓을 강요했을 수도 있고. 댄스는 스티븐 킹의 소설 《캐리》를 떠올렸다. 피를 뒤집어쓴 채 무대에 오른 소녀.

"매기?" 댄스가 차분하게 말했다.

매기는 어머니를 잠시 쳐다보다가 고개를 돌리고 울먹이기 시작했다. "엄마! 어떡해요?"

그리고 소녀는 울음을 터뜨렸다.

72

캐트린 댄스는 존 볼링과 아들이 맡아놓은 세 번째 줄 자리에 앉
았다. 그녀의 부모는 가까운 곳에 나란히 앉아 벤딕스 선생 반 6학
년 아이들의 공연을 관람하고 있다.

"공연 어때요?" 댄스가 볼링에게 속삭였다. 잊어버린 대사와 안
무, 그리고 음이탈. 아이들의 실수가 끝없이 이어지고 있었다.

"TV에서 하는 웬만한 리얼리티 쇼보다 볼 만한데요."

하긴. 댄스도 인정할 수밖에 없었다. 어떻게 보면 그럴 수도 있
겠네.

서너 명의 아이들로 구성된 팀들이 짧은 연극을 선보이기도 했
다. 덕분에 공연 시간이 많이 줄어들었다. (6학년생은 총 서른여섯 명
이었다.) 솔로 공연들도 라흐마니노프 피아노 협주곡처럼 길지 않았
다. 기껏해야 스즈키 바이올린 교본 연습곡이나 단축시킨 케이티
페리의 히트곡 정도였다.

종이컵과 테이블을 두드리고 손뼉을 쳐서 리듬을 만드는 '컵 송
The Cup Song'은 무려 여섯 차례나 연주됐다.

매기의 순서는 8시 30분이 다 돼서야 돌아왔다. 벤딕스 선생이 호명하자 일렁이는 드레스를 입은 소녀가 당당하게 무대로 걸어나 갔다.

댄스는 깊은 숨을 들이쉬었다. 그녀는 붕대로 감긴 볼링의 손을 꼭 쥐고 있었다. 그가 통증에 움찔했다.

"미안해요." 그녀가 속삭였다.

그는 그녀의 머리에 입을 맞추었다.

마이크 앞에 선 매기가 청중을 둘러보았다. "제 이름은 매기예요. 〈겨울왕국〉에 나오는 '렛 잇 고'라는 노래를 준비했어요. 저는 〈겨 울왕국〉이 〈레고 무비〉나 바비 영화들보다 훨씬 좋은 작품이라고 생각해요. 아직 못 보셨다면 꼭 보세요. 더 기다리지 마시고요."

소개말이 불필요하게 길어졌다고 생각했는지 소녀가 어머니를 흘끔 돌아보았다.

댄스는 미소를 지으며 고개를 끄덕였다.

매기가 고개를 떨어뜨린 채 잠시 뜸을 들이다가 덧붙였다. "반주 를 해주실 걸러드 선생님, 고맙습니다."

아이가 음악 선생님을 돌아보며 고개를 끄덕였다.

피아노 반주가 시작되었다. 단조로 이루어진 아름다운 전주였다. 반주가 잠시 멎었다. 그리고 매기의 목소리가 정적을 채웠다. 아이 는 영화에서처럼 느리고 나지막하게 노래를 부르다가 조금씩 크게 노래했다. 가슴에서 우러난 목소리도 서서히 안정되었다. 댄스는 주위의 청중을 살펴보았다. 대부분 박자에 맞춰 고개를 끄덕이며 미소 짓고 있었다. 그리고 거의 모든 아이들이 노래를 따라 부르고 있었다.

매기는 레치타티보*도 완벽히 소화해냈다. "추위 따윈 두렵지 않다네!" 하고 내뱉듯 부르는 마지막 소절까지 훌륭했다.

박수가 터져 나왔다. 진심을 담은 갈채였다. 자리에서 들썩이는 청중은 기립 박수를 쳐야 할지를 놓고 갈등하는 눈치였다. 한 아이에게만 특별한 반응을 보일 수 없기에. 댄스는 만족스러운 듯 환히 웃는 딸을 바라보았다. 아이는 한쪽 다리를 뒤로 빼고 무릎을 살짝 구부려 우아하게 인사했다. 노래만큼이나 오랫동안 연습해온 동작이었다.

댄스는 딸에게 손키스를 날렸다. 그녀는 볼링의 품에 얼굴을 묻고 그를 끌어안았다.

웨스가 말했다. "우와. '아메리카 갓 탤런트'에 나온 재키 이뱅코 같았어요."

솔직히 그 정도는 아니었다. 하지만 댄스는 이번 공연이 딸의 바이올린 레슨에 의욕을 불어넣어주기를 바랐다.

그녀가 피식 웃었다.

"왜 웃니?" 이디 댄스가 딸에게 물었다.

"그냥요. 너무 잘했잖아요."

"그래."

댄스는 자신이 웃은 이유가 딸의 공연이 아닌, 삼십 분 전, 대기실에서 딸과 나누었던 대화 내용 때문이라는 사실을 굳이 털어놓지 않았다.

"매기?"

"엄마! 어떡해요?"

* 오페라에서 이야기하듯 노래하는 부분.

눈물이 멎자 댄스는 매기에게 말했다. "네가 무슨 일로 이러는지 알아, 매기. 클럽에 대해 알고 있다고."

"클럽요?"

댄스는 딸에게 비밀 클럽과 아이들의 강요에 대해 알고 있다고 설명해주었다.

매기는 황당해하는 표정으로 그녀를 쳐다보았다. 마치 몬터레이의 바다가 초코우유로 넘실댄다는 소리를 듣기라도 한 것처럼.

"엄마, 그런 게 아니에요. 베타니는 착한 애예요. 절대 그런 짓을 할 친구가 아니라고요. 가끔 자기가 리더라는 걸 강조하면서 으스대지만 상관없어요. 우리가 리더로 뽑아줬으니까요."

"오늘 아침에 전화를 걸어와서 무슨 말을 했잖니? 그래서 전화를 끊고 우울했던 거잖아."

아이는 잠시 머뭇거렸다.

"얘기해봐, 매기."

"엄마가 노래를 부르지 않아도 된다고 했더니 클럽 회원들에게 다 얘기해놨다면서 꼭 불러달라고 애원하더라고요."

"'렛 잇 고'를 꼭 불러달라고?"

"네."

"왜?"

"제가 클럽의 스타래요. 자기들은 잘하는 게 없다면서요. 리는 지휘봉 돌리기를 할 줄 알지만 베타니와 카라는 장기가 없거든요. 엄마도 걔들이 〈쿵푸 팬더〉의 한 장면을 재연하는 거 보셨죠?"

"잘하진 않더라."

"그렇죠? 우리 클럽에서 음악이랑 친한 회원은 저 한 사람뿐이에요. 바이올린 연주는 애들에게 인기가 없고요. 우리 중 누구라도 무대에서 멋진 공연을 펼치지 못한다면 클럽 이미지가 곤두박질쳐버릴 거라고 했어요."

"그러니까 걔들이 네 비밀을 폭로하려고 했던 게 아니었다고?"

"걔들은 그럴 애들이 아니에요."

"엄마한테도 네 비밀을 말해줄 수 있니?"

"그건 안 돼요."

"제발. 아무에게도 얘기 안 할게."

매기는 잠시 망설이며 주위를 살펴보았다. "알았어요. 정말 혼자만 알고 계셔야 해요."

"약속해."

아이가 속삭였다. "저는 저스틴 비버가 싫어요. 잘생기지도 않았고 무대 매너도 마음에 안 들어요."

뜻밖의 고백에 댄스는 흠칫 놀랐다. "그게 다야? 그게 네 비밀이야?"

"네."

"그럼 노래는 왜 안 부르겠다는 거지?"

아이의 눈에 다시 눈물이 고였다. "혹시 끔찍한 일이 벌어질까 봐요. 모두가 보는 앞에서 그러면 어떡해요?"

"뭘 그런단 말이지?"

"지난번에 엄마가 그랬잖아요. 여자아이들이 어른이 되는 과정에서 몸이 변하게 된다고."

맙소사. 아이는 무대에서 초경이 터질까 봐 걱정한 것일까? 댄스가 황당해하고 있을 때 매기가 불쑥 말했다.

"빌리 트루스데일이……."

"너희 반 빌리 말이지?"

아이가 고개를 끄덕였다. "저랑 나이가 같아요."

댄스는 두 아이의 생일이 비슷하다는 사실을 기억해냈다. 그녀가 티슈를 꺼내 딸의 눈가를 훔쳤다.

"걔가 왜?"

아이가 코를 훌쩍였다.

"걔가 지난달 조례 시간에 국가를 불렀거든요. 잘 부르긴 했는데 고음 부분에서 목소리가 이상하게 나와버렸어요. 목이 쉰 것처럼 갈라졌죠. 그때부턴 아예 노래를 못 부르더라고요. 모두가 웃음을 터뜨렸고, 걔는 울면서 강당을 뛰쳐나가버렸어요. 나중에 들었는데, 그럴 나이가 돼서 목소리가 변한 거래요." 아이가 울먹였다. "저도 같은 나이잖아요. 저한테도 그런 일이 벌어지면 어떡해요? 오늘 무대에서 말이에요. 이 노래 고음 부분에서 목소리가 갈라져버리면 어떡해요?"

바짝 긴장한 채 이를 악물고 있던 댄스는 그제야 안도의 한숨을 내쉬었다. 그녀는 얼굴에 떠오르는 미소를 애써 참아냈다. 육아란 그런 것이다. 모든 가능성에 대비해 완벽한 대책을 세워놓아도 언제든 당혹스러운 상황이 펼쳐질 수 있다.

댄스는 다시 딸의 눈물을 닦아주었다. 그리고 아이를 꼭 끌어안았다. "매기, 네게 들려줄 말이 있어."

모두의 피
THE BLOOD OF ALL

4월 10일, 월요일

73

댄스는 일찍 일어나 지난밤 열린 '비밀 클럽 파자마 파티'의 흔적을 확인했다. 어젯밤 공연이 끝난 후 매기의 친구들을 집으로 데려왔었다.

거실은 열 살, 열한 살 소녀들이 시끌벅적하게 놀았던 곳치고는 나쁘지 않았다. 테이블에는 피자 부스러기가, 바닥에는 팝콘이 널려 있었지만. 누가 메이크업 실험을 했는지 반짝이와 매니큐어의 흔적도 보였다. 사방에 옷이 널려 있는 걸 보니 한바탕 패션쇼도 벌인 모양이었다.

이 정도면 양호한 편이지.

어젯밤, 집에 돌아온 매기는 친구들에게 스타 대접을 받았다. 장기 자랑 이후 비밀 클럽은 퍼시픽하이츠 초등학교에서 가장 주목받는 클럽으로 급부상했다.

댄스는 회원들 모두가 착한 아이들이라는 걸 알게 됐다. (그래서 기꺼이 아이들을 집에 초대해 피자를 주문하고 파자마 파티를 열어준 것이다.) 베타니를 보니 나중에 워싱턴의 엘리트가 되어 맹위를 떨칠 것 같았다. 리를 보니 남편에게 쥐여살 일은 없을 것 같았고, 카라는 존 볼링마저 깜짝 놀랄 만큼 복잡한 코드를 척척 만들어냈다. 예의 바르고 사려 깊고 익살맞은 소녀들.

이디 댄스는 딸의 집에서 하룻밤을 보내며 손녀의 친구들을 돌봐주었다. 그녀는 아침식사로 캐트린의 시그니처 메뉴를 만들고 있었다. 이름하여 팬플panfle 혹은 와프케이크wafcake. 전날 밤 장기 자랑이 늦게 끝난 탓에 오늘 수업은 평소보다 조금 늦게 시작될 예정이었다.

"고마워요, 엄마."

출근 준비를 마치고, 댄스는 어머니를 꼭 끌어안았다.

"치우지 말고 그냥 두세요. 퇴근해서 제가 할 테니까요."

"어서 나가보기나 해."

댄스가 현관으로 향하려는데 헬로 키티 잠옷을 입은 베타니가 불쑥 나타났다. 댄스는 예전부터 그 친숙한 고양이 캐릭터가 왠지 좀 무서웠다.

"응, 베타니?"

"아줌마, 드릴 말씀이 있어요." 아이는 꽤 진지했다.

댄스가 소녀를 똑바로 바라보며 고개를 끄덕였다. "무슨 얘기?"

"어젯밤 저희가 결정했어요. 아줌마를 비밀 클럽 회원으로 받아들이기로요."

"그래?"

"네. 모두 아줌마를 좋아하거든요. 아줌마는 정말 멋져요. 하지만 클럽에 들어오려면 반드시 비밀 하나를 털어놓아야 해요. 왜냐하면……."

"괜히 비밀 클럽이 아니겠지."

"맞아요."

댄스는 아이의 장단에 맞춰주었다. "엄청난 비밀이어야 하니?"

"아무 비밀이나 상관없어요."

댄스의 시선이 볼링과 함께 찍은 사진 쪽으로 돌아갔다. 얼마 전 내퍼에서 와인 시음을 할 때 웨이터가 찍어준 것이었다.

이건 안 돼.

그녀가 주방 쪽을 흘끔 돌아보았다.

"좋아. 나도 비밀이 하나 있어."

"뭔데요?"

주근깨 소녀의 눈이 휘둥그레졌다.

"내가 너희 나이였을 때였어. 어느 날, 저녁 먹던 중에 브로콜리에 버터를 잔뜩 발라 개에게 먹였어. 엄마가 한눈팔고 계실 때 몰래."

"저기 계시는 할머니 말씀이세요?" 베타니가 이디 댄스가 있는 주방을 바라보았다.

"그래. 널 믿고 들려준 거니까 절대 발설하면 안 된다. 알았지?"

"걱정 마세요. 아무에게도 얘기하지 않을게요. 저도 브로콜리를 싫어하거든요."

댄스가 말했다. "정말 최악이지. 안 그래?"

아이는 판사라도 되는 양 깊은 고민에 들어갔다. 그리고 잠시 후, 결정을 내렸다. "좋은 비밀이에요. 저희 클럽 회원으로 초대할게요." 소녀가 돌아서서 친구들이 일어나고 있는 방으로 쏙 들어가버렸다.

퍼시픽하이츠 비밀 클럽의 유일한 성인 회원이 된 댄스는 간신히 집을 나설 수 있었다. 그녀는 집을 경호 중인 보안관보에게 목례하며 미소 지었다. 그는 손을 흔들어 화답했다. 댄스는 자신의 차에 올라 CBI로 향했다. 그녀가 로비로 들어섰을 때 레이 카레네오가 그녀를 알아보고 달려왔다.

"말씀하신 부분들을 살펴봤습니다." 그가 파일 폴더를 그녀에게 건넸다. "결과는 그 안에 있어요."

"고마워."

"또 다른 시키실 일은 없나요?"

"있으면 곧바로 연락할게."

"알았습니다."

댄스는 파일 폴더를 열고 내용을 훑으며 오버비의 사무실로 향했다. 그녀의 보스가 전화기를 내려놓으며 그녀에게 들어오라고 손짓했다.

"새크라멘토야." 그가 찡그린 얼굴로 말했다. 하지만 아무리 기다려도 부가 설명은 없었고, 그녀도 굳이 캐묻지 않았다. 그는 최근 병원에서 발생한 사건으로 무척 심란한 듯했다. 아직도 오리무중인 솔리튜드크리크 사건과 파이프라인 소탕 작전에 막대한 피해를 입힌 오클랜드 창고 화재 사건, 그리고 세라노까지.

혹은 그저 몸에 밴 관료적인 태도인지도 모른다.

그녀가 의자에 앉기가 무섭게 마이클 오닐이 사무실로 들어왔다.

"마이클, 어서 와요." 오버비가 말했다.

"찰스." 그가 화답한 후 댄스에게도 고개를 끄덕여 인사했다. 그는 피로에 전 모습으로 그녀 옆에 풀썩 주저앉았다.

"더 알아낸 게 있나요?"

오닐이 대답했다. "병원에서 예비 보고서가 도착했습니다. 안타깝게도 쓸 만한 내용은 없더군요. 놀랄 일은 아니죠. 상대는 치밀한 놈입니다."

"엘리베이터 사건은 대체 어떻게 벌어진 건가요?"

"보안 카메라 영상으로는 확인 가능한 게 별로 없었어요. 놈은 수술복 차림이었는데, 캡과 덧신까지 준비했더군요. 관리실에서 열쇠를 훔쳐 꼭대기층 엘리베이터 모터실로 들어갔습니다. 엘리베이터 두 대의 전력 공급을 끊었죠. 현장 감식반이 범행에 쓰인 도구의 흔적을 살펴보고 있습니다만, 아시다시피 크게 기대를 걸 정도는 아닙니다."

"전기가 들어왔었어요." 댄스는 보안 카메라 조명의 눈부신 불빛을 떠올리며 당시 상황을 설명했다.

오닐이 말했다. "인터폰 및 엘리베이터와 연결되지 않은 별도 전력이었을 겁니다." 그가 노트를 들여다보았다. "엘리베이터 통로에 화재가 있었습니다. 놈이 에테르를 사용해 불을 냈죠. 뜨거운 열기만 올라올 뿐 연기는 나지 않았습니다. 엘리베이터에 갇힌 사람들이 맡았다는 탄내는 혼다에서 난 연기였습니다. 화재경보기가 작동하지 않도록 치밀하게 일을 준비한 것으로 보입니다. 경보기가 울렸다간 순식간에 소방관들이 몰려올 테니까요. 놈은 대학살이, 최대한 오랫동안 이어지기를 바랐을 겁니다."

"흠." 오버비가 소리를 냈다.

댄스가 덧붙였다. "지금은 어떤 차량을 몰고 다니는지도 알 길이 없어요. 병원 주차장에 보안 카메라가 없거든요. 거기 차를 세워두지 않았을 수도 있고요. 어쩌면 범행 후 차가 있는 곳까지 몇 킬로미터를 걸어 이동했는지도 몰라요."

그녀는 범인이 누군가에 의해 고용된 프로일 가능성이 높다고 설명했다. 비록 수상쩍긴 하지만 프레더릭 마틴을 배후자로 지목하기에는 무리가 있다는 의견도 내놓았다. 솔리튜드크리크의 모든 피해자들이 프로의 표적이었을 리 없으니.

"어쩌면 범인의 표적은 특정 인물이 아니라 범행이 벌어진 장소 그 자체였는지도 몰라요. 클럽, 베이 뷰 센터, 그리고 병원. 하지만 왜 그랬을까요? 아무리 생각해도 이해가 안 돼요."

오버비는 그녀 말에 귀를 기울이지 않았다. 그의 시선은 모니터에 떠오른 지역 뉴스에 고정되어 있었다. 영웅 소방관의 새로운 인터뷰. 이번에는 병원 사건과 관련된 인터뷰였다.

오버비는 음소거 버튼을 눌렀다. "저번에 아주 흥미로운 기사를 봤어. 뉴욕 버펄로의 소방관에 관한 기사였는데, 자네들도 아나?"

버펄로에 소방관이 한둘도 아니고, 내가 무슨 수로 알겠어? 댄스는 생각했지만 찰스 오버비의 말에 토를 다는 건 별로 현명한 일이 아니었다.

"아뇨."

"저도 모릅니다."

"아주 유능한 친구였지. 용감하고. 아파트에 화재가 나면 가장 먼저 출동해 불길을 헤치고 들어갔어. 그리고 주민들과 그들의 애완견을 척척 구해냈지. 무려 서너 차례나. 그는 발화지점이 어디인지, 어떤 방법으로 진압해야 할지 훤히 알고 있었어. 정말 놀랍지 않나? 화재가 나면 늘 그의 소방차가 가장 먼저 현장에 도착했어. 상황을 읽는 능력도 남달랐다지. 그쪽 업계에서는 그걸 '불길을 읽는다'고 표현하는 모양이야.

그런데 말이야, 알고 보니 불을 지른 건 바로 그 친구였어. 그렇다고 그가 방화광이었던 것도 아니야. 그는 불이 아닌 명망에 집착했어. 일종의 영예. 그는 그 늪에서 빠져나오지 못하고 결국 살인미수와 방화, 절도, 폭행 혐의로 기소됐지. 아마 공공기물 파손 혐의는 취하됐을 거야. 그보다 중한 혐의들이 산더미처럼 쌓여 있었으니까."

그가 손가락으로 TV를 가리켰다.

"매번 이런 재난이 발생할 때마다 브래드 대넌이 가장 먼저 현장에 도착하는 것 같지 않아? 언론 노출도 상당히 즐기는 것 같고. 사람들은 그를 '영웅'이라고 부르고 있어. 저 친구를 의심해봐야 하는 거 아닐까?" 그의 목소리가 살짝 의기양양해졌다.

"저……." 댄스가 입을 열었다.

"우리가 왜 그 생각을 못 했지?" 오버비가 말했다.

그가 마지막 한마디를 덧붙이지 않기를 바랐는데……. 댄스는 오버비의 독백이 이어지는 동안 그의 주의를 딴 데로 돌릴 방법을 궁리했었다.

하지만 이미 늦었다.

그녀가 파일 폴더를 접어 그의 책상에 내려놓았다. "사실 저도 브래드가 범인이 아닐까 의심해봤었어요. 레이 카레네오를 시켜 뒷조사를 해봤습니다." 그녀가 파일을 톡톡 두드렸다. "그의 행방과 통화 기록까지 꼼꼼히 살펴봤어요. 베이 뷰 사건 이후 확인된 범인의 선불폰 번호와도 대조해봤지만 연결고리가 보이지 않았습니다. 그는 범인이 아니에요. 몬터레이 소방국의 그의 상관도 신고가 접수되면 그가 보통 십 분 이내에 출동한다고 하더군요. 비번일 때도 늘 무전기를 끼고 다닌다고 하고요. 아, 그리고 오지랖이 넓어서 기피 인물로 찍혀버렸답니다."

오버비는 잠시 침묵을 지키며 손끝을 한데 모아 세웠다.

"오, 그래? 자네도 같은 의심을 품고 있었군." 그가 멋쩍어하는 표정을 지었다. 하지만 그것은 댄스에게 한발 뒤졌다는 사실에 대한 민망함이 아닌, 불과 몇 시간 만에 부하 요원의 지적에 철회하고 말 의견을 기자회견 때 떠들어대지 않아 다행이라는 안도에서 나온 표정이었다.

그때 댄스의 휴대폰이 울렸다. 티제이 스캔런이었다.

"티제이."

"대장이 요청하신 여러 가지 기록들을 훑어봤습니다. 부동산, 온갖 증서들, 건설 허가 내용 등등."

"그런데?"

"죄다 먼지투성이네요. 요즘 웬만한 건 다 온라인으로 확인할 수 있지 않습니까? 하지만 여긴 아니더군요. 지금껏 골방 선반을 샅샅이 뒤졌습니다. 무슨 동굴에 들어와 있는 것 같아요. 그건 그렇고, 지금 어디 계십니까?"

"찰스의 사무실."

"한 시간 내로 가겠습니다. 대장이 보셔야 하는 게 있어요."

그는 약속한 시간보다 일찍 도착했다. 더러워진 제퍼슨 에어플레인 록 그룹 티셔츠와 먼지투성이 청바지. 구식 수사의 흔적이었다.

동굴……

티제이는 댄스가 방금 오버비에게 건넨 것과 같은 파일 폴더를 손에 쥐고 있었다.

"마이클, 찰스, 대장, 이것 좀 보세요. 솔리튜드크리크 공사를 지시했다는 네바다의 회사에선 아무런 답이 없었습니다. 그래서 제가 좀 파헤쳐봤습니다. 주주들도 좀 살펴보고요. 그 회사는 익명의 위탁업체 소유로 돼 있습니다. 그곳을 들여다보려고 했는데 상장된 회사가 아니더라고요. 하지만 대표가 누군지는 확인할 수 있었습니다. 배럿 스톤. 샌프란시스코에서 활동하는 변호사입니다. 이름만

들어도 신뢰가 가지 않습니까? 적어도 저는 그렇더군요. 아무튼, 본론으로 들어가죠. 통신사가 그의 통화 기록을 순순히 내주더군요. 그 변호사가 지난 이틀간 누구와 세 차례 통화했는지 아십니까?"

오버비가 두 손을 들어 보였다.

"샘 코헨. 그래서 그에게 연락해봤죠. 얘길 들어보니 스톤이 위탁 업체를 대표해 클럽과 그 주변의 땅을 사들이려고 했다더군요."

"범행 동기가 확인됐군요." 댄스가 말했다. "클럽을 망하게 만들어 주변 땅을 싸게 매입하려 했던 거예요. 거기에 새 건물을 지으려고요. 폐업을 앞둔 헨더슨 도매 창고도 분명 표적이었을 거고요."

오닐이 말했다. "그 위탁업체 배후에 누가 있는지부터 알아봐야 하지 않겠어요? 이것만으로는 영장을 신청할 수 없을 텐데."

"그래서 제가 좀 더 파헤쳐봤습니다. 스톤의 의뢰인 중 알 만한 사람들을 추려봤어요. 눈에 띄는 이름이 있나요?" 그가 종이 한 장을 꺼내 그들 앞으로 내밀었다.

한 이름에 노란 형광펜이 칠해져 있고 느낌표도 그려져 있었다.

굳이 그럴 필요가 없었음에도.

댄스가 눈을 깜빡였다. "흠."

"이런." 이름을 확인한 오버비가 당혹스러운 표정으로 말했다. "이거 문제가 좀…… 뭐라고 표현해야 할지 모르겠군."

곤란. 댄스의 머릿속에 가장 먼저 떠오른 단어였다. 그다음 단어는 폭탄.

오버비가 오닐을 돌아보았다. "제대로 한번 파헤쳐봅시다. 어서 가봐요."

가공할 재난이 임박했음을 감지한 그가 발 빠르게 자구책 마련에 들어갔다는 의미였다.

74

살리나스로 향하는 길.

캐트린 댄스는 온라인에서 솔리튜드크리크 사건 범인을 고용한 것으로 의심되는 용의자에 대해 알아보는 중이었다. 마이클 오닐은 그녀 옆에서 운전을 하고 있었다.

마흔한 살의 하원의원, 대니얼 나시마는 캘리포니아 제20선거구에서 여덟 번이나 당선된 유력 인사였다. 민주당 소속으로, 중도에 가까운 성향을 보여온 그는 동성 결혼과 임신중절 선택에 대한 여성의 권리 등을 지지해왔지만, 부자 감세에 대해서는 긍정적인 입장을 보여왔다. ("상위 1퍼센트에 속하는 사람들 중 대부분은 상속이 아닌, 열심히 일한 대가로 부를 쌓아왔기 때문입니다.")

나시마 자신이 바로 그 철학의 훌륭한 본보기였다. 그는 스타트업과 부동산으로 큰돈을 벌었다. 경제적 성공에 대한 야망은 그가 공들여 쌓아온 자선가 이미지에 조금도 흠집 내지 못했다. 오히려 그의 이타심이 자본가로서의 면모를 중화시켜주었다. 잔해에 깔린 지진 피해자들을 구조하기 위해 손수 20킬로그램짜리 돌덩이를 쉴 새 없이 걷어내는 그의 모습을 보고 누가 순자산 규모 따위에 신경을 쓰겠는가.

국회에서의 나시마의 활약은 눈부셨다. 법안 의결에도 거의 빠지지 않았고, 필요할 때는 공화당 측에 먼저 손을 내밀었으며, 모두가 기피하는 윤리 위원회와 국토안보 위원회 소속으로 누구보다도 성실히 활동해왔다. 또한 그는 재직 중 그 어떤 스캔들에도 휘말리지 않았다. (직업적 연관성이 없는) 로비스트와 본격적으로 사귀기 시작했을 때 그는 이미 이혼한 상태였다. 그의 집 가정부가 위조 비자로 취업한 사실이 밝혀지기는 했지만 그의 평판에 흠이 갈 문제는 아니었다. 댄스와 오닐은 각각 앨버트 스템플과 MCSO 보안관보를 데려왔다. 나시마가 사냥을 즐기는 데다 총기 소지 허가까지 받았다는 사실이 확인되었기 때문이었다.

그들은 산타크루즈에 있는 나시마의 사무실에 도착했다. 상점가에 자리한 그의 사무실은 서핑보드를 대여하고 판매하는 가게와 이웃해 있었다. 그곳은 북쪽으로 80킬로미터 떨어진 서해안의 서핑 천국, 매버릭을 홍보하는 포스터로 도배되어 있었다.

스템플이 밖에서 망을 보는 동안 나머지 세 사람은 안으로 들어갔다. 일본계 미국인으로 보이는 자그마하고 예쁘장한 비서가 그들을 통명스럽게 맞았다. 그들은 안쪽으로 들어가 기다렸다. 잠시 후, 그녀가 돌아와 그들을 집무실로 안내했다.

가볍게 인사를 나눈 후 나시마가 세 사람을 찬찬히 훑어보았다. "무슨 일로 여기까지 오셨습니까?"

그들은 각자의 배지와 신분증을 꺼내 내밀었다.

나시마의 시선은 댄스의 신분증에 한동안 머물렀다. 그녀가 먼저 입을 열었다. "의원님, 솔리튜드크리크 사건에 대해 여쭤볼 게 있어서 왔습니다."

"이해가 안 되는군요." 굳은 표정의 니시마는 뒤로 기대어 앉았다. 그의 몸짓은 아주 신중하고 계산적이었다.

"협조 부탁드립니다."

"협조? 뭐에 대해서 말입니까? 범인이라도 잡는 것처럼 쳐들어와서는, 대체 이게 무슨 경웁니까? 내가 범죄자라도 됩니까? 무슨 일로 왔는지 설명부터 해봐요."

그의 반응은 자연스러웠다. 권모술수에 능한 사람 대부분이 그렇듯이.

그녀가 차분하게 말했다. "혹시 1번 고속도로 근처 솔리튜드크리크 부지 매입을 준비하고 계신가요? 클럽과 그 주변 땅 말입니다."

그가 눈을 깜빡였다. 변호사를 부르겠다고 으르렁거리려나?

"전혀요. 사실이 아닙니다."

첫머리에 등장하는 구(句)는 대개 기만의 신호이다. '맹세코'나 '솔직히 말하죠' 같은 말들.

"대리인이 제안을 넣은 사실을 알고 있어요."

그가 잠시 뜸을 들였다. 어떻게 둘러대야 할지 고민하는 중이거나 몹시 화가 나 있거나, 둘 중 하나였다.

"그래요? 난 모르는 일인데요."

"의원님의 변호사, 배럿 스톤이 샘 코헨에게 클럽 매입 건으로 연락을 취한 적이 없다는 말씀인가요?"

하원의원이 한숨을 내쉬고 고개를 떨어뜨렸다. "클럽 참사를 수사 중인 모양이군요." 그가 고개를 끄덕였다. "당신을 기억해요, 댄스 요원. 사건 발생 다음 날에 현장에 오지 않았습니까?"

오닐이 말했다. "의원님께서는 며칠 후 현장에 돌아오셨죠. 매입할 건물과 주변 부지를 살펴보기 위해서 말입니다."

그가 고개를 끄덕였다. "내가 땅값을 떨어뜨리기 위해 그런 끔찍한 일을 벌였다고 생각하는 모양이군요. 그럼 캐너리 로 사건은 첫번째 사건의 범행 동기를 감추려고 벌인 짓이 되는 건가요? 교묘히 사이코의 소행으로 꾸며서? 얼마 전에 일어난 병원 사건도 그렇게 끼워 맞추기식 수사를 하고 있겠군요."

그는 이상하리만큼 자신감에 차 있었다. 하긴, 달리 어쩌겠는가?

"내겐 알리바이가 있습니다. 하지만…… 당신들은 내가 직접 범행을 저질렀다고 생각하진 않겠죠. 그보다는 내가 사이코를 고용했다는 쪽에 더 무게를 싣고 있을 거예요. 안 그렇습니까?"

댄스는 침묵을 지켰다. 심문이나 면담을 할 때 용의자의 진술과 질문에 일일이 반응하는 건 바람직하지 않다. 입을 닫고 상대가 계속 주절거리도록 유도하는 것이 현명한 방법이었다. (언젠가 댄스는 "그럼 몬터레이에는 자주 오겠군요?"라는 짧은 질문 하나로 살인 용의자의 자백을 받아낸 적이 있다.)

대니얼 니시마가 자리에서 일어났다. 그의 시선이 잠시 두 법집행관을 번갈아 훑었다. 그가 두 손으로 책상을 짚었다. 그의 얼굴은 여전히 무표정했다. "좋습니다. 자백하죠. 모든 걸 다 털어놓겠습니다. 하지만 한 가지 조건이 있어요."

75

도니와 웨스는 댄스 부인의 집 뒤뜰에 앉아 있었다. 네이선(암호명은 네오. 〈매트릭스〉에서 가져왔다.)과 빈스(암호명은 벌컨. 〈스타트렉〉이 아니라 〈엑스맨〉에서 가져왔다.)도 호출을 받고 달려왔다.

오늘의 간식은 감자칩과 오렌지 주스, 몰래 가져온 레드불이었다.

"그래서 외출금지령이 내려진 거야?" 여드름투성이에 빼빼 마른 빈스가 물었다.

웨스가 한숨을 내쉬었다. "사상자가 많이 났던 솔리튜드크리크 사건. 엄마가 그 사건을 담당하셔. 베이 뷰 센터 사건도."

네이선이 말했다. "정말? 건물 밖으로 뛰어내린 사람들이 물에 빠져 익사한 그 사건? 그것도 너희 엄마가 담당한다고?"

"범인이 우리 가족에게 해코지를 할까 봐 신경이 많이 예민해져 계셔."

"총을 구해봐. 놈이 나타나면 그걸로 한 방 먹이라고."

"말도 안 돼." 웨스가 말했다.

빈스가 물었다. "그럼 이제 게임은 어떻게 할 거야?"

웨스가 어깨를 으쓱였다. "등하교는 차로 하게 될 거야. 하지만 잘하면 빠져나올 수도 있을 것 같아. 최대한 조심하면. 엄마가 집에 계실 땐 곤란하지만 존 아저씨는 괜찮아. 머리가 아파서 좀 쉬겠다고 하면 되니까. 내 방 창문으로 빠져나오면 누가 알겠어? 내가 알아서 할 테니 걱정들 말라고."

도니가 댄스 아줌마의 남자친구를 향해 손을 흔들었다. 도니는 그가 자신들을 감시하고 있는지도 모른다고 생각했다. 그는 늘 다정하게 아이들을 대했고, 컴퓨터에 대해서만큼은 모르는 게 없었다. 언젠가 그는 코드를 해킹하고 게임 스크립트를 쓰는 방법을 가르쳐주기도 했다. 도니는 가상세계에서 사람들을 골탕 먹이는 '방어와 대응 원정 서비스' 게임으로 인터넷에 진출해 큰돈을 버는 꿈을 꾸었다.

그래, 세상에 공개만 되면 분명 히트를 칠 거야. 기관총으로 좀비들을 쏴 죽이는 것보다 훨씬 재밌을 거고.

도니가 벤치에 앉은 채로 몸을 뒤척였다. 그가 움찔하는 걸 웨스가 눈치챘다. "야, 왜 그래?"

"아무것도 아니야. 괜찮아."

하지만 그건 사실이 아니었다. 자전거가 사라졌다는 걸 아버지에게 들켜버린 것이다. 도니는 급한 대로 친구에게 빌려주었다고 둘러댔다. 그의 아버지는 왜 허락도 없이 빌려주었느냐면서 아들을 때렸다. ("그게 얼마짜린지 알기나 해?") 그는 도니에게 내일까지 자전거를 찾아오지 못하면 가만두지 않겠다고 경고했다.

도니의 아버지는 그러고도 남을 사람이었다.

샤워와는 담을 쌓은 네이선이 눈가에서 떡진 머리카락을 떼어냈다. "자, 봐." 그가 갤럭시 휴대폰을 꺼내 사진을 보여주었다. 정지 신호 표지판. 도로에서 뽑아온 표지판이 빈스의 집 차고에 보관돼 있었다. 그의 어머니는 차고를 사용하지 않았다. 아버지가 차고 안에서 자살했고, 그래서 가족이 절대 그곳에 발을 들이지 않는다는 소문이 있었다. 덕분에 그들은 차고를 자신들의 아지트로 썼다.

"이 정도면 됐지?" 네이선이 물었다. "팀 투 득점!"

그들이 차례로 주먹을 부딪쳤다.

"대단한데." 웨스가 말했다. "안 무거웠어?"

"엄청 무거웠어." 빈스가 말했다. "우리 둘이 낑낑대면서 가져왔다니까."

"나 혼자 들고 올 수도 있었어." 네이선이 말했다. "하지만 너무 길어서, 방향 조절이 안 되어서 같이 들자고 한 거야."

그들 중에서 가장 덩치가 큰 네오라면 얼마든지 그럴 수 있었을 것이다.

"안 들켰어?" 도니가 물었다.

"어떤 꼬마애가 보긴 했는데 우리가 무섭게 노려보니 달아나버렸어."

네이선은 아직도 말할 때 욕을 섞어 쓰는 걸 어색해했다. 차차 나아지겠지 뭐. 도니는 생각했다. 웨스가 그랬던 것처럼.

우리가 씨발 피곤죽을 만들어줄 테니까…….

도니가 방어와 대응 원정 서비스 공식 득점 기입표를 꺼냈다. 표지 삽화는 그가 직접 그려 넣은 것이었다. 타이탄, 엑스맨, 판타스틱 포, 좀비들. 그리고 〈트루 블러드〉 드라마에 나오는 섹시한 여배우들.

그는 네이선/빈스 섹션에 적어나갔다. **다섯 번째 도전, 성공.**

도니는 정지 신호 표지판을 훔쳐오는 미션을 내준 장본인이었다.

'양보' 표지판도 안 되고, '학교 횡단보도' 표지판도 안 되고, '주차 금지' 표지판도 안 되고, 반드시 사거리에 세워진 '정지' 표지판이 어야만 한다는 것이 미션이었다. 사람들 눈에 띄지 않는 것이 거의 불가능한 미션. 게다가 정지 신호 표지판이 사라지면 사고 위험도 그만큼 높아질 수밖에 없다.

빈스가 얼굴을 굳혔다. "삼십 분쯤 후에 새 표지판을 가져와 세 워두더라고."

"빌어먹을." 실망한 도니가 말했다.

웨스의 얼굴이 일그러졌다. "이럴 경우에 대비해 새 표지판을 싣 고 돌아다니는 놈들이 있나 보네. 젠장."

"그러게. 간신히 훔쳐왔는데 허무하게 됐어." 빈스가 말했다.

네이선이 그의 팔을 툭 쳤다. "아쉬워하지 마. 그래도 점수를 얻 었잖아." 그가 득점 카드를 가리켰다. "안 그래, 친구들?"

도니는 대형 사고를 기대했다. 하지만 미션은 정지 신호 표지판 을 훔쳐오는 것이었다. 표지판이 사라진 사거리에서 사고를 유발시 키는 것이 아니라. 표지판 절도, 딱 거기까지였다.

"자." 웨스가 그에게 말했다. "이번엔 우리가 한 짓을 보여줘야지."

도니가 미소를 흘리며 자신의 아이폰에서 '유대인 죽어라!' 사진 을 찾아 보여주었다.

순식간에 역전당한 네이선은 언짢은 표정이었다. 이제 그와 빈스 는 2점 뒤져 있었다.

빈스가 말했다. "저거, 인디언^indian 표시 아니야?"

도니가 짜증 섞인 말투로 물었다. "뭐 말이야? 뭐가 인디언이라 는 거지? 라즈처럼?"

"라즈가 뭔데?" 웨스가 물었다.

웨스와 매기의 어머니는 TV 시청을 제한했다.

도니가 놀리듯 말했다. "라즈 있잖아. 〈빅뱅 이론〉에 나오는 천재. 맙소사."

"나도 알아." 하지만 네이선 역시 잘 모르는 듯했다.

빈스가 말했다. "아니, 인도 사람 말고, 활과 화살과 원뿔형 천막을 쓰는 아메리칸 인디언 말야."

"이건 하켄크로이츠라는 거야." 웨스가 말했다. "나치의 상징."

도니가 덧붙였다. "인디언들도 같은 상징을 사용했어. 예전에 TV에서 본 적 있다고."

네이선이 물었다. "그 하켄 어쩌고 하는 거 말이야. 칼처럼 던지는 무기인가? 끝부분이 칼날같이 생겼는데."

웨스가 말했다. "그냥 상징이라니까. 깃발에 그려진 상징."

"인디언?"

웨스가 고개를 갸웃거렸다. "아니. 나치의 상징이라고."

"나치가 정확히 뭐지?" 네이선이 물었다.

도니가 중얼거렸다. "유대인들과 한판 뜬 놈들."

"그래?"

"〈왕좌의 게임〉을 생각하면 돼."

도니가 덧붙였다. "맞아. 한 이백 년쯤 전에 그랬을걸." 역사를 더 파고들 마음은 없었다. 도니는 득점 카드에 자신의 팀 점수를 기록했다.

네이선이 말했다. "좋아. 이번엔 우리 차례야. 다스베이더와 울버린의 다음 미션은 바로 이거야. 너희 치어리더 샐리 카루더스 알지? 걔가 마시는 음료수에 바이진*을 몰래 타는 거야. 어때?"

"역겨워!" 웨스가 말했다.

도니는 그나마 이번 미션이 유대인이나 흑인들을 표적으로 하지 않았다는 사실에 안도했다. 그가 말했다. "하지만 게임을 며칠 미뤄야 해."

"왜?" 네이선이 미간을 찌푸리며 물었다.

웨스가 한숨을 내쉬었다. "우리가 낙서해놓은 집 주인이 우리 자전거를 가져가버렸어."

"차고에 처박아뒀더라고. 그렇지 않아도 어떻게 할지 웨스랑 의논하던 중이야."

웨스가 말했다. "어떻게든 되찾아야지."

도니가 웨스를 보며 고개를 끄덕였다. 계속 설명하라는 신호였다.

"너희 도움이 필요해. 도와줄 수 있어?"

빈스는 잠시 생각에 잠겼다. "도와줄 테니 우리에게 한 점 더 줘." 그가 득점 카드를 톡톡 두드렸다.

네이선이 말했다. "와, 기발한데."

도니의 얼굴이 일그러졌다. 잠시 고민에 빠진 척했다. 사실 그는 점수에 미련이 없었다. 그가 웨스에게조차 털어놓지 않은 계획을 실행에 옮기기 위해서는 나머지 친구들의 협조가 꼭 필요했다.

마침내 그가 말했다. "좋아. 너희 팀에 한 점 더 줄게." 그가 레드불을 꺼내 친구들에게 하나씩 나눠주었다.

---

* 안약. 복용할 경우 독성에 노출될 수 있다.

76

그들은 순찰차를 타고 1번 고속도로를 달려나가는 중이었다. 운전은 오닐이 맡고, 댄스는 조수석에 앉아 있었다. 뒷좌석에는 앨버트 스템플과 용의자인 대니얼 나시마 하원의원이 나란히 앉아 있었다. 동행했던 보안관보는 두 번째 차량에 타고 있었다.

나시마는 사건 현장에서 그녀가 알고 싶어하는 모든 걸 진술하겠노라고 약속했다.

그들은 숨긴 무기가 있는지만 확인했을 뿐 그에게 수갑을 채우지는 않았다.

다부진 체구의 남자는 말없이 창밖 풍경만 바라보고 있었다. 오른편으로는 방울다다기양배추와 아티초크 밭이 펼쳐졌고, 바다가 있는 서쪽으로는 작은 가게들과 (기념품 가게와 식당 들) 북쪽으로 갈수록 규모가 작아지는 정박지들이 늘어서 있었다.

마침내 그들은 고속도로를 빠져나와 클럽 주차장으로 이어지는 진입로로 들어섰다. 클럽은 판자로 둘러쳐져 있었다. 도매 창고는 영업 중이었지만 댄스는 과연 그곳이 얼마나 더 버틸지 궁금했다.

회사 파산이 임박했다는 보도를 얼마 전 접했다.

오닐이 차를 세우려 하자 나시마가 주차장 끝으로 갈 것을 주문했다. 담배와 음악에 중독된 목격자 아넷의 이동식 주택으로 통하는 길에서 얼마 떨어지지 않은 곳이었다.

"여기서부턴 걸어가야 합니다." 나시마가 말했다.

댄스와 오닐은 잠시 눈빛을 교환하다가 차에서 내려 나시마를 따라나갔다. 그들을 뒤따르는 스템플의 부츠가 모래 덮인 아스팔트를 밟으며 요란한 소리를 냈다. 그와 오닐은 두 손을 권총에 얹었다. 언제 어디서 9밀리미터 권총으로 무장한 범인이 불쑥 튀어나올지 모르기 때문이었다.

클럽은 놔두고 동네로 가려는 건가? 무슨 꿍꿍이지?

모든 걸 다 털어놓겠습니다…….

그가 갑자기 솔리튜드크리크가 자리한 왼쪽으로 방향을 틀었다. 그들은 높이 자란 풀을 헤치고 잔해가 있는 쪽으로 걸어갔다. 콘크리트 바닥, 울타리, 벽과 기둥들. 물가에서 얼마 떨어지지 않은 곳에 철조망이 쳐져 있고, 그 너머로는 반짝이는 강이 있었다.

그가 뒤를 돌아보았다. "난 정말 변호사가 제안한 사실을 몰랐습니다. 모든 걸 그에게 백지 위임했기 때문이죠."

"저희는 알고 있습니다." 댄스가 말했다.

"난 취임하면서 전 재산을 배럿에게 맡겼습니다. 그가 신탁 관리자인 셈이죠. 그는 내 투자 전략과 계획을 속속들이 알고 있습니다. 내가 이 지역 부동산에 관심이 많다는 걸 알고 있으니 클럽에 대해 듣고 망설임 없이 오퍼를 낸 거겠죠. 신탁 재산은 가이드라인에 따라 관리되어야 합니다. 배럿도 그렇게 했을 거고요. 가이드라인에 반하는 거래는 없었을 겁니다. 그 부분은 나도 어쩔 수 없군요."

댄스는 갑자기 불길한 기분에 휩싸였다. 원하는 답을 속 시원히 듣지 못할 것 같은 불길한 예감.

하원의원이 말했다. "이미 조사했을 테니 내가 소유한 회사에 대해서도 알고 있겠군요. 네바다에 있는 유한회사 말입니다."

"네, 이곳에서 개발 사업을 준비 중이시죠."

"바로 그 회사가 이 모든 걸 소유하고 있습니다." 그가 손을 뻗어 주차장부터 아넷과 그녀의 이웃들이 살고 있는 개발지까지 훑었다.

분명 어니가 가만두지 않았을 거예요.

나시마가 말을 이었다.

"회사의 이름은 고도쿠 오가와입니다. 일본어로 '고독한 강'이라는 뜻이죠." 그가 잠시 말을 멈추었다. "'솔리튜드'라는 단어는 참으로 흥미롭습니다. 일본어 '고도쿠'는 고립, 황량함, 무심함과 같은 의미로 쓰여요. 반면 영어 '솔리튜드'는 긍정적인 뉘앙스를 내포하죠. 건강하고 재생적인 무언가를 연상케 하지 않습니까." 그가 이글거리는 눈빛으로 그들을 돌아보았다. "고도쿠 오가와가 여기서 뭘 하려고 했는지 아직도 짐작이 안 됩니까?"

아무도 입을 열지 않았다. 스템플은 팔짱을 낀 채 풀로 덮인 벌판을 바라보았다.

나시마는 녹슨 가시철사를 얹은 오래된 울타리 기둥으로 다가가 살며시 손을 얹었다. "1942년, 프랭클린 루즈벨트 대통령이 백악관 행정명령 9066호에 서명했습니다. 군 장교들에게 요주의 인물들을 '지정된 군 관할 지역'에서 쫓아낼 권한을 준 것이죠. 그 '군 관할 지역'이라는 곳이 어디였는지 압니까? 캘리포니아 전체와 오리건, 워싱턴, 그리고 애리조나 주 대부분이었습니다. 그 조치로 인해 일본계 미국인들이 억울하게 쫓겨났어요."

"격리 수용." 댄스가 말했다.

나시마가 나지막이 말했다. "집단 학살을 미화하려고 쓴 표현이었죠. 약 십이만 명이 살던 집을 떠나 수용소에 격리되었습니다. 그중 60퍼센트 이상이 미국 시민권자들이었어요. 거기엔 아이, 노인, 지적 장애인도 포함돼 있었고요." 그가 큰 소리로 웃음을 터뜨렸다. "스파이? 파괴 공작원? 그들은 독일계나 이탈리아계 미국인만큼이나 충성스러운 국민이었어요. 이 땅의 그 누구보다 애국심이 넘쳤단 말입니다. 일본인이 그토록 위험한 사람들이었다면 하와이는 왜 그냥 놔뒀습니까? 일본인이 수만 명이나 살았는데요. 거기서 간첩 행위나 파괴 공작을 저지르다가 붙잡힌 사람이 있었습니까?"

"이곳에도 수용소가 있었나요?"

"솔리튜드크리크 재배치 수용소. 저기 보이는 산마루에서 고속도로까지 뻗어 있었습니다. 정말 대단했겠죠?" 그가 씁쓸한 표정으로 말했다. "사람들은 대형 막사에서 살았습니다. 각 막사는 스물네 개의 구역으로 나뉘어 있었고요. 구역 하나의 면적은 1.85제곱미터에 불과했습니다. 벽은 천장에 닿지도 않았고요. 공용 화장실이 딱 하나 있었는데 그마저 남녀가 함께 썼다고 합니다. 사생활이라는 게 없었다는 뜻이죠. 수용소엔 다섯 겹으로 된 가시철사 울타리가 둘러쳐졌고, 몇십 미터 간격으로 기관총 초소가 자리하고 있었답니다.

식량도 충분하지 않았습니다. 약간의 쌀과 채소가 배급됐고, 그 외의 식재료는 알아서 구해야 했답니다. 하지만 고기가 필요하다고 닭을 사러 수용소를 나설 수 있었겠습니까? 수감자들이 헤엄쳐서 도망갈까 봐 강에서 낚시도 못 하게 했어요. 인근에 사는 무고한 미국인들을 무참히 살해하거나 몬터레이베이까지 쳐들어온 일본 잠수함 수백 척에게 무전으로 포트 오드 육군 비행장의 좌표를 알려줄 거라 생각했겠지요."

그는 씁쓸하게 웃으며 갈대가 우거진 모래 언덕으로 걸어갔다.

"오래전부터 내 조상들이 갇혀 지낸 곳에 대해 조사했습니다."
그의 시선이 다시 빈터로 돌아갔다. "내 조부도 바로 이곳에서 돌아가셨습니다. 심장마비로요. 그날 수용소에는 의사가 없었습니다.
그래서 포트 오드 비행장에서 급히 불러와야 했죠. 하지만 그 과정에서 시간이 많이 지체됐습니다. 누런 수감자 놈이 심장마비에 걸린 척하면서 탈출을 시도할까 봐 두려웠는지 그 긴박한 와중에 무장한 군인들을 찾으러 다녔다더군요. 의료진의 신상을 보호하기 위해서 말입니다. 내 조부는 그들이 도착하기 전 이미 숨졌습니다."

"유감입니다." 오닐이 웅얼거렸다.

"그도 내 조모와 마찬가지로 '니세이'였습니다. 이민 2세라는 뜻이죠. 우리 아버지는 '산세이' 즉 이민 3세였고요. 그들 모두 미국 시민권자였습니다." 그가 차가운 눈빛으로 그들을 보았다. "난 이곳의 진실을 세상에 널리 알리고 싶었습니다. 그래서 내 가족이 박해받은 바로 이곳에 기념관을 지으려 했습니다. 입구에는 이런 간판이 걸릴 겁니다. **솔리튜드크리크 교세이슈요쇼 기념관.** 교세이슈요소는 '강제 수용소'라는 뜻입니다. '재배치 수용소'가 아니라. 여긴 강제 수용소였습니다."

잠시 골똘한 생각에 잠겼던 그가 다시 입을 열었다.

"판사에게 가서 체포 영장을 신청하기 전에 고도쿠 오가와의 법인 서류부터 좀 살펴보십시오. 거긴 비영리 단체입니다. 그 회사로는 단 한 푼도 벌 수 없어요. 참, 저 건물을 싸게 매입하기 위해 무고한 사람들을 죽였다고 날 모함했죠? 허가 신청을 위해 제출한 도면을 보면 알겠지만 우린 군이 저 클럽을 매입할 이유가 없습니다.

만약 샘 코헨이 클럽을 판다면 우린 저 건물을 밀고 주차장으로 만들 계획이었어요. 팔지 않겠다면 1번 고속도로 근처 땅을 알아보면 되고요. 어쩌면 샘은 이 땅을 끝까지 지키고 싶어하는지도 몰라요. 나중에 건물을 허물고 레스토랑을 짓든지 하겠죠. 만약 메뉴에 초밥과 생선회가 포함된다면 내가 팔을 걷어붙이고 손님들을 모아올 용의도 있습니다."

그의 시선이 다시 바람에 살랑이는 들판과 잔물결 이는 솔리튜드크리크의 회색 물을 향했다.

"당신들이 무슨 생각을 하는지 알아요. 이런 얘긴 사무실에 앉아서도 얼마든지 들려줄 수 있죠. 하지만 증오가 끊임없이 이어지고 있다는 걸 이렇게라도 증명하고 싶었습니다. 바로 이곳에서, 불과 칠십여 년 전에 벌어진 비극입니다." 그가 턱으로 솔리튜드크리크를 따라 둘러진 콘크리트 담을 가리켰다. "그건 새 발의 피예요. 지난 달 반도 지역에서 벌어진 혐오범죄들, 알고 있죠? 유대교 회당들, 흑인 교회들."

그가 고개를 저으며 주차장 쪽으로 돌아섰다. "우린 과거를 통해 아무것도 배우지 못했습니다. 앞으로도 마찬가지일 거고요."*

---

* 조 바이든 미국 대통령은 2022년 2월 19일을 '일본계 미국인 강제 수용을 기억하는 날'로 선포하고 공식적으로 사과했다. 십이만 명을 강제 수용한 지 꼭 팔십 년 만의 일이다.

77

"예상대로 되는 일이 없네요." 댄스가 웅얼거렸다.

댄스와 오닐은 그녀의 사무실에 돌아와 있었다.

"그나마 다행이죠. 적어도 소송에 휘말릴 일은 없어 보이니까요. 나시마가 뭘 트집 잡아 우릴 고소할 수 있겠어요?"

"무고죄?" 그녀가 반농담으로 말했다. 그녀는 책상에 어수선하게 널린, 그리고 화이트보드에 덕지덕지 붙어 있는 사건 자료를 눈으로 훑었다. 증거, 진술에 대한 참고 자료, 범행 디테일. 보기만 해도 끔찍한 사진들.

댄스의 전화가 울렸다. 서류 제출 안내를 요청하는 배럿 스톤 변호사는 아니었다. 티제이가 멋쩍어하며 말했다. "저…… 대장, 아무래도 제가 꼼꼼히 조사하지 못한 것 같습니다. 확인해야 할 자료가 워낙 많아서 말이죠. 최대한 노력했습니다만……."

"나시마가 결백한 게 맞아, 티제이? 내가 알고 싶은 건 그것뿐이야."

"그 사람, 눈처럼 깨끗하더군요. '왔다 하면 쏟아진다'보다는 이게 낫죠? 네바다에 있는 회사의 시공 계획은 클럽과 아무 상관이 없습니다. 강제 수용소가 있던 자리와 1번 고속도로 인근 땅이 전부예요. 그의 주장 역시 전부 사실로 확인됐습니다. 그의 소유로 된 모든 회사가 비영리 법인입니다. 발생하는 모든 수익은 교육과 기념관, 그리고 각종 인권 단체들을 지원하는 데 쓰이고 있어요."

관 뚜껑에 확실히 못을 박아버렸군. 댄스는 생각했다. 이보다 지금 상황에 더 잘 어울리는 표현은 없을 것이다.

그리고 이것도. 백지로 돌아가 다시 시작하기.

오닐의 휴대폰이 윙윙거렸다. 그가 발신자를 확인했다. "윗사람 전화예요."

몬터레이 카운티 보안관실.

"젠장." 오닐이 뇌까리며 응답했다. "테드. 나시마 의원이 항의 전화라도 걸어왔습니까? 아니라고요? 그 문제로 전화 주신 줄 알았는데요."

댄스는 오닐의 몸이 바짝 얼어붙는 걸 지켜보았다. 그는 어깨를 들썩였고, 고개는 떨어뜨렸다. "정말입니까? 확실해요? 지금 캐트린과 함께 있습니다. 이십 분 안에 가겠습니다. URL이 뭐죠?"

그가 무언가를 받아 적었다.

"가는 길에 살펴보겠습니다." 그가 전화를 끊고 나서 좀처럼 보이지 않는 표정으로 댄스를 돌아보았다.

댄스가 눈썹을 추켜세웠다. "뭐죠?"

"내가 수사 중이던 실종 사건 기억하죠? 오토 그랜트."

그녀는 기억을 더듬어보았다. 주정부에 땅을 빼앗긴 후 파산한 농부.

"자살한 것 같다면서요."

"그렇게 된 것 같습니다. 살리나스 밸리 외곽의 판잣집에서 목매 숨졌다더군요." 그가 자리에서 일어났다. "자, 가봅시다."

그녀가 물었다. "나도 가야 해요? 그건 당신 사건이잖아요."

"이제 우리 모두의 사건이 돼버렸습니다."

78

마이클 오닐은 경찰 표시 없는 닷지를 몰고 살리나스 동쪽 시외를 달리고 있었다. 평지로 이루어진 광활한 농장 지역은 물이 풍부해 초목이 우거져 있었다. 댄스는 오토 그랜트가 자살하기 전 블로그에 올렸다는 블로그 글을 훑었다. 불과 몇 시간 전에 작성된 글이었다.

"많은 부분이 설명이 되네요." 댄스가 말했다. "아니, 모든 비밀이 풀려버린 것 같아요."

오토 그랜트 사건이 그들 모두의 일이 된 이유는 간단했다. 그랜트는 솔리튜드크리크 사건 범인을 고용해 몬터레이 카운티를 아수라장으로 만든 장본인이었다.

땅을 빼앗기고 파산에 이르게 된 데에 대한 복수.

"예상한 만큼 이상한 사람이었나요?"

그녀는 말없이 계속 내용을 읽었다.

"읽어줘요."

지난 몇 달간 이 블로그의 독자들은 캘리포니아 주정부가 내 인생을 어떻게 망쳐놓았는지 똑똑히 지켜봐왔다. 오늘 처음 방문한 독자들을 위해 그간의 일을 정리하자면, 난 산후안 그레이드 길 인근에 967제곱미터 규모의 농장을 소유했다. 할아버지가 아버지에게 물려주신 땅이고, 아버지가 내게 물려주신 땅이다.

지난해, 주정부는 그 땅의 3분의 2를 토지 수용권이라는 전체주의적인 법을 내세워 앗아가겠다고 통보했다. 이유? 인근 쓰레기 매립지가 한계에 다다랐다나? 그들은 내 땅에 쓰레기를 묻겠다고 했다.

건국의 아버지들은 정부가 시민의 땅을 매입할 때 '합당한 보상'을 해야 한다는 법을 승인했다. 나는 미국 시민이고 애국자다. 토머스 제퍼슨이었다면 땅값 흥정을 이따위로 했겠는가? 당연히 아니겠지. 그는 신사에 학자이지 않나.

하지만 주정부는 방목지로서의 땅에 대한 보상만을 했다. 농지로서의 가치는 완전히 무시해버렸다. 한창 운영 중인 채소 농장임에도. 그리고 주변에 가축이 단 한 마리도 없음에도. 나는 부당하게 청구된 비용을 처리하기 위해 남은 땅마저 팔 수밖에 없었다.

담보 대출금을 갚고 나니 수중에 남은 돈은 15만 달러가 전부였다. 적잖은 액수로 여겨질지 모르지만 그로부터 얼마 지나지 않아 그들은 내게 7만 달러 세금 고지서를 보내왔다!! 기어이 나를 노숙자로 만들어버리겠다는 속셈이 아니면 뭐란 말인가?

지금쯤이면 내가 어떻게 대응했는지 다들 잘 알고 있을 것이다. 나는 세금 납부를 거부했다. 그리고 내 전 재산을 몇 년 전 알게 된 용병에게 주었다. 솔리튜드크리크과 베이 뷰 센터와 병원에서 벌어진 참사의 배후에 누가 있는지 궁금한가? 그렇다면 당장 거울을 들여다보라. 바로 당신! 당신이 있다. 부디 앞으로는 양심에 귀를 기울이고 남의 영혼과 마음과

생계 수단과 불멸을 함부로 앗아가지 않기를 바란다.

댄스가 말했다. "이게 다예요."

"휴. 더 들어볼 필요도 없겠네요."

"그런 일을 대행하고 15만 달러를 챙기다니. 루이비통 구두를 신고 다닐 만했군요."

그들은 한동안 침묵에 빠졌다.

"동정할 순 없지만, 그래도 그러고 싶어지네요." 오닐이 말했다.

하긴, 나도 그래. 댄스는 생각했다. 비록 엽기적이긴 하지만 그의 탈선에는 측은한 부분이 있었다.

십오 분 후, 오닐은 MCSO 순찰차가 세워진 흙길로 들어섰다. 경관이 그들을 보고 안쪽을 가리켰다. 100미터쯤 더 들어가니 버려진 집이 나타났다. 그곳에는 순찰차 두 대와 검시관 버스가 세워져 있었다. 오닐과 댄스가 차에서 내리자 경관들이 판잣집 앞문으로 그들을 이끌었다.

"저희가 도착했을 때 문은 걸려 있지 않았습니다. 안을 살펴보니 무슨 요새 같더군요. 일을 벌이기 전에 경찰이 나타나면 한바탕 전쟁을 치르려고 준비해온 모양입니다."

단층집의 모든 창문과 뒷문에는 두꺼운 나무판을 덧댔다. 앞문에는 철판을 씌웠고, 자물쇠도 여럿 달아두었다. 걸려 있었다면 소방관들이 쓰는 공성 망치가 필요할 뻔했다.

안을 들여다보는 그녀의 눈에 라이플과 산탄총이 들어왔다. 탄약도 엄청나게 쌓여 있었다.

고밀도 섬유로 된 작업복과 덧신, 모자로 무장한 현장 감식반 대원들이 분주히 움직이고 있었다.

"둘러만 보십시오." 한 경관이 말했다. "아직 증거 채취 중입니다. 무슨 얘긴지 아시죠?"

아무것도 만지지 말라는 뜻이다. 덧신 신는 것도 잊지 말고.

그들은 하늘색 덧신을 신고 안으로 들어갔다. 눈앞에 펼쳐진 풍경은 그녀가 예상한 그대로였다. 기둥이 격자로 배열된 지저분한 오두막집은 음울하고 우중충한 분위기를 풍겼다. 몇 개 되지 않는 중고 가구들. 물통, 셰프 보야디에서 나온 요리, 채소, 복숭아 통조림 캔들. 수북이 쌓인 법률 문서와 노란색 형광펜이 잔뜩 칠해진 낡은 캘리포니아 법령집들. 밀폐된 공기에서 지독한 악취가 풍겼다. 양동이를 변기 대용으로 써온 모양이었다. 매트리스는 회색 시트로 덮여 있었고, 담요는 어울리지 않게 분홍색이었다.

"시신은 어디 있나?" 오닐이 한 경관에게 물었다.

"저 안에 있습니다."

그들은 안쪽의 침실로 들어갔다. 그곳에는 가구가 하나도 보이지 않았다. 너저분한 모습의 오토 그랜트는 먼지로 뒤덮인 채 열린 창문 앞에 누워 있었다. 현장 감식반 대원들이 나일론 줄을 풀고 천장 기둥에 매달린 그를 내려 바닥에 눕혀놓은 것이다. 그들이 도착했을 때 그랜트는 이미 숨진 후였다. 납빛으로 변한 얼굴과 길게 늘어난 목만 보고도 그 사실을 쉽게 확인할 수 있었으리라.

창문은 활짝 열려 있었다. 댄스는 그가 일부러 목련과 참나무로 뒤덮인 이 언덕을 죽음의 장소로 선택했을 거라 짐작했다. 그곳에서는 갓 싹을 틔운 채소밭이 내려다보였다. 그는 시야가 까매지고 심장이 멎는 순간까지 창밖 풍경을 감상했을 것이다. 하긴, 더럽고 흠집 많은 석고보드를 보며 숨을 거두는 것보다는 훨씬 나았을 것이다.

"마이클? 캐트린?"

오닐과 댄스는 많은 이에게 고통을 안긴 범인을 마지막으로 살펴본 뒤 작업복을 입은 현장 감식반 책임자가 기다리는 거실로 나왔다.

"카를로스." 댄스가 말했다.

여윈 라틴계 남자, 카를로스 바티요가 고개를 끄덕여 인사했다. 그는 그랜트가 책상으로 사용했던 카드 테이블로 다가갔다. 테이블에는 범인의 컴퓨터와 휴대용 통신 장치가 놓여 있었다. 모니터에는 그의 블로그가 있었다. 오는 길에 댄스가 오닐에게 읽어준 바로 그 글이었다.

"또 찾은 게 있습니까?" 오닐이 물었다.

"새로운 건 없어요. 참사 관련 뉴스들. 수용권 관련 기사들."

댄스가 턱으로 노키아 휴대폰을 가리켰다. "그는 사람을 고용해 범죄를 저질렀어요. 이제 우리는 그 사람, 그랜트가 '용병'이라고 부른 공범을 찾는 데 집중해야 해요. 문자 메시지나 통화 기록은 살펴봤나요? 아니면, 그것도 암호로 잠겨 있나요?"

"아뇨." 바티요가 장갑 낀 손으로 휴대폰을 집어 들었다. "캘리포니아 전화국에서 구입한 선불폰입니다."

그가 번호를 알려주자 댄스가 고개를 끄덕였다. "범인이 오렌지카운티에서 떨어뜨린 그 선불폰으로 연락을 해왔었군요. 통화 기록을 봐도 될까요?"

그녀와 오닐은 바짝 붙어 서서 감식반 책임자가 스크롤하는 화면을 들여다보았다.

"잠깐만요." 댄스가 손으로 가리키며 말했다. "이건 범인이 떨어뜨린 휴대폰 번호예요. 그리고 나머지 번호들은 시카고에서 구입한 선불폰들이고요."

바티요가 웃음을 터뜨렸다. 댄스가 그 많은 번호를 다 외우고 있다는 사실에 놀란 것이었다.

그가 말했다. "음성 메시지는 남기지 않았습니다. 대부분 문자 메시지로만 소통해왔더군요." 그는 계속 화면을 스크롤했다. "여기있군요. 그랜트가 보낸 메시지입니다. '이 돈이 마지막이에요. 부족하다는 거 압니다. 마음 같아선 두둑하게 지불하고 싶어요.'" 그는계속 읽어나갔다. "'당신이 위험을 무릅쓰고 그 일을 해냈다는 거알아요. 영원히 갚지 못할 빚을 졌습니다.' **영원히.** 마지막 단어는대문자로 썼네요. 대문자로 쓴 단어가 많이 보이더군요. 그리고 좀더 거슬러 올라가면…… 그랜트가 표적들이 완벽하다고 코멘트하는 부분이 나옵니다. 클럽, 베이 뷰 센터, 몬터레이베이 병원. '교회보다 훨씬 나은 것 같아요.'"

"교회까지 표적으로 삼으려 했던 모양이군요." 댄스가 고개를 저으며 말했다.

바티요가 또 다른 메시지를 읽어주었다. "'탄약 잘 받았어요.'"

용병…….

바티요가 휴대폰을 증거품 봉투에 집어넣고 증거물 관리 대장에서명한 후 잘 봉해 빨래 바구니를 닮은 커다란 플라스틱 용기에 담았다.

댄스는 수용권 법 관련 논문을 내려다보며 말했다.

"그가 용병을 어떻게 찾았을까요? 몇 년 전이라고 했는데."

바티요가 말했다. "'총기 박람회'가 언급된 메시지가 있었습니다. '덕분에 총에 대해 많은 걸 배웠어요.'"

"그가 언급한 탄약도 찾았습니다. 12구경 한 상자, 그리고 23구

546

경 두 상자. 알링턴 하이츠 총포사 라벨이 붙어 있더군요."

"시카고." 댄스가 말했다.

오닐이 쓴웃음을 지었다. "놈을 찾는 게 쉽지 않겠네요. 육백만 명이 사는 곳이니."

"언급된 총기 박람회를 살펴보면 되지 않겠어요? 탄약과 휴대폰도 있고요." 그녀가 어깨를 으쓱이며 애써 미소 지었다. "'건초더미에서 바늘 찾기.' 알아요. '왔다 하면 쏟아진다'라는 표현을 쓰기에도 딱 좋은 상황이죠. 그래도, 바늘이 거기 없다는 뜻은 아니잖아요."

사십 분 후, 자신의 사무실로 돌아온 댄스는 오토 그랜트의 자살 현장 사진을 유심히 살펴보았다. 정식 보고서를 받으려면 최소한 이틀은 기다려야 했다. 그녀는 시카고에서 범인을 찾아낼 궁리에 들어갔다. 그가 그곳에 있으리라는 보장은 없지만. 어느새 댄스의 눈은 스탠리 프레스콧과 범인이 죽인 피해자로 짐작되는 여성의 사진을 훑고 있었다. 인증 사진을 찍기 위해 불빛 아래로 끌어온 시체. 과연 그녀는 마지막으로 눈을 감기 전 무엇을 올려다보았을까?

순식간에 스쳐 지나간 남자의 얼굴을 보았을까?

당신, 정체가 뭐야? 시카고로 돌아갔나? 아니면, 다른 데로?

지금은 또 다른 누군가를 위해 일하고 있는지도 모르겠군. 어쩌면 가까운 곳에서. 어쩌면 지구 반대편 어딘가에서.

그녀가 반드시 답해야 하는 질문들이었다. 몇 주, 몇 달, 몇 년이 걸린다 해도.

79

매기의 눈이 휘둥그레졌다. 웨스도 깊은 인상을 받은 듯했다.

그들은 몬터레이 예술회관 무대 뒤에 닐 하트먼과 함께 있었다. 삼십 대 초반의 껑충한 남자는 곱슬거리는 검은 머리에 마른 얼굴을 가지고 있었다. 그야말로 컨트리음악 스타다운 외모였다. 비록 그 장르는 닐의 음악 세계의 일부에 지나지 않았지만. 그의 곡들과 공연 스타일은 프레스노에서 활동하는 댄스의 친구인 케일리 타운과 비슷했다. 굳이 장르를 구분하자면 절충적인 크로스오버라 할 수 있었다.

댄스와 아이들이 대기실로 들어설 때 가수는 미소를 흘리며 밴드 멤버들을 차례로 소개했다.

"케일리가 안부 전해달라고 했어요." 그가 그녀에게 말했다.

"그녀는 오늘 밤 어디서 공연하죠?"

"덴버. 오천 명 이상 수용할 수 있는 큰 공연장이에요."

댄스가 말했다. "요즘 아주 잘나가네요."

"내일 공연 끝나고 가봐야겠어요. 아스펜에서 시간을 보내도 좋겠죠." 그가 수줍게 웃으며 말했다.

그렇게 댄스의 궁금증 하나가 풀려버렸다. 미모의 싱어송라이터 케일리는 꽤 오랫동안 남자를 멀리하고 살아왔다. 감미로운 눈빛, 그리고 롤링 스톤스와는 딴판인 소박한 라이프스타일로 무장한 포틀랜드의 음유시인이야말로 그녀의 취향을 저격했을 것이다.

"음." 매기가 말했다.

"아저씨에게 무슨 할 말 있니?" 하트먼이 미소 지으며 물었다.

"말해봐, 매기."

"사인을 받고 싶어요."

그가 웃음을 터뜨렸다. "그 이상도 해줄 수 있지." 그가 상자로 다가가 어린이 사이즈 티셔츠를 꺼내왔다. 닐 하트먼과 골든 리트리버가 포치에 나란히 앉아 있는, 최신 앨범 재킷 이미지가 찍힌 티셔츠였다. 그는 반짝이 펜으로 티셔츠에 사인했다.

"우와!"

"매기?"

"감사합니다!"

웨스에게도 나이에 맞는 선물이 건네졌다. 밴드 이름인 NHB가 찍힌 검은 티셔츠.

"멋진데요. 고마워요."

"원한다면 기타나 키보드를 만져봐도 돼."

"정말요? 정말 그래도 돼요?" 웨스가 물었다.

"물론이지."

"야아!" 매기가 환호성을 질렀다. 아이는 디지털 키보드로 다가가 앉았다. 댄스가 황급히 달려가 볼륨을 줄여놓았다. 하트먼은 웨스에게 낡은 마틴 기타를 건넸다. 댄스의 아이들은 악기를 곧잘 다루었다. 음악적 재능은 매기가 타고났지만 웨스도 플랫 피크 스타일로 기타를 조금 연주할 수 있었다.

그가 레드 제플린의 '천국으로 가는 계단Stairway to Heaven'을 연주하기 시작하자 하트먼과 댄스가 눈빛을 교환하며 웃음을 터뜨렸다. 그래, 불멸의 명곡이지.

그들은 오늘 밤 공연에 대해 이야기를 나누었다. 케일리 타운만큼은 아니었지만 하트먼의 인기도 꾸준히 상승세를 타고 있었다. 그래미상 후보의 공연답게 몬터레이 예술회관의 좌석은 매진이었다. 천 명에 가까운 팬들이 그를 보기 위해 모였다.

아이들이 구석에서 노는 동안 두 사람은 나지막이 대화를 이어나갔다.

"범인을 잡았다면서요? 그 테러 사건들의 배후자 말이에요."

"엄밀히 말하면 범인을 고용한 사람이에요."

"그랜트라고 했던가요? 농장을 부당하게 빼앗겼다죠?"

"맞아요. 하지만 그가 고용한 청부살인업자의 행방은 아직도 오리무중이에요. 하지만 걱정 말아요. 조만간 검거될 테니까요."

"케일리에게 들었어요. 당신이 꽤…… 집요했다고."

댄스가 웃음을 터뜨렸다. "케일리가 정말 그랬어요?" 그녀는 하트먼의 몸짓을 유심히 관찰했다. 그는 실제 쓰인 표현을 순화하기 위해 애쓰는 중이었다. 보나 마나 케일리는 '고집불통'이나 '옹고집' 따위의 자극적인 표현을 썼을 게 분명했다. 그녀와 케일리는 그런 부분에 있어 많이 닮았다.

"오늘 공연이 취소될까 봐 걱정했어요."

사실 댄스는 그러려고 만반의 준비를 했다. 다행히 공연 전에 사건이 해결되어 그럴 필요가 없어졌지만.

"샘 코헨 소식 들었어요?"

"아뇨. 무슨 소식인데요?"

"클럽을 다시 짓는대요. 여러 뮤지션들이 자선 콘서트를 열기로 했어요. 수익 전액을 그에게 기부하기로요. 그는 옛 건물을 허물고 새 건물을 세우겠다고 했어요. 처음엔 싫다고 사양했지만 우리가……." 그가 웃음을 터뜨렸다. "집요하게 설득했죠."

"좋은 소식이네요. 정말 기뻐요."

당신이라면 멋지게 재기할 수 있을 거예요, 샘. 당신은 할 수 있어요.

그때 하트먼의 드러머가 문간에 나타났다. 그가 미소 지으며 아이들을 바라보다가 말했다. "준비해야지."

하트먼이 아이들에게 엄지손가락을 들어 보였다. "둘 다 잘하는데. 다음에 같이 합주를 해보자꾸나. 같이 무대에 올라서 말이야."

"정말요?" 웨스가 말했다.

"물론이지."

"우와!"

매기는 심각한 표정으로 잠시 생각에 잠겼다. "팻시 클라인의 곡을 연주해도 돼요?"

댄스가 말했다. "매기, 널 하트먼의 곡을 불러보는 건 어때?"

가수가 웃음을 터뜨렸다. "클라인 씨가 흐뭇해하실 거야. 그렇게 하자꾸나."

"자, 이제 좌석으로 돌아가야지."

"고마워요, 하트먼 아저씨."

웨스가 그에게 기타를 넘기고 자신의 휴대폰을 들여다보며 문으로 향했다.

"좋은 시간 보내렴."

"감사합니다."

"케일리에게 안부 전해줘."

그들은 대기실을 나와 빈자리가 빠르게 채워지는 관람석으로 향했다. 못해도 팔백 명 이상은 모인 것 같았다.

한때 그녀는 음악가의 꿈을 품었다. 인기 가수가 되어 이런 무대에 서보고 싶었다. 그 꿈을 이루기 위해 무던히 애를 썼지만 프로에 이르는 마지막 문턱에서 번번이 좌절하고 말았다. 결국 그녀는 음악가의 꿈을 접었다. 그녀는 박사 학위를 받은 후 잠시 배심원 컨설턴트로 일했고, 프리랜서 동작학자로 활동하던 중 기회가 닿아 법집행관의 길에 발을 들였다. 비록 쉽지 않았지만…… 이제는 고향처럼 편하고 익숙한 일이 돼버렸다.

어느새 그녀는 향수를 떨쳐내고, 아직 잡지 못한 범인의 완벽한 표적이 될 수 있는 북적이는 공연장을 경찰의 눈으로 둘러보았다. 그는 수백 킬로미터 밖 어딘가에 숨어 있을 것이다. 하지만 오토 그랜트가 죽기 전 그에게 무시무시한 피날레를 주문했을 가능성을 배제할 수 없었다. 그랜트의 판잣집에서 돌아오는 길에 그녀는 지역 경찰에 공연장을 꼼꼼히 수색하고 각 비상구에 인력을 배치해둘 것을 요청해두었다.

완벽히 조치를 취해두었음에도 그녀는 방심하지 않았다. 비상구와 소방 호스와 소화기들의 위치를 다시 확인했다. 저격수가 은신할 만한 공간들도 살펴보았다. 곳곳에 설치된 보안 카메라에는 빨간불이 들어와 있었다. 녹화가 제대로 되고 있다는 뜻이었다. 병원 카메라들과 달리 조명이 없는 모델인 만큼 비상등이 정상적으로 작동하는지 체크하는 것도 잊지 않았다. 비상시에는 열 개가 넘는 할로겐 조명이 일제히 켜져 실내를 대낮처럼 밝혀줄 것이다.

보안 점검을 마친 캐트린 댄스는 안도하며 좌석에 앉아 눈을 감았다. 공연장에 조명이 꺼지자 그녀는 한껏 들뜬 마음으로 몸을 꼼지락거렸다.

80

안티오크 마치는 시더 힐스 인 호텔 방에서 파인애플 주스를 홀짝이며 TV 화면을 응시했다.

고급 호텔답게 방마다 4K 디스플레이가 지원되는 TV가 갖춰져 있었다. 초고해상 화면 속 이미지는 현재 표준에 비해 두 배 가량 선명했다.

이미지의 깊이에 탄성을 지를 정도였다.

그는 수중에서 4K로 촬영한 영상을 보고 있었다. HDMI 케이블 덕분에 자그마한 컴퓨터 모니터 대신 54인치 대형 화면으로 감상할 수 있었다.

끝내주는군. 해초가 눈앞에서 살아 움직이는 것 같잖아. 저 개복치 좀 봐. 장어도. 산호도. 이토록 생생하게 느껴질 줄이야. 특히 저 상어들. 우아한 움직임이 꼭 펜싱 선수들을 보는 것 같아.

아름다워. 환상적이야. 마치 물속에 들어와 있는 기분이야. 바다의 일부가 돼버린 듯한, 자연의 사슬 속에 갇혀버린 듯한 기분.

4K로 즐길 수 있는 콘텐츠는 아직 많지 않다. 촬영에 특수 카메

라가 필요하기 때문이었다. 그의 삼성 갤럭시에 장착된 것처럼. 아실로마 바위 위의 가족이 딱 일 분만 더 버텨주었더라면 그는 그들의 죽음을 초고해상 영상에 담아 겟에게 선물할 수 있었을 것이다.

행복하지 않았어…….

유선 전화기가 울어댔다. 그는 마치 방 안에 떠다니는 듯한 생생한 해초의 움직임에 시선을 고정한 채 수화기를 집었다.

접수원이 래리 존슨이 도착했다고 알려주었다.

"고마워요. 올려 보내주세요." 그는 그 가명을 선택한 이유가 궁금했다.

몇 분 후, 크리스토퍼 젠킨스가 도착했다.

마치는 문을 열고 그를 맞았다. 두 사람은 악수를 나눈 후 호화로운 스위트룸으로 들어섰다. 문이 닫히자 그 둘은 가볍게 포옹했다.

부담 없는 제스처.

마치와 묘하게 닮은 구석이 있는 젠킨스는 오십 대로, 어깨가 넓고 몸이 다부졌다. 마치보다는 15센티미터 정도 작은 키에 피부는 햇볕에 그을려 까무잡잡했다. 금발 머리는 짧고 납작하게 깎았으며 군인 출신답게 행동 하나하나에 절도가 있었다. 그가 마치의 민머리를 흘끔 쳐다보았다.

"흠."

"어쩔 수 없었어요."

"잘 어울리는데."

마음에도 없는 말이었다. 마치도 잘 알고 있었다. 하지만 젠킨스는 아끼는 직원의 외모를 굳이 지적하지 않으려 했다. 젠킨스는 두 사람이 처음 만났던 삼 년 전의 모습을 고스란히 유지하고 있었다. 살이 조금 붙었지만 여전히 탄탄한 몸을 자랑했다. 젠킨스에게도 그 자신만의 겟이 있었다. 하지만 그것은 마치의 것과는 완전히 달랐다. 젠킨스의 겟은 돈 앞에서 한없이 약해졌다. 페라리를 몰고, 천 달러짜리 저녁을 먹고, 장식용 까르띠에 방울을 수집하고. 젠킨스는 그렇게 자신의 겟을 만족시켰다.

그들은 각자의 방법으로 겟을 관리했다. 일종의 공생.

"캐럴이 안부 전해달래."

"내 안부도 전해줘요."

캐럴은 젠킨스의 무수한 여자친구들 중 하나였다. 마치는 그의 삶을 이해할 수 없었다. 하긴, 요즘 같은 시대에 아무려면 어때? 게다가 겟의 뜻을 거스를 순 없잖아. 뭐든 시키는 대로 해야지. 인생은 짧은걸.

"오시느라 고생하진 않았고요?"

"별로." 젠킨스의 목소리에서 보스턴 억양이 살짝 묻어났다. 그는 군에 입대하기 전 보스턴 교외에 살았다고 했다.

마치는 와인 리스트에서 가장 비싼 것을 주문해놓았다. 샤토 어쩌고 하는 1995년산 프랑스 와인이었다. 비싼 만큼 좋은 와인일 거라 그는 확신했다. 무려 600달러나 들였으니. 뚜껑을 열고 살짝 맛을 봤는데, 나쁘지 않았다. 돌Dole 주스만큼은 아니었지만.

"좋았어!" 젠킨스가 라벨을 살피며 말했다. 와인에 대해 아는 게 전혀 없는 마치는 젠킨스의 그런 반응에 공감하지 못했다.

젠킨스는 진창 같은 와인을 잔에 따랐다. 두 사람은 자축의 건배를 했다. 지난 며칠 동안 벌어들인 돈은 수십만 달러에 달했다.

"난 늘 이곳을 좋아했어. 시더 힐스 말이야."

크리스토퍼 젠킨스를 보면 광고 속 모델들이 떠올랐다. 아름다운 여성 모델 옆에 선 잘생긴 남성 모델. 배경은 플로리다나 하와이 스타일의 포치. 뒤로는 보트와 야자나무들이 보이는, 부동산 시장이나 투자 시장에서 손 하나 까딱하지 않고 수백만 달러를 벌었다고 떠벌리는 광고 속 사람들. 하지만 젠킨스는 아주 드물고 진귀한 아이템을 팔아 큰돈을 벌어왔다.

욕구와 공포가 최고의 영업 무기야, 앤디. 하지만 그중에서도 욕구가 특히 잘 먹히지.

두 남자는 긴 소파에 앉았다. 그들은 물고기들이 헤엄치고 해초가 일렁이는 TV 화면 속 몽환적인 이미지를 한동안 응시했다.

"화질이 끝내주는군. 4K 맞지? 환상적이야. 우리 둘 다 똑똑히 봐두자고. 알았지?" 그가 잔을 내려놓았다. "그래, 이번 일은 어떻게 됐지?"

"다 잘됐습니다."

"오토 그랜트는? 뉴스를 보긴 했네만, 그들이 곧이곧대로 믿는 분위기지?"

"그런 것 같더군요."

마치는 상어 영상을 멈춰놓고 컴퓨터로 또 다른 동영상 파일을 열었다. 2K로 촬영된 고화질 영상 속에서 오토 그랜트가 미친 듯이 발버둥치고 있었다. 그는 마치가 자살로 위장하기 위해 매어놓은 밧줄로부터 벗어나려 필사적으로 몸부림치고 있었다. 한동안 꿈틀대던 그의 몸이 잠시 바르르 떨리다가 이내 축 늘어졌다.

"사정하진 않았고?"

목을 매 숨진 남자들이 마지막 순간에 사정하는 경우가 있다지만 두 사람 모두 직접 본 적은 없다.

"그냥 오줌만 싸더군요."

"아."

"증거는 판잣집에 남겨뒀습니다. 경찰은 그가 시카고 출신 남자를 고용해 범행을 저지르게 했다고 믿을 겁니다. 그리고 그가 병원 사건 직후 그곳으로 돌아갔을 거라 생각할 거예요. 현장에 결정적인 단서가 여럿 있으니까요. 통화 기록이며 이메일. 경찰은 한동안 그쪽에만 매달려 있을 겁니다."

"좋아."

"또 다른 작업이 있다고 했던가요?" 마치는 젠킨스가 굳이 카멀까지 걸음한 이유를 알았다. 새 작업. 그는 그 내막이 궁금했다.

"의뢰인은 스위스 로잔에 있어. 아무래도 유럽은 피하고 싶겠지. 그는 남미를 언급하더군."

"원하는 방식은요?"

"추락. 케이블카."

마치가 웃음을 터뜨렸다. 열쇠 없이 차에 시동을 걸고 엘리베이터 오작동을 유발하는 정도는 거뜬히 할 수 있었다. 하지만 케이블카는 또 다른 차원의 문제였다.

"그건 좀 힘들 것 같은데. 버스는 어떻습니까?"

"버스 정도면 타협이 될 것도 같은데."

"세부사항을 보내줘요."

두 사람은 다시 건배했다. 마치는 와인을 간신히 한 모금 넘겼다. 그의 시선이 파인애플 주스 쪽으로 슬그머니 돌아갔다.

젠킨스가 웃음을 터뜨리며 주스를 가져와 마치에게 건넸다. 그의 손이 마치의 손등에 살짝 얹어졌다. "마시는 건 좋은데 생테스테프 와인과는 절대 섞지 말아줘."

두 사람의 손이 잠시 맞닿아 있었다.

"저녁은?" 젠킨스가 물었다.

"배고프지 않아요."

마치는 일에 집중할 때 허기를 느끼지 않았다. 치밀한 계획을 요하는 순간에는 특히 예민해졌다. 사소한 실수로 모든 걸 그르칠 수 있었다. 쏟아부은 시간과 돈을 생각하면 정신을 바짝 차릴 수밖에 없었다. 한마디로, 겟이 배고파할 때 마치는 허기지지 않았다.

"자, 내가 뭘 좀 가져왔어." 젠킨스가 자신의 루이비통 배낭을 열고 안에서 작은 상자를 꺼내 건넸다. 마치가 상자를 열었다.

"어때?"

"빅토리아 베컴."

렌즈가 파란 선글라스였다.

젠킨스가 말했다. "이탈리아산이야. 렌즈는 햇빛을 받으면 색깔이 더 진해져. 자세한 건 설명서에 쓰여 있으니 나중에 보라고. 자네 마음에 쏙 들 거야."

"고마워요. 멋진데요."

하지만 마치의 생각은 달랐다. 이렇게 튀는 선글라스를 끼고 작업에 임하라고? 이런 시퍼런 안경을 쓰면 당연히 이목이 집중되지 않겠어?

나중에 해변에서라면 몰라도. 휴가 중에.

그 정도는 허락해주겠지, 겟? 가끔 휴식을 취할 기회는 줘야 하잖아.

그는 선글라스를 껴보았다.

"자네에게 딱이군." 젠킨스가 마치의 팔뚝에 손을 얹으며 속삭였다.

마치는 선글라스를 벗고 리모컨을 집었다.

딸깍. TV 화면에 다시 최면을 거는 듯한 바닷속 풍경이 떠올랐다. "정말 끝내주네요. 4K." 그가 경건하게 말했다. "이거, 누가 촬영한 겁니까?"

"놀랍게도 십 대 아이가 찍었다더군."

"4K……. 흠, 21세기를 살고 있는 게 실감 나네요."

"그래, 계획은 세워놨고?" 젠킨스가 물었다.

"그녀를 막아야 합니다."

"그 수사관 말이지? 댄스라고 했던가?"

"네." 그는 그녀의 남자친구, 볼링이 기적적으로 목숨을 건진 사실을 들려주었다. 또한 다음에는 좀 더 효과적인 방법을 쓰겠다고 말했다.

"어차피 우린 내일 떠나잖아. 굳이 그럴 필요가 있어? 정오쯤엔 여기서 수천 킬로미터 벗어나 있을 텐데."

"안 됩니다. 그녀를 반드시 막아야 해요. 그녀는 우릴 잡을 때까지 멈추지 않을 겁니다."

"정말 그렇게 생각하나?"

"네." 마치가 헤엄치는 상어들을 응시하며 말했다.

"그래, 어떻게 할 생각인가?"

댄스는 지금 몬터레이 예술회관에서 콘서트를 관람하고 있다. 그가 베이 뷰 현장에서 그녀의 패스파인더 안을 뒤지다 알게 된 사실이었다. 티켓은 글러브 박스 안에 보관돼 있었다. 그는 잠시나마 그곳에서 마지막 테러를 저질러볼까도 생각했다. 그녀가 사망하거나 적어도 심각한 부상을 당하도록. 하지만 그랜트가 자살한 직후라 불필요한 의심을 받을 일은 삼가야 했다.

게다가 그녀가 죽지 말아야 하는 또 다른 이유가 있었다.

그는 남자의 번호판 정보와 함께 쪽지에 적어둔 내용을 흘끔 돌아보았다. "그녀의 조력자가 있습니다. 이름은 티제이 스캔런. 카멀 밸리에 사는 친구입니다. 그를 죽이고 나서 범죄조직의 소행인 것처럼 위장할 겁니다. 그녀는 추적을 포기하고 동료 살인 사건에 집중하게 되겠죠."

"그냥 그녀를 죽이는 게 더 쉽지 않겠어?"

마치는 적절한 대꾸를 떠올리지 못했다.

"이 방법이 훨씬 낫습니다."

또 다른 이유…….

그가 TV 화면을 가리켰다. "아, 여길 보세요. 바로 여깁니다."

귀상어 한 마리가 화면에 모습을 드러냈다. 흉측하면서도 묘하게 우아해 보이는 상어는 카메라를 향해 유유히 다가오다가 갑자기 위로 방향을 틀었다. 그리고 수면에 떠 있는 서퍼의 한쪽 다리를 덥석 물었다. 그 광경은 인간이 손을 휘둘러 모기를 잡는 것만큼이나 자연스러워 보였다. 상어와 잘린 다리는 빨갛게 물든 물속에서 사라져버렸다. 마치 자욱하게 뿜어내진 붉은 연기를 보는 듯했다. 다리를 잃은 청년은 미친 듯이 몸부림쳐대다가 숨을 거두었다.

"와아." 젠킨스가 말했다. "이게 바로 4K의 위력이군." 그가 와인잔을 집었다.

마치가 고개를 끄덕였다. 그는 잠시 화면을 뚫어져라 응시하다가 TV를 껐다. 루이비통 가방을 집어 들고 사냥용 칼과 총을 체크했다. 그런 다음, 보스에게 문을 가리켰다. "먼저 가시죠."

81

마치가 아는 것도, 관심도 없는 시대다. 특별히 좋아하지도 않고. 미국의 1960년대.

어떤 이유에서인지 CBI 요원, 티제이 스캔런은 그때의 반체제 정서에 흠뻑 빠져 있었다. 안티오크 마치는 그런 그를 이해할 수 없었다.

마치와 젠킨스는 카멀 밸리의 침실 세 개짜리 단층집 거실에 나란히 서서 집 내부를 둘러보는 중이었다. 모든 게 주황색이나 갈색을 띠었다. 카펫, 가구, 식탁보. 벽에는 액자에 담긴 포스터들이 줄지어 붙어 있었다. 우드스탁에서의 지미 헨드릭스, 마마스 앤드 파파스, 제퍼슨 에어플레인. 문마다 화려한 구슬을 꿰어 만든 발이 주렁주렁 걸려 있었다. 이런 분위기에 빠질 수 없는 라바 램프*도 보였다.

"인테리어가 아주 거슬리는군. 안 그런가?" 젠킨스가 물었다.

---

* 유색 액체가 들어 있는 장식용 전기 램프.

정말 그랬다.

마치가 장갑 낀 손으로 블랙 라이트를 켰다. 하늘에 떠가는 함선이 그려진 칙칙한 포스터 위로 자외선 광선이 뿌려졌다.

그는 다시 조명을 껐다.

그의 시선이 벤츠 엠블럼을 연상시키는 커다란 평화의 표지 쪽으로 돌아갔다. 조가비를 모아 만든 것이었다.

아주 거슬려…….

그는 겟에게 흥분하지 말라고 당부했다. 겟은 아직도 그날 바위 위에 모여 있던 아시아인 가족이 얼음장처럼 차가운 물에 빠져 극적인 죽음을 맞지 못한 사실을 아쉬워하고 있었다.

행복하지 않았어…….

조금만 참아. 기쁘게 해줄 테니까.

그들은 두 블록 떨어진 곳에 차를 세워두고 숲을 통해 스캔런의 집으로 다가왔다. 이웃들의 눈에 띄지 않기 위해서였다. 기술적인 부분에 해박한 마치는 먼발치서 스캔런의 집을 유심히 살폈다. 집이 비었음을 확인한 뒤에는 조심히 다가가 창문 안을 들여다보았다. 경보장치나 보안 카메라는 보이지 않았다. 자물쇠는 쇠지렛대로 어렵지 않게 뜯어낼 수 있었다. 보이지 않는 곳에 경보 장치가 숨겨져 있을 가능성을 생각해 잠시 기다렸다. 그리고 본격적으로 작업에 착수했다.

마치는 기이한 인테리어에서 눈을 떼고 그들이 세팅해놓은 간이 침대를 다시 살폈다. 티제이 스캔런의 무덤이 될 곳. 젊은 요원은 그 위에 꽁꽁 묶인 채 누워 끔찍한 고문을 당하게 될 것이다. 필요한 건 많지 않았다. 마치가 가져온 칼과 그의 집에서 찾아낸 펜치, 그 정도면 충분했다. 고통은 단순하다. 불필요하게 공을 들일 필요가 없었다.

자기가 죽을 자리인 줄 어떻게 알고 이토록 공들여 꾸며놓았을까? 그들은 살리나스의 히스패닉 밀집 지역에 자리한 편의점에서 소독용 알코올 한 병을 사왔다. 요원의 고통을 극대화하는 데 필요한 재료였다. 또한 갱들이 득실거리는 동네에서 이런저런 쓰레기와 버려진 넝마를 주워 모았다. 마치는 약간의 조사를 통해 CBI가 최근 이 지역에서 K-101 조직원 몇 명을 체포한 사실을 알게 되었다. 마치는 스캔런의 거실 벽, 그가 죽을 곳 바로 위에 조직의 상징을 그려놓았다. 수사 당국이 그가 죽기 전 주요 정보를 실토했을 거라 짐작하도록.

마치는 '티제이ㅠ'가 무엇의 이니셜인지 궁금했다. 하지만 그 답을 얻기 위해 서류를 뒤져볼 여유는 없었다.

토머스 제퍼슨Thomas Jefferson?

젠킨스가 물었다. "오늘 밤 놈이 귀가하지 않으면 어쩌지? 어쩌면……."

그때, 차 한 대가 자갈 깔린 진입로로 들어서는 소리가 들렸다.

"그 친구인가?"

마치가 창가로 다가가 밖을 내다보았다.

젠킨스는 그 틈을 타 마치의 허리에 살며시 손을 얹었다.

괜찮아.

"맞아요."

스캔런은 혼자였다. 뒤따라온 차도 보이지 않았다.

모처럼 주어진 사냥감이 캐트린 댄스가 아니라는 사실에 겟은 무척 아쉬워했다.

마치는 머릿속 잡념을 떨쳐냈다. 얌전히 있어. 이게 순리라고.

그 말에 짜증이 난 겟은 더 격앙되고 예민해졌다.

꺼져 있어. 그는 생각했다. 이번 일은 내게 맡기고.

두 남자는 소리 없이 현관으로 이동했다. 마치는 문에 난 외시경으로 밖을 살폈다. 스캔런이 들어서는 순간, 쥐고 있는 망치로 팔을 부러뜨릴 작정이었다. 그런 다음 잽싸게 총을 빼앗을 것이다.

젊은 요원이 고개를 푹 숙인 채 울타리에 난 문으로 다가왔다. 문을 열고 들어와서는 구불구불한 보도를 따라 집으로 천천히 올라왔다. 일부러 꺼두었는지 현관 조명은 들어오지 않았다.

낮은 포치로 올라온 스캔런이 옆으로 살짝 이동했다. 잠시 후, 우편함 열리는 소리가 들려왔다. 무엇이 배달됐는지 그가 피식 웃었다. 그는 삼나무 바닥을 디디며 현관문 앞으로 다가왔다.

자물쇠 풀리는 소리.

그리고…… 아무 일도 벌어지지 않았다.

젠킨스가 인상을 찌푸리며 몸을 돌렸다. 망치를 쥔 마치의 손에는 잔뜩 힘이 들어가 있었다. 그는 커튼이 쳐진 창문으로 다가가 밖을 살폈다. 포치는 비어 있었다.

"나가요!" 마치가 거칠게 속삭였다. "어서요!"

젠킨스는 미간을 찌푸리며 마치를 따라 움직였다. 그들이 거실로 돌아갔을 때, 완전 무장한 몬터레이 카운티 보안관보 대여섯 명이 비즈로 덮인 주방 문으로 쏟아져 들어왔다.

"손 들어! 엎드려! 어서!"

현관문이 안쪽으로 벌컥 열렸다. 보안관보 두 명이 더 뛰어 들어왔고, 스캔런이 권총을 든 채로 그 뒤를 이었다. 그가 페인트로 칠해진 벽을 쳐다보며 얼굴을 찡그렸다.

"맙소사!" 젠킨스가 울부짖었다. "안 돼, 안 돼, 안 돼……."

마치는 두 손을 든 채 뒤로 물러났다. 그리고 천천히 무릎을 꿇었다. 잠시 휘청거리던 젠킨스는 급하게 중심을 잡으려 두 손을 양옆으로 떨어뜨렸다.

마치는 그의 눈을 보았다. 예전에 본 적 있는 눈빛. 저항이 아니라 체념의 눈빛이었다. 그는 곧 무슨 일이 벌어지게 될지 짐작할 수 있었다.

그가 젠킨스에게 나지막이 말했다. "안 돼요, 크리스토퍼."

하지만 그를 말릴 방법은 없었다.

그는 짙게 태닝한 손으로 바지 주머니에서 자그마한 권총을 뽑아 들었다. 하지만 그것을 겨눌 틈도 없이 두 명의 경관이 일제히 방아쇠를 당겼다. 날아든 총알은 각각 그의 머리와 가슴에 박혔다. 마치의 귀가 먹먹해졌다. 눈이 거의 감긴 젠킨스는 바닥에 고꾸라졌다.

"용의자가 총에 맞았다. 구급대원을 불러! 어서!" 총을 쏜 경관이 무전기를 떨어뜨리고 권총을 앞세운 채 젠킨스에게 달려갔다. 젠킨스는 더 이상 위협이 될 수 없었다. 경관 두 명이 다가와 마치에게 수갑을 채웠다.

경관들이 젠킨스의 손에서 작은 권총을 낚아채 탄창을 뽑은 후 안전장치를 걸었다.

나머지 경관들이 들어와 집 안의 모든 문을 차례로 열어젖혔다. "아무도 없습니다!"

마치가 멍한 얼굴로 말했다. "다른 사람은 없습니다." 그의 시선은 여전히 보스를 향해 있었다.

어쩌면 젠킨스는 자신이 그 자그마한 총을 앞세워 이 난처한 상황을 타파할 수 있을 거라 믿었는지도 몰랐다. 하지만 그런 무모한 방법으로 자살을 기도하다니. 경찰에게 자살당하기. 물론 아주 드문 일은 아니었다. 직접 자신의 머리에 방아쇠를 당길 용기가 없는 사람들이 주로 쓰는 방법이었다.

그는 바닥에 쓰러진 젠킨스를 빤히 보았다. 털이 긴 카펫은 피로 흥건했고, 그의 손가락은 씰룩거리고 있었다.

밖에서 경관들이 더 몰려 들어왔다. 구급대원 두 명이 그들을 뒤따라 들어왔다. 그들은 황급히 쓰러진 남자 위로 몸을 숙였다. 하지만 생명 징후는 이미 그가 숨졌음을 확인해주었다.

"죽었어요. 검시관을 부르겠습니다."

방탄조끼 차림의 또 다른 남자가 안으로 걸어 들어와 마치를 내려다보았다. 그는 얼마 전, 영화관 밖, 그리고 베이 뷰 센터에서 남자를 보았다. 캐트린 댄스의 동료.

"오닐 형사님." 보안관보 하나가 그를 불렀다. "다른 위협 요소는 없습니다." 경관이 오닐에게 마치와 젠킨스의 지갑을 넘겼다. 오닐이 그것들을 차례로 살펴보았다.

그가 문 쪽으로 다가가며 말했다. "이제 들어와요, 캐트린."

그녀가 집으로 들어와 무덤덤한 표정으로 시체를 내려다보았다. 그리고 이내 초록색 눈으로 마치를 돌아보았다. 그녀와 눈길이 맞닿는 순간 그는 묘한 기분을 느꼈다. 위안? 아무래도 그런 것 같았다. 상황을 따져보면 황당하기 그지없는 일이었다. 하지만 그는 자신을 주체할 수 없었다. 그의 입가에 미소가 떠오르려 했다. 눈앞에서 실물로 본 그녀는 말할 수 없을 만큼 아름다웠다. 이토록 제시카와 닮았을 줄이야!

오닐이 그녀에게 두 남자의 신분증을 건넸다. "죽은 용의자는 크리스토퍼 젠킨스예요." 그가 턱으로 마치를 가리켰다. "그리고 당신이 제대로 짚었어요, 캐트린. 이 친구가 바로 안티오크 마치예요."

제대로 짚었다고?

그는 고개를 저었다. 그는 그녀에게 당했다는 사실이 조금도 놀랍지 않았다.

그의 아름다운 캐트린이 말했다. "미란다 원칙을 알려주고 CBI로 데려가요."

82

"조명 때문이었어요, 안티오크."

"그냥 앤디라고 불러주세요. 그런데, 조명이라고요?"

"당신이 범행한 장소들에 설치된 보안 카메라 조명."

댄스는 의자를 끌고 조금 더 다가왔다. 그들은 넓은 취조실에 마주 앉아 있었다. 세라노를 취조했던 바로 그곳이었다. 그녀는 이미 검은 테 안경을 걸친 상태였다. 그녀는 예리한 눈빛으로 마치를 유심히 살폈다. 몸에 착 달라붙는 담청색 와이셔츠, 짙은 색 바지. 전부 비싸 보이는 것들이었다. 그녀가 앉아 있는 위치에서는 그의 구두가 보이지 않았다. 5천 달러짜리 구두를 신고 있을까?

그는 아직도 경찰이 티제이의 집에 들이닥친 순간을 떠올리며 얼떨떨해하고 있었다. 원리는 제법 간단했지만.

닐 하트먼 콘서트가 시작된 직후 댄스는 방금 관찰한 부분들을 찬찬히 곱씹어보았다. 범인이 표적으로 삼았던 병원과 다른 장소들의 보안등에 대해 생각해보았다. 모두 보안등을 갖추고 있었다. 하지만 보안 카메라 대부분에는 조명이 따로 붙어 있지 않다. 이곳 예

술회관도 마찬가지였다. 클럽과 저자 사인회의 목격자들은 모두가
패닉에 빠져 있을 때 눈부신 조명이 켜졌다고 말했다. 그녀 또한 엘
리베이터 카메라에서 강렬한 불빛이 터진 사실을 생생히 기억하고
있었다.

그녀는 콘서트홀 로비로 나가 휴대폰으로 그 세 곳의 현장 사진
들을 꺼내보았다. 설치된 보안 카메라들은 전부 같은 모델이었다.

그녀는 마치에게 그 사실을 말하고 덧붙였다. "당신이 표적으
로 삼은 현장들은 참사가 벌어지기 직전, 보험사나 화재 조사관의
점검을 받았어요. 하지만 그건 공식적인 절차가 아니었죠. 당신이
조사관인 척 행세하며 카메라를 설치해둔 거였어요. 안 그런가요,
'던' 조사관님?"

댄스가 말을 이었다.

"당신은 피해자들 쪽으로 램프를 끌고 가 비추었어요. 칼리스타
소머스와 스탠 프레스콧. 아, 갑자기 표정이 바뀌는군요. 그래요. 우
린 칼리스타에 대해 알고 있어요. 그녀는 이제 제인 도가 아니에요.
신원이 확인됐으니. 워싱턴 주에서 실종자 메모를 받았거든요. 칼
리스타…… 스탠 프레스콧. 그리고 오토 그랜트. 그는 활짝 열린 창
문 앞에서 목맨 채 숨겨 있었어요. 빛이 아주 잘 들어오는 공간이
죠. 당신은 최대한 조명을 밝히고 범행을 저질렀어요. 대체 이유가
뭐였죠? 칼리스타와 프레스콧에게 조명을 비춰놓은 건 인증 사진
촬영을 위해서였겠죠? 그럼 참사 현장들도 같은 이유로 조명이 켜
지도록 조작해둔 거였나요?"

콘서트홀에서 그 사실을 깨달은 그녀는 곧장 오닐에게 연락해
현장 감식반이 엘리베이터 보안 카메라를 가져와 살피도록 주문했
다. 그리고 감식반에서 카메라 안에 숨겨진 무선 모듈을 찾아냈다.

그녀는 솔리튜드크리크에서 샘 코헨이 보여준 보안 카메라의 영상이 실제 클럽 안에 설치된 카메라의 앵글과 다른 앵글로 촬영된 이유가 궁금했다. 이제 그 의문이 풀렸다. 현장에는 두 대의 카메라가 설치돼 있었다. 트리시 마틴이 봉쇄됐다고 알려준 비상구 쪽에 참사 현장을 제대로 감상하기 위한 또 다른 카메라가 있던 것이다. 소녀 또한 눈부신 불빛을 보았다고 증언했다.

"카메라들은 현상 상황을 스트리밍했어요. 그것도 고화질로. 조명도 눈부시게 들어와 있었죠. 대체 왜 그랬던 거죠? 그랜트가 복수 현장을 실시간으로 지켜보고 싶다고 해서? 어쩌면 그랬는지도 모르죠. 하지만 그가 이미 자살을 각오한 상태라면 말이 안 되지 않나요? 며칠 더 살지도 못했을 텐데." 댄스는 안경 너머로 마치의 얼굴을 날카롭게 노려보았다. "그러던 중 양동이가 떠올랐어요."

"양동이?"

"그랜트는 왜 양동이를 변기로 썼을까요? 볼일은 그냥 밖에 나가 해결하면 되는데 말이죠. 양동이는 납치범이 인질에게 변기 대용으로 제공하는 거 아닌가요? 인질이 수갑이나 덕테이프로 구속돼 있으니까 말이에요."

그의 눈이 살짝 가늘어졌다. 심기가 불편해졌다는 신호였다. 그가 실수를 저질렀다.

"당신이 표적으로 삼은 장소들도 이상했어요. 솔리튜드크리크와 베이 뷰 센터. 그랜트는 정부에 불만을 품고 있었어요. 그가 테러를 계획했다면 다른 곳이 아닌, 관공서를 표적으로 삼았겠죠. 그래야 제대로 된 복수라 할 수 있지 않겠어요?

한마디로, 오토 그랜트는 희생양에 불과했을 뿐이라는 뜻이죠. 당신은 온라인에서 반정부적 입장을 꾸준히 보여온 블로거를 운

좋게 찾아냈어요. 그는 당신에게 완벽한 먹잇감이었죠. 당신은 그에게 연락해 동정하는 척하며 접근했고, 그를 납치해 판잣집에 붙잡아뒀어요. 나중에 모든 걸 그에게 뒤집어씌우려고 말이에요. 그리고 그를 살해한 후 자살로 위장했어요. 우리가 찾아낸 문자 메시지와 통화 기록을 보면 보수 관련 얘기가 오고 간 것도 보이고 청부 살인자의 일처리에 만족한다는 평가도 있었어요. 그 두 개의 휴대폰, 전부 당신 것이었죠? 당신이 자신에게 전화를 걸고, 문자도 보내고. 그런 다음 그중 하나를 그랜트에게 심어두었죠."

그녀가 두 손으로 테이블을 짚었다. "그랜트는 우리를 속이기 위한 장치였어요. 그럼 당신을 고용한 진짜 의뢰인은 누구죠?"

그녀는 미셸 쿠퍼의 전남편 프레더릭 마틴을 용의선상에서 제외했다. 수상한 소방관 브래드 대넌과 대니얼 나시마도 마찬가지였다.

또 다른 용의자가 등장했기 때문이었다. 멕시코 연방 경찰국 국장 라몬 산토스가 고용한 용병들이 오클랜드 창고에 불을 지른 사실을 알게 된 댄스는 다른 참사의 배후에도 그가 있지 않을까 의심했다. 솔리튜드크리크의 헨더슨 도매 창고가 중부 캘리포니아 불법 무기 밀거래의 허브 역할을 해왔을 가능성도 배제할 수 없었다. 그렇다면 사이코의 소행으로 위장해 당국의 주의를 딴 데로 돌리려고 잔머리를 굴렸을지도 모른다고 생각했다.

그녀는 솔리튜드크리크 사건 발생 다음 날, 현장에서 보았던 표지판을 떠올렸다.

국경을 넘을 때는 여권을 잊지 맙시다!

그때 댄스는 레이 카레네오에게 헨더슨 창고의 실체를 조사하라고 지시했다. 하지만 조사 결과, 헨더슨은 해외 운송을 하더라도 북미 지역, 즉 캐나다를 들락거릴 정도였다. 납치나 강도의 위험이 높은 멕시코는 그들의 거래 상대가 아니었다. 산토스 국장이 용병들을 보내 회사를 타격할 이유가 전혀 없었다.

그렇다면 대체 배후자가 누구란 말인가? 범인은 왜 사람들을 죽이고 그 장면을 촬영했던 것일까?

꼬리에 꼬리를 물던 생각이 하나의 결론에 도달한 순간.

그녀가 마치의 매력적인 얼굴을 다시 뜯어보았다.

"스탠 프레스콧의 컴퓨터에서 발견된 폭력적인 웹사이트들도 당신 짓이었죠, 앤디? 당신과 크리스토퍼 젠킨스의 작품 아닌가요? 이건 복수도, 보험사기도, 정신병자 연쇄살인마의 소행도 아니에요. 당신과 당신 파트너가 참사 현장 영상을 세계 각지의 고객들에게 팔아온 거였어요. 특별히 주문 제작된 영상이었다고요."

댄스는 고개를 저었다. "이런 엽기적인 영상을 즐기는 사람이 적지 않다니, 정말 놀랐어요."

안티오크 마치는 이 상황을 즐기고 있는 듯했다. 묵묵부답인 그는 눈빛으로 황당하리만큼 순진한 그녀를 나무라고 있었다. 오, 댄스 요원님. 진실을 알고 나면 놀라 까무러칠걸요.

573

"당신은 프레스콧이 대중의 관심을 몬터레이 사건들 쪽으로 끌고 있다는 이유로 그를 죽인 게 아니에요. 그가 당신의 웹사이트, 핸드 투 하트에 접속했고 그 기록이 그의 컴퓨터에 남아 있기 때문에 죽인 거예요. 그는 그곳에서 참혹한 시체의 이미지들을 다운로드해 게시했어요. 핸드 투 하트 사이트엔 솔리튜드크리크 현장 사진이 없었고, 하는 수 없이 프레스콧은 다른 사이트들을 뒤져야 했죠. 그리고 그렇게 찾은 이미지들을 모아 자신의 비드스터에 포스트했어요. 바로 그게 핸드 투 하트와 솔리튜드크리크의 연결고리가 돼버린 거예요."

핸드 투 하트는 그들 사업에서 매우 중요한 역할을 해왔다. 겉으로는 인도주의적 지원 단체인 것처럼 보였다. 실제로 그 웹사이트에서는 쓰나미 구호금이나 기아 근절 캠페인 따위와 관련된 정보도 제공했다. 하지만 핸드 투 하트는 지나치다 싶을 정도로 재난 현장, 잔학 행위, 죽음, 그리고 훼손된 시신의 끔찍한 이미지와 영상들에 집착하는 경향을 보였다.

그녀는 마치와 젠킨스가 그들 사이트를 즐겨 찾는 접속자들을 모니터해왔을 거라 짐작했다. 그들은 특히 많은 이미지와 영상을 다운로드한 이들에게 조심스레 접근해 그보다 훨씬 생생하고 잔혹한 아이템에 관심이 있는지 슬쩍 떠보았을 것이다. 서로에 대한 의심이 가시면 양측은 본격적으로 협상에 돌입했을 것이고, 고객들은 적지 않은 돈을 내놓으며 자신들이 원하는 이미지와 영상을 구체적으로 주문했을 것이다. 사건 초기의 궁금증은 그렇게 풀려버렸다. 범인이 왜 솔리튜드크리크 클럽에 불을 지르지 않았는지. 왜 베이 뷰 센터에서 사람들을 총으로 쏴 죽이지 않았는지. 문제의 '고객'이 패닉에 빠져 갈팡질팡하는 피해자들의 반응을 보고 싶어했기 때문이었다.

마치는 고개를 한쪽으로 기울인 채 눈썹을 실룩거렸다. 댄스는 그가 무슨 생각을 하고 있을지 짐작이 됐다.

"아, 우리가 어떻게 티제이의 집을 급습할 생각을 했는지 알고 싶어요? 당신이 카메라 안에 선불폰을 숨겨뒀잖아요. 그게 프록시 서버로 연결됐고요. 촬영된 영상의 종착지가 시더 힐스 인 호텔 서버였어요."

존 볼링이 그녀에게 신호 추적 방법을 친절히 설명해주었다. 그녀는 한마디도 알아듣지 못했음에도 진한 키스로 그에게 사례했다.

"우린 호텔로 달려갔죠. 그리고 투숙객 명단을 꼼꼼히 훑었어요. 놀이공원 사건 직후 로스앤젤레스에서 렌터카를 빌린 사람은 당신한 사람뿐이었어요. 우린 당신의 방을 뒤졌고, 티제이의 주소가 적힌 쪽지를 찾아냈습니다."

두 남자의 비뚤어진 사업에 필수적이었던 바로 그 첨단 기술이 결국 그들을 배신한 것이다.

마치는 의자 등받이에 몸을 기댔다. 그의 손목에서 수갑이 짤랑거렸다.

댄스는 이름이 기억나지 않는 잘생긴 배우와 많이 닮은 그의 얼굴에 또다시 감탄했다. 그녀의 이상형과는 거리가 있었지만 객관적으로 보았을 때 남다른 매력이 있는 건 틀림없었다. 졸린 듯한 눈, 너무 두껍지도, 얇지도 않은 완벽한 입술, 도도해 보이는 광대뼈. 단단해 보이는 근육질의 몸. 빡빡 깎은 머리마저도 그에게 잘 어울렸다.

"당신의 협조가 필요해요, 앤디. 고객들 이름을 알려줘요. 곤란하다면 미국인만이라도. 그리고 당신의 경쟁자들. 실제로 그런 사람들이 있는지는 모르겠지만요."

그녀와 마이클 오닐과 FBI의 에이미 그레이브가 전력을 기울여 수사하겠지만 쉽게 해결될 사건은 아니었다. 댄스는 그에 대해 좀 더 깊이 이해해보고 싶었다. 그녀는 지금껏 그처럼 특이한 범죄자를 상대한 적이 없었다. 모르긴 해도 세상에는 그와 같은 변태적 성향을 가진 이들이 더 있을 것이다.

"아, 그 전에 한 가지 더 물어볼 게 있어요."

"뭐죠?" 마치의 한쪽 눈썹이 올라갔다.

"텍사스."

그의 얼굴이 아주 미세하게 실룩였다. 그는 그녀가 무엇을 묻고 있는지 알고 있었다.

"이곳 캘리포니아 검찰과 얘기를 해봤어요. 검사는 당신이 수사에 적극 협조하면 사형 선고를 면하게 해주겠다고 했어요." 그를 응시하는 그녀의 시선에는 흔들림이 없었다. "텍사스로 송환하지 않겠다고도 약속했고요.* 우린 당신의 신용카드 사용 내역도 살펴봤어요, 앤디. 당신은 6개월 전, 텍사스 주의 포트워스에 갔어요. 그곳에서 고객들을 만났죠? 당신이 그곳에 머무르는 동안 프레리 밸리 클럽에서도 같은 참사가 발생했어요. 당신은 노숙자를 희생양으로 만들었고요. 하지만 과학수사대가 어렵지 않게 당신이 범인이라는 걸 밝혀줄 거예요. 그곳에선 절대 사형을 면할 수 없다는 거 알죠? 그 참사로 그곳 정치인의 딸이 숨졌거든요."

그의 혀끝이 입술에 살짝 닿았다가 다시 입 안으로 사라졌다.

"그럼 여기선요? 보나 마나 종신형이겠죠?"

"당신 하기에 따라 감형될 수도 있어요."

그는 말이 없었다.

"원한다면 변호사를 불러요."

마치의 시선이 그녀의 머리부터 손목까지 찬찬히 훑었다. 서늘한 혐오감이 엄습했다.

"당신이 보장할 수 있어요? 개인적으로?" 그가 마치 유혹하듯 느릿느릿 말했다.

"네."

"한 가지 조건이 있어요."

"그게 뭐죠?"

"'캐트린'이라고 불러도 돼요?"

"좋을 대로 해요. 그 조건이란 게 뭐죠?"

"바로 그거예요. 당신을 이름으로 부르는 것."

내 이름을 부르는 건 자기 자유인데 왜 내 허락을 받으려 하지?

* 텍사스 주는 미국에서 사형을 가장 많이 집행한다.

순간 얼음처럼 차가운 기운이 목덜미를 스쳤다.

그녀는 그것에 반응하지 않으려 애썼다.

"그거라면 맘대로 해요."

"고마워요, 캐트린."

그녀는 수첩을 펼쳐들고 펜에서 뚜껑을 뽑았다.

"자, 이제 말해봐요, 앤디. 크리스토퍼 젠킨스는 어떻게 만나게 됐죠?"

84

두 남자는 온라인의 스너프* 게시판에서 만나 친분을 쌓아왔다.

댄스는 존 볼링이 보여준 웹사이트들을 떠올렸다. 이미지도 다운로드할 수 있고, 회원들이 게시판에서 실시간으로 소통도 할 수 있는 곳들.

젠킨스는 전직 군인이었다. 해외로 파병돼 복무하는 동안 그는 틈날 때마다 참혹한 전장과 전사자들 시체와 고문 피해자들을 카메라에 담아왔다. 정작 그 자신은 그런 이미지들에 아무 관심이 없었다. 언론사나 개인 수집가에게 팔아 돈을 벌고 싶었을 뿐이다.

마치가 설명했다. "난 매일 밤 그런 이미지들을 찾아보며 시간을 보냈어요. 그걸 보고 있노라면……."

"보고 있노라면?" 댄스가 물었다.

그가 잠시 머뭇거렸다.

"왠지 마음이 차분해졌어요. 그의 사진은 전부 고화질로 촬영된

---

* 외설, 살인 등을 실제 촬영한 불법 영상.

것들이었어요. 난 그에게 많은 이미지를 구매했고, 그렇게 그와 친해지게 됐죠. 하지만 그의 오리지널 아이템은 금세 바닥나고 말았어요. 제대한 지 꽤 지난 시점이었거든요. 난 그에게 이제부턴 내가 아이템을 제공하겠다고 했어요. 그걸 구매해 되팔 것을 제안했죠. 당시 내겐 아이템이 많지 않았어요. 마침 번지점프 사고 현장에서 촬영한 동영상이 있었는데 그걸 그에게 보여줬어요. 그날 죽음의 순간을 제대로 포착한 사람은 나뿐이었거든요. 아주…… 끔찍한 영상이었어요.

크리스토퍼는 굉장히 마음에 들어했어요. 아는 수집가가 있는데 그에게 팔면 큰돈을 벌 수 있다고 했죠. 개인 수집가 외엔 길이 없었어요. 온라인에 공개되는 순간 독점이라는 가치가 사라져버리니까요. 아무튼 그때부터 난 그런 아이템들을 만들어 그에게 보내는 일을 하게 됐어요. 그리고 몇 달 후, 직접 만나 본격적으로 사업을 구상하기 시작했죠. 인도주의 웹사이트를 만들어 재난 현장 이미지를 올려놓자는 건 그의 아이디어였어요. 물론 선의를 가지고 기부금을 보내는 사람도 있었어요. 하지만 대부분 접속자들은 게시된 이미지들을 다운로드하느라 바빴죠. 세계 곳곳을 쏘다니며 직접 촬영한 사진과 영상이었어요. 내가 그런 쪽으로 재능이 있는 모양입니다. 사람들이 대체적으로 만족하더군요."

"이번 아이템은 어떻게 구상한 거죠?"

그의 얼굴에 미소가 살짝 스쳤다. 그의 눈이 다시 그녀의 피부를 훑었다. 그녀는 등골이 오싹했다.

"나중에 참사 현장에 있게 되면, 열차 탈선 사고나 교통사고 현장, 레이싱카 사고 현장, 혹은 화재나 압사 사고 현장에 있게 되면……." 그가 말끝을 흐렸다.

"크게 얘기해요."

"그러죠, 캐트린. 나중에 그런 현장에 가게 되면 주변을 유심히 살펴봐요. 시신이나 부상자들을 빤히 쳐다보는 사람들을 말이에요. 구경꾼들. 물론 피해자들을 돕는 사람들도 있고, 그들을 위해 기도하는 사람들도 있고, 넋이 나간 채 멍하니 서 있는 사람들도 있을 겁니다. 하지만 그들 틈에는 예외 없이 카메라를 꺼내 들고 베스트 샷을 건지기 위해 신나게 셔터를 눌러대는 사람들도 있을 거예요. 단순히 호기심에 그러는 사람도 있겠지만…… 그런 걸 수집하는 '전문가'들일 수도 있어요. 나 같은 공급자들인지도 모르고요. 우린 그걸 '농사'라고 부릅니다. 사망자와 부상자의 사진을 수확하러 다닌다는 뜻이죠. 우리 같은 사람들을 찾아내는 건 어렵지 않습니다. 저지선을 쳐놓고 사람들을 쫓는 경찰들에게 가장 격렬히 항의하는 사람들, 현장에 피가 많이 보이지 않아 실망하는 사람들, 사망자가 없다는 소식에 한숨을 내쉬는 사람들."

농사…….

"원래부터 이런 데…… 관심이 있었다고요?"

"열한 살 때부터요." 그의 혀가 입술을 핥았다. 그는 기억을 더듬었다. "그때 처음으로 사람을 죽여봤어요. 세레나. 그녀 이름은 세레나였어요. 난 아직도 그녀를 그리며 살아요. 하루도 거르지 않고."

그 어린 나이에 살인을? 그리고 그 사실을 고백하며 흘려대는 저 미소는 또 뭐지? 캐트린 댄스는 태연해 보이려 애썼다.

열한 살. 매기보다 한 살 많고, 웨스보다 한 살 어린 나이.

"난 부모님과 같이 살았어요. 미니애폴리스 외곽의 작은 교외에서요. 남부러울 것 없는 삶이었습니다. 아버지는 세일즈맨이었고, 어머니는 병원에서 일했죠. 두 분 다 바쁘게 사셨어요. 덕분에 나

혼자 시간을 보낼 때가 많았습니다. 말 그대로 열쇠 찬 아이*였죠. 하지만 그래도 좋았어요. 부모님 간섭이 없었으니까요. 아무튼 난 외톨이로 자랐고, 그런 삶에 점점 익숙해졌어요. 아, 참고로 세레나를 죽일 때 쓴 무기는 SMG였어요."

맙소사.

"기관총으로 대체 그걸 어디서 구했죠?"

그가 다른 곳을 쳐다보았다. "그걸로 다섯 방을 쐈어요. 묘한 위안이 찾아들더군요." 그가 또다시 그녀의 얼굴을 눈으로 훑었다. 그녀의 팔을 따라 찬찬히 내려온 시선이 손에서 멈추었다. 그녀는 손톱에 매니큐어가 칠해져 있지 않아 다행이라고 생각했다. 등골이 다시 오싹해졌다. 마치 그의 손이 실제로 몸에 닿은 듯 섬뜩한 기분이었다.

"세레나. 검은 머리. 라틴계 외모였어요. 나이는 스물다섯 살쯤 됐었고요. 저는 열한 살 때라 섹스에 대해 아는 게 하나도 없었습니다. 하지만 세레나를 지켜보면서 설명할 수 없는 황홀한 기분을 느꼈어요."

지켜보면서. 댄스는 그 표현에 주목했다. 그에게 쾌감을 주는 행위.

당시 기억을 더듬어나가는 그는 추억에 깊이 빠진 모습이었다. 그때 덜미를 잡혔나? 그 사건으로 소년원에 다녀오진 않았을까? 국립범죄정보센터 데이터베이스에는 그런 기록이 없었다. 하지만 청소년 범죄자들의 기록이 봉인되는 건 흔한 일이었다.

"물론 죄책감은 느꼈습니다. 그것도 엄청나게요. 두 번 다시 그런 짓을 하지 않겠노라고 다짐도 했고요." 그가 피식 웃었다. "하지만

---

* latchkey, 방과 후에 집에 혼자 있는 맞벌이 부부의 아이.

바로 그다음 날, 난 그녀를 또 죽였어요."

"뭐라고요? 그녀를……."

"그녀 말이에요. 세레나. 이번엔 충동적으로 벌인 일이 아니었어요. 아주 작심을 하고 죽였죠. 이번엔 스무 방을 쐈어요. 재장전하고 나서 스무 방을 또 쐈고요."

그제야 댄스는 이해할 수 있었다. "게임 얘기군요."

그가 고개를 끄덕였다. "1인칭 슈팅 게임이었어요. 뭔지 알아요?"

"네." 캐릭터의 시점으로 진행되는 게임. 플레이어는 게임 속 캐릭터가 되어 온갖 무기로 적이나 괴물들을 죽인다.

"다음 날, 나는 또다시 그 세상에 빠져들었어요. 그리고 그다음 날도. 매일 그녀를 죽였죠. 트로이와 게리도. 몇 시간에 걸쳐 수백 명을 스토킹하고 죽여댔어요. 충동은 어느새 거부할 수 없는 강요로 바뀌어 있었죠. 그건 나의 겟을 막아낼 수 있는 유일한 방법이었어요."

"그게 뭐죠?"

그는 한동안 그녀를 빤히 쳐다보았다. 그는 고민에 빠져 있었다.

"당신과 나, 이제 많이 친해졌잖아요. 솔직히 다 털어놓을게요. 아까 내가 무슨 말을 하려다 멈칫했죠? 갑자기 마음이 바뀌어서."

"그랬죠."

그걸 보고 있노라면…… 왠지 마음이 차분해졌어요.

"겟." 그가 말했다. 그리고 그것이 무엇인지 설명해주었다. 만족을 위한 무언가를 얻고자 하는^{get} 저항할 수 없는 욕구. 근질거림을 잠재우고 갈망을 충족시키기 위해. 죽음과 부상과 피를 구경하는 것이 바로 그의 '겟'이었다. 그가 계속 이어나갔다.

"게임…… 그게 팔딱대는 충동을 누그러뜨려줬어요. 묘한 흥분도 안겨줬고요."

전형적인 중독 과정.

"더." 그가 속삭였다. "더, 그리고 좀 더. 내 욕구는 걷잡을 수 없이 커져갔어요. 그렇게 게임은 내 삶이 돼버렸죠. 난 모든 플랫폼을 갖춰놨어요. 플레이스테이션, 닌텐도, 엑스박스, 전부 다." 앤디 마치가 어느새 촉촉해진 눈으로 그녀를 쳐다보았다. 그가 속삭였다. "세상엔 게임이 너무 많았어요. 크리스마스 선물로 게임을 요구하면 부모님은 다 사주셨죠. 그게 어떤 게임들인지 궁금해하지도 않으면서."

그가 언급한 게임들. **둠, 데드 오어 얼라이브, 모털 컴뱃, 콜 오브 듀티, 히트맨, 기어 오브 워.**

"모든 블러드 코드를 다 알아내 써먹었어요. 상대를 최고로 잔인하게 죽일 수 있게 말이죠. 최근엔 'GTA^{Grand Theft Auto}'라는 게임에 빠져 있었어요. 미션을 수행하거나 도시 곳곳을 어슬렁거리며 사람들을 죽이는 게임이죠. 우선 테이저건으로 제압한 후 총으로 쏘거나 폭탄으로 날려버리거나 산 채로 불태워버리는 거예요. 로스 산토스 시내를 거닐다가 갑자기 창녀들을 쏴 죽일 수도 있고요. 스트립 클럽에 들어가 아무 이유 없이 총을 갈겨댈 수도 있죠."

얼마 전, 댄스는 '월드 오브 워크래프트'와 같은 멀티플레이어 온라인 롤플레잉 게임에 빠져 물의를 일으킨 한 청년의 사건을 맡아 수사했다. 온라인 시대에 두 아이를 키우는 입장에서는 게임의 폐해를 우려할 수밖에 없었다.

법조계, 심리학계, 그리고 교육계 내부에서는 폭력적인 게임과 폭력적인 행동의 연관성에 대한 논쟁이 끊임없이 이어졌다.

"원래부터 난 겟을 품고 살아왔어요. 하지만 그것에 불을 당긴 것은 바로 게임이었죠. 게임이 아니었다면 지금쯤 난…… 전혀 다른 삶을 살고 있었을 겁니다. 겟을 잠재우는 또 다른 방법을 찾아냈거나. 하지만 이젠 엎질러진 물이에요. 점점 나이가 들면서 게임만으로는 성이 차지 않더군요." 그가 살며시 미소 지었다. "초기 약물의 한계랄까요. 난 좀 더 강한 자극을 원했어요. 그래서 피 튀기는 영화들을 찾기 시작했죠. 선혈이 낭자한 슬래셔 영화나 고문 포르노 같은 것들. **홀로코스트 3, 왼편 마지막 집, 위저드 오브 고어.** 그러면서 강도를 조금씩 높여갔죠. **쏘우, 인간 지네, 네 무덤에 침을 뱉어라, 호스텔**…… 그런 영화들.

그러다가 웹사이트로 관심을 돌리게 됐어요. 당신이 스탠 프레스콧의 컴퓨터에서 찾은 사이트들처럼 끔찍한 범죄 현장 사진들을 감상할 수 있는 곳. 여배우들이 총에 맞거나 칼로 난자당하는 십오 분짜리 영상을 구매할 수 있는 곳."

"하지만 그런 것들로도 성이 차지 않게 됐죠?"

그가 고개를 끄덕였다. 그리고 체념한 목소리로 말했다. "그리고 모든 게 바뀌었어요."

"무슨 일이 있었죠?"

"제시카." 그가 속삭였다. 그의 시선이 또 그녀의 얼굴과 목을 훑어나갔다. "제시카."

85

"그때 난 십 대 초반이었어요. 사고가 났었죠. 35번 도로와 모킹 버드 가가 교차하는 곳에서. 미네소타 시골 구석이었어요. 난 그 사고를 '교차로'라고 불러요. 전부 대문자로 썼죠. 내겐 그만큼 의미가 있었거든요."

"부모님과 차를 타고 친척 장례식에 다녀오는 길이었거든요." 그가 미소를 지어 보였다. "참 아이러니하죠? 장례식이라니. 아무튼 언덕 위 교차로에서 방향을 막 틀었을 때 트럭 한 대가 세워진 게 눈에 들어왔어요. 아버지가 황급히 브레이크를 밟았죠." 그가 어깨를 으쓱였다.

"사고? 가족이 죽었나요?"

"네? 아뇨. 우리 가족은 멀쩡했어요. 지금 플로리다에 살고 계시죠. 아버지는 여전히 세일즈맨이고요. 어머니는 제과점을 하세요. 가끔 찾아가 뵙죠." 그가 힘없이 피식 웃었다. "인도주의적 활동에 매진하는 아들을 얼마나 자랑스러워하시는지 몰라요."

"교차로." 댄스가 말했다.

"픽업 트럭이 정지 신호를 무시하고 달리다가 컨버터블 스포츠 카를 들이받은 사고였어요. 그 차는 언덕 밑으로 굴러 떨어졌어요. 운전자는 당연히 즉사했고요. 부모님은 나만 혼자 차에 남겨두고 트럭 쪽으로 달려갔어요. 트럭 운전자가 유일한 생존자였죠.

나는 시키는 대로 차 안에서 기다리고 있었어요. 그러다가 갑자기 무슨 생각이 들었는지 차에서 내려 언덕을 내려갔죠. 스포츠카를 지나 덤불 쪽으로 다가가니 열여섯, 열일곱 살쯤 돼 보이는 소녀가 누워 있는 게 보였어요. 차에서 튕겨져 나온 모양이더라고요.

나중에 그애 이름이 제시카라는 걸 알게 됐어요. 피를 많은 쏟은 상태였죠. 목과 가슴에 깊은 상처가 나 있었고요, 블라우스는 활짝 젖혀져 있었어요. 자세히 보니 왼쪽 가슴에 큰 자상이 나 있더군요. 한쪽 팔은 뼈가 완전히 산산조각 나버렸고요. 하지만 너무나도 아름다웠어요. 초록 눈. 그 강렬한 초록빛의 눈.

계속 도와달라고 애원했어요. '도와줘. 경찰을 불러줘. 사람들을 불러와줘. 지혈 좀 해줘. 부탁이야.'"

그가 차분하게 댄스를 보았다.

"하지만 난 아무것도 하지 않았어요. 아니, 아무것도 할 수 없었어요. 난 주머니에서 휴대폰을 꺼내 오 분 동안 그녀를 촬영했죠. 그녀가 죽어가는 모습을요."

"당신은 거기서 그치지 않고 자연스레 다음 단계로 넘어갔어요. 진짜 죽음을 실시간으로 지켜보는 것. 게임이나 영화로 접하는 죽음이 아닌, 진짜 현실 속의 죽음 말이에요."

"맞아요. 내겐 그런 게 필요했어요. 제시카의 죽음 이후 겟은 아주 오랫동안 곤히 잠들어 있었죠."

"하지만 당신은 기어이 다음 단계로 넘어가버렸어요. 달리 방법이 없었죠? 제시카 같은 케이스는 흔히 목격되는 일이 아니니까."

"터드." 그가 말했다.

"터드?"

"사 년인가 오 년 전쯤 된 일이에요. 당시 내 상태는 정말 말이 아니었죠. 학교 성적은 바닥을 쳤고, 하는 일도 재미가 없었어요. 게임과 영화도 들썩이는 겟을 진정시키지 못했고요. 내겐 더 강한 자극이 필요했어요. 언젠가 뉴욕 북부로 출장을 간 적이 있었어요. 코넬 대학교에서 영업 미팅을 마치고 나와 인근 숲을 거닐고 있는데 한쪽에서 번지점프를 하는 사람들이 보이더군요. 얼핏 봐도 불법으로 영업하고 있다는 걸 알 수 있었죠. 대부분 어린 친구들이었는데, 헬멧에 고프로 카메라를 붙이고 위험천만하게 뛰어내리더라고요."

"아까 얘기했던 그 사고 말이죠? 당신이 크리스토퍼 젠킨스에게 팔았다는 그 영상?"

그가 고개를 끄덕였다. "난 거기서 터드라는 아이랑 몇 마디 나눴어요." 마치는 잠시 말을 잇지 못했다. "터드. 나 자신을 주체할 수가 없더라고요. 그는 바위 위에 로프를 걸어놓고 절벽 끝으로 다가갔어요. 주변엔 아무도 없었고요."

"로프를 빼놓았나요?"

"아뇨. 그랬다간 의심을 피할 수 없잖아요. 난 그냥 로프를 1.5미터 정도 늘려놓았어요. 그러고 나선 절벽 밑으로 내려가 사고 순간을 카메라에 담았죠." 마치가 고개를 저었다. "그때 기분은…… 말로 표현할 수 없을 정도였어요."

"그 후에 겟이 또 사라졌나요?"

"네. 그 순간 깨달았어요. 앞으로 어떤 삶을 살게 될지. 그러던 와

588

중에 크리스토퍼를 만나게 된 건 행운이었죠. 숙명적으로 벌일 수밖에 없는 일이 생계가 돼버릴 줄 누가 알았겠어요? 처음에는 아주 소박하게 시작했어요. 여기저기서 한 명씩 골라 죽이는 것에 불과했죠. 노숙자에겐 독약을 먹였고요, 헬멧도 없이 스쿠터를 타고 가는 소녀가 보이면 커브 길에 기름을 뿌려놓기도 했어요. 하지만 이따금 한두 명 죽이는 걸로는 만족이 안 되더군요. 스케일을 키워야 했어요. 고객들도 우리가 그래주길 바랐고요. 그들은 중독자들이었어요. 나처럼."

"그래서 군중이 몰린 곳을 표적으로 삼게 된 거군요."

"모두의 피."

그녀는 여전히 호기심에 찬 표정으로 그를 응시하고 있었다.

그는 황제가 자유의 몸으로 만들어주었음에도 끝내 살육의 현장을 떠나지 않은 고대 로마 검투사에 대한 시를 들려주었다.

시를 읊어나가는 마치의 눈이 반짝거렸다.

오, 베루스, 그대는 마흔 번이나 싸웠고
자유를 상징하는 나무 루디스를
세 번이나 받았지만
은퇴할 기회를 번번이 거절했소.
머지않아 우리는 또다시 모여 그대 손에 쥐인 검이
적들의 심장을 꿰뚫는 광경을 볼 것이오.
그대에게 찬사를 보내오.
생명의 문을 통과할 기회를 포기하고 우리에게 안겨준
우리가 갈망하는, 우리를 살게 하는
모두의 피.

"이천 년 된 시예요, 캐트린. 하지만 우리는 그때와 다르지 않아요. 조금도 달라지지 않았어요. 자동차 경주와 활강 스키, 럭비, 권투, 번지 점프, 풋볼, 하키, 에어쇼…… 우린 속으로 은밀히, 아니, 노골적으로 누군가가 죽기를, 끔찍한 참사가 벌어지기를 바라고 있어요. NASCAR*를 알죠? 수십 대의 경주용 차들이 몇 시간에 걸쳐 좌회전만 반복해대는 경주. 극적이고 끔찍한 죽음을 목격할 확률이 전혀 없다면 과연 사람들이 관심이나 보일까요? 이천 년 전엔 콜로세움이었지만 지난주엔 매디슨 스퀘어 가든이었어요. 그때나 지금이나, 뭐가 달라졌죠?"

그의 말 속 무언가가 신경 쓰였다. "당신이 읊어준 그 시 말이에요. 손과 심장…… 그건 당신 웹사이트 이름이잖아요. 손에 쥐인 검, 심장을 꿰뚫는. 인도주의적 지원과는 거리가 멀지 않나요?"

그가 눈을 번뜩이며 어깨를 으쓱였다.

"당신 고객들에 대해 자세히 알고 싶어요. 모두 미국인인가요?"

"아뇨. 외국인들이에요. 대부분 아시아인이고요, 러시아인도 있어요. 남미인도 있고. 하지만 그곳 고객들은 주머니 사정이 좋지 않아 스케일 큰 시나리오는 주문하지 않아요."

대부분 겟의 비뚤어진 성욕에 휘둘린 사람들이었다. 그들의 진정한 의도를 밝혀내지 못하면 기소는 쉽지 않을 거라고 댄스는 생각했다.

"당신에게 몬터레이 참사를 주문한 고객은요?"

"일본인이었어요. 오래된 단골이죠."

"이 지역에 특별히 악감정을 갖고 있는 사람인가요?"

---

* 미국 개조 자동차 경기.

그녀는 나시마와 솔리튜드크리크 강제 수용소를 떠올렸다.

"아뇨. 그냥 우리더러 아무 데나 고르라고 했어요. 크리스토퍼 젠킨스는 카멜에 좋은 호텔이 있다면서 날 그곳으로 보냈어요. 와인 리스트도 훌륭하고 침대도 편안하고 고급 TV도 갖춰져 있다면서 말이죠."

그녀가 다음 질문을 던지려 하자 그가 고개를 저었다.

"너무 피곤하네요. 내일 하면 안 될까요? 아니면 그다음 날에?"

"그러죠."

그녀가 자리에서 일어났다.

마치가 말했다. "아, 캐트린?"

"네?"

"잠시나마 동지와 함께 할 수 있어서 좋았어요."

그녀는 그 말의 의미를 이해하지 못했다. 하지만 이내 그 '동지'가 자신임을 깨닫고 몸을 떨었다. 등골이 또다시 오싹해져왔다.

그가 그녀를 위아래로 훑어보았다.

"당신의 겟과 나의 겟…… 둘은 서로 닮았어요. 이제라도 우리가 서로의 일부가 돼서 정말 다행이에요." 마치가 속삭였다. "잘 가요, 캐트린. 내일 다시 만나요. 안녕."

마지막 미션
THE LAST DARE

4월 11일, 화요일

86

"어이, 친구."

도니와 네이선이 주먹을 맞부딪쳤다. 웨스는 고개를 끄덕이며 주위를 살폈다.

그들은 학교 운동장 벤치에 앉아 있었다. 멀리서 티프가 도니를 바라보며 눈썹을 올렸다. 하지만 다른 반응은 없었다.

가까운 곳에서는 몇 안 되는 친구들이 모여 이야기를 나눴다. 그들 중 하나가 그를 향해 엄지손가락을 들어 보였다. 아까 육상 경기를 보고 온 모양이었다. 도니가 주장이 되어 이끄는 육상팀은 시사이드 중학교와의 200미터와 400미터 단거리 경주에서 통쾌한 승리를 거두었다. (하지만 집에서는 400미터 개인 기록에서 일 초가 뒤졌다는 이유로 흠씬 두들겨 맞았다.)

엄지손가락을 들어 보인 건 레온 윌리엄스였다. 괜찮은 녀석이었다. 도니도 고개를 끄덕였다. 도니는 학교의 흑인 학생들을 증오하지 않았다. 아니, 흑인 자체에 반감을 갖고 있지 않았다. 그런 그가 게임이라는 명목 아래 흑인 교회들을 표적으로 몹쓸 짓을 벌여온 것이었다. 오히려 그는 유대인을 혐오했다. 아버지의 영향이 컸다. 흥미롭게도 도니는 지금껏 골드슈미트 외에 다른 유대인을 만나본 적이 없었다.

도니가 휴대폰을 꺼내 확인했다. 아직 아무 연락이 없었다.

그가 네이선과 웨스에게 물었다. "벌컨한테서는 아직 연락 못 받았어?"

빈스는 수업이 끝나기가 무섭게 곧 돌아오겠다는 말만 남기고 사라져버렸다. 아무래도 수상했다.

네이선이 말했다. "문자를 보내왔어."

도니가 말했다. "너한텐 보냈는지 몰라도 나한텐 아니야. 뭐 그럴 배짱이 없었겠지."

"하긴. 아무튼 나한텐 곧 오겠다고 했어. 급히 처리할 일이 생겼다나. 메리랑 같이 올지도 모른대. 너도 알지? 가슴 빵빵한 애 있잖아. 난 녀석이 끝내 안 나타날 것 같다는 생각이 들어. 계속 잡다한 핑계나 늘어놓고."

"안 오면 블랙리스트에 올려야지." DARES는 가입 희망자들을 대기자 명단에 올려놓고 관리해왔다. 도니는 문득 겁쟁이 빈스가 빠지는 게 오히려 다행일지 모른다고 생각했다. 왜냐하면 이번 미션은 '방어와 대응 원정 서비스' 게임이 아니니까. 차원이 다른 도전이었다. 매우 심각하고 중대한 미션, 그러니 믿었던 동지에게 뒤통수를 맞는 일은 결코 없어야 했다.

웨스가 물었다. "그럼 우리 셋만 하는 거야?"

"아무래도 그래야 할 것 같아."

도니가 손목시계를 들여다보았다. 카시오 시계의 한쪽 가장자리에 흠집이 나 있었다. 그는 아버지에게 들키지 않도록 한 시간에 걸쳐 그 부분을 물감으로 공들여 칠해놓았다. 3시 30분. 골드슈미트의 집은 이십 분 거리에 있었다.

"계획? 우선 자전거를 되찾아야지. 차고에 있으니 어떻게든 그 안으로 들어가야 해." 그가 네이선에게 설명했다. "자."

"그게 뭔데?"

도니가 파란 라텍스 장갑을 친구들의 손에 하나씩 쥐어주었다.

"장갑." 웨스는 그 용도를 잘 알고 있었다. "현장에 지문이 남지 않도록."

네이선이 말했다. "자전거에 지문이 묻으면 어때? 어차피 우리 걸 되찾아오는 거잖아."

도니는 짜증 섞인 표정으로 네이선을 쳐다보았다. "이봐, 차고 안으로 들어가려면 문이나 창문을 열어야 하지 않겠어?"

"하긴." 네이선이 장갑을 꼈다. "꽉 끼는데."

"지금 말고, 인마. 맙소사." 도니가 잽싸게 주위를 살폈다. "누가 보면 어쩌려고 그래?"

네이선이 황급히 장갑을 벗어 후드티셔츠 주머니에 쑤셔 넣었다.

웨스가 말했다. "조심해야 돼. 예전에 TV에서 어떤 프로를 봤거든. 엄마 친구 마이클이 놀러 와서 같이 봤는데 말이야, 참, 마이클은 보안관 형사야. 아무튼, 그랑 같이 범죄물을 봤는데 범인이 장갑을 벗어 아무 데나 던져버리는 걸 보고 황당해했어. 장갑 안에도 지문이 남는다나. 그러니까 우리도 장갑을 잘 챙겨야 해. 나중에 멀리 떨어진 곳에 가서 버려야 하니까."

"그냥 태워버려도 되잖아." 네이선이 말했다. 그는 자신의 아이디어를 무척 자랑스러워하는 눈치였다. 그가 이내 미간을 찌푸렸다. "또 다른 정보는 안 줬어? 너희 엄마 친구라는 사람 말이야. 이건 무단 침입이거든. 조심, 또 조심해야 돼."

"물론이지." 웨스가 말했다.

네이선의 눈이 가늘어졌다. "어쩌면 이건 범죄가 아닐 수도 있어. 우린 그저 빼앗긴 자전거를 되찾으려는 것뿐이니까."

웨스가 웃음을 터뜨렸다. "정말 그렇게 생각해? 농담하는 게 아니고? 그 자전거는 우리가 범행을 저지르는 과정에서 빼앗긴 거잖아."

"그래서?"

"바보." 도니가 말했다. "잘 생각해봐."

"오."

도니가 말했다. "그 경찰 있지? 너희 엄마 친구. 그라면 현장에서 무엇부터 살펴볼까?"

웨스는 잠시 기억을 더듬어보았다. "발자국. 발자국을 채취할 때 쓰는 기계가 있어. 그걸 조회해서 범인을 찾아내는 거지."

"젠장." 네이선이 말했다. "정부가 온 국민의 발자국을 보관해두고 있단 말이야?"

웨스는 현장에서 발자국을 채취해두었다가 나중에 용의자가 검거되었을 때 대조해서 증거로 삼는다고 설명해주었다.

"CSI 같은 거네." 도니가 말했다. "그럼 차고 앞 진입로로 들어가야겠네. 거긴 흙이 아니잖아."

"경찰은 콘크리트와 아스팔트 표면에서도 발자국을 채취할 수 있어."

"정말?"

"당연하지."

"빌어먹을. 그럼 덤불 속에 신발을 벗어두고 들어갈 수밖에."

네이선이 얼굴을 찌푸렸다. "양말 자국은 괜찮고?"

웨스는 양말은 괜찮을 거라고 대답했다.

네이선이 물었다. "그 경찰 말이야. 저번에 내가 너희 집에서 본 사람이야? 존?"

"아니. 존은 컴퓨터 전문가야. 우리 엄마 친구."

"너희 엄마에게 남자친구가 둘이나 있어?"

웨스는 더 이상 얘기하고 싶지 않다는 듯 어깨를 으쓱였다.

도니가 말했다. "아무튼 일단 차고로 들어가서 자전거부터 꺼내 와야 해."

네이선이 말했다. "그 얘긴 아까 들었고, '일단'이라고 하는 걸 보니 그다음 단계도 있나 보지? 자전거를 되찾고 나서 할 일 말이야."

도니가 씩 웃어 보였다. 그가 자신의 전투복 재킷을 손으로 톡톡 두드렸다. "캔을 사왔어."

"젠장." 네이선이 말했다. "이건 게임이 아니잖아. 우린 그냥 널 도우려고 나서는 것뿐이라고."

웨스도 거들었다. "맞아. 그냥 자전거랑 책만 되찾아 오면 되는 거야. 난 딱 거기까지만 할래. 장난은 저번에 친 걸로 족해."

"이번엔 그의 집 안에 낙서를 할 거야. 복수를 하려면 제대로 해야지."

"난 안 할래." 웨스가 말했다.

"겁나면 안 해도 돼. 내가 언제 너희에게 같이 하자고 했어?"

"그건 아니지만." 네이선이 웅얼거렸다.

잠시 어색한 침묵이 흘렀다. 그들은 학교 운동장을 찬찬히 둘러 보았다. 집으로 향하는 아이들, 데리러 온 부모님 차에 오르는 아이들, 진입로에 길게 늘어선 차들. 티프가 또다시 그들 쪽을 돌아보았다. 도니는 눈을 가린 머리칼을 쓸어 넘기고 다시 그녀를 바라보았다. 소녀는 어느새 고개를 돌려버렸다.

쟤가 왜 관심을 보이는 거지? 우울하네.

웨스가 말했다. "이봐, 다스베이더. 우린 끝까지 너랑 함께할 거야. 네가 뭘 하든. 낙서를 하든, 박살을 내든. 하지만 집 안에 들어가는 건 절대 안 돼."

"난 너희에게 밖에서 망을 봐달라고 부탁하는 것뿐이야."

"그 정도야 뭐." 덩치 큰 네이선의 말에 모두 고개를 끄덕였다.

"그럼 출발해볼까?"

그들이 다시 한번 고개를 끄덕였다. 거리로 통하는 울타리 문을 향해 걸어갔다.

도니는 친구들에게 자신의 계획을 전부 털어놓지 않았다.

그의 재킷 안에 숨겨진 것은 크라일론Krylon 스프레이 페인트가 아니라, 그의 아버지의 38구경 스미스앤드웨슨 권총이었다.

지난 밤, 그는 결심했다. 아버지 자격도 없는 그 자식에게 흠씬 두들겨 맞고 난 후에. 그는 자신이 맞아야 하는 이유를 알지 못했다. 잃어버린 자전거 때문일 수도 있고, 또 다른 이유 때문이었을 수도 있다. 어쩌면 이유 없는 매질이었는지도.

매질이 끝난 후 도니는 휘청대며 일어나 자신의 방으로 들어갔다. 그는 어머니의 젖은 벌건 눈을 보지 않으려 애썼다. 그는 한동안 컴퓨터 앞에 서 있었다. 그의 키보드는 높은 책상에 놓여 있었다. 맞은 곳이 아파 의자에 앉지 못할 때가 많기 때문이었다. 그는 그렇게 서서 '어쌔신 크리드'와 '콜 오브 듀티'와 'GTA 5'에 차례로 빠져들었다. 눈물이 앞을 가려 제대로 총을 쏠 수도, 점프를 할 수도 없었다. '콜 오브 듀티'에서 그는 적군인 페더레이션 병사들에게 포로로 잡혔고, 그 바람에 다른 고스트 엘리트 특수 작전 부대원들 모두가 곤경에 빠지게 되었다.

바로 그 순간, 그는 결심했다.

더 이상 이렇게 살고 싶지 않다. 그에게는 두 가지 선택지가 있었다. 첫째, 아버지의 서랍장에서 작은 권총을 꺼내 곤히 잠든 그의 머리에 총알을 박는 것. 마음은 후련해지겠지만 그의 동생과 어머니는 비탄에 빠지게 될 것이다. 그의 아버지는 그들을 도니에게 하듯 학대하지는 않았다. 비록 못난 가장이었지만 적어도 식구들을 굶긴 적은 없다.

결국 그는 두 번째를 선택했다.

아버지의 권총을 훔쳐 DARES 친구들과 함께 유대인 놈의 집으로 쳐들어가는 것. 그는 증거나 다름없는 자전거를 되찾은 후 망을 봐줄 동지들을 밖에 세워놓고 혼자 안으로 들어갈 것이다. 그런 다음, 집주인을 결박하고 집에 보관된 돈과 시계와 보석을 모조리 챙겨 나올 생각이었다. 도니는 그 유대인이 부자일 거라 믿었다. 그의 아버지는 세상의 모든 유대인이 부자라고 했다.

최소한 수천 달러는 될 수 있을 거야. 잘하면 수만 달러가 될 수도 있고.

그렇게 돈을 챙긴 후에는 이곳을 영영 떠날 생각이었다. 샌프란시스코나 로스앤젤레스로 갈 수도 있고, 패션의 도시인 홀리스터도 나쁘지 않을 것 같았다. 그는 메스암페타민이나 마리화나를 파는 대신 그럴듯한 사업을 벌여보고 싶었다. 실리콘 밸리에 가서 DARES 게임을 팔 수도 있을 것이다. 별로 멀지 않은 곳이라 티프도 부담 없이 방문할 수 있겠지.

그렇게 새 출발을 하는 거야. 드디어. 멋진 인생이 될 거라고. 도니는 어느새 한껏 들떠 있었다.

87

햇볕에 얼굴이 불그스름하게 그을린 찰스 오버비는 CBI 본부에 자리한 구즈만 조직 대책본부 상황실을 향해 걸어가는 중이었다. 그의 얼굴에 못마땅한 표정이 역력했다.

늦은 오후, 밖의 그늘이 유리창을 어둑한 거울로 만들어놓은 상태였다. 유리창에 비친 그의 모습은 마치 진 빠진 흡혈귀를 보는 듯했다. 새크라멘토를 지겹도록 들락거리는 것으로 모자라 짜증나는 범법자 동지, 산토스 국장을 만나러 멕시코에까지 다녀온 그는 극심한 피로와 스트레스에 절어 있었다.

그가 상황실로 들어섰다. 포스터와 루, 그러니까 두 스티브가 한 테이블을 차지하고 있었고, 그들 모두 통화 중이었다. DEA 요원 캐럴 앨러턴은 나머지 테이블에 앉아 노트북 화면을 뚫어져라 응시하고 있었다. 그녀는 혼자 조용히 작업하는 것을 선호했다. 삼성 노트북으로 이메일을 확인 중인 그녀는 그가 바짝 다가와 있다는 사실조차 모르는 듯했다.

"다들 수고가 많으시구먼."

앨러턴이 고개를 들고 그를 쳐다보았다. "어제 콤프턴에서 발견된 트럭 관련해서 보고서가 도착하고 있어요. 405번 고속도로 근처 창고. 나짐 형제. 메스암페타민이 20킬로그램이나 발견됐다는군요." 앨러턴은 당국이 1번 고속도로에서 문제의 트럭을 발견했다고 알려주었다.

루가 물었다. "세미 트레일러가요? 거기서? 맙소사."

산타바버라와 하프 문을 잇는 고속도로는 폭이 좁고 커브가 많아 스포츠카로도 다니기 힘든 구간이었다.

"수상하죠? 그래서 조사해보려고요. 파이프라인과 관련 있는 또 다른 장소로 향하는 게 아니라면 굳이 그 경로를 고집할 이유가 없거든요." 앨러턴이 루를 돌아보았다. "시간 괜찮아요?"

루가 고개를 끄덕였다. "네. 모처럼 바깥바람을 쐬게 생겼네요." 호리호리한 남자가 자리에서 일어나 기지개를 켰다.

포스터는 여전히 누군가와 열띤 통화를 이어나가고 있었다. "정말?" 짜증이 난 그가 비꼬듯 한 손을 빙빙 돌려댔다. 상대가 계속 말을 돌리는 모양이었다. "분명히 얘기하지만 그건 절대 안 돼."

포스터가 통화를 종료하고 전화기를 가리켰다. "CI*들 말이야. 젠장. 지들끼리 노조라도 만든 건가?" 그가 앨러턴과 루를 돌아보았다. 그의 콧수염은 비대칭적으로 처져 있었다. "어디 가는 거야?"

앨러턴은 1번 고속도로에서 발견된 수상한 트럭에 대해 설명했다.

"1번 고속도로에서 밀수품이 움직이고 있다고요? 그쪽에 우리가 모르는 허브라도 있는 모양이죠?" 포스터가 관심을 보이며 물었다.

"직접 가서 확인해보려고요."

---

* Confidential Informant, 비밀 정보원.

"부디 성과가 있었으면 좋겠는데."

오버비가 포스터에게 말했다. "자네와 앨버트 스템플은 페드로 에스칼란자를 살펴봐주겠나?"

"누구요?"

"세라노 사건. 티아 알론조가 언급한 친구. 기억 안 나?"

포스터는 미간을 찌푸렸다. 기억에 없는 모양이었다.

"그 에스칼란자라는 놈이 지금 어디 있는데?"

"샌디 크레스트 모텔." 오버비는 그곳이 몬터레이에서 북쪽으로 8킬로미터 떨어진 싸구려 모텔이라고 설명했다.

"그러지 뭐."

"티제이가 에스칼란자의 뒷조사를 좀 했어. 가볍게 몇 탕 해치운 놈 같은데, 이번에 기소되면 롬폭의 교도소에서 몇 년 썩을 거야. 그 친구를 잘 구워삶으면 세라노의 행방을 찾을 수 있지 않을까?"

포스터가 웅얼거렸다. "단서의 단서의 단서라."

"뭐라고?" 오버비가 물었다.

포스터는 대답도 하지 않은 채 성큼성큼 상황실을 나가버렸다.

CBI 본부를 빠져나온 스티브 포스터는 새 파트너를 흘끔 돌아보았다.

"분명히 말해두지만, 내가 선뜻 따라나선 이유는," 그가 잠시 뜸을 들였다. "대책본부의 모두가 원했기 때문이야. 내가 원했던 게 아니고."

캐트린 댄스가 상냥하게 말했다. "이건 본부장님 사건이에요. 저는 아직도 민사부 소속이고요. 저는 그저 에스칼란자를 직접 만나보고 싶을 뿐이에요."

그가 다시 웅얼거렸다. "난 대책본부의 모두가 원해서 온 거라고." 그는 또다시 그녀를 빤히 보았다. 마치 중요한 할 얘기가 있기라도 한 것처럼. 은밀한 비밀. 하지만 그는 끝내 입을 열지 않았다.

그녀는 픽업 트럭 앞에 서 있는 앨버트 스템플을 향해 손을 흔들었다. 그의 카우보이 부츠가 아스팔트 바닥에 깔린 모래를 짓이겼다. 그는 딱딱하게 굳은 얼굴로 고개를 끄덕였다.

스템플이 툴툴거렸다. "세라노 사건 단서를 잡으러 간다고요?"

"그렇게 됐네." 포스터가 말했다.

"제가 따라가겠습니다. 트럭 가져왔어요. 사실 오늘 비번인데." 그가 트럭에 올라 시동을 걸었다. 차가 요란하게 으르렁거렸다.

댄스와 포스터는 CBI 순찰차에 올랐다. 운전은 댄스가 했다.

그녀는 자신의 아이폰 GPS에 모텔 주소를 입력하고 차에 시동을 걸었다. 고속도로로 들어선 그들은 서쪽으로 달렸다. 차 안에 감도는 어색하고 무거운 정적이 엔진 소리보다 더 크게 느껴졌다.

포스터는 휴대폰으로 누군가와 문자 메시지를 주고받고 있었다. 여자가 핸들을 잡았을 때 옆에서 집요하게 참견하는 남자가 적지 않음에도 그는 그녀의 서툰 운전을 문제 삼지 않았다. 도로와 친한 마이클 오닐과 달리 그녀는 평소 운전을 즐기지 않았다.

그녀는 운전하는 내내 오닐을 떠올렸다. 글로벌 어드벤처에서 그녀를 감싸 안았던 그의 모습. 그리고 돌아와서 벌인 격한 언쟁.

잡념은 떨쳐버려. 운전에만 집중하라고.

그녀가 음악을 틀었다. 포스터는 별로 내켜하지 않는 눈치였지만 굳이 문제를 삼지도 않았다. 대책본부의 모두가 솔리튜드크리크 사건을 해결한 그녀를 축하하는 와중에도 포스터는 끝내 아무 말도 건네지 않았다. 마치 그런 사건이 존재한 사실을 몰랐다는 듯이.

이십 분 후, 고속도로를 빠져나온 그녀는 길고 구불구불한 도로를 따라 달려나갔다. 스템플의 트럭은 그들을 바짝 뒤쫓아오고 있었다. 가끔 북쪽과 남쪽의 풍경이 눈에 들어올 때가 있었다. 안개로 덮여 희미한 산타크루즈, 그리고 주변 풍경과 조화되지 않는 발전소의 높은 굴뚝들. 댄스는 발전소를 볼 때마다 안타까움을 느꼈다. 안셀 애덤스*가 보았다면 그의 트레이드마크인 작은 조리개로 모든 디테일을 선명하게 담아내려 했을 텐데.

포스터가 손을 뻗어 볼륨을 줄였다.

역시, 음악 애호가는 아니었어.

하지만 그녀의 짐작은 보기 좋게 빗나가버렸다. 눈앞 풍경에 시선을 고정시킨 채 포스터가 입을 열었다. "아들이 하나 있어."

"그러세요?" 댄스가 물었다.

"열세 살 됐어." 그의 어조가 살짝 진지하게 바뀌어 있었다.

"이름이 뭐죠?"

"엠브리."

"독특한 이름이네요. 멋진데요."

"성이야. 내 할머니의 결혼 전 성. 몇 년 전, 난 로스앤젤레스 지국에 있었어. 우린 밸리에 살았고."

밸리는 샌 페르난도의 별명이었다. 로스앤젤레스 북쪽에 자리한 그곳에서는 가축우리 같은 허름한 집에서부터 인상적인 대저택까지 온갖 종류의 주택 형태를 구경할 수 있었다.

"드라이브-바이** 사건이 있었어. 파코이마 플래츠 보이즈 놈들이 세드로스 블러즈 놈들의 심기를 건드렸거든."

---

* 미국의 사진작가.
** 주행 중인 차량을 통한 살해.

댄스는 어떤 사연일지 대충 짐작할 수 있었다. 오, 이런. 그녀가 물었다. "무슨 일이 있었죠?"

"엠브리는 방과 후 친구들과 놀고 있었어. 그곳에서 십자포화에 휩싸이고 말았지." 포스터가 헛기침을 한번 했다. "우리 애는 관자놀이에 총을 맞고 식물인간이 됐어."

"맙소사."

"나도 내가 얼마나 짜증나는 놈인지 아네." 포스터가 눈앞 도로를 바라보며 말했다. "하지만 그런 일을 겪고 나면……." 그가 길게 한숨을 내쉬었다.

"본부장님 심정이 어떠실지 상상이 안 되네요."

"당연히 안 되겠지. 이런 날 거만하다 오해 말게. 그동안 내가 자네를 필요 이상으로 지적했다는 거 아네. 그러면 안 된다는 걸 알면서도. 자꾸 세라노를 놓친 일이 생각나서 말이야. 달아난 그놈이 또 어디서 무고한 사람들에게 총질을 해댈지 모른다고 생각하니 견딜 수가 없더라고. 원한다면 언제라도 자기 편을 다 죽여버리고도 남을 놈이야. 하지만 내가 걱정하는 건 총구와 표적 사이에 낀 아이라고. 그 생각만 하면 잠도 오지 않아. 내게도 자네만큼 책임이 있네. 나도 그날 취조 현장에 있었으니까. 나라도 나서서 뭔가 했어야 했는데. 직접 들어가 심문이라도 했어야 했는데."

"곧 잡힐 거예요." 댄스가 진심을 담아 말했다. "세라노 문제는 걱정 마세요."

포스터가 고개를 끄덕였다. "왜 내게 짜증나게 굴지 말라고 한마디 하지 않았지?"

"생각은 했었어요."

그의 은빛 콧수염이 살짝 실룩거렸다. 대책본부가 구성된 후 처음으로 짓는 미소였다.

잠시 후, 그들은 모텔에 도착했다. 모텔은 바다에서 동쪽으로 5킬로미터쯤 떨어진 언덕들 사이에 묻혀 있었다. 위치상 그곳에서는 바다를 볼 수 없었다. 그늘로 덮인 모텔 주변은 온갖 덤불과 스크럽 오크*로 에워싸여 있었다. 댄스는 모텔을 보자마자 솔리튜드 크리크 클럽을 떠올렸다. 다채로운 캘리포니아 식물군에 에워싸인 건물. 두 곳은 흡사한 점이 많았다.

모텔에는 사무실과 스무 개의 분리된 객실이 있었다. 그녀는 문제의 객실에서 두 건물 떨어진 곳에 차를 세웠다. 스템플도 그들 가까운 곳에 트럭을 세워놓았다. 객실 앞에는 하늘색을 띤 낡은 마쓰다 세단 한 대가 주차돼 있었다. 댄스는 휴대폰을 꺼내 차번호를 조회했다. "저게 에스칼란자의 차예요."

스템플이 트럭에서 내려와 자신의 커다란 총에 손을 얹었다. 그리고 모텔 주변을 천천히 살피기 시작했다. 잠시 후 돌아온 그가 고개를 끄덕였다.

"들어가서 에스칼란자를 만나보자고." 포스터가 말했다.

그와 댄스는 나란히 걸음을 옮겨나갔다. 바람에 그녀의 머리가 휘날렸다. 그녀 옆에서 딸깍 소리가 들렸다. 어느새 포스터의 손에는 권총이 들려 있었다. 그가 슬라이드를 당기고 약실을 체크했다. 그런 다음, 다시 슬라이드를 제자리에 놓고 총을 집어넣었다. 그가 고개를 끄덕였다. 그들은 계속해서 모래 덮인 보도를 걸어나갔다. 페드로 에스칼란자가 묵고 있는 모텔 주변은 누렇게 변한 풀과 땅딸막한 선인장들로 득실거렸고, 사방에서 벌레들이 윙윙댔다. 댄스

* scrub oak, 건조한 암석이 많은 지대에서 자라는 왜소한 졸참나무속 식물.

는 흐르는 땀을 훔쳐냈다. 봄인데도 푹푹 쪄대는군. 게다가 바다에서도 멀리 떨어져있으니.

모텔 문 앞에 멈춰 선 그녀가 앨버트 스템플을 돌아보았다. 그는 30미터쯤 뒤처져 있었다. 그가 그들을 향해 엄지손가락을 들어 보였다.

댄스와 포스터가 서로를 보았다. 그녀가 고개를 끄덕였다. 그들은 문의 양옆에 각각 자리를 잡았다. 기본 절차이자, 상식이기도 했다. 포스터가 문에 노크했다. "페드로 에스칼란자? 연방수사국에서 나왔습니다. 잠깐 들어가도 되겠습니까?"

무응답.

그가 또다시 문을 두드렸다.

"문 좀 열어주시겠습니까? 선생님을 도와드리려고 왔습니다."

여전히 무응답.

"제장. 헛걸음했군."

댄스가 손잡이를 돌려보았다. 문에는 자물쇠가 걸려 있었다. "뒤쪽을 살펴봐야겠어요."

건물 뒤편에는 작은 덱이 마련돼 있고, 덱으로 통하는 미닫이문이 나 있었다. 고르지 않은 벽돌 바닥 위에는 접이식 의자와 테이블들이 놓여 있었다. 바비큐용 석쇠는 갖춰져 있지 않았다. 이곳에서 조개탄 하나만 밖으로 튀었다가는 언덕 전체가 순식간에 잿더미로 변해버릴 수 있었다. 그들은 덱으로 올라가 문을 살펴보았다. 미닫이문은 살짝 열려 있었다. 그 안으로 테이블이 보였고, 그 위에는 마시다 만 맥주잔이 놓여 있었다. 포스터는 권총을 쥐고 조심스레 다가갔다. "페드로."

"네?" 안에서 남자 목소리가 흘러나왔다. "지금 화장실에 있어요. 들어와요."

안으로 들어간 순간, 두 사람 모두 바짝 얼어붙어버렸다.

화장실 바닥에 축 늘어진 다리가 보였다. 다리는 피로 범벅된 상태였다. 바닥에도 피가 흥건했다.

포스터가 총을 뽑아 들고 몸을 돌렸을 때 미닫이문 옆 커튼 뒤에서 젊은 남자가 튀어나와 권총의 개머리로 요원의 머리를 힘껏 내리쳤다.

그는 포스터의 손에서 글록을 낚아채고 그를 앞으로 떠민 후 잽싸게 문을 닫았다.

두 요원의 시선이 이글거리는 눈으로 자신들을 노려보는 라틴계 남자를 향했다.

"세라노." 댄스가 속삭였다.

88

그들이 돌아왔군.

마침내. 하느님, 감사합니다.

저번에 왔던 두 소년, 이번에는 한 명 더 늘었다.

어쩌면 저번에도 세 명이었는지 모르지. 데이비드 골드슈미츠는 생각했다. 자전거는 두 대뿐이었지만 그때도 세 명이 왔었는지도 몰라.

그날 밤.

치욕의 밤이었다고 그는 생각했다. 며칠이 지났음에도 그때만 생각하면 가슴이 벌렁거리고 손바닥에 땀이 배어났다. 크리스탈나흐트Kristallnacht처럼. 1938년, 독일에서 나치 돌격대가 유대인들의 집과 사업체를 마구 약탈했던 '수정의 밤'.

골드슈미트는 비디오 화면으로 소년들을 지켜보는 중이었다. 모니터는 침실이 아니라 서재에 설치돼 있었다. 그날 밤, 그가 댄스요원에게 설명했듯이. 세 아이가 점점 다가오고 있었다. 모두 죄 지은 듯한 표정으로 주변을 유심히 살피는 중이었다.

지난번에 그는 그들의 얼굴을 제대로 확인하지 못했다. 그래서 댄스 요원에게 상세한 묘사를 요청했던 것이다. 실수가 없도록. 하지만 화면 속 소년들은 그때 왔던 놈들이 분명했다. 그는 낙서 후 달아나는 그들의 자세와 옷차림을 똑똑히 봐두었다. 설령 그러지 않았더라도 상관없었다. 그들이 아니면 또 누구겠는가?

그들은 아끼는 자전거를 되찾기 위해 온 것이 분명했다.

미끼를 덥석 물어버린 것이다.

그가 자전거를 지금껏 보관해온 이유였다.

미끼…….

그는 만반의 준비가 돼 있었다. 그는 시애틀에 있는 아내에게 연락해 언니와 며칠 더 지내다 오라고 당부해두었다. 자신은 주말에 올라가겠다면서. 아내는 기꺼이 그러겠노라고 했다.

소년들은 계속 다가왔다. 그들은 이따금 멈춰 서서 주위를 살피기도 했다. 골드슈미트가 고개를 들고 레이스 커튼이 드리워진 서재 창문을 내다보았다.

단호한 표정을 짓고 있는 소년이 우두머리인 모양이었다. 그는 전투복 재킷을 걸치고 축 처진 모자를 쓰고 있었다. 두 번째 아이는 잘생긴 십 대 소년이었다. 그의 손에는 휴대폰이 쥐여 있었다. 범행을 녹화하려는 모양이었다. 세 번째 아이는 위협적일 만큼 덩치가 컸다.

맙소사. 저렇게 어린 놈들이. 고등학생도 아닌 것 같은데. 하지만 그렇다고 그들이 나쁘지 않은 건 아니다. 보나 마나 네오나치나 아리안 형제단 놈들의 아들일 거야. 안타깝군. 머리에 피도 마르기 전에 인종차별주의자 부모에게 세뇌당해 괴물이 돼버렸으니.

악마…….

그들은 치명적인 위협이었다. 모든 편협한 놈이 그렇듯이.

골드슈미트는 2연발식 베레타 산탄총을 쥐고 있었다. 총의 약실에는 33구경 산탄들이 장전돼 있었다.

나지막한 딸깍거림과 함께 약실이 닫혔다.

캘리포니아의 정당방위법은 아주 명확합니다……

나도 알아요, 댄스 요원. 하지만 가택 침입자에 의해 실질적인 위협을 느꼈다면 마음껏 방아쇠를 당겨도 된다고요.

골드슈미트는 그들이 무장한 상태라는 걸 알았다.

이곳은 미국이니까. 방아쇠를 당기고 싶어 안달 난 사람들로 넘쳐나는 곳. 소년들은 모퉁이에 잠시 멈춰 서서 주변을 조심스레 살폈다. 그들은 그의 차가 보이지 않는다는 사실에 주목할 것이다. 그의 차는 몇 블록 밖에 세워져 있었다. 그는 집 안의 모든 조명도 꺼두었다. 빈집처럼 보이도록. 그들은 바로 지금이 자전거를 꺼내오기에 완벽한 타이밍이라 판단하고 있을 게 뻔했다.

문은 열렸어, 이놈들아. 어서 들어와.

골드슈미트가 천천히 일어나 엄지손가락으로 산탄총 안전장치를 풀었다. 그리고 주방으로 들어가 차고로 통하는 문을 열었다. 차고 역시 그의 집 일부로 인정되는 곳이다. 그는 그 부분에 대해서도 꼼꼼히 확인해두었다. 이제 그가 할 일은 자신이 진정으로 두려움을 느꼈다며 검사를 설득하는 것뿐이었다.

그는 법정에서 읊을 문장 자체를 외워놓았다. "난 치명적 위협을 느낀 그 상황에 스스로를 보호하기 위해 최소한의 조치를 취했을 뿐입니다."

그는 살짝 열린 문간을 노려보았다.

자, 어서들 들어와. 어서.

89

"당신도, 댄스 요원. 당신 총도 내놔."

라틴계 남자는 그들에게 시선을 고정시킨 채 얇은 커튼 자락을 닫았다. 오가는 사람들의 눈에 띄지 않도록.

"난 무장하지 않았어요. 봐요, 세라노. 이러지 말고 차분하게 대화로……."

"무장하지 않았다고?" 그가 미소 지었다.

"정말이에요. 몸에 아무것도 지니고 있지 않아요."

"당신 말을 어떻게 믿지?"

"이봐……." 포스터가 입을 열었다.

"당신은 입 닥치고 있어. 자, 댄스 요원. 그 비싸 보이는 재킷을 살짝 들춰 보여주겠어? 그렇게 하고 뒤로 천천히 돌아봐. 내 조카가 하는 것처럼. 피루엣*이라 하던가. 그렇게 부르는 거 맞지? 요즘 발레를 배우는데 실력이 꽤 좋더라고."

---

* 발레에서 한쪽 발로 서서 빠르게 도는 것.

댄스는 재킷 자락을 들춰 보인 후 천천히 몸을 돌렸다. 그녀가 반항적인 눈빛으로 그를 쳐다보았다.

"보스가 마음 놓고 무기를 맡기지도 못하는 모양이군. 내 여자는 총을 아주 잘 쏴. 명사수라고. 당신은 왜 그러지? 총 쏘는 게 무섭나? 총소리가 너무 커서?"

포스터가 턱으로 남자의 다리가 삐져나온 화장실 쪽을 가리켰다. 타일은 진홍색 혈흔으로 얼룩져 있었다. "저기, 에스칼란자인가?"

"당신이 뭔데 내게 그런 걸 묻지?" 남자가 조롱하듯 말했다. "닥치고 있어." 그가 창가로 다가가 밖을 살폈다. 댄스는 그 틈을 타 살짝 열린 지저분한 커튼 사이를 내다보았다. 먼발치서 고속도로를 유유히 바라보고 있는 스템플의 모습이 눈에 들어왔다.

"저기 저 덩치 큰 놈은 뭐야?"

댄스가 말했다. "우리가 데려왔어요. 연방수사국 요원이에요."

그가 다시 그들 쪽으로 돌아왔다. "이봐, 경관…… 아니, **요원님**. 그래, 까먹으면 안 되지. **그래**ˢⁱ, 댄스 요원. 저번에 취조실에서 나눈 대화는 정말 좋았어. 아름다운 여성과 수다를 떠는 건 언제나 즐거운 일이지. 세르베사*가 있었더라면 더 좋았을 텐데. 거기 바를 차려놓으면 용의자들로부터 자백받는 데 도움이 될 거야. 패트론**, 에라두라***, 그리고 럼주도 갖춰놓고. 잠깐! 그보다 매춘부를 고용하는 건 어때? 여자에 취하면 누구라도 술술 불걸."

댄스가 덤덤하게 말했다. "지금 당신은 곤란한 상황에 빠졌어요."

그가 미소를 지었다.

---

* cerveza, 맥주를 가리키는 에스파냐어.

** 멕시코의 테킬라 브랜드.

*** 멕시코의 테킬라 브랜드.

포스터가 조급하게 말했다. "이봐, 세라노. 자네가 무슨 생각을 하고 있는지는 모르겠지만 법집행관을 죽이면 감당하지 못할 사태에 직면하게 될 거야."

"그건 당신 생각이고. 당신이 누군진 모르겠지만 말이야. 당신도 그날 내가 어항 속에 갇혀 심문받는 모습을 지켜봤겠지?"

"그래."

"그때 내 연기 어땠어? 기가 막혔지?" 그가 실실 웃으며 말했다.

댄스가 말했다. "그래요. 정말 그랬어요. 하지만 내 동료의 조언을 새겨들을 필요가 있어요."

"법집행관을 죽이면 후회하게 될 거라는 협박 말인가? 난 오히려 속이 후련해질 것 같은데. 당신들은 지난 수요일부터 나를 추적해 왔어. 난 그때부터 여기서 숨어 지내왔다고. 더는 이렇게 살고 싶지 않아. 당신들을 죽이면 난 자유의 몸이 되는 거야. 자, 우리 잡담은 여기까지만 하지."

"당신이 우릴 쏘면 밖에 있는 동료가 그 소릴 듣고 달려올 거예요. 게다가 지금 경찰 기동대가 달려오는 중이고요."

세라노는 바지 뒷주머니에서 소음기를 꺼내 총구에 끼웠다. "그럼 소리 없이 죽이면 되지 뭐."

댄스가 포스터를 흘끔 돌아보았다. 그는 놀라울 만큼 차분한 모습이었다.

"사실 난 아주 독실한 사람이야. 죽기 전에 회개할 기회를 주지. 자, 어서 기도들 하라고. 지금이 마지막 기회야. 신에게 하고 싶은 말이 있으면 지금 다 해봐."

댄스가 그를 똑바로 쳐다보며 단호하게 말했다.

"이성적으로 생각해요, 호아킨. 우리 보스와 팀 동료들은 우리가 이곳에 와있다는 걸 알고 있어요. 언제 확인 전화가 걸려올지 모른다고요. 내가 응답하지 않으면 기동대원들이 십 분 내로 이곳에 들이닥칠 거예요. 주변의 모든 도로가 봉쇄될 거고요. 당신은 절대 이곳을 벗어날 수 없어요."

"어디 누가 이기나 해보지 뭐."

"목숨을 부지하고 싶다면 내 말 듣는 게 좋을 거예요. 당신 혼자 저 문을 나서는 순간, 당신은 죽은 목숨이나 다름없어요."

"그 말을 들으라고?" 그가 피식 웃었다. "당신에겐 아무것도 없잖아. 풋볼, 아니, 축구에서 뭐라고 하지? 닐*. 당신이 날 위해 할 수 있는 건 아무것도 없어."

총의 공이치기는 이미 젖혀진 상태였다. 자신에게 총구가 겨누어지자 포스터가 말했다. "라몬트."

젊은 남자가 얼굴을 찌푸렸다. "뭐?"

"라몬트 하워드."

어리둥절한 표정. "그게 무슨 소리야?"

"모르는 척 능청 떨지 마." 포스터가 고개를 저었다.

"이 개자식, 지금 나한테 뭐라고 했어?"

포스터는 조금도 주눅 들지 않았다. 겁을 먹은 것 같지도 않았다. "이름을 얘기하잖아, **개자식아.** 라몬트 하워드라고." 세라노의 대꾸가 없자 그가 말을 이었다. "너, 라몬트가 누군지 알지? 응?"

라틴계 남자의 눈이 두 요원의 얼굴을 번갈아 보았다. "오클랜드의 포 세븐 블러즈Four Seven Bloods를 이끄는 두목 라몬트? 그런데 그 친구는 왜?"

---

* Nil, 0점.

댄스가 말했다. "본부장님?"

"빌리지 보텀스에 있는 그의 집에 가본 적 있지?"

남자가 눈을 깜빡였다.

"웨스트 오클랜드."

"나도 보텀스가 어디 있는지 알아."

댄스가 화난 목소리로 물었다. "대체 지금 무슨 말씀을 하시는 거예요?"

포스터는 손을 흔들어 그녀에게 기다리라고 신호했다. 그리고 다시 세라노를 돌아보았다. "좋아, 세라노. 이제부터 내 말 똑똑히 들어. 네가 날 죽이면 라몬트가 널 죽일 거야. 복잡할 거 없어. 그는 네놈 가족도 다 죽여버릴 거야. 그러고 나선 스테이크를 먹으러 유유히 떠나겠지. 그 친구, 스테이크라면 아주 환장한다고. 내가 그걸 어떻게 아느냐고? 그 녀석 집에서 스테이크를 얻어먹은 적이 있거든. 열 번도 더 만나봤을 거야."

댄스가 포스터를 돌아보며 물었다. **"뭐라고요?"**

"그게 대체 무슨 소리야?"

"이제 이해가 좀 되나? 내가 바로 라몬트의 스파이라고."

댄스는 멍한 얼굴로 그를 응시했다.

"말도 안 돼."

"뭐, 믿고 싶지 않으면 믿지 않아도 돼. 결국 나중에 피를 보는 건 네놈이니까. 이러지 말고 당장 연락해서 확인해보는 게 어때? 네가 날 죽이면 라몬트와 그의 조직원은 소중한 CBI 커넥션을 잃게 되거든. DEA와 관세국경보호청과 국토안보국까지. 정말 궁금해. 네놈과 네놈 어머니와 네놈 누이는 어느 우물에 던져지게 될까?"

"젠장. 저번에 들은 얘기가 있어. 한 달쯤 전에. 어떤 오클랜드 조직원이 새크라멘토에서 정보를 제공받고 있다던데."

"그게 바로 나야." 포스터가 뿌듯한 듯 말했다.

댄스는 창밖을 내다보았다. 스템플은 아직도 딴 데만 살피는 중이었다. 그녀가 포스터를 돌아보며 으르렁거렸다. "나쁜 자식."

그는 못 들은 척했다. "어서 전화 걸어봐."

세라노는 미동도 없이 그를 빤히 쳐다보았다. 포스터의 덩치에 주눅이 든 모습이었다. "내겐 전화번호가 없어. 그 친구가 내 애인이라도 되는 줄 알아?"

포스터가 한숨을 내쉬었다. "주머니에서 휴대폰을 꺼낼 테니 겁먹지 마. 무기가 아니라고." 그는 휴대폰을 꺼내 들었다. "아, 캐트린, 경거망동하지 마."

그녀의 손은 테이블에 놓인 묵직한 금속 램프를 향해 조심스레 움직이던 중이었다.

"세라노? 네놈이 좀……."

젊은 남자가 댄스의 계략을 알아채고는 그녀를 벽 쪽으로 거칠게 떠밀었다. 무기가 될 만한 것으로부터 최대한 멀리 떨어지게끔.

포스터는 전화를 걸었다.

"라몬트, 나 스티브야." 그가 스피커폰 버튼을 눌렀다.

"포스터?"

"그래."

"무슨 일이야?" 경계하는 듯한 목소리.

"문제가 좀 생겼어. 미안하게 됐는데, 살리나스의 조직원 하나가 지금 내게 총을 겨누고 있어. 이 친구 소속은……." 포스터가 한쪽 눈썹을 올렸다.

"바리오 마하도스Barrio Majados."

"들었어?"

하워드의 목소리가 말했다. "아, 그놈들은 내가 잘 알지. 거래도 하고 있고. 대체 어쩌다 그렇게 된 거야? 그놈 이름이 어떻게 되지?"

"세라노."

"호아킨 세라노? 나도 아는 놈이군. 얼마 전에 수배돼서 사라진 걸로 알고 있는데."

"다시 나타났더군. 내가 누군지 모르는 모양이야. 미안하지만 우리가 비즈니스 파트너라는 걸 자네가 확인해줘야겠어. 안 그러면 내 머리에 총알이 박히게 될 거라고."

"지금 무슨 짓을 하는 거야, 세라노? 포스터의 털끝 하나라도 건드렸다간 내 손에 죽을 줄 알아. 알아들어?"

"이놈이랑 같이 일하고 있다고요?"

"그렇다고 방금 얘기했잖아."

총구는 내려지지 않았다. "알았어요. 하지만…… 이놈이 위장 중일 수도 있잖아요."

"위장 중인 경찰이 오클랜드 경찰을 죽일 수 있겠어?"

"뭐라고요?"

하워드가 말했다. "경찰이 불시에 들이닥쳤을 때 포스터가 그놈을 쏴 죽였다고."

"스티브, 맙소사!" 댄스가 소리쳤다.

하워드가 말했다. "방금 누구지?"

"또 다른 요원이에요. 포스터의 파트너."

"빌어먹을." 하워드가 말했다. "그 여자는 네가 처리해. 난 바빠서 이만."

그가 전화를 끊었다.

"세라노." 댄스가 말했다. "아까도 얘기했지만 잘 생각해서 현명하게 결정해요. 당신이……."

세라노는 버럭 성을 냈다. "닥치고 있어, 캐트린."

그녀가 차가운 미소를 머금고 포스터에게 말했다. "아까 내게 들려준 얘기. 다 거짓말이죠? 아들이 있다는 말."

그가 그녀를 돌아보았다. "일이 이렇게 돼버릴 줄 몰랐어. 어떻게든 자네를 내 편에 둬야 했다고."

댄스가 코웃음을 쳤다. "혼자 할 줄 아는 게 없나 보군요. 머리가 나빠서."

포스터가 소리쳤다. "닥쳐. 내겐 그 누구의 도움도 필요 없다고."

"당신 때문에 몇 명의 동료가 희생됐죠?"

"그 얘긴 그만." 그가 퉁명스럽게 말했다. "세라노, 네가 이 여자를 죽여. 내가 밖에 있는 놈을 불러들일 테니까. 같이 저놈을 해치우자고. 팀에는 내가 뒷문으로 몰라 빠져나와 언덕에 숨어 있었다고 둘러대면 돼. 여기선 네가 아니라 티후아나 조직원을 찾았다고 할 거야."

"그러지 뭐." 남자가 사무적인 어조로 말했다.

포스터가 갑자기 얼굴을 찌푸렸다. "잠깐."

"왜?"

"너…… 방금 '캐트린'이라고 했지? 이 여자를 '캐트린'이라고 불렀잖아."

남자가 어깨를 으쓱였다. "내가 그랬나? 그런데 그게 왜?"

"난 여기 와서 이 여자 이름을 부른 적이 없어. 저번에 취조할 때도 이름을 밝히지 않았었고."

저는 댄스 요원입니다…….

남자의 얼굴이 잠시 실룩거렸다. 그가 라틴 억양을 걷어내고 말했다. "맞아. 내가 실수한 거야. 미안." 그가 캐트린 댄스에게 말했다.

"괜찮아요, 호세." 그녀가 미소를 흘리며 말했다. "모든 게 계획대로 됐잖아요. 연기가 아주 훌륭했어요."

포스터가 두 사람을 번갈아 쳐다보았다. "세상에, 하느님 맙소사."

'세라노'는 사실 베이커스필드 소속 형사로, 본명은 호세 펠리페-산토발이었다. 호세가 포스터의 가슴에 총구를 겨누었다. 댄스가 수갑을 꺼내 그의 손목에 채웠다.

사망한 페드로 에스칼란자인 척하며 엎드려 있던 요원이 벌떡 일어나 청바지를 툭툭 털고 총을 뽑았다. 그 광경을 지켜본 포스터는 경악을 금치 못했다. 얼굴을 드러내지 않은 채, 세 사람이 대치하고 있는 내내 미동도 없이 누워만 있던 요원은 포스터도 잘 아는 인물이었다.

"티제이."

"대장, 미끼를 제대로 물었군요. 이 피 좀 보세요. 어떻습니까?" 그가 빨갛게 얼룩진 자신의 다리를 내려다보았다.

"이번엔 제조법을 바꿔봤어요. 허쉬Hershey's 시럽에 식용색소를 섞어 만들었죠."

"확실히 나아 보이는데." 그녀가 턱으로 타일을 가리키며 말했다.

포스터는 어리둥절한 모습이었다. "함정수사였군. 모든 게 다 사기였어."

댄스가 휴대폰을 꺼내 들고 단축 다이얼 5번을 눌렀다. 그녀는 구두에 남은 흠집을 내려다봤다. 수선을 맡겨야겠군. 내가 가장 아끼는 현장용 구두인데.

휴대폰에서 찰스 오버비의 목소리가 흘러나왔다. "캐트린? 거기

일은 어떻게 됐나?"

"포스터가 첩자였어요. 다 녹음됐으니 발뺌 못 할 거예요. 공범은 없는 것 같고요."

"아."

"삼십 분 후면 도착할 거예요. 직접 심문하실 거죠?"

"당연하지. 그걸 말이라고 해?"

90

포스터는 넌더리를 내며 앨버트 스템플과 댄스와 오버비를 차례로 노려보았다. 그들은 지난주, 댄스가 가짜 세라노와의 취조를 진행한 취조실에 들어와 있었다.

티제이는 남자 화장실에서 손과 발목에 묻은 피를 문질러 닦느라 정신이 없었다. 가짜 피는 생생한 만큼 씻어내기도 쉽지 않았다.

포스터가 신경질적으로 말했다. "맙소사. 그래서 캐트린을 민사부로 보냈던 거군. 무장도 허락하지 않았고. 아무런 위협도 되지 않는 그녀가 세라노 사건 용의자 취조를 맡으면 내가 마음을 놓을 테니까."

바로 그거였다.

"그래야 자네가 세라노에게 거래를 제안할 테니까. 자네에게 총구가 겨눠졌을 때 말이지."

댄스가 그에게 말했다. "우린 이미 열흘 전에 진짜 세라노를 체포했어요. 그는 FBI 샌프란시스코 지국의 에이미 그레이브에게 인도됐고요. 당신으로서는 알 길이 없었겠죠. 아무튼 그녀가 자백을 받아냈어요. 구즈만에 대해 다 불었고요. 두 사람 다 격리된 감방에 수감돼 있어요. 당신이 모텔에서 만난 '세라노'는 베이커스필드 경찰국의 위장 중인 형사 호세였고요. 연기력이 정말 끝내주지 않던가요?"

프로답지 않은 조롱이었다. 하지만 지금 그녀는 마음껏 그러고 싶었다.

"진짜 세라노랑 많이 닮았죠? 그래서 그를 뽑은 거예요."

포스터는 분노와 역겨움에 몸서리치고 있었다. "맙소사. 우리 모두가 용의자였군. 첩자를 색출하기 위해 가짜 세라노를 내세워 연극을 했던 거야. 캐럴은 시사이드 단층집에서, 고메즈는 하우스보트에서 첩자가 아님을 검증받았고. 모텔은 날 위해 쳐둔 덫이었겠지? 물론 시나리오는 나머지 둘과 똑같았을 테고. 티제이가 연기한 죽은 밀고자도 내가 얼굴을 확인할 수 없도록 몸통과 다리만 드러나게 해놨던 거야."

오버비가 말했다. "하우스보트에선 코니 라미레즈가…… 잠깐, 그 여자 이름이 뭐였지?"

댄스가 대답했다. "티아 알론조." 그녀가 말을 이었다. "그건 우리가 설계한 테스트였어요. 진짜 배반자라면 오로지 자신의 안위만 생각했겠죠. 대책본부의 무고한 팀원들은 호세가 총을 겨누었을 때 크게 당황하는 반응을 보였어요. 안타깝지만 그 방법 외엔 알 길이 없었어요. 누가 우리를 배신했는지 서둘러 밝혀내야 했거든요."

첫 번째 세트에서 캐럴은 죽음을 각오하고 가짜 세라노에게 달려들었다. 그 바람에 자기로 된 기념품들이 잔뜩 놓인 테이블이 쓰러지면서 아수라장이 돼버리고 말았다. 체념한 고메즈는 한숨을 내쉬며 마지막 기도를 했고.

마지막으로 포스터는 스스로를 구하기 위해 라몬트 하워드를 끌어들였다.

"자네가 테스트를 통과했다면 스티브 루가 첩자로 몰렸을 거야. 하지만 자네는 캐트린에게 자네가 유일한 커넥션이라고 털어놨어. 그 친구는 결백하다는 뜻이겠지."

"날 함정에 빠뜨리다니."

한동안 말이 없던 앨버트 스템플이 입을 열었다. "당신이 결백하다면 '함정'이라는 표현이 적절할 겁니다. 하지만 당신은 비열한 배신자이지 않습니까. 무슨 말인지 알아듣겠어요, 스티브?" 나무 몸통만큼이나 육중한 그가 요란하게 앓는 소리를 내며 등받이에 몸을 붙이고 팔짱을 꼈다.

구즈만 조직 함정수사는 댄스의 아이디어였다. 그리고 그녀는 필사적으로 그 일에 매달려왔다. 새크라멘토도 그녀의 열의를 막지 못했다.

끔찍했던 시사이드 드라이브-바이 사건 발생 직후 그녀는 함정수사를 본격적으로 계획했다. 당시 사건으로 무고한 여성이 숨지고 그녀의 아이가 중상을 입었다. 파이프라인 소탕 작전을 위해 증언해줄 중요한 증인이 희생된 것이다. 수사팀에서 정보가 새나가지 않았다면 누구도 그녀에 대해 알지 못했을 것이다.

"파일을 수백 번 훑어봤어요. 어디서 내부 정보가 샜는지 꼼꼼히 살펴봤죠. 티제이와 난 몇 주 동안 팀원들의 관계를 조사했어요. 그런 다음, 그 모든 것에 어떤 식으로든 엮이는 용의자 네 명을 걸러냈죠. 마리아 이오아코나가 증인이라는 걸 알고 있었던 인물들. 당신, 캐럴, 스티브 루, 그리고 지미. 그래서 우린 당신을 이곳으로 끌어들였어요. 그리고 공들여 함정을 파놓았죠."

물론 위험 부담도 있었다. 세라노 사건에서 손을 뗀 댄스가 솔리튜드크리크 사건을 떠맡은 사실을 배신자가 수상하게 여길 수도 있었다. (오버비는 말했다. "솔리튜드크리크는 잊고 당분간 집에서 쉬면서 꽃이나 가꿔보는 건 어때? 세라노 검거도 했는데 욕심 부릴 거 없잖아." 하지만 댄스는 "저는 솔리튜드를 원해요"라고 퉁명스럽게 대꾸했다.)

물리적 위험도 감수해야 했다. 오닐이 지적한 대로, 만약 배신자가 라몬트 하워드 같은 인물에게 연락해 지원을 요청했다면 현장이 피바다로 변할 수도 있었을 것이다.

하지만 달리 방법이 없었다. 기필코 배신자를 잡고야 말겠다는 댄스의 의지를 꺾을 사람도 없었고.

포스터는 취조실의 흉측한 회색 바닥을 빤히 응시했다. 그의 얼굴이 연신 실룩거렸다.

댄스가 덧붙였다. "당신 덕분에 라몬트 하워드까지 잡아넣을 수 있게 됐어요. 그가 나를 죽이라고 지시하는 내용이 고스란히 녹음됐거든요."

"더 완벽할 수는 없었지." 오버비가 환히 웃으며 말했다.

오버비답지 않게 한껏 들뜬 모습이었다. 그는 자신의 반응에 살짝 민망해했다.

댄스가 그를 돌아보며 미소를 지었다. 그녀도 그의 평가에 동의했다. 더 완벽할 수는 없었다.

오버비가 손목시계를 들여다보았다. 골프? 어쩌면 새크라멘토의 CBI 국장에게 연락해 그곳의 신성한 전당에서 배신자가 나왔다는 사실을 의기양양하게 통보하려는 것인지도 몰랐다. "계속해, 캐트린. 입을 닫아도 소용없다는 걸 일깨워주라고. 자백만이 살 길이라는 것도. 곧 기자들이 몰려올 거야. 자네도 나랑 같이 연단에 오를 거지?"

찰스 오버비가 스포트라이트를 나눠준다고?

"자네는 그럴 자격이 충분해, 캐트린."

"저는 됐어요. 너무 피곤하기도 하고요." 그녀가 턱으로 포스터를 가리켰다. "분위기를 보니 심문도 오래 걸릴 것 같아요."

"정말이야?"

"네, 정말이에요." 댄스는 다시 먹잇감에게 시선을 돌렸다.

91

그녀의 사무실 문간에 그림자가 드리워졌다.

어느새 들어온 마이클 오닐이 우뚝 서 있었다. 우울한 표정. 그의 까만 눈이 그녀의 눈을 빤히 쳐다보았다. 갈색과 초록색 눈동자가 교차했다. 마침내 그가 시선을 돌렸다.

"어서 와요." 그녀가 말했다.

그가 고개를 끄덕이며 의자에 앉았다.

"들었어요?"

"포스터요? 네, 다 자백했다면서요? 잘했어요."

"열 개도 넘는 이름을 술술 불더군요. 뜻밖의 인물이 많았어요. 로스앤젤레스와 오클랜드의 거물들. 베이커스필드와 프레스노 출신들도 있었고요." 댄스는 컴퓨터 화면에서 눈을 뗐다. 그녀는 안티오크 마치 케이스 관련 보고서를 작성하던 중이었다. 그녀의 손길을 기다리는 서류들이 책상 위에 골든게이트 브리지만큼이나 길게 널려 있었다.

구즈만 조직 함정수사와 파이프라인 소탕 작전, 스티브 포스터

색출과 관련해서도 보고서를 작성해야 했다.

사실 그녀는 그를 조금도 의심하지 않았다. 상대를 불편하게 만드는 그의 태도가 그녀로 하여금 관심을 딴 데로 돌리게 한 것이었다. 댄스가 가장 의심했던 인물은 캐럴 앨러턴이었다. (주립 경찰과 연방 수사관들 사이에는 늘 보이지 않는 갈등이 존재했다.) 하지만 진실을 알고 난 후에는 살짝 미안함을 느꼈다. 앨러턴 요원은 첫 함정 수사 이후 줄곧 좋은 동지가 되어주었다. 또한 그녀는 친구인 지미 고메즈의 결백함이 확인됐다는 사실에도 안도했다.

그녀는 마이클 오닐에게 함정 수사의 피날레에 대해 상세히 들려주었다. 물론 자신이 옳았음은 굳이 언급하지 않았다. 만약 그녀가 무장한 채 움직였다면, 능청맞게 순진한 척하지 못했다면, 포스터는 결코 그들이 파놓은 함정에 빠지지 않았을 것이다.

어쩐 일인지 오닐은 그녀의 설명에 집중하지 못하고 있었다. 그는 그녀 책상에 놓인 사진들에 시선을 고정한 상태였다. 아이들과 찍은 사진과 개와 함께 찍은 사진, 남편 빌과 찍은 사진. 무슨 일이 있어도 절대 다락 구석에 처넣을 수 없는 소중한 것들이었다. 반드시 눈에 잘 띄는 곳에 진열해놓아야 하는 것들.

한동안 침묵을 지키던 그녀가 입을 열었다. "무슨 일이에요?"

"오늘 일이 좀 있었어요. 당신에게 알려야 할 것 같아서." 그가 고개를 돌리고 일어나 사무실 문을 닫았다. 복잡한 머릿속을 정리하느라 들어올 때 문 닫는 것을 깜빡한 모양이었다. 그가 다시 자리로 돌아와 앉았다.

일이 좀 있었어요……

"내가 맡아 수사해온 혐오범죄 사건 있죠?"

"네." 또 다른 집이 피해를 입었나? 누가 상해라도 입은 건가? 혐

631

오범죄는 한순간에 말에서 피로 번질 수 있는 심각한 문제였다. 동성애자들에게 린치를 가하고, 흑인이나 유대인들을 쏴 죽이는 잔혹한 행위들.

"이번에도 골드슈미트의 집이었어요."

"같은 놈들 소행이에요?"

"네. 하지만 아무리 생각해도 골드슈미트가 거짓 진술을 한 것 같아요. 범인들의 자전거를 차고에 보관해두고 그걸 미끼로 쓴 모양이더군요. 그들을 다시 끌어들이려고."

"오토바이가 아니고요?"

"네. 자전거였어요."

"애들이 그랬단 말인가요?"

"네."

그녀는 차분한 눈빛으로 그를 응시했다. "대체 무슨 일이 있었던 거죠, 마이클?"

"골드슈미트에겐 산탄총이 있었어요. 저번에 당신이 그렇게 경고까지 했는데."

"빌어먹을! 그가 범인들을 쐈어요?"

"그러려고 했던 것 같습니다. 본인은 아니라고 주장하지만……그게 아니라면 왜 차고 문 옆에 장전된 베레타를 보관해뒀겠어요?"

"그러려고 했다고요?"

"아이들이 집으로 접근하고 있을 때 그 애들 중 하나가 연락을 해왔어요. 뭔가 심상치 않은 일이 벌어질 것 같다고요. 그러면서 총 얘기를 했어요. 당장 기동대와 지원팀을 불러달라나요. 분명 '기동대'를 부르라고 했어요."

"애들 중 하나가요? 당신에게 전화를 걸어 그런 얘길 했다고요?"

"네." 그가 깊은 숨을 한 번 들이쉬었다. "난 곧장 퍼시픽그로브 경찰국에 연락했고, 그쪽에서 몇 분 만에 경관들을 급파했어요. 현장 주변도 신속히 봉쇄됐고요." 덩치 큰 형사가 한숨을 내쉬었다. "캐트린, 내게 연락한 아이가 바로 웨스였어요."

"누구라고요?" 댄스는 잠시 얼떨떨한 모습이었다. "하지만 전화를 걸어온 건 범인들 중 하나라고 했잖아요!"

"웨스도 그 무리에 있었어요. 나머지 둘은 그의 친구, 도니와 네이선이었고요."

그녀가 속삭였다. "당신이 잘못 안 거예요. 그럴 리 없어요."

그가 계속 이어나갔다. "피해자 집들을 훼손한 건 도니였어요. 웨스는 그와 함께 다녔을 뿐이고요. 네이선과 또 다른 친구는 교통 표지판을 훔치거나 들치기를 하기도 했어요."

"말도 안 돼."

오닐이 말했다. "그들이 모여서 하던 게임 알죠?"

"방어와…… 나도 잘 모르겠어요." 그녀의 머릿속은 급류에 휩쓸린 듯 핑핑 돌고 있었다.

"방어와 대응 원정 서비스Defend and Respond Expedition Service."

"맞아요. 그거예요."

"줄여서 DARES. 팀을 나누어 서로에게 무모한 과제를 내주는 게임이죠. 녀석들은 적발되면 감옥에 갈 수 있는 범죄 행위를 장난으로 저질러온 겁니다."

댄스는 허탈하게 웃었다. 그녀는 안티오크 마치를 킬러로 만드는 데 지대한 영향을 끼친 폭력적인 컴퓨터 게임 대신 펜과 종이로 '건전해 보이는' 게임을 하고 노는 아이들을 기특하게 여겨왔다. 하지만 그런 아날로그 게임이 더 해로울 줄은 미처 상상도 못 했다.

종이와 펜을 이용해 즐기는 게임이라면? 그게 해로워봤자지 뭐…….

"웨스의 팀이 서로에게 혐오범죄를 과제로 던져준 건가요?"

"그런 것 같아요. 도니는 소년원에 들락거린 기록도 있더군요. 말 그대로 문제아죠. 오늘 밤엔 무기까지 지니고 있었습니다. 아버지의 총을 훔쳤다나요. 38구경짜리예요."

"맙소사."

"처음에는 호신용으로 가져왔다고 주장했는데요, 계속 추궁하니 골드슈미트의 집을 털려고 했다고 실토하더군요. 그렇게 강탈한 돈을 챙겨 가출하려고 했답니다. 녀석의 아버지와 통화를 했어요. 얘기 들어보니 도니 탓만 할 순 없겠더라고요. 집안 분위기가 어땠는진 몰라도 아이 입장에선 가출하는 편이 백 배 나았을 것 같아요. 아무튼 녀석이 자백했으니 집으로 돌아갈 일은 없겠죠."

저…… 뭐라고 불러야 할지 모르겠네요.

댄스 아줌마…….

"정말 웨스가 그런 끔찍한 낙서를 했단 말인가요?"

"아뇨. 걘 그냥 도니를 위해 망만 봤대요."

설령 그렇다 해도 책임을 면할 수는 없다. 직접 그 집에 낙서를 하지 않았더라도 분명 공범이다. 방조자. 게다가 총까지 지니고 있었다니. 무장 강도 공모 혐의로 입건돼야 마땅했다. 그들이 정지 표지판을 훔치는 바람에 누군가가 교통사고로 사망하기라도 했다면? 그건 영락없는 살인이다.

"이건 빙산의 일각에 불과해요, 캐트린."

이게 다가 아니라고? 이보다 더한 일이 또 있단 말이야?

어찌나 펜을 꼭 쥐고 있었던지 오른손에서 쥐가 나기 시작했다. 댄스는 펜을 내려놓았다.

"그 빌어먹을 노래 때문에 고민하는 매기에게 신경 쓰느라 웨스가 그런 중죄를 저지르고 다닌다는 걸 미처 몰랐어요! 잠시 딴 데 신경 썼을 뿐인데. 이제 그 앤 어떻게 되는 거죠?"

"캐트린. 이것 좀 봐요." 그가 휴대폰을 그녀 책상에 내려놓았다. 그리고 주머니에서 봉투 하나를 꺼내 그 옆에 내려놓았다.

그녀는 웨스의 삼성 휴대폰을 대번에 알아보았다. 그녀가 얼굴을 찌푸리며 그를 올려다보았다.

"이 안에 영상들이 저장돼 있어요. 그리고 이건 웨스가 직접 작성한 수사 보고서고요." 그가 봉투를 그녀 앞으로 밀어냈다.

"수사 보고서? 그게 무슨 뜻이죠?"

"비공식 보고서예요." 오닐이 어색하게 미소를 지었다. "지난 한 달간 위장 경찰로 활동했더군요. 녀석이 실제로 그렇게 표현했어요."

그녀가 봉투를 집어 들고 열어보았다. 컴퓨터로 작성한 문서, 그리고 시간과 날짜가 꼼꼼히 기록된 일기 몇 장이 담겨 있었다.

3월 18일 저녁, 6:45 p.m., 나는 감시 대상인 도니, 풀 네임 도널드 베르소가 라틴계 이민자 인권 센터의 남서쪽 외벽에 크라일론 스프레이 페인트로 낙서하는 것을 지켜보았다. 그가 적어놓은 문구는 다음과 같다. "너희 나라로 꺼져, 멕시코 놈들아." 페인트는 암적색이었다.

오닐이 아이의 휴대폰을 집어 들고 카메라 앱을 켰다. 그는 화면을 잠시 스크롤하다가 영상 하나를 찾아냈다. 많이 흔들렸지만 도니가 건물 외벽에 낙서하는 모습을 똑똑히 확인할 수 있었다.

"또 다른 과제들, 그러니까 도니가 상대 팀에게 내준 미션들 말인데요, 웨스는 그것들도 꼼꼼히 기록했어요. 그리고 그놈들이 훔친 일단 정지 표지판 있죠? 웨스는 네이선과 빈센트라는 친구를 미행해 그들의 범행 장면을 지켜봤답니다. 그리고 곧바로 911에 전화를 걸어 신고했다는군요. 그런 다음엔 사고가 날까 봐 교차로에 남아 있었다고 합니다."

그녀는 재생 중인 영상을 빤히 들여다보았다. 아이의 나지막한 목소리가 흘러나왔다. "나, 웨스 스웬슨은 도널드 베르소가 신세계 침례교회Baptist New World Church에 낙서하는 현장을 직접 목격하고 있습니다⋯⋯."

오닐이 계속 이어나갔다. "한 달쯤 전에 라시브라는 웨스의 친구가 도니의 친구들과 맞닥뜨린 적이 있었답니다. 도니와 네이선, 그리고 또 다른 친구가 그 자리에 있었대요."

댄스가 말했다. "맞아요. 라시브랑 웨스는 꽤 친했어요. 언제부터인가 둘의 관계가 조금 소원해진 것 같았는데. 정확히 무슨 일이 있었는진 모르겠어요."

"도니와 그의 친구들이 그 애를 괴롭힌 모양이에요. 돈도 빼앗고, 때리기도 했답니다. 콘솔 게임기도 강탈했다고 하고요. 라시브가 웨스에게 다 얘기했다네요. 하지만 그 애들이 할 수 있는 일은 없었어요. 당신도 그 네이선이라는 녀석 덩치 봤죠?"

"네. 몸이 장난이 아니더라고요."

"그룹에서 해결사로 통했답니다. 도니가 시키는 건 뭐든 다 했다더군요. 특히 주먹을 잘 썼다고 합니다. 웨스는 도니와 그의 친구들이 벌인 불법적인 일들에 대해 들었다고 했어요. 학교에서 DARES 게임이 자주 언급됐는데 그게 정확히 무엇인지 아는 사람이 없었답니다. 웨스는 그걸 직접 밝혀내고 싶었대요. 자기 손으로 직접 그 친구를 '잡아넣고' 싶었다나요. 웨스는 그들에게 잘 보여 그룹의 일원이 되었습니다. 그리고 조금씩 도니의 신뢰를 얻었죠.

웨스는 라시브와 미리 입을 맞춰놓기도 했습니다. 마치 거리에서 우연히 마주친 것처럼 연극을 하기로 한 것이죠. 웨스는 대본에 따라 라시브로부터 만화책 따위를 강탈하고, 마치 폭력을 쓸 것처럼 위협적으로 굴었습니다. 도니는 두 녀석의 꾀에 넘어가고 말았죠."

"그럼 오늘 일은요? 골드슈미트의 집."

"웨스는 도니가 최근 들어 좀 이상해졌다는 걸 느꼈답니다. 변덕이 심해졌다나요. 도니가 골드슈미트의 집에 낙서를 해놓은 날 있죠? 웨스는 그가 돌을 집어 드는 걸 봤다고 했어요. 자기가 숨어 있는 곳으로 누가 접근하면 그걸로 공격하려고 했답니다. 주니페로 장원 근처에서요."

댄스가 속삭였다. "나예요. 그게 나였어요."

"알아요." 오닐이 계속 이어나갔다. "웨스는 휴대폰 볼륨을 높이고 벨소리를 골라 재생시켰어요. 마치 누군가에게 전화가 걸려온 것처럼 말이죠. 도니는 그 소리에 놀라 달아났다고 하네요."

댄스는 눈을 감고 고개를 떨어뜨렸다. "걔가 날 살린 거군요. 웨스가 내 생명의 은인이었어요."

"오늘 밤엔 도니의 주머니에 뭔가가 숨겨진 걸 보고 권총일 거라 짐작했다더군요. 그래서 이제 때가 됐다고 판단했답니다. 증거도 차곡차곡 모아놓았겠다, 지체 없이 경찰에 알렸대요."

"왜 진작 알리지 않았을까요? 한 달 전에 신고했으면 일이 이렇게까지 커지지 않았을 텐데. 왜 굳이 언더커버를 자처한 거죠?"

오닐의 시선이 다시 책상을 훑어나갔다. "그건 나도 모르겠어요. 어쩌면 어머니에게 인정받고 싶었는지도 모르죠."

"걘 이미 인정받고 있었던걸요."

하지만 캐트린 댄스는 아들이 그걸 알고 있었을지 의심이 들었다. 내가 너무 표현을 안 했나?

문득 댄스의 뇌리를 스치는 생각이 있었다.

어쩌면 당신에게 인정받고 싶었던 것인지도 몰라요, 마이클.

한동안 무거운 침묵이 감돌았다. 댄스는 아들에게 무슨 말을 들려줘야 할지를 놓고 고민에 빠졌다. 아무리 동기가 좋았다 해도 마냥 칭찬만 할 수 없는 상황이었다. 댄스는 급한대로 몬터레이 카운티 검찰청 지인들에게 연락해보기로 했다. 도니에게도 도움이 필요하기는 마찬가지였다. 아직은 구제할 수 있는 나이였다. 적어도 캐트린 댄스는 그렇게 믿었다. 그녀는 도니가 적절한 시설로 보내져 제대로 교정받을 수 있도록 방법을 알아볼 참이었다.

그녀의 눈이 오닐에게 향했다. 그녀는 그의 표정과 자세가 극적으로 바뀌었음을 깨달았다. 동작학적으로 분석하기가 불가능할 정도였다.

그때 갑자기 캐트린 댄스의 모든 경보기가 일제히 울어대기 시작했다. 웨스 문제가 끝이 아니었나? 그보다 더한 일이 터진 거야?

그가 말했다. "그게 다가 아니에요."

다른 때 같았으면 그냥 미소 짓고 말았을 텐데. 하지만 지금 댄스의 심장은 터질 듯이 쿵쾅대고 있었다.

"또 다른 문제가 있습니다." 그가 그녀의 사무실 문을 흘끔 돌아보았다. 문은 굳게 닫혀 있었다.

"나도 그렇게 짐작했어요. 또 무슨 일이죠?"

"이건…… 우리 문제예요."

댄스의 고개가 살짝 끄덕여졌다. 여러 가지로 해석될 수 있는 애매모호한 제스처였다. 흥분한 마음을 진정시킬 시간이 필요하다는

638

방어적 반응.

그녀는 그가 무슨 말을 하려는지 짐작할 수 있었다. 마이클은 전처인 앤과 재결합을 결심했을 것이다. 금이 간 부부의 극적인 화해는 생각보다 흔한 일이다. 이혼 서류에 서명하고 나면 격했던 마음도 어느 정도 진정이 된다. 새로 사귄 애인이 알고 보니 소름 끼치도록 나쁜 사람이나 세상에서 가장 재미없는 사람으로 밝혀지면, 전남편이 생각했던 것만큼 나쁘지 않았다는 깨달음이 찾아든다. 그들 부부는 묵은 감정을 털어내고 부부의 연을 이어가기로 결정했을 것이다.

그게 아니라면 애니가 아이들까지 데리고 CBI에 찾아왔을 리 없었겠지. 훌륭한 어머니처럼 신경 써서 차려입은 채로. 지난번에 오닐은 선약이 있어 매기의 연주회에 참석할 수 없을 것 같다고 했다. 새로 구한 베이비시터도 언급했고.

"그러니까 이렇게 된 거예요."

마이클 오닐의 시선은 매기가 1학년 때 찰흙으로 만든, 우스꽝스러운 노란 고양이에 고정돼 있었다.

댄스의 시선은 흔들림 없이 그의 얼굴에 꽂혀 있었다.

92

그녀의 집이 유혹의 손짓을 보냈다.

커튼이 드리워진 빅토리아시대풍 저택은 현관 근처 벽등으로 은은히 빛났다. 창문과 화분에 걸어놓은 꼬마전구들이 아늑한 분위기를 더해주었다. 전구들이 한쪽으로 치우쳐 있었지만 댄스는 대칭에 집착하지 않았다.

캐트린 댄스는 시동을 끄고도 차에서 내리지 못했다. 바르르 떨리는 두 손이 핸들에서 떨어지지 않았다.

웨스……

경찰 놀이를 하다니. 웨스가.

맙소사, 맙소사……. 하마터면 골드슈미트의 총에 맞아 죽을 뻔했잖아. 베레타 산탄총이었다고 했던가? 살인을 위해 만들어진 예술적인 살상 무기.

마침내 그녀의 손이 핸들에서 떨어졌다. 땀이 식으면서 손바닥이 차가워졌다.

그녀는 머릿속으로 아들에게 들려줄 말을 거듭 연습해보았다. 몇 마디로 끝날 수 있는 일이 아니었다.

문득 마이클 오닐의 말이 뇌리를 스쳤다.

또 다른 문제가 있어요…….

늘 이런 식이다. 굳이 끄집어내고 싶지 않은 이야기. 끄집어낼 수
도 없고, 끝까지 거부하고 싶은 것. 하지만 항상 최악의 타이밍에
터져 나오는 그것을 막을 방법은 없다. 그녀는 아직도 충격에서 헤
어나지 못했다. 댄스는 심호흡을 반복해 뛰는 가슴을 진정시켰다.

패스파인더에서 내려온 댄스는 열쇠를 꺼내 들고 현관으로 올라
갔다.

하지만 열쇠는 필요치 않았다. 어떻게 알았는지 존 볼링이 문을
열고 나왔기 때문이었다. 그는 청바지에 검은 폴로 셔츠 차림이었
다. 그녀는 그의 머리가 많이 자랐다는 걸 이제야 알아챘다.

며칠 만에 이렇게 된 건 아닐 텐데. 내가 딴 데 신경 쓰느라 너무
소홀했어. 하긴, 일주일 내내 큰일이 연속으로 터졌으니.

"어서 와요." 그가 말했다.

그들은 입을 맞추고 안으로 들어갔다.

그녀 뒤에서 깎지 않은 발톱들이 후드득 튀었다. 흥분한 개들은
소파에 올라가 펄쩍펄쩍 뛰고, 바닥을 데굴데굴 구르기도 했다. 넋
이 나가 있는 댄스는 의무적으로 녀석들의 머리를 몇 번 쓰다듬어
주었다.

"와인 한잔할래요?"

완벽한 처방.

그녀가 미소를 지으며 고개를 끄덕였다. 그녀는 재킷을 벗어 대
충 걸어놓았다. 옷걸이를 찾아볼 정신도 없었다.

그가 와인 잔 두 개를 쥐고 돌아왔다. 화이트 와인이었다. 얼마

전 함께 찾아낸, 오크통 숙성을 거치지 않은 샤도네이인 듯했다. 마이클은 레드 와인을 좋아했다. 오로지 레드만을 마셨다.

"애들은요?"

"각자 방에 있어요. 웨스는 한 시간쯤 전에 들어왔고요. 함께 해킹한 프로그램을 보고 싶지 않대요. 오늘 좀 이상하더라고요. 무슨 일인진 모르겠지만 많이 우울해 보였어요."

그럴 이유가 있어요.

"매기도 자기 방에 틀어박혀 있어요. 신나게 노래를 부르던데요. 바이올린에는 흥미를 잃었나 봐요."

"날씨가 괜찮던데 밖으로 나갈까요?"

그들은 덱으로 나가 흔들거리는 나무 의자의 쿠션에서 노란 낙엽을 털어냈다. 중서부와 달리 계절의 구분이 없는 몬터레이 반도에서는 일 년 내내 낙엽이 졌다.

댄스는 의자에 앉아 등받이에 몸을 붙였다. 스쳐가는 안개에서 축축한 흙냄새가 풍겼다. 담뱃잎과 유칼립투스 향기도 나는 듯했다. 그녀는 매기가 새끼 코알라를 키우고 싶다고 떼를 썼던 때를 떠올렸다. 아이는 동네에 낙엽이 많아 먹이 걱정은 없을 거라면서 열을 올렸다. "키우는 데 한 푼도 안 든단 말이에요!"

그때 댄스의 반응은 단호했다. "안 돼."

볼링이 스웨터 지퍼를 올렸다.

"뉴스에서 마치 소식을 들었어요."

댄스는 아무 대꾸도 하지 않았다.

"안티오크 마치." 볼링이 신기하다는 듯 말했다. "정말 그게 그 친구 본명이에요?"

"네. 하지만 줄여서 앤디라고 부르더군요."

"마치의 고객들, 그러니까, 그의 영상을 구매한 사람들도 처벌받는 거예요?"

"글쎄요. 그건 나도 모르겠어요. 그들이 실제로 살인을 주문했다면 공모에 해당되겠죠. 법 적용이 좀 애매한 부분이 있어요. 마치는 고객들 대부분이 해외에 적을 두고 있다고 했어요. 일본, 한국, 동남아시아. 그들을 일일이 체크할 수도 없고, 범인 인도 조약도 따져 봐야 해서요. 티제이가 웹사이트 기록을 살펴보는 중이에요. 미국 고객들은 당연히 FBI가 조사하게 될 거고요. 마치는 수사에 순순히 협조하고 있어요. 그게 조건이었거든요."

그녀는 또다시 몸서리쳤다.

이제라도 우리가 서로의 일부가 돼서 정말 다행이에요…….

볼링이 말했다. "난 예전부터 게임에 대해 우려하고 있었어요. 아이들이 점점 폭력에 둔감해지는 것 같아서 말이죠. 확실한 필터링이 없잖아요."

2006년, 차를 훔친 한 청년이 경관으로부터 총을 빼앗아 들고 그걸 쏴대며 경찰서를 탈출한 사건이 있었다. 그 과정에서 경관 세 명이 목숨을 잃었다. 그는 마치가 언급했던 'GTA'라는 게임에 푹 빠져 있었던 것으로 확인됐다.

샌디훅 초등학교 총기난사 사건 범인과 콜럼바인 고등학교 총기난사 사건의 범인들도 폭력적인 슈팅 게임 마니아였다.

어떤 이들은 연구 결과를 근거로 내밀며 게임과 폭력 행위 사이에 적지 않은 인과관계가 있다고 주장했다. 한마디로, 괴롭히거나 다치게 하거나 죽이는 데 취미가 있는 청소년들은 폭력적인 비디오 게임에 쉽게 빠져들고, 그와 유사한 범죄를 저지를 가능성이 높다는 주장이었다. 또 어떤 이들은 아이들의 발육 과정을 고려했을 때 폭력적인 게임이 TV나 영화보다 훨씬 지대한 영향을 끼칠 수밖에 없다고 주장했다. 전혀 다른 규칙이 적용되는 전혀 다른 세상에서의 몰입 경험. 그때부터는 더 이상 수동적인 놀이감이 아닌 것이었다.

그녀는 와인을 홀짝이며 복잡해진 머릿속을 정리했다. 한 시간 전, 마이클 오닐이 들려준 말이 떠올랐다.

그러니까 이렇게 된 거예요……

속이 살짝 울렁거렸다.

"캐트린?"

그녀가 눈을 깜빡였다. 볼링이 그녀에게 무언가 질문한 모양이었다. "미안해요."

"안티오크, 그 친구 혹시 그리스인인가요?"

"아마 그럴 거예요. 2세나 3세쯤 됐을걸요. 특별히 지중해 출신 같아 보이진 않았어요. 그냥 체격 좋고 섹시한 배우를 닮았더라고요."

"안티오크, 그거 지명 맞죠?"

"모르겠어요."

그들은 잔잔한 바람에 쫓기는 유령 같은 안개가 집을 스치고 흐르는 걸 지켜보았다. 서늘했지만 머리를 식히기에는 딱 좋은 날씨였다. 정화. 바다표범 짖는 소리와 파도가 바위에 부딪쳐 부서지는 소리가 아득하게 들려왔다. 전혀 조화롭지 않은 두 가지 소리가 그녀에게 묘한 위안을 안겨주었다.

바로 그때, 그녀의 가슴이 철렁 내려앉았다. 존 볼링의 자리 옆 바닥에 놓여있는 작은 쇼핑백이 눈에 들어왔기 때문이었다. 카멜의 '바이 더 시' 보석 가게에서 사온 선물. 그녀도 잘 아는 곳이었다. 로맨틱한 휴가지로 유명했고, 그곳 보석 가게들의 주력 상품은 약혼반지와 결혼반지였다.

맙소사. 오, 맙소사.

안개보다도 짙은 침묵이 두 사람 사이를 감돌았다. 그는 골똘한 생각에 잠겨 있었다. 청혼의 말을 연습하는 듯했다. 마침내 그가 입을 열었다.

"당신에게 하고 싶은 말이 있어요." 그가 미소를 지었다. "정말 쓸데없는 말이죠? 할 말이 있으면 그냥 하면 되는데. 자, 그럼 뜸들이지 않고 얘기할게요."

댄스는 와인을 한 모금 더 넘겼다. 아니, 꿀꺽 삼켰다.

차분하게 행동해야 돼. 일생일대의 중요한 순간이잖아.

그녀는 잔을 내려놓았다.

볼링이 잠수를 앞둔 프리 다이버처럼 깊은 숨을 들이쉬었다.

"아이들 데리고 내퍼에 놀러가기로 했었죠?"

이번 주말이었다. 포도원 관광, 쇼핑, 호텔의 케이블 TV, 그리고 피자.

"아무래도 취소해야 할 것 같아요."

"네?"

둘만의 로맨틱한 여행을 계획해두기라도 했나?

그는 계속해서 미소를 흘렸다. 하지만 어딘지 모르게 심상치 않아 보이는 미소였다. 그의 눈빛도 평소와는 많이 달랐다.

"캐트린……"

그가 그녀의 이름을 부르는 것도 무척 드문 일이었다.

"떠나야 할 때가 온 것 같아요."

"지금요? 별로 늦지도 않았는데."

"아뇨, 그게 아니라 이사를 해야 할 것 같다는 얘기예요."

"그럼……."

"시애틀의 한 스타트업에서 제안이 왔어요. 제2의 마이크로소프트가 될 수도 있을 것 같아요. 이미 큰 수익을 내고 있는 회사예요."

"잠깐만요, 존. 난……."

"조금만 더 들어줘요." 그가 차분하고 이성적인 어조로 말했다.

"네, 미안해요." 그녀가 살짝 미소 지으며 입을 닫았다.

"이럴 때 남들이 하듯 상투적인 말은 하지 않을게요. 하지만…… 당신이 그러지 않았나요? 클리셰가 클리셰인 이유는 옳은 말이기 때문이라고."

그녀가 아닌, 그녀의 친구가 했던 말이었다. 하지만 그녀는 지적하지 않았다.

"우린 정말 끝내주는 시간을 함께했어요. 당신 아이들은 말 그대로 천사들이고요. 어쩌면 이런 말도 클리셰인지 모르겠군요. 하지만 사실인걸요. 아이들도, 당신도, 모두 최고예요."

그녀는 육체적 관계에 대해 언급하지 않은 그가 한없이 고마웠다. 멋지고 편안하고 만족스럽고, 가끔은 숨이 멎을 듯이 환상적이었지만 지금은 그런 얘길 늘어놓을 기분이 아니었다.

"하지만 그거 알아요? 난 당신에게 어울리지 않아요." 그가 위로하듯 웃었다. "내가 지금 무슨 얘길 하고 있는지 이해하죠?"

물론 캐트린 댄스는 이해하고 있었다.

"당신과 마이클이 함께 있는 걸 봤어요. 당신이 오렌지 카운티에서 돌아온 직후 포치에서 그와 언쟁을 벌였을 때요. 그건 하찮고 시시한 다툼이 아니었어요. 특별한 관계가 아니고선 불가능한 격정적인 소통이었어요. 격렬한 충돌이었지만 보통의 애정으로는 절대 그럴 수 없죠. 킬러가 누군가의 사주를 받고 일을 벌였다는 걸 밝혀내기 위해 두 사람이 하나가 되어 수사해나가는 것도 지켜봐왔어요. 비록 사사건건 의견이 부딪치기는 했지만 두 사람은 결국 하나였어요."

더 이상 이어나갈 필요 없는 무의미한 자기 증명.

그녀의 눈에서 눈물이 핑 돌았다. 호흡도 살짝 흔들렸다. 그녀는 그의 손을 잡았다. 그의 손은 늘 그녀의 것보다 따뜻했다. 언젠가 그녀는 이불 속에서 손가락으로 그의 척추를 더듬어본 적이 있었다. 그는 불시에 찾아든 차가운 감촉에 몸을 움찔했고, 두 사람은 일제히 웃음을 터뜨렸다.

"더 이상 중매쟁이 노릇을 하고 싶지 않아요. 여기서 물러갈 테니까 이제부턴 당신이 알아서 해요."

그는 그녀의 시선이 쇼핑백에 고정돼 있음을 깨달았다.

"아, 이거." 그가 바닥에서 쇼핑백을 집어 들었다.

그가 그것을 댄스에게 건넸다. 그녀가 안에 손을 넣자 얇은 포장지가 바스락거렸다. 10미터쯤 떨어져 있던 팻지가 비단 같은 머리를 그들 쪽으로 홱 돌렸다. 자기 몫인 줄 안 모양이었다. 먹을 게 아니라는 걸 확인한 개는 다시 꾸벅꾸벅 졸기 시작했다.

안에 담긴 상자는 반지 케이스치고는 커 보였다.

"너무 큰 기대는 하지 말아요. 선물이 아니니까. 사실 따져보면 원래 당신 것이었죠."

그녀가 상자를 열어보았다. 순간 그녀의 입에서 웃음이 터져 나왔다. "오, 존!"

링컨 라임과 아멜리아 색스가 선물로 준 시계였다. 그녀가 세라노 '탈출 사건' 때 신뢰성을 높이기 위해 바닥을 나뒹구는 과정에서 깨져버린 바로 그 시계였다. 그녀가 롤렉스를 꼭 움켜쥐고 그의 어깨를 감싸 안았다. 그에게서는 샴푸 냄새와 애프터셰이브 로션 향, 그리고 체취가 한데 섞여 풍겼다. 잠시 후, 그녀는 그에게서 떨어졌다.

그의 얼굴에는 구슬픈 표정이 떠올라 있었다. 하지만 의심이나 반발을 기대하는 눈치는 조금도 감지되지 않았다. 그는 상황을 완벽히 분석하고 빛의 속도와 2진법만큼이나 흐트러짐 없는 불변의 결론을 내린 것이었다.

"그래서 난 집으로 돌아가려고 해요. 그래야 버틸 수 있을 것 같아요. 난 좀 더 버텨볼 거예요. 언제까지 그럴 수 있을지는 모르겠지만."

그가 자리에서 일어났다. "내 기발한 계획 들어볼래요? 이제부터 보름에 한 번씩 돌아오려고 해요. 내 집도 봐주고, 친구들도 만나보고요. 웨스와 코드도 해킹하고, 가끔 매기의 연주회에도 참석할 거예요. 그리고…… 나중에 마음이 정리되면…… 마이클이랑 상의해서 저녁식사에 초대해줘요. 그리고…… 나도 언젠가 마음이 정리되면…… 뭐, 그땐 새로 만난 사람을 데려올게요. 내 탁월한 포렌식 분석 능력이 필요해지면 언제든 연락하고요. CBI의 외주 보수가 형편없는 수준이긴 하지만."

"존……."

그녀는 눈물을 지으며 웃음을 터뜨렸다.

그들은 현관에 서서 서로를 끌어안았다.

"난 당신을 사랑해요." 그가 말했다. 그리고 손가락 하나를 펴 그녀의 입술에 댔다. 상투적인 대답을 원치 않는다는 의미였다. 존 볼링은 딜런의 매끈한 주둥이를 문지르며 현관문을 나섰다. 그리고 그렇게 그녀의 인생에서 떠나가버렸다.

댄스는 다시 덱으로 나가 의자에 앉았다. 아까 미처 느끼지 못했던 축축한 한기가 엄습해왔다. 갑자기 존 볼링의 빈자리가 너무나 크게 느껴졌다. 그녀는 수리된 시계를 손목에 차고 한동안 초침을 응시했다. 그녀 뒤편 벽에 걸린 양초가 황색 불빛을 은은하게 뿌려주었다.

그녀는 눈을 감도 등받이에 몸을 붙였다. 사십 분 전, 마이클 오닐이 했던 말이 떠올랐다.

"그러니까 이렇게 된 거예요. 지난 몇 달 동안 깊이 생각해봤습니다. 이 말을 어떻게 꺼내야 할지 그동안 고민이 많았어요."

캐트린 댄스는 곧이어 그의 전처, 앤의 이름이 튀어나올 거라 확신했다.

"당신이 존과 사귀고 있다는 거 알아요. 함께 있는 걸 보니 서로 잘 어울리더군요. 좋은 사람 같습니다. 아이들도 그를 잘 따르는 것 같고요. 그게 중요하죠. 그게 가장 중요할 겁니다. 그라면 당신을 잘 지켜줄 거예요."

그녀는 궁금했다. 대체 무슨 얘길 하려는 거지? 마이클 오닐의 두서없는 횡설수설이 그녀를 어리둥절하게 만들었다. 전처와 재결합하겠다는 결정을 내리는 건데 왜 나를 설득하려 하지?

그는 우스꽝스러운 노란 찰흙 고양이에서 눈을 떼지 않은 채 계속 이어나갔다. "지난 몇 달 동안 숱하게 고민했어요. 하지만 정면으로 부딪쳐보지 않고서는 답이 없겠더라고요. 당신은 듣고 싶지 않겠지만……."

"마이클."

"난 결혼하고 싶어요."

앤과 재혼하겠다는 얘긴가? 그런데 왜 내 허락을 받으려 하지?

그가 이내 덧붙였다. "거절해도 괜찮아요. 이해하니까. 존과 여생을 함께하기로 했다고 대답해도 돼요. 하지만 난 꼭 물어야겠어요."

오, 맙소사. 내 얘기였군. 내게 청혼하고 있는 거야.

"앤과 다시 합치는 거 아니었어요?"

그녀는 더듬거리며 말했다.

그는 눈을 깜빡였다. "앤요? 아, 그렇게 오해할 수도 있었겠네요. 그 사람, 남자친구와 카멀 밸리에 작은 집을 샀답니다. 자기가 좋은 어머니가 아니었다고 인정하더군요. 이제는 달라지기로 했대요. 아이들과도 많은 시간을 함께하겠다고 했고요. 그 얘길 들으니 기뻤어요." 그가 피식 웃었다. "앤은 우리와 아무 상관이 없어요. 당신과 나 말이에요."

"세상에." 댄스는 속삭였다. 그녀의 시선도 책상에 엎드려 있는 황달 걸린 고양이에게로 떨어졌다. 지금껏 지난 삼 분간 그랬던 것처럼 매기의 작품을 유심히 관찰해본 적이 없었다.

그녀는 서늘한 덱에 앉아 오닐의 다음 말을 떠올려보았다. "이게 내가 하고 싶었던 말이에요. 나랑 결혼해주겠어요?" 그가 그녀를 응시했다. "난 당신을 오래 알아왔어요. 당신과 함께 많은 사건을 맡아 해결했고요. 그런데도 당신의 동작 분석 기술을 조금도 익히지 못했어요. 당신이 지금 무슨 생각을 하는지 짐작조차 안 돼요."

댄스는 의자에서 일어나 책상을 돌아 그에게 향했다. 그녀가 다가가자 오닐도 자리에서 일어났다.

"이럴 땐 동작을 분석할 필요가 없어요. 한마디 대답에 모든 의미가 담겨있으니까요. 단어 하나에."

그녀가 그의 어깨에 두 손을 얹었다. 그리고 그의 귀로 입을 가져갔다. 그의 어깨를 감싸 안은 그녀의 손에 힘이 잔뜩 들어가 있었다. 마침내 그녀가 자신의 답을 속삭였다.

"네." 캐트린 댄스가 말했다.

"좋아요."

옮긴이 **최필원**

캐나다 웨스턴 온타리오 대학에서 통계학을 전공하고, 현재 번역가와 기획자로 활동하고 있다. 장르문학 브랜드인 '모중석 스릴러 클럽'을 기획했다. 옮긴 책으로 할런 코벤의 《아무에게도 말하지 마》《숲》《단 한 번의 시선》《영원히 사라지다》《결백》, 제프리 디버의 《도로변 십자가》, 살라 시무카의 《피처럼 붉다》《눈처럼 희다》《흑단처럼 검다》, 정윤의 《안전한 나의 집》, 그 밖에 《내가 죽기를 바라는 자들》《대통령이 사라졌다》《에블린 하드캐슬의 일곱 번의 죽음》 등이 있다.

고독한 강 모중석스릴러클럽 051

1판 1쇄 인쇄 2022년 6월 23일 **1판 1쇄 발행** 2022년 7월 11일

지은이 제프리 디버
옮긴이 최필원
펴낸이 고세규
편집 박규민 이승희 **디자인** 조은아 **마케팅** 이헌영 **홍보** 이혜진
발행처 김영사
주소 경기도 파주시 문발로 197(문발동) 우편번호10881
등록 1979년 5월 17일(제406-2003-036호)
구입 문의 전화 031)955-3100 **팩스** 031)955-3111
편집부 전화 02)3668-3290 **팩스** 02)745-4827 **전자우편** literature@gimmyoung.com
비채 카페 cafe.naver.com/vichebooks **인스타그램** @drviche **카카오톡** @비채책
트위터 @vichebook **페이스북** facebook.com/vichebook
ISBN 978-89-349-7514-4 03840 책값은 뒤표지에 있습니다.

비채는 김영사의 문학 브랜드입니다.